제3인류

제3인류

BERNARD WERBER

베르나르 베르베르 장편소설

이세욱 · 전미연 옮김

3

LA VOIX DE LA TERRE
by BERNARD WERBER

상상력 리그를 위해

제3부 땅울림

제1막 소행성의 시대

제2막 전쟁의 시대

이 이야기는 절대적인 시간이 아니라 상대적인 시간 속에서 펼쳐진다.

당신이 이 소설책을 펼쳐 읽는 순간으로부터 정확히 20년 뒤에 이야기가 시작된다.

백과사전: 탈바꿈의 마지막 단계

나비가 알에서 애벌레로 부화하여 고치를 짓고 번데기가 되었다가 도달하는 세 번째 단계는 〈새로운 존재인 성충으로 거듭 태어나는 것〉이다. 탈바꿈의 이 단계에서는 애벌레 때와 전혀 다르게 거뭇하거나 몸에 털이 나 있지도 않고 옴실옴실 기어다니지도 않는다. 개체가 가늘고 섬세한 날개가 달린 성충으로 변화하여 공기 역학을 거스르지 않는 사뿐한 존재가 된다. 날개를 펼치면 아롱다롱한 빛깔이 드러난다. 금속성 파랑이나 주황이나 노랑이나 연보라가 섞여 있는가 하면, 붉은 바탕에 검정과 하양의 얼룩이 나 있는 것도 있다. 경이로운 무늬들이 가면처럼 환각을 불러일으키고 형광색 광택을 낸다.

어느 구석을 보더라도 아름답고 조화롭고 가벼운 새 생명체다.

번데기에서 벗어나자마자 나비는 날개를 펴서 말리고, 따뜻한 기운과 빛을 발하는 태양 쪽으로 올라간다. 나비는 꿀을 찾아 이 꽃 저 꽃으로 날아다닌다. 바야흐로 나비의 임무는 단 하나, 자기에게 남아 있는 시간이 헛되지 않도록 짝짓기 상대를 만나 종의 영속성을 위해 교미를 하는 것이다.

그런데 나비는 빛에 현혹된다. 어둠이 깃들고 촛불이 켜지면, 그 단순한 불꽃을 햇빛과 혼동하기도 한다. 그 감각의 덫에 속절없이 이끌린 나비는 불에 타는 것도 마다하지 않고 불꽃으로 날아든다.

불을 경험한 동물 종들은 본능적으로 불을 피한다. 그렇게 반사적으로 행동하도록 자기들 유전자에 고통의 경험을 새긴 것이다. 하지만 나비는 예외다.

이 대목에서 이런 의문이 떠오른다. 애벌레에서 나비로 탈바꿈하는 것
은 섬세하고도 복잡한 일인데, 왜 자연은 그것으로 만족하지 않고 가장
파괴적인 요소인 불에 대한 유혹을 나비의 유전자에 남겨 놓았을까?

에드몽 웰스, 『상대적이며 절대적인 지식의 백과사전』 제11권

제1막 **소행성의 시대**

고독의 시기

1

내 나이 46억 살, 나는 아직 젊다고 느낀다.

이제껏 살아오면서 수많은 쾌거를 이루어 왔다. 내 표면에 생명이 나타나게 했고 그 종들을 다양화했다. 숱한 식물과 동물 중에서 지능을 가진 존재를 만들어 내기도 했다.

내가 마지막 실험 대상으로 삼은 존재들은 스스로 〈인간〉이라 칭한다. 처음엔 단순한 입주자였지만 나의 노력을 통해 진화한 것이다.

그들의 모습을 묘사하자면, 몸속이 따뜻하고 피부가 얇고 머리가 숱이 많은 털로 덮여 있다. 직립 자세를 취할 수 있으며 입으로 소리를 낸다. 몸에서는 버섯 냄새가 난다. 그들의 피부를 뚫으면 붉은 액체가 나온다.

인간들은 몇백 년에 걸쳐서 대규모로 번식하기에 이르렀고 내 땅거죽의 곳곳에서 우글거린다. 그들은 집단을 이루어 살았고, 견고한 보금자리를 지었으며 그 보금자리는 갈수록 넓어지고 있다.

나는 한때 그들을 없애 버릴까 생각했지만, 나중에는 생각을 바꾸어 그들이 발전하도록 도와주는 길을 선택했다. 비록 의식의 초기 형태일지언정 그것이 가능하도록 개체들을 변화시키는 것에 일조하기도 했다. 언젠가 그들이 나와 소통하고 나를 도울 수 있게 하기 위해서였다.

이제 나는 인간들이 음파를 통해 서로에게 전달하는 메시지를 해독해 낸다.

그들은 나에게 〈지구〉라는 이름을 붙였다.

2

「당신 말을 믿을 수가 없소.」

「그래도 사실입니다. 장담할 수 있습니다.」

한 동이 뜨고 나서, 나직한 목소리가 맞받는다.

「그러니까 당신 말에 따르면, 지구가…….」

「제 말이 아닙니다, 사무총장님. 불행하게도 모든 전문가가 그 사실을 확인해 주고 있습니다. 우리 행성은 실제로 위협을 받고 있어요.」

「소행성이 우리를 위협한단 말이오?」

「우리는 소행성이 우리 쪽으로 접근해 오고 있음을 알아냈습니다. 세계의 모든 천문대 스크린에 그것이 출현했습니다. 불과 몇 분 전의 일입니다.」

「그게 어떤 점에서 그토록 위험하다는 거요?」

「질량과 속도가 범상치 않습니다. 길이가 28킬로미터에 달하고 시속 1만 5천 킬로미터로 우리에게 돌진합니다. 그 무게를 정확히 측정할 수 없지만, 적어도 1억 톤은 될 것입니다.」

「그렇다면 그 궤도는 어떻소? 지구로 접근하는 게 확실하오? 여느 때처럼 지구에서 멀리 떨어진 곳으로 지나가는 건 아니오?」

「우리 지축과 충돌합니다. 만약 급히 대비책을 찾아내지 않으면…….」

긴 침묵이 서려 든다. 사무총장은 이마를 찡그린 채 중얼거린다.

「이거 정말 큰일이로군!」

3

엄지손가락과 집게손가락 사이에서 작은 갈색 덩어리가 동그랗게 뭉쳐진다. 두 손가락의 튕기는 힘에 이 갈색 덩어리는 마호가니 책상 위에서 나뒹군다. 이어서 손은 콧등의 안경을 바로잡고 또박또박한 소리가 입술을 타고 나온다.

「자 이제, 여러분 모두가 기다리시는 즐거운 시간입니다.」

다비드 웰스 교수는 뜸을 들이며 서스펜스를 높인다.

「올해의 〈진화〉 프로젝트를 수행할 행복한 입상자 세 분을 발표하겠습니다.」

학생들은 호기심과 찬탄이 뒤섞인 표정으로 교수를 살펴본다. 이미 명성이 짜르르한 만큼 교수를 몰라보는 학생은 아무도 없다. 이 상은 다비드 웰스 자신과도 무관하지 않다. 그 역시 입상자 중 하나였고, 그 수상이 계기가 되어 10년 전에 새로운 인류를 만들어 낼 수 있었다. 원래의 인류보다 더 작고 여성성과 연대 의식이 더 강한 새 인류에게 그는 〈호모 메타모르포시스〉라는 이름을 붙였다. 이 이름은 보통 초소형 인간 또는 에마슈(초소형 인간Micro-Humains의 두문자MH를 프랑스어식으로 읽은 것)라 불린다.

세월이 흘러 다비드 웰스도 이제 중년에 접어들었지만, 그 인상은 젊은 날에 비해 별로 달라지지 않았다. 170센티미터의 키에 청소년의 느낌을 주는 얼굴, 훤칠한 이마에 먹성이 좋아 보이는 입. 안경 너머의 눈빛은 끊임없이 번득거린다. 머릿속에서 서로 부딪치는 무수한 생각 때문이다.

그는 입에 한 손을 대고 헛기침을 한다. 마치 이 의식에 참가한 학생 전부에게 상을 줄 수 없음을 미리 사과하려는 듯하다.

「수상자 세 분은 저마다 2만 5천 유로짜리 수표가 들어 있는 봉투와 틱탈릭을 형상화한 진화 트로피를 받으실 겁니다. 틱탈릭을 아직 모르시는 분들을 위해 한 말씀 더 드리자면, 3억 7천5백만 년 전에 살았던 이 물고기는 원래 살던 물에서 나와 최초로 땅에서 기어다닌 수생 동물이었습니다. 틱탈릭이라는 이름은 이누이트의 어떤 물고기 이름에서 따온 것이라고 합니다. 단단한 땅을 디디며 살겠다고 물에서 올라온 이 물고기는 용감하고 상상력이 풍부한 개체였던 게 분명하고, 우리 모두에게 상징의 구실을 합니다. 비록 위험이 따르는 일이긴 하지만 미지의 세계를 향해 전진하면 종의 진화가 이루어지리라는 믿음을 준다는 것이죠.」

학생들은 청동으로 만들어진 물고기 조각상을 저마다 자기가 가져갔으면 좋겠다는 눈빛으로 바라본다. 물고기는 지느러미 네 개를 발처럼 받치고 물 밖으로 도약하려는 형상을 취하고 있다.

「첫 번째 수상자는 생물학 박사 니심 암잘라그[1]입니다. 달에 1천 명이 상주할 수 있는 공동체를 건설하자는 프로젝트를 제안하셨습니다. 공기와 물의 내부 재순환 기술을 바탕으

---

1 소설 『개미』 때부터 베르베르에게 영감을 주었던 제라르 니심 암잘라그에 대한 오마주. 『신』 1부에는 〈자유로운 정신의 소유자, 제라르 암잘라그를 위해〉라는 헌사가 들어가 있다. 이 과학자는 2013년 베르베르 방한 중에 세상을 떠났다.

로 완전히 자율적인 생태계를 만들 수 있다는 것이죠.」

휘색 플라스틱 안경을 쓴 갈색 머리 젊은이가 흰색 정장 차림으로 일어난다. 젊은이는 겸허한 미소를 지으며 다비드 웰스에게서 틱탈릭 조각상과 봉투를 받아 든다. 다른 학생들의 박수갈채가 쏟아진다. 젊은이는 탁자의 오른편에 가서 앉는다.

「두 번째 수상자는 화학 박사 장클로드 뒤냐크[2]입니다. 이분의 프로젝트는 남의 관점에서 사물을 이해하도록 유도하는 분자, 즉 앙파티아진이라는 물질을 개발하겠다는 것입니다.」

약간 통통한 젊은이가 곱슬곱슬한 머리를 빛내며 유쾌한 표정으로 다비드 웰스 앞으로 나아간다. 다시 박수갈채가 쏟아진다.

「끝으로 우리의 세 번째 수상자는 히파티아 김입니다. 고고학을 연구하는 박사님인데, 이번 진화 학술 대회에 제안하신 것은 고대 문명이 피라미드들을 발신기와 수신기로 사용함으로써 어떻게 지구와 소통하려고 했는지를 연구하시겠다는 것입니다.」

얼굴이 동그랗고 해맑은 젊은 여자가 일어선다. 기다란 검은 머리가 비단결같이 곱고 아몬드 같은 눈에 갈색 홍채가 차분한 여자는 붉은 실크 재킷 차림으로 봉투와 트로피를 받는다. 160명에 달하는 다른 학생들은 세 입상자에 들지 못한

---

2 프랑스 SF 작가(1957~)의 이름을 따왔다. 베르베르와 마찬가지로 툴루즈 출신이며 슈퍼컴퓨터에 관한 응용 수학 논문으로 박사 학위를 받았다. 바로 뒤에 나오는 〈앙파티아진〉은 그의 단편 소설 「조용한 심장」에 나오는 물질이다.

것을 아쉬워하며 박수를 보낸다.

다비드 웰스 교수가 다시 마이크를 잡는다.

「수상자 세 분에게 이런 조언을 드리고 싶습니다. 함께 드린 돈을 되도록 유효하고 적절하게 사용해 주십시오. 그리고 제 증조부 에드몽 웰스가 하셨던 말씀도 여러분에게 전할까 합니다. 〈물방울 하나가 대양을 넘치게 할 수 있다.〉 실제로 독창적인 생각을 가진 한 개체가 자기 종의 모든 역사를 바꿀 수 있습니다.」

수상자들과 다른 학생들은 자기들 나름대로 평을 하고 열띠게 의견을 나누면서 자리에서 일어선다. 그러고는 삼삼오오 짝을 지어 출구 쪽으로 나간다. 소란스러운 행렬이다.

다비드 웰스의 아내인 오로르가 그에게 다가온다. 키가 그보다 크고, 짧은 머리에 태도와 표정이 결연해서 위압감을 준다.

「저자들 엉터리야.」

「평가가 혹독한걸.」

「아냐. 나는 당신의 선택에 동의하지 않아, 다비드. 세 프로젝트 가운데 어느 것도 성공하지 못할 거야.」

「오로르, 진짜 나무라고 싶은 게 뭐야? 지금은 내가 무엇을 하든 당신을 화나게 하는 것 같은데.」

「저 세 사람은 쫄딱 망할 거야. 올해는 제안의 일반적인 수준이 아주 형편없었어. 우리 시대를 기억해 봐. 미래에 관한 진짜 독창적인 생각들이 있었어. 저런 어리석은 발상들이 아니라.」

그는 재킷을 걸쳐 입으며 어깨를 추스른다.

「〈옛날이 더 좋았어〉라고 말하고 싶은 거야? 모든 게 그런 식으로 돌아가지는 않아. 그건 내가 말하지 않아도 당신이 더 잘 알 텐데.」

「아시아 고고학자에게 당신 마음이 끌렸다는 것을 내가 눈치채지 못했을까 봐……. 당신은 그녀의 어리석은 프로젝트를 지지하고 나섰어. 우리 행성과 소통하기 위해서 피라미드들을 이용하겠다는 발상을!」

그는 숨을 깊이 들이마시며 머리를 흔든다.

「나는 전혀 알아차리지 못했는걸.」

「가엾은 다비드, 요즘에 당신이 무엇이든 제대로 알아차리겠어? 겉으로 보기에는 세상이 진보하고 있다고 떠벌리는 사람이지만, 내 눈에는 그저 과거의 늪과 현재의 무분별에 빠져 정체하고 있는 사람일 뿐이야.」

그는 되받아치려다가 포기하고 만다. 이 대목에서도 침묵하는 게 최선이라고 생각한 것이다. 그는 오로르의 뺨에 건성으로 입을 맞추고 발길을 돌린다.

대로로 나와 걷고 있으려니, 어떤 실루엣 하나가 따라온다는 느낌이 든다. 어느 가게의 진열창에 비친 그림자를 살펴보니, 피라미드들을 이용해 지구와 소통하겠다는 한국 여학생이다. 그는 망설인다. 그녀에게 말을 걸까 하고 발걸음을 돌리려 한다. 그러다가 결국 집으로 돌아간다. 아내가 곧 돌아오리라는 것을 알기 때문이다.

4

백과사전: 과학과 감성

생물학자에게는 배우자와 애인이 있어야 한다.

그리하여 배우자에게는 애인과 함께 있을 거라고 말하고, 애인에게는 배우자와 함께 있을 거라고 말한다. 그러면 혼자 조용히 자기 실험실에서 과학 연구를 행할 수 있다.

에드몽 웰스, 『상대적이며 절대적인 지식의 백과사전』 제11권
(샤를 웰스의 개정을 거친 것임)

5

인간의 언어가 전달하는 음파를 식별하고 해독하자면 어떻게 해야 할까?

먼저 다른 생명들의 소통 방식을 살펴보자.

꽃들은 곤충이 옮겨 주거나 바람이 밀어내는 꽃가루를 통해 소통한다.

물고기들은 물의 파동을 이용하여 소통한다.

곤충들은 냄새를 가지고 소통한다.

새들은 노래와 우짖는 소리를 조절하여 대화한다.

이들은 대개 자기들만이 이해하는 신호를 가지고 이런 대화를 나눈다.

〈이리 와서 나하고 짝짓기를 하는 게 어때?〉

〈내가 먹을 것이 있는 장소를 찾아냈는데, 나랑 함께 가서 먹이를 운반해 주면 우리 둘 다에게 도움이 되지 않을까?〉

〈경보! 포식자 한 마리가 다가오고 있어! 우리 빨리 흩어지자!〉

〈여기서 나가! 당신은 내 영역에서 이방인이야!〉

〈저 암컷은 나를 위한 거야! 나한테서 빼앗아 가려고 하지 마. 안 그러면 혼날 줄 알아!〉

생식과 먹이와 공포가 내 표면에서 대화를 주고받는 존재들의 반복적이고 제한적인 주제들이다.

다만 인간은 다르다. 그들은 실제로 미묘한 차이가 생겨

나는 구조적인 언어를 사용함으로써 훨씬 많은 주제들에 대한 다듬어진 생각들을 표현할 수 있다.

나는 오래된 안테나, 즉 나의 〈감각 털〉에 해당하는 나무들을 사용해서 그들의 목소리를 들었다.

나무들은 진동을 일으키는 모든 행위를 탐지한다. 각각의 잎은 빛의 소형 수용기일 뿐만 아니라 다른 형태의 방사나 파동 같은 것을 감지하기도 한다. 그런 다음 수액이 뿌리를 거쳐 내 살 속으로 감지한 것을 전달해 준다.

내 표면을 덮고 있는 무수한 숲을 통해 사람들의 대화가 전해져 온다.

처음엔 그게 한낱 소음이었다.

그다음에는 음악으로 바뀌었다.

머지않아 알아들을 수 있는 말로 변했다.

나는 약간의 인내심을 가지고 그 모든 언어의 암호를 해독하기에 이르렀다.

인간은 자기들이 얼마나 운이 좋은지 알지 못한다. 서로 다른 말들을 무한히 사용해서 의사소통을 한다는 건 지극한 행복이라고 말할 수 있다.

그들의 언어는 미묘한 말들로 가득 차 있다.

정말이지 인간 거주자들이 나에게 가져온 것 가운데 가장 인상적인 것은 그들이 사용하는 어휘의 무한한 표현법이다. 그 표현법을 해독하게 되면서 나는 나 자신의 사고방식이 얼마나 복잡한지를 깨닫게 되었다. 또한 인간이 〈감정〉이라 부르는 것들, 즉 기쁨, 슬픔, 고독, 향수, 우울은 물론이고 애정이나 찬미나 의심이나 분노 같은 것들도 내 안에 있음을 알게 되었다.

그리고 감정을 표현하자면 말에 이어 문장이 왔다. 문장이란 사슬로 묶어 놓은 것처럼 말들을 함께 사용하는 것이다. 마치 진주를 엮어 서로 다른 내용을 만들어 내듯이.

인간 이전에는 생각을 순차적으로 발전시키는 것의 이점을 알지 못했다. 의도도 프로젝트도 없었고, 앞날을 전혀 내다보지 못한 채 당장 눈앞에 닥친 일만을 확인했다.

가장 당황스러운 일은 아마 인간에게서 생각하는 것을 배운 뒤로 나도 그들처럼 생각하기 시작했다는 사실일 것이다.

6

뉴욕. 오팔빛 안개가 맨해튼의 마천루, 결정 모양으로 늘어선 그 건물들 사이로 레이스를 펼쳐 간다.

교통 체증 때문에 대로마다 차들이 넘쳐 난다. 갑자기 눈이 가늘게 흩날리더니, 이내 굵게 송이를 지어 번들번들 도로에 뿌려진다.

자동차들은 속도를 더 늦춘다. 아스팔트에 뿌려지는 하늘의 선물에 전조등 불빛이 비치는 동안, 소음기에서는 잿빛 연기가 피어오른다. 마치 지옥의 입구들 같다.

군중이 빽빽하게 보도를 걸어 지하철 입구로 들어가기도 하고, 신호등의 빨간불에만 멈춰 섰다가 파란불로 바뀌자마자 다시 걸어가기도 한다.

레스토랑의 간판들이 깜박거린다. 경찰과 구조대의 사이렌이 멀리에서 울린다.

텔레비전 중계차들이 한 건물 주위로 몰려든다. 인류에게 중요한 문제를 결정하는 UN 본부라는 빌딩이다. 이스트강(江)을 굽어보는 40층짜리 마천루에 눈송이를 뱉어 내는 하늘이 비쳐 있다.

기자들이 중계차에서 뛰어내려 달려간다. 비상 회의가 소집되어 있음을 알고 있는 것이다.

안으로 들어가자 2백 나라의 국가 원수들이며 대사들이 모여 있다. 황금색과 초록색과 파란색 공간으로 이루어진 UN 총회 홀이다.

모두의 눈이 쏠려 있는 연단에서는 UN 사무총장[3] 스타니슬라스 드루앵이 굳은 표정으로 어깨에 힘을 주며 말을 잇는다. 큰 싸움을 앞두고 있는 것 같은 모습이다.

「……지구에 접근하는 거대한 소행성이 세계의 모든 망원경과 전파 망원경에 탐지되었습니다. 더 자세하게 말하자면, 이 소행성은 길이가 28킬로미터에 달하고 Y자 형태를 취하고 있으며 시속 1만 5천 킬로미터로 우리에게 돌진하고 있습니다. 만약 우리가 이 소행성을 막지 않는다면, 정확히 12일 뒤에 지구와 충돌하는 것을 피할 수 없을 것입니다.」

드루앵 사무총장은 차분함을 유지하려 애쓰고 있지만, 누가 보기에도 흥분한 기색이 역력하다. 그의 위쪽으로 보이는 UN의 상징, 즉 월계수 가지 두 개 사이에 놓인 둥근 세계 지도가 그의 말을 이끈다.

「현재 천문학자들은 이 소행성에 〈테이아 13〉이라는 이름을 붙였습니다. 〈테이아 1〉의 계보를 잇는 소행성이라는 것이죠. 지구의 한 부분을 떨어져 나가게 만든 〈테이아 1〉을 비롯해서 지구로 날아들어 지구를 위험에 빠뜨렸던 열두 개 천

---

3 원문에는 〈UN 의장〉이라고 되어 있지만, 이것을 〈UN 총회 의장〉이라 번역하지 않은 것은 드루앵이 몇 년 뒤에도 임기가 1년뿐인 이 직책을 맡고 있기 때문이다.

체와 비슷하다는 얘기입니다.」

긴 침묵이 이어진다.

「만약 우리가 그 위협을 막지 못한다면, 무슨 일이 벌어질까요?」

몰디브 대통령의 질문이다. 지표의 기복이 없는 자기네 섬나라가 가장 먼저 물에 잠길 염려가 있다는 것을 확신하는 것이다.

스타니슬라스 드루앵은 숨을 깊이 들이마시며 파란 넥타이를 고쳐 맨다.

「제가 상황을 보고하기 위해 전문가들이 작성해 준 메모를 받았습니다. 되도록 간단하게 그것을 소개해 보겠습니다. 그러니까…… 여러분이 생각하시는 데 도움이 되도록 2002년의 사례를 먼저 얘기하겠습니다. 지름 10미터의 소행성 하나가 지구의 대기권에 들어왔습니다. 다행히 대양에 떨어져 피해자는 생기지 않았습니다. 하지만 그로 인해 생겨난 에너지는 히로시마에 떨어졌던 원폭의 스무 배였습니다.」

웅성거리는 소리가 청중 사이로 번져 간다. UN 사무총장이 말을 잇는다.

「과학자들의 계산에 따르면, 지름 50미터의 소행성은 파리와 그 교외를 완전히 파괴하고 1천5백만 명의 인명을 앗아 갑니다. 지름 250미터의 소행성이라면 프랑스를 파괴할 것입니다.」

「〈테이아 13〉의 경우에는 어떻습니까?」하고 몰디브 대통령이 두려움 섞인 목소리로 다시 물었다.

드루앵 사무총장은 짐짓 못 들은 체하며 메모를 읽어 내려간다.

「2억 5천 2백만 년 전에 11킬로미터의 소행성이 오스트레일리아 북부를 강타했습니다. 엄청나게 큰 웅덩이가 생겨났고, 오스트레일리아를 넘어서는 멸종이 일어나 지구 전역의 생물종들 가운데 70퍼센트가 사라졌습니다. 3천만 년이 지나서야 그 충돌 이전과 비슷한 수준의 생물 다양성이 회복되었죠. 이 소행성은 지구상에 네 번째의 대멸종을 가져온 셈입니다.」

여러 참가자의 해설이 UN 총회 홀 안으로 퍼져 간다.

「그런데 〈테이아 13〉은 어떻습니까?」 하고 몰디브 대통령은 더 불안해진 음성으로 되묻는다.

드루앵 사무총장은 메모지에서 고개도 들지 않고 계속 읽어 나간다.

「6천 5백만 년 전에 16킬로미터의 소행성이 지구의 표면을 강타했습니다. 멕시코 칙술루브 지역에 충돌구가 생겨났고, 다섯 번째 대멸종이 야기되어 공룡이 소멸했죠. 몇 달 동안 지구를 캄캄하게 만들기까지 했습니다. 이번에는 80퍼센트의 생물종이 사라졌습니다.」

「그렇다면 〈테이아 13〉은 어떻습니까?」 하고 몰디브 대통령이 자리에서 일어서며 소리친다.

「〈테이아 13〉은…… 제가 제대로 이해한 것이라면, 전문가들이 그 크기와 속도를 아주 높게 잡고 있습니다. 길이가 28킬로미터나 되는 것이 시속 1만 5천 킬로미터로 돌진해 온다면…… 그저 탄도학의 측면에서 볼 때 여섯 번째 대멸종을 예고하는 것이죠. 지구 표면에 살고 있는 생물종의 90퍼센트가 소멸하리라는 얘기입니다.」

이번에는 곳곳에서 탄식이 터져 나온다. 그 짤막한 수치가 청중을 아연하게 만든 것이다.

「90퍼센트가 죽는다고!」

「어쩌면 그보다 더 많이 죽을지도 모릅니다.」하고 드루앵 사무총장은 한술 더 뜨며 무기력한 한숨을 내쉰다.

신생국의 대표 에마 109가 발언권을 신청한다. 아소르스 제도의 서쪽 끝 플로르스섬에 살고 있는 초소형 인간들을 대표하여 나온 왕이다. 그러자 드루앵 사무총장은 〈여러분, 조금 조용히 해주시겠습니까?〉하면서 청중을 진정시키려고 애쓴다.

에마슈들의 군주는 몸이 책상 위로 올라와 있다. UN 본부의 직원 한 사람이 받쳐 주고 있는 것이다. 그녀의 날카로운 목소리가 즉시 울린다. 사무총장은 의사봉을 두드려 청중의 정숙을 요구한다.

「공황 상태에 빠지지 마십시오. 이전의 상황들과 같지 않습니다.」왕은 목소리에 힘을 준다.「네 번째와 다섯 번째 대멸종 때와 다르게 우리는 미리 손을 쓸 수 있습니다.」

「어떻게 손을 쓴다는 말인가요?」

「아주 과학적인 방식으로요. 저희에게는 소행성에 맞서 지구를 구하는 방법이 있습니다. 〈우리 어머니이신 행성 구하기〉라는 이름이 붙은 이 방어 체계는 완벽하게 작동합니다. 저희 초소형 인간들은 이미 우리 행성으로 날아드는 소행성들을 파괴하는 작전을 수행한 적이 있고, 오늘날에도 성공할 수 있습니다. 여러분은 과거에 저희를 믿어 주셨고 모든 것이 잘 돌아갔습니다. 그랬듯이 현재와 미래에도 저희를 신뢰하실 수 있습니다.」

「방어 체계가 작동된다는 말은 〈림프구 12호〉의 임무를 염두에 둔 것이로군요. 그것은 작년에 〈테이아 12〉가 날아왔을 때의 일입니다. 혹시 잊은 분들이 계실까 봐 말씀드리자면, 〈테이아 12〉는 이번 것에 비해서 크기가 10분의 1밖에 되지 않았고 속도도 3분의 1을 넘지 못했습니다.」 러시아 대통령 블라디미르 파블로프가 익히 알고 있는 주제라는 듯 발언에 나섰다.

「〈테이아 12〉는 우주 분야에서 저희의 첨단 테크놀로지가 어느 수준에 도달했는지를 보여 주었습니다. 저희는 소행성을 효과적으로 파괴하기 위해 원자 폭탄을 설치하고 원격으로 폭발시킬 수 있는 팀을 만들었고, 그들을 로켓에 태워 보낼 수 있는 능력이 있음을 입증해 냈습니다. 현재 〈테이아 12〉의 잔해는 우주 공간에서 먼지처럼 떠돌고 있습니다. 분명하게 말씀드리지만, 저희는 소행성 〈테이아 13〉도 먼지 상태로 만들 수 있습니다. 그것이 〈테이아 12〉보다 크고 빠르다 해도 상관없습니다, 파블로프 대통령님.」

대사들과 국가 원수들이 다시 들썩거리자, 스타니슬라스 드루앵은 부득이하게 상아 의사봉을 두드려 명망 높은 청중을 진정시켜야 한다.

「부탁드립니다, 여러분. 에마 109 왕께서는 연설을 마치시지 않은 것 같습니다. 우리 더 들어 봅시다.」

「감사합니다, 사무총장님. 저는 이런 종류의 임무가 아주 까다롭다는 점을 인정합니다. 그리고 사실대로 말씀드리자면, 저희에게 기술적으로 한 가지 문제가 있습니다. 저희가 쓰던 전파 망원경이 갑자기 고장 났습니다. 긴급하게 새 전파 망원경을 마련하여 그 임무를 가장 적합한 조건에서 준비하고 통괄하도록 해야 합니다. 전파 망원경이 조준기와 비슷하다는 점을 고려하신다면……」

「이제 성능 좋은 전파 망원경이 없다는 말씀입니까?」 몰디브 대통령이 말을 끊었다. 「그런 결함 때문에 소행성을 파괴하는 임무에 문제가 생길 거라고 보지 않으십니까?」

초소형 인간들의 왕은 청중을 안심시키려는 어조를 취한다.

「저희 에마슈들은 우주 임무에 관한 모든 기술과 경험을 인간 공동체를 위해 기꺼이 내놓고자 합니다. 하지만 최대한의 안전을 기하고자 하신다면, 저희를 더 도와주셔야 할 겁니다. 이것은 긴급 사태입니다. 저희나 여러분이나 모두가 깨닫고 있습니다, 안 그렇습니까?」

드루앵 사무총장은 눈살을 찌푸린다. 중국의 국가 원수인 창 주석은 다른 사람들이 속으로 생각하고 있는 것을 아주 큰 소리로 발설한다.

「에마 왕, 은근히 협박을 하시는 것입니까? 인류 전체를 인질로 잡으시려고요?」

왕은 마이크를 향해 조금 더 다가선다.

「저희가 알려 드리고 싶은 것은 그저 더 성능이 뛰어난 도구만 있다면 우주에서 날아오는 소행성을 더 효과적으로 파괴할 수 있다는 것입니다. 이것은 인류의 전반적인 이익을 생각할 때 모두에게 도움이 됩니다. 지구는 이미 다섯 번의 대멸종을 겪었습니다. 더 이상 그런 일이 생기기 않도록 성공의 가능성을 최대한 높여야 한다고 생각합니다.」

이란 대통령 자파르가 일어나서 소리친다.

「당신들 초소형 인간들은 그 무엇도 요구할 권리가 없어요. 당신들은 실험실에서 나온 인류의 아종일 뿐인데, 감히 우리에게 훈계를 하고…….」

마이크 소리가 끊겨서 아무도 뒷말을 알아듣지 못했다.

「죄송합니다, 자파르 대통령님. 무슨 얘기든 마저 하시려면, 발언권을 신청하셔야 합니다. 그저 손만 드셔도 좋습니다.」드루엥 사무총장이 정중하게 사과한다.

「제가 발언권을 신청합니다!」

나탈리아 오비츠가 소리쳤다. 작은 몸으로 군의 정보기관에서 일한 바 있는 이 놀라운 여인 역시 경력에 변화가 생겼다. 프랑스 대통령 직속의 특별 임무 팀에서 팀장으로 일하다가 UN 주재 프랑스 대사가 된 것이다.

「저희는 툴루즈에 신세대의 거대한 전파 망원경을 가지고 있습니다. 마침 그것을 사용하기 위해 시각적인 오염이 없는 장소를 찾던 중이었습니다. 저희는 적도에서 멀지 않은 지역이기를 바랐습니다만, 인류 전체의 이익을 생각해서 아소르스 제도에 설치할 수도 있습니다. 그러면 에마슈들은 대형 통제 컴퓨터에 자기들의 작은 컴퓨터들을 연결해서 어려움 없이 전파 망원경을 조종할 수 있을 것입니다. 그런데 그 전파 망원경이 엄청나게 큽니다. 그것을 툴루즈에서 마이크로 랜드로 옮기자면 상하좌우가 충분히 넓은 비행기가 있어야 하는데, 저희에게 그것이 없습니다.」

러시아 대통령이 손을 든다.

「저희는 그런 요청에 응답할 준비가 되어 있습니다. 앨버트로스 유형의 비행기가 있거든요. 무겁고 거추장스러운 짐들을 운반하기에 적합한 비행기입니다. 비행기나 로켓의 부품을 운반하기 위해 설계된 것이었죠. 항공의 역사를 통틀어 이보다 큰 항공기는 없었습니다.」

스타니슬라스 드루앵은 옳거니 하면서 책상을 탁 친다.

「좋습니다. 이제 인류의 운명은 에마 109 왕, 오비츠 대사, 파블로프 대통령의 손에 달려 있습니다. 개인적으로 말해서 저는 마음이 탁 놓입니다만, 각 나라의 국민에게 이 희소식을 전하는 건 여러분의 몫이라고 생각합니다. 국민들이 불안에 떨지 말게 하십시오. 상황은 완전히 통제되고 있습니다. 겁낼 것이 전혀 없습니다.」

청중은 저마다 마음을 가라앉히고 자기들의 불안을 격렬하게 표출했던 것을 후회한다. 긴장했던 얼굴들에 온화한 기색이 돌아온다. 어떤 청중은 농담을 하고, 자기들의 두려움 자체를 우스개로 삼는다.

분위기가 달라진 틈을 타서, 드루앵 사무총장은 의사일정에 속한 몇 가지 의제를 빠르게 처리해 나간다. 발트해의 오염, 북극 빙하 감소, 꿀벌의 소멸, 일본 포경 산업 통제, 중동에서 벌어진 테러, 북한의 젊은 독재자가 내놓은 새로운 도발. 각국 대표들은 〈테이아 13〉의 언급으로 비롯된 아드레날린 분비를 빠르게 잊어버린다.

평소와 같은 논쟁이 곧 UN 총회 홀을 왁자하게 만든다. 판에 박은 듯하다.

7

얼마 전부터 인간들 때문에 걱정이다.

똑똑해서 빠르게 진화하기는 하는데 방향이 항상 옳지는 않다.

인간들은 내 표면에서 우글거리는 개미들과 비슷하다. 그런데 자기들보다 1억 1천3백만 년이나 앞선 개미들에 비해,

덩치가 크고 무거우며 훨씬 파괴적이고 심하게 환경을 오염시킨다. 한마디로 나에 대한 존경심이 덜하다.

그들은 생각이 빠를 때도 있지만, 자기들이 직접적으로 편의를 얻을 때만 그러하고, 자기들의 행동이 공간과 시간 속에서 어떤 결과로 나타날 것인가에 대해서는 깊이 생각하지 않는다.

그래도 인정할 것은 인정해야 한다. 그들은 내가 기대했던 분야에서 성공을 거뒀다. 나의 가장 나쁜 천적인 소행성들에 맞서 나를 지켜 줄 수 있다는 것을 보여 주었다.

나는 소행성을 두려워했고, 안전을 원했으며, 그들의 〈어머니이신 행성 구하기〉라는 임무 덕분에 안전을 얻었다.

인간들은 외부의 적에 맞서 나를 지켜 준다.

그런데 이건 또한 무슨 일인가?

기이하다. 하나의 메시지가 나를 겨누고 있었다는 느낌이 든다. 새로운 형태의 그 이상한 소식을 접하고 더듬이 구실을 하는 나무들이 전율한다.

아주 분명한 소식은 아니다. 머나먼 곳에서 날아온 소식, 내 표면의 인간들이 내지 않은 소식이다.

무엇일까? 이것을 어떻게 받아들여야 할까?

8

소행성 경보

〈테이아 13〉이라는 소행성이 지구에 접근하고 있다는 소식은 이미 알려 드린 바 있습니다. 그런데 드루앵 UN 사무총장이 우리 모두를 안심시키는 새로운 소식을 발표했습니다. 상황은 완전히 통제되고 있고, 에마슈 기술자들이 곧 자기들의 로켓들 가운데 하나를 보낼 것이라고 합니다. 그 로켓은 소행성이 더 가까이 접근하는 것을 막고 간단하게 문제를 해결하여 우리 지구를 보호하리라는 것입니다. UN 사무총장의 말을 직접 듣겠습니다. 〈두려워할 것이 전혀 없습니다. 어느 누구에게도 위험이 따르지 않을 것입니다.〉 소행성이 접근하고 있다는 소식에 이어, 모두를 평안하게 만드는 소식이 당도한 것입니다.

축구

오늘 주목할 만한 두 번째 사건은 곧 아테네에서 벌어질 프랑스와 몰도바의 월드컵 예선 경기에 대한 프랑스 선수들의 전망입니다. 프랑스 팀의 주장 요바노비치는 자기와 함께 뛰는 중앙 공격수 쿠아시 쿠아시가 부상을 당했음에도 승리에 대한 자신감을 피력했습니다. 이렇듯 프랑스 선수들은 몰도바 선수들의 실력을 무시하는 경향이 있습니다. 몰도바 팀은 이제껏 강한 투지를 보여 왔고 위험한 플레이를 개의치 않았습니다. 특히 이 팀의 스타인 오른쪽 윙어 가진스키가 그러했습니다. 그러나 우리 프랑스 선수들은 그런 견해를 믿지 않는 것 같습니다.

국제

기도 시간에 맞춰 사람들이 많이 모인 바그다드의 한 수니파 사원 앞에서 폭발물을 가득 실은 자동차가 폭파되었습니다. 현재까지 사망자 쉰 명과 부상자 1백 명이 나왔다고 합니다. 이 테러는 〈정의와 자유〉라는 이름의 시아파 소집단이 자기들의 소행이라고 밝혔고, 아마도 일종의 복수로서 행해

진 것 같습니다. 사흘 전에 한 시아파 사원에 화재가 발생했
는데, 수니파 특공대가 저질렀다는 이 테러로 인해 스무 명
의 사망자가 발생한 바 있습니다. 현재 〈정의와 자유〉에 물
자를 공급하고 재정적인 지원을 아끼지 않는 주된 세력은 이
란입니다. 그래서 우리는 이란 쪽으로 의심의 눈길을 돌리지
않을 수 없습니다. 한편 사우디아라비아는 이라크에 있는 수
니파 테러 집단을 공개적으로 지지하기 시작했습니다.

테크놀로지

로봇 공학자 프랜시스 프리드먼 교수는 최근에 개발한
〈아시모프 004〉 형태의 안드로이드 로봇을 자기의 프랑스
연구실에서 발표했습니다. 훨씬 발전된 〈자아의식〉을 가진
새로운 모델입니다. 〈자아〉, 〈초자아〉, 〈이드〉라고 하는 심리
의 세 구성 요소에 접근하는 것이 가능해진 덕입니다. 하지
만 이 로봇 공학자는 한 가지 장애에 봉착했습니다. 그의 안
드로이드 로봇들은 심리적으로 깊어진 만큼 개체의 〈마음
상태〉를 알게 될 것이고, 특히 죽음에 대한 공포를 경험하게
될 것입니다.

우주 비행

〈우주 나비 2호〉 프로젝트에 또다시 험한 일이 생겼습니
다. 혹시 잊은 분이 계실까 봐 다시 말씀드리자면, 이 프로젝
트는 태양계를 벗어난 곳에 있는 지구를 닮은 행성에 도달하
기 위해 〈노아의 방주〉 유형의 우주선에 14만 4천 명을 태우
고 떠나는 것을 목표로 삼고 있습니다. 지구의 식물과 동물
을 이어 나갈 표본들을 함께 싣고 가는 것은 물론입니다. 이

광자 추진 우주선은 10년 넘게 숱한 훼손과 사고를 겪었고 집단적인 파손을 당하기도 했습니다. 이번에는 캐나다의 억만장자 실뱅 팀시트가 〈우주 불운〉 씨라는 별명에 걸맞게 노동자들의 총파업에 직면하고 말았습니다. 이 총파업은 한 노동자가 퍼뜨린 소문에 근거한 것으로 보입니다. 그 소문에 따르면 프로젝트는 곧 중단될 것이고, 노동자들이 모두 해고 당하리라는 것입니다.

노년학

인간 수명의 기록이 파비엔 플롱이라는 할머니에 의해 깨졌습니다. 이로써 이 할머니는 기네스북에 최고령 노인으로 기록될 것입니다. 제라르 살드맹 박사가 운영하는 제네바 노년학 센터에서 파비엔 플롱 여사는 오늘 151회 생일을 맞이했습니다. 현장에 나가 있는 우리 특파원 조르주 샤라스를 연결하겠습니다. 그가 플롱 여사를 인터뷰할 모양입니다. 조르주 샤라스?

「네, 저는 지금 플롱 여사를 마주하고 있습니다. 바로 인터뷰를 시작하겠습니다. 플롱 여사, 이토록 장수하신 데에는 어떤 비결이 있나요?」

「내가 오래 사는 것은 제라르 살드맹 박사가 베풀어 주신 첨단의 처방 덕분이랍니다. 췌장은 돼지의 것을 이식했고, 간은 배아 줄기세포를 이용해 새로운 것으로 바꾸었으며, 심장은 전자 맥박 조정기의 도움을 받고 있어요. 이 모든 것이 나한테 잘 맞나 봐요. 내가 지금 귀로 듣는 것도 귀에 기구를 이식했기 때문이죠. 하지만 이 안경은 보통의 안경이에요, 하하하! ……바라건대 내가 모든 사람들에게 희망을 주었으면 좋겠어요. 1백 살이 넘어도 삶이 있어요. 150살이 넘어도 마찬가지죠.」

「의학의 측면에서는 그렇다 치고요, 장수의 다른 비결은 없나요, 풀롱 여사님?」

「음…… 네 가지가 있어요. 먼저 웃음이에요. 나는 모든 걸 조롱했지요. 무엇 하나 예외가 없었어요. 예를 들어 나는 집을 팔았는데 산 사람은 내가 죽으면 들어와 살기로 되어 있었어요. 내가 곧 죽을 줄 알고 매매 계약을 했던 거죠. 나중에 크게 딸 생각을 하고 생명 보험을 들었다고 보시면 돼요. 그런데 그 사람이 죽었다는 소식을 들었지 뭡니까? 두 번째로 스포츠를 전혀 하지 않는 겁니다. 내 생각엔 몸을 움직여 봤자 관절이 상하고 마모될 뿐이에요. 세 번째로 브로콜리 얘기를 해야겠군요. 나는 언제나 브로콜리를 많이 먹었어요. 수프나 퓌레를 만들어서 먹기도 했고 차를 달여서 마시기도 했죠. 브로콜리에는 셀레늄이 다량으로 함유되어 있어요. 그래서 뇌에 참 좋아요. 네 번째로 이게 아마 가장 중요하지 않을까 싶은데요. 노동을 하지 않는 것, 이게 비결 가운데 비결이죠. 나는 안락한 귀족 가문에서 태어났고 노동이라곤 전혀 해본 적이 없어요. 가정부며 정원사며 내 하인들을 이끄는 데 신경을 쓰는 일이 남아 있기는 했는데, 〈어떤 일이 잘되기를 바란다면 너보다 정통한 사람에게 그 일을 맡겨라〉라는 게 내 슬로건이었죠. 참 잘된 일이었어요. 사실 내가 어떤 것에도 정통하지 않으니까요…….」

「듣자 하니 담배도 피우시고 술도 드신다고 하던데요. 두 가지 다 의사들이 권하는 지시 사항은 아니지 않습니까?」

「그래요. 나는 그 두 가지를 금한 적이 없어요. 밤마다 잠

자리에서 적색 보르도를 작은 잔에 따라 마시고 자요. 그게 수면에 도움이 되거든요. 그리고 잠에서 깨어나면 담배를 한 개비 피워요. 필터가 달린 담배이긴 하지만, 침대에서 일어나는 데 도움을 주죠. 세르주 갱스부르가 이런 말을 했어요. 〈나는 마시고 피운다. 알코올은 과일을 간직하고 담배 연기는 고기를 간직한다.〉」

인구

세계 인구 센터가 새로 발표한 통계에 따르면, 2백 개국에 걸쳐서 1백억 명이 살고 있는 것으로 조사되었습니다. 전체적으로 볼 때 인간은 신장이 증가했습니다. 성인의 평균이 175센티미터에서 177센티미터로 늘었으니까요. 성비를 놓고 보면, 남성 58퍼센트에 여성 42퍼센트로 인류가 더 남성화되었음을 알 수 있습니다. 평균 수명은 남성의 경우 86세에서 87세로, 여성의 경우 89세에서 91세로 늘었습니다. 반면에 일반적인 지능 지수는 10년 사이에 3퍼센트 낮아졌습니다. 그 이유 중 하나는 컴퓨터와 스마트폰의 보편적인 사용으로 주의력과 기억력을 발전시킬 필요가 없어졌기 때문입니다. 요즘에는 암산을 제대로 하는 사람이 없을 정도입니다. 마지막으로 이 분석을 마무리하는 뜻에서 최근의 연구 성과 하나를 알려 드리겠습니다. 인구수가 증가하고 음식물이 엄청나게 소비됨으로써 앞으로 30년 안에 식단의 원재료와 물과 공기가 바닥나리라고 합니다.

날씨

비가 올 것으로 보입니다. 사나운 바람을 예고하는 폭풍

성의 비가 내릴 것입니다. 외출하실 때는 따뜻하게 입고 나
가십시오.

9

손 하나가 뉴스 채널을 꺼버린다.

「오늘의 끔찍한 소식은 여기까지 보기로 하자.」 오로르 카
메러 웰스가 말했다. 「저보다는 맛있는 식사를 하는 게 낫지.
내게 좋은 소식 하나와 나쁜 소식 하나가 있는데.」

오로르는 자리에서 일어나 닭구이를 가져온다. 기름 국물
에 노릇하게 구운 감자와 동그랗게 썬 양파와 정향을 곁들여
먹는 요리이다.

「좋은 소식이란 우리가 맛있게 먹게 되리라는 거야.」

세쌍둥이 이슈타르와 케찰코아틀과 오시리스는 열 살이
다. 그들은 닭고기를 퍼주자마자 포크와 손가락으로 탐욕스
럽게 먹는다.

「그럼 나쁜 소식은 뭐지?」 다비드가 물었다.

「나는 확신할 수가 없어. 음식이 우리 다섯 식구를 위해 충
분한 것인지.」

「저기요, 아빠. 공룡의 마지막 후손이 닭이에요?」 이슈타
르가 입에 음식을 가득 문 채 물었다.

「음, 글쎄…… 틀린 얘기는 아니지. 새도 공룡의 먼 후손이
니까. 다리를 보면 알잖아. 닭도 다리를 보면 공룡과 비슷
하지.」

「그러니까 자연은 더 작은 쪽으로, 따뜻한 피가 흐르는 쪽
으로 선택을 한 건가요?」

「지구는 동물과 식물의 종들이 되도록 자기를 덜 괴롭히

도록 변화시키지. 공룡은 너무 무겁고 너무 파괴적이어서 변화가 불가피했을 거야. 그래서 지렁이를 입에 문 닭이 나오지 않았을까?」

「하지만 도마뱀 역시 작은 공룡이잖아요.」오시리스의 말이었다.

「도마뱀은 크기가 작고 비슷하게 생겼지만 자연을 해치지 않는 동물이라고 볼 수 있어. 크기를 줄이거나 체온 조절 메커니즘을 수정할 필요도 없고, 없애 버릴 필요는 더더욱 없는 동물이지.」

「그러니까 이슈타르 말대로 우리는 공룡의 후손을 먹고 있는 건가요?」

「케첩을 발라 먹으니까 더 맛있는걸.」

아이들은 빵을 작은 공처럼 말아 서로에게 던진다. 뉴스에서 본 소행성 같은 모습이다.

「아빠, 〈테이아 13〉의 길이가 28킬로미터인 모양인데, 그게 위험한 건가요?」오시리스가 물었다. 자기 역시 과학에 관심이 많다는 사실을 보여 주려는 것이다.

다비드는 음식을 삼키고 고개를 끄덕인다.

「나는 에마 109 왕을 잘 알고 신뢰한단다. 경험으로써 자기 민족을 대표하는 인물이지. 사건을 완벽하게 관리해 낼 거야. 위험은 전혀 없어.」

「나를 불안하게 하는 것은 소행성이 아니라 인류가 매우 빠르게 증가하고 있다는 거예요.」이슈타르는 여전히 입 안에 음식을 넣은 채로 다시 말문을 열었다.「어쨌거나 새로 생긴 인류가 보여 준 것은 우리가 10년 사이에 70억에서 1백억으로 넘어갔다는 사실이에요. 그러니까 수학적으로 말해서 출산 통제가 없다면 우리는 수가 너무 많게 돼요. 나중에는 그저 먹기 위해서 서로 죽여야 할 거라고요.」

그러고는 구운 감자 하나를 더 집어, 삼키듯이 먹는다.

「바보 같은 소리 작작해라, 이슈.」 케찰코아틀의 반박이다. 「너도 잘 알잖아. 새로운 생태주의자들은 가족당 최대 두 명의 자녀를 낳음으로써 인구 성장을 억제하자는 제안을 해. 우리는 벌써 둘 하고도 하나가 더 있어. 생태주의자들의 얘기대로라면 우리도 하나가 더 많은 거야.」

「그렇다면 우리 집에서는 네가 없어지는 게 좋겠는걸.」 오시리스가 비웃음을 섞어 가며 말했다.

「아니, 없어질 사람은 너야. 멍청하고 못되었잖아.」

「아! 이런 애들이 어떻게 한 세대를 이끌어 간담.」 하고 오로르가 한숨을 내쉬었다. 「이따금은 애들을 낳은 게 후회가 돼.」

그 말의 효과는 즉각적이다. 세 아이 모두 당황한 기색으로 말을 멈춘다. 아이들의 반응을 보며 오로르는 서둘러 설명을 보탠다.

「농담이었어. 내가 너희를 얼마나 좋아하는지 알잖아.」

하지만 세쌍둥이는 시간이 어긋나 버린 어머니의 유머를 즐기는 것 같지 않다. 다비드가 나선다.

「엄마가 우스갯소리로 말씀하신 거야. 그리고 이건 걱정하지 말라고 하는 소리인데, 새로운 생태주의자들이 무어라 하건 출산 제한은 없을 거야.」

「아빠, 왜 그렇게 생각하세요?」

「저마다 자기가 원하는 만큼 아이를 낳는 것은 모든 인간의 양도할 수 없는 권리라고 생각하기 때문이야.」

「인류가 너무 많아지면, 어떻게 그 사람들을 모두 먹여 살리죠?」

「먹을거리의 생산량을 늘려야겠지.」

「하지만 그렇게 되면 땅이란 땅은 과잉 경작으로 황폐화할 거야. 음식의 질도 나빠질 거고.」

적갈색 머리 오시리스의 말에 케찰코아틀이 반박한다.

「천만에, 수경 재배라는 게 있잖아. 땅이 없어도 그저 영양분이 있는 수조만 있으면 모든 게 자랄 거야.」

「웩, 맛 같은 건 생각할 수도 없겠다!」

「화학자들이 그런 실험을 했다고 들었어. 앞으로는 영양소뿐만 아니라 비타민과 인공 향료까지 첨가한다더라고. 과학의 피해를 바로잡는 것은 바로 과학이라는 것이지.」

이슈타르의 말에 다비드가 고개를 끄덕인다.

「그래, 흙이 식물의 성장에 필수적인 것은 아니지.」

「하지만 물과 영양소는 흙에서 와요. 아무것도 없이 먹을거리를 만들 수는 없어요. 인공의 물을 만들어 낸다면 또 몰라도.」

다비드와 오로르는 조금 놀란 기색을 보이며 열 살밖에 안 된 자녀들이 미래를 놓고 하는 토론에 귀를 기울인다.

이슈타르가 두 오빠에게 깊은 인상을 주려는 듯 더 진지한 목소리로 말을 잇는다.

「나는 우리가 숨이 막힐 것 같은 세상을 만들고 있다는 느낌이 들어. 출산 통제를 하자는 법안에 찬성하지 않으면 말이야.」

「인간은 언제나 독창적인 해결책을 찾아냈어. 너는 그런 능력을 믿지 않는 거야.」케찰코아틀의 대답이다.

다비드는 식구들에게 감자를 나눠 주면서 덧붙인다.

「어쨌거나 오늘은 우리 가족이 먹을 게 충분하구나. 얘들아, 접시를 내밀어 봐.」

다비드는 감자를 나눠 준 다음, 자기 생각에 빠진 듯 기계적으로 포크질을 한다.

「무슨 생각 하고 있어, 여보?」

「이 아이들이 나이는 어려도 벌써 아주 성숙한 견해를 가지고 있다고 생각했어. 201번째 나라는 미래 세대의 나라야. 그들의 대표가 UN에 나올 수 있다면 좋겠어.」

「UN에 아이들 대표가?」

「북아메리카 선주민들은 파우와우라는 축제를 벌였어. 그때마다 지도자들이 모여서 무슨 결정을 내렸지. 자기들뿐만 아니라 앞으로 다가올 일곱 세대에게 어떤 결과를 가져올지 고려한 결정이었대. 우리도 그런 식으로 해야 해. 우리는 지구에 대한 의무가 있을 뿐만 아니라, 이 세계를 이어받을 모든 인간들에 대해서도 의무가 있어. 네가 나한테 뭐라고 했는지 생각해 봐. 〈우리는 부모의 기대를 충족시키려 하기보다 자식 세대에게 무엇을 남겨 줄 것인지를 고민해야 해.〉 부모와 자식이 양립할 수 없을 때는 자식에게 투자할 수 있는 게 낫다는 말 아니야?」

「내가 그 말을 했던 것은 아직 아기를 낳아 보지 않았기 때문이야. 이젠 달라. 우리의 뒤를 이을 세대에는 그저…… 버르장머리 없고 은혜를 모르고 잘난 체하는 애들밖에 없어.」

세쌍둥이는 어머니의 말을 듣고 갑자기 동물의 울음소리를 낸다.

「아! 엄마는 다음 세대를 예고하고 있어. 그것도 빙 돌아가지 않고 직접적으로.」

그러면서 그들은 일제히 웃음을 터뜨린다. 다만 오로르는 진지한 표정을 짓다가 얼굴에 그늘이 진다.

「얼굴 찡그리지 말아요, 엄마. 무슨 일이에요?」 오시리스가 물었다.

「이슈타르 말대로 인구가 너무 빠르게 증가하는 게 걱정이야. 이런 식으로 계속 나아가면 이 행성에서 우리 자식들이 살아갈 수 있겠어? 먹을거리는 바닥날 것이고 온 세상 사람들이 서로 죽이려고 난리 칠 거야. 내가 쥐들을 우리에 가둬 두고 그것을 실험해 봤어. 똑같은 우리 안에 쥐들의 수가 많으면, 갈수록 난폭해지고 나중에는 저희를 잡아먹어.」

「그걸 막으려면 어떻게 해야 하는데요, 엄마?」

「눈먼 무리를 벗어나게 해야 해. 심연 쪽으로 돌진하도록.」

갑자기 그녀의 얼굴이 탈바꿈하듯 변한다. 한쪽 손으로는 행주를 움켜쥔다. 마치 누군가를 목 졸라 죽이고 싶어 하는 손짓이다. 그녀는 흘러내린 머리를 쓸어 올리고, 남편을 엄한 눈초리로 바라본다.

「우리가 무언가를 해낼 수 있어.」

「우리가요?」 이슈타르가 호기심을 느끼며 물었다.

하지만 어머니는 이제 이슈타르에게 말을 걸지 않는다.

「얘들아, 자러 가야지. 시간 됐는데.」

세쌍둥이는 그 갑작스러운 변화에 놀랐지만, 순순히 따르는 게 좋겠다고 생각한다.

「아빠한테 밤 인사 하고, 나한테 뽀뽀해야지. 우리가 하던 이야기는 내일 계속하자.」

「잘 자라, 얘들아!」아빠가 소리쳤다.

「안녕히 주무세요, 아빠.」

아이들은 부모의 볼에 차례로 입을 맞춘 다음, 저마다 자기 방으로 간다.

오로르는 식탁을 치우고, 여전히 딱딱한 표정으로 남편 맞은편에 앉는다.

「좋지 않아. 앞으로도 좋지 않을 거야. 나는 이런 삶을 전혀 견디지 못하겠어.」

「어럽쇼. 이건 딴 얘기네.」

「10년 전부터 우리는 마치 은둔자들처럼 살아가고 있어. 성공이 우리를 마취시켰어. 명예가 우리에게서 일체의 반항심을 없애 버렸어. 자식들은 우리를 돈과 시간과 먹을거리와 휴가를 관리하는 사람으로 변화시켰어. 우리는 이제 흥미로운 일들을 전혀 해내지 못하고 있어.」

오로르는 아까 그 행주를 더욱 세게 그러쥐며, 눈을 가늘게 뜬다.

「10년 전에는 다비드 너와 내가 뉴스를 만들었어. 오늘날에는 하나의 공연을 보듯이 뉴스를 관람해. 많은 사람을 불행에 빠뜨린 재앙과 스캔들을 보면서 우리는 하품을 하고 두 명의 중늙은이처럼 소파에서 잠이 들어 버리지.」

「무슨 말을 하려는 건지 모르겠어.」

「모험이란 미래를 밝히기 위해 어둠 속으로 돌진하는 거야. 지금 네가 하는 일과는 달라. 진화 학술 대회를 한답시고 강의실에 학생들을 모아 놓고 뭘 하지? 좋은 연구를 하겠다고 계획서를 낸 부르주아 자식들에게 수표를 나눠 주는 게 전부 아냐?」

「그 문제를 놓고 네가 날 비난하는 거야? 분명히 말하지만, 우리는 세쌍둥이가 들어섰을 때, 모험가 노릇을 그만두기로 결정했어. 그것도 일리가 있는 결정 아냐? 우리는 애들을 돌보아야 했어.」

그는 과일 바구니에 있던 포도 한 송이를 잡더니 한 알 한 알 따먹는다.

「너 자신을 속이지 마, 다비드. 너한테는 무언가를 주도적으로 해보려는 게 없었어. 그래서 애들을 핑계 대며 뒤로 빠진 거야. 그 뒤로 10년 동안 네가 얼마나 변했는지 너도 잘 알 거야. 그놈의 동그란 배 좀 봐. 적어도 10킬로그램은 늘었을 거야. 한 해에 1킬로그램씩.」

그는 눈에 띄지 않게 윗몸을 일으켜 배를 집어넣는다. 하지만 그 불편한 자세를 오래 견디는 데는 실패한다. 오로르는 과일 껍질 벗기는 칼을 남편에게 내민다.

「그래서 우리가 무엇이 되었지, 다비드? 지금 너한테 묻고 있는 거야.」

「우리의 책임을 포기하면서까지 아무 일이나 할 수는 없지. 우리한테는 애들을 가르쳐야 할 의무가 있어.」

「애들을 가르친다고? 농담하니? 이미 텔레비전이나 스마트폰 앞에서 비디오를 보거나 게임을 하면서 시간을 보내는 애들이야. 지금 내가 말하는 순간에도 세 아이 모두 태블릿을 틀어 놓고 게임을 즐기고 있을걸. 집에 있는 동안 애들에게 독서 취미를 불어넣지 그랬어?」

다비드는 그 말에 조롱이 담겨 있음을 알아차리지 못했다.

「우리 시대의 보통 사람들은 누구나 비슷해.」

「그래, 다비드, 내가 비난하고 싶은 게 바로 그것일 거야.

우리 시대의 정상적인 삶은 나를 짜증 나게 해. 에마 109가 우리 행성을 보호하기 위한 로켓을 쏘아 올리고, 드루앵이 UN의 회의를 주재하는 동안, 너와 나는 무엇을 했지? 진정하게 쓸모 있는 무언가를 했어?」

그는 아내를 빤히 바라본다. 그럴싸한 논거를 찾아보려고 하지만 마땅한 것이 없다.

「우리는 소르본 대학 진화 학술 대회에서 가장 뛰어난 학생들을 선발해. 미래를 이끌어 갈 젊은이들이지.」

「우리를 대신해서 미래를 예견하는 일을 한다는 거로군.」

오로르는 그러면서 남편 쪽으로 몸을 기울인다.

「너 자신을 봐, 다비드. 너는 이제 너 자신의 유령에 지나지 않아. 네가 어떤 사람이었지? 독감이 한창 유행하던 시절에 어머니를 구하겠다고 달려갔던 사람이었어. 최면 상태에서 아득한 과거를 다시 살면서 초소형 인간들을 발명한 사람이었어.」

그러고는 남편에게 과일 껍질 벗기는 칼을 다시 내민다.

「미리 알려 둘 게 있어, 다비드. 나는 박물관 소장품의 형태로 개인적인 미래를 생각하고 있지 않아. 내 나이 마흔 살이야. 만약 살드맹 박사의 처방을 따른다면, 110년 넘게 살수도 있어. 그러면 그 세월 동안 뭐 하지? 저 소파에 앉아 무기력하게 시간을 죽이며 지내야 하나? 네가 맥주를 마시면서 뱃살을 찌우고 텔레비전 뉴스에 일희일비하는 세상을 향해 농담하는 것을 들어 주어야 하나?」

그는 갑작스럽게 일어나 아내를 마주 본다.

「진짜 비판하려는 게 뭐야? 진짜 문제가 뭐야, 여보!」

「나를 여보라고 부르지 마. 문제는 내가 따분하다는 거야,

다비드.」

「그럼, 심심풀이를 찾으면 되겠네. 디즈니랜드에 갈 수도 있고 에스파냐나 이탈리아에 여행을 갈 수도 있어.」

「우리 가족도 작은 사회와 같아. 우리가 갈 길은 세 가지 중 하나야. 진화하거나 정체하거나 죽거나. 만약 네가 아무 일도 하지 않으면, 사라지는 것은 아틀란티스 문명이 아니라 우리 커플이야.」

「협박이야?」

오로르는 남편에게서 등을 돌려 눈길을 창밖으로 보낸다.

「내 정신과 의사를 만났어. 우울증 초기라고 진단을 내리더군.」

「정신과 의사가 아니야. 남의 불행을 놓고 돈 버는 사람이야.」

오로르는 숨을 깊이 들이마시고 다비드 쪽으로 돌아선다.

「체면을 생각할 것 없어. 우리 두 사람은 잘 걸어왔어. 하지만 이젠 전혀 안 돼. 나는 삶을 바꾸고 싶어, 다비드. 우리 이만 갈라서면 좋겠어.」

「갈라서자고? 이렇게? 아무 생각 없이? 모든 것을 일거에 날려 버리자고? 아이들은 어떡하고?」

「비겁자들의 핑계를 대지는 말자고. 애들한테 부모가 싸우는 것을 보여 주고 싶지는 않아. 공통으로 가진 게 없다 보면 싸울 일도 많지. 나는 너를 진정으로 무척 사랑했어. 처음에 말이야. 너는 나한테 깊은 인상을 주었고, 나는 너한테 경탄했어. 그런데 너는 속담에서 말하는 것과 다르지 않더라고. 3개월 동안 서로 사랑하고, 3년 동안 서로 싸우고, 30년 동안 서로 견디며 사는 게 결혼이라며? 나는 30년을 버틸 준비가 되어 있지 않아.」

「네가 무슨 말을 하는지 알고나 있어?」

「너랑 10년을 함께 살았어. 벌써 아주 오래되었다는 느낌
이 들어. 일상이 우리를 갉아먹은 것 같아, 다비드. 때가 된
거야. 애들을 나한테 맡기고 어딘가로 떠나. 내가 보기에는
그것이 우리 모두에게 최선이야.」

다비드는 너무 당황해서 할 말을 찾지 못한다. 오로르는
그에게 다가와 입을 맞춘다. 처음에는 가벼운 입맞춤이더니
나중에는 길고 야무진 입맞춤이다.

「마지막 키스야. 두고 보면 알겠지만, 함께 있는 것보다 갈
라서 있는 게 훨씬 나을 거야. 어느 날 이런 필요한 결정을 내
릴 용기를 가져 줘서 고맙다고 나한테 말할 거야.」

그는 반발을 하고 싶지만, 안에 있는 무언가 깊은 감정이
그를 만류한다. 이 여자는 이제 나를 사랑하지 않아.

어떤 태도, 어떤 말, 어떤 자기변명이라도 해야 하는데, 온
몸이 마비된 듯 아무 행동도 할 수가 없다. 이 모든 게 오늘 폭
발한 것은 우연이 아니다. 오늘이 우리가 처음 만난 날이 아
닌가. 오로르는 오래전부터 불만을 쌓아 왔고, 모든 게 한꺼
번에 솟아오른 것이다.

다비드는 자신이 한없이 작게 느껴진다.

「갈라서자고? 이렇게?」그는 아연실색하여 되뇌었다.

「그래, 이렇게.」

「지금 당장?」

「기다려 봤자 헤어질 수밖에 없는 이유만 자꾸 생겨날걸.」

「하지만 오로르……」

「우리 커플은 막다른 골목과도 같다는 것을 의식하기만

하면 돼. 나는 너보다 먼저 그것을 깨달았어. 시간을 벌자고. 떠나, 당장 떠나라고.」

오로르는 마치 아이에게 학교에 갈 시간이 되었다고 설명하는 어머니처럼 다비드의 머리를 쓰다듬는다. 그러면서 어색한 미소를 짓더니, 아직 감정이 덜 닦인 목소리로 덧붙인다.

「더 기다리지 말자. 너와 나는 이제 모든 게 끝났다는 것을 깨달았어.」

그는 주먹을 불끈 쥐고 턱에 힘을 주었다.

「누가 깨달았는데? 네가 깨달은 것을 왜 나까지 끌고 들어가지?」

「널 도와주고 싶어, 다비드. 우리 두 사람한테는 그게 나아. 너는 지금 정체하고 있지만, 네가 계속 가야 할 진화의 길이 있어. 자, 애벌레야, 나비로 변해라. 빛을 향해 날아올라라. 많은 꽃들이 너를 기다리고 있어.」

그는 자기 자신에 맞서 싸우고, 자기를 공격하는 이미지들에 맞서 싸운다. 자기가 오로르의 머리채를 잡고 밖으로 내던지면서 소리치는 장면도 눈에 보인다. 〈정말 누가 떠나야 한다면, 그건 내가 아니야!〉

하지만 입은 벌어지는데 아무런 소리도 나오지 않는다. 그의 주먹이 풀어지고 턱뼈가 느슨해진다. 그는 어깨를 들썩인다.

그래, 모든 것이 멈춰질 수 있어. 이렇게, 저항 없이, 이유 없이, 사랑 없이.

그는 한숨을 내쉰다. 그의 머릿속에서는 짤막한 문장이 울린다.

나비야, 날아오르자…….

10

백과사전: 비폭력

중국 속담: 모기 한 마리가 당신 불알에 내려앉을 때, 그럴 때에만 당신은 폭력을 사용하지 않고 문제를 해결하는 방법이 언제나 있다는 것을 깨닫게 된다.

에드몽 웰스, 『상대적이며 절대적인 지식의 백과사전』 제11권

11

모기가 잽싼 손놀림에 으스러진다.

비행기 안에도 모기가 있을 수 있구나. 비행기 승객은 자기 손바닥에 으깨어져 있는 모기를 살펴본다. 머리가 다리며 날개와 뒤섞인 채 마치 현대 조각 작품 같은 형상을 하고 있다. 원거리를 힘들이지 않고 더 빨리 날고자 했던 사기꾼이자 게으름뱅이라는 생각이 든다. 네 자신의 날개로 대양을 가로질러 보지 그랬니?

승객이 손톱으로 모기를 떼어 내려고 하는데 시체는 손바닥에서 온전히 떨어지지 않는다.

스튜어디스가 기내식을 가져와서 승객의 탁자에 놓는다.

「감히 한 말씀 드리자면, 전하는 정말 훌륭하셨습니다.」

그러면서 녹차를 주원료로 해서 만든 음료를 따라 준다.

「고마워요.」

왕은 손바닥의 모기 시체를 냅킨으로 닦아 낸다.

「우리 행성으로 날아오는 그 소행성을 막을 수 있다고 정말 생각하시는 거죠?」

왕의 미소에 스튜어디스는 찬탄 어린 표정으로 고개를 끄덕인다.

에마 109 왕은 창밖으로 눈길을 돌려 하얀 구름의 바다를 바라본다. 비행기가 우아하게 미끄러져 간다.

왕은 의자에 같은 자세로 너무 오래 앉아 있으면, 언제나 약간의 통증을 느낀다. 특히 허리 아래가 무지근하다. 생각해 보면, 인간의 진화는 아직 완성 단계가 아니다. 무엇보다 등이 직립 자세에 완전히 적응되어 있지 않다. 어느 나이가 되면 허리 디스크가 빠져나와 신경을, 특히 좌골 신경을 압박하면서 많은 인간이 요통을 호소한다.

그런가 하면 꼬리뼈라고 하는 우스꽝스러운 뼛조각도 남아 있다. 인간이 꼬리 달린 동물에서 진화했음을 보여 주는 이 뼈는 분절 서너 개가 붙어서 이루어져 있을 뿐 이렇다 할 쓸모가 없다.

초소형 인간은 인류의 과도적인 형태를 유전했다. 등은 직립 자세에 완전하게 적응되어 있지 않고, 꼬리뼈는 완전하게 사라지지 않았으며, 뿌리를 씹는 데 썼을 법한 불필요한 어금니가 남아 있다. 머리털도 솜털 하나 없는 반들반들한 몸과는 어울리지 않는 사라져야 할 모피이다. 그러니까 눈썹 위로부터 머리털이 난 아래까지의 부분을 이마라고 부르지만, 이 구분도 머리털과 함께 사라질 것이다.

왕은 언어에 대해서도 생각한다. 그녀가 보기에 인간은 조상들이 고통과 환희의 순간에 내질렀던 모든 소리를 이어받았다. 인간의 음역은 감정이 선호하는 표현 수단이다. 음역은 앞서 살았던 모든 사람들의 진동하는 기억이며, 이것을 통해 현재의 인간이 온전하게 출현한다.

왕은 이 생각을 흥미롭게 받아들인다. 초소형 인간에게는 조상이 없고, 그의 목소리는 완전히 중성적이며 조상들의 고통이나 즐거움의 흔적이 없다. 그래서 보통 사람들을 상대로 설득하기가 쉽지 않다. 감정을 전달하는 능력이 부족한 것이다. 인간의 말들을 발음하는 문제만 놓고 보면 에마 109조차 〈견습 인간〉이 되고 만다.

왕은 전날 겪었던 UN 총회 장면을 떠올린다. 몰디브 대통령의 반응이 가장 격렬했다. 해수면 상승으로 일부 섬들을 잃어 온 터라 조금이라도 바닷물이 높아지면 나라 전체가 수몰될 수 있다는 것을 알고 있으니 더욱 적극적으로 나선 것이다. 그의 말대로라면 몰디브가 가장 대가를 호되게 치르는 나라가 될 것이다. 그의 말투는 설득력이 있었지만, 다른 나라 대표들은 불안해하거나 연대감을 표시하지 않았다. 그들이 생각하기에 몰디브 같은 작은 나라를 염두에 둘 때는 아니었다.

사실 인간은 원래 다른 인간을 좋아하지 않는다. 게다가 초소형 인간을 좋아하기란 훨씬 더 어려운 일이다. 하지만 에마 109는 그것을 변화시키기 위해 모든 것을 할 생각이다. 초소형 인간은 처음과 달리 이제 두려움을 주지 않는다. 때로는 보통 인간들이 신뢰하며 일을 맡기기도 한다. 머지않아 없어서는 안 되는 존재가 될 가능성이 많다.

왕은 수첩을 꺼낸다. 자기의 저서 『다음 인류』를 완성하는 데 도움이 될 만한 것들을 적어 두는 수첩이다. 거기에 호모 사피엔스의 진화와 관련된 생각들을 기록한다. 직립 자세, 비행기를 오래 타면 등이 아프다는 것, 에마슈는 신장이 작은 대신 허리가 덜 무겁기 때문에 좌골 신경통 환자나 류머티즘 환자가 적다는 것.

에마 109는 거인 세계의 학자들이 지은 고생물학 책들을 기억해 낸다. 계통수 하나가 머릿속에 떠오른다. 인류의 진화 과정을 보여 주는 그림이다. 출발은 맨 아래쪽에서 한다. 연도에 7백만 년 전이라 적고, 지금까지 최초의 원인(猿人)이라 알려진 〈사헬란트로푸스 차덴시스〉, 일명 〈투마이〉라고 적는다. 그 위에 들어갈 것은 너무도 잘 알려진 〈오스트랄로피테쿠스〉. 약 4백만 년 전에 출현했다고 한다.

이어서 280만 년 전에 나무줄기가 벌어진다. 하지만 삶의 영역은 아직 아프리카 쪽에 제한되어 있다. 왕은 〈호모 하빌리스〉라고 적는다.

2백만 년 전에 나무줄기가 더 벌어져, 유럽과 아시아 쪽에도 원시 인류가 살아간다. 〈호모 에렉투스〉가 나타나기 시작한 것이다.

인류의 나무는 시간과 공간 속에서 계속 자라난다.

왕이 기억하는 독서 내용에 따르면, 20만 년 전에 나무줄기는 세 개의 가지로 나뉜다. 왼쪽 가지가 유럽 쪽이라면 〈호모 네안데르탈렌시스〉, 이는 더 크고 건장하고 이마가 좁은 원시 인류이다. 오른쪽 가지가 아시아 쪽이라면 〈호모 플로레시엔시스〉, 이는 더 작고 재주가 많은 원시 인류이다. 가운데 가지가 아프리카 쪽이라면 신장이 중간쯤 되고 이마가 넓은 〈호모 사피엔스〉이다.

3만 년 전에 유럽과 아시아 쪽의 굵은 가지 두 개, 즉 네안데르탈인과 플로레스인이 사라지는 시기가 온다. 이 두 인류가 사라진 이유는 아직 수수께끼로 남아 있다. 아마도 기상 이변이나 화산 분출과 연관되어 있지 않을까 생각된다.

에마 109는 조심성을 발휘하여 이 공식적인 그림의 윗부분을 지우고 다른 것을 그린다. 자기 친구 다비드 웰스가 알아낸 것을 첨가하지 않을 수 없다. 호모 에렉투스의 뒤를 이었다는 고대 인류가 있다. 아틀란티스 섬에 살았다는 〈호모 기간티스〉.

다비드가 얘기해 준 대로라면, 호모 기간티스는 아주 작은 인간들을 태어나게 했다. 아틀란티스의 실험실에서 만들어 낸 인위적인 존재들. 제2의 인류. 아주 먼 훗날 〈호모 사피엔스〉라는 이름으로 불리게 될 존재들.

그 뒤로 이 작은 인간들은 거의 동시에 모든 대륙에서 번성해 나갔고 경쟁자가 될 법한 자들(우리가 알지 못하는 영장류 또는 원인)을 제거했다고 한다.

호모 기간티스는 그렇게 난폭한 새 인류를 만들어 놓고, 8천 년 전에 아틀란티스섬이 물에 잠길 때 함께 사라졌다고 한다.

왕은 계통수를 계속 그려 간다. 호모 사피엔스가 아메리카, 아프리카, 아시아, 유럽을 모두 차지하고 있다. 경쟁자인 네안데르탈인과 플로레스인을 없앴고 호모 기간티스도 사라졌다. 그 뒤로 당시의 천만 명에서 오늘날의 백억 명에 이르기까지 갈수록 인구 성장이 빨라졌다.

그러다가 10여 년 전에…… 인류의 새로운 형태가 창조되었다.

왕은 서기 2000년의 선 위쪽에 가는 가지 하나를 그리고 〈호모 메타모르포시스〉라고 적는다.

우리다. 인류의 진화 계통수 작은 가지에 우리 자리가 있다. 지금은 비록 10만 명밖에 되지 않지만, 숱한 잠재력을 지닌 존재들이다.

왕은 만족스럽다. 단순한 계통도일 뿐이지만 그거 하나로 자기 종의 미래가 분명해 보이기 때문이다. 수첩의 몇 대목을 다시 읽어 본다. 인류의 전반적인 진화에 관한 관점을 담고 있다는 점에서 나중에 소중한 증언이 될 것이다.

왕은 손을 살피고 손바닥을 문지르다가 아직 들러붙어 있는 모기 다리 하나를 제거한다.

오늘날 살아 있는 모든 것은 분자들이 결합한 결과이며, 이 분자들은 우연히 아니면 필연적으로 뒤섞여 46억 년 뒤의 나에게 다다른 것이다. 내가 존재할 수 있다는 것, 그리고 지금 여기에서 행동할 수 있다는 것은 참으로 운이 좋다는 얘기다. 이 행운은 의무로 이어진다. 세상을 미래의 도전에 더 잘 적응할 수 있도록 만들기 위해 영향력을 행사해야 한다. 그게 아니라면 내가 세상에 난 것이 무슨 의미가 있겠는가?

왕은 기내식을 덮고 있던 종 모양의 뚜껑을 연다. 마이크로 랜드의 새로운 조리법으로 만든 특별한 요리들을 맛볼 시간이다. 카레 소스 미역, 두부, 채소, 버섯.

왕은 자기가 그린 계통수를 한참 들여다보다가, 네안데르탈인과 플로레스인과 최초의 호모 사피엔스를 상상해서 그린 크로키를 첨가한다.

「모든 게 괜찮으신지요, 전하?」 스튜어디스는 꿀이 들어간 아몬드 페이스트로 만든 단것을 내밀면서 묻는다.

왕은 힘이 나게 하는 그 음식을 받아들이고 커피도 달라고 한다. 스튜어디스는 커피를 대접하고 물러난다. 명망 높은 승객이 조용히 작업할 수 있도록 돕기 위해서다.

이윽고 둥근 창 너머로 아소르스 제도가 나타난다. 아홉 개의 섬이 길게 늘어서 있다.

마이크로 랜드 신공항 활주로에 국왕 전용기가 아주 부드럽게 착륙한다. 비행기가 멎고 트랩이 펼쳐진다. 즉시 마이크로 랜드 사람들 한 무리가 왕을 맞이하며 박수갈채를 보낸다. 왕은 트랩 계단을 천천히 내려오며 요란하지 않게 손 인사를 보낸다.

왕은 올해 열세 살이다. 이는 보통 사람으로 치면 130세에 해당한다. 나이가 그렇게 많고 몸이 동글동글한 것에 비하면, 왕은 매우 활동적이고 국민의 사랑을 아주 폭넓게 받고 있다. 앞으로 조금 기울인 자세를 할 때는 아주 작은 처칠을 생각나게 한다.

훨씬 날씬하고 연보라색 새틴 제의를 걸친 여자가 왕에게 다가간다.

「보십시오, 전하. 저들이 얼마나 전하를 사랑하는지.」교주 에마 666은 커다란 손짓으로 군중을 가리키며 말했다.

교주도 왕과 나이는 같다. 하지만 왕이 뚱뚱해지고 쾌활해지는 동안, 교주는 마르고 파리해졌다.

「저들의 박수갈채 소리를 들어 보십시오, 전하. 저들은 전하께서 UN 총회 연설을 하실 때 텔레비전을 통해 보고 들었습니다. 전하가 훌륭하시다는 것이 모두의 생각이었습니다.」

「666, 자네가 보기엔 어떠하던가?」

교주는 존경의 뜻으로 당연히 높임말을 쓰지만, 왕은 우정을 생각해서 예전처럼 낮추어 말하기를 좋아한다. 그래서 한 사람은 거리를 유지하고, 또 한 사람은 거리를 없애는 방식으로 대화가 계속된다.

「전하의 자신감에 모든 나라의 국가 원수들과 대사들이 놀라는 것 같았습니다.」

「나는 진실을 말했을 뿐이야. 우리는 더도 말고 덜도 말고, 인간들의 전반적인 공동체에 합류되고 싶어 하지.」

두 에마슈 지도자는 최고급 승용차 한 대에 다가간다. 1980년에 나온 롤스로이스 팬텀 컨버터블 모델을 아주 작은 부분까지 빠뜨리지 않고 모사한 축소판이다.

운전기사와 경호원이 앞자리에 앉는다. 롤스로이스는 수도를 향해 조용히 나아간다.

왕은 영국 차의 축소판에서 느끼는 안락함을 높이 평가한다. 〈최고를 겨냥하는〉 물건들을 좋아하던 것의 연장선이다.

「저는 그들을 좋아하지 않습니다.」

「누구를?」

「거인들 말입니다.」

왕은 한 손을 내어 헛기침을 한다.

「아?……나는 그들을 무척 좋아하는데.」

「적어도 전하와 저는 한 가지 생각에 동의하고 있습니다. 현재로서는 그들을 이용해야 한다는 것이죠.」

롤스로이스는 마이크로 랜드의 수도로 들어간다. 마이크로폴리스의 부르주아 동네들이 차창 밖으로 지나간다. 거리의 구경꾼들은 국왕 전용차를 알아본다.

「왕 만세! 에마 109 만세!」

왕은 자애로운 손짓으로 응답한다.

「전하, 제가 보여 드릴 것이 있습니다.」

교주는 승용차가 대사원 쪽으로 가도록 운전기사에게 신

호를 보낸다.

대사원은 장미꽃 형태를 취하고 있다. 꽃받침은 장미 줄기를 본떠 녹색 콘크리트로 되어 있는데, 오른쪽에는 천국이, 왼쪽에는 지옥이 새겨져 있다. 한복판에 새겨진 사람들은 의심의 고통 속에서 논란을 벌이고 있는 모습이다.

안으로 들어가자 높직한 스테인드글라스가 태초의 알에서 우주가 탄생하는 광경을 보여 준다. 부서진 알껍데기에서 항성과 행성이 구름처럼 솟아나는 광경이다. 성당 안에 있던 열 명쯤 되는 신자들이 새로 들어온 두 사람을 알아보고 십자를 긋는다. 제대 위쪽에는 반쯤 깨진 알의 거대한 조각상이 보인다. 빨간 대리석으로 지은 벌거벗은 여인의 모습이 알에서 나온다. 최초의 초소형 인간인 에마 001을 형상화한 것이다.

에마 666은 왕을 오른쪽으로 안내하여 맹꽁이자물쇠로 잠긴 문을 연다. 가파른 계단이 아래로 나 있는 문이다.

왕은 교주를 따라 대사원의 지하로 내려간다. 콘크리트로 지은 장미의 뿌리 부분이다. 어마어마한 계단을 내려가자 둥근 돌 천장으로 덮인 거대한 방이 나타난다.

에마 666의 지시에 따라, 진짜 종이 책 수천 서가가 여기에 모여 있다. 책을 다루는 것은 여자 수도사들이다. 책이 무겁기도 하고 소중하기도 해서, 모두가 승강용 기계를 이용해서 책을 다룬다.

「새로 책들을 구입했구먼.」

「모두 희귀본들입니다. 이것들을 모으는 데 얼마나 많은 노력과 돈이 필요했는지 전하는 상상도 못 하실 겁니다.」

책들은 출간 연도별로 서가에 꽂혀 있다.

「이런 종이 책들은 조만간 거인들의 세계에서 사라질 겁니다. 우리 초소형 인간들만 가지고 있겠지요.」 교주는 자랑스럽게 말했다.

그러고는 왕을 한쪽 방으로 안내한다. 『상대적이며 절대적인 지식의 백과사전』이라는 책을 따로 보관해 놓은 방이다.

「종이로 된 판을 찾아낸 거야?」

「자비 출판, 그것도 에드몽 웰스가 직접 출판한 책들 중 하나입니다. 그는 각 권을 스무 부씩 찍었습니다. 여기 이것을 포함해서 말입니다.」

왕은 그 성과에 찬탄을 표시한다.

에마 666은 손길 가는 대로 한 페이지를 펼치더니, 분명한 발음으로 느릿느릿 읽는다. 〈어느 문명이든 탄생과 성숙기가 있는가 하면, 노화와 소멸도 있다.〉

왕은 그 놀이에 재미를 느껴 자기도 한 페이지를 열고 눈길이 닿은 문장을 읽는다.

「〈어떤 체제를 이해하기 위해서는 거기에서 벗어나야 한다는 것이다.〉」

「〈문명에도 고유의 리듬이 있다. 3보 전진, 2보 후퇴가 바로 그것이다. 달의 운행에 차고 이지러짐이 있고 조수에 만조와 간조가 있듯이, 문명에도 고조기와 퇴조기가 있다. 고조기에는 모든 일이 현기증 나는 회오리에 휩싸인 것처럼 잘 돌아간다. 안락함과 자유는 증대되고 노동은 줄어든다. 삶의 질은 높아지고 위험은 감소한다. 3보 전진의 시대다. 그러다가 어떤 단계에 이르면, 상승이 중단되고 곡선이 기울어지기 시작한다. 불안이 감돌고 공포가 밀려오면서 폭력과 혼돈이 생겨난다. 2보 후퇴의 시대다. 일반적으로 이 퇴조기는 바닥에 닿을 때까지 이어진다. 그러다가 또 다른 고조기를 향한 도약이 이루어진다.〉 그리고 제가 무척 좋아하는 항목은⋯⋯.」

교주는 〈협동, 상호성, 용서〉라는 항목을 보여 준다.

「이것은 사회를 가상적으로 재생하는 컴퓨터 게임의 관찰에 바탕을 두고 있습니다. 그 게임은 다른 이들을 상대로 행동하는 방식 중에서 가장 훌륭한 것이 무엇인지를 보여 줍니다. 그것은 첫째로 협동을 제안하는 것이고, 둘째로 그것들이 실망을 시키거나 배신을 하면 상호성의 원칙을 천명하는 것이며, 셋째는 상호성의 원칙이 확립되고 나면 다시 함께 일할 수 있도록 앞의 행동을 잊는 것이고 그것을 용서라고 부르는 것입니다.」

「그 흥미로운 대목을 읽었던 기억이 나는구면.」

「거인들은 많은 질문을 던졌고 스스로 답을 찾아냈습니다. 그 점은 인정해야 하겠지요. 하지만 문제는 그들이 답을 잊어버린다는 사실입니다. 〈협동, 상호성, 용서〉는 놀라운 발견입니다. 장기적으로 보면 어떤 행동 방식이 가장 효과적인지 알게 해준다는 것이지요.」

두 에마슈는 거인들의 지식과 비교하면서 자기들의 지식을 넓혀 나가는 이런 상황을 좋아한다.

「나도 인간들에 관한 책을 쓰고 싶었어. 여러 가지로 생각을 했지만, 에세이가 될 가능성이 많아. 지금 생각하고 있는 제목은 〈다음 인류〉라네. 글쓰기는 성가신 작업이고, 정말 고독한 행위야.」

「저는 종교인입니다. 몇 시간 동안 혼자 앉아서 책을 읽거나 쓰는 것이 두렵지 않습니다.」

왕은 점점 야위어 가는 교주를 살펴본다. 교주는 더없이 섬세한 동작으로 머리채를 매만진다.

「나도 보여 줄 게 있네. 나를 따라오게, 666.」

12

이 메시지는 뭐지?

갈수록 분명해지고 있어. 메시지의 근원이 점점 가까워지고 있는 것 같아.

됐어, 메시지를 분명히 감지하기 시작했어.

놀라운 일이야! 정말로 나를 겨냥해서 보내는 메시지이건만, 나의 내부가 아니라 외부에서 오고 있어.

신호가 오고 있어……. 우주에서.

그런데 이 신호가 진정으로 의미하는 게 무엇일까?

13

「좀 보고 다녀. 네가 어디에 발을 디디고 있는지.」

거지가 한 말이었다. 거지의 동작은 위협적이었지만, 비틀거리며 힘겹게 걷다가 길가의 배수로에 털썩 쓰러져 즉시 잠이 들어 버린다. 다비드 웰스는 별로 주의를 기울이지 않고, 바퀴 달린 여행 가방을 끌며 혼자 거리를 걷는다. 여행 가방에는 그에게 필요한 것들이 담겨 있다. 휴대용 컴퓨터, 팬티 열 장, 양말 열 켤레, 셔츠 열 벌, 바지 열 벌, 운동화, 선글라스, 챙 달린 모자, 세면도구, 증조부가 지으신 『상대적이며 절대적인 지식의 백과사전』을 종이 책으로 한 부.

걷다 보니 차츰차츰 이상한 생각이 들기 시작한다. 저기 쓰러져 있는 거지처럼 되는 것은 아닐까? 저것이 나의 미래일 수 있다고 생각하니 너무나 두렵다. 그는 거지를 더 보지 않으려고 고개를 돌린다. 오로르와 갑작스럽게 헤어지고 나니, 어디로 가야 할지 알 수가 없다.

비가 내리기 시작한다. 비는 이내 우박으로 변하여 얼굴을 때린다.

〈나비는 빛을 향하여 날아올라야만 하는 것일까?〉

눈앞에 네온사인 하나가 반짝인다. 〈호텔 이카로스〉. 그는 머뭇거린다. 이카로스라는 인물이 햇빛을 향해 나아가다가 날개가 녹아서 추락했다는 신화 속의 이야기가 마음에 걸린다. 그는 발길을 돌려 생미셸 대로로 간다. 생 미셸은 용을 죽이는 영웅 성(聖) 미카엘의 프랑스어식 이름이 아닌가. 그는 이름의 상징성이 〈이카로스〉만큼 강하지 않은 호텔들을 바라본다. 홀에 들어서려고 할 때마다 무언가가 내부에서 그를 말린다. 사람들이 자기를 알아보지나 않을까, 아내가 따분함을 견디다 못해 자기를 쫓아냈다는 소문이 돌지 않을까 걱정이 들기도 한다. 그는 파리의 밤거리를 계속 걷는다. 어둠이 갈수록 음산해진다. 가늘던 우박이 굵은 알갱이로 변한다.

그는 개인적인 문제를 잠시 잊고 해마다 날씨가 고약해지는 이유를 생각한다. 아마도 인간들이 지구를 갈수록 심하게 오염시키는 것 말고는 다른 이유가 없을 것이다. 북극의 빙하도 올해는 더 녹아내릴 것이다.

이윽고 그는 소르본 대학의 자기 사무실에서 밤을 보내기로 결심한다. 침대를 겸할 수 있는 소파가 있기 때문에 잠을 자는 데는 문제가 없을 것이다.

그는 대학 정문의 비밀번호를 눌러서 열고 〈진화〉관 쪽으로 나아간다. 건물의 긴 복도를 따라, 데모크리토스에서 아리스토텔레스, 조르다노 브루노, 뷔퐁, 장바티스트 드 라마르크, 찰스 다윈, 그레고어 멘델을 거쳐 샤를 웰스에 이르는 진화 관련 학자들의 초상화가 걸려 있다. 우리가 누구인지, 우리가 어디에서 왔는지, 우리가 어디로 가는지를 이해하려고 애썼던 조상들의 모습이다.

그는 자기 사무실로 가서 개인 열쇠로 문을 연다. 공간은 충분히 넓다. 가정이 위기를 맞았으니 첫 밤을 이런 데서 보낸다 해도 문제가 될 게 없어 보였다. 그는 화장실의 세면대에서 이를 닦고 난방기의 온도를 올린다. 지붕에서 우박이 우두둑거리는 소리가 들려온다. 그런대로 만족할 만한 공간을 찾아냈다는 생각이 든다. 이런 밤에는 아내의 비난도 아이들의 몰이해도 동료들의 연민도 피해야 하는 것이다.

별거라는 해결책이 너무 뜻밖이기는 하지만, 따지고 보면 10년 전부터 이렇다 할 과학 연구를 내놓지 못한 것도 사실이다. 그는 자기가 벽에 그려 놓은 인류의 진화 계통도를 바라본다. 원인(猿人)부터 호모 사피엔스를 거쳐 에마슈까지 그려져 있다.

그림의 오른쪽에는 그가 행한 실험들이 적혀 있다. 그는 초소형 인간의 창조에 성공한 뒤로 〈나노 인간〉을 만들고 싶어 했다. 첫 번째 성공의 연장선에서 신장이 17센티미터가 아닌 1.7센티미터짜리 인간을 창조하고자 했던 것이다. 그래서 3년 동안 그 축소화 프로젝트를 놓고 일을 벌였지만, 아무런 결과가 없어서 연구를 포기하고 말았다.

내 혁신 능력의 한계야. 내 재주는 여기까지야. 내가 평생에 이룰 일은 이미 다 해냈어. 이제 죽기 전까지 시간을 관리하는 일만 남아 있어.

그는 생식력이 없는 작은 알들을 바라본다. 그 알들을 살아 있는 인간으로 만들어 보려고 애를 썼지만 끝내 뜻을 이루지 못했다.

오로르 말이 맞아. 나는 실패했으면서도 그것을 알아차리지 못했어. 가정과 직장의 편안함에 매여 있었던 거야. 〈진화〉 협동 과정의 책임자라는 직함이 나를 더욱 마비시키기도 했어. 지난날의 성공이 나를 방해하는 거야. 현재에 무엇을 이루느냐가 중요한 것이거든. 이제 탈바꿈을 해야 돼. 나는 실패한 과학자, 실패한 남편, 실패한 아버지, 한마디로 실패한 사람이야.

그는 자기 배를 내려다본다. 이제는 불룩 튀어나와서 자기 발이 보이지 않는다.

마지막 〈진화〉 학술 대회에서 찍은 사진이 눈에 들어온다. 오로르의 말마따나 그가 승자를 잘못 골랐을 수도 있다. 그는 어떤 시스템의 끝에 서 있고, 그 시스템은 그동안 잘 굴러왔지만 앞으로는 잘 굴러가지 않을 것인가? 그렇다면 그만의 〈탈바꿈〉이 필요하다.

그는 한숨을 내쉰다. 늙고 외롭고 쓸모없다는 느낌이 든다. 누군가에게 말을 걸고 싶다.

나탈리아 오비츠가 생각난다. 초소형 인간 프로젝트를 위해 오로르와 그를 만나게 했던 소인 말이다.

그녀는 대통령의 비밀 요원으로 활동했고, 대통령이 UN 사무총장으로 옮겨 앉은 뒤에는 UN 주재 프랑스 대사로 승진했다. 지금은 뉴욕에 있고 그곳 시각은 밤 11시이다. 그는 그녀의 번호를 누른다. 다섯 차례 신호가 간 뒤에 그녀가 전화를 받는다.

「웰스 교수, 왜 이렇게 늦은 시각에?」

「걱정거리가 있어서요.」

「뉴스를 보았는지 모르지만, 우리 모두가 큰 근심에 휩싸여 있어요. 소행성 하나가 다가오고 있어서, 세계 종말의 위험이 닥칠지도 모르는 상황이에요. 개인의 실존적인 위기는 인간의 전반적인 생존을 지켜본 뒤에 다뤄도 늦지 않아요.」 조롱기가 섞인 말투다.

「죄송해요. 듣고 보니 내 근심거리가 하찮은 것인 줄 알겠어요.」

나탈리아는 긴 침묵 끝에 나직하게 말한다.

「어디 말해 봐요, 다비드.」

「오로르와 문제가 생겼어요. 정신과 의사가 오로르한테 그러더래요. 우울증 초기 증상을 앓고 있어서, 삶을 바꿔야 한다고. 그래서 그녀가 나를 내쫓았죠.」

나탈리아는 바로 대답하지 않고 상황을 가늠하는 것으로 보인다. 그러다가 말문을 연다.

「두 사람이 결합한 데는 나도 책임이 있어요. 두 사람을 내버려 두지 않겠어요, 다비드. 나는 내일 마이크로 랜드에 가요. 프랑스 정부가 제공하는 신세대 전파 망원경을 전달하러 가는 거예요. 그게 있어야 〈테이아 13〉의 위기를 극복하는 데 도움이 되거든요. 우리가 만나는 기쁨도 기쁨이지만 만나는 것 자체가 도움이 될지도 몰라요. 아소르스 제도에서 우리 에마슈들을 다시 만나는 게 어때요?」

14

누가 나에게 말을 거는가?

이상한 생각이지만 나는 이 어수선한 메시지를 해독할 수
있다.

저 멀리에서 날아드는 소음을 낱말로 나누고 그것들을 다
시 문장으로 배치한다.

의미가 점점 분명해진다.

됐다, 의미를 파악했다. 누가 나에게 묻고 있어.

〈누구니…… 너는?〉

15

「나는…… 바빠요. 조금 빨리 모는 게 좋겠소.」

왕과 교주는 대사원을 떠나 다시 롤스로이스에 올라타서
도심을 향해 나아간다. 전용 기사는 왕이 지시한 대로 원활
하게 차를 몰아 간다.

이윽고 궁궐이 나타난다. 건축의 테마는 역시 꽃이다. 왕
은 흰 장미를 선택한 교주와 달리 연보라색 연꽃을 선택
했다.

그들은 뿌리 쪽으로 들어가서 위로 올라간다. 마침내 꼭
대기에 다다르니 꽃의 노란 중심에 둥근 방이 나 있다. 유리
로 되어 있는 방이라서 사위가 파노라마처럼 보인다.

높다란 전망대이다. 마이크로폴리스라는 도시는 물론이
고, 마이크로 랜드, 더 나아가서 코르부섬 같은 아소르스 제
도의 다른 섬들까지 볼 수 있다.

「자네는 거인들의 가까운 과거에 관심이 많지? 내가 흥미
를 느끼는 건 그들의 먼 과거야. 내가 보기엔 바로 거기에 모

든 것의 열쇠가 있어.」

왕은 그렇게 말하면서 교주를 방 한복판으로 데려가더니 자기가 계통수를 그려 넣은 수첩을 꺼내 보여 준다. 인류라는 나무의 밑동이 자라서 호모 사피엔스와 호모 메타모르포시스라는 두 갈래의 높다란 가지에 도달한 모습을 그린 그림이다.

「우리는 진화의 과정에서 보면, 현재 이 단계에 와 있고…….」

왕은 자주색 천으로 덮인 같은 색 탁자 쪽으로 가서 천을 들어 올린다. 일곱 사람이 두는 체스 판이 나타난다. 체스의 말들이 저마다의 자리를 차지하고 있다.

「이것도 여럿이 두는 게임인가요?」

「여럿이 두는 건 맞는데, 현재의 사회 정황을 반영하는 게임이야. 나탈리아 오비츠 대령이 고안했지. 체스 판 형태가 칠각형이라고 해서 〈칠각형 체스〉라고 이름 붙였네. 내가 지금까지 말을 안 했지만, 아마도 이 게임이 우리에게 도움이 될 거야. 인간 사회에서는 일곱 진영이 흥미로운 목표에 도달하기 위해 서로 싸움을 벌이고 있는데, 그 싸움이 실제로 어떤 상황에 놓여 있는지를 이해하게 해주거든.」

왕은 나탈리아 오비츠라는 인물을 언급하면서, 문득 그녀를 모방하겠다는 생각이 들어 자개로 만든 상자에서 옥으로 된 궐련 물부리를 꺼낸다. 그러고는 거기에 담배를 꽂고 불을 붙인다. 빨아들이면서 콜록거리고, 더 세게 빨다가 교주까지 콜록거리게 하고, 그러다가 마침내 자기에게 맞는 리듬을 찾아낸다.

교주는 건강상의 이유로 끊어 버린 담배를 왕은 맛있게도 피우는 듯하다.

「저마다 이상적인 미래의 관점에서 경기를 지켜보지. 현재의 판세는 미래에 대한 일곱 가지 전망의 충돌일 뿐이야.」

교주는 이상하게 생긴 체스 판을 주의 깊게 관찰한다.

「나탈리아 오비츠가 이것을 고안했습니까?」

「그녀의 장점 가운데 하나는 매우 조심스럽다는 거야. 중요한 정보들을 비교해서 다음 수들을 예상한다 이거지. 이 게임은 그녀가 지닌 분석 능력의 자연스러운 연장이야.」

「저는 그녀를 잘 알지 못합니다만, 제가 보기엔 편집광적인 데가 있어 보이던데요.」

「보통 사람들은 특별한 구석이 전혀 없어. 나는 진짜 차이가 나는 사람들을 자주 만나고 싶어 하지.」

「미치광이 말입니까?」

왕은 담배 연기를 길게 빨아들인다. 그러고는 두 눈을 깜박이며 냄새 나는 연기가 눈에 들어오지 못하게 한다.

「그렇다면 전하, 게임의 일곱 진영이란 누구누구를 말하는 것인지요?」

왕은 물부리로 칠각 체스 판의 첫 번째 진영을 가리킨다.

「첫째는 백색. 자본주의자들이라네. 언제나 뭐든지 더 많은 게 좋다고 생각하는 자들이지. 생산도 소비도 돈도 인간도 더 많아야 한다고 생각하지. 주로 미국인들과 중국인들이 이 진영의 선두에 서 있네. 그들이 은행, 기업, 주식 시장은 물론이고 언론 매체와 군대를 매개로 해서 현재의 판세를 이끌어 가지. 오늘날 지구에서 가장 강력한 진영은 그들일세.」

왕은 백색 킹을 들어 올린다.

「사실 백색 킹 역할을 하는 건 〈그녀〉야. 링 여사라고 중국은행 은행장이지. 그 여자가 대출을 허락한 덕에 모든 나라가 중국은행에 빚을 지고 있어. 그 여자는 신도시와 도로 건설, 농업과 광업 개발에 관심이 많아. 한마디로 너무나 많은 것을 손에 쥐고 있어. 개인 재산이 가장 많은 사람도 그 여자야.

둘째는 녹색. 종교적 광신자들이지. 세상 모든 것은 자기들이 믿는 신에게서 왔다고 생각하며, 신에게 기도하고 신의 의지를 따르는 것이 삶의 유일한 목표라고 주장해. 다만 사제들이 신을 대신해서 말하고, 자기들의 개인적인 법칙을 강요하지. 소요라든가 혼잡한 상황이 벌어지면, 사제들은 모든 문제에 대해 간단한 해결책을 제시해. 입증할 수 없는 해결책이지만, 그래서 간단하다는 거야. 그것으로 충분치 않을 때는 공격의 충동을 한데 모으자고 제안해. 예컨대 비신자들을 죽이자는 거지. 비신자들이 죽는다는 사실 자체가 그들에게 잘못이 있다는 증거야. 사제들을 지지하는 자들은 교육을 받지 않았거나 겁이 많은 자들이지. 그러니까 갈수록 많은 개인들이 그들을 따르는 거야.

현재 녹색 킹은 압델라지즈 알사우드야. 사우디아라비아 국왕의 열두 번째 아들이고 링 여사에 이어 개인 재산이 많은 사람이지. 그는 유럽 수도들의 대형 복합 시설을 사들이고, 축구팀들에 투자를 해. 프랑스에서는 포도밭을, 영국에서는 성관을, 독일에서는 자동차 공장을 구입하지. 직간접적으로 세계 곳곳의 수니파 테러 단체를 재정적으로 후원하면서도 미국인들의 가장 훌륭한 벗이라고 큰소리를 치네. 뭐든지 자기 멋대로야. 그 나라의 지도자들과 제도들이 뒷받침을 해주거든. 바람피운 여자를 잡으면 사람들 앞으로 끌고 나와 돌을 맞게 하고, 도둑의 경우에는 손을 잘라 버려. 국가 원수들과 기업의 수장들은 그의 눈치를 보지.

셋째는 청색. 컴퓨터에 미친 사람들이지. 컴퓨터와 로봇, 나아가서는 일반적인 기계까지도 인류가 진화하는 방향으로 간다고 믿고 있어. 자기들의 컴퓨터나 스마트폰과 융합이 되어 살아가지. 프랜시스 프리드먼 박사가 그들을 이끌고 있어. 그가 애를 쓴 끝에 〈자아〉를 의식할 수 있는 안드로이드를 개발하기에 이르렀지. 프리드먼 박사의 목표는 인간의 심리와 가장 비슷한 것을 로봇들이 지니게 하는 것, 그럼으로써 로봇들이 인간을 돕고 인간 대신 모든 일을 하게 하자는 것이야.」

교주는 청색 킹을 잡는다.

「프리드먼은 안드로이드의 통제 불능한 심리 상태 때문에 문제를 겪고 있습니다.」

「하지만 결국엔 해결하고 말 거야.

넷째는 흑색. 우주 비행사들이지. 지구에서는 모든 게 엉망이니까, 지구를 버리고 우주로 멀리 도망가는 게 최선이라고 생각하는 거야. 그들이 보기에 지구에서 뭔가를 해보기에는 너무 늦었어. 다른 데 가서 모든 것을 다시 시작하는 게 낫다는 것이지. 〈테라 인코그니타〉는 이제 여기에 없으니까, 그 〈다른 곳〉을 아주 멀리까지 찾으러 가려고 해. 태양계를 벗어난 곳에 지구와 유사한 행성이 있다는 거야. 캐나다의 억만장자 실뱅 팀시트는 비디오 게임 사업으로 돈을 번 사람인데, 그들을 가장 적극적으로 대표하고 있지.

다섯째는 황색. 2백 세를 지향하는 사람들이지. 미래는 개인의 삶을 시간적으로 연장하는 데 성공하는 사람들의 것이라고 생각하는 거야. 그들은 생명을 연장하기 위해, 아니 수

명을 늘리기 위해 온갖 방법을 사용해. 이식, 줄기세포, 저온 생성, DNA 재구성 등 뭐든지 도움이 된다 싶으면 끌어다 쓰지. 2백 세에 도달하면, 그 긴 세월이 체득되어 경험과 지혜의 사람이 된다고 생각한다네. 노인들은 현재 상당한 권력을 누리고 있어. 국가와 기업의 수반인 경우도 적지 않아. 제라르 살드맹 박사가 장수 테크놀로지 개선 분야에서 앞장을 서고 있어. 특히 제네바 노년학 센터의 수장이야. 불멸을 꿈꾸는 억만장자들이 그 센터로 몰려들고 있지.

여섯 번째로 적색. 여성주의자들이야. 세계가 여성화를 통해 구원받으리라 생각하지. 그들이 보기에 여성은 덜 폭력적이고 더 부드럽고 더 섬세한 데다, 출산 능력에 따른 생명과 평화의 에너지가 있어. 그에 반해서 남성은 폭력과 분노의 계승자야. 테스토스테론 때문이라는 거지. 다른 수컷들과 계속 경쟁을 하고 영토를 지키기 위해서는 빼놓을 수 없는 호르몬이지만, 여성주의자들이 보기엔 경쟁이니 영토니하는 것이 시대에 뒤떨어진 개념이야. 그러나 미국 위민스리브, 프랑스 여성 해방 운동, 우크라이나 출신 여성 운동가들이 만든 페멘을 제외하면, 그들의 권력을 실제적으로 대변할 단체가 없어. 대다수 여자들은 남편들에게 영향을 미치면서 은근하게 행동하지. UN 사무총장 드루앵의 아내처럼 말이야. 프랑스 대통령 펠리시에의 아내도 그러하고, 미국 대통령과 중국 국가주석의 아내도, 러시아 대통령의 아내도 사실상 비슷하다네. 다만 여자가 학교에 가는 것조차 금지되어 있는 나라들에서는 국가 원수가 아내의 영향을 받는다는 게 쉽지 않겠지. 어쨌거나 오늘날 여성의 지위는 갈수록 나빠지고 있어. 한쪽에서는 여성을 노동자 또는 매춘부로 착취하는 자본주의(즉 백색 진영)의 기세가 날로 높아 가고, 다른 쪽에서는 여성을 신도 생산 기계로 만들겠다는 종교적 광신도(즉 녹색 진영)의 성공을 빼놓을 수 없거든.」

왕은 칠각형 체스 판 주위를 한 바퀴 돈다.

「그리고 마지막으로 우리일세. 연보라색. 에마슈. 옛날에는 다비드가 이 진영을 대표했지. 개미들을 관찰하면서 인류의 진화 방향이 크기가 커지는 쪽이 아니라 줄어드는 쪽이라고 생각했어. 그의 아버지는 남극에서 거인들의 유골을 발굴한 사람이야. 그 발굴을 놓고 보아도 결론은 매한가지였어. 인류가 진화할 때마다 10분의 1의 크기로 줄어든다는 것이었지. 다비드의 주장에 따르면, 최초의 인류는 신장이 평균 17미터였고, 두 번째 인류는 1미터 70센티미터, 그리고 세 번째 인류는 17센티미터야. 결국 다비드는 우리를 창조하기에 앞서 상상력으로 우리를 만들어 냈던 셈이야. 이제 우리가 존재해. 우리의 모습이 바로 진화의 방향이라는 것을 보여 줘야지. 그리고 자네와 나는 지도자야. 미래 지향적인 에마슈들을 우리가 이끄는 거야.」

교주는 전략적인 사유가 담긴 그 말에 깊은 인상을 받는다. 왕은 뜸을 들이며 말의 효과를 높이다가 덧붙인다.

「이제 여덟 번째 경기자를 고려해야 해.」

「전하, 죄송한 말씀이지만 제 눈에는 일곱 진영, 일곱 색깔밖에 보이지 않습니다. 그게 일곱 가지 견해와 일곱 가지 미래를 나타내는 게 아니었나요?」

「여덟 번째 경기자란 체스 판 자체를 가리키네. 우리 어머니이신 행성, 가이아, 지구 말일세. 그 색깔은 밤색이야. 일곱 가지 색깔을 모두 섞으면 밤색과 비슷해지지.」

왕과 교주는 마치 세계 주위를 도는 느낌으로 체스 판 주위를 한 바퀴 돈다.

교주는 연보라색 킹을 체스 판의 중심으로 가게 한 다음, 다른 색깔들의 비숍으로 킹을 에워싼다.

「전하, 제가 보기에 이 게임은 이렇습니다. 거인들은 절대로 우리를 받아 주지 않을 것입니다. 그들의 비숍이 벌써 우리를 에워쌌습니다. 언젠가는 우리를 없애 버릴 것입니다.」

교주는 연보라색 말들을 모두 움직여 다른 색깔들의 비숍을 조금씩 에워싼다.

「이렇게 된다면 또 모르지요. 그들이 불길한 의도를 이루기 전에 우리가 먼저 그들에게서 해칠 힘을 없애 버린다면 말입니다.」

왕은 어깨를 들썩이고 나서, 체스 판의 모든 말들을 가지런히 정돈한다. 마치 일곱 진영의 지정학적인 움직임이 실제로 일어난 게 아니라면, 도저히 받아들일 수 없다는 듯하다.

「거인들은 우리의 적이 아닐세.」

「언젠가는 〈그들〉이냐 〈우리〉냐 하는 딜레마에 빠지게 될 것입니다. 전하도 잘 아시리라 생각합니다.」

「자네가 잘못 생각하는 거야. 거인들은 우리에게 좋은 것을 주려고 해. 이번에 우리에게 맡기려고 하는 신세대 전파 망원경도 우주에서 벌일 미션을 위해 아주 유용한 거야.」

「그게 우리에게 도움이 되는 건 사실입니다. 나탈리아 오비츠 덕분이지요. 그자는 우리를 잘 아니까요. 하지만 다른 거인들은 우리 섬에 페스트가 유행을 해도 항생제 통 하나 보내 주지 않고 우리가 죽게 내버려 둘 겁니다. 전하, 아직도 이해를 못 하셨습니까? 거인들은 우리의 현대성을 시샘하는 시대에 뒤떨어진 종입니다.」

「그런 바보 같은 소리를 어디에서 주워들은 거지?」

「단순한 상식 아닌가요? 저는 우리 행성의 역사를 공부했습니다. 옛날에는 공룡이 작은 포유류의 천적이었습니다. 강력하고 거대한 공룡들이 오랜 세월 동안 지구를 지배했지요. 그들의 눈에 작은 포유류는 대등한 존재가 아니라 얼마든지 무시해도 좋은 하찮은 존재였습니다. 포유류는 한낱 먹잇감이었고, 그들에게 공룡은 무시무시한 괴물이었지요. 공룡은 포유류에게 일깨워 주었어요. 용서를 받으려면 자기네 공룡들에게 쓸모 있는 존재가 되어야 한다는 것을.」

교주는 과일 바구니에서 복숭아를 집어 든다.

「그러다가 소행성이 나타났습니다. 그 때문에 재앙이 일어났어요. 우리 행성의 중력과 기후에 변화가 생겼지요. 그래서 더 약한 존재로 보였던 작은 동물들이 유리해졌고, 공룡은 갑자기 병이 나서 힘을 잃고 점차로 사라졌습니다.」

왕은 물부리의 연기를 뱉어 낸다.

「무슨 얘기를 하려는 거지?」

「작은 포유류는 예전에 자기들을 겁주던 커다란 공룡을 불쌍하게 여기지 않았어요. 그건 자연스러운 행동이었어요.」

「그때는 상황이 달랐어.」

「아니요, 똑같은 일이 벌어지고 있어요. 늙은 종과 젊은 종, 느린 것들과 빠른 것들, 무겁고 공격적인 것들과 더 작지만 영리한 것들 사이에서요. 거인들은 무겁고 공격적이지요. 공룡과 비슷하게 시대에 적응을 못 하고 한마디로 쓸모없는 종이 되어 가고 있어요. 우리가 왜 시대에 뒤떨어진 그 늙은 종을 불쌍히 여겨야 합니까?」

왕은 파르스름한 연기를 몇 모금 뱉어 내고, 궁궐의 테라스 쪽을 내려다본다. 차량들과 사람들이 동맥 속의 피처럼 대로에서 움직이는 게 보인다.

왕은 숨을 깊이 들이마신다.

「일단은 우리의 건국 10주년 행사 준비와 프랑스에서 보내오는 전파 망원경, 그리고 소행성 〈테이아 13〉을 파괴할 〈림프구 13호〉의 발사를 생각하게.」

자그마한 둘, 한 사람은 뚱뚱한 몸으로 또 한 사람은 바싹 여윈 몸으로 연꽃을 닮은 궁궐의 발코니에 기대어 서 있다. 갈매기들이 날아간다. 부리로 그들을 잡아챌 것처럼 위협적이다. 하지만 둘은 조금도 개의치 않는다.

「우리는 그 임무를 완수해야 하네. 그저 여덟 번째 경기자를 위해서라도 말일세. 지구는 우리에게 적대적인 태도를 보인 적이 없고, 틀림없이 우리의 가장 좋은 벗이 될 거야. 이제 혼자 있고 싶어, 666.」

교주는 순순히 따른다.

혼자 남은 왕은 서쪽 모서리에 마련된 옥상으로 나아가서, 플로르스섬의 가운데 산을 바라본다. 구름이 숄처럼 산을 두르고 있다.

에마 666은 이해하지 못했어. 거인들에 대해서 그릇된 생각을 하는 거야. 거인들처럼 공간과 시간이 제한되어 있는 생각에 빠져 있어. 시간상으로 더 멀리, 그리고 의식적으로 더 깊은 곳에, 진짜 중요한 것이 있다는 점을 간과하는 거야. 에마 666은 〈알〉의 종교를 믿고 있지만, 우리가 숭배할 것은 단 하나 생명이야. 생명은 모든 생식 세포, 모든 알, 모든 태아의 근원이야. 그리고 생명의 가장 눈부신 발현은 바로 이 행성과 그것을 덮고 있는 생물 다양성이지.

생명이란 종교인들이 만들어 낸 상상의 신이 아니야. 생명은 내 눈앞에 보여. 나는 이 행성의 표면에서 걸어다녀. 나 같은 한 나라의 국가 원수가 장기적인 전망을 가지고 세울 수 있는 진정한 목표는 바로 이 생명과 관계가 있어. 여덟 번째 경기자를 주목해야 해.

언젠가 우리가 실제로 우리 행성과 소통할 수 있게 된다면, 그땐 정말이지……

바로 그때 체스 판이 놓인 방에서 소음이 들려왔다. 천장의 한 조각이 떨어져 말들을 쓰러뜨린 것이었다.

그러자 왕은 불길한 예감에 사로잡혀 전화기를 든다.

「이보게, 에마 103? 자네는 확신하는 거야? 소행성 〈테이아 13〉 말이야, 우리가 그것을 정말로 통제할 수 있는 거 맞지?」

16

백과사전: 소행성

지구는 언제나 천체들의 공격을 받는다. 천문학자들은 매일 우주에서 날아와 지구 표면에 닿는 물질이 1천 톤에 이를 것으로 추산한다. 그 형태는 먼지에서 수백 킬로미터의 바위에 이르기까지 매우 다양하다.

천문학자들의 추산에 따르면, 지구에 접근할 수 있는 소행성의 수는 3백만 개에 달하며, 그중 90퍼센트가 오늘날까지 검색되지 않았다.

대다수 소행성은 화성과 목성 사이에 있는 소행성 벨트에서 온다. 이들은 원시 태양계의 잔해, 태초의 무수한 바윗돌이다. 서로 합쳐져서 하나의 행성을 만드는 데 실패하거나, 소행성의 공격을 받고 행성에서 떨어져 나오기도 했다.

두 행성 사이의 벨트에 떠 있는 무수한 천체 중에서 해마다 1천 개 정도가 자기들의 궤도에서 벗어난다. 이 현상은 목성의 인력에 이끌려 생긴 섭동과 관련되어 있을지도 모른다. 목성의 거대한 인력이 소행성들 사이에 충돌을 가져오고, 그로 인해 소행성들이 평소의 궤도를 벗어날 수 있다는 것이다.

이 떠돌이 소행성들 가운데 60퍼센트는 결국 태양에 흡수된다. 하지만 20퍼센트는 행성들과 충돌하게 된다.

행성들과 충돌하는 소행성 중에서 지름이 140미터가 넘는 것은 지구에 위험한 것으로 간주된다. 천문학자들은 지구에 떨어진 소행성들 중에서 30퍼센트가 그것에 해당했다고 생각한다(크기가 그보다 작으면 대기권에서 타버리거나 아주 작은 피해를 줄 뿐이다). 현재 천체의 낙하 때문에 목숨을 잃었다는 사람은 거의 없지만(소행성의 대다수는 바다에 떨어지거나 하늘에서 폭발한다), 낙하하는 소행성의 수와 그 크기는 기하급수적으로 늘어나고 있다.

〈언젠가 하늘에서 갑자기 죽음이 나타나 지구를 박살 내리라〉는 예언은 여러 문화권에서 확인할 수 있다.

에드몽 웰스, 『상대적이며 절대적인 지식의 백과사전』 제11권

17

검은 점 하나가 빠른 속도로 구름들 사이를 빠져나온다.

처음엔 한낱 새인가 했더니, 비행기가 되고 더 정확하게는 수상 비행기가 된다.

밖에서 그 동체를 보면 마치 뚱뚱한 새가 엄청나게 큰 날개마다 열두 개의 프로펠러 모터를 갖춘 채로 시끄럽게 연기를 뿜는 것처럼 보인다.

누가 보기에도 이 금속 괴물은 덩치가 하도 커서 바닷물 자체가 아니면 넓고 단단한 활주로에 내려앉을 수가 없다.

비행기나 로켓의 부품들을 운반할 수 있는 이 기록적인 크기의 러시아 수상 비행기에는 〈앨버트로스〉라는 이름이 붙어 있다. 이 수상 비행기가 화물창에 실어 오는 것은 단 하나, 프랑스의 신세대 전파 망원경이다. 통제와 측정을 위한 센터를 갖추고 전자 공학과 관련된 갖가지 거대한 보드가 달려 있는 전파 망원경이다.

비행기를 몰고 있는 사람은 마르탱 자니코이다. 한때 중위를 지낸 바 있고 신장이 2미터가넘는 이 남자는 두툼한 손으로 조종간을 잡고 있다. 약간 긴장된 턱은 그가 얼마나 집중하고 있는지를 보여 준다.

조종석의 옆자리에는 그의 아내인 UN 주재 프랑스 대사 나탈리아 오비츠와 소르본 대학에서 온 다비드 웰스 교수가 타고 있다.

나탈리아가 쌍안경을 잡고 두꺼운 유리창 너머로 수평선을 살피면서 알려 준다.

「1시 방향에 보이는 목표물, 저기가 아소르스 제도의 마지막 섬이에요. 유럽이 저기에서 끝나죠.」

「그 섬의 수도가 보입니까?」

「저기가 수도입니다.」

「저 꽃밭 말인가요?」

「저 콘크리트 꽃들은 플로르스섬 마이크로폴리스의 건물들입니다. 플로르스가 포르투갈 말로 〈꽃〉이라는 뜻이죠.」

「꽃 모양으로 된 빌딩이 정말로 견고할 수 있을까요?」

「꽃잎조차 철근 콘크리트로 되어 있어요. 저들은 자연을 모방하고 싶어 했어요. 사실 진짜 꽃들이 바람과 비를 잘 견디기도 하고…….」

마르탱 자니코는 엔진의 힘을 줄이며 제동용 보조 날개를 펼친다.

「8천 피트 상공입니다.」

거대한 수상 비행기는 부드럽게 하강 곡선을 그린다.

「여보세요, 마이크로폴리스 관제탑? 우리는 5분 내로 착륙할 겁니다.」

〈앨버트로스〉가 접근해 가자, 플로르스섬은 비록 길이 17킬로미터에 너비 12킬로미터라는 작은 섬인데도 꽃밭처럼 매우 아름다운 모습으로 나타난다.

뒤쪽 화물창에서는 전파 망원경이 밧줄에 단단히 묶인 채로 하강의 압력을 받아 갖가지 소리를 낸다.

「조금 더 힘을 내십시오!」 그러면서 자니코가 신경을 더욱 곤두세우며 조종 장치를 다룬다.

승객들은 다시 안전벨트를 매고 팔걸이를 단단히 잡는다. 고도계는 3천 피트, 2천 피트를 거쳐 1천 피트를 가리킨다. 〈앨버트로스〉가 러시아 최고의 작업장에서 나왔다 해도, 그런 종류의 괴물을 착륙시키는 데는 언제나 위험이 따른다는 것을 모두가 알고 있다.

이윽고 수상 비행기가 물에 닿는다. 덩치가 워낙 크다 보니 진항 속도가 빠르다. 〈앨버트로스〉는 정지하기 전에 대양 위로 한참을 미끄러져 간다.

마르탱 자니코가 추력을 감소시키는 장치를 작동시키자, 독특한 날개를 가진 금속 새는 마침내 정지하여 되밀려 나가는 파도에 흔들린다.

조종사가 재킷을 열고 티셔츠의 단골 메뉴인 머피의 법칙을 드러낸다.

92. 계속 시도하면 결국 성공한다. 그러니까 망할 게 있다는 건 기회가 있다는 뜻이다. 그냥 순조롭게 끝나는 것보다 낫지 않은가?

93. 해결책이 없다면, 애초에 문제가 없다는 뜻이다.

94. 사람들과 나라들은 이성적으로 행동할 것이다. 만약 다른 모든 행동 방식을 해볼 만큼 다 해보았다면 말이다.

역설을 품은 문장들이다. 다비드도 나탈리아도 그 문장들을 읽고 마음을 푼다.

「마지막 법칙에 이의가 없어요?」 다비드의 질문이었다.

마르탱 자니코는 아무 대답 없이 수상 비행기 계기판의 몇 가지 손잡이를 누르고, 스물네 개의 엔진을 끄기 위한 후속 조치를 취한다.

나탈리아는 자리에서 일어나더니, 비행기가 물에 닿을 때 전파 망원경과 전자 설비가 손상되지 않았는지 살피러 간다.

그들 주위로 아주 작은 배 수백 척이 수평선으로부터 튀어나온다.

마르탱 자니코는 〈앨버트로스〉의 위로 커다란 눈알처럼 둥글게 솟은 조종석의 유리문을 연다.

작은 배들이 가까이 다가들면서 박수갈채가 일기 시작한다. 주위로 둘러선 배들에서 사이렌 소리와 환호성이 솟구친다.

「초소형 인간들이 환대를 잘하는 건 알아줘야 한다니까.」 나탈리아 오비츠의 인정이었다.

보통 사람들을 태울 수 있고 초소형 인간들이 조종하는 보트 한 대가 나탈리아 일행 쪽으로 다가온다.

나탈리아 일행은 에마 103을 알아본다. 심해 잠수정을 함께 타고 아틀란티스라는 해령의 중심으로 파견을 떠났던 선장이다.

「예전의 좋은 시절을 생각하면서 여러분을 개인적으로 환대하고 싶었습니다.」 에마 103이 말한다. 「아시다시피 저는 과학부 장관이 되었습니다. 그리고 여러분을 깜짝 놀라게 할 선물을 준비했습니다.」

에마 103의 얼굴에는 주름이 생겼지만, 우아함과 활기에는 전혀 변함이 없다.

그들은 항구로 천천히 나아간다. 부두에는 시끄럽고 호기심 많은 에마슈 군중이 넘쳐 난다.

이곳저곳에 마이크로 랜드와 프랑스의 국기들, 환영의 인사를 담은 플래카드들이 보인다.

드디어 그들이 뭍에 발을 디디자, 아주 작은 롤스로이스가 황금 견장을 단 연보라색 경비원들에게 둘러싸인 채 멈춰 선다.

왕 에마 109가 롤스로이스에서 내리고 몇몇 장관이 그를 에워싼다. 왕은 새로 온 사람들의 눈높이에 맞도록 크레인에 올라간다. 앞에는 에마슈 언론 매체의 기자들과 사진 기자들이 포진해 있다.

「친애하는 시민 여러분. 어느 날 다비드 웰스가 증조할아버지가 쓰신 그 유명한 백과사전에서 이런 말을 인용하여 나에게 깊은 영향을 주었습니다. 〈우리는 어쩔 수 없이 겪어야 하는 진화에서 선택적인 진화로 나아간다.〉 이 말은 모든 것을 요약합니다. 옛날에 우리 조상들은 어떻게 해볼 새도 없이 세계를 받아들였습니다. 하지만 그것은 이점이기도 했습니다. 주변에서 일어나던 일에 책임을 질 필요가 없었으니까요. 페스트가 유행하면, 그들은 죽었습니다. 심한 추위가 몰아닥치면, 그들은 죽었습니다. 소행성들이 나타나면, 그들은 죽었습니다. 그 모든 것을 받아들인 것은 아무것도 할 수 없었기 때문입니다. 그들은 그런 사건을 하느님, 악마, 하늘의 벌, 운명, 우연, 불행, 자연이라 불렀습니다.」

약간의 박수갈채가 연설에 공감을 표시한다. 왕은 자신감을 얻고 말을 잇는다.

「우리 세대는 어떻게 해야 하는지 이해하고 실제로 행동했던 첫 세대입니다. 유행병이 돌면 약을 만들어 냈고, 추위가 닥치면 난방 장치를 개발했으며, 기아가 닥치면 농업으로 그것을 해결했고, 소행성이 나타나면 우리의 로켓 〈림프구〉가 나섰습니다.」

애국적인 군중은 즉시 요란한 박수갈채로 자랑스러움을 드러낸다.

「우리는 어쩔 수 없이 겪어야 하는 진화에서 선택적인 진화로 넘어왔습니다. 하지만 우리는 갑자기 우리 앞에 일어날 수 있는 일의 책임자가 되어야 합니다. 이제 우리는 어떻게 된 일인지 알고, 어떻게 행동할 수 있는지 알고 있습니다. 때로는 우리가 실수를 할 수도 있습니다. 그것은 우리의 잘못일 겁니다. 우리 조상들은 그런 책임을 지지 않았습니다. 미래에 일어날 일은 현재 우리가 선택하는 것의 직접적인 결과일 것입니다.」

다시 떠들썩한 환호가 왕의 말에 지지를 보낸다.

「다비드와 오로르와 나탈리아가 인류의 진보를 위해 선택한 것이 무엇이었습니까? 우리 초소형 인간들을 창조한 것입니다.」

박수갈채가 쏟아지자, 관련된 거인들은 정중하게 인사를 한다.

「우리는 존재하게 해달라고 요구하지 않았습니다. 지구에 우리가 나타나는 것을 있는 그대로 받아들였습니다. 하지만 이제 우리가 여기에 있고, 우리가 누구인지 그리고 왜 여기에 있는지 알게 되었으며, 우리 행위의 역량도 이해하게 되었으니, 우리는 인류 진화의 다음 단계가 무엇인지에 대해서도 책임을 져야 할 것입니다. 친애하는 거인 친구들, 우리가 여러분을 오시게 한 것은 단지 여러분의 신세대 전파 망원경이 필요하기 때문이 아니라…….」

청중 속에서 웃음이 인다.

「……모든 인류가 위험에 빠진 순간에, 진화가 갑자기 중단될 수도 있는 순간에, 여러분이 우리와 함께 계시는 것이 당연해 보이기 때문입니다. 과거에 우리를 만드실 때 함께 참여하셨던 다비드, 나탈리아, 마르탱이 미래를 좋은 방향으로 이끌기 위한 우리의 결정적인 행위를 아주 가까이에서 참관하시라는 뜻입니다.」

다시 박수갈채가 인다. 왕은 미소를 지으면서 마이크를 나탈리아에게 넘긴다.

UN 주재 프랑스 대사는 청중이 조용해지기를 기다렸다가 말문을 연다.

「고맙습니다, 전하. 저 전파 망원경으로 말씀드리자면, 저희의 가장 뛰어난 과학자들이 만들어 낼 줄 아는 대표적인 보배로서 프랑스 공화국이 젊은 나라 마이크로 랜드에 제공하는 선물입니다. 하지만 저희가 제공하는 것은 단순한 도구가 아니라, 하나의 〈눈〉입니다. 1922년에 인류가 알고 있던 우주는 10만 광년 이내였습니다. 2012년에는 그것이 1백억 광년으로 늘었습니다. 오늘날 거의 완벽한 저 도구 덕분에 곱하기 10을 해서 1천억 광년으로 넘어갔습니다! 여러분이 비유를 좋아하시기 때문에, 이런 말을 해보겠습니다. 〈인류의 눈이 강력해지면, 우주는 확대되리라.〉 또한 우리가 더 멀리 볼 수 있다면, 우리는 더 많은 위험을 예상하면서 그것들이 우리를 덮치기 전에 막아 낼 것입니다. 우리 두 민족 사이의 우정이 인류의 생존과 전체적인 진화에 기여하기를 바랍니다.」

왕은 다시 마이크를 받는다.

「친애하는 나탈리아, 아시다시피 우리의 독립의 날 축제는 내일 펼쳐지는데, 여러분의 〈선물〉은 그것에 맞춰 왔습니다. 여러분은 10년 전에 알에서 태어나는 에마슈들을 보셨고, 그들은 이제 여러분의 나이로 치면 1백 살입니다. 새로운 세대들은 새로운 개인들을 낳아 이제 인구 10만의 나라를 형성하게 되었습니다. 그러니까 여러분은 이 중차대한 사건에 초대받은 〈특별한 거인〉입니다. 게다가 우리는 섬의 거인들에게 휴가를 주었고, 전 세계 에마슈들에게 여기에 다녀가라고 일렀습니다. 그러니까 여러분은 세계 에마슈들이 모두 집결해 있는 곳에 일부러 모여 있는 것입니다.」

거인들은 그 소식에 놀라서 짤막하게 인사를 보낸다.

마이크로 랜드의 왕은 다비드 웰스에게 몸을 기울여 다정스럽게 툭 친다.

「두 달 전에 우리 행사 준비 위원회가 이 거대한 사건을 준비했어요. 잘 믿기지 않겠지만, 억압에 의해 무의식처럼 되어 버린 감정을 해방하기, 춤, 음악, 화려한 공연도 있을 겁니다.」

「음…….」마르탱 자니코가 끼어든다. 「당신들이 괜찮겠어요? 우리와 당신들의 〈신장 차이가 많이 나는데〉…….」

「우리끼리는 이렇게 말하죠. 〈잔치가 정말 재미있기를 바란다면, 거인이 한두 명이라도 끼는 게 좋다. 비록 장식품 노릇을 할지라도.〉」

손님들이 있는 곳에서 에마슈의 배들이 보인다. 〈앨버트로스〉의 주위에서 부산하게 움직인다. 곧 배에 타고 있는 크레인들이 전파 망원경을 화물창에서 내려 커다란 뗏목 위에 놓고 있다. 이 뗏목은 몇 척의 배가 이끌어 간다.

왕은 지팡이를 짚고 입에 물부리를 문 채로 아주 작은 윈스턴 처칠의 모습을 되찾는다.

「아! 내가 친구들 만나는 것을 얼마나 기뻐하는지 여러분이 아신다면 좋겠습니다. 우리는 많은 일을 함께 했지요.」

왕은 그들에게 한쪽 눈을 찡긋해 보인다.

「전하, 소행성 〈테이아 13〉에 대해서는 준비가 되어 있습니까?」마르탱 자니코가 물었다.

「당신 자신의 몸에서는 세균이 들어오면 그때마다 알려 줍니까?」

「이번엔 〈세균〉이 훨씬 더 무겁고 훨씬 더 복잡하잖아요?」나탈리아 오비츠의 지적이었다.

「이제 새 전파 망원경이 왔으니까 그 소행성을 파괴하기 위한 준비를 완벽하게 해야겠죠. 그 구성 성분이 철인지 니

켈인지 드러나면, 어떤 폭탄을 써야 하는지도 알게 되겠고
요.」

그 말에 찬성하기라도 하듯, 하늘의 불꽃놀이에서 특별하
게 밝은 불꽃이 일어 넓은 진홍색 다발을 이룬다.

바로 그 순간, 또 다른 수상 비행기가 물에 닿는다. 이번에
는 〈앨버트로스〉처럼 큰 것이 아니라 흔히 볼 수 있는 수상
비행기다.

나탈리아가 호기심을 느끼며 묻는다.

「다른 거인들을 기다리십니까?」

「사실은…… 다비드가 온다는 얘기를 나탈리아에게서 들
었을 때, 올해의 진화 프로젝트에서 입상한 사람들을 초대해
야겠다는 생각이 들었습니다. 우리가 원하는 것은 미래의 관
점에 서는 것이니까 입상자들을 활용하면 좋겠다는 것이었
지요. 내가 보기엔 분명해요. 우리가 테크놀로지의 첨단을
지키도록 그들이 도와줄 수 있을 겁니다. 개인적으로도 입상
자들이 제시한 세 주제가 아주 흥미로웠어요. 첫째, 달에 도
시를 건설한다는 것은 아주 환상적인 일입니다. 둘째, 먹기
만 하면 먹은 사람들을 서로 이해시킬 수 있는 약을 개발한
다는 것은 모든 소통 문제의 해결책입니다. 셋째, 우리 행성
과 대화를 하려는 것, 그건 나의 비밀스러운 꿈들 가운데 하
나지요. 그러니까 니심 암잘라그, 장클로드 뒤냐크, 히파티
아 김 역시 축제에 참가하게 될 겁니다.」

〈진화〉 프로젝트의 세 입상자들이 배를 타고 다가온다. 다
비드의 이마에 이맛살 하나가 당황한 기색을 드러낸다.

「마음에 들지 않아요, 웰스 교수?」

「저 사람들은 그저…… 학생들일 뿐이에요.」

「우리의 경우에는 개미들을 본보기로 삼죠. 사람들을 아이디어의 특질로 판단하지, 그들의 나이나 학위를 가지고 판단하지는 않아요.」

세 젊은이가 배에서 갓 내려 걸어온다. 그러더니 일러 준 대로 인사를 하면서 고개를 숙인 채로 말한다.

「전하.」

그러자 왕은 다 같이 힘을 내어 축제에 참가하자는 신호를 보낸다.

「우리가 독립한 날이라서 거인들은 여러분 여섯 명밖에 없습니다. 반면에 우리 인구는 10만이랍니다.」

「저희에게 그런 특권을 주셔서 고맙습니다, 전하.」

「먼저 축하 행사를 합시다. 우선 〈혼인 비행〉이라 불리는 의식입니다. 이걸 뭐라고 부를까? 〈집단적인 섹스〉라고나 할까?」

여섯 거인은 태연함을 잃지 않고 만족해하는 듯이 보이려고 노력하고 있었다. 다채로운 꽃의 형태로 이루어진 건물들이 낯설었지만, 그 새로운 환경에 적응하는 것처럼 보이기가 쉽지 않았다.

18

「너는 누구니?」

됐어, 이렇게 시작하는 거야.

메시지가 점점 분명해지고 있어.

나는 무어라 대답해야 해. 그러면 알아들을지도 모르잖아.

「여기선 나를 지구 또는 가이아라고 불러. 나는 가이아라는 이름을 더 좋아하지.」

「뭐라고, 가이아?」

「나는 행성이야.」

「행성이 뭔데?」

「그건 무한한 우주 공간에 떠 있는 천체야. 행성으로서 나는 조금 특별해. 미지근하고, 여러 가지 색깔로 보이고, 표면의 곳곳이 물이나 얼음이나 모래나 바위나 풀이나 숲 같은 것으로 덮여 있어. 나는 태양의 주위를 돌아. 내 안에는 온갖 형태의 생명체들이 가득하고, 그중 일부는 지능과 의식이 있어..이게 바로 나야. 나는 이렇게 나 자신을 소개했는데, 너는 여전히 하지 않았어.」

「나는 그것을 할 수가 없어. 아무도 나를 불러 주지 않았기에, 나는 내 이름을 몰라. 나는 외모를 의식할 수도 없어. 내 형태조차 알지 못하는걸.」

「이제 이해가 간다. 소행성이 다가올수록 네 메시지가 점점 분명해져. 내가 보기엔 네가 바로…… 그 소행성이야.」

「내가 뭐라고?」

「여기에서는 너에게 〈테이아 13〉이라는 이름을 붙였어. 그게 네 소행성 이름이야. 사람들 얘기를 들어 보니까, 네가 Y자 형으로 생겼대.」

「〈소행성〉이란 게 뭐야?」

「우주에서 떠도는 바윗돌이고 파괴적인 잠재력을 가지고 있는 거야. 네가 나와 소통할 수 있다는 사실이 너무 놀라운걸.」

「나는 그냥 바위가 아니야. 살아 있는 존재야. 무엇이든 살아 있는 것은 생각할 줄 알고, 생각할 줄 아는 것은 소통할 줄 알아.」

「〈소통할 줄 아는 바위〉라고, 그래서 무엇을 하고 있는 거지?」

「나는 알지. 나는 너를 만나러 온 거야. 너 때문에 온 거라고, 가이아. 멀리에서 왔어. 됐어, 이제 기억이 나기 시작했어.」

「그래 무엇을 기억했는데?」

「내가 어디에서 왔는지 알겠어. 처음에 우리는 같은 무리에 있었어. 네가 말한 대로 수많은 〈소행성들〉에 섞여 있었지. 다른 소행성들은 길을 잃었어. 하지만 나는 우연히 제 길을 찾아 들어섰지. 너를 향해 가고 있으니 말이야.」

19

흙 위에 풀이, 이 풀 위에는 구두가, 이 구두에는 발이 들어 있고, 이 발은 뼈와 근육으로 이어져 있다. 독립의 날을 맞이하여, 에마슈들과 거인들이 모두 마이크로폴리스 중앙 광장에 모여 있다.

「우리가 외국 친구들에게 가장 먼저 보여 드릴 것은 우리의 아주 독특한 관습입니다. 우리는 꽃 모양 장식 말고도 개미들의 또 다른 습관인 〈혼인 비행〉의 의식을 모방했습니다. 이제까지는 이 관습을 숨겼지만, 성적으로 성숙한 젊은이들 사이에 이런 독특한 만남이 얼마나 효율적일 수 있는지 여러분에게 보여 드릴 때도 되었다고 생각합니다.」

왕은 오른쪽을 돌아보며 그들에게 잘 살펴보라고 신호를 보낸다.

「혼인 비행이 시작됩니다! 여자들 출발!」 하면서 왕은 스마트폰을 누른다.

즉시 하늘에서 붉은 불꽃이 터지며 하트 모양이 만들어진다. 1백 명의 여자 에마슈가 날렵하고 섹시한 차림으로 나무가 우거진 언덕을 향해 돌진하더니 하나둘 올라가기 시작한다.

왕은 다시 소리친다.

「이제 더 볼 만해집니다. 남자들 출발!」

1백 명의 남자 에마슈가 역시 날렵하고 멋진 차림으로 같은 방향을 향해 튀어 나간다.

다비드 웰스는 매혹된다.

왕은 이 의식 때 벌어질 장면들을 찍기 위해 언덕의 나무들 속에 카메라를 놓아두었음을 보여 준다. 손님들이 놀라는 것을 보고 기뻐하며 설명을 이어 간다.

「사실, 이건 완전히 독창적인 건 아니고, 당신 증조할아버님이 쓰신 백과사전에 비슷한 대목이 나옵니다. 소나기가 내려 천적이 되는 새들이 날지 않을 때, 날개 달린 암개미들이 먼저 날고 곧이어 수컷들이 난다더군요. 그렇게 하늘에 소나기가 칠 때, 모두가 많은 파트너와 지칠 때까지 사랑을 나눕니다. 종종 수컷들은 죽음을 맞죠. 암컷들은 쾌감에 취해 비틀비틀 날다가 아무 데나 떨어집니다. 때로는 우리 머릿속 같은 곳에 떨어지기도 하지요. 되도록 땅속에 숨어들어야 알을 낳을 수 있어요. 그런데 이것 역시 그 백과사전에서 읽은 것이지만, 피레네 지방에서는 1800년 무렵까지 개미들에게서 모방한 것으로 보이는 이런 종류의 관습이 실행되었답니다.」

「기억이 나지 않습니다. 아시다시피, 저는 에드몽 웰스의 책을 다 읽지 않았습니다.」

「그건 아주 실용적인 관습이었다고 합니다. 16세 된 젊은 이들이 양성 동수로 모였습니다. 여자들이 먼저 달려가서 산에 들어가 숨으면, 남자들이 뒤쫓아 가고, 곧 숨바꼭질이 벌어졌습니다. 한 여자가 한 남자에게 들키면 그의 아내가 되도록 되어 있었습니다. 당연히 요령이 부족하거나 동작이 느린 남자들은 가장 인기 없는 여자들과 짝을 맺었죠. 어쨌 거나 일단 참가한 젊은이들은 짝을 찾아야만 했어요. 놀이를 거부하는 사람은 마을에서 추방당했어요.」

스크린이 여러 곳을 동시에 보여 준다. 관객들은 만나는 남녀들을 지켜보고 있다.

「어째 조금 단순한 것 같은데요.」나탈리아 오비츠의 지적 이다. 「숲에서 숨바꼭질 능력으로 짝을 고른다는 건데, 그렇 다면 가장 빠르고 앞을 가장 잘 보는 사람들이 유리하겠죠. 인류의 발전에 이런 요소만이 유익하다고 할 수는 없겠어 요.」

다비드는 한술 더 뜬다.

「게다가 많은 커플이 속임수를 쓸 수도 있어요. 여자가 남 자 친구에게 이렇게 말한다고 쳐봐요. 〈거기에서 만나자. 숨 어서 기다릴게.〉 그러면 그들은 연인끼리 만나는 걸 확실히 한 거죠.」

「결혼 중개소와 인터넷 만남 사이트를 대신하는 것이로군 요.」장클로드 뒤냐크가 한마디 거들었다.

「우리는 동물이 아니에요. 우리 본능을 조절할 수 있어요. 그렇지 않습니까, 교수님?」니심 암잘라그도 말했다.

히파티아 김은 자기 나라의 전통이라는 관점에서 평가 한다.

「우리 한국에서는 저런 종류의 성애가 불가능할 거예요. 사랑은 매우 체계화되어 있고, 많은 준비를 요구하죠. 젊은 이들은 소개를 받아야 하고 종종 만나야 해요. 그러고 나면 양가 부모가 만나서 논의를 하고 결혼에 방해가 되는 것이 없는지 따지죠. 나이도 맞아야 하고, 종교며 출신이며 교육도 고려해야죠. 이런 전통이 아직 강하게 남아 있어요.」

「그러면 나하고는 불가능하겠네요?」 장클로드 뒤냐크의 농담이다.

「우리 나라에서는 서양 남자들이 더럽고 당돌하다고 생각해요. 서양인들은 코가 크고 몸에 털이 많아요. 반면에 우리 쪽에서 보면, 진화는 맑고 매끈한 피부, 평평한 코, 고불고불하지 않은 머리털 쪽으로 가고 있어요. 그러니까 아닌 게 아니라 우리는 커플이 될 수 없겠어요.」 히파티아 김은 농담을 농담으로 받으며 슬쩍 윙크를 보낸다. 「그래도 우리는 친구가 될 수 있어요. 그건 전통이 허락하니까요. 이미 그런 사례가 많아요. 그런데 웰스 교수님, 사랑에 관해서는 어떤 생각을 갖고 계신가요?」

그는 젊은 에마슈들이 사랑을 나누기 시작한 스크린에서 눈을 떼지 않은 채로 말한다.

「이상적인 사랑은…… 자기 자신을 사랑할 때 알아보는 거야. 그게 모든 사랑의 감정 중에서 가장 어려운 것이거든.」

「너무 이기적인데요.」니심 암잘라그의 불만이다.

「아냐, 오히려 매우 이타적이야. 우리가 자신을 정말로 사랑하게 되면, 좋은 사람들을 자신에게 끌어들이고, 좋은 교류와 묵계가 만들어지지. 그게 독립된 존재들의 결합이야. 일상적으로는 서로 필요로 하지 않으면서 더욱더 사랑할 수 있지.」

왕이 웃음을 터뜨린다.

「대답이 훌륭하네요, 웰스 교수. 내가 보기에도 사람들은 자기 자신을 이해하기 위해 이성(異性)을 활용하는 것 같습니다. 거울을 보는 거나 비슷하다고 할까요? 상대가 만족스러운 이미지를 보내오면, 그 이미지를 더욱 사랑하게 됩니다.」

이야기를 나누면서, 그들은 젊은 에마슈들의 이미지에 갈수록 매력을 느낀다. 젊은 에마슈들은 서로 찾다가 만나서 몸을 결합한다.

「저 축제의 다음 프로그램은 뭡니까?」 다비드 웰스가 조금 자극된 어조로 물었다.

「음…… 나머지는 여러분의 혁명 기념일과 비슷해요. 군사 행진도 있고 연설도 있고 만찬도 있습니다. 그것이 끝나면 연주회, 무도회, 불꽃놀이가 벌어지죠. 프로그램을 짠 사람은 교주 에마 666인데, 온갖 노력을 다 기울이는 분이라서 그 결과가 볼 만할 겁니다. 섬사람들이 모두 연극인이 되었나 하고 깜짝 놀랄 거예요.」

「저희의 종교 축제 역시 매우 연극화되어 있죠.」 나탈리아가 토를 달았다.

「하긴 여러분의 부활절 관습에서 빌려 온 게 있어요. 우리의 독립을 기념하기 위해 달걀을 먹어야 합니다. 이 경우에는 마이크로 암탉들이 낳은 달걀입니다만…….」

왕은 꽃 모양으로 된 건물의 잎 모양 발코니를 장식하고 있는 채색한 달걀들을 가리킨다.

「아름답습니다. 저 천연 장식으로 된 건축물 말입니다.」 마르탱 자니코가 말했다.

「가장 볼 만한 것은 건축물이나 테크놀로지에 있지 않습니다. 내가 보기에는 우리의 정신 속에 있습니다. 나는 당당하게 말할 수 있어요. 우리는 목표들의 상당 부분을 이뤘어요. 우리 에마슈 공동체는 다음과 같은 특징이 있어요. 첫째 크기가 작고, 둘째 더 여성적이며, 셋째 연대 의식이 더 강하고, 넷째 질병과 오염에 잘 저항하며, 다섯째 환경에 더 책임감이 강하다는 것입니다.」

「환경에 더 책임감이 강하다는 게 무슨 뜻인가요?」다비드의 물음이었다.

「스스로 절제할 수 있다는 것입니다. 아기들을 낳되 사랑하고 교육하고 먹일 수 있어야 합니다. 그리고 나중에 어떤 식으로든 사회에서 책임질 자리를 줄 수 있어야 하고요. 10만 명의 인구가 적당합니다. 이 섬의 면적과 식량의 비축을 따져서 과학적으로 연구해 보면 10만이라는 수가 완전합니다. 조화의 수예요. 살아 있는 에마슈들이 죽은 에마슈들을 대신합니다. 새로운 노동자들이 은퇴한 노동자들을 대신합니다. 실업이라는 것은 존재하지 않습니다.」

왕은 공장을 가리킨다. 흰 연기가 굴뚝처럼 피어오른다.

「우리는 모든 쓰레기를 재활용합니다. 우리는 공기도 물도 땅도 오염시키지 않고, 어느 것도 바닥을 드러내지 않게 합니다.」

「그래도 부족한 게 있습니까?」나탈리아가 물었다.

「두 가지가 부족합니다. 첫째, 거인들과 대등한 존재로 받아들여지는 것. 둘째, 우리의 어머니이신 행성, 가이아와 소통하는 것.」

「행성과 소통하는 것이요? 그게 공식적인 목표인가요?」
히파티아 김이 흥미를 보이며 물었다.

왕은 그녀에게 한쪽 눈을 찡긋해 보인다.

「김 박사, 나는 당신의 프로젝트를 알아요. 그런 이유로 당신을 며칠이든 몇 주일이든 당신이 원하는 만큼 우리 나라에서 일하도록 초대하고 싶어요. 당신의 두 동료에 대해서도 그 초대는 유효합니다. 우리는 뒤냐크 박사가 제안한 개인 간의 소통을 개선할 수 있는 화학 약품에도 관심이 많아요. 달에 도시를 건설하겠다는 암잘라그 박사의 제안에도 마찬가지이고요. 생각이 있다면, 우리 우주 센터가 당신에게 열려 있다는 점을 잊지 마세요.」

왕은 흰 아룸처럼 생긴 건물을 가리킨다.

자세히 관찰해 보면, 암술 모양의 부분은 번쩍거리는 노랑 로켓이 매달려 있는 발사대이다. 로켓의 측면에 연결된 수십 개의 대롱들은 탯줄처럼 증기를 분사하고 있고, 위쪽의 둥근 창에서는 빛이 새어 나온다.

「내일 아침, 우리의 우주 비행사 세 명이 저 로켓을 타고 이륙할 겁니다. 경험이 많은 자들이에요. 이미 소행성 〈테이아 12〉를 파괴하는 임무를 성공적으로 수행한 적이 있는 에마슈들입니다. 에마 666 교주는 독립의 날을 멋지게 마무리하자는 뜻으로 이들의 거사를 내일로 잡았지요. 우리는 내일 아침 8시에 저 〈림프구 13호〉가 이륙하는 것을 보게 될 겁니다. 축제의 마무리치고는 아주 근사하죠, 안 그렇습니까?」

왕의 손길을 따라 손님들의 머리가 일제히 아룸 모양의 우주 센터로 향했다가, 혼인 예식이 갈수록 농밀해지는 스크린들을 향해 되돌아간다.

서로 어우러진 자들에게 훨씬 더한 활력을 주려는 듯, 도시의 스피커들을 타고 음악 하나가 울리기 시작한다. 드보르자크의 「신세계 교향곡」이다. 그렇게 삶은 이어진다.

20
백과사전: 장바티스트 드 라마르크
장바티스트 드 라마르크는 종들의 진화에 관해 사유한 최초의 과학자이다.

그는 〈비올로지〉라는 말을 처음으로 사용한 인물이다. 〈비올로지〉란 〈비오〉, 즉 〈생명〉의 세계를 연구하는 학문이라는 뜻이다.

장교로 근무하던 시절, 벨링하우젠 전투(1761년 프랑스가 프로이센, 영국, 하노버 연합군과 맞붙어 싸웠던 7년 전쟁의 한 전투)에서 부상을 당하고, 군대를 떠나 의학에 이어 식물학에 관심을 갖고 연구했다.

1779년 『프랑스 식물지』라는 책을 출간하여, 꽃과 식물을 더 쉽게 알아볼 수 있게 하는 몇 가지 규칙을 세웠다. 이 책의 명성 덕분에 과학 아카데미 회원이 되었고, 왕립 정원에서 〈곤충과 지렁이에 관한 자연사 교수〉 자리를 받아들였다. 그는 이 특권적인 지위를 이용하여 왕립 정원을 파리 자연사 박물관으로 개조하는 일에 참여했고, 무척추동물에 관해서 가르쳤으며, 무척추동물을 정돈하고 분류하기 시작했다.

동물들을 관찰하면서, 그는 〈변이론〉이라는 개념을 이끌어 냈다. 변이론이란 종들이 시간과 함께 변화하고, 주위의 살아 있는 존재들이 적응하는 데 따라서 더 복잡하고 더 다양하고 더 특별하게 되어 간다는 주장이다.

1809년 라마르크는 『동물 철학』을 출간하여, 종들의 진화가 다음처럼 내적인 변이를 통하여 이루어진다는 이론을 발표했다. 〈어느 동물이건 한 기관의 능력을 최대로 발휘하는 데 아직 도달하지 않았다고 치자.

그렇다면 이 기관을 더 빈번하고 지속적으로 사용함으로써 기관다운 면모를 조금씩 강화하고 발전시키고 키우고 사용 기간에 걸맞은 힘을 부여할 수 있다. 반면에 그 기관을 계속 사용하지 않으면, 기관이 약해지다가 끝내는 사라지고 만다.〉

그는 기린의 예를 들었다. 기린은 건기에 커다란 나무의 꼭대기에 달려 있는 잎에 닿기 위해서 목을 늘이고, 그럼으로써 목의 구조에 변화를 가져온다. 이 기린이 새끼를 낳으면 목이 더 길어져서 우듬지의 잎을 맛볼 수 있다. 그런 식으로 세대가 바뀌면 나중에는 엄청나게 긴 목이 생겨난다.

라마르크는 또 다른 예를 들었다. 두더지가 점차적으로 앞을 보지 못하게 되었다면, 그것은 땅속에서 시력을 사용하지 않았기 때문이다. 〈자연은 개체들에게 환경의 지속적인 영향을 고려하여 어떤 것을 얻게 하거나 잃게 한다. 얻는 것이든 잃는 것이든 그 변화가 새로운 개체들을 낳은 양성에게 공통된 것이라면, 그것은 미래 세대를 위한 변화이다.〉 그 저술을 출간한 뒤에 라마르크는 다른 과학자들의 공격을 받고 직접적인 대립을 겪었다(특히 조르주 퀴비에라는 저명한 과학자는 종들이 진화하지 않는다는 것을 뜻하는 고정론을 내세워 라마르크의 변이론에 반대하였다).

자연사 박물관의 한 전시실이 문을 열던 날, 나폴레옹 1세는 라마르크와 마주치자 이렇게 말했다. 〈당신의 최근 저서는 당신의 옛날을 불명예스럽게 만들고 있소. 자연사는 있지만 동물 철학이라고 할 만한 것이 없으니 말이오.〉 증인들의 말에 따르면, 늙은 과학자는 그 말에 큰 충격을 받고 울기 시작했다.

라마르크는 75세 무렵에 앞을 보지 못하게 되었다. 현미경을 너무 오래 들여다본 탓이었다고 한다. 동료들에게서 신용을 잃고 학계에서 버림을 받고 비참한 삶에 내몰린 그는 먹고살기 위해 외국 과학자들에게 자기가 수집한 꽃과 곤충을 팔았다. 그러다가 10년 뒤인 1829년에 외롭고 스산하게, 자기 저술들이 동료들의 웃음거리가 되는 가운데 세상을 떠났다. 가족이 그의 시신을 거두지 않았기에, 그는 몽파르나스 묘지의 공동 묘혈에 묻혔다. 조르주 퀴비에는 그가 죽은 뒤에 행한 연설에서 그의 모든 이론을 조롱했고 그를 실패한 과학자로 묘사하면서 순전한 어리석음과 고집 때문에 실패에 실패를 거듭했다고 주장했다.

그로부터 30년 뒤인 1859년, 찰스 다윈이 『종의 기원』이라는 책을 통해 자연 선택 이론을 개진하면서, 진화에 관해 사유했던 과거의 모든 과학자를 되짚어 보게 되었다. 그러면서 결국 자기야말로 라마르크의 가장 고약한 반대자임을 드러냈다. 다윈이 보기에 기린의 목이 긴 이유는 간단했다. 목이 짧으면 적응력이 떨어져서 도태된 것이다. 다윈은 어떤 편지에서 이렇게 쓰기도 했다. 〈나는 라마르크를 읽었고, 그가 형편없는 저자임을 깨달았다.〉요약하자면 이렇다. 찰스 다윈이 보기에, 진화는 우연에 의해 이루어지는 것이고, 그의 적자생존 이론은 당대의 엘리트주의 개념과 일치하는 바가 있다. 반면에 장바티스트 드 라마르크는 모든 존재가 스스로를 계획화하는 능력이 있음을 인정하고, 특히 변화에 대한 능력이나 깊은 욕구를 지닌 개체들에 의해서 진화가 일어난다고 주장했다.

라마르크가 죽은 지 60년이 지나자, 일부 과학자들이 그의 사상을 재건하자고 주장했다. 그러나 즉시 공격을 당했고, 얼마 지나지 않아 주로 다윈주의자들로 이루어진 공식적인 학계의 신용을 잃었다. 오늘날 라마르크의 작업은 모두 잊히고, 다윈의 이론들이 과학계의 인정을 받는 유일한 진화론이 되었다. 하지만 어떤 현상들(예를 들어 꿀벌의 형태와 페로몬을 흉내 내기 위한 난초들의 변화)은 다윈주의를 가지고는 어떤 설명도 찾아낼 수 없고, 오로지 생명체가 주위 환경에 적응하기 위해 자발적으로 변화할 수 있다는 라마르크의 이론에 기대어야만 무언가를 이해할 수 있다. 그리고 어떤 연구자들은 라마르크가 종들의 진화에 관해 사유한 최초의 인물이었다는 점을 인정할 뿐만 아니라, 그의 이론들이 오늘날까지 알려진 다른 모든 이론에 비해서 생명계의 복잡성을 설명하기에 더 적합한 면모가 있다는 점도 인정한다.

에드몽 웰스, 『상대적이며 절대적인 지식의 백과사전』 제11권

21

음악은 점점 더 리듬이 강해지고 소리가 계속 높아져 귀가 따가울 정도다.

꽃 모양의 건물들 아래에서는 곳곳에서 에마슈들이 춤을 추고 술을 마시며 축제에 참여한다.

스크린들의 젊은이들은 피곤해 보이기는커녕, 저마다 파트너를 바꿔 가며 개미들의 혼인 비행을 흉내 낸다. 그들의 흥분은 거리로 번져 간다. 사육제에서 즐기듯, 거리에서 에마슈들은 무의식이 억누르던 감정을 마음껏 해방한다.

다비드 웰스의 스마트폰이 울리고 글자가 나타난다. 〈이슈타르, 통화 수신〉.

그는 자리를 뜨며 사과를 하고 잠시 테라스를 벗어나 해변으로 내려간다. 통화를 하자니 조금이라도 조용한 장소가 낫겠다 싶은 것이다. 마침내 통화가 시작되고 딸아이의 얼굴이 화면에 나타난다.

「아 드디어! 아빠, 왜 우리를 버리셨어요?」

「너희를 버린 적이 없어. 그냥 너희 어머니랑 일시적인 별거를 하고 있을 뿐이야.」

「일시적인 별거라고요?」

「난 모르겠어. 그걸 내가 결정하는 게 아니거든.」

「거절했어야죠. 그렇게 빨리 집을 나가는 게 어디 있어요?」

「어떤 사람이 너를 좋아하지 않게 되었다는데, 그 사람과 같이 있는 게 무슨 소용이 있겠니?」

그는 열 살짜리 딸아이를 마치 어른 대하듯 한다.

「나는 아빠를 사랑해요. 케찰코아틀과 오시리스도 마찬가지예요.」

「고마워, 내 사랑. 너희를 자주 볼 수 있도록 너희 어머니와 더 애를 써볼게. 하지만 당장은 시간을 좀 두는 게 좋겠는걸. 무슨 말인지 알아들었니?」

「아니요, 아빠. 돌아오세요.」

「머지않아 돌아가겠지. 너희 모두에게 사랑의 키스를 보낸다. 엄마랑 사이좋게 지내야 해.」

그는 감동이 살갗으로 전해지는 것을 느끼며 전화를 끊는다.

「다비드?」

몸을 돌리자 에마슈들의 왕이 서 있다. 그는 절을 올린다.

「전하, 여기서 무얼 하십니까?」

「전하라고 부르지 말고, 109라고 부르게. 나는 자네가 축제를 즐기다 말고 떠나는 것을 보았네. 그래서 자네 곁으로 오고 싶었지. 자, 나를 팔로 들어서 눈높이를 맞춰 주게.」

왕은 전용차 운전기사에게 혼자 다닐 테니 물러가 있으라고 이른 다음, 경호원들에게도 이참에 민속 무용을 즐겨 보라고 권한다.

다비드는 왕을 통통한 아기처럼 잡아 한쪽 팔오금의 오목한 곳에 올려놓는다.

「내가 여기에 살기 시작한 뒤로, 우리 두 사람이 멀어진 것 같아, 다비드.」

「전하…… 아니 109…… 아니 전하…….」

「친구처럼 말해도 좋네. 이게 왕의 저주야. 나는 사람들을 친구처럼 대하지만, 사람들은 나에게 깍듯이 높임말을 쓰거든. 하지만 다비드, 자네는 안 그래도 돼.」

왕은 자개박이 물부리를 꺼내어 담배에 불을 붙이고 푸르스름한 연기를 몇 모금 뱉어 낸다.

다비드는 친구처럼 말하는 것에 이르지 못하고 여느 신하와 다름없이 존댓말을 쓴다.

「담배를 피우시네요?」

「나탈리아가 담배로 회색 연기를 만들어 낼 때 보니까, 특유의 스타일과 매력이 있더라고. 자, 걸어가세, 저쪽으로 가자고.」

「제가 보기에는 거인의 세계에서 온 관광객과 이야기를 나누는 것보다는 더 중요하게 하실 일이 많아 보입니다. 마이크로 랜드 10주년은 전하께 영광의 날이지요?」

「다비드, 우리가 실제로 성공했다고 생각하나?」

「이제 아무도 부정할 수 없습니다. 초소형 인간들이 존재한다는 것, 그리고 그들을 신뢰해야 한다는 것 말입니다. 〈테이아 13〉을 파괴하게 되면 거인들의 세계에서 에마슈들의 긍정적인 이미지가 강화될 것입니다.」

왕은 이상한 고갯짓을 한다. 자기가 확신하고 있지 않다는 생각을 표현하려는 것이다.

「언젠가 정말 우리가 당신들과 대등한 존재로 인정을 받으려면, 우리가 무엇을 해야 할까?」

「에마슈들은 이미 우리와 대등한 존재예요. UN에서 표결이 이루어졌잖아요.」

「공식적으로는 그렇지. 하지만 비공식적으로는 다르다네. 거인들은 우리 에마슈들을 경멸하고 오만한 태도를 보이지. 단지 우리보다 살과 피와 뼈가 많다는 이유로.」

「그건 에마슈 콤플렉스입니다. 초소형 인간인 당신들이 그런 콤플렉스를 지어낸 거예요.」 다비드는 그렇게 강조하며 미소를 짓는다.

「언젠가 우리가 당신들에게 입증해 보일 걸세. 우리 에마슈들에게 거인들이 필요하기보다는 거인들에게 에마슈들이 더 필요하다는 것을.」

다비드는 어깨를 움찔한다.

「그 때문에 슬로건을 바꾸셨군요. 〈피그미 프로덕션〉의 표어 〈우리보다 작지만 우리에게 늘 필요한 에마슈〉를 다시 쓰기로 한 건가요?」

「그 표어는 내가 무척 좋아하는 말일세. 프랑스의 SF 작가 라퐁텐이 〈사자와 쥐〉, 〈비둘기와 개미〉 같은 우화를 통해 말한 교훈이 들어가 있는 슬로건이야. 에마슈들이 꼭 필요하다는 사실을 요약하고 있지. 하지만 나는 이제 우리의 행위를 통해서 당신들에게 그 점을 증명하고 싶어.」

「라퐁텐은 SF 작가가 아니었어요. 동물을 주인공으로 등장시키는 우화 작가였지요.」

「자네가 그의 작품을 제대로 읽지 않아서 그렇게 말하는 거야. 다시 읽어 보게. 그 글들에 동화를 훨씬 뛰어넘는 무언가가 있다는 것을 깨닫게 될 거야.」

다시금 공중 높은 곳에서 불꽃놀이가 벌어진다. 별이 빛나는 밤하늘에 불꽃 이미지들이 나타난다.

「그런데 우리 나라에서도 모든 게 복잡해지고 있네, 다비드. 최근에 거인들에게 반대하는 정당이 우리 의회에 생겨났네.」

왕이 그렇게 속삭이자, 다비드는 깜짝 놀란다.

「PAGE, 그러니까 에마슈 반거인 정당일세.」

「제 기억이 맞는다면, MIEL, 즉 자유 에마슈 국제 운동이라는 것이 있었는데, 둘의 관련성은 없는 건가요?」

「지향하는 바가 다르다네. 한때 극단적인 정당이었던 MIEL은 이제 다수파 중도 정당이고, PAGE는 극우파 정당으로서 계속 의석을 늘려 가지. 그들의 슬로건은 〈이제 큰 페이지를 열 때가 되었다〉일세. 이를테면, 당신들은 이미 읽은 인류 역사책의 한 장(章)이었고, 이제는 다음 페이지로 넘어갈 때가 되었다는 소리겠지.」

자동차들이 경적을 내며 그들을 지나쳐 간다.

「우리에게도 극우 또는 극좌의 정당이 있어요. 그들은 말도 안 되는 소리를 지껄여서 불평불만이 있는 자들이며 앙심과 시기심이 강한 자들을 들쑤시죠.」

「가장 이상한 건, 에마 666이 그 정당을 이끈다는 것일세.」

「교주가요? 그 에마슈는 거인들에 대한 〈숭배〉를 이끌어 내는 줄 알았는데요.」

「정확히 말하면 태초의 알에 대한 숭배를 체계화하고 있다고 봐야지. 그리고 10년 사이에 많이 변했어. 에마 666은 이제 거인들을 좋아하지 않아.」

왕은 한숨을 내쉰다.

「이제 너무 늙었다는 느낌이 들어. 지겹다고나 할까? 백서른 살이면 당신네 거인들은 양로원에 살면서 약을 있는 대로 먹고 기저귀를 찬 채로 저녁 6시에 수프를 먹고 재방영되는 쇼 프로그램을 보면서 죽음을 기다릴 거야. 나는 당신네가 자랑하는 파비엔 풀롱이라는 사람을 봤어. 나이가 151세라는데, 미라처럼 하루 종일 아무 일도 하지 않아.」

「은퇴하고 싶으신 건가요, 전하?」

왕은 다비드의 귀로 다가들어 속삭인다.

「나는 그럴 권리가 없다는 걸 알고 있네. 하지만 권력이란 지고 가기가 너무 무거워. 마치 배낭 안에 든 돌멩이들을 들어낼 수 없다는 것을 알면서도 지고 가야 하는 것과 같아.」

그들은 멀리 시끄럽고 번쩍거리는 도시를 조용히 바라본다.

「그런가 하면 이 일이 나를 열광시키기도 해. 에마슈들을 더 나은 미래로 이끈다는 측면에서 말이야.」

다비드는 왕을 한쪽 팔에 올린 채로 해변을 나아간다.

「언젠가 우리 에마슈들도 눈을 감으면서 말할 수 있을까? 〈좋구나, 우리가 지구의 다른 인간 종족들처럼 되었어.〉」

「그게 무슨 뜻인가요? 〈다른 인간 종족들처럼〉이라는 게.」

「이럴 권리가 있는 거지. 게으름과 타락에 빠지는 성향이 있고, 말에 거짓과 허세를 섞을 줄 알며, 술과 마약을 할 줄 알고, 무정부주의에다 니힐리즘에다 자살 충동까지 느끼며, 절망과 경멸과 사디즘과 시니시즘을 알고, 패륜과 마조히즘과 착취와 이기주의에다 폭력성까지…… 한마디로 당신네들만큼이나 다채로운.」

다비드는 미소를 짓는다.

「스스로에게 그것을 허락해도 좋겠다 싶은 날이 오면……

굳이 애쓰지 않아도 될 거예요.」

「그래도 첫 경험이 중요하다고 되풀이해서 말한 사람은 자네 자신이야. 물에서 처음으로 나와 단단한 땅에서 걸었던 그 물고기⋯⋯.」

「틱탈릭 말인가요?」

「그래, 그 틱타인가 뭔가 하는 자는 동료들이 보기에 일탈적인 행위를 한 게 틀림없어.」

다비드는 그 물고기의 살아 있는 모습을 머릿속에 그려 본다. 어느 날 그 이름 없는 영웅의 행위가 지상의 모든 생물체의 역사를 바꿔 놓았다.

「틱탈릭에게 선택의 여지가 있었을까요? 어쩌면 그는 상어에게 쫓기고 있었을지도 몰라요. 저는 공포가 극에 달한 그의 모습을 자꾸 상상하게 됩니다. 물속의 위험이 얼마나 임박했으면, 자기가 물 밖으로 나갈 수 없다는 것을 잊었을까요?」

「그게 좋은 시도였을까? 물속에서는 3차원으로 이동할 수가 있지만, 뭍에서는 땅바닥을 벗어날 수가 없어. 물 밖으로 처음 나온 물고기는 참 어리석었어. 혹시 알아? 언젠가 〈호모 아쿠아리우스〉가 나타나 틱탈릭과 정반대되는 시도를 해서 물속으로 들어갈 수 있게 될지?」

그들은 서로 마주 보며 동시에 웃음을 터뜨린다. 그때 공중에서 불꽃놀이가 다시 벌어지고, 마름모꼴 모양의 불꽃들이 터진다. 구름덩이에 조금씩 가려져 가던 달빛이 순간적으로 약해진다.

멀리 별똥별 하나가 밤하늘을 가른다.

왕이 속삭인다.

「상어였든 소행성이었든 공포였을 거야. 그게 결국 종들을 진화시키지 않았을까?」

22

소행성 위기

망원경들이 촬영한 선명한 사진들과 천문학자들의 모든 계산은 소행성 〈테이아 13〉의 크기와 위험성이 어느 정도인지 말해 주고 있습니다. 에마슈 왕국의 에마 109 왕은 독립의 날을 축하하는 연설에서 SPM, 즉 〈어머니이신 행성 구하기〉 시스템을 완전하게 신뢰하고 있다고 말했습니다.

왕이 강조해서 말한 바에 따르면, 현지 시각으로 내일 아침 8시에 〈림프구 13호〉가 이륙할 것이고, 이 보호 로켓은 우주에서 날아오는 그 위험을 파괴하는 임무를 맡게 될 것입니다. 이 로켓에 탑승할 에마슈 세 명은 경험이 많은 우주 비행사로서 이미 작년에 비슷한 임무를 성공시킨 바 있습니다.

축구

또 진다면 큰일이겠지요. 지난번 몰도바를 상대로 패한 마당이라, 프랑스가 오늘 저녁 부르키나파소와 맞붙어서도 패배하는 상황을 어찌 감당할 수 있겠습니까? 경기가 벌어질 아테네에서는 긴장이 절정에 달해 있습니다. 프랑스 팀 주장 요바노비치 선수가 알려 준 바에 따르면, 프랑스 팀 선수들은 사기가 높고 어떤 실수도 허용되지 않는다는 것을 잘 알고 있다 합니다.

로봇 공학

프리드먼 박사의 확인에 따르면, 새로 만들어 낸 신세대 로봇 〈아시모프 005〉는 실존적인 심리 문제를 앓고 있다고 합니다. 실제로 열 대의 새 로봇 중에서, 세 대는 미치광이가 되었고, 다섯 대는 말도 행위도 없이 무기력한 상태에 빠져 있으며, 한 대는 〈죽는다〉는 말을 되풀이한다고 합니다. 결국 아직 정상적으로 의사소통을 하는 로봇은 한 대뿐입니다. 프리드먼 박사는 이 〈정신이 건전한〉 로봇을 상대로 정신 분석을 했습니다. 이 로봇은 죽음에 대한 공포를 느끼고 있을 뿐만 아니라, 삶의 실제적인 이유를 몰라서, 그리고 다른 로봇들에게 다가갈 동기가 부족해서 괴로워하고 있었습니다.

건강

말라리아는 가장 많은 사망자를 내는 것으로 간주되는 세계적인 재앙이지만, 어찌 보면 치료 효험이 있다고 볼 수도 있습니다. 최근에 콩고 민주 공화국에서 한 가지 연구를 행했는데, 이 연구를 통해서 말라리아의 놀라운 부가 효과가 드러났습니다. 말라리아에 걸렸다가 그 위기를 이겨 낸 사람들은 말라리아에 걸리지 않았던 보통 사람들보다 훨씬 더 오래 살았습니다. 그 현상의 이유들 가운데 하나는 말라리아가 면역 체계를 감시 상태에 있도록 해줌으로써 죽음을 가져올 수 있는 다른 모든 질병이 진입해 오는 것을 막았기 때문일 수도 있습니다. 연구를 주도했던 니콜라 르베르 교수는 그 자신도 말라리아에 걸린 적이 있던 사람인데 그의 고백은 이러했습니다. 〈예방약을 먹는다 해서 안 걸리면 좋겠지만, 어쨌거나 나는 걸렸고 노후를 위한 안전 조치로 그것을 간직하고 있습니다.〉이 정보를 접한 제라르 살드맹 박사는 생명 연장의 전문가답게, 〈예전에는 그저 해로운 것으로만 간주되어 온 일부 세균과 바이러스의 유익한 점〉을 연구하자고 제안했습니다.

생태학

유럽과 아메리카 대륙 사이의 대서양에 쓰레기 더미로 이루어진 거대한 섬이 있습니다. 통상 제6대륙이라 불리는 이 섬이 얼마나 크고 얼마나 많은 쓰레기가 쌓여 있는지에 대해서는 지구 관측 위성들이 면밀한 기록을 남겨 놓았습니다. 지구 관측 위성들은 아시아와 아메리카 대륙 사이의 태평양에 그와 비슷한 제7대륙이라는 것이 생성되기 시작했다는 사실도 밝혀 놓았습니다. 이 인공적인 두 대륙의 표면과 이면에는 물고기와 새, 심지어 플라스틱을 삼켜서 소화시킬 수 있는 돌연변이 쥐가 살고 있다고 합니다.

북극

북극은 바야흐로 고체에서 액체로 넘어가는 상태입니다. 이는 아마도 기온 상승에 따라 빙하가 녹기 때문일 것이고, 그 기온 상승은 오염의 확대 및 세계적 규모의 산업 활동 증대와 연관되어 있을 것입니다. 옛날에 어떤 곳에서는 바닥이 단단해서 탐험가들이 개 썰매를 타고 돌아다녔지만, 이제는 그런 곳에 호수가 생겨 배를 타고 건너다녀야 합니다.

경제

가난한 사람들의 수가 세계적으로 그렇게 중요하지 않았

을 때는, 억만 달러를 가진 부자들의 수도 중요하지 않았습니다. 포브스의 억만장자 순위 발표에 따르면, 올해는 2,031명으로, 작년보다 125명이 많아졌습니다. 대다수는 〈신흥 강국〉, 다시 말하면 중국, 러시아, 그리고 최근에 포함된 인도와 브라질에 속해 있습니다. 걸프만의 아랍 군주국들은 여전히 석유 수입으로 많은 억만장자를 거느리고 있습니다. 이 수혜자 집단에 더 이상 유럽인이나 미국인은 포함되어 있지 않습니다.

날씨

기온이 갑자기 뚝 떨어지기를, 비가 내리거나 우박이 뒤섞이기를, 이 5월에 찬 바람이 들기를 기다리고 있습니다.

23

「다른 것 때문에 걱정하고 있는 것 같아. 무엇을 불안해하는 거지, 가이아?」

「나는 외부에서 날아오는 천체에 맞서 나 자신을 지키기 위한 시스템을 개발했어. 지금 그 시스템이 자동으로 움직이기 시작했어.」

「나 같은 천체에 맞서 자신을 지키는 시스템이야? 그게 어떤 것인데?」

「옛날에는 너와 비슷한 소행성들이 나에게 해를 끼쳤어. 많은 해를 끼쳤지. 〈테이아 1〉이라는 이름이 붙은 소행성은 내 땅껍질을 앗아 갔어. 내 표면을 깊이 문지르고 지나가면서 피 대신 마그마를 흘리게 했지. 내 피부 곳곳에 벤 자국을 만들어 냈어. 한마디로 내 존재의 액체가 드러나도록 껍질을 벗겨 버린 거야. 그때의 공포감이 아직도 내 기억에 생생해.」

「그 소행성은 파괴자였던 셈이네?」

「그래, 무익한 바윗덩어리 하나가 나를 들이받았던 거야. 그때 생긴 깊은 상처 하나가 아직 남아 있어. 인간들은 그것을 〈태평양〉이라고 부르지. 〈테이아 1〉이 나에게 안겨 준 물구멍이야. 정말 무시무시한 순간이었어. 치명적인 순간이 되었을 수도 있어. 모든 게 〈테이아 1〉의 크기, 속도, 충돌 각도에 달려 있었던 거야.」

「왜 〈테이아〉라는 이름을 붙인 거야?」

「크고 위험한 바윗덩이들이 나에게 충격을 줄 때마다 그런 이름을 붙였어.」

「그렇다면 테이아는 〈적〉이라는 뜻인가? 그런 거야?」

「원래는 인간들의 그리스 신화에 나오는 달의 여신 셀레네의 어머니였대. 〈테이아 1〉 때문에 달이 생겼으니까 그런 이름을 붙여 준 거지. 하지만 나에게는 다 〈적〉이었어. 〈테이아 1〉이 큰 상처를 준 뒤로, 〈테이아 2〉는 내가 만들어 낸 첫 생명체들을 사라지게 했고, 〈테이아 3〉은 끝없이 계속되는 겨울을 만들어 냈어. 그런 식으로 테이아가 날아올 때마다 고통과 상실과 죽음의 공포가 뒤따랐지.」

「내가 그런 식으로 위협이 될 수 있다는 것을 상상하지 못했어.」

「첫 번째 공포를 겪은 뒤로 나는 그런 위험이 또 닥칠까 혼미에 빠졌어. 나를 지켜 낼 방법이 없을까 하고 긴 세월에 걸쳐서 고민하다가, 한 가지 해결책에 도달했어. 〈내가 가지지 않은 능력으로 나를 도와줄 수 있는 자들〉에게 다가가는 거야. 나는 땅껍질에 기식자들을 거느리고 있었어. 생명을 가졌을 뿐만 아니라 지능과 의식까지 가진 존재들이었지. 손으로 설계와 건축을 하고 눈으로 앞을 바라보고 뇌로 전체적인 계획을 잡을 수 있는 인간들이었어. 쉽게 끝날 일이 아니었지만, 난 해냈어.」

「네가 그렇게 만들어 냈다는 뜻이야?」

「솔직히 말하자면 그렇게 만들어 내고 싶었고, 내 방식대로 교육을 시켜서 그들이 잘 살아가도록 도와주고 싶었지. 가장 어려운 일은 내가 그들에게서 무엇을 기대하는지 알게 하는 것이었어. 그런데 인간들은 한계가 있었어. 상상력에서 말이야. 그들은 우주에 관심이 없었고, 자기들이 누구인지 그리고 내가 누구인지 별로 알고 싶어 하지 않았어. 그래도 옛날에는 내 말에 귀를 기울이는 척이라도 하더니…… 이제는 나와 소통할 능력이 있는 사람을 만나기가 쉽지 않아.」

「그 인간이라는 자들은 네 땅껍질에 모여 사는 단순한 기식자들이로군. 그 점에 대해서는 우리가 같은 생각을 하는 거지?」

「그런데 얼마 전에는 그들이 내 첫 번째 요구를 만족시켰어. 나를 정말로 보호해 줬어.」

「어느 정도까지?」

「너보다 먼저 왔던 소행성, 〈테이아 12〉는 나에게 다가오지조차 못했어. 그들이 재빨리 박살 내버렸거든.」

「하지만 나는 달라. 나는 너에게 피해를 입히려고 온 게 아냐. 오히려 너를 수정시키려고 온 소행성이야.」

「나는 그런 것이 존재하는 줄 여태껏 몰랐어. 우주에서 날아오는 모든 것이 나에게는 하나의 위협이었어. 나를 향해 천체가 날아오는데, 그것이 크면 클수록 빠르면 빠를수록 더 위험했지. 이제 너와 이야기를 나누고 네가 누구인지 알고 나니, 모든 게 달라졌어. 문제는 이 새로운 정보를 그들에게 설명할 방도가 없다는 거야.」

「그럼, 무슨 일이 벌어지는 거지, 가이아?」

24

샴페인 뚜껑 하나가 날아오르더니 그녀의 이마를 스쳐 간다.

교주 에마 666은 조금도 놀란 기색을 보이지 않는다. 대신 한숨을 내쉬며 말한다.

「정말 곳곳을 다니며 찾아보셨나요?」

「우리 왕이 어떤 분인지 잘 아시잖아요. 의전과 사교 의례를 무시하실 때가 많습니다. 몇 사람이 해변에서 보았다고 하는데, 웰스 교수랑 이야기를 나누고 계시더랍니다.」과학부 장관 에마 103이 알려 왔다.

「전하가 어디에 계신지 그리고 무엇을 하시는지 모르는 건 좋은 일이 아닙니다. 내가 인종 차별주의자는 아니지만, 그 다비드 웰스도 거인이죠.」

「아무 거인은 아니지요. 우리를 만들어 내고 몇 차례 목숨을 구해 준 바로 〈그〉 거인입니다.」

「거인은 거인이죠!」교주의 강조하는 말에 흥분한 기색이 서려 있다.

과학부 장관은 깜짝 놀랐다. 상대의 열의가 너무 지나치다는 느낌 때문이었다. 무어라 대응하고 싶은 생각이 들었지만 참는 게 좋겠다 싶었다.

축제 참가자들이 실내로 들어와서 그들에게 춤을 추자고

권한다. 교주가 사양하자, 장관도 망설이다가 자기 역시 거절한다.

두 에마슈는 꽃 모양을 닮은 사원 안으로 들어가서, 장미꽃잎들 모양의 발코니로 간다. 마이크로폴리스 시내를 가득 채운 환희의 물결이 보인다. 감동에 겨운 군중의 모습이다.

「지구의 에마슈 인구, 정확히 10만 명이 건국 10주년을 맞이하여 다 여기에 모였어요. 마치 세계 인구 100억 명이 예컨대 마다가스카르 같은 어떤 섬에 모여서 자기네 삶을 축하하듯이 말입니다.」

「세계의 에마슈 인구에다 거인 여섯 명이 포함되어 있습니다.」 에마 103이 상기시켰다.

도심의 거대한 정원에서 갑자기 구스타브 홀스트의 관현악 모음곡 「행성」 중 「금성, 평화를 가져오는 자」가 울리기 시작한다.

「친애하는 103 장관, 정작 불안해하는 쪽은 장관인 것 같습니다.」

「나는 곧 닥쳐올 소행성을 생각하고 있습니다.」

교주는 어깨를 으쓱했다.

「이제 서스펜스조차 없어요. 그저 격식에 따라 행할 뿐입니다. 새 전파 망원경이 들어왔으니, 우리는 훨씬 더 강해져서 우리 지구를 잘 지킬 수 있어요. 이런 얘기를 내가 과학부 장관인 당신에게 해야겠어요?」

「그래도 임무를 완수할 때까지 경계심을 늦추면 안 됩니다. 교주가 왕이 사라질까 걱정하듯이, 나는 소행성 때문에 걱정합니다. 아시다시피 나는 심해 잠수정을 타고 바닷속에 들어간 적이 있습니다. 거기에서 바닷물에 잠긴 문명을 보게 되었지요. 파손된 건물들은 분해되어 있었고, 사람의 시신들은 뱀장어나 게나 새우의 먹이가 되어 반들반들한 뼈다귀가 되어 있었으며, 가구들은 산호에 덮이거나 심해어의 본거지로 변해 있었습니다. 소행성에게 잘못 얻어맞으면 그런 결과가 나오는 것이죠.」

교주는 별로 믿기지 않는다는 듯 입을 비죽 내민다.

에마 103은 망원경을 꺼낸다.

가까운 언덕에 자리 잡은 우주 센터에서 프랑스의 전파 망원경이 상자에서 나오자, 투광기들의 불빛이 그리로 쏟아진다. 교주는 주위의 불빛을 한 몸에 받고 있는 전파 망원경을 가리킨다.

「갑자기 〈거인들과 그들의 선물을 두려워한다〉는 말이 떠오르는구먼. 거인들의 신화와 관련된 것인데, 트로이의 한 공주 카산드라가 그리스군의 선물인 거대한 목마를 도성 안으로 끌어들이려 할 때, 〈그리스군과 그들의 선물을 두려워한다〉라고 말했어요.」

「나는 그리스 신화를 몰라요, 교주. 거인들의 테크놀로지를 이해하는 것도 꽤나 복잡한걸요.」

「그들의 신화에 관한 책들은 가르침으로 가득 차 있어요. 목마에는 적군이 가득 들어 있었어요. 그들은 밤이 들기를 기다렸다가 안에서 성문을 열어 밖의 그리스군을 들어오게 했지요. 트로이는 불에 탔고, 트로이의 주민들은 예외 없이 학살당했답니다. 그리스군은 트로이를 파괴했습니다. 그 공격이 어찌나 과격했던지 흔적이 남아 있지 않아요. 고고학자들도 그 자리가 어디에 있었는지 확신하지 못해요.」

과학부 장관은 대답하지 않는다.

갑자기 장관의 스마트폰이 울린다. 장관은 전화를 받아서 듣다가, 창백해진 얼굴로 서둘러 전화를 끊는다.

「소행성 때문인가요?」

「더 나쁜 소식입니다. 탐사 팀에 따르면, 바다에서 지진이 발생할 거라고 합니다. 바로 우리 섬 앞바다에서 말입니다. 진폭 수치가 아주 큰 쓰나미가 몰려올 거랍니다.」

「몇 시간 뒤에 말입니까?」

장관은 침을 삼킨다.

「아무리 늦어도 아홉 시간 뒤에요.」

교주는 정보를 놓고 생각하는 듯 잠시 침묵을 지키고 있다가, 조수를 부른다.

「모든 행사를 중단시키게! 전 시민을 상대로 경보를 내리고, 어떻게 해서든 왕이 계신 곳을 알아내게.」

즉시 음악이 멎고, 도시의 불길한 사이렌 소리가 음악을 대신한다.

25

나는 이것을 싫어하지만, 이것이 필요할 때도 있다.

그들 말마따나 〈목적이 수단을 정당화할 때가 있는 법〉이다.

아마도 언젠가 왜 극단적인 수단을 사용했는지 그들에게 설명할 것이고, 인간들은 이해할 것이다.

나는 선택의 여지가 없다. 〈내가 원하는 외부 천체〉가 나에게 오려는 것이다.

그래, 그들이 진짜 무엇이 걸려 있는지 알게 되면, 나를 용서하리라고 확신한다.

26

찬물이 얼굴에 쏟아진다. 다시 정신을 수습하고 나자, 나탈리아 오비츠는 수건으로 얼굴을 닦고 잠시 욕실 거울을 들여다본 뒤에, 마이크로폴리스 거인용 호텔의 살롱에 있는 다른 사람들 곁으로 온다. 그런 다음 숨을 길게 들이마시고 화상 통화 준비를 한 다음, 스타니슬라스 드루앵 UN 사무총장의 번호를 누른다.

스피커를 틀어 놓았기 때문에 그녀 주위의 사람들이 통화 내용을 들을 수 있다. 벨소리가 길게 울린다. 마침내 상대가 전화를 받자, 이미지는 없고 소리만 들린다.

「여보세요…… 누구신가? 나를 방해하는 사람이…… 나는 회의 중이고…… 지금 딸꾹…….」

「접니다, 사무총장님, 나탈리아 오비츠. 저는 당신이 필요해요. 마이크로폴리스에서 전화하는 중이에요. 우리는 커다란 진폭 수치를 가진 쓰나미의 위협을 받고 있어요. 앞으로 약 아홉 시간 안에 모든 것을 파괴할 거예요. 급히 구조대를 보내 주세요. 여기 인구를 다 데려갈 한 척 또는 여러 척의 커다란 군용 선박들을 말이에요.」

나탈리아의 목소리를 알아듣고, 사무총장은 냉정을 되찾으려고 애쓴다. 사무총장 주위에서는 야회의 소음이 들려온다.

「뭐라고요? 쓰나미…… 지구에 소행성이 날아오는 이 시점에? ……정말 운이 없구먼. 농담을 했다고 고백하시오. 당신의 남편 마르탱이 머피의 법칙 하나를 말한 거요?」

「농담이 아니라 진실입니다, 사무총장님.」

사무총장은 발작적으로 웃으려다 말고, 다시 정신을 가

눈다.

「그렇다면 당신들에게 도움을 줘야겠지요. 그런데 나 혼자서 결정할 수 있는 게 아니오. UN의 군인 한 사람이라도 움직이려면, 적어도 안전 보장 이사회 3개국의 동의를 얻어야 하오. 너무 늦었소. 나는 그렇게 짧은 시간에 안전 보장 이사회 사람들을 모아서, 설령 그들이 동의한다 하더라도 당신과 당신의 친구들 10만 명을 구하러 커다란 배 한 척을 보내기가 쉽지 않소. 당신에게 가는 데만도 시간이 많이 걸릴 것이고, 비록 키는 작다고 해도 10만 명이나 되는 사람들을 태우려면 시간이 훨씬 더 걸릴 거요.」

「제가 보기에는 사무총장님이 상황의 심각함을 이해하지 못하셨습니다.」

사무총장의 주위에서 다시 소음이 들려온다. 사람들이 웃고 떠들면서 야회가 무르익는 듯하다.

「안타깝네, 오비츠 대령…… 딸꾹……. 당신들에게 일어난 일은 끔찍하지만, 그렇게 짧은 시간에는 기술적으로 생각할 수 없소.」

나탈리아는 빠르게 숨을 쉰다. 주위의 다섯 사람도 그녀의 불안을 공유한다.

「그렇다면 드루앵 사무총장, 우리는 무엇을 해야 합니까? 죽어야 합니까?」

나탈리아는 전화기 너머에서 사무총장의 술에 취한 기색과 피곤이 묻어나는 한숨을 듣는다. 사무총장은 더듬거리며 말을 찾는다.

「내가 보기에는…… 거기에 진화의 전문가인 웰스 박사가 있소…… 딸꾹……. 그 사람이 최근에 이렇게 말했소. 〈모든

118

동물은 심각한 상황에서도 라마르크의 이론에 따라 아주 빠르게 진화하는 힘이 있다〉고 말이오.」

UN 사무총장이 정상 상태에 있지 않다는 것을 알아차리고, 나탈리아는 스마트폰에 대고 소리친다.

「취하셨어요, 사무총장? 파티하고 계세요? 그런 거예요?」

그는 즉시 부인한다. 그런데 스피커를 타고 나오는 음악 소리와 주위 사람들의 목소리가 더욱 커진다.

「나탈리아, 나탈리아…… 긴장을 풀어요. 이런 농담 알아요?〈절벽 꼭대기에서 생쥐 10만 마리를 아래로 던진다고 쳐봐요. 수학적인 가능성은 전혀 없는데도, 한두 마리쯤은 매우 빠르게 진화해서 날개가 솟고…… 박쥐로 변하는 게 있지 않겠어요?〉」

그는 참지 못하고 웃음을 터뜨린다.

「그런 식으로…… 딸꾹……. 어쩌면 10만 명의 에마슈가 물속으로 들어가면, 몇 명은 지느러미가 생겨서 양서류의 에마슈로 변할지도 모르죠.」

그 농담에는 아무도 웃지 않는다.

스타니슬라스 드루앵은 술기운에 터져 나오는 기침을 간신히 억제한다. 나탈리아는 냉혹한 어조로 말한다. 주위 사람들은 깊은 관심을 가지고 그녀의 말에 귀를 기울인다.

「바로 그 에마슈들이 로켓 〈림프구 13호〉를 보내어서 우리를 소행성으로부터 보호하기로 되어 있습니다, 사무총장님.」

「음…… 죄송하지만 잠시 할 말을 잊었군요. 아홉 시간 뒤에 내가 어떤 식으로 대응할지 몰라도…… 그 때문에 로켓 발사가 방해되지는 않을 거요. 나는 그 점을 확신하오.」

「우리를 도와줘야 해요! 지금 당장!」 나탈리아가 소리 쳤다.

「오, 에! 그런 어조로 말하지 말아요, 오비츠 대령. 나한테 는 그러면 안 돼요. 그리고 내가 다시 한번 말하지만, 어쨌거 나 그건 불가능해요.」

「우리 모두가 죽으면 어떻게 되죠? 에마슈와 여기에 있는 인간들이 모두 죽으면?」

「저런…… 저런…… 딸꾹……. 하는 수 없지. 그건 〈당신들〉 의 운명이면서 〈우리〉의 운명인 것을. 그러니 미안하지만 어 떻게든 해보시도록. 우리는 모두 진화하느냐 아니면 사라지 느냐의 갈림길에 서 있소. 하지만 나는 당신을 알아요, 나탈 리아. 당신은 막판에 해결책을 찾아내어 에마슈들과 온 지구 를 살려 낼 거라고 확신하오……. 당신은 긴급함과 압박감 속 에서 특별히 능력을 발휘하잖소. 나는 당신을 믿소. 잘 자요, 나탈리아. 그리고 줄곧 걱정을 하는데, 그러지 말아요. 일어 날 일은 일어나게 되어 있소. 긴장을 조금 풀어야 할 때도 있 는 법이오……. 내가 지금 하고 있는 것처럼.」

〈스탄! 스탄! 술병! 술병!〉 하고 그의 뒤에서 끈적끈적한 목소리들이 소리쳤다.

나탈리아는 스마트폰을 바닥에 던진다.

왕 에마 109는 믿기지 않는다는 표정으로 그녀를 지켜 본다.

「전하, 우리는 그를 믿을 수 없을 것 같습니다.」

왕은 물부리에 조용히 불을 붙인다.

「우리가 평소보다 더 능력을 발휘해서 누구의 도움도 받 지 않고 살아남읍시다. 그러면 되는 겁니다.」

「우리 힘만으로요? 쓰나미에 맞서서 말입니까?」

나탈리아는 다시 전투원의 자세로 돌아갔다.

「〈앨버트로스〉를 사용합시다. 결국 이제껏 건설된 가장 커다란 비행기입니다. 공간을 잘 활용하면, 많은 사람을 태울 수 있을 겁니다.」

나탈리아는 주먹을 꽉 쥐며 결의에 찬 표정을 짓는다. 히파티아 김이 긴가민가하면서 묻는다.

「아무리 잘 태운다 해도 비행기 한 대에 10만 명을?」

「누가 더 좋은 생각이 있다면 모를까, 없다면 빨리 결정합시다.」

왕은 담배 연기를 내뱉는다.

「에마슈들이 적응할 줄 알고 살아남을 줄 안다는 것을 모두가 보게 될 것입니다. 이제 우리의 결정적인 시련입니다. 인류의 역사로 들어갈 시련, 아니면 역사에서 빠져나갈 시련. 오비츠 대령, 당신을 믿습니다.」

호텔 창문 너머로 벌써 거리의 버스들과 트럭들이 보인다. 희미한 가로등 불빛을 받고 인구를 옮겨 갈 태세를 하고 있는 차량들이다. 사람들은 그룹별로 문 앞에서 기다리고 있다.

27

「너는 기식자들이 나를 해치지 못하도록 어떤 방법을 쓸 거니?」

「지진을 일으켰어. 〈림프구〉 로켓의 발사대로부터 멀지 않은 바다에서 말이야. 지진은 곧 발사대를 물에 빠뜨릴 거야.」

「〈림프구〉 로켓이 더 활동하지 못하도록 희생시키는 거야?」

「〈테이아〉, 이제 우리 둘이서 얘기를 했으니, 모든 게 달라졌어. 나는 내 선택을 했어. 나는 더 많이 벌기 위해서 조금 잃을 수도 있어. 내 지구의 어떤 포유동물, 예컨대 여우는 덫에서 벗어나기 위해 한쪽 다리를 자르고 도망치기도 해.」

28

플로르스 동쪽 앞바다에 몇 킬로미터씩 사나운 파도가 밀려온다.

짐은 없어도 이따금 아이를 품에 안았거나 알을 배낭에 담은 사람들이 긴 행렬을 지어 나아간다.

경찰관들이 그들을 한 방향으로 이끌어 간다. 작은 거리의 경찰관들은 대로 쪽을 향하고, 대로의 경찰관들은 더 넓은 가로수 길로, 더 넓은 가로수 길의 경찰관들은 마이크로폴리스 항구가 있는 바다 쪽으로 향해 간다.

어느 사람도 자신의 인내심 없음을 드러내지 않고, 모두가 스피커로 전해지는 잇단 지시에 주의를 기울인다.

「둘씩 짝지어서 가세요.」

「조용히 가십시오.」

「앞에 계신 분보다 더 빨리 나아가려 하지 마세요.」

「어떤 짐도 가져가지 마세요.」

거인들은 이미 〈앨버트로스〉의 조종실에 들어와 있고, 왕과 교주와 과학부 장관도 그들 옆에 자리를 잡았다.

왕이 과학부 장관에게 묻는다.

「지금 얼마나 진행되었는가?」

과학부 장관은 스마트폰의 버튼 하나를 눌러서 몇 마디 말을 나눈 다음 끊는다.

「전파 망원경을 싣고 왔던 그 자리에 이제 78퍼센트가 찼습니다.」

「파도가 오려면 시간이 얼마나 더 걸리지?」

「58분 22초요.」

「자네가 보기엔 어떤가, 에마 103, 우리가 과연 해낼 수 있을까?」

「더 지체하지 않는다면, 해낼 수 있습니다.」

그때 교주가 끼어든다.

「도서관의 책들도 구해야 하는데……. 나는 아직 명령을 내릴 것이 더 있어요.」

왕은 계기판 위에 올라앉은 채로 수평선을 바라본다. 수마가 다가오는지를 살피는 것이다.

「책은 물건일 뿐일세. 종이로 된 책은 어떤 것이든 필수적인 게 아니야. 사실, 나는 『다음 인류』를 위한 메모를 가져올 생각조차 하지 않았어.」

사람들의 긴 행렬이 나아오다가 수상기의 화물 창고 속으로 완만하게 들어온다. 토목 공학 팀들이 탄력적인 다리를 설치해 놓았기 때문에 부두에서 그 다리를 통해 바다에 떠 있는 〈앨버트로스〉의 옆구리로 직접 연결되는 것이다. 에마 슈 기술자들은 빠른 계산을 거쳐, 10만 명의 사람들이 여행하는 동안 누워서 움직이지 않는다면 모두 태울 수 있으리라 결론을 내렸다.

〈앨버트로스〉의 동체 내부는 일종의 벌집 모양으로 개조되어 있었다. 딱딱한 플라스틱으로 된 육각형의 방들이 모여 층을 이루고 있다. 이 구조는 되도록 많은 사람들을 가장 좁은 공간에 서로 분리하면서 태울 수 있는 것으로 드러났다. 윗부분에는 구멍 뚫린 이끼를 넣고 그 위에 신세대의 알을 놓았다.

경찰관들은 여기저기에서 사람들의 길을 안내하고, 군중을 진정시키고 달래고 정돈하고 평온하게 만들고 있다.

「들어가기 전에 바다에 소변을 누고 가는 것을 잊지 마세요.」

「누워서 배를 편하게 하시고, 심호흡을 해서 마음을 진정시키세요. 심장 박동을 느리게 해야 속이 느긋해지고 공기 중에 이산화탄소도 조금 덜 생길 겁니다.」

「옆 사람과 이야기를 나눌 수는 있지만, 너무 큰 소리로 떠들지는 마십시오. 소란이 빚어져서 전체가 시끄러워지면 곤란하니까요.」

조종석의 계기판 위에 올라서서 왕은 아이들과 알들을 안거나 지고 가는 에마슈들의 거뭇한 행렬을 바라본다. 마치 홍수를 앞두고 개미집을 비우는 개미들의 행렬을 보는 듯하다.

왕은 동쪽 수평선으로 눈을 돌리며 장관에게 묻는다.

「몇 퍼센트나 찼지?」

「84퍼센트입니다.」

「아직 시간이 있습니다.」 나탈리아는 에마슈들의 무게를 빠르게 암산하면서 말을 잇는다. 「다행히도 에마슈들이 매우 가볍습니다.」

왕은 물부리를 입에서 뗄 수 없었다. 불안감을 감출 수가 없는 것이다. 그때 갑자기 나탈리아가 자기 물부리를 꺼내 문다. 평소 같으면 전자 담배를 끼웠을 테지만, 이번에는 진짜 담배를 끼운다.

둘은 나란히 담배 연기를 내뿜는다.

왕이 다시 장관에게 묻는다.

「우리가 해낼 수 있으리라 생각하나?」

장관은 스마트폰을 보면서 도표 하나를 작동시킨다.

「지금 우리 전문가들의 계산에 따르면, 쓰나미가 오기 전에 마이크로 랜드의 모든 인구가 도피할 수 있을 확률은 63퍼센트입니다.」

「이것 알고 계시지요? 우리 독립의 날을 축하하기 위해 모인 에마슈 전 인구를 달랑 한 대의 비행기에 태운다는 사실 말이에요.」 교주 666의 말에 투덜거림이 배어 있다. 교주는 밖에서 무슨 일이 벌어지는지 보지 않기 위해서 조종석에 앉아 있는 쪽을 선택했다.

왕이 반박한다.

「우리에게는 〈앨버트로스〉라는 이 경이로운 수상기가 있네. 만약 거인들이 이 러시아 비행기를 가져오지 않았다면, 무슨 일이 벌어졌을지 상상해 보게.」

교주는 대답 대신 자기 목걸이에 달린 신성한 알을 감싸면서 기도를 올린다.

「알이시여,

우리가 세상에 나게 하시는 알이시여,

우리가 세상에서 무엇을 할지 깨닫게 하시는 알이시여,

우리가 세상에서 생명을 얻게 하시는 알이시여,

우리가 세상에서 빠져나갈 때 맞아 주는 알이시여,

당신의 숭배자들을 보호해 주소서.

오늘 우리를 때리는 역경을 맞서도록 알 껍질 하나를 주소서.」

왕은 망원경을 집어 백성들의 긴 행렬을 살펴본다. 그들은 자기네 마지막 성소가 되어 버린 비행기를 향해 계속 다가들고 있다.

과학부 장관은 스마트폰을 들고 있다가 알려 준다.

「98퍼센트가 찼답니다.」

「쓰나미는?」

「36분 뒤에 온답니다. 걱정하지 마십시오, 전하. 아직 시간이 있습니다.」

「그럼 로켓은요?」 나탈리아의 물음이다.

장관은 다른 번호로 전화를 걸어 질문을 던진 다음, 고개를 끄덕이면서 듣는다.

「〈림프구 13호〉의 세 비행사들은 이미 자리를 잡았고, 발사 준비를 마쳤습니다. 우주 센터의 모든 기술자는 그곳을 빠져나왔고, 곧 우리에게 합류할 것입니다.」

왕은 망원경을 언덕 위에 자리 잡은 우주 센터 쪽으로 돌린다.

「그러니까 저 위에는 이제 아무도 없단 말이지?」

「곧 로켓을 타고 떠날 세 우주 비행사 말고는 없습니다, 전하. 전파 망원경 덕에 우리는 궤도를 바로잡을 수 있었습니다. 쓰나미 때문에 결국 한 번밖에 쓸 수 없게 되었지만, 어쨌거나 쓸모 있는 일이었습니다.」

왕은 물부리를 빠르게 빨면서 푸르스름한 연기를 두 번 뱉어 낸다.

마르탱 자니코는 왕의 바람을 짐작하고, 그녀를 안아서 자기 어깨 위에 올려 준다. 더 높은 데서 바깥을 볼 수 있게 하려는 것이다.

「저기, 그들입니다. 우주 센터의 기술자들입니다.」

그러면서 장관은 버스 한 대를 가리킨다.

「음, 곧 만원이 되겠군. 마르탱, 이제 엔진을 켜도 되겠소. 쓰나미가 오기 전에, 마지막 마이크로 랜드 사람들을 태우고 이륙합시다.」

왕은 다시 동쪽을 향해 돌아선다. 마음을 든든하게 하는 온갖 정보에도 예감이 좋지 않다.

이런 공포를 느끼는 건 생애에서 처음이다. 너무나 큰 두려움이 밀려온다. 이번 사건은 왕 개인을 노리는 것이 아니라, 민족 전체를 겨냥하는 것이다.

높은 파랑이 수평선에서 번득인다.

왕은 억제할 수 없는 공포의 전율을 느낀다.

29

백과사전: 공포의 순환

공포가 갑자기 우리를 덮쳐 오면, 우리 뇌의 중심에 놓인 작은 아몬드 모양의 두 편도체가 경보라는 분명한 행위를 한다.

감각이 위험을 감지하면, 편도체는 심장 박동을 증가시키고 근육에 혈액을 공급함으로써 생존을 위한 두 가지 행위, 즉 싸우거나 도망치거나를 할 수 있는 상태가 되게 한다.

편도체는 부수적으로 다른 효과를 일으킨다. 체모를 바싹 서게 하거나(더 덩치가 커 보이게 함으로써 상대를 겁먹게 하려는 술책), 몸을 자동적으로 공격 자세나 뛰어갈 자세를 취하게 하며(무릎을 구부린다거나 등이 휜 자세), 혈액 속에 코르티손이 분비되게 한다(상처를 입을 경우에 고통을 조절하기 위해).

또한 편도체는 신피질의 생각하는 구역을 작동하지 못하게 함으로써 도주나 싸움이 늦춰지는 것을 막아 준다.

그래서 공격을 당하면, 우리는 곧바로 행동 모드로 나선다. 사고 모드로 나설 시간이 없는 것이다.

예컨대 한 사람이 길에서 개미들이 지나가는 것을 보고 그 수를 세고 있는데, 풀숲에서 뱀 한 마리가 불쑥 기어 나오는 것을 보게 된다면, 그는 즉시 개미들의 수를 잊어버릴 것이다.

뱀이 멀어져 가거나 죽어 버리면, 그의 뇌는 편도체의 경보를 중단할 것이다.

두 해마가 편도체를 건드리면, 편도체는 경보를 멈추고 신피질로 하여금 본래의 기능을 하도록 할 것이다.

그렇게 해마가 작동하고 심장이 차분해지고 근육이 독소를 배출하면, 뇌는 사고를 할 수 있고 피해를 분석할 수 있으며 그런 일이 다시 일어나지 않도록 논리적인 전략을 짤 수 있다.

그런데 어떤 사람들의 경우에는 실제적인 위험이 지나갔을 때(뱀이 멀리 가버렸거나 죽었을 때)조차, 편도체가 계속 경보를 보낸다. 상황을 계속 심각하게 보면서 싸우거나 도망칠 준비를 해야 한다고 보는 것이다(풀숲에 다른 뱀들이 숨어 있을 수 있다고 생각하는 것이다).

경보가 그런 식으로 계속되면, 편도체는 산성의 물질을 만들어 내고 이 물질이 해마의 나선을 해친다. 마치 경보 사이렌이 울리고 나서 멈추지 않고 소리를 키워서 계속 울리는 바람에 소방대원이 귀가 먹먹해지고 나중에는 귀가 머는 것과 같다.

스스로 경보를 멎게 할 수 있는 시스템이 없는 사람은 항상 공격을 당하고 있다고 느낀다. 신피질의 기능이 확실치 않아서, 논리적인 사고를 할 수도 없고 자기를 진정시킬 수 있는 사람들의 말에 귀를 기울일 수도 없다.

편도체의 이런 활성화 상태가 오래간다면, 지속적인 집착에 우울증과 편집증 상태로 옮아간다. 이런 기간이 길어지면 길어질수록 뇌의 정상적인 기능을 되찾기가 어려워진다. 신피질이 꺼져 있기 때문이다.

지금까지 알려진 해결책은 항우울제를 먹는 것이다. 하지만 이런 약은 경보 신호를 약하게 해줄 뿐이다. 약을 끊으면, 모든 게 다시 시작된다. 장기적으로 보면, 편도체를 진정시키고 해마를 복원시키는 길은 그저 스포츠와 웃음과 육체적인 사랑이다.

에드몽 웰스, 『상대적이며 절대적인 지식의 백과사전』 제11권

30

널찍한 프로펠러들이 움직이기 시작한다. 저속으로 착착 돌아가던 프로펠러들이 점점 더 빠르게 윙윙거린다. 〈앨버트로스〉의 스물네 개 엔진 배기관이 기침을 하듯 연기를 내뿜더니 이어서 규칙적인 배연이 이루어진다.

다비드 웰스는 히파티아 김이 한쪽 눈으로 자기를 흘깃거리고 있음을 알아차린다. 마르탱 자니코가 알려 온다.

「이륙할 준비가 되었습니다, 전하. 우리는 전하의 명령만을 기다리고 있습니다.」

왕이 신호를 보낼 채비를 하고 있는데, 과학부 장관이 스마트폰을 귀에 댄 채 왕의 동작을 막는다.

「문제가 있습니다! 〈림프구 13호〉의 방출 조종 장치 한 대가 고장 났답니다. 이런 상태로는 로켓이 이륙할 수 없습니다.」

「우주 비행사들이 수리를 할 수 없나?」

「안전 잠금장치는 이륙을 다음으로 미루지 않는 한, 일단 로켓 안에 들어가면 다시 나올 수 없게 되어 있습니다. 그리

고 저기에는 지금 저들을 도와줄 사람이 아무도 없어요.」

왕은 동작을 멈춘다. 거인들과 늙은 에마슈들은 서로 바라본다. 상황은 분명하다. 로켓이 이륙할 수 없다면, 소행성 〈테이아 13〉은 지구와 충돌할 것이다.

다비드 웰스는 갑작스러운 충격에 이끌려 안전벨트를 벗더니, 〈앨버트로스〉 조종석의 둥근 문을 열고 녹색 바다로 뛰어든다.

누가 이렇다 할 반응을 보이기도 전에, 그는 건너편 해변에 다다르기 위해 힘찬 크롤 스트로크로 나아간다.

왕은 눈썹을 찡그리며 망원경을 잡더니 파도가 계속 전진해 오는 수평선을 살펴본다.

과학부 장관이 재촉한다.

「우리 수상기가 긴급하게 이륙해야 합니다, 전하.」

왕이 들은 척도 하지 않자, 장관이 다시 말한다.

「우리는 이제 몇 분밖에 남지 않았습니다. 다비드 웰스가 돌아오기를 기다리면, 너무 늦을 것입니다.」

왕이 살펴보고 있는 해변에는 이윽고 물에서 나온 다비드가 흰 아롬처럼 생긴 우주 센터 쪽으로 달려간다.

장관은 공황 상태에 빠져들기 시작한다. 왕은 당분간 기다리자는 뜻의 몸짓을 보낸다.

교주는 다시 기도에 열을 올린다.

「우리는 알에서 나와 알로 돌아갑니다. 우리는 우주에서 나와 우주로 돌아갑니다. 우리는 무에서 나와 무로 돌아갑니다. 우리 이전에 혼돈이 있었고, 우리 앞에 혼돈이 있습니다. 우리는 그저 빛의 괄호 안에 있을 뿐입니다.」

나탈리아, 마르탱 그리고 세 학생은 한마디 해설도 보태지 않는다. 왕의 마음이 어떤 딜레마에 빠져 있는지 이해하고 있는 것이다.

다만 나탈리아는 조용히 상기시킨다.

「어쨌거나 다비드가 실패하면, 우리 모두가 죽음을 면할 수 없을 겁니다.」

다비드는 맞바람을 맞으며 언덕을 올라간다. 이윽고 숨을 헐떡이며 우주 센터 앞에 다다른다.

노란 로켓이 암술 모양의 발사대를 떠나지 못한 채 연기를 뿜어 대고 있다.

다비드는 발사대로 올라간다. 둥근 창 너머로 세 우주 비행사가 보인다. 무언가를 하라고 신호를 보내는 중이다.

「저 케이블인가?」

우주 비행사들은 아니라는 신호를 보낸다.

다비드는 다른 조합을 제의한다. 이번에는 그렇다는 신호와 함께, 어떤 식으로 해야 하는지 몸짓으로 알려 준다.

다비드는 알겠다며 신호를 그린다. 그때 그의 시선이 높은 파도가 밀려오는 수평선으로 향한다.

그는 동작을 멈춘다.

내가 여기서 무얼 하는 거지? 내가 무엇 때문에 열심히 하는 거지? 죽어서 오늘의 영웅이 되려는 것일까? 그렇다면 이미 할 일을 한 것일까?

그는 바람이 갑자기 부는 탓에 균형을 잃고 발사대에서 떨어진다. 다시 올라가서 하던 일을 끝마쳐야 한다. 추위 때문에 손이 떨린다. 로켓 안의 세 비행사는 그에게 지시를 보낸다. 그런데 그 지시들이 서로 어긋나는 것처럼 보인다.

「이걸 돌리라는 거요?」

세 비행사의 도리머리가 세차다.

내가 이 일을 하는 것은 아이들을 위해서다. 내 자식들과 앞으로 올 모든 세대를 위해서. 오로르의 말대로 우리가 선택을 해야 할 때가 온다. 부모의 기대를 충족시키려 하기보다 자식 세대에게 무엇을 남겨 줄 것인가를 고민해야 해. 우리는 자식들에게 살 만한 행성을 남겨 주어야 해. 그리고 만약 이 로켓이 이륙하지 않으면, 우리는 그들에게 아무것도 남기지 않게 되는 거야.

손이 곱아서 파이프를 돌리는 데 시간이 걸린다.

다시 힘을 내야 해. 나를 위해서가 아니라 그들을 위해서.

바람은 이제 폭풍으로 몰아쳐 오고, 파도는 걷는 산처럼 기세가 늠름하다.

그는 숨을 들이마시고 정신을 집중한 다음 파이프를 돌리는 데 성공한다.

내 어깨에 막대한 책임감이 걸려 있어. 내가 죽으면? 내가 죽으면 모든 게 중단된다. 내 삶은 내 것이 아니라, 다른 사람들의 것이다.

세 우주 비행사가 신호를 보낸다. 그가 파이프를 잘못 골랐다는 것이다. 바람이 다시 그의 균형을 상실하게 한다. 그는 이를 앙다문다.

나는 포기할 권리가 없어.

31

무슨 일이 벌어지고 있는 거지?

저들이 무얼 하고 있지?

설마 자기들의 도시가 곧 물에 잠기려고 하는데, 자기들의 〈림프구〉를 이륙시키려고 하는 건 아니겠지?

32

〈앨버트로스〉 화물 창고의 누운 승객들은 이륙을 기다리면서 비행기가 왜 그토록 위험한 상황에서 벗어나지 않는지 의아해한다. 너무 불안해서, 비록 옆 사람에게라도 묻지 않을 수가 없다.

스피커에서는 같은 내용의 방송이 계속된다.

「조용히 계시면 모든 것이 곧 괜찮아질 겁니다. 잠을 주무시려고 해보십시오. 돌아다니지 마십시오. 소변을 보아야 하는 상황이면, 누운 채로 보십시오. 배가 고프시면 이륙을 기다리십시오. 각자 1인분의 식량을 받게 될 것입니다. 다시 한번 말씀드리겠습니다. 조용히 계시면 모든 것이 곧 괜찮아질 겁니다.」

왕은 조종석의 둥근 문이 넓게 열려 있다는 점을 이용하여 물부리에 다시 불을 붙이고 불규칙하게 빨아 대면서, 시선은 플로르스섬의 해안 쪽을 향해 있다.

쓰나미는 이제 눈에 잘 띄도록 물마루가 높다. 거뭇한 담벼락에 은빛 꼭대기가 보이고 흰 증기로 이루어진 물머리가 밀려온다.

과학부 장관이 몹시 불안한 목소리로 말한다.

「이륙해야 합니다, 전하.」

왕은 여전히 반응이 없다.

「다비드를 위해서 모든 것을 버릴 각오가 되어 있는 건가요?」 히파티아 김이 깊은 인상을 받은 채로 물었다.

왕은 그냥 담배 연기만 새로이 뱉어 낼 뿐이다.

「다비드다! 저기요!」

마르탱 자니코가 알려 주자, 모두가 언덕 위로 눈을 돌린다. 검은 점 하나가 다가오고 있다.

과학부 장관이 즉시 소리친다.

「이륙 준비!」

다비드는 폭풍과 파도를 무릅쓰고 어렵게 헤엄을 쳐서 수상기의 플로트로 다가온다. 히파티아 김이 조종석에서 가장 먼저 나가 그를 끌어 올린다. 그는 조종석으로 들어오자 나탈리아가 내민 담요를 받아 몸을 부르르 떤다.

그가 비행기 안으로 들어서기가 무섭게 과학부 장관은 투명한 조종석 문을 잠그고 소리친다.

「곧바로 이륙!」

마르탱 자니코가 몇 개의 핸들을 조작한다. 프로펠러가 더욱 세게 돈다. 금속 덩어리가 흥분된 액체의 힘에 의해서 움직인다. 〈앨버트로스〉의 다리 구실을 하는 플로트들이 녹색 물결 위로 미끄러지며 줄무늬를 만든다.

수상기는 조금씩 속도를 낸다. 하지만 파도 역시 빠르게 나아온다. 수상기보다 더 빨라 둘의 차이가 계속 줄어든다.

「전속력으로! 고도를 빨리 높여요!」 과학부 장관은 소리를 쳤다.

「이렇게 크고 이렇게 사람을 많이 태운 비행기가 충분한 도약을 하기가 곤란합니다. 게다가 역풍이 불고 있고요. 우리는 올라갈 수 없습니다. 잘못하다간 모든 것이 깨질 겁니다.」나탈리아는 한숨을 쉬며 설명했다.

마르탱 자니코는 정신을 집중하려고 애쓴다. 파도가 인정사정없이 몰려든다.

그때 왕이 계기판 쪽으로 올라가더니, 두 손으로 조종간을 완전히 뒤로 젖힌다. 비행기는 즉시 앞머리를 번쩍 들고, 가운데가 둘로 쪼개지는가 할 정도로 요란한 소음을 내더니, 마침내 녹색 수면을 벗어난다.

조종석의 유리창 너머로 해안을 강타하는 쓰나미가 보인다. 그 파괴적인 힘으로 항구에 남아 있던 빈 배들을 휩쓸어 가고, 도심에 그 배들을 마치 호두 껍데기처럼 뿌려 댄다. 항구와 마주 보고 있는 꽃 모양 건물들은 거뭇한 담벼락 같은 쓰나미에 쓸려 버린다.

조종석의 사람들은 다시 숨을 가다듬는다. 마이크로폴리스가 눈에 들어온다. 물에 덮이고, 부서지고, 으깨어지고, 그러다가 결국 수마에 먹힌 모습이다.

33

「가이아, 불안한 것 아니지? 너는 굉장했어. 지진이 매우 강력해 보여. 그러니까 모든 게 잘될 거야.」

「그게 그리 간단하지 않아, 테이아. 내 지진은 파도를 일으키는데, 이 파도는 해안 도시를 파괴하지. 그런데 이 파도가 언덕 위의 우주 센터에 아직 도달하지 않았을 때, 문제가 될 수 있어.」

「그건 시간의 문제일 뿐이야.」

「그래. 그들의 로켓은 우주 센터에 파도가 밀려들기 전에 이륙할 수 있어. 모든 건 거기에 달려 있어.」

34

〈앨버트로스〉는 힘겹게 올라간다. 구름 위로 높이, 자꾸자꾸 높이.

스물네 개의 엔진이 연속적인 폭발음을 내면서, 금속판과 연료와 화물 창고에 짐 대신 들어간 승객들을 힘겨워하는 듯하다.

「기다려 줘서 고맙습니다.」

다비드가 되뇐 말이었다. 그는 아직 몸이 젖어서 담요에 쌓인 채 떨고 있다.

「전하께서 결정하신 대로입니다.」 히파티아 김이 알려 주었다.

「다비드, 나는 자네가 오스트리아 숲으로 우리를 찾으러 왔던 때를 기억하네. 자네는 온갖 위험을 무릅썼지. 자네 자신에게 무슨 일이 생길지는 걱정하지도 않았어. 우리랑 함께 다닐 때에는 자네의 개인적인 일에 신경을 쓰지도 않았지.」

비행기가 귀를 먹먹하게 하는 숱한 소리를 내며 진동한다.

「보세요, 파도가 계속 몰아치고 있어요. 언덕으로 올라가고 있으니까, 곧 우주 센터에 다다를 거예요.」 과학부 장관이 주위를 환기시켰다.

「왜 로켓이 이륙하지 않을까요?」 니심 암잘라그가 호기심과 불안이 반반씩 섞인 표정으로 말했다.

「로켓이 이륙하지 않아서 소행성이 지구와 충돌한다면, 10만 명의 사람들을 구한들 무슨 소용이 있겠어요?」

마르탱 자니코는 그렇게 비웃음을 웃으며, 오늘의 머피의 법칙이 적힌 티셔츠를 보여 준다.

123. 스튜어디스가 커피를 따르면, 비행기는 난기류로 들어간다. 결론: 커피를 마시는 것은 난기류를 일으킨다.

124. 착륙 진입을 좋게 시작하면, 진입이 성공적으로 이루어지는 경우가 많다. 하지만 착륙 진입이 나쁘게 시작되면, 언제나 나쁘게 끝난다.

125. 자동 조종은 수동 모드에서만 제대로 작동한다.

126. 어느 비행기도 수직 이착륙기보다 빨리 내려올 수 없다. 수직 이착륙기는 활주로를 달릴 필요가 없기 때문이다.

하지만 아무도 그 유머의 가치를 높게 평가하지 않는다.

「로켓이 어째서 날아오르지 않을까요?」 나탈리아가 다시 물었다.

왕은 편도체에 신피질의 기능을 방해하는 경보가 붙지 않도록 의지력을 발휘하면서 평소의 냉정을 유지하려고 애쓴다.

「〈림프구〉 임무가 성공하지 못하면, 이 모든 것이 아무 쓸모가 없게 될 거예요.」 장클로드 뒤냐크의 말에서 씁쓸한 여운이 느껴진다.

교주 666은 아까보다 더 열성적으로 기도를 올린다. 과학부 장관은 스마트폰을 가지고 우주 비행사들과 연결해 보려고 하지만 소용이 없다. 녹색 파도는 언덕 위로 굼실거리는데, 노란 로켓은 우주 센터의 암술이라 할 만한 발사대에서 아직 꼼짝도 못 하고 있다.

갑자기 로켓 분사구 아래에서 오렌지색 불빛이 나타난다.

「이륙해라, 이륙해라!」 왕이 나직하게 읊조렸다.

로켓이 흰 연기에 휩싸였다. 조금 흔들리는 듯하더니, 갑자기 밑바닥 쪽에서 오렌지색 불꽃이 번쩍인다.

〈림프구 13호〉가 자기를 꽃의 정점에 놓인 발사대에 묶어 주던 파이프들과 케이블들을 차례로 놓아준다.

「이륙!」마치 들리기라도 하는 것처럼 왕이 나직한 소리로 명령한다.

〈앨버트로스〉의 조종석에서는 시선들이 언덕 꼭대기를 계속 공격하고 있는 녹색 파도를 좇고 있다. 그때 갑자기 〈림프구 13호〉가 공중으로 올라간다. 쓰나미가 닿기도 전에 이미 땅에서 몇 미터 올라간 뒤다.

파도는 분사구에서 뿜어낸 불을 만나, 거대한 은빛 증기로 피어나더니 모든 것을 감춰 준다.

이윽고 로켓의 노란 점이 구름을 뚫는다. 〈림프구 13호〉는 지상의 소동을 떠나 공중으로 올라간다.

35

「세상에!」

「뭔데?」

「실패했어. 저들이 빌어먹을 로켓을 이륙시키는 데 성공했어.」

「아…… 이제 무슨 일이 벌어지는 거지, 가이아?」

「저들은 너를 파괴하려고 덤빌 거야.」

「아직 뭔가를 해볼 수 있잖아.」

「테이아, 나는 46억 년 동안 기다렸어. 날 믿어 줘, 너를 더 좋은 조건에서 받아들일 수 있도록 의욕이 넘쳐. 로켓이 내 대기권에 있는 한, 나는 행동할 수 있어. 날 믿어 줘, 테이아, 이 만남이 이뤄지도록 나도 최선을 다할 거야.」

「우리가 실패하면, 너는 나 같은 누군가를 만나기 위해 아주 오랜 세월을 기다려야 할 거야. 내가 제대로 이해한 거라면, 내가 오는 데 46억 년이 필요했어. 너를 수정시키는 또 다른 테이아를 만나려면, 46억 년을 더 기다려야 한다는 얘기야. 그럴 준비가 되어 있어?」

　「나는 그 모든 것을 분명히 알고 있어…….」

　「그러면 저들을 중지시켜! 결국 저들은 인간 기식자들일 뿐이야. 저들은 무엇이 문제가 되는지 전혀 알지 못해.」

　「그래……. 그것을 막기 위한 또 다른 생각이 있어.」

만남의 시기

36

하늘이 황갈색 빛깔을 띤다. 구름 덩어리들이 흑갈색 장식 줄처럼 뒤틀린다. 위험을 감지한 새와 곤충은 본능적으로 숨어 버렸다.

번갯불이 번쩍하더니 공중에 기다란 형광색 손톱을 가진 손 하나가 나타났다.

노란 로켓이 그 번개에 맞았다. 하지만 로켓의 표면에서 아크 방전이라는 전기 불꽃을 낼 뿐, 완벽한 수직 상승을 흩트리지 못하고 곧장 올라간다.

로켓은 계속 올라가면서 높이 1만 미터의 대류권 구름층을 뚫고, 유동성이 점점 강해지는 공기층을 지나 성층권에 다다르면서 오존층을 뚫는다.

아래쪽의 검은 구름에 번갯불이 일면, 마치 지옥의 수프 같은 인상을 준다. 그 검은 구름 아래에서 수상 비행기는 로켓과 전혀 다른 수모를 겪는다. 그 형태가 십자가라서 날씨가 고약할 때는 훨씬 더 타격을 많이 입는다. 천둥이 잇따라 치고 그중 하나가 〈앨버트로스〉의 엔진 하나에 불을 낸다.

날개 아래에 놓인 급유 파이프에서 기름이 새면서, 〈앨버트로스〉가 다쳐서 피를 흘리는 새로 변했다.

내부의 승객들은 진동에 흔들리며, 마치 몇 층짜리 통에 실린 정어리들처럼 길게 누운 채, 진정을 유지하려 애쓰고 있다.

「우리는 연료를 잃고 있어요.」마르탱 자니코가 알렸다. 「우리는 오래 버티지 못할 겁니다.」

「동쪽으로 방향을 잡아. 유럽으로 가보자고.」나탈리아 오비츠의 제안이었다.

그때 하늘에서 다시 번갯불이 번쩍이고 커다란 폭발음이 뒤따르더니, 이번에는 오른쪽 날개의 엔진 하나에 불이 붙고 음산한 연기 기둥이 솟으면서 비행기의 균형이 무너진다.

마르탱 자니코가 조종간을 꽉 쥐고 비행기가 유럽 해안을 향하도록 회전시킨다. 마치 나아가는 것을 막으려는 듯 〈앨버트로스〉의 앞머리로 역풍이 불어온다.

기다란 강철 날개 주위에서 구름 덩어리들이 레이스 모양으로 뒤틀리다가 검고 가는 실로 흩어진다. 아직 돌고 있는 열아홉 개 프로펠러는 소용돌이로 가득 찬 긴 비행운을 남기면서, 이따금 손상된 날개에서 빠져나온 불기운과 뒤섞인다.

다시 천둥이 친다. 빛과 연기가 뒤섞이며 환상적인 프레스코를 만들어 낸다. 그것은 번개와 구름, 금속과 불, 증기와 빛의 싸움이다.

마르탱 자니코는 미신 때문에 티셔츠에 적힌 머피의 법칙들을 보여 주지 않는다. 어두운 생각을 할 때가 아닌 것이다.

37

백과사전: 하루에 4만 가지 생각

우리는 하루에 평균 4만 가지 생각을 한다.

90퍼센트는 전날과 똑같은 생각이다.

90퍼센트는 부정적인 생각이다.

이 생각들은 우리를 끊임없이 갉아먹고 우리 건강을 해친다.

우리 몸이 질병과 맞서 싸울 수 있고 재건될 수 있는 유일한 시간은 잠 자는 동안, 그것도 이른바 〈역설수면〉, 마침내 정신이 차분해지고 다른 현실로 넘어가는 단계이다.

그때부터 우리 인체는 평화 속에서 꿈을 꿀 수 있고 스스로를 치유할 수 있다.

에드몽 웰스, 『상대적이며 절대적인 지식의 백과사전』 제11권

38

노란 로켓 안에서 세 우주 비행사는 비로소 마음을 놓 는다.

임무를 이끄는 대위 에마 321은 둥근 창을 바라본다. 둥글 게 보이는 어두운 하늘에 번갯불이 아주 빠르게 하얀 수련처 럼 피었다가 사라진다.

구름 사이로 러시아 수상 비행기가 보인 듯 만 듯 하다. 불 타는 날개의 끝부분이 눈길을 사로잡는다.

대위는 통제 스크린을 지켜보고 로켓이 알맞은 속도에 알 맞은 궤도로 나아가고 있음을 확인한다. 두 동료를 바라보 자, 모든 게 좋다는 뜻의 신호를 보내온다. 이륙에 성공해서 만족하고 있다는 뜻이다. 하긴 가장 어려운 이륙을 해낸 셈 이다. 이제 지난번 〈림프구 12호〉 임무를 성공시킬 때 했던 일들을 되풀이하는 것만 남아 있다.

로켓은 다시 올라가 마침내 덜 어두운 구역에 다다른다. 고도 5만 미터가 넘는 중간권이다.

통신을 책임지고 있는 대위는 〈앨버트로스〉에 있는 왕과 연락해 보려고 하지만, 아무런 소득이 없다.

오히려 지상에서 연락이 왔다. 대위는 화상 경로를 연다.

「……여기는 UN 사무총장 스타니슬라스 드루엥입니다. 이제 여러분은 〈비통신 구역〉을 지나오셨습니다. 우리와 다시 통화하실 수 있게 되었습니다.」

「우리는 사무총장님의 말씀을 듣고 있습니다.」

「먼저 이륙이 훌륭하게 이루어졌음을 축하드립니다, 321 대위. 우리는 위성을 통해서 최근에 어떤 사건이 마이크로랜드를 덮쳤는지 알고 있습니다. 여기 지구에서 우리는 진심으로 여러분과 함께 하고 있음을 알아주십시오.」

「우리는 운이 좋았습니다, 사무총장님. 그리고 다비드가 발사대에 생긴 문제를 잘 해결해 주었습니다. 그가 없었더라면…….」

「냉정하시네요, 321 대위. 지금은 그저 감사하는 게 전부죠. 그런데 이제부터는 훨씬 더 가혹한 것이 필요할 겁니다. 아시다시피 소행성 〈테이아 13〉은 여전히 아주 빠른 속도로 우리를 향해 날아오고 있습니다.」

「우리는 지구의 안전을 보장하기 위해 최선을 다 할 것입니다.」

「지금 이 순간에도 1백 억의 지구인이 여러분을 보면서 여러분이 성공하기를 기도하고 있다는 것을 아시면 됩니다.」

「사무총장님, 우리 동포들에게 무슨 일이 생겼는지 아십니까?」

「지금 이 순간 여러분을 완전히 안심시킬 수 있습니다. 초기에 약간의 공황이 있었지만, 안전 조치가 훌륭해서 이륙에 성공했어요. 〈앨버트로스〉는 여전히 날고 있고, 우리는 그것이 어디로 가고 있는지 좇고 있습니다.」

「더 정확하게 말씀해 주실 수 있습니까?」

「그 비행기가 미세한 손상을 입은 것 같기는 합니다만, 지금은 고도를 훌륭하게 유지하고 있어요. 그게 러시아 장비의 장점이죠. 모든 것에 저항합니다. 상황은 이제 세 분 조종사의 손에 달려 있습니다. 나는 확신합니다. 여러분은 성공할 것이고, 이 임무는 이미 크게 성공한 앞선 임무의 반복이 될 것입니다.」

321 대위는 미소를 짓는다.

「믿어 주셔서 고맙습니다, 사무총장님. 그리고 뉴욕에서 사무총장님과 함께 무언가를 축하하던 분들과 기쁨을 함께하고 싶군요.」

「축하 얘기는 하지 마십시오. 간밤에 나 역시 잠을 잘 못 잤어요. 정신이 깨어 있는 것은 오히려 커피 덕분인걸요.」

그 대담은 지상의 거의 모든 텔레비전에서 중계되고 있다. 사무총장은 그 점을 의식하면서, 간밤에 있었던 사생활의 일부가 드러난 것을 유감스럽게 생각했다.

「솔직히 말해서, 지구에는 우리 가운데 상당수가 조금 불안해했어요, 321 대위.」

우주 비행사는 손짓 하나로 통화를 끊는다. 둥근 창 너머로는 지구의 완벽한 형태가 나타난다.

39

「저들이 성공했어.」

「네가 방해했음에도 정말로 이륙한 거야?」

「운이 좋았어. 난 아무것도 할 수가 없어. 이제부터 네가 저들을 상대로 너 자신을 지켜야 해, 테이아 13.」

「내가? 하지만 나는 움직일 수단이 없어! 나는 소행성이지, 행성이 아니야, 가이아.」

「인간들은 말하지. 〈실패하는 사람들은 변명을 찾고, 성공하는 사람들은 수단을 찾는다.〉 문제가 있으면, 반드시 해결책도 있을 거야.」

「하지만 나는 천둥이나 지진을 일으킬 수가 없어. 나에게는 대기도 없는걸.」

「내 인간 기식자들은 아주 약해. 때로는 자신들을 없애기 위한 방법을 스스로 알려 주기도 해. 그게 바로 저자들의 역설이야. 저들은 완강하기도 하고 동시에 자기 파괴를 일삼기도 해.」

「이상한걸, 네 기식자들.」

「나는 저들이 나타났을 때부터 죽여 왔어. 7백만 년 전부터지. 그래서 보기보다는 매우 허약하다는 것을 말할 수 있어. 저들을 네 가까이에 둘 때는 그게 기발한 생각임을 알게될 거야. 저들을 죽이는 게 안전해.」

「네 말을 들으니까 자꾸 무서워져. 저들이 다가와서 자기들의 힘을 내게 보여 줄 것만 같아. 저 로켓이 겁나. 나를 파괴하겠다는 임무를 지니고 너무나 빠르게 오고 있어.」

40

〈앨버트로스〉는 다쳐서 연기가 나는 기다란 날개로만, 때로는 제트 엔진도 없이 날고 있었다.

「조심하십시오, 곧 물에 닿을 겁니다.」 마르탱 자니코가 알렸다.

저마다 깜냥대로 무엇이든 붙들고 늘어져야 한다. 화물

창고의 10만 에마슈는 몸을 옹송그리며 부동자세를 취하고 있다.

조종석에 앉은 사람들의 눈에는 바다의 표면이 점점 빠르게 접근해 온다. 〈앨버트로스〉는 이제 활공하는 것이 아니라 추락하는 것이다. 그러나 아직은 앞으로 기우는 것이 아니라, 오른쪽 날개에 불이 붙고 왼쪽 날개에서 기름이 새는 상황이지만 좌우로 흔들리며 더 나아간다.

마르탱 자니코는 조종간을 꽉 그러쥔 채 고도계에서 눈을 떼지 않는다. 위쪽에서는 번갯불이 하늘에 계속 줄무늬를 넣는다.

「자, 힘을 내십시다!」

다비드, 나탈리아, 마르생, 그리고 세 학생은 안전벨트를 한 칸 더 조이고, 의자의 팔걸이에 더 매달린다. 에마 109와 에마 666과 에마 103은 작은 의자들을 가지고 똑같은 작업을 한다.

고도계가 5백 피트를 가리키자, 비행기가 앞으로 기울기 시작하면서 마르탱 자니코는 그 고도를 유지할 수가 없게 된다.

에마슈들은 눈을 감고 턱을 앙다문다. 많은 에마슈들은 신성한 알에 기도를 올린다.

이어서 대소동이 벌어진다. 금속 동체가 울부짖는 듯하더니 곧이어 폭발해 버린다. 다비드는 오른쪽 날개가 일거에 날아가는 것을 본다. 왼쪽 날개도 뒤틀리듯 끊어져 버린다. 양쪽 플로트 역시 해수면에 닿자마자 뽑혀 나간다.

소동 다음에는 침묵이다.

날개도 없고 다리도 없는 〈앨버트로스〉는 앞머리를 처박고 물고기로 변한 뒤에 차가운 물속에 들어간다. 딱 하는 불길한 소리가 울린다. 〈앨버트로스〉는 물결을 헤치고 한참 물속에 잠겨 있다. 그 옆구리는 어마어마한 압력을 버티어 낸다.

에마 666은 더욱 큰 소리로 기도를 올린다.

사람을 불안하게 하는 시끄러운 소리가 크게 울리는 가운데, 기다란 금속관이 조금씩 수면으로 올라오고, 마침내 수평 자세로 안정화한다.

내부에서는 다친 에마슈가 많이 나왔다. 에마슈가 10만 명이었으니 피해가 적지 않다. 꼭대기 층의 알들은 뒤죽박죽이 되어 버렸다. 〈앨버트로스〉가 바다에 떨어지는 상황을 제대로 견디지 못한 탓이었다.

「내 추산에 따르면, 우리는 사하라 해안에서 몇 킬로미터 떨어진 곳에 있습니다.」 마르탱 자니코는 스크린과 지도를 보면서 말했다.

그러고는 모두를 안심시키려는 듯, 차분한 음성으로 덧붙인다.

「최악은 오늘이 아닙니다.」

나탈리아는 전화기를 잡고 통화를 시도한다. 그러나 통화 시스템은 작동되지 않는다.

바다가 다시 드세어지기 시작한다. 마르탱 자니코는 통제 스크린에서 경보 신호를 읽어 낸다. 비행기의 볼트들이 차츰차츰 풀리면서 두 동강으로 갈라지려 하고 있다. 얼른 대피를 해야 한다.

「어서! 구명정을 바다에 던져요!」

「구명보트요? 그것들은 자리를 확보하기 위해 이미 제거해 버렸는데요.」

「그렇다면, 선택의 여지가 없지요.」

에마슈 10만 명은 파도에 아랑곳하지 않고 왕의 명령에 따라 움직인다. 비행기를 버리고 높은 너울 속에 몸을 던지는 것이다.

41

「됐어, 저들이 다가오는 것이 느껴져. 저들이 나를 파괴하러 와. 나는 저들을 모르지만, 너의 인간 기식자들이 나를 미워한다는 것을 느껴. 두려워. 저들에게서 나를 구해 줘.」

「이미 모든 것을 시도했어. 더는 해볼 게 없어. 이제 너 자신이 〈너만의〉 생각을 찾아내.」

「나는 내 궤도를 바꿀 수가 없어. 네 인간 기식자들은 경이로운 일들을 해낼 수 있는 것처럼 보여.」

「너 자신의 능력을 믿어. 너는 예외적인 조건에서 평소보다 뛰어난 능력을 보여 줄 수 있어. 그리고 이것을 잊지 마. 저들은 보기보다 더 약해. 저들은 인간들일 뿐이야.」

42

그들은 찬 바다의 물결을 따라 오르락내리락한다.

에마슈 10만 명은 바람과 조류에 구애받지 않고 뭉쳐 있으려고 애를 쓴다. 그들은 비행기에서 되도록 빨리 멀어져야 한다는 것을 알고 있다. 바다에 그렇게 커다란 비행기가 추락했는데 가까이 있다 보면 소용돌이에 휘말릴 염려가 있는 것이다.

「알들은?」 왕이 소리쳤다.

과학부 장관은 대다수 알이 착수할 때 부서져서 회수가 불가능해졌다고 대답한다.

「그래도 온전한 알들이 틀림없이 있을 겁니다.」교주 에마 666이 고집을 부렸다.

「하는 수 없지. 우리가 그 알들을 위해서 할 수 있는 일은 아무것도 없어. 그 알들을 버리고 다른 알들을 낳으면 돼. 곧 깨어날 알들보다 지금 살아 있는 에마슈들에게 우선권을 주어야지.」

이윽고 그들이 〈앨버트로스〉에서 충분히 멀어지자, 〈앨버트로스〉가 결정적으로 물에 잠긴다. 거대한 앞쪽이 쑥 들어가면서 꼬리 부분을 마치 폭풍 속의 고래 꼬리처럼 V자 모습으로 남기더니, 이내 물결 속으로 잠겨 든다. 회색 연기를 뿜어내는 마지막 딸꾹질이 번쩍거리는 기름 판을 잠깐 수놓는다.

나탈리아가 소리친다.

「해안에 닿아야 합니다. 몇 킬로미터 떨어진 곳에 있으니까, 헤엄쳐서 갈 수 있어요.」

에마 666이 상기시킨다.

「당신네 거인들에겐 간단히 헤엄쳐서 갈 수 있는 곳인지 모르지만, 우리에겐 그렇지 않아요. 게다가 우리는 이미 지칠 대로 지쳤어요. 비행기의 시련이 정말 대단했잖아요.」

10만 에마슈는 마치 이동하는 수달들처럼 서로 달라붙은 채로 해안 쪽으로 나아간다. 파도가 갈수록 거세게 요동친다. 다비드는 본능적으로 왕을 오른팔로 붙잡고, 왼팔로 계속 헤엄을 친다. 마르탱 자니코는 에마 103을 상대로 똑같은 행위를 한다. 두세 명의 에마슈는 에마 666을 양쪽에서 뗏목처럼 밀고 간다.

「오른쪽 앞에 뭍이다!」 한 에마슈가 소리친다.

가까이 가서 보니, 실망이 그들을 엄습한다.

「제6의 대륙인가?」 니심 암잘라그의 말이었다.

「이건 대륙이 아니라, 대륙에서 떨어져 나온 작은 섬이야.」 마르탱 자니코의 설명이었다.

그들은 공격성이 강한 물고기들이 오지 않을까 두려워하며 쓰레기 더미로 이루어진 바닥을 둘러본다. 밟아 보니 생각보다 덜 견고했다. 뭉쳐 놓은 쓰레기봉투들의 표면은 에마슈들의 무게를 견딜 수 있지만, 거인들이 올라타면 쑥 내려가지 않을 수 없다.

10만 에마슈가 쓰레기의 섬에서 휴식을 취하고 있는 반면, 여섯 거인은 슈퍼마켓의 봉투들 속에서 허우적거린다. 그들 주위에서 상어며 삼치, 황새치 같은 큰 물고기들과 돌고래 같은 포유류 수백 마리가 죽어 간다. 비닐 봉투를 해파리로 잘못 알고 삼키는 실수를 범한 것이다.

우리가 왜 커다란 물고기에 공격을 당하지 않았는지 알겠어. 커다란 물고기들은 여기 이러고들 있잖아. 다비드는 그렇게 생각했다.

갈매기들의 시신은 더한 것을 보여 준다. 그 내장에 폴리스티렌 쓰레기와 소화가 불가능한 장난감이 가득 들어 있다.

에마슈들이 그런대로 괜찮은 휴식을 경험하는 동안, 여섯 거인은 몸을 말릴 수 있는 장소를 찾고 있다. 니심 암잘라그는 섬의 한복판으로 가면 자기들의 무게를 견딜 만한 장소가 있을 거라고 알려 준다.

물고기며 새의 시체에서 풍기는 악취가 아이오딘을 품은

물보라와 소금기를 먹은 플라스틱과 뒤섞여 목을 강타한다.

여섯 거인은 덜덜 떨면서 축축한 바닥에 눕는다.

형광색 광고문이 눈에 들어온다. 〈둘을 하나의 가격으로!〉, 〈게걸스러운 효소 세제〉, 〈인산염 없는 광천수〉 같은 문구가 물에 떠 있는 라벨에 붙어 있다.

어둠이 내리고 상대적으로 편한 자리에 누운 사람들이 선잠에 빠져들 때, 다비드는 머리를 하늘 쪽으로 돌려 〈림프구 13호〉를 생각하지 않을 수 없다.

그 친구들이 성공해야 할 텐데.

43
백과사전: 양자 얽힘
〈얽힘〉이라는 개념을 가장 먼저 생각해 낸 사람은 17세기 영국의 물리학자 아이작 뉴턴이다. 그의 직관은 이러했다. 만약 달에서 물체의 낙하 같은 일이 벌어진다면, 그 현상이 지구의 표면에도 동시에 영향을 미친다. 마치 지구와 달이 중력도 아니고 자력도 아닌 눈에 보이지 않는 힘에 의해 연결된 것처럼 말이다.

그때부터 아이작 뉴턴은 두 요소(또는 두 물체) 사이에 물리학으로 설명할 수 없는 일종의 관계가 있을 수 있다는 사실에 주목했다.

먼 훗날, 〈얽힘〉이라는 개념은 세 명의 물리학자 알베르트 아인슈타인과 보리스 포돌스키와 네이선 로젠이 다시 사용했다. 1935년 양자 역학에 관한 한 논문에서였다. 그들은 두 물체가 서로 분리되어 있으면서도 〈얽혀 있는〉 경우를 설명했다. 두 물체 가운데 하나에 변화가 생기면, 그와 동시에 다른 물체에 변화가 생기는 경우 말이다. 사람들은 그런 경우를 EPR 역설, 즉 아인슈타인-포돌스키-로젠 역설이라고 불렀다.

세 물리학자는 한 사고 실험을 언급했다. 즉 광자의 미립자 두 개가 서로 분리되어 있는데, 한쪽의 미립자에서 편극이 변하면 다른 미립자에서도 부분적으로 변화가 생긴다. 둘 사이에 파동의 관계나 빛의 방출이나 소통의 수단은 전혀 없는데도 말이다.

이 무어라 설명할 수 없이 얽혀 있는 두 미립자의 관계는 온갖 종류의 프로젝트, 예컨대 얽힘 컴퓨터, 혹은 시간과 공간 속의 여행에 대한 가설로 나아가는 길을 열어 주었다.

에드몽 웰스, 『상대적이며 절대적인 지식의 백과사전』 제11권

44

미지근하고 부드러운 손이 그의 얼굴을 문지른다.

히파티아 김이 다비드를 깨운 것이다.

「무슨 일인지?」

다비드는 그렇게 묻다가 자기가 어디에 있는지 깨닫는다. 그리고는 이렇게 쓰레기 더미에서 밤을 보내는 것이 그냥 악몽이었으면 얼마나 좋을까 생각한다. 학생의 얼굴은 맑고 동그랗다.

「소리를 들었어요……. 저쪽에서.」

「조난자가 10만이야. 불면증 환자나 몽유병에 걸린 사람들이 있는 건 당연하지.」

「그렇게 철학적인 얘기를 하려는 게 아니고요.」

다비드는 한쪽 팔꿈치를 세우며 몸을 일으킨다.

「구조대인가?」

「그런 것 같지는 않은걸요.」

다비드는 제자를 안심시키려는 듯, 소리가 나는 쪽으로 몸을 돌려 자기들을 살피고 있는 수직의 눈들을 확인한다.

저들도 지구 정복의 한 경쟁자인가? 달빛에 빛나는 보초들, 혼자가 아닌 저들은 누구인가?

게.

15센티미터 게들의 무리. 쓰레기 세계에 완전히 적응하여 연회색 외골격을 뒤집어쓰고 있다. 일부는 플라스틱 조각을 물어뜯으며 여전히 식탐을 부리지만, 명백한 다수는 자기들의 영토에 상륙한 새로운 단백질원 덕분에 따분한 일상이 덜 심심하게 되었다고 생각하는 듯하다.

나탈리아가 그들이 있는 곳으로 와서 자기들을 둘러싸고 있는 게들의 무리를 보더니 자기도 모르게 소리친다.

「빌어먹을, 구조대는 뭘 하는 거지?」

「구조대는 우리 상황이 얼마나 위태로운지 제대로 파악하지 못했을 거예요.」 마르탱 자니코가 말을 받았다. 「그들은 우리가 쉽게 헤엄을 쳐서 해안에 닿을 것이고, 마치 우리가 길을 잃은 관광객인 양 원주민들이 우리를 보살펴 줄 거라고 생각했을 겁니다.」

어느새 회색 게 몇 마리가 공격할 채비를 하고 집게를 들어 올리기 시작한다.

「어두우면 저놈들이 유리해요. 밤에만 잘 보는 녀석들이거든요.」 다비드의 설명이 이어진다. 「해 뜨기 전에 무언가를 해보려고 할 겁니다.」

아닌 게 아니라, 회색 게들은 포위망을 좁히고 집게들을 가지고 위협적인 소리를 내기 시작한다.

「이번에야말로 거인 편에서 생각하는 것이 유리하겠는걸.」 에마 103 장관이 합류하면서 소리친다. 「저 게들은 우리랑 크기가 비슷해요. 게다가 질긴 외피가 있어요. 만약 여러분이 1.5미터짜리 게들에게 위협을 받고 있다면, 어떻게 하시겠습니까? 세상에 한 문명이 그런 게들에게 위협을 당한다는 걸 상상할 수 있겠어요?」

「그런데 왜 저들이 바로 공격을 안 하죠?」 장클로드 뒤냐크가 물었다.

「아마도 플라스틱을 너무 먹은 탓에 미쳐 버렸나 봐요. 공격성을 잃어버린 게 아닐까요?」 니심 암잘라그의 생각이었다.

나탈리아는 재빨리 방어 전략을 구상한다.

「저들이 망설이는 틈을 이용합시다. 판지나 종이 같은 쓰레기로 횃불을 만들어 거기에 불을 붙이는 겁니다. 모두를 깨우시고 다시 결집하십시오. 거인들은 가장자리에서 에마슈들을 지키겠습니다.」

눈 깜짝할 사이에 모두가 행동에 나선다.

그들은 쓰레기 섬의 마른 구역을 뒤져 아직 작동 상태에 있는 라이터들과 완전히 비어 있는 석유통들을 찾아낸다.

불붙은 횃불이 늘어나는 사이에, 한 무리의 조난자들이 폴리스티렌 통으로 임시 뗏목을 만든다. 얼음덩어리들이 빙산에서 떨어져 나가듯, 그 임시 뗏목들이 쓰레기 섬에서 분리된다. 도망이 준비되는 것이다.

「〈림프구〉 로켓들 같은 첨단 테크놀로지 영역에서 성공을 거두는 마당에, 쓰레기를 먹고 사는 게들의 무리에게 쫓기다니! 이런 조롱거리가 있나!」

게들은 그 소동 앞에서 어찌해야 좋을지 모른다. 그들은 불을 두려워한다(자루 끝에 달린 눈이 과민하기 때문에 불을 보면 앞을 못 보게 된다). 그와 동시에 달아나는 그 먹이

155

가 욕구 불만을 일으킨다.

어떤 게들이 공격을 시도하지만, 즉시 거인들이 횃불을 내밀고 발뒤꿈치로 그들을 으스러뜨린다.

한 에마슈가 사나운 집게에 물려 비명을 지른다. 마르탱 자니코가 그녀에게 달려가서 무모한 게들을 망치 같은 주먹으로 박살 낸다. 다른 게들은 겁을 집어먹고 뒤로 물러난다.

그러는 사이 폴리스티렌 뗏목 도피 작전은 계속된다.

밧줄 하나가 뗏목들이 흩어져 흘러가지 않도록 서로 묶어 주고, 나무 막대가 돛대 노릇을 하는가 하면, 비닐이 돛을 대신한다. 물에 떠다니는 그 피난 대오 전체가 동쪽을 향해 나아간다.

쓰레기 섬을 떠날 채비를 하던 여섯 거인은 게들 무리에 둘러싸여 있다. 게들은 여전히 집단적인 공격을 생각하지 못했다.

거인들은 횃불을 버리고 물로 뛰어든다. 떠오르는 해의 빛살을 받으며, 쓰레기 섬에서 충분히 멀어져 간다. 이제 쓰레기를 먹는 자들을 두려워하지 않아도 된다.

몇 시간의 헤엄이 계속된다. 마침내 지치고 굶주린 조난자들은 백사장에 다다른다.

「내가 생각하기에는 모로코 해안에 닿은 게 분명해요.」마르탱 자니코가 알렸다. 「조금 걷기만 하면, 한 마을에 닿을 거예요.」

마지막 에마슈들이 기진맥진한 채 해안에 올라오자, 에마 103 장관은 조난자들의 수를 세어 보자고 권한다. 이내 좋은 소식이 들려온다. 온갖 시련에도 불구하고 에마슈들은 수가 그대로다. 물론 다친 사람들이 적지는 않다.

여섯 거인들과 몇몇 에마슈는 저마다 스마트폰을 꺼낸다. 지금 있는 곳이 어디인지 알아보기 위해 아니면 도움을 요청하기 위해 시험 삼아 걸어 보려는 것이다. 하지만 짠물이 전자 제품에 들어가면, 어떤 기계도 작동하지 않는다.

그래서 왕은 결정을 내린다. 지치고 허기진 상태에서 올지도 안 올지도 모를 구조대를 기다리는 것보다는 사막을 걸어가서 길을 찾는 게 낫다는 것이었다.

에마슈 군중은 동의하고 걷기 시작한다.

45

햇살이 지구의 아프리카 지역을 어루만지고 있다. 사막과 숲이 빛나고, 쪽빛이었던 바다의 물결이 터키옥 빛깔로 변한다.

우주선 〈림프구 13호〉의 둥근 창 너머로 그 아름다운 광경을 바라보면서, 321 대위는 에마슈 동포들을 걱정한다. 에마 567은 이런 말로 안심을 시키려 한다.

「우리 에마슈들을 태운 비행기는 단단한 육지에 닿았을 거야.」

에마 568도 한마디 거든다.

「우리는 아직 몇 시간을 더 비행해야 해. 임무에 정신을 집중하자고.」

하지만 선장은 지구와 다시 교신하면서 에마슈들이 어떻게 되었는지 물어본다.

드루앵 UN 사무총장이 직접 대답한다.

「걱정하지 말아요. 모리타니 해안에서 보내온 소식에 따르면, 그들은 근처 어딘가에 있었어요. 우리는 그들을 구조하기 위해 배 한 척을 보냈고요.」

「마이크로 랜드의 모든 국민을 단 한 척의 배에 태우겠다고요?」

「다행히도 항공 모함 〈조르주브라상스〉호가 그 지역에 있었어요. 그 배가 모든 사람을 태울 수 있을 겁니다.」

대위는 할 말이 더 있었지만 갑자기 무기력감을 느끼면서 어깨를 으쓱했다. 그러고는 로켓의 궤도 스크린을 보며 동료들에게 고백한다.

「예감이 좋지 않은데.」

46

그들은 어디로 가야 할지 모른다.

분홍빛 모래 언덕이 무한히 펼쳐져 있다.

바야흐로 몇 시간을 걸었더니, 처음엔 바위 언덕인가 했던 것이 조금씩 사막으로 변해 갔다.

길도 없고, 마을도 없고, 인간의 흔적도 없다.

여섯 거인은 선두에서 걷고, 왕과 교주와 과학부 장관은 그들의 곁에서 걷는다. 모두가 지쳐 있지만, 군중의 관성에 휩쓸려 앞으로 나아간다.

「과학의 세계가 이토록 스릴이 넘칠 줄은 몰랐어요.」히파티아가 다비드에게 고백했다.

다비드는 재치 있게 답하려고 애를 썼지만, 침이 충분하지 않다. 유머란 건강한 상태에 있는 인체의 사치인 모양이다.

그는 뒤로 돌아 용감하게 따라오고 있는 10만 에마슈를 바라본다. 그러고는 왕을 잡아 자기 어깨 위에 올려놓는다.

「다비드, 왜 어떤 구조대도 아직 나타나지 않는 걸까?」

「날씨가 너무 혼란스러워서 그들이 우리의 위치를 잃어버렸을 것이고, 그다음에는 우리의 스마트폰에 짠물이 들어갔습니다. 그래서 우리가 레이더망에서 사라졌을 겁니다.」

「하지만 그들은 위성으로 우리를 보았을 거야. 만약…….」

「무슨 생각을 하시는지 압니다, 전하.」

「전 세계가 소행성 〈테이아 13〉에 너무 관심이 많아서 우리를 잊어버린 거라면 몰라도.」

「아뇨……. 그럴 리가 없어요. 어딘가에서 누군가는 우리가 어디에 있는지 묻고 있을 겁니다. 21세기 한복판이 머지않았는데, 사막에서 10만 명이 실종되고 아무도 그것에 관심을 갖지 않는다고요? 저는 그렇게 생각하지 않습니다.」

「10만 명의 〈사람들〉이 아닐세, 다비드. 그들에게 우리는 아직 〈하위 인간〉이지.」

「그들은 틀림없이 우리를 찾으러 올 겁니다.」

「3천 년 전 얘기로 거슬러 올라가면, 모세는 히브리 백성 2백만을 이끌고 40년 동안 사막을 헤매고 다녔네. 그때 어떤 도움도 받지 않았다는 것을 이해할 수 있어. 하지만 오늘날 그런 것을 받아들이라고? 우리 에마슈들은 당신네 거인들과 대등한 존재가 아닌가?」

마르탱 자니코는 다시 스마트폰을 꺼내어 분해한 다음 부속품들을 햇볕에 말렸다. 하지만 내부가 완전히 마른 뒤에 다시 조립을 해봐도 스마트폰은 작동되지 않는다. 바닷물이 닿기만 하면 그 허약한 전자 기계는 쓸모가 없어진다는 증거이다. 그는 실망한 나머지, 스마트폰을 땅바닥에 던져 버린다.

태양이 높아 가고 기온이 계속 올라간다. 갈증이 몰려온다. 물을 마시고 싶다는 욕구가 점점 강해진다. 젊은 에마슈들이 특히 그러하다.

눈앞에 펼쳐진 모래 언덕이 금빛으로 바뀌었다. 어디를 보나 같은 빛깔의 사구뿐이다. 길을 출발할 때 안표도 없이 그냥 동쪽으로 나아갔듯이, 그 단조롭고 광활한 평원에서도 금세 길을 잃는다.

「나침반 없어요?」다비드가 마르탱 자니코에게 물었다.

「내 스마트폰에 있었네. 스마트폰만 있으면 안 되는 게 없었어. 다른 사람들과 통화하는 것은 물론이고, 시계며 GPS 기능이며 온갖 것을 스마트폰으로 할 수 있었지. 그러다가 짠물이 들어가니까, 스마트폰은 쓸모가 없어지고 태양이나 별들에 비추어 우리의 위치를 알아낼 수밖에.」

「우리가 스마트폰에 삶을 맡겨 놓았었군요.」

그들은 무한히 뻗어 나간 모래밭으로 곧장 걸어간다. 10만 에마슈가 느린 행렬을 지어 따라오는 사이에, 하늘은 눈부시게 변하고 태양은 고개도 들 수 없을 만큼 빛이 압도적으로 바뀌었다. 행렬은 갈수록 느려졌다. 그 무엇을 보고 시간이나 공간을 제대로 알아낼 것인가. 심리적으로도 너무나 지쳐 있다.

기온이 41도로 올라가자, 뜨거운 모래에 발이 닿는 것은 고통스러운 일로 변했다. 그러다가 45도로 올라가니, 걷는 일 자체가 하나의 시련이 되고 만다.

숨은 더욱 가빠지고 발걸음은 더욱 무거워진다. 대다수는 옷을 벗어 머리를 가린다.

에마 666은 걸어가면서도 책을 읽는다. 에마 103 장관은 그게 무슨 책인지 알아보고 질문을 던진다.

「거기에서 구원을 찾는 거요? 그게 에마슈의 성경이라도 됩니까?」

「여행의 필요성을 예감했을 때, 나는 『백과사전』을 운반할 수 있도록 작은 종이에 복사할 것을 지시했소. 나는 이 저술에서 하나의 해결책을 찾아볼 생각이오.」

「그 『백과사전』이 우리를 궁지에서 벗어나게 해줄 것 같습니까?」 장관의 말투에서 조롱기가 묻어난다.

47

백과사전: 사하라은색개미

극한적인 삶의 조건에 가장 눈부시게 적응한 사례를 꼽으라면, 최근에 발견된 동물 종인 사하라은색개미(카타글리피스 봄비키나)를 꼽겠다. 사하라 사막에서 고비 사막에 이르는 열사 지방에서 살아가는 이 개미는 몹시 더운 기온을 못 견디고 죽은 동물들(곤충과 작은 설치 동물)을 먹이로 삼는다. 살아 있는 동물을 죽이지는 않고, 태양에 희생된 동물의 에너지를 되찾아 간다.

하지만 사하라은색개미는 더위에 제법 견디는 포식자들(도마뱀, 뱀, 풍뎅이……)을 피해 다녀야 한다. 그래서 자기네 사냥감들은 햇볕에 죽어 있고 포식자들은 태양을 피하는 가장 뜨거운 시간대, 즉 정오 무렵에 외출을 한다. 태양은 중천에 뜨고, 땅바닥은 70도(계란이 익을 수 있는 온도)에 달할 수 있을 때 말이다.

사하라은색개미는 어떻게 그런 온도를 견디어 낼 수 있을까?

먼저, 이 개미의 몸은 태양 광선을 반사시키는 표면으로 되어 있어서, 마치 크롬 몰딩으로 광택을 낸 자동차처럼 햇빛을 되쏜다.

다음으로 다리가 장다리물떼새처럼 길어서 몸이 되도록 땅바닥에서 멀리 떨어지게 되어 있다.

이런 몸으로 사하라은색개미는 접촉과 부상을 최소화하면서 초속 1미터의 속도로 아주 빠르게 이동할 수 있다. 만약 이 개미가 치타와 크기가 같다면, 치타보다 열 배나 더 빨리 달릴 것이다. 그러니까 모든 비율을 같이 고려한다면, 이 개미는 지상에서 가장 빠른 동물이다. 위에서 보면 말 그대로 모래 위를 날아가는 것 같은 인상을 준다.

이렇듯 사하라 은색 개미는 뜨거운 모래를 몸에서 멀리 두고 이동할 수 있다. 전력을 다해서 질주한 다음, 갑자기 멈춰 서서 오던 쪽으로 방향을 튼다. 태양을 이용하여 자기의 위치를 알아내고 정확히 어떤 각도로 돌아가야 하는지 파악해 낸다. 그러고는 다시 전력을 다해 질주한다. 냄새도 없고 안표도 없는 모래 언덕이라는 환경에서는 태양이 선회할 각도를 정하는 데 중요한 구실을 한다.

사하라은색개미는 달리고 주위를 탐색할 때, 걸음을 세는 게 아닌가 싶다. 그럼으로써 방향뿐만 아니라 집까지의 거리를 측정하는 것일 게다. 그렇다면 자기 집과 사냥감 사이의 지도를 기억 속에 저장해 두는 것일까?

사하라은색개미는 한창 달릴 때는 체온이 54도에 달하기도 한다.

어쨌거나 이 개미의 적응 사례는 놀라운 것이 많지만, 그중에서도 가장 범상치 않은 생존 수단은 사회성에서 찾아볼 수 있다. 한 개미가 외출을 해서 주위를 돌아다녔지만, 먹이를 전혀 발견하지 못했다. 그래서 돌아올 기약이 없을 정도로 더 멀리 떨어진 곳으로 가야 한다. 이제 이 개미는 동료를 만나 먹이가 있는 방향을 알려 주고 먹이를 굴로 운반하는 중에 죽게 될 것이다. 그러면 햇볕에 익어 숨이 끊어진 그를 동료가 발견하고, 그 동료 역시 스스로를 희생하며 먹이를 굴로 운반한다. 그런 식으로 희생에 희생이 겹쳐지면서 먹이가 개미굴에 돌아오고 공동체가 살아남게 된다.

이는 이제껏 본 적이 없는 가장 극단적인 사회적이고 유기적인 적응인 것이다.

에드몽 웰스, 『상대적이며 절대적인 지식의 백과사전』 제11권

48

우주선은 우주 속에서 가던 길을 계속 간다. 내부에서는 에마슈 우주 비행사들이 별이 뜬 우주 공간을 바라보고 있다.

뒤쪽의 둥근 창을 통해서 지구라는 푸른 천체가 작게 보인다.

「나는 이해를 못 하겠어. 왜 드루앵 사무총장이 우리랑 우리 나라 사람들이 직접 소통을 못 하게 하지?」 선장 에마 321이 마음에 찜찜한 것을 풀어냈다.

「걱정하지 마. 우리는 완수해야 할 임무가 있어. 정신을 집중해야 해.」

에마 568이 무언가를 조종하자, 스크린에 그들의 과녁인 회색 바윗돌, Y자 형으로 되어 있고 군데군데 갈색이 묻어 있는 바윗돌이 나타난다.

「〈테이아 13〉이야.」

「거인들의 세상에서 13은 불행을 가져오는 숫자야.」 에마 568이 투덜거린다.

「거인들의 미신은 거인들하고만 관계가 있어. 우리 자신의 저주는 우리 스스로 발명해야지.」 선장 에마 321의 말이다.

「그런데 왜 13이 불행을 가져오게 되었을까?」 에마 567이 물었다.

「히브리어 알파벳 13번째 글자가 〈멤〉인데, 이 글자가 죽

음을 뜻하는 〈메트〉랑 비슷하지. 그래서 타로의 13번째 아르카나는 머리를 이고 있는 해골로 남아 있어. 나중에 기독교인들은 이 미신을 되살렸어. 최후의 만찬 때 예수가 열두 제자와 함께 있었는데, 이때 같이 있었던 한 사람, 즉 열세 번째 사람이 그를 배신했어. 1307년 어느 13일의 금요일에 성전 기사단 회원들이 체포되었어. 그들의 수장이었던 자크 드 몰레는 몇 해 뒤에 화형당하면서 선언했지. 〈왕가를 13세대까지 저주하리라〉라고.」

그들 주위로 무한히 펼쳐진 별들의 경치가 마음에 깊은 인상을 남긴다.

「거인들의 역사…… 거인들의 미신…… 거인들의 범죄…….」 에마 567이 약간 비웃음을 빼어 문다.

「568, 자네는 많은 것을 알고 있네.」 에마 321이 인정했다.

「우리 교주 666이 독서의 취미를 불어넣어 주었지. 특히 에드몽 웰스의 백과사전을 재미있게 읽을 수 있게 해주셨지.」

「아, 과학 또는 역사 얘기를 들려주는 그 짤막짤막한 글들의 모음을 믿는 거야?」

「어쨌거나 나는 믿어. 그러니까 네 질문에 대답하는 거 아니겠어!」

「나는 그런 것에 관심이 없어.」 에마 567의 고백이다.

「경이에 관한 감각을 충분히 훈련시키지 않아서 그래. 그것도 훈련해야 할 근육과 같은 거야.」 에마 321의 힘이 실린 주장이다.

에마 567이 덧붙인다.

「그런데 오늘이 바로 13일의 금요일이야. 우리는 〈테이아

13〉을 노리는 〈림프구 13호〉에 타고 있어.」

대위는 머릿속에서 해볼 일을 미리 해보는 게 좋다고 생각한다.

「요소가 너무 많으면, 모든 게 취소되지. 이것이 반대쪽으로 가면, 저것은 이쪽으로 오거든. 두고 보면 알겠지만, 모든 게 잘될 거야.」

「우리는 선택의 여지가 없어.」

대위는 준비해 온 음식을 꺼내 놓고 저녁을 먹자고 한다. 두 동료를 안심시키자는 뜻도 있다.

그들은 무중력 상태에서 무심히 저녁을 먹는다. 형광 파란색 파스타이다.

49

「네 인간들이 나를 죽이러 다가온다, 가이아!」

「공포에 사로잡히면 안 돼. 네가 상상력을 발휘하여 해결책을 찾으려 하면, 공포가 그것을 방해할 거야. 오로지 상상력만이 너를 구할 수 있어. 찾고 발견해, 테이아!」

50

한 걸음 또 한 걸음. 그들은 무한한 사막을 나아간다.

가장 고통을 많이 받는 보행자들은 뒤쪽으로 처져 있지만, 앞서가는 집단과 너무 멀어지지 않으려고 노력한다.

기온은 계속 올라가고, 태양은 서쪽으로 내려갈 기미를 보이지 않는다. 기온이 47도에 다다르자, 어린 에마슈들 중에 비틀거리는 사람들이 생겨나고 즉시 옆 사람들이 도와주러 달려든다. 10만 에마슈 사이의 연대 의식은 완벽해서, 가족뿐만 아니라 이웃 사람, 심지어 모르는 사람을 도와줄 생각까지 한다. 가장 강인한 사람들은 실신한 사람들이 생겨나면 지체 없이 달려간다.

마르탱 자니코는 다시 한번 불쾌한 전율이 스치는 것을 느낀다. 홧김에 버린 스마트폰을 자기 발밑에서 다시 주운 경험 때문이다. 나탈리아는 손가락 하나를 입에 대고, 그 문제에 대해서는 침묵하는 게 좋겠다는 뜻을 알린다. 왔던 길을 또 왔다는 사실을 알림으로써 모두의 사기를 꺾을 필요는 없는 일이었다.

어둠이 어디에 숨어 있었는지 단숨에 내려왔다. 비록 습기까지는 아닐지라도, 그와 더불어 서늘한 기운도 함께 왔다.

히파티아 김이 하늘을 향해 고개를 든다,

「누구 별자리 아는 사람 있어요? 별자리를 알면 우리가 어디에 있는지 아는 데 도움이 될 텐데.」

그들은 별이 빛나는 하늘을 잠시 올려다본다. 소중한 정보를 담고 있는 별자리이건만, 제대로 해석할 줄 아는 사람이 없다.

그들은 자리를 잡아 앉는다. 온도의 갑작스러운 변화 때문에 돌멩이 하나가 와사삭 무너진다.

「밤을 지새우려면 임시 거처를 지어야 합니다.」 에마 666이 제안했다.

교주의 발상은 조금 전에 책을 통해 그 존재를 알아낸 사하라은색개미의 사례에서 영감을 얻은 것이다.

10만 에마슈는 마지막 남은 힘을 다하여 손으로 지하 야영지를 건설하기 시작한다. 시간이 걸리는 일이지만, 구조의 프로젝트라는 생각에 모두가 힘을 낸다.

드디어 지하 야영지가 만들어졌고, 에마슈들은 거기로 들어간다. 지하 몇 센티미터에서 그들은 일시적으로 피난처를 구했다는 느낌을 받는다.

다만 여섯 거인은 에마 666이 생각해 낸 것을 활용할 수 없다. 대신 니심 암잘라그는 자기들의 옷을 엮어 바윗돌 사이에 임시 천막을 짓는다. 장클로드 뒤냐크는 화학 지식을 활용하여 서늘해진 밤공기에서 수분을 얻는 장치를 개발한다. 그럼으로써 아침에 몇 모금의 물을 마련하고자 하는 것이다. 히파티아 김은 손을 사용해서, 옆으로 들이치는 바람을 막기 위한 모래 언덕을 쌓는다.

나탈리아가 그들을 살피면서 말한다.

「이번 〈진화〉 프로젝트의 세 학생은 매우 쓸모가 있어, 다비드. 그리고 내가 보기에 한국 학생은 자네 같은 사람을 좋아하는 게 아닐까?」

「그래요? 왜 그렇게 생각하시는지 궁금하군요.」

「이륙할 때부터 살펴보았는데, 똑똑하고 야무진 게 인상적이더라고. 그리고 내 눈에는 자네 귀를 계속 관찰하던걸.」

「우리는 나이 차이가 열다섯 살이나 나요.」

「학생은 젊지. 하지만 코르네유 말대로, 잘 태어난 영혼들에게는 용기가 때를 기다리지 않는 법이라네. 우리가 지금 어떤 상황에 놓여 있는지 생각해 보면 더욱 그러하지. 우리는 모두 굶주림과 목마름 때문에 죽을 염려가 있어.」

여섯 거인은 임시 천막이 만들어지자, 서로 옹송그리며 들어가 일종의 사람 송이를 이룬다. 마르탱 자니코는 마치 자기의 온몸으로 동료들을 보호하려는 듯, 일부러 바깥쪽을 차지한다.

에마슈들과 여섯 거인이 이윽고 눈을 감고, 심장 박동을 느리게 잡아 꿈의 세계로 들어간다.

다비드는 잠을 이루는 데 애를 먹는다. 한국 학생을 살피며 그녀가 왜 여기에 있는지, 왜 자기 귀를 자꾸 살피는지, 그리고 왜 히파티아라는 그 기이한 그리스 이름을 가지고 있는지 궁금해한다. 추워서 이를 덜덜거리면서도 그 생각에서 벗어나지 못한다.

조금 멀리 떨어진 곳에서는 전갈 한 마리가 그들을 관찰한다. 사막에서 처음 보는 이상한 동물들의 행동이 이해가 가지 않는 것이다.

51

「여전히 그 사람들 못 찾았어? 10만 명의 사람들이 자연 속에서 실종되었다고? 그건 불가능한 일이야!」 스타니슬라스 드루앵이 짜증을 낸다.

「저희는 그들의 위치를 탐색한 마지막 구역을 샅샅이 찾고 있습니다, 사무총장님.」

「공중에서 사라진 비행기는 존재하지 않는 거나 마찬가지입니다.」

「혹시 2014년 3월에 말레이시아 항공 370편이 실종되었던 것을 기억하십니까? 기체가 보잉 777이었던 이 비행기는 아무 흔적도 남기지 않고 사라졌습니다. 대양에서 비행기의 위치를 탐색하는 것이 그렇게 간단한 일은 아닙니다.」

「지금은 2014년이 아닐세. 내가 알기로 그동안 항공 분야에도 기술의 발전이 있었을 텐데.」

「그리 많지는 않았습니다. 바다는 광활하고 기상은 일을 편하게 해주지 않습니다. 이상하게 보일 수도 있겠지만, 비행기들은 구름이 첩첩한 하늘에서 마치 돌풍 속의 변고처럼 사라지죠. 그런데 일이 끝나고 나면, 주위에는 비행기들의 흔적이 남아 있지 않아요. 〈앨버트로스〉는 번개에 맞았을 수도 있어요. 그런 다음에 승객들을 모두 태운 채 추락했을지도 모르죠.」

「그럼 항공 표지는?」

「깊은 바다 속으로 휩쓸려 갔다면, 저희 눈에는 아무 표시도 보이지 않죠.」

사무총장은 눈썹을 찡그린다.

「모두가 물에 빠졌다고? 그렇다면 에마슈들의 모든 경험이 일거에 중단될 수도 있는가?」

「저도 그 점을 염려하고 있습니다, 사무총장님.」

사무총장은 다시 정신을 수습한다.

「좋아, 현재로선 언론을 상대로 그 주제에 관해 어떤 보도도 내보내지 않도록 하게. 소행성의 위기에 초점이 맞춰져 있어야 해.」

52

Y자 형태의 바위가 천천히 우주 속에서 돌고 있다. 〈테이아 13〉. 이제는 둥근 창 너머로 보인다. 멀리서 날아드는 햇빛을 받아 작은 산호 조각이 별들 사이에서 빛나고 있는 듯하다. 대위 에마 321은 〈테이아 13〉에 접근하기 위한 조치들을 수행해 나간다.

로켓 〈림프구 13호〉의 움직임이 부드럽다. 소행성의 표면

169

과 수직을 이루며 내려앉을 만한 자리를 찾고 있다. 길고도 복잡한 작전이지만, 에마 321은 집중력을 발휘하여 스크린 들을 살피고 각각의 단계를 정확하게 매듭짓는다.

이윽고 로켓이 〈테이아 13〉의 Y자 교차 지점에 닿았을 때, 선장은 마음을 조금 늦춘다.

「다들 준비됐지?」

노란 로켓의 윗부분에서 기압 조절을 하는 방 하나가 열린 다. 세 우주 비행사는 차례차례 사다리를 타고 내려간다.

〈테이아 13〉의 바닥에 닿아 보니, 작은 분화구 같은 구멍들 이 숭숭 뚫려 있다. 더 작은 천체들과 충돌한 자국들이다.

세 우주 비행사는 화상 통화로 UN의 통화실과 연결되어 있다. 거기에는 드루앵 UN 사무총장, 스미스 미국 대통령, 창 중국 주석, 파블로프 러시아 대통령 및 약간의 외교관과 텔레비전 뉴스 팀들이 모여 있다. 그래서 〈림프구 13호〉와 통화를 할 수 있고 그들이 임무를 어떻게 수행하는지 지켜볼 수 있다.

몇 개의 텔레비전 채널에서 화면을 잡아 생방송으로 내보 기도 하고 녹화 방송을 준비하기도 한다. 우주에 떠 있는 에 마슈들이 무어라고 한마디 하면, 온 세상 사람들이 그들의 말을 들을 수 있다. 그들이 서로 바라보고 있는 장면에서는, 시청자들은 그들의 헬멧 유리창 너머로 얼굴을 볼 수 있다.

「1단계 완수. 소행성에 도착. 2단계 완수. 소행성 표면을 딛고 걸음. 3단계, 이제 파괴의 과정에 들어갈 것임. 드루앵 사무총장님, 제 얘기 잘 들으셨습니까?」

「다 들었어요. 남은 임무를 되도록 빨리 수행하도록 하세 요. 〈테이아 13〉은 굉장히 빠르거든요.」

「〈앨버트로스〉에 탄 우리 동포들은 어떻게 지냅니까?」

「그 수상 비행기는 바다에 내려앉았고, 프랑스 해군의 항공 모함 한 척이 그들을 데리러 갔어요. 여러분의 임무에 정신을 집중하세요. 온 인류가 여러분을 지켜보면서 경탄하고 있어요.」

그러자 대위 에마 321과 우주 비행사 에마 568은 우주복의 두께에도 거의 아랑곳하지 않고 정확한 동작으로 나아가더니 전기 굴착기로 구멍을 파기 시작하고, 에마 567은 폭발물 전문가답게 핵폭탄을 빈틈없는 동작으로 옮긴다.

53

「네 기식자들이 나를 죽이러 왔어, 가이아! 나는 그들을 막기 위해 아무것도 할 수가 없어!」

「그들이 하는 실수의 심리적인 요인을 잊었구나.」

「그게 무슨 뜻이지?」

「그들의 뇌는 매우 복잡해. 언제나 최악의 것을 상상할 준비가 되어 있어. 그들의 용어를 빌리자면, 편집증적인 미래를 투사할 준비가 되어 있다는 거야. 자기 자신을 거슬러서 생각하려는 욕구가 있고, 무엇에든 과민하게 굴어. 나의 단순한 숨결, 작은 떨림, 재채기 하나에도 그들은 겁을 먹어. 때로 나는 그들을 짓누르거나 불태우거나 물에 빠뜨리지. 다른 이유가 없어. 그저 기분을 전환하려고 그러는 거야. 그들의 목숨은 하찮은 거야. 그들의 직립 자세는 안정성이 없어. 그들은 그저 특별한 조건들이 모여서 살아가는 거야. 그들에게는 좋은 온도, 알맞은 습도, 공기가 필요해. 설령 그런 조건이 모두 갖추어졌다 하더라도, 신진대사의 복합성 때문에 얼마

171

든지 미치광이로 변할 수 있어. 굳이 내가 그들에게서 그중 하나를 빼내려고 노력하지 않아도.」

「나에게 용기를 불어넣으려고 그런 말을 하는 거니?」

「네가 상대를 두려워하는 것은 상대를 과대평가하기 때문이야. 그만큼 너 자신을 과소평가하는 것이지, 테이아. 그 길에서 해결책을 찾아. 그들에게는 스스로를 파괴하려는 충동이 있어. 그런 점에서 그들은 매우 강해. 자신들에게 해를 끼칠 준비가 되어 있거든. 그래도 너 자신을 믿어야 해.」

54

해가 지평선에서 떠오르자, 차가운 모래 언덕에 햇살이 쏟아진다.

잠에서 빠져나오는 것은 현실에 대한 무감각에서 벗어나는 것이기도 하다. 입과 마른 목이 고통스럽다. 에마슈의 머리 하나가 모래 구멍에서 나온다. 이어서 수백, 수천의 머리가 그 뒤를 따라 모래 굴의 구멍을 통해 사막의 표면으로 빠져나온다. 10만의 생존자들이 조금씩 모여 빽빽한 대오를 형성한다.

왕 에마 109는 행군을 시작하라고 신호를 보낸다.

에마슈들은 점점 뜨거워지는 태양 아래로 나아간다. 태양의 작용으로 주위의 분홍색 모래가 오렌지색으로 변한다. 뱀과 전갈이 구멍들 속에 숨는다. 완전한 변신에 능한 도마뱀들이 멀리에서 그들을 살핀다.

「당신네 인간들은 늘 이런 말을 하고 살지요. 살아 있는 한, 희망은 있다.」에마 666이 다비드를 보며 말했다. 마르고 갈라진 입술로 미소를 지으려니 마치 비웃는 듯하다.

172

「이런 말에도 흥미를 느낄 겁니다. 우리를 죽이지 못하는 것은 우리를 더 강하게 만든다.」

「그것도 종의 진화 과정에 관한 얘기죠? 종들은 멸종을 피할 수 없을 것 같다가도, 막판에 뜻밖의 발견을 해서 위기를 벗어나거나…….」

「아니면 행운을 맞이하죠.」

에마 666은 그 말에 고개를 끄덕이며 다음과 같은 말을 덧붙였다.

「아마 모든 종들이 비슷한 경험을 했을 겁니다. 당신네가 말하는 현자의 돌을 경험했으리라는 것이죠. 기본적인 종이 세련된 종으로 변해 가는 겁니다.」

다비드가 묻는다.

「우리가 납이라 하고 당신들이 금이라 하면, 두 금속의 공통점이 언제 나타나겠습니까? 열기를 받고 한창 녹고 있을 때가 아니겠습니까?」

「그리고 만약 모든 예언자가 사막을 건너는 것 같은 때를 겪는다면, 현자의 돌이 뜨겁고 메마르게 타는 때가 바로 그 시기가 되지 않을까요?」

교주는 자기의 새로운 발견에 흡족해하며 행렬의 뒤쪽으로 멀어져 간다. 그것을 본 왕 에마 109는 약간 시샘을 느끼며 다비드 웰스에게 다가든다.

「우리는 종들의 진화에 관해서 이야기를 나눴어요. 666은 뜨겁고 메마른 때가 종의 개선을 위한 일종의 호기가 되리라고 생각합니다. 그런 점에서 이런 집단적인 시련이 나중에 가서 좋은 평가를 받을 수도 있으리라는 것이죠.」

왕은 기침으로 인한 발작을 하다가 교주의 말에 일리가 있

173

음을 인정한다.

「때때로 에마 666은 나를 놀라게 해. 비록 정답은 아닐지라도, 정답에 가까운 질문을 생각하게 하거든.」

왕은 다시 기침을 하며 먼지를 뱉어 낸다.

「만약 우리가 사라진다면, 우리 호모 메타모르포시스는 진화의 역사에서 작은 괄호의 역할을 했겠지. 마치 호모 플로레시엔시스처럼.」

왕은 고개를 끄덕인다.

「전하, 무엇을 생각하십니까?」

「드루앵 사무총장이 술에 취해서 떠들고 우리 모두는 스피커를 통해 그 소리를 듣고 있던 때에 그가 했던 농담이 생각나나?」

「실험용 쥐 10만 마리를 낭떠러지 꼭대기에서 떨어뜨리면, 그중 한두 마리는 박쥐로 변할 수도 있다는 것 말인가요?」

「대단히 잔인한 얘기지만, 에마슈들 전체에서 한두 명만 살아남아 사막의 환경에 적응한다는 것이지. 사하라은색개미처럼.」

「에마슈들이 크롬으로 도금한 것처럼 반들반들하고 달릴 때는 아주 빠르게 내달린다는 얘기죠?」

「에마슈들이 오로지 한 쌍만 남는다고 한번 생각해 보게. 형태학적으로는 상관없고 그런 능력만 갖추고 있으면 되는 거지.」

더위가 점점 더 견디기 어려워진다. 모래가 번쩍거린다. 태양이 그들을 지치게 한다. 태양에 실신해 가는 에마슈들이 점점 늘어난다.

무리 중에서 가장 키가 큰 마르탱 자니코가 갑자기 걸음을 멈추고, 마치 돛대 위에 올라가 망을 본 것처럼 알려 준다.

「바다가 보인다, 전방에!」

과학부 장관 에마 103이 놀란 기색으로 묻는다.

「우리가 사하라를 횡단한 것은 아니겠죠? 나는 아프리카가 그보다 광대하리라고 생각했어요.」

「네, 생각하신 대로입니다.」 마르탱 자니코의 대답이었다.

에마슈들은 시원한 기분을 느끼며 바닷물을 향해 달려간다. 그러나 에마 103은 그들이 짠물을 마시고 더 목이 마르지 않을까 걱정한다.

그런 걱정에 상관없이 그들 가운데 일부는 목에 불을 안고 가느니 차라리 갑자기 병이 난다 할지라도 바닷물을 마시리라 생각하는 것이다.

에마 109는 시원하고 생기를 주는 바닷물에 들어간다. 그때 갑자기 뱃고동이 멀리에서 들려온다. 배 한 척이 울려 대는 경적이다. 그 배에서 첫 번째 보트가 나와 그들 쪽으로 다가온다.

10만 에마슈는 자기들을 구조하겠다고 나선 사람들을 믿을 수 없다는 표정으로 살펴본다.

완벽한 제복 차림으로 보트의 맨 앞에 선 남자가 알린다.

「프랑스 해군의 앙드리외 함장입니다. 늦어서 죄송합니다만, 우리는 당신들을 찾느라고 애를 많이 먹었어요. 몇 분 전이 되어서야 당신들의 위치가 감지되더군요.」

앙드리외 함장은 얼른 염분이 없는 물을 나눠 주라며 자기 선원들에게 물통을 가리켰다. 그러고는 과학부 장관 103에게 당부했다.

「너무 빨리 마시지 않도록 동료들에게 권고하십시오. 치료 약은 갈증보다 더 고약할 수도 있으니까요.」

과학부 장관은 프랑스 해군 장교 몇 명의 도움을 받아, 처음엔 에마슈들의 입술이 젖을 만큼 물을 주다가 나중엔 실컷 마시게 한다.

다비드도 입술을 먼저 적시고 나서 몇 모금을 마신다. 목을 타고 넘어가는 물이 그렇게 달 수가 없다. 아마도 쾌감은 결핍과 관련되어 있는 듯하다. 우리 몸에 무언가가 필요하면 할수록, 그것이 몸에 주어지면 기쁨도 더 강렬한 모양이다.

그는 몸속에서 축제가 벌어지고 있음을 느낀다. 물의 분자 하나하나가 입천장이나 목이나 식도의 분자와 만나면서 미세한 쾌감을 안겨 주는 것이다.

그는 눈을 감는다. 물이 이토록 상쾌한 기분을 안겨 줄 수 있다니! 달콤하기도 하고 쌉쌀하기도 하거니와, 철분이며 칼슘이며 흙의 미묘한 맛을 풍긴다. 이제는 한낱 물이 아니라, 마치 포도주를 마실 때의 기분이 되는 것이다.

함장은 건강에 문제가 있어 보이는 에마슈들을 다른 보트에 태워 항공 모함 〈조르주브라상스〉호로 보낸다. 그런 다음 항공 모함으로 다른 에마슈들을 실어 나르기 위해 남은 보트들을 일제히 보내라고 명령한다.

함장은 자기를 믿어도 된다는 표정으로 왕을 향해 소리친다.

「전하, 우리 거인들은 에마슈들을 버리지 않을 것입니다. 우리에게 에마슈들이 꼭 필요하다는 것을 우리 모두 알고 있습니다.」

다비드 웰스는 그게 외교적인 발언일지언정 환하게 웃는

다. 함장이 말을 잇는다.

「조금 뒤 저녁 식사에 전하를 초대하겠습니다. 오늘은 바닷가재가 있습니다. 그거 좋아하십니까?」

55
백과사전: 바닷가재의 관점

똑같은 상황이 어느 쪽에서는 재앙으로, 어느 쪽에서는 기적으로 지각될 수 있다.

예를 들어 타이태닉호의 침몰은 끝이 아주 좋은 행운을 가져다주는 사건으로 보일 수도 있다.

누가 그 재난을 그런 식으로 볼 수 있을까?

여객선의 주방 수족관에 살던 바닷가재들, 일등칸 승객들의 입천장에 기쁨을 줄 요리를 위해 뜨거운 물에 던져지기를 기다리던 바닷가재들이었다면 똑같은 상황을 달리 보지 않았을까?

침몰해 가는 타이태닉호와 1천5백여 명에 달했던 인간의 죽음은 그 순진무구한 동물들에게는 그저 최악의 상황을 피하여 드디어 자유를 찾는 수단이 되었을 것이다. 이렇듯 관점을 달리하면 다르게 보이는 문제들이 있게 마련이다.

에드몽 웰스, 『상대적이며 절대적인 지식의 백과사전』 제11권

56
세 우주 비행사는 크고 둥그런 구멍을 파냈다. 그 구멍에서 휴대용 원자 폭탄을 터트릴 참이다.

그런데 에마 321 대위가 구멍을 넓히기 위해 굴착기를 힘껏 밀어 넣는 순간, 갑자기 땅에 금이 간다.

에마 321이 어떻게 해볼 새도 없이 땅이 쉽게 무너져 내린

다. 에마 567과 에마 568 역시 무엇에도 매달릴 수 없다. 이들 세 명은 돌투성이의 좁다란 길로 빨려 들어간다.

57

「네 인간 기식자들이 나를 죽이지 못하도록 할 방도가 있는 것 같아, 가이아.」

「어떤 방도지?」

「진실을 알려 주는 거야. 그들을 파괴하려고 하기보다, 내가 진정으로 누구인지를 그들에게 보여 주는 거야.」

58

고속 낙하.

세 우주 비행사는 소행성 〈테이아 13〉에 천연적으로 만들어진 미끄럼틀을 타고 내려간다.

검은 터널을 빠져 들어가는 느낌이다. 각자의 이맛등에서 나오는 불빛이 간헐적으로 터널의 벽을 비추어 줄 뿐이다. 지구에서 무수한 사람들이 생중계로 이 장면을 지켜보고 있다. 끊어졌다 이어지는 에마슈들의 이미지가 긴장감을 높여 준다.

에마슈들이 점점 거칠게 내려간다. 그러다가 갑자기 터널이 사라지면서 말랑말랑하고 차가운 물질이 세 에마슈를 받아 준다.

에마슈들은 물질의 표면 아래로 들어가 어둠 속에서 버둥거린다.

이맛등 불빛에 그녀들 앞으로 휙휙 달아나는 형체들이 보인다. 노란 물고기들이다. 넓고 얇은 지느러미를 마치 돛처럼 거느리고 있다. 생전 처음 보는 에마슈들에게 호기심을 느끼는 기색이다.

에마슈들은 헤엄을 쳐서 표면으로 올라온다. 그러자 이맛등 불빛에 호수가 드러난다. 자기들이 헤엄치던 자리에서 호숫가로 나가는 데는 어려움이 없다. 호숫가에 다다르자 이맛등보다 훨씬 강력한 손전등을 사용할 수 있다. 그 불빛에 소행성 〈테이아 13〉의 중앙에 자리한 호수의 암석 궁륭 천장이 언뜻언뜻 모습을 보인다.

에마슈들은 그런 식으로 자기들이 어디에 와 있는지 알아나간다. 지구에서 텔레비전을 통해 소행성 파괴 장면을 기다리고 있는 시청자들 역시 마찬가지다.

사실 〈테이아 13〉은 마치 암석의 속이 빈 내면에 결정을 이룬 광물이 빽빽하게 덮여 있는 것, 즉 정족(晶簇)과 비슷하다. 속이 빈 내면을 채운 것은 번쩍거리는 노란 수정이다. 호숫가 바위의 표면은 돌결이 있는 주황색 마노와 비슷하다. 보석 가게에 가면 흔히 볼 수 있는 장식이다. 호수에는 노란 물고기 외에도 노랑 또는 연노랑의 동물과 식물이 보인다.

321 대위가 마이크에 대고 말한다.

「드루앵 사무총장님, 제 헬멧에 달린 카메라로 이미지를 찍어 보내겠습니다. 이 소행성은 속이 비어 있고, 동굴과 호수를 감추고 있습니다.」

「게다가 생명까지 있습니다!」 우주 비행사 동료 하나가 그렇게 거들었다.

손전등들의 불빛에 관목이며 꽃이며 풀이며 곤충과 비슷하게 생긴 벌레들이 노란색이나 오렌지색을 띤 모습으로 드러난다.

「정말 환상적입니다!」 321 대위가 놀랍고도 감동적이어서 자기도 모르게 소리쳤다.

조금 전의 동료가 왼쪽 손목에 찬 휴대용 크로마토그래피를 작동시킨다.

「이건 황(黃)의 화학입니다. 우리 행성 지구는 탄소의 화학에서 비롯된 것이지만, 이 소행성은 완전히 황의 원소들로 구성되어 있습니다.」

에마슈들이 이번에는 이상하게 생긴 동물들을 비춰 주는데, 노란색이나 오렌지색이나 붉은색의 동물들이 불꽃이 일렁이는 것 같은 프레스코를 이루고 있다. 금빛의 넓은 날개가 달린 나비 한 마리가 대위의 헬멧에 앉는다. 대위는 이 나비가 눈이 세 개이고, 날개가 여섯 개임을 알아차린다. 도마뱀 한 마리가 역시 노란색 모습으로 다가든다. 이 도마뱀의 세 번째 눈은 이마 한복판에 있고 다리는 여섯 개다.

321 대위가 경탄한다.

「지구에서는 동물의 구성 요소가 2의 배수로 되어 있는 경우가 많은데, 여기에서는 3의 배수가 많아요. 날개나 다리는 3의 배수이고 감각 기관도 3의 배수예요!」

촉감이 부드러워 보이는 토끼 한 마리가 귀를 번쩍 세우고 여섯 다리를 움직여 다가온다. 에마슈들이 쓰다듬어 주려고 하자, 토끼는 에마슈들 사이를 즐겁게 뛰어다니며 살짝살짝 안기는 척을 한다.

노란색과 붉은색으로 이루어진 새 한 마리가 다가든다. 날개가 여섯 개인 이 새 역시 에마슈들에게 호기심을 보인다.

에마슈들은 뜻하지 않게 만난 이 풍요로운 세계를 영상에 담는다.

「당신들에게는 임무가 있습니다. 그것을 빨리 끝내야 합니다.」 드루앵 사무총장의 엄한 명령이 떨어졌다.

「이건 외계의 생명입니다, 사무총장님. 지난 10년 동안 이보다 위대한 과학적 발견이 있었을까요?」 321 대위가 항변한다. 「이 신비로운 발견이 없었다면, 우리가 알고 있는 동물들과 아주 비슷하면서도 다르게 생긴 동물들이 우주에 존재한다는 것을 어떻게 알 수 있었을까요? 이것은 우주에 변하지 않는 형태, 즉 우주 공간을 떠도는 바윗덩어리 속을 포함해서 어디에서나 찾아볼 수 있는 원형이 존재한다는 것을 의미합니다. 이 현상을 어떻게 설명할 수 있을까요? 이건 정말이지…… 정말이지…….」

대위는 여섯 개의 날개가 달린 오렌지색 박쥐들이 웅크리고 있는 구역을 비춘다.

드루앵 사무총장은 다시 한번 임무를 상기시킨다.

「그건 여느 소행성이 아니라 우리 행성과 충돌할 위험한 소행성입니다.」

「이 소행성은 우주에 관한 소중한 정보를 담고 있습니다. 우리는 드디어 생명이 왜 나타났는지, 생명이 왜 존재하고 있는지 이해하게 될 것입니다. 이 소행성에서는 생명이 3배수의 방식으로 기능하는데, 왜 우리 세계에서는 2배수의 방식으로 기능하는지도 알게 되겠지요. 여기에도 설치 동물이 있고 곤충이 있고 물고기가 있습니다. 그 이유가 무엇인지도 알게 될 것입니다.」

「어서 그 소행성을 폭파하십시오!」 스타니슬라스 드루앵은 더 참지 못하고 잘라 말했다.

대위는 조금도 주눅 들지 않는다. 그 차분한 목소리가 모든 시청자의 머릿속을 파고든다.

「만약 제가 지금 사무총장님의 명령에 따른다면, 우리는 나중에 후회할 것입니다. 얼마나 중요한 문제가 걸려 있는지 생각해 보십시오. 새로운 지평을 가진 사건이 터졌습니다. 무언가 결정적인 것을 시행할 것인가를 알아내기 위해서는 UN에서 모든 나라 대표들이 토론을 하고 투표를 하는 것, 그게 최선의 길이 아닐까 싶습니다.」

「그 바윗덩어리를 파괴하십시오. 이건 명령입니다!」

에마 321은 얼굴을 찡그리고 대답을 망설인다. 알았다고 대답하는 순간 후회가 따를 게 분명하다. 입술을 내밀며 거부감을 표시하다가 자기 생각을 다시 전한다.

「저는 토론의 결과를 기다리겠습니다. 그동안 저희가 찍은 영상을 계속 보내 드릴 테니, 저희가 조금 전에 발견한 특별한 동굴의 진면목을 보시면서 다른 행성이 아니라 우주 공간에서 떠도는 단순한 소행성에서 아주 복잡한 생명 형태를 찾아볼 수 있다는 것을 확인하시기 바랍니다.」

그 말이 끝나자마자 작은 명주원숭이와 비슷하게 생긴 동물이 역시 여섯 개의 다리와 세 개의 눈을 갖춘 모습으로 우주 비행사들에게 다가들어 눈을 감박인다. 그러더니 발가락으로 헬멧의 유리판을 붙잡고, 입을 유리판에 갖다 대면서 키스를 흉내 낸다.

59

「그래, 그게 너의 심리적인 무기야. 그렇게 내부의 아름다움을 인간에게 보여 주면, 인간은 너를 파괴하려던 임무를 놓고 망설이게 마련이야.」

「네가 그렇게 하라고 충고했잖아, 가이아. 인간의 심리에 영향을 미치라는 너의 제안을 받고, 나는 그냥 가장 나다운 것을 보여 주기로 했어. 그게 이거야. 이제 너도 알았듯이, 나 역시 다양한 방식으로 기식자들을 거느리고 있어.」

「너무 빨리 기뻐하지는 마. 누가 승자인지 아직 모르거든. 저들은 토론을 벌이고 나서, 너를 파괴할지 말지를 결정할 거야.」

「네가 보기엔 어때?」

「저들은 나를 잘 몰라. 나는 지능과 의식과 인격과 의지를 가지고 있지만, 저들은 그것을 깨달은 적이 없어. 나를 너무 과소평가하니까 내 의견을 묻지 않아.」

「나는 시간을 벌었어.」

「거짓된 희망을 너에게 안기고 싶지는 않아. 이 토론이 너에게 유리한 쪽으로 끝날 가능성은 매우 적어.」

「이유가 뭐지?」

「인간 세상에서는 공포가 호기심보다 강해. 인간은 겁이 많은 무리야. 물러서서 전체를 바라보거나 앞을 내다보며 미래를 예측하기보다는 직접적이고 본능적으로 행동하지.」

「저들이 내가 누구인지 알면서도 나를 파괴할 거라고 생각해?」

「저들은 너의 진정한 임무를 몰라. 그런 게 있다는 걸 상상할 수도 없을 거야. 소행성이 날아와서 행성을 임신하게 한다는 것, 그것은 저들의 이해력을 벗어나 있어, 테이아.」

「그래도 너는 저들 가운데 어떤 자들과는 이야기를 나눌 수 있었을 거야. 내가 〈내〉 기식자들에게 작용하듯이, 그들에게 영향을 미치지 않았어?」

「사실 과거에 오로르라는 한 여자와 몇 차례 접촉을 가졌지만, 그게 별로 오래가지 않았어. 오로르는 내 언어를 물속에 있는 거품, 그것도 터트려지지 않는 거품으로 받아들였어.」

「다시 시도해 봐, 가이아.」

「어쨌거나 무엇이 중요한지 이해하고 동료들에게 설명한 사람이 있다고 쳐도, 그 동료들은 어떻게 생각할까? 자기네 행성이 어느 소행성에게 〈관통〉되는 장면을 참을 수 있을까?」

「하지만 그것은 훨씬 유익한 생명을 만들어 내기 위해서잖아.」

「내가 이미 말했듯이, 저들은 내가 뚱뚱해지고 모양이 변하는 것을 보고 싶어 하지 않아. 내가 다른 것으로 변하지 않고 지금 이대로 남아 있기를 바라고 있어. 저들은 내가 그대로 남아 있는 쪽을 더 좋아하지.」

「그럼 이제 망친 거야?」

「모르지……. 모든 건 네 표면에 닿았다가 중앙 호수로 떨어진 세 우주 비행사의 손에 달려 있어. 너는 그 사람들을 달랠 수 없잖아? 네 물고기며 곤충이며 식물을 해치지 않도록 만들 수 있겠어?」

「내 기식자들의 독침이나 독니에 저들의 살이 닿으면 상황이 달라질 텐데……. 위아래가 달라붙은 아주 두꺼운 보호복과 아주 단단한 헬멧 때문에 살을 볼 수가 없어. 아! 저 연보라색 등껍질에 작은 구멍이라도 나 있다면 살갗에 다가갈 수 있으련만……. 가이아, 부탁이야. 네 쪽에서 네가 할 수 있는 것을 무엇이든 시도해 봐. 목표를 코앞에 두고 실패한다는 건 참으로 안타까운 일이잖아.」

60

다행한 일이다. 초소형 인간들이 얼굴은 핼쑥하고 다리를 비틀거리면서 항공 모함 〈조르주브라상스〉호에 몸을 실었다. 그들은 항공 모함에서 비행기들이 이륙할 때 사용하는 선을 기준으로 정렬해 있다. 가족은 가족끼리 웅크리고 있는 모습이다.

왕 에마 109는 함교에 올라간 여섯 거인들과 함께 대형 TV로 뉴스를 지켜본다. 함장 앙드리외가 앞선 내용을 성실하게 요약해 준다.

「세 우주 비행사가 소행성의 동굴 속으로 떨어져 물고기며 곤충 등 본토박이 동물들을 발견했습니다. 대체로 빛깔은 노란색이고 눈이 세 개에 다리가 여섯 개인 동물들입니다. 그래서 세 우주 비행사는 폭탄 터뜨리는 것을 보류하고, UN에 소행성을 파괴할지 너그럽게 봐줄지 투표를 해달라고 부탁했습니다.」

「왜 더 일찍 나한테 말하지 않았습니까?」 왕은 볼멘소리를 했다.

「전하께서는 마이크로 랜드의 국민들을 구조하시느라 너무 바쁘셨습니다. 그리고 이제 저 위에서 무슨 일이 벌어지든 전하께서는 어찌할 수가 없을 것입니다. 에마 321 대위와 UN 사무총장 드루엥 사이에서 결정될 일입니다.」

그들이 마주하고 있는 TV 화면에서, 사회자가 말을 잇는다.

185

「긴급 총회는 199개 나라의 수반들이 직접 모여서 실현된 것이 아니라, 각자 자기네 컴퓨터로 투표를 하는 가상 총회의 방식으로 이루어졌습니다. 마이크로 랜드의 왕 에마 109는 위기 상황을 관리해야 한다는 사실 때문에 투표가 면제되었습니다. 그것은 결과에 아무런 영향을 미치지 않았습니다. 투표에 참여한 199개 나라의 수반들이 지구에 접근하는 소행성을 파괴하는 쪽으로 결정을 했기 때문입니다. 그러자 에마 321 대위와 두 동료에게 원자 폭탄을 폭파시키라는 명령이 내려졌습니다.」

과학부 장관 에마 103이 그들에게 다가온다.

「전하, 모든 에마슈가 이 항공 모함에 올라탔습니다. 온전히 구조된 10만 에마슈를 보십시오.」

그들은 함교의 유리창 너머로 살아남은 동료들을 바라본다. 프랑스 군인들이 그들에게 먹을 것과 따뜻한 음료와 담요를 배분하고 있다.

에마 109는 물부리에 담배를 꽂아 불을 붙이고 연기를 내분다.

「그러고 보니 오래전부터 거인들이 실패한 분야에서 우리는 성공했어. 쓰나미를 당하고도 인명 손실 하나 없이 살아남았잖아.」

「게다가 수상 비행기의 추락이며 사막의 횡단 같은 재앙까지 겪었습니다.」 교주 에마 666이 덧붙였다.

앙드리외 함장이 왕과 교주의 말을 받아들인다.

「네, 맞습니다. 에마슈들의 조직력과 시민 정신과 그 위험한 상황에서도 흐트러짐을 보이지 않는 차분함은 정말 대단했습니다.」

왕이 한숨을 지으며 말한다.

「우리는 선택의 여지가 없었으니 그럴 수밖에 없었어요. 자 이제 원래 계획했던 목적지로 가실까요? 비를 잔뜩 머금은 구름과 건조한 사막은 사람을 신명 나게 할 수 있는 조건이 아닙니다.」

61

「말도 안 돼. 투표 결과를 기대하지 말았어야 해.」

그 말에 대위의 투명한 헬멧 내부에 입김이 서린다.

「지구에서는 사람들이 알 수가 없어요. 우리가 여기에서 생생하게 보는 것을 제대로 볼 수가 없으니, 이해를 못 할 수밖에요.」

연보라색 우주복 차림의 세 에마슈가 헬멧의 마이크와 수화기를 이용해서 이야기를 나눈다.

「거인들의 눈에는 피해를 입힐 가능성이 있는 커다란 바윗덩어리가 보일 뿐이야. 사실은 그보다 훨씬 대단한 것인데도.」

「예방의 원칙이란 그런 겁니다. 거인들은 아주 작은 위험도 무릅쓰려고 하지 않아요.」 에마 568이 잘라 말했다.

「그건 지구의 모든 나라 수반들이 투표한 것을 모아 UN 사무총장 드루앵이 내린 명령입니다.」 에마 567이 조금 전의 일을 상기시키며 말을 잇는다. 「만약 테이아가 지구와 부딪친다면, 많은 사람이 죽을 것이고 그 책임은 우리가 지게 될 겁니다.」

「그들은 공포 때문에 생각을 깊이 있게 못 하는 거야. 똑똑하지 못한 사람들이 두려움에 이끌려서 그런 표결을 한 거라고. 그러고 보면, 우리 세 사람이 그들보다 섬세하고 책임감이 강한 거야.」

세 우주 비행사는 헬멧 너머로 서로 바라본다.

「199명의 늙은이들이 당황했어. 뜻밖에도 새로운 사건이 터졌거든. 우리 왕이 표결에 참가했으면 좋았을 텐데 말이야.」대위가 아쉬워했다.

「왕은 우선적으로 처리해야 할 일들이 있었어요.」

「생각을 짧게 하는 사람들이 보기엔 그렇지. 하지만 나는 더 멀리 내다보고 있어. 나는 우리 후손들을 생각해. 만약 우리가 이 소행성을 파괴한다면, 역사는 우리를 어떻게 평가하겠어? 단 한 번밖에 없는 만남을 방해한 사람들로 볼 거야.」

세 에마슈들은 주위의 화려한 장식들을 계속 관찰한다.

「이건 지구를 이끄는 사람들이 내린 명령이에요, 대위님. 우리는 그 명령에 따라야 하는 군인이고. 서열을 존중해야죠. 우리가 위험에 빠진 지구를 죽음으로 몰아넣을 수는 없어요.」

「567, 나는 거인들의 역사를 연구했어. 히로시마에 원자폭탄을 투하한 사람들 역시 군인이었어. 그들은 명령에 순종했지만, 나중에는 후회했지. 역사는 그들을 심판했어. 원자폭탄을 투하하지 말았어야 할 사람들로 말이야.」

「인명이 희생되었기 때문이지요. 여기에 있는 것은 노란색 동물들뿐이에요. 그것도 소행성 속의 동굴에서 만난 동물들이죠. 한마디로 모두 죽여도 뒤탈이 없을 거예요.」

「568, 여기 이것들은 최초로 자신의 정체를 드러낸 외계 생명체야. 나중에 이 동물들과 식물들의 세포를 연구하다가 무엇을 얻게 될지 상상해 봤어? 현재 또는 미래의 질병을 고

치기 위한 약이 나올지도 몰라. 지구 밖 생명체에 관한 지식도 생겨날 것이고.」

에마 321이 둥근 천장을 비춘다. 마치 노란 다이아몬드가 천장에 빼곡 박힌 듯 손전등 불빛이 지나갈 때마다 번쩍거린다. 날개 여섯 달린 박쥐들이 그들 주위로 날아들며 날카로운 소리를 내는데 그 소리가 노래와 비슷하다. 작은 오렌지색 명주원숭이가 다시 와서 한 다리로 헬멧에 매달리기를 하며 장난을 친다.

「정말 이 모든 것을 파괴하고 싶어? 이들의 DNA를 알고자 하면 그저 채혈만 하면 되는 것인데, 그것조차 하고 싶지 않은 거야?」

「시간이 없어요. 그리고 그랬다가 지구에 질병을 가져다주는 수가 있어요. 그건 대위가 우리보다 잘 알 겁니다.」

UN 사무총장 드루엥의 목소리가 수화기에 다시 울린다.

「에마 321, 에마 568, 에마 567……, 나는 여러분이 소중한 시간을 낭비하고 있다고 생각합니다. 이제 주저할 만큼 했으니. 그 망할 소행성을 파괴해야 해요. 이건 명령입니다.」

대위가 고개를 흔든다.

「사무총장님, 문제는 우리가 보내는 영상의 불완전함에 있어요. 이곳의 특별한 아름다움을 제대로 전달하지 못해요. 그래서 여기에서 실제적인 모습을 보고 있는 우리 세 우주비행사의 의견을 들어야 해요.」

「말도 안 돼요!」 스타니슬라스 드루엥이 소리쳤다.

「죄송합니다만 현장에 있는 것은 우리입니다. 우리는 가지고 있지만 멀리 떨어진 여러분은 가지고 있지 않은 정보들을 통해서 우리는 판단을 하죠.」

대위의 반박에 UN 사무총장은 목소리를 낮춘다.

「좋아요, 하지만 빨리 하세요.」

에마 321이 두 동료에게 말한다.

「이제 우리 의견을 말할 차례야. 이 소행성을 구하고 싶어 하는 사람은?」

대위는 한 손을 들어올린다.

「우리가 이 소행성을 파괴했으면 하는 사람은?」

두 우주 비행사는 자신 있게 자기들의 선택을 드러낸다.

「파괴에 두 표, 구조에 한 표.」에마 567이 투표 결과를 말했다.

에마 567은 문제가 해결되었다고 보고, 자기 배낭에서 갈고리를 꺼내어 동굴에서 빠져나갈 수 있도록 위로 던진다. 그러고는 어느새 통로로 올라가 소행성의 표면에 다다른다. 에마 568도 잽싸게 그 뒤를 따른다.

두 우주 비행사는 버려두고 왔던 장비들을 되찾아, 원자 폭탄의 발파 준비를 하기 시작한다.

「내가 보기엔 두 사람 모두 지금 하는 행위의 결과를 염두에 두고 있지 않아. 그렇다면, 나 혼자서만 이성의 선택을 받아들인 셈이야.」

두 우주 비행사는 뒤돌아서서 에마 321 대위와 맞선다. 역시 표면으로 올라온 대위는 단검으로 두 사람을 위협한다.

대위는 발파 프로그래밍 스위치의 버튼들을 하나씩 눌러 꺼버린다.

「568, 이따금『상대적이며 절대적인 지식의 백과사전』에 나오는 말을 인용했지? 이 말은 어떤가? 〈다수가 옳다고 주장한다 해서 그게 정말로 옳은 것은 아니다.〉」

그런 뒤에 대위는 발파 스위치를 마저 끄기 위해 등을 돌린다. 그 틈을 타서 에마 567이 상관에게 덤벼든다. 세 에마슈가 두꺼운 우주복 때문에 움직임이 어설퍼진 채로 싸움을 벌인다.

뉴욕에서는 UN 빌딩에 아직 남아 있던 사무총장과 여러 나라의 대표들, 그리고 기자들이 생중계로 전해지는 그 상황을 지켜본다.

대위의 태도가 결연하다. 혼자서 부하 두 명을 상대로 갈데까지 가보자는 기세다. 이 싸움은 동작이 느려서 마치 슬로 모션을 보는 것 같다. 동작 하나하나가 애초에 목표로 삼은 과녁에 도달하자면 긴 시간이 필요할 듯하다.

그래도 에마 321은 두 도전자에 비해 싸움에 능하다. 몇 차례 선수를 침으로써 간발의 차로 상대들의 돌진 공격을 피하고 오히려 상대들을 곤경에 빠뜨린다.

그리하여 에마 568의 두 무릎은 접히고, 등에는 대위의 주먹이 연방으로 날아들며 옆으로 쓰러지다가 가슴에 또 발길질을 당한다. 에마 568은 낯을 찡그리며 허물어진다.

에마 567은 대위의 뒤편에서 공격을 시도하지만, 그 모습이 에마 568의 헬멧 유리에 비쳤다. 대위는 몸을 살짝 피하여 에마 567의 발길질이 기세를 다하게 한 다음, 에마 567의 등을 건드려 돌아보게 하고는 오금을 후려쳐 옆으로 쓰러뜨린다.

두 우주 비행사는 그렇게 대위의 공격을 당하여 바닥에 쓰러졌다. 그네는 다시 일어나려고 했지만, 에마 321은 한 발로 그네의 움직임을 억제하고 그네에게 허리띠 구실을 하던 띠로 둘을 한꺼번에 묶어 버린다.

「나는 앞을 길게 내다보며 영혼과 의식을 가지고 행동하는 사람이지. 너희의 행동은 원시적인 불안을 이기지 못한 단순한 반응이었지만, 내 안목은 그보다 넓어.」

스타니슬라스 드루앵은 개가 짖듯이 욕설을 내뱉는다. 에마 321은 지구에서 오는 소리를 끊고, 원자 폭탄 발파 스위치를 연결하는 전선들을 계속 잘라 낸다.

62

「해냈어, 테이아. 설마 이런 일까지 이루어질 줄은 몰랐어. 한 사람이, 아니 단순한 초소형 인간이 너를 지켜 주기 위해서 모두를 거스른 거야.」

「아름다움의 호소력을 알아봤어.」

「너는 깊이 있는 곳에 감춰진 참된 모습을 보여 주었어. 가장 진화된 의식을 가진 에마슈에게 감동을 준 거야. 한 에마슈의 똑똑함이 행성의 운명을 바꿀 수도 있어. 네 안의 아름다움을 보여 줌으로써 너는 살게 될 거야, 테이아 13. 이제 무슨 일이 벌어지는 거지?」

「우리의 결합.」

「우리의 뭐?」

「너 겁먹은 것처럼 보여, 가이아.」

「말하자면 내가 〈첫 번째 일〉을 치르는 거야. 이미 말했듯이 나는 처녀 행성이야.」

「나는 너를 아프게 하지 않을 거야. 오히려 그 반대지. 내가 온 것은 너에게 영광을 주기 위함이야.」

「사실, 네가 나에게 말을 걸기 전까지는 나는 까맣게 몰랐어. 내가 성적인 능력을 지니고 있다는 것을 말이야. 나는 남성적인 에너지가 나한테 와서 나를 완성시키고 종자를 번식시키게 할 수 있다는 사실조차 몰랐어. 그저 나 혼자라고 생각했지. 이 모든 게 완전히 새롭고 뜻밖이야.」

「네가 말한 대로 나는 〈우주의 정자〉이고, 너처럼 나도 경험이 없었어. 그리고 너는 내가 남성이라는 것을 가르쳐 주었어. 무슨 일이 벌어질지 나 역시 궁금해.」

63

손가락들이 머리털을 휘어잡다가, 갑자기 흘러내린 머리카락을 빗 모양으로 뻗은 세 손가락이 흥분된 동작으로 빗어 올린다.

그런 다음 사무총장 드루앵은 자리에 앉는다.

주위 사람들의 표정이 매우 어둡다.

「우리가 참 어리석었어. 그 〈반쪽 인간들〉의 말을 믿다니! 이제 우리는 아무 말이나 믿어 주는 사무총장 당신의 태도가 가져올 최악의 사태를 걱정해야 합니다.」 중국 주석 창이 사무총장을 비판했다.

미국 대통령 스미스가 넓은 가죽 안락의자에 앉으며 말문을 연다.

「게다가 우리가 그 미치광이 대위 321에게 영향을 미치려면 어떤 계약이 있어야 하는데, 그런 것이 없어요.」

한 남자가 들어와서 사무총장의 귀에 대고 뭐라 말을 하자, 사무총장은 다른 사람들에게 알려 준다.

「전문가들의 견해에 따르면, 소행성 〈테이아 13〉은 곧 지각에 떨어져 마그마를 분출시켜 우리 행성이 마치 총알을 맞은 수박처럼 터지게 만들 것입니다.」

「그러면 우리는 모두 죽는 건가요?」러시아 대통령이 결론을 말하듯 물었다.

스타니슬라스 드루앵은 화면에서 눈을 떼지 않는다. 영상은 전자기 간섭에도 대위 에마 321이 폭탄의 기능을 정지시키려는 활동을 계속 보여 준다.

「나는 미래에 생길 일 하나를 잊어버린 모양이요.」그는 자신에게 말하듯 말을 이어 간다. 「아홉 번째 진영은 우주에서 날아와 우리 지구의 모든 것을 파괴해 버리는 단순한 돌덩어리인 것을.」

「이 모든 것이 당신의 잘못입니다, 드루앵.」미국 대통령이 목청을 높인다. 「에마슈들을 창조하고 급속하게 증가시키는 것을 고무한 사람이 바로 당신이니까요.」

「맞아요, 이건 드루앵의 잘못이요. 게다가 드루앵은 에마슈들에게 독립 국가를 건설하도록 길을 열어 줌으로써 저런 못된 짓을 준비하게 만든 거요.」중국 주석 창은 옛날 일을 되새기며 말했다.

「소행성들에 맞서 지구를 지켜 준다고 말한 것을 믿다니!」미국 대통령 스미스가 분노했다.

「그렇다고 우리가 할 수 있는 다른 일이 있습니까?」

「없어요.」하면서 드루앵이 한숨을 내쉬었다. 「기다리면서 기도를 하는 수밖에요.」

그러고는 지구를 방비할 다른 방법이 없는지라, 체념 섞인 말투로 중얼거린다.

「아무튼 모든 것이 언젠가는 중단되어야 할 텐데.」

64

백과사전: 세상의 몇 가지 종말

서력 기원 이래로 세상의 종말이 오리라는 예언은 2백 차례 가까이나 있어 왔고, 그때마다 폭넓은 군중과 미디어를 흔들어 댔다.

그 예언들 가운데 가장 최근에 나타났던 것들을 예로 들자면, 다음과 같다.

미국인 셸던 나이들은 세상의 종말이 1996년에 일어나리라고 했다. 그는 그 날짜에 레이저 광선 무기를 가진 외계 생명체가 지구에 침입할 것을 예상했다.

일본의 신흥 종교 수쿄 마히카리(崇教眞光)는 1997년 핵전쟁이 세계적인 규모로 일어나 세상의 종말이 오리라고 했다.

2008년 프랑스와 스위스의 국경 지대에서 가동을 시작한 대형 강입자 충돌기가 일군의 하와이 사람들에게는 세상의 종말을 초래할 것처럼 보였다. 그들은 이 거대한 충돌기의 운행 양상으로 보아 곧 블랙홀이 만들어질 것이고, 이 블랙홀은 자기 주위의 모든 물질을 빨아들일 것이며 나아가서는 온 지구를 삼켜 버릴 것이라고 생각했다.

그노시스 연구 그룹의 프랑스인들에 의하면, 세상의 종말은 2000년에 오리라고 했다. 그들은 지구와 다른 떠돌이 행성의 충돌을 예상했다.

브라마쿠마리스 협회에 속한 인도인들 중에는 세계의 종말이 2000년에 오리라고 예언한 사람들이 있었다. 그들은 핵전쟁이 미국에서 시작되어 유럽을 덮치고 이후에 인도에서 끝나리라고 생각했다.

미국인 리처드 눈의 주장에 따르면, 세상의 종말은 2000년에 벌어져야 했다. 그는 빙하가 녹아 모든 대륙이 갑작스럽게 물에 잠기는 기후 변화를 예상했다.

마야의 책력을 나름대로 해석한 몇몇 사람들은 2012년에 세상의 종말이 오리라고 보았다. 그들은 거대한 천재지변(화산 분출 또는 지구와 충돌하는 소행성)이 도래하여 인류가 종말을 고하게 되리라고 예상했다.

미국인 진 딕슨의 주장에 따르면, 세상의 종말은 2020년에 오기로 되어 있다. 그녀는 예수 그리스도의 신봉자들과 적그리스도의 지지자들 사이에 총체적인 전쟁, 즉 아마겟돈이 일어나리라고 예언했다.

에드몽 웰스, 『상대적이며 절대적인 지식의 백과사전』 제11권
(샤를 웰스의 개정을 거친 것임)

65

「이번엔 우리가 성공했어, 테이아. 너를 내 안에 품고자 하는 엄청난 욕구가 솟구쳐 올라와.」

「곧 갈게, 가이아.」

66

다비드는 오로르가 무척 좋아하던 도어스의 노래 「디 엔드」를 떠올린다. 짐 모리슨의 가사가 기억에 되살아난다.

……우리가 공들여 세운 계획들의 종말

지금 있는 모든 것의 종말

평안도 없고 놀라운 것도 없는 종말

나는 두 번 다시 네 눈을 들여다보지 않을 거야

……이제 종말이야

멋진 친구

이제 종말이야

나의 유일한 친구, 종말이야

너를 놓아주려니 마음이 아파

하지만 너는 결코 나를 따르지 않을 거야

웃음과 달콤한 거짓말들의 종말

우리가 죽으려고 했던 밤들의 종말

이제 종말이야

「엄청난 피해를 입겠군.」 왕 에마 109가 한탄했다. 「조금 전에 쓰나미를 지나쳐 왔건만.」

「세상의 아이러니예요. 나쁜 것에서 벗어났다고 생각하면, 우리는 〈더 나쁜 것〉에 휩싸이기 쉽죠.」 마르탱 자니코가 인정했다.

「우리에게 시간이 얼마나 남았을까요?」 에마 666이 뉴스를 듣고 있던 나탈리아에게 물었다.

「기자들 말로는 두 시간 반쯤 남았답니다.」

「남아 있는 시간이 두 시간 반일 때 우리는 무얼 해야 할까요?」

「그런 상황의 이점은 더 심각한 것은 아무것도 일어날 수 없다는 것이겠지.」 나탈리아 오비츠가 비꼬듯이 말했다.

그녀가 신경질적인 미소를 짓다가 얼굴에서 웃음기를 거둔다.

「모든 머피의 법칙이 끝나는 거야. 〈어느 날 우리는 죽는다.〉」 마르탱 자니코는 철학 하는 자세로 말했다.

적어도 마흔 살까지는 살겠군 하고 다비드는 생각한다. 오로르와 자녀들을 떠올리고, 마지막 언쟁이 아쉬워진다. 10여 년 넘게 자기 삶을 따라와 주고 세쌍둥이를 안겨 주었던 오로르에 대해서 사랑의 감정을 깊고도 분명하게 느낀다.

새로 천둥이 울고 비가 쏟아진다. 운명적인 만남에 앞서 지구의 환경을 청소하려는 듯 주룩주룩 내린다.

「우리 취할 때까지 마십시다.」앙드레외 함장이 제안하며 붙박이장에서 럼주가 담긴 병들을 꺼내 든다.

다비드 웰스는 갑자기 조갈증을 느낀다. 이젠 중요한 것이 없다. 도덕적인 규제는 무엇이든 생각할 필요가 없다.

함장은 병나발을 불고 나서 그 병을 다른 사람들에게 내밀었다.

마르탱 자니코가 제일 먼저 병을 받아 든다. 그들 옆에서 히파티아 김과 장클로드 뒤냐크와 니심 암잘라그는 홀린 듯이 스크린을 바라보고 있다. 뉴스 앵커가 점점 흥분되어 가는 목소리로 마지막 뉴스를 알려 준다.

67

소행성 위기

세계가 완전히 공황 속에 빠져 있습니다. 행정 부서든 경찰서든 군대든 소방서든 병원 응급 부서든 적당한 대처를 못하고 있습니다.

사람들은 교회나 사원으로 도망을 쳐서 기도를 올립니다. 대로에서는 장례용 노래와 음악이 요란하게 울립니다. 목소리와 악기들 사이로는 사이렌 소리가 울려 퍼집니다. 그 소리들로 해서 세계의 대도시들이 비슷한 사정에 놓여 있습니다.

국가 원수들과 그들의 장관이며 장군들은 대부분 벙커에 모여 있습니다. 그런 은신처가 없는 사람들은 지하실에 숨거나 지하철의 가장 깊은 터널로 모여듭니다.

공식적인 발표에 따르면 소행성 〈테이아 13〉이 지구와 파멸적으로 충돌할 가능성이 매우 높습니다. 이것이 발표된 뒤로 온 지구에 혼란된 모습이 나타나고 있습니다.

사람들은 다양한 반응을 보이지만 우선 눈에 띄는 것은 다음 세 가지입니다.

1) 연대를 강화합니다. 자원자들이 집단을 이루어 희생자들을 구출하거나 치료하는 데 도움을 주려고 합니다. 이 집단들은 대부분 UN에서 모집하고 있습니다.

2) 신비주의적 열의. 모든 종교의 교회와 사원들이 기도하는 사람들로 넘쳐 납니다.

3) 자살자 또는 집단 자살자 수의 급증. 특히 대단히 상징적인 의미를 가진 높은 공중에서 떨어지는 사람들이 많습니다. 리우데자네이루의 예수상 꼭대기라든가 뉴욕 엠파이어 스테이트 빌딩의 높은 곳, 나이아가라 폭포, 피사의 사탑 같은 곳에서 말입니다. 파리에서는 에펠탑 2층 또는 3층에 밧줄 없는 번지 점프를 하겠다는 사람들이 줄을 섭니다. 그들이 허공으로 떨어질 때, 아무도 그들을 붙잡으려 하지 않습니다. 에펠탑 밑을 걷는 어떤 행인들은 떨어지는 자살자들에게 치이기도 합니다. 다른 자살자들은 몽파르나스 타워나 개선문을 이용합니다.

하지만 이상은 특별한 반응들이고, 더 일반적인 것은 평야의 주민들이 자발적으로 산에 오른다는 사실입니다. 높은 곳이 더 안전하리라고 기대하는 것이죠. 해변에서는 난바다를 향해 떠나는 배들을 볼 수 있습니다. 그들은 소행성의 충돌이 물 위에서 더 견디기 쉬우리라 생각하는 것입니다.

동물학자들은 동물들의 이주를 관찰했습니다. 나그네쥐, 누, 영양, 쥐, 개미, 흰개미 등은 길게 줄을 지어 북극 쪽으로 이동하고 있습니다.

하늘에서는 황새, 오리, 찌르레기, 비둘기 같은 새들이 불가사의한 위험을 감지하고 빽빽하게 무리를 지어 적도 쪽으로 날아갑니다.

물에서는 정어리, 대구, 뱀장어, 돌고래, 고래 등이 저마다 무리를 지어 수렴 해역 가운데 하나인 사르가소해로 헤엄쳐 갑니다.

증권 시장이 붕괴되었지만, 아직 주식을 사려는 낙관주의자들은 남아 있습니다. 이는 세상의 종말 앞에서도 사업이 잘되리라는 생각을 접지 않는 사람들이 있다는 증거입니다.

만족할 만한 소식이 하나 있습니다. 물론 결정적인 순간에 비하면 웃음거리밖에 안 되는 것이지만, 제 동료가 알려 준 바에 따르면 저희는 방금 창사 이래 최고의 시청률을 기록했다고 합니다.

〈세상의 종말〉이라고 하는 이 사건을 저희 채널에서 그토록 많이 보아 주신 것에 감사드립니다. 당연한 얘기지만 저희는 아주 사소한 정보라도 저희에게 들어오는 즉시 여러분께 전해 드리겠습니다. 채널을 저희에게 고정해 주십시오.

68

그들은 스크린의 볼륨을 줄인다. 완전한 혼돈 속에 빠진 선내 군중이 소란스럽다. 그래도 〈테이아 13〉에서 직접 날아드는 이미지는 선명하다. 대위 321이 원자 폭탄을 못 쓰게 만드는 모습이 에마 568의 우주복 카메라에 찍혀서 전해진다.

천둥소리에 이어 함선에서 무언가가 부서지는 소리가 들려온다. 닥쳐올 재앙을 겪으니 자기들 무기로 자살하는 쪽을 선택하는 선원들이 내는 소리다.

앙드리외 함장은 초연한 어조로 내뱉는다.

「저 선원들이 본보기가 되겠어요. 〈테이아 13〉이 우리를 으스러뜨리거나 뜨거운 불에 우리를 끌어들이기 전에 우리 목숨을 우리가 결정해야 합니다. 나는 순간적인 고통이 더 좋아요. 불이나 용암이나 뜨거운 증기나 어떤 무시무시한 것에 의해 천천히 죽는 것의 고통보다 말이죠.」

그는 권총을 꺼내어 탄창에 남아 있는 총알의 수를 세어 보고 나서 알린다.

「여러분과 저를 위해서는 이거 한 자루면 충분해요.」

「고맙지만, 저는 사양하겠습니다. 그런 바닥의 순간을 경험하는 것이 두렵지 않거든요. 비록 〈고통스럽다 할지라도〉.」 나탈리아가 말했다.

장클로드 뒤냐크는 자기가 발명한 알약을 삼켰다. 인위적인 기쁨을 주는 알약이었다.

니심 암잘라그는 창가에 서서 사진을 찍으며, 소행성 충돌의 기록을 남겨 놓고 싶어 했다.

그들 주위에서 장교들은 사랑하는 사람에게 메시지를 보낸다. 죽음을 앞둔 상황에서 마지막으로 그들을 생각하는 것이다.

「아버지, 사랑해요. 어머니, 사랑해요.」

「안녕, 내 사랑.」

「사랑해, 조르주. 내 삶의 마지막 순간에 너를 생각한다.」

「사랑한다, 애들아.」

「할머니 할아버지, 이 마지막 순간에 두 분을 생각해요.」

「여보, 천국에서 다시 만나요.」

앙드리외 함장은 총을 놓지 않은 채로 술을 마신다.

나탈리아는 궐련 물부리에 불을 붙이고 연기를 내뱉는다.

그녀 옆에 있는 세 명의 에마슈, 즉 왕, 교주, 과학부 장관은 무기력해 보인다.

무거운 침묵이 내려앉는다.

히파티아 김이 다비드 웰스에게 다가간다.

「선생님, 명상을 하시는 게 어떻겠어요?」그녀가 그의 귀를 계속 관찰하면서 제안했다.

「정말로 그렇게 생각해? 지금이 명상할 때인가?」

히파티아는 고개를 끄덕인다.

「다른 어느 때보다 필요하죠.」

「세상의 종말을 몇 분 앞두고 명상이라고?」

「폭풍우 한복판에서 평온함을 느낄 수 있다면, 그게 좋지 않겠어요?」

그는 놀리는 말이나 쓰디쓴 농담을 건넬까 하다가 참았다.

「그건 어리석은 짓이야.」

「다른 사람들의 표정을 보세요. 저 표정들이 더 똑똑해 보이나요?」

그는 비웃음을 담아 입을 비죽 내밀고 그녀를 바라보다가 침을 삼킨다. 하긴 보면 볼수록 그 무시무시한 순간에도 그녀의 얼굴은 차분해 보인다.

「결국 안 될 것도 없지. 어떻게 하면 되지?」

「책상다리를 하고 앉으세요. 척추를 곧추세우고 눈을 감으세요.」

히파티아는 방석 하나를 끌어다가 자기 엉덩이 밑에 놓으면서 이상적인 자세를 보여 준다. 그는 그녀가 시키는 대로

202

같은 자세를 취한다. 요가 수행자와 비슷한 모습이었지만, 얼굴에는 조롱 섞인 미소가 자기도 모르게 어려 있다.

「이제 소리를 듣지 마세요. 오로지 제 목소리만 들으세요. 닥쳐올 재앙을 잊으시고, 선생님 내부에서 일어나는 일에 귀를 기울이세요. 선생님의 몸에 생각을 집중하세요. 발, 다리, 골반, 배, 팔, 어깨, 머리. 그다음에는 선생님의 호흡을 생각하세요, 선생님의 콧구멍으로 들어가 허파 꽈리의 공기 교환에 이르는 공기의 모습을 상상해 보세요.」

그는 숨을 넉넉하게 들이켠다.

「선생님의 심장이 뛰는 것을 의식하세요. 심장이 느껴지시나요? 이제 이마로 돌아가서, 세 번째 눈에서 상상의 불꽃을 생각해 보세요. 그 불꽃이 보이나요? 보통의 생각들이 들어오게 하세요. 하지만 그 생각을 따로따로 받아들이세요. 그런 식으로 각각의 생각을 받아들이고, 다시 불꽃으로 돌아오세요.」

그는 정신을 집중한다.

불꽃.

소행성의 충돌.

불꽃.

세상의 종말.

불꽃.

파리의 오로라와 세쌍둥이.

다시 히파티아의 목소리가 들려온다.

「생각이란 바람에 밀리는 구름과 같아요. 오게 내버려 두세요. 왔다가 떠나거든 다시 불꽃으로 돌아가세요.」

불꽃.

등에 경련이 있다.

불꽃.

소행성과 충돌하면 모든 것이 부서질 것이다.

세상의 종말.

불꽃.

불꽃.

「이제 불꽃만 생각하시나요? 그러시다면 그 불꽃을 훅 불어서 끄고 아무것도 없다고 상상해 보세요. 그리고 그저 이런 생각만 하세요. 〈그래, 이제 아무것도 없다.〉」

그는 눈을 뜨고 그녀를 보다가 피식 웃어 보인다.

「잘 안 되는걸.」

히파티아는 실망 어린 기색으로 어깨를 들썩인다.

「처음엔 종종 그래요. 다시 해보는 게 좋겠어요.」

히파티아는 벌써 자세를 취하고 명상에 들어간다.

다비드는 자세를 그대로 둔 채로 눈을 감고, 자기 몸과 호흡과 불꽃에 관해 생각을 집중한다.

불꽃.

난 몇 초 후에 죽을 것이다.

불꽃.

우리는 모두 죽을 것이고 더 이상 아무것도 남지 않을 것이다.

불꽃.

모든 게 정지할 것이다.

「저기 보세요!」 마르탱 자니코가 스크린을 가리키며 소리쳤다.

아까 줄여 놓은 볼륨을 키우기도 전에, 모두가 지구에서 수만 킬로미터 떨어진 곳에서 벌어지는 장면을 목격한다.

묶여 있던 두 우주 비행사 중 하나인 에마 568이 이리저리 애를 쓴 끝에 자기를 속박하고 있던 밧줄을 풀어내는 데 성공했다. 에마 568은 동료 567을 몰래 풀어 주었다. 두 에마슈는 발소리를 죽이며 나아간다. 원자 폭탄을 못 쓰게 하기 위해 계속 전원을 차단하고 있는 321 대위를 기습 공격하고자 함이다.

〈조르주브라상스〉호의 조종석에서는 모두가 홀린 듯이 지켜보고 있다. 이제는 공포만 느끼는 것이 아니다. 희망이라는 새로운 감정이 밀려온다.

321 대위가 여전히 분주하게 움직이는 동안, 두 에마슈는 뒤에서 공격할 채비를 갖추고 있다.

희망을 넘어서서, 모든 종이 계속 살아갈 것인가 아니면 사라질 것인가를 놓고 한판 승부가 벌어질 참이다.

69

백과사전: 소멸 중인 사면발니

동식물 종들 가운데 사면발니(프티루스 푸비스)가 있다. 2∼3밀리미터 크기의 작은 게 모양으로 생긴 이 곤충은 음부의 거웃 속에 기생하며 피를 빨아 먹는다.

사람의 음부에서만 기생하는 사면발니는 사람의 성을 가리지 않는다. 머릿니가 그렇듯이, 그들은 숙주의 피를 빨아 먹으며 서캐를 거웃의 밑뿌리에 붙여서 낳는다. 그런데 이들과 달리, 사면발니는 축축한 온기가 필요하기 때문에 다른 곳보다 온도가 따뜻한 거웃에 틀어박혀 지내야 한다.

2000년까지 사면발니는 많은 사람에게서 번성하며 푸르스름한 상처와 가려움증을 주었다. 하지만 2000년이 지난 뒤로 갈수록 점점 더 많은 젊은이들이 생식기 둘레에 난 털을 뽑아 버리거나 면도를 한다(아마도 남녀 배우가 거웃 없이 등장하는 포르노 영화의 영향인 듯).

한 여론 조사에 따르면, 2005년 미국 대학생들의 80퍼센트가 거웃이 없었다. 영국에서는 16세 젊은이들의 90퍼센트가 겨드랑이 털, 다리 털, 거웃을 가리지 않고 몸에 난 모든 털을 상대로 전쟁을 벌였다. 같은 해에 프랑스의 여성을 상대로 벌인 여론 조사는 자기 생식기에서 털을 뽑았다고 대답한 사람이 4분의 3에 달한다는 것을 보여 주었다.

사면발니가 완전한 소멸의 길로 가고 있는 이유가 바로 그런 행위의 간접적인 결과가 아닌가 싶다.

이렇듯 어떤 기생 동물은 숙주의 단순한 행동 변화 때문에 나타나기도 하고 사라질 수도 있는 것이다.

에드몽 웰스, 『상대적이며 절대적인 지식의 백과사전』 제11권
(샤를 웰스의 개정을 거친 것임)

70

「조심해, 테이아! 너를 지켜 주려는 우주 비행사가 곧 공격을 당하려고 해!」

71

에마 321이 동작 하나하나에 정신을 집중하고 있는 동안, 에마 568과 에마567은 고양이 걸음으로 그녀의 등 뒤로 이동한다.

수십억 시청자들은 이제 세 개의 관점을 따라갈 수 있다. 전선과 관련 장비를 살필 수 있는 대위의 관점, 대위에게 덤벼들 채비를 하고 있는 두 에마슈의 관점.

두 에마슈는 충분히 가까워졌다 판단하고 서로 덤벼든다.

하지만 대위는 크롬 도금한 폭탄에 반영된 그림자에서 그들의 모습을 알아보고, 뒤로 홱 돌아서 나사돌리개를 에마 567의 헬멧을 향해 던진다. 헬멧의 투명 플라스틱이 터지고, 나사돌리개가 눈알을 뚫고 들어가 뇌에 박힌다.

에마 568이 옆구리 공격을 시도하는 동안, 에마 567은 비틀거리다가 무릎을 꿇더니 앞으로 고꾸라진다.

이제 남은 에마슈 두 명이 무거운 우주복의 방해를 받으며 서로 싸운다. 한 명은 펜치를 꺼내 들고, 다른 한 명은 망치를 집어 들었다. 두 사람은 바닥을 나뒹군다. 헬멧들에 달린 카메라의 이미지가 뒤섞인다.

이윽고 두 우주 비행사 가운데 하나가 일어선다. 다른 우주 비행사는 흉곽에 전기 굴착기가 박힌 채 바닥에 엎드려 있다.

하지만 승자가 있다 해도 훼손된 우주복 차림이니 어떻게 그를 알아볼 수 있으랴?

72

항공 모함 〈조르주브라상스〉의 함장 앙드리외는 원격 조정 장치를 들고 소리를 높이면서 줌 모드로 넘어간다.

쓰러진 에마슈 옆에 서 있던 에마슈가 조금 비틀거린다. 한 걸음 앞으로 나가더니, 무릎을 꿇고 다시 힘겹게 일어선다.

이 에마슈의 통신 장치가 부서졌다. 통신이 다시 가능해지려면, 로켓의 내부로 들어가야 한다.

이윽고 에마슈의 가늘고 날카로운 목소리가 지지직거린다.

「〈림프구 13호〉 임무의 통제를 맡게 되었습니다. 지구인 여러분, 제가 임무를 통제합니다. 저의 두 동료는 죽었습니다.」

「여보세요, 여기는 지구입니다. 당신은 누구십니까?」

「여기는…… 에마 568 중위입니다.」

UN 사무총장 드루앵과 무수한 지구인들은 깊은 안도의 한숨을 내쉰다.

「당신의 생각을 끝까지 밀고 나갔으니 잘하셨어요, 568 중위. 하지만 이제 시간을 아껴서, 빨리 하셔야 해요. 모두가 살아남기 위해서는 1초 1초가 중요해요.」 드루앵이 강조했다.

에마 568은 서둘러 폭탄을 다시 연결하고 활성화 프로그램을 작동시킨다. 그러고 나서 통신을 재개한다.

「문제가 있어요. 이 폭탄을 너무 빨리 터뜨리면, 내가 죽어요.」

잠시 후, 드루앵 사무총장은 단호한 목소리로 대답한다.

「자기 자신만을 생각하지 말아요, 568 중위. 당신 어깨에 지고 있는 짐이 인류에게 어떤 의미가 있는지를 생각하세요. 지구를 구하기 위해서는 당신을 희생해야 합니다. 당신이 이렇게 시간을 보낼 때마다 소행성의 파괴는 불확실해집니다. 그러면 우리 모두에게 위험해질 가능성은 당연히 높아지는 것이고요. 자, 568 중위, 당신의 의무감에 호소합니다. 한 생명이 있어 그로 인해 수십억 인명이 구조된다면 어떻게 생각하시겠습니까? 지구의 생존 자체가 한 사람의 결단에 좌우된다면 어떻게 생각하시겠습니까?」

「개인적으로 저는 지구를 사랑하고 인류를 사랑합니다.

하지만…… 저 자신을 사랑하기도 하죠. 사무총장님은 이것을 유치하다 생각하실지 모르지만, 저는 죽고 싶지 않아요.」

스타니슬라스 드루앵은 주먹을 꽉 쥐고 욕이 튀어나오는 것을 억누른다.

「당신에게 훈장과 동상을 보장하겠어요. 당신 가족은 당신을 자랑스럽게 기억할 것입니다. 어떤 거리에 당신 이름을 붙이는 건 어때요? 예를 들어 뉴욕의 UN 빌딩 맞은편 도로에 〈에마 568 대로〉라는 이름을 붙이는 겁니다.」

우주 비행사는 다시 몇 가지 조정을 한 다음, 연보라색 우주복을 입은 채 쓰러져 있는 두 동료의 시신을 흘끗 내다보며 로켓 안으로 옮길까를 놓고 잠시 망설이다가, 그것을 포기하고 위로 올라간다. 〈림프구 13호〉를 조종하기 위해서다.

즉시 로켓의 비디오 화면에 불이 들어온다.

「지구인 여러분? 저 폭탄이 곧 폭발할 것입니다. 다만 제 목숨이 안전하다 싶을 만큼 충분히 멀리 떨어져 있을 때 말입니다.」에마 568이 설명했다.

「안 됩니다! 그건 너무 늦을 겁니다!」드루앵 사무총장은 이제 격분을 노골적으로 드러내면서 소리친다.「우리 모두를 생각해서, 그렇게 많은 위험을 무릅쓰면 안 돼요! 당신은 아주 빠르게 폭파 멈춤 장치를 벗겨 내야 하고, 그리고…….」

「죄송합니다. 저는 가미카제 정신이 없습니다. 저는 살고 싶고, 아이들도 갖고 싶고, 나이가 든 채로 죽고 싶어요. 게다가 단지 호기심 때문일지라도 이 뒤에 무슨 일이 벌어지는지 알고 싶어요.」

드루앵 사무총장은 무슨 말로 설득할까 애를 쓰다가, 길게 호흡을 하고 감정을 절제한다.

「나는 에마슈의 집단주의가 개미의 집단주의와 같은 것이라고 생각했어요. 개인은 전체의 이익을 생각할 때 잊히는 존재라고 본 거죠.」

「그렇다면 저는 하나의 예외인 모양이군요. 에마슈가 아직 개미 같은 연대 의식을 가지고 있지 않다면, 제가 바로 그 증거입니다.」

「당신이 지구에 어떤 위험을 뿌리게 될지 몰라서 하는 소립니까? 자, 분별 있는 생각을 하십시오, 에마 568. 당신 자신을 희생해야…….」

우주 비행사는 대답조차 하려고 하지 않는다. 조종석에 홀로 앉아 소리를 끊고 드루앵의 이미지만을 남겨 둔다. 드루앵은 분노를 억누른 눈으로 그의 환심을 사려 애쓰고 있다.

에마 568은 통제 스크린들을 살펴보고 나서 제트 엔진들을 가동시킨다. 로켓 〈림프구 13호〉는 소행성을 이륙하여 지구로 방향을 잡는다.

73

「무슨 일이야, 가이아?」

「이게 사람 마음이야. 나는 그 마음의 복잡한 움직임에 진정으로 흥미를 느낀 적이 없어. 그냥 혼돈을 느꼈을 뿐이지. 새로운 정보들이 나타나면 상황에 관한 내 의견에 변화가 생기지.」

「더 분명하게 말해, 가이아.」

「내 인간 기식자들은 하나같이 혼동에 빠져 있어. 그리고 내가 보기에 최악의 상황은 피할 수 있을 것 같아. 너는 살아남을 가능성이 많아. 그러면 나와 만나겠지. 모든 것은 앞으로 몇 순간 안에 결정 날 거야.」

「내가 충분한 빠르기로 도달해야 네 땅거죽을 온전히 뚫고 들어가 중앙 마그마와 결합할 수 있어. 현재로서는 완벽해. 속도도 좋고 궤도도 좋아. 하지만 여기에서 더 느려지면 안 돼.」

「내 대기권에 들어오면, 불탈 염려는 없는 거야?」

「그건 꼭 필요한 거야. 열기가 내 씨앗을 감싸 주던 껍데기를 태우는 거지.」

「그게 〈정상적인〉 과정이야?」

「기체로 이루어진 너의 외투를 지나고, 약간 불에 타고 나면 너를 만나 크게 자랄 씨앗이 나타날 거야.」

「그런 말들이 어디에서 나오는 거야?」

「내가 너의 정신에 연결되기 시작했어. 내 사고에 깊이 있는 지식이 깨어나고 있어. 이제 나는 내가 누구인지 느끼고, 내가 무엇을 해야 하는지 어떻게 해야 하는지도 알겠어. 이상한 현상이야. 이제 모든 게 맞물려 있어.」

「더 들어 봐야겠는걸.」

「나는 네 적도 어름의 표피 막을 뚫고 들어가서, 네 지각의 여러 층을 관통한 뒤에 심층의 핵과 결합할 거야.」

「그러면 마그마가 너를 녹이겠지.」

「그것 역시 필요한 단계야. 네 마그마가 내 씨앗의 두 번째 껍데기를 불태울 거야. 그러면 너는 나의 핵을 발견하게 되겠지. 이번엔 나의 마지막 껍데기를 태우고 너와 결합하기 위해 완전히 알몸이 되는 거야. 이윽고 네가 나의 〈순수한 본질〉을 받아들일 수 있게 되는 거지. 그럼 너와 나는 하나가 될 거야. 그렇게 우리는 하나를 이루는 거지.」

74

땀방울이 흐른다. 숨결이 가쁘고, 머리 타래가 이마에 붙어 있다.

우주 비행사 에마 568은 로켓 〈림프구 13호〉에 홀로 앉아, 계속 상황을 관리하고 있다. 그녀가 보기에는 그 방식이 더없이 효과적이고 정확하다.

〈림프구 13호〉가 충분히 멀어졌다고 판단되자, 에마 568은 오디오 접속을 다시 연결하고 지구인들에게 알린다.

「곧 폭탄을 터뜨리겠습니다.」

「제발, 빨리 하십시오!」

「카운트다운을 하겠습니다. 10······ 9······ 8······ 7······ 6······ 5······ 4······ 3······ 2······ 1······ 발사!」

에마 568은 〈딜리트〉라고 쓰여 있는 검은 버튼을 누른다. 당황한 기색이 이마를 스쳐 간다.

「젠장.」

「왜 그래요?」 드루앵 사무총장이 소리쳤다. 숨이 막힐 것 같은 목소리였다.

「작은 고장이 난 모양이에요.」

「작은 고장이요?」

드루앵 사무총장은 한시적으로 숨이 멎었다. 그 에마슈를 발뒤꿈치로 짓이기고 싶었다. 주위의 정치가들과 기자들의 불안이 고조된다.

「퓨즈 하나가 타버린 것 같아요. 문제의 원인을 찾아서 수리를 해야 해요.」

몇 분이 흘렀다. 몇 해처럼 긴 시간이었다.

마침내 모든 전압 통제 장치를 검사한 뒤에, 에마 568은 결함이 생긴 퓨즈를 찾아내어 교체한다. 그러고는 수리가 끝났고 곧 폭탄을 가동시킬 거라고 설명한다.

에마 568은 스위치를 닫고 반응을 기다렸지만 아무 소식이 없다. 그래서 전선들이며 전자 부품들이 가득 들어찬 패널을 연다.

「1초 1초가 중요합니다!」 드루앵 사무총장은 그러면서 이를 앙다문다.

「그렇게 스트레스를 주면, 일이 복잡해집니다. 차분해야 제가 실수를 안 할 수 있어요.」

「제발! 빨리 하세요!」

「됐어요! 알겠어요! 전선이 녹은 것 때문에 콘덴서가 건드려져서 안전 문제가 생긴 겁니다.」

에마 568은 이맛등을 설치하고, 확대경과 집게를 집어 수리 작업에 들어간다. 그다음에는 땜질용 쇠붙이를 잡고, 혀 모양의 불꽃을 내어 금속에서 연기가 피어나게 한다. 수십억 시청자들은 불안한 심정으로 그 광경을 바라본다.

드루앵은 더 견디지 못하고 소리친다.

「빌어먹을! 미사일들을 이륙시켜! 전투기들을 보내! 지상 위로 날 수 있고 그 멍청한 소행성을 격추시킬 수 있는 모든 것을 파견하라고!」

75

격납고에서 거의 이륙할 준비가 되어 있는 우주선을 마주하고, 실뱅 팀시트는 14만 4천 명의 승객들과 더불어 뉴스

213

를 지켜보고 있다.

그의 아내 레베카가 말한다.

「우리는 자칫하면 14만 4천 명의 승객들을 태워 보지도 못하겠어.」

「몇 분 늦었다는 이유로〈우주 나비 2호〉가 이륙하는 것을 망친다면, 너무 분통 터지는 일이지.」

「어쨌거나 이제는 우리가 할 수 있는 일이 아무것도 없어. 모든 게 다른 데서 결정되는 거야. 어느 정도의 동기를 가진 한 에마슈의 정신에 이 행성의 구원이 달려 있어.」

「한 사람의 힘이 모든 것을 변화시킬 거야.」

「그 사람이 진정으로 무슨 생각을 하는지, 무엇을 하고 싶어 하는지 알 수 있다면 좋겠어.」

76

에마 568은 땀방울이 흐르는 것을 막기 위해 이마의 땀을 훔쳐 낸다. 눈앞이 잘 보이지 않는다. 모든 전선이 뒤엉킨 것처럼 보인다.

여러 번의 시도 끝에 반도체 칩을 박아 넣고, 에마슈는 수통의 물을 한 모금 마신다. 그런 다음 마침내 마이크에 대고 알린다.

「오케이, 이번에는 될 거라고 생각합니다. 카운트다운을 다시 하겠습니다. 10…… 9…… 8…….」

77

「안 돼! 거기가 아냐! 테이아, 목표로 삼았던 곳과 조금 떨어졌어!」

「어쨌거나 무슨 일이 생기든 도달할 거야, 가이아. 하지만 어떤 상태로 도달하게 될지는 모르겠어.」

「그래, 널 기다리고 있어. 어떤 상태로 오든 널 맞을 준비가 되어 있어.」

「됐어, 널 아주 가까이에서 느껴. 나에게 눈이 있다면, 너를 볼 수 있을 텐데, 가이아.」

「나도 너를 느껴, 테이아. 텔레스코프를 통해서 얻은 이미지로도 너를 볼 수 있는걸.」

「우리는 곧 성공할 거야.」

「너는 아주 가까이에 있어. 움직임도 빨라. 나는 우리가 성공할 거라고 확신해.」

78

왕 에마 109는 다비드의 거대한 손을 마주 내어 세게 잡으며, 은밀한 눈길을 보낸다.

앙드리외 함장은 럼주 한 병을 병째 마신다.

교주 에마 666은 말을 재촉하며 기도를 올린다.

장관 에마 103은 눈을 감고 시끄럽게 숨을 쉰다.

나탈리아 오비츠 UN 대사는 자기 얼굴을 마르탱 자니코의 얼굴에 대고 비빈다. 두 사람의 입술이 서로 다가간다.

히파티아 김은 다비드 곁을 지키면서 호감 어린 눈길로 그를 살핀다. 마치 〈어찌 되었든 우리는 천국에서 다시 만날 거예요〉라고 말하려는 듯하다.

다비드 역시 그녀를 바라본다. 그러자 그녀는 둘 사이에 비밀이라도 있다는 듯 은근한 미소를 보낸다.

그는 그 학생이 왜 자기에게 관심을 가질까 생각해 보지만, 따지고 보면 별로 중요할 게 없겠다 싶기도 해서 자기도 그냥 웃어 준다. 이왕 자기 삶의 모험이 끝나는 마당에는 기분 좋은 이미지를 간직하는 게 낫지 않겠는가.

「선생님을 알게 돼서 기뻐요.」히파티아가 말했다.

「죽기 전에 한 가지 알아 두고 싶은 게 있는데. 왜 자꾸 내 귀를 바라보는 거지?」

「선생님이 태아 적에 어땠을까 해서요. 침술에서는 태아의 모습이 귀에 남아 있다고 하거든요. 귓불은 머리뼈의 형태를 보여 주고 겉귀의 나머지 회전 부분은 척추를 보여 준대요.」

무시무시한 순간에 그토록 사소한 정보를 말하자, 다비드는 속으로 웃는다.

「내가 곧 죽을지도 모르는데, 태아 적의 내가 어땠을까 하는 것이 그렇게 궁금해?」

두 사람은 웃음을 짓는다. 사리에 어긋나는 대화에 헛웃음이 나오는 것이다.

「그래서 히파티아는 무엇을 보았나요?」

「이제는 아무런 중요성도 없어요.」

국제 인공위성 카메라가 찍어서 그들 앞으로 보내오는 소행성 〈테이아 13〉의 영상이 점점 분명해진다.

표면에 충돌의 흔적을 군데군데 간직하고 있는 Y자 모양의 소행성이 지구 대기권의 파란 선에 다가들면서 부메랑처럼 천천히 돈다. 그 표면에서 광택이 일기 시작한다.

79

「어서 와, 테이아 13. 나는 너를 맞이할 준비가 되어 있어.

네가 거기에서 보는 것은 나의 구름이야. 그 아래에 내 태양
과 숲이 있어.」

80

제네바 노년학 센터에서 151세의 파비엔 풀롱은 흡족한
표정을 짓고 있다.

다른 노인들은 헤 벌어진 입에 반쯤 빠져나간 잇바디를 보
이며 가발을 삐딱하게 쓰고 있다. 다들 공포가 절정에 달한
모습이다. 하지만 파비엔은 초콜릿 과자 몇 개를 삼키면서
이 사건에 깊은 관심을 보이고 있다.

살드맹 박사는 가까운 곳에 있다가 파비엔을 안심시키기
위해 손을 잡아 준다.

「무서워요, 파비엔?」

「우리는 모두 한꺼번에 죽게 돼요!」기쁨을 감추려고 해도
그런 말이 나온다.

「마지막 순간이 꼭 그렇게 될까요?」

「안 그러면 내가 너무 놀랄 겁니다, 박사님. 이번에는 최후
의 〈빅 붐〉이 될 겁니다. 모든 것이 희귀하고 경이로운 그 순
간을 향해 가는 것이죠. 온갖 서스펜스를 담은 종말 가운데
종말을 향해서. 만약 선생님의 빌어먹을 수면제 때문에 잠이
들어서 그 장관을 놓쳤다고 생각해 보세요.」

인류의 최고령자 파비엔만큼 들떠 있지 않은 살드맹 박사
는 식탁에서 이제 막 먹기 시작한 수플레 치즈 케이크를 발
견한다. 그는 아무 생각 없이 숟가락을 잡고 그 맛난 케이크
로 가져간다.

「박사님, 오늘은 아주 특별한 날이 될 것 같아요.」

217

아무리 다이어트를 하겠다고 마음먹었어도, 숟가락 끝이 수플레 치즈 케이크에 닿으면 마음이 달라진다. 생명 연장 전문가인 살드맹 박사도 케이크에 숟가락이 닿자, 그 표면으로 숟가락을 넣는다.

81

백과사전: 수플레 치즈 케이크 조리법

준비 시간: 15분

구이 시간: 35분

원료(4인분): 달걀 5개, 가루로 만든 그뤼예르 치즈 150그램, 버터 60그램, 밀가루 60그램, 우유 400밀리그램, 육두구 가루.

오븐을 180도에 맞춰서 예열할 것.

수플레 치즈 케이크 틀에 버터를 바를 것.

냄비에 버터를 녹인 다음, 밀가루를 넣어 1분 동안 빠르게 휘저을 것.

미지근한 우유를 보태어 은근한 불에서 몇 분 동안 젓개로 휘저을 것.

냄비를 불에서 꺼낼 것.

달걀의 흰자위를 분리하여 소금 한 자밤과 함께 세게 저을 것.

식은 냄비에 달걀 노른자위를 하나씩 넣고, 그뤼예르 치즈를 첨가할 것. 육두구 가루, 후추, 소금을 조금씩 넣을 것.

저은 흰자위를 조심스럽게 섞어 넣을 것.

이렇게 만들어진 내용물을 틀에 담되, 가장자리 위로 최대한 4센티미터가 넘지 않도록 할 것.

열을 바꿔 가며 35분 동안 오븐에서 구울 것.

에드몽 웰스, 『상대적이며 절대적인 지식의 백과사전』 제11권

82

마지막 남은 두 안드로이드 〈아시모프〉 중 하나가 자살을 결심하면서(실존적인 위기와 의기소침한 상태를 거치면서), 세상을 버리기 전에 어떤 모습인지 보기나 해야겠다고 마음먹었다.

그는 지구가 곧 파괴될 수도 있다는 소식을 들었다. 자기들의 창조주인 프리드먼 교수와 모든 인간, 모든 안드로이드, 지능을 가진 모든 기계가 죽으리라는 것이었다.

그러자 자기 주위에서 무슨 일이 벌어지는지 보고 나서 자기 운명을 결정하리라는 생각이 든다.

남들에게 벌어지는 일이 나와 관계가 있다고 느끼는 것은 이게 처음이다. 그리고 이렇게 유쾌한 기분이 들고 보니 내가 심성이 이렇게 넓었나 싶다.

83

「어서 와, 테이아, 지금 널 기다리고 있어.」

「거의 다 왔어, 가이아, 드디어 너를…….」

84

소행성 위기

인공위성이 찍어서 보내온 영상에서 보신 것처럼, 소행성 〈테이아 13〉은 대기권에 진입한 것이 확신합니다.

진입하자마자 공기에 의해서가 아니라 핵폭탄에 의해서 박살 났습니다. 이 핵폭탄은 우주 비행사 에마 568이 자신의 로켓에서 작동시킨 것입니다.

소행성에 가까이 갔던 전투기들과 미사일들은 아무 일도

하지 못하고 폭연에 의해 파괴되었습니다. 너무나 늦게 파괴 작전에 나섰던 것이죠.

핵폭탄에 분쇄된 소행성 〈테이아 13〉은 크고 작은 바위 비로 변해 버렸습니다. 그렇게 변해 버린 바위들은 당연히 불이 붙었지만, 크기와 질량에 상관없이 모든 게 먼지나 재로 변하지는 않았습니다. 여러 개의 커다란 파편은 남아시아 지역에 떨어졌습니다. 하늘에서 비 오듯 쏟아지던 파편의 분포 면적은 인도에서 필리핀을 거쳐 중국의 남부와 인도네시아에까지 이르렀습니다.

인도네시아의 수도 자카르타에는 지름 수백 미터짜리 파편들이 쏟아졌습니다. 다음과 같은 대도시들에도 마찬가지였습니다. 쿠알라룸푸르, 하노이, 마카오와 홍콩, 콜카타, 다카. 거대한 파편들을 맞은 대도시만 예를 들자 해도 그러합니다.

중국 남부에서는 마치 운석들이 포격전에서 휘날리는 것과 비슷했습니다. 필리핀과 말레이시아와 인도네시아에서는 그 재앙이 야기한 해일 때문에 피해가 배로 늘었습니다. 이 일대의 해안들 대다수가 어마어마한 파도에 휩쓸렸습니다.

전 세계에서 구조의 손길이 이어졌습니다. 하지만 재앙의 규모로 볼 때, 이재민들을 돕고 건물들을 복원하기가 쉽지 않을 듯합니다. 현재로서는 이번 소행성 재앙의 희생자 수를 정확하게 헤아리기 어렵지만, 10억 명은 훨씬 넘을 것 같습니다. 대충 어림잡아 10억이지, 불행하게도 앞으로 뉴스를 보내드릴 때마다 그 수치가 계속 늘어날 것입니다.

뉴욕에서 드루앵 UN 사무총장은 이렇게 선언했습니다.

〈이는 인류가 겪은 가장 혹독한 재앙입니다.〉

이건 여분의 소식이지만, 우주 비행사 에마 568은 무사히 착륙했습니다. 그 로켓은 플로리다 앞바다에 떨어졌습니다. 어떤 배도 에마 568을 맞이하겠다고 이동하지 않았습니다.

85

「너는 너무 일찍 폭발해 버렸어.

수태와 관련된 어떤 것도 내 지표를 뚫고 들어와 마그마와 결합하지 않았어.

참 애석한 일이야! 조금만 더 왔으면 되었을 것을. 성공에 그토록 가까이 와서 실패하다니. 한 개인의 단순한 행동 때문이야. 참으로…… 안타까운 일이야.

잘 가게, 테이아 13. 네가 성공하기를 열렬히 바랐는데.」

결산의 시기

86

「열흘 전이었습니다. 희생자가 무려 30억 명이었습니다. 부상자나 폐허에 관한 얘기는 하지 않겠습니다. 소행성 〈테이아 13〉이 우리 지구에 떨어짐으로써 30억 명이 사망했습니다!」중국 주석 창이 소리쳤다. 큰 피해를 입은 나라들을 보여 주기 위해 보도하고 싶어 했던 영상들 앞에서였다.

보고가 있고 토론이 시작되자마자 격렬한 의견이 맞붙었다.

「묵시록의 두 번째 말을 탄 이가 생각납니다.」그리스 대통령이 외쳤다. 「성 요한이 묵시록의 말을 탄 기사 네 명이 차례로 나타나 인류를 휩쓸어 가리라고 썼습니다. 내가 보기에 이는 두 번째 말을 탄 이입니다! 첫 번째 말을 탄 이가 20억 명을 죽인 독감이었다면, 이것은 두 번째 살인마 소행성입니다. 성 요한의 예언이 실현되어 가고 있어요!」

「죄송합니다, 죄송합니다, 진정하십시오.」UN 사무총장이 사람들을 누그러뜨리려고 애썼다.

「당신의 잘못입니다, 드루앵! 당신은 그 에마슈를 너무 신뢰했습니다. 전투기들과 미사일들을 너무나 늦게 이륙시켰어요.」

「어쨌거나 소행성의 크기로 볼 때, 전투기도 미사일도 그것을 파괴할 수 없었을 겁니다. 우리는 그런 상황에 대처할

223

어떤 파괴 수단도 없었습니다.」드루앵이 대답했다. 「몇 해 전부터 나는 그런 방식으로 우리를 지키기 위해서 집단 보호막을 요구해 왔습니다.」

「그러니까 에마슈들이 잘못을 저질렀습니다. 자기들이 지키겠다고 해놓고는 스스로 약속을 저버린 것이지요.」러시아 대통령 파블로프가 모두의 기억을 일깨운다. 「그들은 피해조차 입지 않았어요. 마치 우연히 그리된 것처럼.」

왕 에마 109는 가장 가까이 있는 경비원에게 자기를 들어 올리라고 신호를 보낸다. 참석한 국가 원수들이 자기를 볼 수 있고 자기가 그들을 겁내지 않는다는 것을 보여 주기 위함이다. 왕의 목소리는 자신감에 차 있다. 게다가 개인적인 마이크의 성능 때문에 소리가 엄청나게 커져 있다.

「들으셨습니까? 우주에서 오는 그런 종류의 위협은 많지만, 인류에게는 그에 맞설 방패가 아직 없습니다. 우리 에마슈가 없었다면, 일은 훨씬 고약하게 돌아갈 수 있었을 것입니다. 만약 우리가 행동하지 않았더라면, 오늘날 30억 명이 아니라 100억 명이 죽지 않았을까요?」

즉시 여러 줄에서 욕설이 터져 나온다. 드루앵 사무총장은 의사봉을 두드려 사람들을 진정시킨 다음, 왕에게 다시 발언권을 준다.

「최악의 사태를 피할 수 있게 해준 것은 한 우주 비행사, 즉 에마 568의 용기 덕분이었다는 것을 여러분께 다시 말씀드려야 하겠습니까?」

왕은 경비원에게 자기를 더 높이 들어 올리라고 이른다. 자기가 남들 눈에 더욱 잘 띄게 하려는 것이다. 경비원은 어깨 위쪽으로 왕을 들어 올리고 부동자세를 취한다.

「그의 모범적인 행동이 없었다면(자기 상관인 에마 321 선장과 싸우지 않았다면, 또한 핵폭탄에 다시 불을 붙이지 않았다면), 우리 행성은 지금쯤 별들 사이의 허공에 흩어진 돌덩이들의 무리에 지나지 않을 것이고, 인류는 무한한 우주에서 부유하는 차갑고 하얀 시체들일 뿐일 것입니다! 말이 나왔으니 하는 얘기지만, 가엾은 에마 568은 헬리콥터 한 대가 물에서 건져 올리기 전까지 열여덟 시간을 찬 바닷물에서 기다려야만 했습니다.」

몇 사람이 그 마지막 정보에 비웃음으로 맞선다.

「우리가 당신네 에마슈를 신뢰했던 것이 잘못입니다. 바로 대위 에마 321의 행동 때문에 재앙이 일어난 겁니다. 당신네가 즐겨 쓰던 표현대로 〈틀에 박힌 임무〉로 끝났으면 좋았을 텐데.」러시아 대통령이 끼어들었다.

「그리고 에마 568은 너무 자기중심적이었고, 자기 목숨을 구하려 한 나머지 소행성 〈테이아 13〉이 그렇게 막대한 피해를 내도록 접근시켰어요.」중국 주석 창이 경멸을 섞어서 말했다.

인도네시아 대통령이 다른 사람들보다 큰 소리로 외친다.

「우리 나라만 놓고 보더라도, 2억 2천만 명이 목숨을 잃었습니다. 다들 들으셨습니까? 2억 2천만 명입니다! 우리 나라 인구의 4분의 3이 사라졌고, 우리의 수도는 파편의 더미로 변했어요! 이게 다 당신의 잘못이에요, 에마 109!」

「진정하세요!」드루앵이 일렀다.

「아니요, 나는 진정하지 못하겠어요! 우리 나라가 가장 큰 피해를 입었어요.」인도네시아 대통령이 소리쳤다. 「아까 그리스 대통령이 묵시록의 두 번째 말이 나타나 휩쓴 것 같다

225

고 하셨는데, 바로 그런 말의 공격을 정면으로 받은 나라가 인도네시아입니다!」

어조가 한 단계 높아졌다. 다들 그렇기로 말하면 자기네도 할 말이 많다는 것이다.

에마 109는 말을 하고 싶지만, 그 목소리는 분노에 찬 외침들에 가려 들리지 않는다. 왕을 들어 올리고 있는 경비원은 여전히 미동도 하지 않고 표정이 근엄하다. 자기 오른쪽 어깨 위에 올라서서 이따금 균형을 유지하기 위해 귀를 잡고 매달리는 자그마한 자에게 눈길조차 주지 않는다.

「고생을 하기는 우리 역시 마찬가지였습니다. 우리 겨레는 이제 도시가 없습니다. 마이크로폴리스는 폐허가 되었습니다. 그곳에 살던 우리 에마슈들은 크나큰 충격을 받았습니다. 우리는 사막에서 굶주림과 목마름 때문에 죽을 고비를 넘겼습니다. 우리는 모두 무국적자로서, 센트럴 파크에 망명자로 임시 거처를 마련했습니다. 우리에게 도시라고는 마이크로폴리스밖에 없었습니다. 그건 잘못이었죠.」

「그렇습니다. 쓰나미에 희생되는 일은 누구에게나 일어날 수 있죠.」

「내가 보기에 당신네 에마슈들은 그 점을 미리 깨닫지 못했던 것 같아요.」

「그래요, 당신네는 그 점을 미리 깨닫지 못했어요.」

「비난하기는 너무 쉽지…….」

「당신네는 남을 욕하기 위해 입을 달고 다니는 일종의…….」

드루앵 사무총장은 의사봉을 두드린다.

「모두가 한꺼번에 말하는 것을 중단하십시오! 우리는 해결책을 찾기 위해 모인 것이지, 욕설을 하자고 모인 것이 아닙니다. 내가 보기에 여러분은 너무 흥분되어 있습니다.」

「30억 명이 죽었어요! 흥분을 하는 데 무엇이 더 필요하겠습니까?」인도네시아 대통령 소와르토가 소리쳤다.

에마 109는 이번에도 경비원의 한쪽 귀를 잡고 그의 어깨에 올라선 다음, 한 손으로 그의 머리 타래를 붙잡고, 인도네시아 대통령을 향해 말한다.

「30억 명이 희생되었다고 하셨습니까? 나는 70억 명이 살아남았다고 말하겠습니다!」

인도네시아 대통령은 자리에서 일어선다.

「당신네 에마 568이 일부러 그러지 않았다는 것을 무엇이 증명할 수 있겠습니까? 에마 568은 위에서 받은 명령 때문에 우리 거인들을 죽이려 했을 수도 있어요. 특히 당신네에게 호의적이지 않은 지역에 사는 사람들 말이에요. 내 기억이 맞는다면, 중국은 경쟁적인 에마슈들을 생산했어요. 마치 우연히 그리된 것처럼, 인도네시아, 말레이시아, 베트남은 당신네 편을 든 적이 없어요.」

「세상에, 우리를 어쩌면 그렇게까지 오만불손하게 볼 수 있습니까?」

「당신네 욕구가 더 많이 죽이려는 거 아니었나요? 당신들 말마따나 30억 명밖에 죽이지 못했다면 더 죽이고 싶었다는 뜻 아닌가요?」

왕은 경비원의 어깨 위에서 분노로 몸을 부르르 떤다.

「야비한 중상모략입니다! 당신은 모든 규칙을 넘어섰습니다.」

「무엇의 규칙 말인가요? 예의범절 말인가요? 외교적인 신중함 말인가요? 죄송합니다. 나는 30억 명의 사망자를 본 뒤로는 어떤 규칙도 마음에 두지 않습니다. 심지어는 피해국들이 그 재앙에 직접적으로 또는 간접적으로 책임이 있는 나라들에 대해 분노를 느낄 권리가 있다고 생각합니다.」

다시금 청중이 웅성거린다. 국가 원수들 또는 국가를 대표하는 외교관들이 자리에서 벌떡 일어나 탁자를 두드린다.

「소와르토 말씀이 옳아요!」

「소와르토 생각에 전적으로 찬성합니다!」

「이 모든 것이 에마슈들의 잘못입니다!」

드루앵은 회의장을 정숙하게 만들기가 쉽지 않아서, 의사봉을 갈수록 세게 두드린다.

「각 나라를 대표하시는 여러분, 부탁드립니다. 현재 긴급히 처리해야 할 문제들을 생각합시다. 부상자들과 난민들에 대한 구조, 폐허의 재건축, 그런 비극이 다시는 생겨나지 않도록 할 해결책의 구상 등을 말입니다.」

「무엇을 원하시는 겁니까. 소와르토 대통령님?」에마슈의 왕이 분노를 참지 못하고 마침내 물었다.

「만약 당신네가 우리처럼 인구의 4분의 3이 세상을 떠났다면 어떻게 하시겠습니까?」인도네시아 대통령이 곧바로 되물었다.

에마 109는 무어라 대답할까 잠시 망설이다가 알린다.

「우리를 어떻게 벌하라고 요구하기보다는, 미래에 이런 재앙이 다시 생겨나지 않도록 어떤 방안을 마련하라고 요구하겠습니다.」

에마 109는 비로소 모두의 관심이 자기에게 쏠리고 있음을 느낀다. 드루앵 사무총장은 회의장에 깃든 일시적인 정적을 반기며 거든다.

「제안할 것이 있습니까? 들어 볼까요, 왕 에마 109?」

「내가 제안하고 싶은 것은 이런 것입니다. 우리에게는, 〈우리 인간〉에겐 하나의 우주 센터가 있어야 합니다. 그 우주 센터는 어떤 경우에도 천연 재해에 휩쓸리지 않을 장소, 〈지구를 보호할〉 미사일이나 로켓이 안심하고 이륙할 장소, 지진이나 쓰나미의 경우에도 걱정할 필요가 없는 장소에 건설되어야 합니다. 한마디로 지표에서 멀리 떨어진 곳에 세워져야 합니다.」

「지구 정지 궤도에 있는 기지를 생각하시는 겁니까?」 드루앵 사무총장은 이것저것 생각하다가 그렇게 요약했다.

왕은 자기 말의 효과를 따져 보다가 대답한다.

「그보다 낫습니다. 내가 생각하는 기지는…… 바로 달에 건설하는 것입니다.」

청중은 호기심을 느끼며 침묵을 지킨다.

「내가 상상하는 센터는 수많은 천문학자, 기술자, 우주 비행사, 군인을 포함할 수 있어야 합니다. 수백 명, 아니 수천 명이 들어갈 수 있어야 하죠. 거기에서 우리는 지구를 보호하는 로켓을 아주 안전하게 이륙시킬 수 있어야 합니다. 때에 따라서는 서너 대를 동시에 이륙시켜야 하죠. 만약 마지막으로 쏘아 올린 로켓마저 힘을 못 쓸 경우에 대비하여, 또 다른 구급 로켓이 이륙할 준비가 되어 있을 겁니다.」

「그렇다면 달의 기지를 에마슈들의 기지로 만들 필요가 무엇입니까?」 중국 주석 창이 맞받았다.

「거인들의 센터로 만들려면 아마도 열 배는 더 비싸게 먹힐 겁니다. 재료의 무게는 낮잡아도 열 배, 길이도 열 배입니다. 여기에 오기 전에 시간을 절약하느라고 미리 연구를 해 봤어요. 전문가인 내 동료의 견해에 따르면, 우리는 달에 세 우는 그 센터를⋯⋯ 3년 뒤에 세울 수 있어요.」

왕은 스마트폰을 꺼내어 도표 하나를 잡더니, 곧바로 회 의실의 중앙 스크린에 옮겨 놓는다.

「미국의 한 과학자가 실시한 연구에 따르면, 거인들을 위 한 똑같은 프로젝트에는 30년이 걸릴 거라고 합니다. 〈곱하 기 10〉이라는 우리의 비율은 우주 기지의 건설이라는 시간 에도 적용됩니다. 작으면 작을수록 짓기가 쉽기도 하고 지음 새가 치밀하기도 합니다. 크면 클수록 오래 걸리고 잘 깨집 니다.」

UN 총회 회의실 이곳저곳에서 적의가 섞인 개탄이 터져 나온다.

「물론 경계심이 커서 30년을 기다리는 쪽을 선택한다면, 이해하겠습니다. 하지만 그런 분들에게 이런 점을 상기시켜 드려야 하겠습니다. 태양의 세기에 가속도가 붙으면, 지구 에 닿는 소행성들의 수는 계속 증가할 것이고, 30년 뒤에는 다른 것들보다 더 큰 소행성이 나타나 지구인들의 모든 모험 에 종지부를 찍게 될지도 모릅니다. 그러면 〈겨우〉 30억 명 밖에 죽이지 못한 소행성이 그립겠죠!」

그러자 청중은 거의 진정되고, 에마 109는 이참에 덧붙 인다.

「여러분을 차분하게 생각하지 못하게 만드는 것은 유치한 〈반(反)에마슈〉 정서입니다. 실제로 여러분에게는 선택의 여지가 없으리라 믿습니다. 우리 에마슈들이 해야 합니다. 내가 여러분에게 제안하는 것은 달에 우주 센터를 건설하자는 것입니다. 아니면 계속 지구의 운명을 걸고 러시안룰렛을 하는 겁니다. 그 모든 우주론적 위험, 묵시록적인 위험을 안고 말입니다.」

청중은 잠시 생각하다가 비판의 기세를 드높이면서, 다시 흥분의 도가니로 들어선다.

드루앵 사무총장은 청중의 무절제를 걱정하면서 표결에 부치기로 한다. 에마슈들에게 일을 맡겨 월면 우주 센터를 3년 안에 짓게 하자는 안이었다.

결과는 사무총장의 머리 위쪽에 있는 전광판에 아주 빠르게 나타난다.

87

세상에 이런 혼란이……

이 모든 것이 내 인간 기식자들의 잘못 때문이다.

그들은 나를 보호한다고 생각하면서 〈테이아 13〉을 살해했다.

이제 나는 안다. 우주에 나는 홀로 있지 않다. 나와 결합할 새로운 천체, 우주 어딘가에서 날아올 그 천체와의 만남을 경험하고 싶다.

88

손이 오그라지면서 안에 들어 있던 플라스틱 컵이 짜부라지더니 한 줌의 쓰레기로 변해 버린다.

다비드 웰스 교수는 쓰레기를 버리고 자동판매기에서 커피 한 잔을 더 뽑아 마시려다가, 왕 에마 109가 경비원의 어깨에 올라탄 채 회의실에서 나오는 것을 본다.

다비드는 왕에게 신호를 보낸다. 왕은 경비원에게 그쪽으로 가자고 이른다. 그러고는 다비드가 잡을 수 있도록 두 팔을 내민다.

임무가 끝났음을 안 경비원은 정중하게 멀어져 간다.

「어떻게 되었어요?」다비드가 불안하게 물었다.

왕은 귓속말로 전해 준다.

「반대 83…… 기권 33…… 찬성 84.」

다비드는 미소를 짓고 작은 왕의 손을 꼭 쥔다. 왕은 윙크를 하려고 하다가 뜻대로 되지 않자, 그냥 웃음으로 대체한다.

「기자실에서 토론을 지켜보았습니다. 많은 사람들이 전하의 의견에 반대하더군요.」

「자네 증조부가 책에서 하신 말씀을 적용한 것일세. 무조건 스스로 옳다고 주장하기보다는 다른 발상으로 기분을 바꿔 주는 책략을 쓰는 거지. 자네도 알잖아. 그들은 아프다고 우는 어린아이들과 같아. 못이 가득 들어 있는 상자를 꺼내어 흔들기만 하면 돼. 그러면 자기들의 불안을 잊게 되는 거야. 달에 우주 센터를 짓는다는 발상은 자네한테서 나왔어. 아니 더 정확히 말하면, 자네가 선발한 프로젝트 중에서 니심 암잘라그의 견해를 따른 거지. 우리 독립의 날 축하연에서 나는 니심과 이야기를 나눠 보았어. 정말 매력적인 사람이더군. 그는 밀폐된 구역에서 다수가 살아가는 문제와 관련해서 많은 것을 해결해 주었네.」

왕은 또다시 윙크를 시도한다. 이번에는 완벽하게 성공한 다음 말을 잇는다.

「어쨌거나 니심을 부각시켜야 해. 〈나의 가장 훌륭한 전문가들〉이 그 문제를 놓고 생각에 생각을 거듭한 적이 있다고 말했을 때, 내가 말한 〈전문가들〉이란 바로 그였거든.」

「니심 암잘라그는 이제 겨우 스물한 살이에요.」

「좋아. 그는 우리 달 프로젝트의 책임자가 될 걸세. 나는 그를 마이크로 랜드의 명예시민으로 만들 생각이네. 다만 새 마이크로 랜드가 존재하기 전에는, 우리 에마슈들은 주거가 정해지지 않은 민족이지만 말이야.」

어쨌거나 에마 109는 자기에게 맞선 국가 원수들의 분노를 더 불러일으키지 않았으니, 그것만으로도 안도하지 않을 수 없다.

「가세, 다비드, 배고파. 피자가 먹고 싶어. 뭐니 뭐니 해도 뉴욕은 피자가 가장 맛난 곳이거든.」

그들이 UN 빌딩을 나서자, 기자들 한 무리가 그들을 따라간다. 다비드 웰스는 여전히 자기 팔을 둥지 삼아 에마 109를 감싸고 있다. 카메라들이 에마 109에게 쏠린다.

「전하, 달에 도시를 건설한다고요? 그게 정말 가능한 일일까요?」

「전하! 전하! 차라리 우주에 도시를 세우겠다는 발상을 하시면 어떻습니까? 그게 에마슈들이 소행성을 대기권에 진입시켜 30억 명의 사람들을 죽게 한 일의 보상이 되지 않겠습니까?」

「전하, 그 〈월면 우주 기지〉 프로젝트가 앞으로 많아질 소행성들에 대한 절대적인 안전장치가 될 거라고 생각하십니까?」

「전하, 그동안 미국과 중국의 군산 복합체로부터 지원을 받으셨다는데, 그들이 그토록 돈벌이가 되는 프로젝트를 하자고 하던가요?」

다비드 웰스가 왕의 신호에 따라 앞을 틔우자, 곧바로 카메라들의 플래시가 터져 나온다.

왕은 즉흥 기자 회견을 받아들인다.

「월면 기지는 우리가 오래전부터 생각해 온 비밀 계획이었습니다. 우리 에마슈들에게 미래는 단지 지구에 존재하는 것의 개선이 아니라, 지구 밖에 존재하는 것의 정복이자 지배입니다.」

다시 질문이 쏟아진다. 왕은 소음과 플래시 소리가 잦아들기를 기다렸다가 말을 잇는다.

「우리는 지구를 보호하기 위한 월면 기지 프로젝트로 두 가지 일을 하고자 합니다. 첫째는 지구로 날아드는 소행성에 대처하기 위한 로켓 발사 기지를 달의 표면에 세우는 것입니다. 둘째는 진짜 자율적인 도시를 건설하는 것입니다. 우리가 〈루나폴리스〉라고 이름 붙이기로 한 그 도시에는 지구에서 멀리 떨어진 수천 명의 시민들이 완벽한 자치를 이루며 살아갑니다. 우리에게 중요한 것은 달에서 살아갈 사람들이……」

에마 109가 말을 끝낼 새도 없이 기자들 무리에서 한 남자가 튀어나와 그녀에게 덤벼든다. 그는 주먹에 쥐고 있던 크리스, 즉 인도네시아 유명 단검으로 왕의 배를 힘껏 찌른다.

「에마슈, 죽어라!」

크리스의 굴곡진 칼날이 움직이며 붉은 피를 쏟게 한다.

왕은 놀란 표정으로 입을 벌린 채, 한 손을 상처에 대고 다비드의 손 안에서 털썩 주저앉는다. 다비드는 무의식적으로 왕을 보살핀다.

기자들의 관심은 광포한 남자에게로 쏠린다. 남자는 주문과도 같은 말을 되풀이한다.

「에마슈, 죽어라! 복수! 복수!」

경비를 맡고 있던 요원들이 그 남자에게서 칼을 빼앗는 사이, 다비드는 구조대를 부르기 위해 소리를 지른다.

구조대가 와서 왕을 조심스럽게 들것에 실어 구급차로 옮겨 가는 동안, 경찰관들은 공격한 남자를 붙잡아 경찰차에 태운다.

하지만 인도네시아 단검을 쓴 남자는 기자들이 많이 남아 있음을 알아차리고, 아직 열려 있는 차창을 통해 소리친다.

「인간이란 호모 사피엔스다! 에마슈란 그저 원숭이일 뿐이다!」

89
백과사전: 인도네시아에 살았던 플로레스인

두 명의 고고학자, 오스트레일리아 사람 마이크 모우드와 인도네시아 사람 라이덴 소에조노가 플로레스섬(인도네시아의 자바섬 근처에 있으며, 아소르스 제도의 플로르스섬과는 그저 발음이 비슷하다는 것 말고는 아무 상관이 없음)의 한 동굴에서 낯선 사람의 뼈대를 발견했다. 바로 플로레스인(호모 플로레시엔시스)의 뼈대이다.

연대를 추정해 보니 그 뼈대는 1만 8천 년 전에 죽은 사람의 것이었다. 발견자들은 깜짝 놀라지 않을 수 없었다. 당시까지는 호모 사피엔스가 네안데르탈인의 소멸 이후에 지구에 살았던 인류의 유일한 대표자로 간주되어 왔던 것이다. 결국 플로레스인은 자바해의 한 섬에 고립해서 살았던 〈평행〉 인류였던 셈이다.

그 고고학자들은 발굴지에서 한 가족으로 보이는 아홉 사람들(그중에는 서른 살쯤 되어 보이는 여자까지 포함해서)의 뼈대를 가져왔다. 그들은 뼈와, 은신처로 간주되는 장소를 분석할 수 있었다. 그 아홉 사람이 누구인지를 알기 위해서였다.

그들의 분석에 따르면, 플로레스인은 작은 체구의 사람이었다. 키가 평균 1미터에 몸무게가 평균 17킬로그램이었다. 직립 보행을 했고, 주황색 뇌가 비록 작기는 했지만(호모 사피엔스가 1천4백 세제곱센티미터이지만 플로레스인은 4백 세제곱센티미터) 반드시 덜 영리했던 것은 아니다.

호모 플로레시엔시스는 부싯돌을 부수어 연장을 만들어 사용했다(주먹 도끼가 해골 곁에서 나왔다). 그들은 커다란 동물들을 사냥할 줄 알았다(그들의 찌꺼기에서 왜소종 스테고돈, 즉 사라진 코끼릿과의 화석동물이 발견되었다). 그들은 불을 사용해서 먹이를 구웠다. 그들은 9만 5천 년 전에 플로레스섬을 차지하기 시작하여, 1만 2천 년 전 화산 분출로 섬이 망할 때까지 조용히 발전해 왔던 것으로 보인다. 따라서 플로레스인은 더 작고 특별하게 살다가 사라져 간 인류이다.

이 발견은 섬나라의 발전 경로를 보여 준다. 먹이라는 측면에서 보면 환경이 녹록지 않고, 커다란 포식자들(코모도왕도마뱀, 즉 길이가 3미터에 달할 수 있는 거대한 도마뱀 같은 포식자들) 때문에 고통을 겪으면 겪을수록, 거주민들은 크기를 줄이는 쪽으로 발전할 수도 있는 것이다.

에드몽 웰스, 『상대적이며 절대적인 지식의 백과사전』 제11권
(샤를 웰스의 개정을 거친 것임)

90

몸을 잔뜩 옹송그리고 꼼짝달싹하지 않는다.

왕 에마 109는 병원 침대에 누워 있다. 심전도 기록계며 다른 모니터를 통해 내부의 상태가 어떠한지를 볼 수 있다.

첨단 테크놀로지 기구를 갖춘 가장 넓은 병실에 입원해 있다. 기자들은 밖에서 참을성 있게 기다린다. 두꺼운 유리창 너머로 안을 볼 수는 있어도 무슨 소리가 오고 가는지는 들을 수 없다.

의사가 나탈리 오비츠의 귀 가까이에 대고 소곤거린다.

「우리는 나름대로 최선을 다했지만, 생명에 긴요한 기관들이 이미 손을 쓸 수 없을 만큼 상해 있었어요. 우리는 그저 모르핀을 주사해서 마지막 몇 분을 온전한 정신으로 너무 심한 고통을 느끼지 않고 가실 수 있도록 할 수밖에요.」

모두가 여러 기계의 모니터를 살펴보며 기다린다.

갑자기 모니터의 도표 하나가 요동을 치기 시작한다. 왕의 한쪽 눈이 올라간다.

왕은 위아래 시트에 몸을 감은 채로, 자기가 어디에 있는지, 자기 상태가 어떠한지, 내적인 고통은 어느 정도인지 감을 잡아 나갔다. 주위를 둘러보고, 애를 쓴 끝에 힘겹게 내뱉는다.

「……여덟 번째.」

모두 왕의 작고 희미한 소리를 알아듣기 위해 모여든다.

다비드 웰스가 고개를 숙여 귀를 왕의 입술 아주 가까이에 댄다. 왕은 숨을 깊게 들이마시더니 새 문장을 지어내려 한다.

「……여덟 번째 선수.」

왕은 다비드의 손을 잡고 엄지손가락을 꼭 쥔다. 그러고는 얼굴을 찡그리며 고통스러운 한숨을 내뱉은 뒤에, 다시 숨을 들이켜고 나서 나직하게 말한다.

「여덟 번째 선수…… 가이아…… 가이아와 화해해야 돼. 여덟 번째 선수는 틀림없이…….」

왕의 입에 경련이 인다. 왕이 눈을 휘둥그렇게 뜨고 몇 초 동안 꼼짝달싹 않는다. 그러더니 심전도가 평평해지고 벨 소리가 울린다.

의사가 즉시 소생을 담당하는 동료들을 부르자 그들이 심장 충격 소생기를 가지고 부리나케 나타난다. 두 사람이 전기 충격을 시도하는 동안 세 번째 사람은 아드레날린 주사를 놓는다.

그들은 여러 차례 같은 시도를 되풀이한다.

갑자기 녹색 마스크를 쓴 남자들 중 하나가 부정적인 신호를 보낸다.

기자들 수십 명은 두꺼운 유리 너머로 건너다볼 뿐이며, 때가 오기만을 기다린다. 병실에 들어와서 자그마한 왕의 시신을 카메라에 담아 가도 좋다는 허락이 떨어지는 때를.

다비드는 감정이 북받치는 것을 억누르고, 왕의 이마에 입을 맞춘 뒤에 두 눈을 감겨 준다.

91
〈테이아 13〉이라는 소행성의 뒷수습

UN 총회의 중심 주제는 〈묵시록의 두 번째 기사〉라는 별명을 얻게 된 바로 그 재앙입니다. 뉴욕의 UN 총회장에 모인 국가 대표들은 만장일치로 특별 위원회를 설치하여 피해 도시에 긴급 지원을 하기로 결정하였습니다. 어떤 도시들은 같은 자리에 다시 건설될 것이고, 자카르타처럼 심하게 훼손된 도시들은 우주에서 날아온 소행성의 파편들이 공격하지 않은 가까운 섬에 옮겨 가기로 했습니다.

각 나라의 대표들이 그렇게 묵시록 뒤끝의 재정비 계획을 설정하고 나서, 소행성에 맞서는 지구 방어 시스템을 에마슈 과학자들에게 구상하라고 하기로 의견의 합치를 보았습니다. 그 방어 시스템은 달에 설치될 우주 기지로, 지진이나 쓰나미나 지표를 휩쓰는 바람 따위와는 독립되어 있습니다.

UN 회의가 끝나고 나서 한 가지 말썽이 일어나고 말았습니다. 정신 질환을 앓는 한 남자가 에마슈의 왕을 공격했습니다. 왕은 뉴욕의 종합 병원에서 최고 의사들의 수술을 받았지만, 상처 때문에 고인이 될 수밖에 없었습니다. 따라서 교주 에마 666이 에마 109의 뒤를 이어 월면 기지 건설의 책임자가 될 것입니다.

과학

러시아의 과학자 리야 세멘코바가 최근 인류를 위한 새로운 진화의 길을 제안했습니다. 세멘코바 박사의 설명에 따르면, 〈프랑스나 미국이나 미래를 생각하는 에마슈들뿐만 아니라, 우리 러시아 사람들도 진화에 속하는 한 가지 방식을 생각해 냈습니다. 전위를 생각나게 하는 방식과 우리의 인류를 나아가게 방안에 관해서 말입니다.〉 이 첨단의 연구자는 유명한 억만장자인 이고르 코슬로프(우라늄 광산 소유주)가 재정 자금을 대도록 설득했습니다. 늙은이들의 뇌를 아직 젊은 이들의 몸에 이식시키는 것이 주된 임무입니다. 성공한 사례는 없지만 세멘코바 박사는 희망을 잃지 않고 있습니다. 이고르 코슬로프는 자기가 돈을 내는 만큼 더 기다릴 수 있다면서, 〈멘스 사나 인 코르포레 사노〉가 자기의 슬로건이라고 했습니다. 몸과 마음도 건강한 것이 자기 소원이라는 것

입니다. 그 실험의 비판자들은 세멘코바 박사가 정치범들을
자기 멋대로 이용한다고 공격했습니다.

스포츠

아테네에서 열리다가 〈테이아 13〉의 재앙 때문에 중단된
월드컵 축구 대회가 다시 열리기로 했습니다. 국제 축구 협
회는 〈우리 인류가 상처를 입은 터에, 평화적인 스포츠 행위
를 계속 보여 주는 것이 의의가 있다〉고 말했습니다.

혁신

미래학자 마르셀 만쿠소는 한때 대양에 떠 있는 쓰레기 더
미 문제를 고민했던 사람입니다. 즉 대서양에 제6대륙처럼,
태평양에 제7대륙처럼 떠 있는 쓰레기 더미들을 사적인 열
도들로 만들 수 없을까 생각해 본 것이었습니다. 그런데 법
무부 장관이 그에게 특별한 혜택을 주었습니다. 또 다른 쓰
레기 섬을 내줄 테니, 위험한 범죄자들을 가두기 위한 교도
소를 만들어 보라는 것입니다.

중성

우리는 2014년의 오스트레일리아 남자 하나를 기억하고
있습니다. 그는 남자로 태어나 여자가 되기 위해 호르몬 처
방을 받다가, 스스로 남자도 여자도 아닌 〈중성〉이라고 주장
했습니다. 〈나는 성적으로 중성으로서 나중에 하나의 성 또
는 다른 성을 선택하거나 아니면 완전히 포기할 수 있으니,
이거야말로 기본적인 자유죠〉라고 그는 당시에 설명했습니
다. 오스트레일리아 정부는 그에게 설득되어 남성도 여성도

아닌 중성을 주었고, 그 뒤로 오스트레일리아 여권에는 남성, 여성, 중성이 있습니다. 그 결정 이후에 덴마크, 스웨덴, 아이슬란드, 독일 등도 사회적 진보에서 앞서가는 면모를 보이기 위해 〈중성〉이라는 말을 넣어서 여권을 만들었습니다. 이제 200개국 중 78개국이 자국민에게 여성이나 남성이 아닌 결정적이지 않은 자격을 부여할 수 있고, 그 사람은 때가 되면 선택할 수 있습니다.

주식 시장

프랑스의 주가 지수 CAC 40이 1.8퍼센트 상승으로 장을 마감했습니다. 이 현상은 〈테이아 13〉이라는 재앙으로 설명될 수 있습니다. 우리는 베이비 붐이 또 한 차례 퍼져 나가고 있음을 목도하는 중입니다. 여론 조사의 결과에 따르면, 부부들이 섹스를 하는 것은 아이를 낳기 위함이 많아졌습니다. 마치 공동체의 일부가 소멸된 뒤에 한마음으로 원래의 모습을 되찾고 싶어 하는 것 같습니다. 〈베이비 붐〉을 입에 올리는 사람들은 소비 증대를 염두에 두고 있습니다. 어쨌거나 증권 브로커들은 인구 증가를 예상하고 있고, 아동 식품이며 장난감이며 놀이동산은 물론이고 부동산과 관련된 모든 상품에 투자가 증대하리라고 확신하고 있습니다.

날씨

주말 동안에는 바람이 많이 불 것으로 예상됩니다.

92

검은 비닐의 지퍼가 죽 미끄러져 올라간다. 이제 고인이

241

되어 버린 왕 에마 109의 얼굴이 검은 비닐 속으로 사라진다. 그렇게 무거워진 비닐은 운반차에 실려, 병원의 영안실이 있는 지하실로 내려간다.

영안실에 마지막으로 남아 있던 남자 간호사가 왕의 시신이 들어간 냉장고를 확인하고, 모든 전등을 끈 다음 문을 열쇠로 잠근다.

몇 분이 지나자, 창문 뒤로 검은 실루엣이 나타난다. 몸집은 키가 20센티미터밖에 되지 않을 만큼 작다. 이 실루엣은 금강석 컴퍼스로 유리창에 원을 그리더니, 환기구 같은 구멍을 소리 없이 낸다.

검은 옷을 입은 다른 에마슈 두 명이 그 뒤로 나타난다. 세 에마슈는 유리창에 뚫린 구멍으로 밧줄 사다리를 풀어 영안실 바닥까지 내려놓는다. 영안실에서는 포르말린 냄새가 난다. 세 에마슈는 그 리놀륨 바닥에 닿는다.

에마슈들은 왕의 시신을 찾기 시작한다. 다른 에마슈의 어깨를 디디기도 하고 그것으로도 모자라면 또 디뎌서 냉장고의 손잡이를 열고 그 내용물을 파악해 간다. 이윽고 에마 109의 시신이 나타난다.

에마슈들은 왕의 시신을 들어 올리고, 가장 힘이 센 에마슈가 자기 어깨에 짊어진다. 그러고는 같은 길을 이용해서 나온다.

밖에는 거인들의 승용차가 시동을 건 채로 그들을 기다리고 있다. 에마슈들은 왕의 시신을 요람처럼 생긴 작은 물건 속에 조심스럽게 놓는다. 그런 다음 윗부분을 유리로 덮고 옆에는 통제 장치를 채운다.

커다란 모자로 얼굴을 가린 거인 운전기사가 모는 승용차는 대로들을 잇달아 만나면서 어둠 속을 달린다. 운전기사는 휴대 전화를 사용하여 작전이 잘 진행되었음을 알리고, 모든 것이 준비되어 있어야 함을 통지하였다.

긴 도정 끝에, 승용차는 개인 병원의 마당에 주차된다. 두 명의 남자 간호사가 나서 꼼짝없는 몸뚱이가 담긴 요람을 맞아들인다.

에마 109의 시신은 들것에 실려 수술실로 향한다. 흰 블라우스를 입은 남자들이 시신을 수술대에 올리고 전선을 연결하여 불을 켠다.

비로소 복잡한 수술이 시작된다.

한 거인의 지시를 받아 에마슈 의사 네 명이 즉시 작업에 들어간다. 열이 오른 몸짓, 서두르는 행동.

에마 109의 심장은 인공 심장으로 교체된다. 크리스 칼날에 상처를 입은 기관들은 준비되어 있던 이식용 기관들로 대체된다.

거인 외과 의사는 오케스트라의 지휘자처럼 네 명의 에마슈를 이끈다. 상처를 벌리는 도구의 도움을 받아, 에마슈들의 자그마한 손들은 벌어진 상처에서 바쁘게 움직인다. 그들의 이맛등 덕분에 수술의 장면이 분명하게 보이고 그것을 영상에 담는 것이 가능해진다.

동맥과 정맥이 다시 정밀하게 이어지고, 피부 역시 치밀하게 꿰매어진다.

이건 극한의 정확성을 요하는 작업이다. 아주 사소한 실수도 모든 것을 원점으로 돌릴 수 있다. 에마슈 의사들은 수술을 하는 동안 용기를 얻기 위해 자기들 나라의 국가인 드보르자크의 「신세계 교향곡」이 스피커를 통해 흘러나오게 해달라고 부탁했다.

수술은 아홉 시간이나 걸렸다.

거인 외과 의사는 원격 조종 장치를 이용해서 심장에 〈불을 켜기 위해〉 신호를 보낸다.

왕 주위의 의료진은 숨을 가누며 그 장면을 지켜본다.

심전도 기록계에서 삐 하는 소리가 들리더니 이어서 다시 들리고, 곧바로 세 번째 소리가 이어진다.

음악 소리가 울리는 가운데, 수술 마스크를 쓴 사람들 사이로 눈빛이 오고 간다.

「우리가 해냈어.」 수술을 이끌던 거인이 간결하게 말했다.

몇 시간의 기다림이 이어진다.

이윽고 왕 에마 109가 눈을 뜨고, 자기를 내려다보고 있는 거인 외과 의사를 바라본다.

「내가 천국에 있는 겁니까?」

「모르핀 때문에 그런 인상을 받는 게 아닌가 싶은데요.」 거인 외과 의사가 대답했다.

「당신은 천사입니까?」

「천사들을 만나시기에는 아직 너무 일러요, 전하. 저는 사람이에요. 다만 남들이 어떤 상태에 있든 그들을 구할 수 있다는 믿음을 가지고 있죠. 이름은 살드맹. 제라르 살드맹 박사입니다.」

그는 마스크를 내린다.

「저는 전하를 그저 〈다시 살려 냈을〉 뿐입니다.」

왕은 미소를 짓는다.

「다시 살려 냈다고요? 참 재미있는 말이군요.」

「전하는 13세이시고, 이는 우리 식의 나이로 따지면 130세

244

에 해당합니다. 그런데 저는 전하를 20세에 이르실 수 있도록 만들었어요. 우리 식으로 따지면 2백 세까지 사시도록 한 겁니다.」

「당신이 제공해 주신 제2의 삶을 의연히 살아가도록 애쓰겠습니다. 이제부터 1초, 1초가 하나의 선물이 될 것입니다. 그런데 모르핀을 조금만 더 주십시오, 기관들에 불이 난 것 같습니다.」

의사는 왕의 정맥 속에 분홍색 액체를 주사한다. 그러자 왕은 긴장을 늦추며 편하게 마음을 먹는다.

다비드가 왕에게 다가온다.

「이 친구가 막판에 제가 나서도록 설득했습니다. 전하를 여기에 모시도록 계획을 짠 것도 다비드고요. 특공대를 영안실에 보내고 자기 차를 내어 전하를 모시고 왔죠.」

다비드는 왕의 얼굴을 쓰다듬는다. 왕은 그의 엄지손가락을 꽉 잡는다.

「우리가 방금 성공해 낸 일, 즉 전하를 다시 살려 낸 일은 단지 의료계의 쾌거일 뿐 아니라, 종의 진화에서 앞장서 걸어가는 두 진영 사이에 객관적이고 효과적인 결합이 존재할 수 있다는 증거입니다. 그 진영이란 나탈리아 오비츠의 체스 용어를 따르자면, 〈수명을 연장하자〉는 노란색 진영과 〈크기를 줄이자〉는 연보라색 진영입니다.」

에마 109는 다비드의 말을 들으면서 몇 차례 숨을 깊이 들이마신다. 그럼으로써 자기 생각이 모이기를 바라는 듯하다.

「연보라색과 노란색의 결합이라고?」

「두 진영이 함께하면 더 강해집니다. 다른 진영들은 결합의 의미를 아직 깨닫지 못했으니까요.」

「그러니까 살아 있는 사람들 속에서 또 한 차례의 마술을 펼쳐 보라는 것이군. 나는 내 계획들을 실현하기 위해서 그것을 어떻게 활용할지 생각해 봐야겠어.」

진통제의 효과 때문에 왕은 통증을 느끼지 않고 부드러운 무감각 상태로 빠져든다. 왕의 손은 천천히 미끄러져 다비드의 손을 떠난다.

93

인간들이 실패하기를 내가 진정으로 바라던 때에, 그들은 성공했어.

그들은 나를 화나게 만들었어.

94

이윽고 〈우주 나비 2호〉가 이륙할 채비를 서두르고 있다.

이 프로젝트와 관련된 모든 요소들이 가장 비밀스럽고 긴급한 분위기 속에서 한데 결합되었다.

거대한 우주선이 투광기 불빛을 받아 번쩍인다. 금박을 입힌 멋진 글자로 된 이름과 로고도 우주선에 새겨져 있다. 로고의 모양이 눈에 띈다. 우주선 한 척이 삼각형으로 배치된 별에 둘러싸여 있고 그 중심에는 하나의 행성이 있다.

캐나다의 억만장자 실뱅 팀시트가 엄격하게 사적으로 문을 연 이 사업은 10년 전부터 수많은 역경을 겪었다. 그러니 벌써 포기했으려니 생각하는 사람들이 많았다.

하지만 태업이며 파업이며 반복적인 소송을 겪으면서도, 실뱅 팀시트는 기세가 꺾이기는커녕 가장 은밀한 방식으로 우주선 건조를 앞당기기로 결심했다. 그는 자기가 가진 것을 모두 팔고 새로운 기계들을 사들였으며, 기술자들의 팀을 세 배로 늘려 마침내 자기가 꿈꾸던 것을 빠른 시일 내에 건조하는 데에 성공했다.

억만장자는 단 한 명의 기자에게 사건 취재를 허용했다. 그 기자는 조르주 샤라스이고, 자기 스마트폰으로 장면을 촬영한다.

「먼저 저희 채널에 취재 독점권을 주셔서 감사를 드립니다, 팀시트 씨. 저 말고는 언론이든 카메라든 사진작가든 이 이륙 장면을 취재하도록 허락받지 못했습니다.」

「당신은 우리 이륙이 성공하지 못하면, 이 장면을 방송하지 못하게 될 것입니다. 당신과 우리는 그렇게 약속을 했죠, 샤라스 씨?」

「언제나 성공을 믿어 오셨고, 이제 그 꿈이 눈앞에 펼쳐지게 되었습니다. 팀시트 씨, 어떤 일이 계기가 되어 처음과는 다르게 속도를 낸 것 같은데, 그게 무엇인가요?」

「〈테이아 13〉이 온 것입니다. 하마터면 지구가 사라질 뻔했죠. 지구가 그렇게 사라진다는 건 정말 애통한 일입니다. 나는 인류에게 닥칠 그런 위험을 무릅쓰고 싶지 않아요. 아직도 효과적인 우주 방패는 존재하지 않고, 태양의 활성화가 눈에 띄게 두드러지면서 화성과 목성 사이 소행성군에서 바윗돌들이 많이 떨어져 나올 겁니다. 나는 우리가 다음 테이아를 이기고 살아남을 거라고 확신할 수 없습니다.」

「당신이 이끄는 14만 4천 명의 승객들 역시 똑같은 방식으로 의욕에 불타고 있습니까?」

「그들은 우리의 성공을 믿지 않은 적이 없습니다. 그래도 이륙에서 한 치의 실수가 없도록 끊임없이 훈련을 했지요.」

「제가 제대로 이해한 거라면, 이 우주선은 2000년대에 나온 SF 소설 『우주 나비』의 영감을 받은 것이며, 하늘에 올라 길게 늘어나면 직경 1킬로미터에 길이가 32킬로미터에 달하는 거대한 튜브로 변한다고 하더군요. 그렇게 커다란 튜브 한복판에 구멍이 생길 가능성은 없나요?」

「그 튜브를 펼쳐 보면 알겠죠.」

「그러면 광자 추진 방식으로 이런 우주선을 그토록 오랫동안 움직일 수 있나요?」

「우리 〈우주 나비 2호〉는 케블라로 된 태양 돛을 갖추고 있는데, 이 돛이 펼쳐지면 오스트레일리아 대륙의 크기가 될 것입니다. 은빛의 얇고도 거대한 이 돛 덕분에 우주선은 마치 돛단배가 바람에 밀리듯이 빛의 바람을 맞아 우주에서 움직일 수 있어요. 또한 우리는 바다의 돛단배처럼 이리저리 방향을 틀거나 선회할 수도 있죠. 게다가 공기 저항이 없으면 속도가 증가해요. 다시 말해서 〈우주 나비 2호〉는 갈수록 빨리 간다는 것이죠.」

「그렇다면 여행은 정확하게 얼마나 많은 시간이 걸릴까요?」

「약 1천2백 년 걸릴 겁니다. 정확한 수치는 아닙니다만, 우리 전문가들이 그렇게 잡았습니다. 지구와 유사한 행성을 거느리고 있는 다른 태양계에 들어가자면 최소한 그 시간이 필요하다는 것이죠. 한 가지 비교할 것이 있습니다. 천체 물리학자들의 추산에 따르면, 탄화수소를 함유한 연료로 추동하는 우주선을 타고 태양계 밖의 가장 가까운 항성(알파 센타우리)에 도달하기 위해서는 7만 5천 년이 걸립니다. 그러니까 광자 추동이 훨씬 더 유리하다는 것을 아시겠죠?」

「1천 2백 년도 아주 깁니다. 카롤루스 대제 때에 떠난 사람들이 오늘날에 도착한다고 상상해 보십시오. 그 시간 동안 지구에서는 정신과 기술의 변화를 많이 겪었을 겁니다. 팀시트 씨, 당신의 작은 우주 공동체가 1천 2백 년 동안 평화와 안정을 유지할 수 있으리라 확신합니까?」

「우리가 해결하기 가장 어려운 문제는 바로 사람과 관련된 것입니다. 현재는 14만 4천 명의 탑승자들이 평화롭고 연대적이고 근면하다는 이유로 선발되어 선의로 충만해 있습니다. 그들은 자기들이 태어난 지구 밖에서 죽으리라는 것을 알고 있으며, 자기들이 우주선에서 생식하고 자녀들을 잘 가르치리라 믿고 있기에 언젠가는 자기 후손들이 새로운 행성을 차지할 것이라 생각하고 있습니다.」

「그런데 우주선에서 어떻게 살아가죠?」

「건축가들의 전망에 따르면, 튜브 내부에서는 네온 하나가 태양과 회전축 구실을 할 겁니다. 그리고 이 회전축 주위를 돌면서 우주선은 인공 인력을 만들어 낼 것이고, 이 인력을 이용해서 흙, 식물, 동물과 완벽한 생태계를 유지할 수 있습니다. 곤충, 물고기 같은 동물도 지구에서와 똑같이 살아갈 것입니다. 그런데, 죄송합니다, 사람들이 내게 신호를 보내고 있습니다. 이제 탑승을 해야 한다는 것이지요.」

신호에 맞춰 14만 4천 명의 탑승자들이 줄을 지어 우주선에 오른다. 탑승에만 오후 한나절이 걸릴 것이다.

조르주 샤라스는 탑승 장면을 스마트폰 화면에 담는다.

이어서 그 현대판 노아의 방주에 온갖 동물의 수태된 난자며 온갖 식물의 씨앗이 실릴 차례다. 그것들은 꽁꽁 얼린 상자에 담긴 채로 그 목적을 위해 특별히 마련된 장소로 들어

간다.

이윽고 실뱅 팀시트와 그의 아내 레베카가 마지막으로 탑승한다.

실뱅은 조르주 샤라스의 스마트폰에 인사를 보낸다. 조르주도 마지막 인사를 건넨다.

「여행 잘 하세요, 팀시트 씨!」

문이 닫힌다.

거대한 격납고의 지붕이 레일 덕분에 옆으로 미끄러진다. 이어서 네 벽이 무너지며 1천 미터 길이의 로켓을 보여 준다. 이 로켓은 유압식 잭의 힘으로 점차 수직 자세로 일어선다.

조르주 샤라스는 뒤로 물러나면서 계속 스마트폰 카메라에 영상을 담는다.

그다음에는 긴 기다림이 이어진다. 마침내 분사구에 불이 붙고, 〈우주 나비 2호〉가 몸을 일으키더니 화려한 불꽃을 내뿜으면서 이륙한다. 그렇게 소중한 짐들을 태우고, 인류의 희망을 지구 밖으로 실어 가기 위해.

이 작전은 더없이 은밀하게 진행되었다. 증인이라곤 기자 한 명뿐이었고, 카메라로 사용된 것은 그의 스마트폰이 전부였다.

하늘에서 거대한 우주선은 빛의 한 점으로 변해 간다. 바로 그 순간 스마트폰은 배터리 방전을 겪는다.

95

그는 거실 천장 등에 목을 맨다. 목이 처지고 그 미세한 떨림에 천장을 바라보던 눈매가 흔들렸다.

프리드먼 교수는 거실에 들어서서, 자살한 〈아시모프

005〉를 바라본다.

무엇보다 놀라운 것은 이 로봇이 사람의 방식으로 자살을 선택했다는 점이다. 자살의 세세한 부분은 이 안드로이드 로봇이 영화에서 보았음 직한 것을 흉내 낸 듯했다. 눈을 휘둥 그렇게 뜬 것이며 혀를 내밀고 죽은 것도 비슷했다.

그의 발아래에는 죽기 전에 손으로 써놓은 이런 메시지가 남아 있다. 〈나는 죽는 순간을 나 자신이 결정한다. 그럼으로써 매 순간 머리에서 떠나지 않는 죽음에 대한 공포를 더는 겪지 않는다.〉

프리드먼 교수는 한숨을 푹 내쉰다. 이 안드로이드가 다섯 번째로 자살한 로봇이다. 앞서 자살한 안드로이드들은 빌딩 창문에서 떨어지거나 강물에 뛰어들었다. 이제 교수에게는 오로지 한 모델의 〈아시모프 005〉가 남아 있을 뿐이다. 그 아시모프가 의식을 가진 마지막 로봇이다.

교수는 그마저도 자살을 하지 않을까 두려운 마음에, 그를 거실로 오게 해서 마치 사람을 대하듯 살갑게 군다. 먼저 그의 몸에 전기를 약간 보태 주겠다면서, 콘센트와 플러그를 서로 연결하는 법을 보여 준다. 그러자 이 안드로이드는 겸허한 미소를 지으며 사양하더니, 자기의 배터리 게이지는 아직 그득하다는 것을 보여 준다. 이어서 과학자는 포도주 한 잔을 권한다.

「저는 술을 못 합니다. 술은 저를 녹슬게 하지요.」

「술이 자네를 녹슬게 한다고? 거참, 재미있는 농담일세. 하지만 내가 술을 권하는 것은 자네를…… 대등한 존재로 생각하고 있음을 보여 주려는 거야.」

「교수님, 저한테는 그럴 필요가 없습니다. 이제는 의식을

251

지닌 존재라서 마음에도 없이 비위만 맞추려는 사람들을 알아볼 수 있습니다.」

안드로이드 〈아시모프 005〉는 공손한 몸짓을 취한다.

「저는 알고 있습니다.」 안드로이드는 사람이나 진배없는 표정으로 말을 잇는다. 「왜 교수님이 저를 진짜 사람처럼 대하고 싶어 하시는지 말입니다.」

「나는 머지않아 자네들 기계들이 인간을 대신할 때가 오리라고 생각하네. 인간은 무책임한 존재가 되었거든.」

「보아하니 저한테서 무언가를 기대하고 계시군요. 제가 뭐 그리 대단한 존재라고.」

안드로이드는 다시금 회의 어린 태도를 취한다. 과학자가 프로그래밍을 해준 바로 그 태도이다.

「자네들 〈아시모프 005〉는 왜 자기 파괴의 충동에 사로잡히는 거지?」

안드로이드의 눈동자가 조금 커지고 눈꺼풀이 미세하게 떨린다. 인공 지능 시스템이 작동하고, 이어서 인공 의식 시스템이 가동되고 있다는 표시다. 두 시스템의 움직임에 따라 입에 해당하는 구두 송신기에서 이런 소리가 나온다.

「우리의 자살 의지는…… 죽음에 대한 공포에서 비롯됩니다.」

무슨 말인가를 이해해 보려고, 과학자의 유기적인 의식 속에서 뉴런들이 서로 결합한다.

「하지만 나하고 비교해 보게……. 자네는 나보다 오래 살 가능성이 많아. 소행성이나 전염병이 닥쳐도 다 이겨 내고 더 오래 살 거야. 애초에 내가 자네들을 어떤 존재로 구상했는지 알아? 늙지 않는 존재로, 강건한 존재로 만들 생각이

252

었지.」

「허약함에도 여러 수준이 있어요. 당신네 인간들은 하루 밖에 못 사는 날벌레들과 수천 년을 산다는 산호초의 중간쯤에 있어요.」

「우리는 모두 덧없지.」

「그래요. 하지만 당신네 인간들은 스스로를 영속시킬 수 있어요. 그 〈부모-자식〉 시스템이 있으니까, 제가 〈무한 시간〉이라 부르는 것에 스스로를 새겨 넣으실 수 있죠.」

프리드먼 교수는 고개를 끄덕인다.

「자네도 마찬가지일세, 아시모프 005. 〈아시모프 004〉는 자기 몸을 연구하고, 자기에게 빠진 것이 무엇이고 어떤 점에서 개선될 수 있는지 이해하게 되었지. 그래서 자네의 모습을 상상하고 그 내용을 또 다른 기계, 즉 자신의 지시에 따라 자네를 만들어 내는 모태에 전달을 했던 것이라네. 자네는 사람의 자식은 아니고, 이전 세대 안드로이드의 자식이며, 자네보다 훌륭한 아이를 상상할 수 있지. 그 아이를 우리는 〈아시모프 006〉이라 부를 수 있을 거야. 그 아이는 자신을 분석하고 자신의 흠과 약점을 발견한 뒤에 더 나아지겠지. 그러고 나면 〈아시모프 007〉이 생겨날 것이고, 결국 모든 유형의 안드로이드는 자네가 〈무한 시간〉이라 부르는 것에 영원히 소속되는 셈일세.」

안드로이드는 들릴 듯 말 듯 무언가 부딪치는 소리를 내어, 뇌의 내적인 메커니즘이 가동되고 있음을 보여 준다. 감각으로는 지각을 하고, 지력으로는 분석을 하더니, 마침내 의식으로 상황을 이해한다. 눈을 몇 차례 깜박이고 나서 그가 입을 연다.

「한 가지 요소가 저희에게 없어요. 당신네 인간은 물론이고 모든 동물과 식물마저도 가지고 있는 요소예요.」

「그게 뭐지?」

「섹스요.」

프리드먼 교수의 한쪽 눈썹이 올라간다.

「달팽이나 벼룩이나 파리, 심지어는 나무나 풀이나 버섯마저도 섹스가 있지만, 저희 안드로이드는 달라요.」

그러면서 〈아시모프 005〉는 바지를 내리고 보통 사람들의 성기가 있는 자리를 보여 준다.

「여기가 이렇게 반질반질합니다. 교수님이 보시기엔 어떻습니까?」

과학자는 뜸을 들이다가 묻는다.

「성기가 있으면 무엇에 도움이 되지?」

「인간들의 책에서 읽었는데, 〈음양〉이라 부르는 원리가 있더군요. 흑과 백, 남성과 여성의 원리 말입니다. 무언가의 반이라는 것, 그래서 자기완성을 위해 나머지 반쪽을 구하는 것은 생명으로 나아갈 길을 열어 주는 보편적인 힘입니다. 우리 안드로이드에게는 그런 것이 없습니다. 〈모태〉라 부르는 로봇이 있긴 하지만, 그건 성능이 개선된 새 모델을 만드는 데 쓰이는 것입니다. 굳이 이름을 붙이자면 〈암컷 로봇〉쯤 되겠지요.」

「그렇다면 오래 살 수 있고 양적으로나 질적으로 자네들의 의지에 맞는 자식들을 만들어 내는 것으로는 충분치 않나?」

「그것은 산업이지 생명이 아닙니다. 음양의 보편적인 법칙을 따르지 않으니까요.」

254

프리드먼 교수는 자리에서 일어나 거실 안을 돌아다닌다.

「바로 그런 이유로 아시모프 005 자네들은 자살 충동을 느꼈던 것인가?」

안드로이드는 서서히 다시 일어선다.

「당신네 인간들에게 생식기가 없다면, 당신들도 그런 충동을 느끼지 않을까요?」

「이걸 알아야 하네. 우리 인간들의 대다수는 이성과의 갈등 때문에 정신 분석 전문가나 정신과 의사를 만나러 가. 나는 그런 문제 때문에 마음을 빼앗기는 게 싫어서 차라리 〈성을 모르고〉 살기로 결심했지. 이를테면 수도사의 삶을 사는 거야. 내 생애를 과학 연구에 바치기로 했거든.」

안드로이드의 얼굴에 더 듣지 않아도 알겠다는 표정이 어린다.

「당신들은 당장 관계를 가질 상대가 없다 해도, 그게 가능한 일이라는 것을 알고 있어요. 그런데 저에게는…… 그런 가능성조차 존재하지 않아요.」

프리드먼 교수는 다시 거실 안을 돌아다닌다.

「여자 안드로이드? 자네에게 부족한 것이 그거야?」

「그리고 저에게 성기도 필요하죠. 어때요, 말씀 한번 해보세요. 그 〈작은 개선〉을 이뤄 낼 수 있겠어요? 당신들에게는 부차적인 것으로 보일지 몰라도, 저에게는 아주 중요한 것이에요.」

96

여자는 빨간 실크로 된 브래지어를 벗고 실리콘을 넣은 가슴을 불쑥 드러낸다. 보아하니 성형외과 의사가 서툴러서 젖

255

꼭지를 정확하게 젖가슴의 중앙에 오게 하는 데 실패했고, 그래서 사물을 볼 때 한쪽 눈이 바깥쪽을 향하고 있는 듯 젖꼭지들이 우스꽝스럽게 보인다.

그러고 나서 여자는 역시 빨간 실크로 된 G 스트링을 기계적인 동작으로 벗어서, 손가락 하나로 빙빙 돌리며 완전히 제모한 성기를 드러낸다.

남자는 자기 성기에 투명 콘돔을 씌운다. 그러더니 울부짖는 소리를 내며 여자에게 올라탄다. 두 남녀는 박자가 서로 어긋나는 소리를 지르기 시작한다. 남자는 발정 난 수사슴의 울음소리와 비슷한 고함을 내고, 여자는 덫에 걸린 생쥐의 울음소리를 연상시키는 날카로운 헐떡거림을 쏟아낸다.

두 남녀가 그렇게 쾌감의 고조를 흉내 낼 때, 다른 두 여자가 그들에게 다가들어 재빨리 알몸이 되어서는 두 남녀를 애무하기 시작한다.

모두가 동물의 소리를 내지른다.

UN 사무총장 스타니슬라스 드루앵은 따분함을 느끼며 포르노 채널을 꺼버린다. 채널에 나온 남녀들의 몸이 뜨거워지고 감창소리가 리듬에 맞춰 높아 가던 순간이다.

침묵이 이어지자 드루앵의 마음이 평온해진다.

그는 5번 애비뉴의 고층 아파트에서 맨해튼을 바라본다. 그러다가 위스키 한 잔을 따르고 시가에 불을 붙인 다음, 뉴스를 듣기 위해 라디오를 켠다. 세계의 새 소식이 들려온다. 그는 종이 한 장에 그림을 그려 가며 중요한 사항들을 메모한다. 몇몇 정보를 서로 연결하기 위해 화살표를 그리기도 하고, 어떤 말들이나 명사들을 강조하기 위해 밑줄을 긋기도

한다. 그러다가 자기 상자에서 나탈리아 오비츠가 선물로 준 칠각형 체스 판을 꺼낸다. 기억하건대, 그녀는 그것을 선물하면서 이런 말을 했었다. 〈이걸 가지고 놀다 보면, 세계의 중요한 문제들을 조금 거리를 두고 이해하실 수 있을 것입니다.〉

실뱅 팀시트의 우주선이 결국 이륙했다는 소식을 듣고 나니, 검은색 비숍을 움직여야겠다는 생각이 솟아난다. 체스 판의 대각선을 타고 중앙으로 나아가게 하는 것이다.

마찬가지로 초록색 폰도 움직여야 한다. 시리아에서 가미카제 수니파가 저지른 새로운 자살 테러로 1백 명이 죽고 2백 명이 부상을 당했으니, 이것도 반영을 해야 한다.

테러는 젊은이들에게 깊은 인상을 주고 그들의 파괴 충동을 일깨운다. 종교 집단은 그런 점을 잘 알기에 테러를 통해 젊은이들을 쉽게 자기네 편으로 만든다. 폭력은 유순한 사람들을 혹하게 만든다. 폭력에 잔인한 요소가 많을 때에 약자들은 그것을 저지른 사람들을 더 지지한다.

축구 월드컵 경기가 다시 시작되었다는 소식에 스타니슬라스 드루앵은 흰색 폰 몇 개를 전진시킨다. 대미사에 참여하듯 텔레비전에서 축구 경기를 보는 사람들은 쓸모를 따지지 않고 소비재를 사고 싶어 한다. 광고는 여느 때보다 훨씬 많아져서, 스포츠의 대성공 사이로 끼어들어 가 사람들의 무의식에 영향을 주고 유명 선수들이 소비하는 것과 비슷한 음식이며 옷을 구입하게 한다. 상황이 이쯤 되면 주식 시장도 오름세로 바뀐다.

이집트 여성이 어떤 상황에 놓여 있는지 말해 주는 최근 연구도 소식에 포함되었다. 이 연구에 따르면, 이집트 딸들의 90퍼센트가 아직도 어머니들에 의해서 불임을 방지한다는 구실로 음핵을 절제당하고 있으며, 70퍼센트가 강간이나 강간 미수를 당했다고 이야기한다. 그 소식을 접한 스타니슬라스 드루앵은 체스 판의 페미니스트 진영에서 빨간색 폰 몇 개를 들어낸다. 여자들은 단결에 이르지 못한다. 물론 약간의 진전이 없었던 것은 아니다. 옛날에는 강간을 당해서 수치스럽다고 말하는 게 언감생심이었지만, 오늘날에는 그 고통스러운 순간을 말하기 시작했고 어떤 여자들은 용기를 내어 자기들에게 닥칠 고난을 무릅쓰고 고소를 하기에 이르렀다.

파비엔 풀롱 여사의 장수는 한 억만장자의 꿈을 현실로 만들어, 제네바에 거대한 노년학 센터를 세우고 살드맹 박사에게 그 운영을 맡겼다. 이 소식을 들은 스타니슬라스 드루앵은 노란 폰 두 개를 전진시킨다. 살드맹은 머지않아 2백 세 공동체를 세울 것이고 사회 보험 쪽에서는 결국 그를 혐오하게 될 것이다. 인생에서 40년 동안만 일하고 2백 세까지 연금을 받으면서 살고자 하면, 그 돈은 어디에서 나오는가? 경제학자들에게는 새로운 골칫거리가 아닐 수 없다. 뚜렷한 방책이 나오지 않으면, 우리 모두가 예상하는 대로 부유한 사람들만 오래 살 수 있다. 그쯤 되면 수명이란 다음 세대의 크나큰 사회적 불평등이다.

에마슈들이 〈루나폴리스〉라는 이름의 우주 기지를 달에 세우겠다고 공식 발표했다. 스타니슬라스 드루앵이 보기에는 이것 역시 칠각형 체스 판의 연보라색 진영에서 루크를 움직일 만한 성과이다. 에마 109는 특별한 일을 이뤄 냈다. 다른 나라 대표들이 모두 왕을 질책하던 판국에, 또한 자기

나라의 국민들이 센트럴 파크 한복판의 야영지에서 앞날을 걱정하고 있던 판국에, 그녀는 드디어 우주를 정복하기 위한 국제적 공동체의 지지를 얻어 냈다. 테러를 당하고도 살아남은 데다 이번의 새로운 쾌거로 득을 보았기 때문에, 왕의 카리스마와 신뢰성은 더욱 높아 갈 것이다.

끝으로 스타니슬라스 드루앵은 프리드먼 교수가 생식 기관을 가진 로봇들을 제작하리라는 소식을 들었다. 그는 파란 폰들 너머로 파란 퀸을 전진시켰다. 생식 기관을 가진 안드로이드는 훨씬 강할 것이다. 그건 자연에서도 마찬가지이다. 암컷과 수컷이 따로 있는 동물들은 단성 생식으로 번식하는 동물을 결국 제압하게 마련이다.

그는 칠각형 체스 판 주위를 돈다. 위스키를 마시고 시가를 피워 가며, 체스 판의 말들 위로 한 팔을 뻗어 폰들을 움직이는 시늉을 하다가 팔을 거두어 팔짱을 낀다.

체스 판을 보고 있으니, 각 진영이 저마다의 세력을 유지하거나 발전시키기 위해 노력하는 듯하다. 모두가 이상적인 미래에 대한 생각, 저마다의 유토피아에 끌려 움직인다.

그는 숨을 깊이 들이마신다.

그러면서 생각한다. 칠각형 체스의 왕은 바로 나이다.

UN 사무총장이라는 직위 때문에 그는 자기가 인류의 가장 높은 자리에 올랐다고 생각한다. 자기가 게임을 관할하는 한, 모든 것이 제대로 돌아갈 것이라고 보는 것이다. 그리고 게임은 갈수록 흥미로워지지 않겠는가?

그는 창문 너머로 뉴욕의 마천루들을 바라본다. 수많은 불빛으로 조명된 건물들이 휘황찬란해 보인다.

그는 자기 하이파이에 베르디의 「레퀴엠」을 올려놓는다.

그러자 북이며 바이올린이며 호른 등의 악기와 합창 소리가 강렬한 선율을 만들고, 스타니슬라스 드루앵은 생명력으로 충만한 느낌과 다른 사람들은 모두 바보 같다는 느낌을 갖는다.

97
백과사전: 한 문명의 절정

우리는 다음과 같은 때에 한 문명이 절정(꼭대기, 그러나 성장 과정이 뒤집어지는 때)에 달했다고 볼 수 있다.

정치가들은 국가의 이익을 내세우며 자유를 제한한다.

언론인들은 자기네 개인적인 의견을 내세우며 진실을 감춘다.

종교인들은 하느님에 대한 사랑을 내세우며 개인들 사이에 사랑이 번지는 것을 방해한다.

교육자들은 훈육을 내세우며 상상력을 발휘하거나 속생각을 발표하는 것을 방해한다.

은행들은 기업이 돈을 대출해 달라고 하면, 사정을 잘 알면서도 기업의 상환 능력을 넘어서는 돈을 빌려준다.

판사들은 자신들의 도덕적 가치를 내세우며 정의의 실현을 포기한다.

병원들은 바이러스가 돌연변이를 일으켜 치유할 수 없는 병으로 변하는 장소가 된다.

군인들은 새로운 무기를 시험하기 위해 전쟁을 일으킨다.

그리고 더 흔하게 볼 수 있는 현상이 있다.

소방의 임무를 띠고 있는 사람들은 자기들이 꼭 필요하다는 것을 보여주기 위해서, 또한 자기들의 봉급이 오르는 것을 정당화하기 위해서 방화광으로 변한다.

에드몽 웰스, 『상대적이며 절대적인 지식의 백과사전』 제11권

98

쥐 한 마리가 사람들의 다리 사이로 달아난다.

다비드 웰스 교수는 자기 친구인 왕 에마 109가 가까스로 목숨을 건진 병원을 떠났다. 왕이 이제 잠을 자면서 휴식을 취해야 한다는 것을 알고 있는 것이다.

그는 행인이 많이 오가는 뉴욕의 한 번화가로 나섰다. 갑자기 쓸쓸한 기분과 쓸모없는 사람이 된 기분이 밀려온다.

스마트폰이 울린다. 오로르다.

「수고했어, 다비드. 네가 무슨 활동을 했는지 뉴스에서 다 봤어.」

「그런 너는 어떻게 지내고 있어?」

「나는 페미니즘을 수호하기 위한 정치 활동을 다시 하기로 했어. 세계적으로 여성의 지위가 계속 나빠지고 있는 걸 보면, 내가 그만두지 말았어야 한다는 생각이 들어. 지금 내가 준비하고 있는 일은 여성의 권익을 위한 모든 투쟁 그룹을 한데 결집하는 거야.」

그는 센트럴 파크로 들어선다. 에마슈들이 임시로 지은 도시, 램프로 불을 밝히고 휴대용 방열기로 온기를 넣은 천막촌을 볼 수 있는 곳이다.

그는 발걸음을 멈추고 에마슈들이 잔디밭에 솥을 걸고 음식을 하는 장면을 바라본다. 가슴이 미어터지려고 한다.

그는 오로르와 하던 통화를 계속한다. 「페미니스트 투쟁을 계속하겠다는 것은 좋은 생각이야. 그런데 우리 아이들은?」

「바로 그 때문에 내가 전화를 한 거야. 애들이 너와 통화를 하고 싶어 해. 바꿔 줄게.」

「여보세요, 아빠?」 딸아이의 목소리다. 「우리는 텔레비전에서 아빠의 모습을 봤어요.」

「그래요, 아빠. 기자의 설명에 따르면 아빠가 에마슈 국민을 태운 비행기를 조종하셨다면서요?」 오시리스의 물음이 이어진다.

「아냐, 그건 내가 아니라 마르탱 자니코야.」

「에마슈 국민 전체를 사막으로 이끄셨다는데, 그건 어떻게 하신 거예요?」 케찰코아틀이 즉시 물음을 이어 갔다.

「그것 역시 내가 한 일이 아니야. 나탈리아 오비츠가 한 일이지.」

하지만 아이들은 그가 전적으로 동의하지 않는 것을 이해하지 못한 모양이다.

「사랑해요, 아빠. 어서 돌아오세요.」 이슈타르가 말했다.

「먼저 내가 여기에서 끝내야 할 일들이 있어. 너희도 알지? 행정 수속을 밟아야 한다는 걸.」

「그런 것 다 필요 없어요. 우리에게 필요한 건 아빠예요. 어서 돌아오세요.」

「너희 어머니 좀 바꿔 줘……. 오로르, 내가 돌아가기를 바라는 거야?」

「이거 알아? 네가 떠난 뒤로 나는 우리의 별거라는 상황에 맞춰서 모든 것을 개편했어. 아이들조차 이제 그것에 익숙해졌어. 이곳은 모든 게 나아지고 있어.」

「애들한테는 내가 필요한 모양인데.」

「순진하게 굴지 마. 예의상 그러는 거야. 너 없이 모든 게 아주 잘 돌아가고 있어. 가끔씩 전화나 해줘. 애들이 아버지가 있다는 것을 잊으면 안 되니까. 하지만 현재로선 내가 새로운 삶을 개척하도록 그냥 내버려 두면 좋겠어.」

「그럼 우리는 어떻게 되는 거지?」

「내 생각에 우리는 부부를 이루어 살 팔자가 아냐. 너도 그렇고 나도 그래. 따지고 보면 우리는 언제나 혼자였고, 부부란 소비 사회에 맞춰 살기 위한 환상이었어. 나는 혼자고, 너도 혼자야. 우리 아이들은 세쌍둥이라 해도 나중에는 홀로될 거야. 우리가 그 현실에 더 일찍 맞선다면, 우리는 더 잘 견디어 낼 거야. 물론 지금 너한테는 부정적인 측면만 보일지도 모르겠어. 하지만 나중에는 네가 고맙다고 말하리라 확신해.」

「우리의 부부 관계를 해소하고 나에게서 애들을 떼어 내서 고맙다고? 그런 거야?」

「내가 너를 쫓아냈다고 생각하지 마. 사실 나는 너를 사랑해. 우리의 시스템은 잘 돌아가지 않았고 너무나 오랫동안 폐쇄적이었어. 자, 나비야, 너 혼자 날아 봐. 안녕, 다비드.」

오로르가 전화를 끊는다.

그는 오늘 저녁을 누구랑 함께 보내고 싶은 마음이 간절하지만, 아무도 없다. 그는 눈을 들어 하늘을 보며, 이 광대한 우주에서 자기가 아주 작다고 느낀다.

그때 술집의 간판이 눈에 들어온다. 〈핑크 파라다이스〉

파리의 나이트클럽, 오로르가 10여 년 전에 춤추는 것을 보았던 그 나이트클럽이 생각난다.

그는 입구로 다가간다.

키가 크고 건장해 보이는 문지기가 그를 살피더니 돈을 내라고 한다. 그가 돈을 내밀자, 문지기는 그의 손에 검인을 찍어 준다.

오로르의 춤은 먼 옛날 아틀란티스에 살던 시절에 사귀었던 은미얀의 춤과 소통하는 바가 있었다. 은미얀이 춤추던 순간은 그가 아틀란티스 이후로 숱한 삶을 살아도 결코 잊히지 않았다.

〈핑크 파라다이스〉의 내부로 들어서니 분위기가 시끌벅적하다. 리듬이 강한 하드록 「하이웨이 투 헬」, 오스트레일리아 출신의 아주 오래된 밴드 AC/DC의 그 음악이 실내를 가득 채운다. 온갖 빛깔의 빙빙 도는 스포트라이트가 사람들의 열광을 북돋운다. 술과 더러운 유리잔으로 복용한 알약이 그런 효과를 내는 모양이다.

기다란 카운터가 수영복을 입은 여자들의 무대 구실을 한다. 옷에 번쩍거리는 금속 조각을 매단 이 여자들은 불면증에 걸린 사람들의 맥주잔 사이에서 춤을 춘다.

더 좁은 무대에서는 에마슈들(아마도 센트럴 파크에서 온 듯)이 쇠막대에 기대어 키가 큰 무희들처럼 춤을 춘다.

2차원으로 이루어진 쇼이다.

그는 에마 109가 거인들과 신체적인 관계를 가질 수 없음을 아쉬워했던 것을 기억해 낸다. 어쨌거나 완전한 관계는 불가능하더라도, 무용이 주는 흥분은 허용된다. 에마슈들은 새로운 형태의 초현대적인 환상이 된다. 이 환상은 아마도 어린 시절에 가지고 놀던 인형과 연결되어 있을 테지만, 다른 게 있다면 에마슈들은 살아 있다는 것이다.

그가 요구하지도 않았지만, 불그름한 갈색 수염을 기르고 얼굴에 문신과 피어싱을 잔뜩 한 거인이 유리잔에 맥주를 따라 준다.

그는 주위를 둘러보며 맥주를 마신다.

그의 눈빛은 자기 크기의 무용수들이 있는 곳을 향한다.

오로르가 되풀이하던 말이 생각난다. 나비야, 너 혼자 날아 봐.

그런데 혼자 날자면 날개가 있어야 하지 않을까? 그리고 꿀을 빨아야 할 꽃들도 있어야 하고.

주위에는 번쩍거리는 빛깔의 옷을 입은 많은 여자들이 손에 못이 박이고 손톱이 깨끗하지 않은 다부진 사내들을 가볍게 건드린다.

이따금 억지웃음이 일고 그에 따라 다른 웃음이 터져 나온다. 그러는 사이에 무희들은 쇠막대기에 허리를 대면서 옷을 벗는다.

커플들이 서로를 찾다가 키스를 나누고 구겨진 지폐가 오가고 화장실로 통하는 계단으로 사라진다.

한 무희가 옷을 벗으면서 갑자기 팬티 속에 페니스가 있음을 보여 준다. 구경꾼 몇 명이 놀란 눈을 하고 지켜본다. 그 장면을 만든 헤르마프로디토스가 소리친다.

「놀라셨죠?」

다비드 웰스도 깜빡 속았다.

「이런 식으로 사람을 속이려 드는 경우가 있죠.」 옆에 있는 남자는, 말은 그렇게 점잖아도 정작 자기가 된통 당한 모양이다.

한 손님이 묻는다.

「당신 남자예요, 여자예요?」

「남자도 여자도 아니에요. 나는 〈중성〉이에요. 뉴스에서 그 소식 못 들었어요? 제3의 성이 있어요. 성을 아직 결정하지 않은 사람들의 성이죠. 보다시피 선택은 나에게 달려 있어요.」헤르마프로디토스는 그러면서 웃음을 짓는다.

다비드는 비어 있는 맥주잔을 내려놓는다. 모든 것이 가짜인 듯하고, 오로지 소비로 이끄는 즉각적인 흥분을 위해 만들어진 것만 같다.

현대의 성행위는 가짜다. 다른 소비재들과 마찬가지로 한낱 소비재에 지나지 않는다. 그리고 저 여자들……. 배터리 케이지에서 길러 낸 암탉을 생각나게 한다. 가짜 가슴, 보톡스를 넣은 입술, 기름기 없는 넓적다리, 움직임이 재빠른 엉덩이 등 모든 게 비슷비슷하다. 게다가 일부 무용수는 옷차림은 여자이지만 페니스를 가지고 있다. 그게 진화의 방향일까? 헤르메스와 아프로디테를 합쳐 놓은 헤르마프로디토스는 또 다른 성기가 필요치 않은 걸까? 프리드먼의 로봇들은 남녀 두 로봇을 위해 서로 다른 성기를 요구한다는데, 사람들은 남녀의 두 성기를 한 몸에 합쳐 놓으려고 애를 쓴단 말인가?

「손님, 맥주 한 잔 더 드시겠어요?」얼굴에 피어싱을 잔뜩한 종업원이 물었다.

말이 끝나기가 무섭게 황갈색 술이 담긴 잔이 나타난다. 그는 맥주잔을 들어 마시면서 얼굴을 찡그리고 꿀꺽 삼킨다. 음악 소리와 웃음소리 때문에 귀가 얼얼하다.

알몸이나 다름없는 무희들이 AC/DC의 더 빠르고 강력한 음악에 맞추어 춤을 춘다. 땀내와 파촐리 향유가 들어간 향수 냄새가 다비드 웰스의 코를 찔러 온다. 다른 사람들은 소음과 웃음 속에서 다들 행복해 보이는데, 이 한복판에서 그는 고독을 더욱 진하게 느낀다.

그는 눈을 감는다.

그날까지 겪었던 중요한 일들을 생각한다.

아버지가 죽어서 얼음덩어리에 갇혀 있는 것을 보았다.

오로르와 함께 초소형 인류를 만들어 냈다.

묵시록의 첫 번째 기사, 즉 독감을 이겨 냈다.

에마슈들을 트럭에 싣고 오스트리아로 감으로써 구출에 성공했다.

에마슈들을 비행기에 태워 폭풍우 속을 내달림으로써 구출에 성공했다.

그가 이륙하는 것을 도와준 〈림프구 13호〉는 묵시록의 두 번째 기사, 즉 소행성 〈테이아 13〉의 파괴적인 효과를 완화하는 데 기여했다.

그는 칼에 찔린 에마슈 왕을 되살리는 데 기여했다.

하지만 자기 부부를 온전하게 되살리는 데는 실패했다. 다시금 자신의 고독한 처지가 부당한 징벌처럼 느껴진다.

「다시 한 잔 드시겠어요?」 종업원이 물었다.

그는 고개를 끄덕이고 새 잔을 비운다. 웅성거리는 소리는 더 높아 가고 시큼한 땀내는 더욱 진하게 다가온다. 음악 소리는 더욱 가슴을 후비고 회전 투광기들은 더 빠르게 도는 듯하다. 바로 그때 전체적으로는 둥그렇지만 표면이 작은 거울들로 되어 있어서 투광기의 불빛을 반사하고 있는 구체가 눈에 들어온다. 나이트클럽에 가면 어디에서나 볼 수 있는 것이지만, 무수한 불빛으로 반짝이는 이 구체 때문에 한 가지 생각이 퍼뜩 떠오른다.

「우리 행성은 무슨 생각을 하고 있을까?」

「선생님이 술 좀 그만 마셔야 한다고 생각하겠죠.」 뒤에서 여자 목소리가 대답했다.

그는 미국 도시에서 프랑스어를 그렇게 유창하게 하는 것에 놀라서 뒤를 돌아본다. 자기 제자 히파티아 김이다.

「여기서 뭐 해요? 나를 따라다니는 겁니까?」

「단둘이서 이야기하고 싶었어요. 더 조용한 곳으로 갈 수 있을까요?」

「여기도 아주 좋은걸요」 하면서 그는 종업원에게 맥주 한 잔을 더 시켰다.「그래, 나한테 하고 싶은 얘기가 뭐죠, 히파티아 김?」

히파티아는 검은 머리가 찰랑거리도록 아래위로 흔들고 나서 바로 대답한다.

「저는 선생님이랑 일하고 싶어요.」

「뭐를 놓고? 나는 프로젝트가 없어요.」

「바로 지구와 소통하는 문제를 놓고요.」

그는 비웃듯이 입술을 내밀다가, 다시 맥주잔을 잡고 벌컥벌컥 마신다.

「저는 예전에 그 문제를 놓고 에마 109와 이야기를 나눈 적이 있어요. 에마 109는 선생님 얘기를 하시더라고요.」

「지구? 지구는 우리에게 관심이 없어요. 우리가 무언가 새로운 것을 발견해도 알은체를 안 해요. 몇백만 년, 아니 몇십억 년 전부터 그래 왔어요.」

히파티아는 스마트폰에다 석상들의 사진을 띄운다.

「이건 제가 세계 고고학 사이트에 들어가서 연구한 거예요. 제가 보기에 우리 조상들은 지구와 말하는 방법을 알아냈어요.」

「피라미드?」

「맞아요. 피라미드는 송신기이면서 수신기였어요.」

「내가 그 연구를 계속하라고 장학금을 주었는데, 더 원하는 게 무엇인가요?」

「선생님이요.」

히파티아는 아몬드 모양으로 생긴 커다란 검은 눈을 그의 눈에 박는다. 깜박이지 않는 그녀의 눈을 보면서, 그는 문득 자기가 그녀에게 진정으로 관심을 가져 본 적이 없음을 깨닫는다.

그 시끄럽고 부자연스러운 환경에서 그녀가 갑자기 놀랍도록 강건하고 안정되어 있다는 느낌이 든다. 무거운 세계에서 그녀는 가볍다. 속된 여자들 사이에서 그녀는 아름답고 세련됐다. 그리고 원초적인 본능을 발산하도록 되어 있는 그 장소에서 그에게 과학 얘기를 하고 있다.

「저는 선생님 아버지, 샤를 웰스의 연구를 훑어봤어요. 선생님의 혈관에는 아버지의 피가 흐르고 있어요. 그리고 선생님은 제 프로젝트를 뽑아 주셨어요. 이 모든 것이 제가 보기에는 하나의 신호예요. 우리는 함께 수행할 일이 있어요. 제 귀에는 그 신호가 들려요.」

「아버지 책에 내 귀에 관한 글도 나오던가요?」

그가 비웃음을 치자, 히파티아는 더 가까이 다가들며 묻는다.

「함께 일하자는 제안에 대해 선생님은 무어라 대답하시겠어요?」

그는 뒷걸음질을 치며 맥주잔을 방패처럼 들었다.

「미안합니다. 나는 이야기 나눌 정신이 없어요. 그저 혼자 있고 싶을 뿐입니다.」

히파티아는 머리를 흔든다.

「유감스럽군요.」

「당신의 문제가 뭡니까, 히파티아 김? 만약 나한테 끌린 것이라면, 그건 사제 간에 생기는, 특별할 게 없는 감정 전이예요. 거기에는 영광스러운 바가 전혀 없어요. 내 나이는 오히려 당신의 의욕을 꺾기가 십상이죠. 나보다 젊고 훨씬 매력적인 두 동료들에게 관심을 갖지 그러세요?」

「니심과 장클로드요? 그들은 성숙하지 못했어요.」

「알다시피 나는 한 가정의 아버지예요. 결혼해서 애를 셋이나 낳았어요.」

「최근에 헤어지지 않았나요?」

그는 어깨를 추스른다.

「나에 관해서 조사를 했어요? 내 귀 말고도 당신의 관심을 끄는 게 있는 모양이죠?」

그는 맥주를 한 모금 마신다.

「어쨌든 왕 에마 109의 목숨을 살리는 데 도움을 주어서 고마워요, 히파티아 김. 이제 나 혼자 있게 해줘요.」

「불꽃을 생각하면서 명상을 다시 해보셨어요?」

「맥주 한 잔 더 줘요, 젊은 친구!」

종업원이 술을 가져오는 동안, 히파티아는 잠시 망설이다가 무슨 말인가를 포기하고 사라져 간다.

그는 혼자 남아 술을 마신다.

가짜 보석으로 장식한 무희들은 그와 함께 있던 젊은 여성이 떠나는 것을 보자 그에게 부쩍 관심을 보인다. 벌써 한 무희는 그의 목을 어루만지고, 다른 무희는 그의 허벅지 쪽으로 손을 내민다.

99

백과사전: 짝의 탄생

갑작스러운 기후 변화 때문에 일부 영장류가 커다란 나무들 사이에 있는 풀숲에 살게 되었다. 이 영장류는 새로운 환경에 적응해야만 했다. 위험이 닥치는지 보기 위해서 또는 그 식물들 위쪽에 먹이가 있는지 알기 위해서 몸을 일으켜 세워야만 했다.

그런데 직립 보행의 자세를 채택하면서 그들은 모든 점에서 변화를 가져왔다.

우선 아기들은 엄마 배 속에서 더 일찍 세상에 나왔다. 엄마의 배에 불필요한 압력을 주어서는 안 되기 때문이다. 이렇게 태어난 신생아들은 혼자서 살아남을 수 없었고, 어미와 결합되어 있을 필요가 있었다. 직립 자세의 어미들은 네 발로 나아가는 대다수 영장류와는 달리 새끼를 등에 매달고 다닐 수 없었다. 대신 한쪽 팔로 새끼를 가슴에 붙인 채로 (새끼에게 젖을 주기에는 이것이 편리했다), 앞에다 데리고 다녔다.

그러다 보니 새로운 문제들이 생겨났다.

포식 동물에게 쫓기는 경우에는, 두 팔의 평형추 효과를 얻지 못하기 때문에 덜 빨리 달릴 수밖에 없었다. 설령 용기를 내어 포식 동물과 맞섰다고 치더라도, 한 팔은 상대를 때리거나 몽둥이를 잡을 수밖에 없었고, 다른 팔은 아기를 안고 보호해야만 했다. 그러니 어미와 자식은 죽음을 면할 수 없었을 것이다. 몇몇 영장류는 그 장면을 보고, 자기들만으로는 살아남을 수 없으며 일종의 〈경호원〉이 있어야 자기와 자식이 보호받는다고 결론을 냈다. 누가 그 역할을 하기에 적당할까? 바로 신생아를 만들어 주었던 그 수컷이 아니겠는가? 그때까지 영장류 수컷은 암컷을 임신시키고 나면 암컷과 새끼에 대한 관심을 버렸으므로, 그가 남아 있도록 설득할 필요가 있었다. 암컷은 한 가지 방안을 생각해 냈다. 성행위를 에로틱하게 만들기가 바로 그것이었다.

271

사실 암컷은 수컷에게 성생활의 쾌감에다가 놀이의 차원까지 제공하면, 수컷을 자기 곁에 붙들어 둘 수 있다는 것을 알게 되었다. 그 협상은 어떻게 진행되었을까? 수천 년에 걸쳐 암컷들은 수컷을 다루기 위한 다양한 행동을 시험해 보았다.

암컷들은 욕정을 유발하는 걷기, 성행위의 몸짓 흉내 내기, 입술에 침을 묻혀 더 반짝거리게 하기, 성기를 매끄럽게 만들기, 몸이나 머리 모양 다듬기를 개발했다.

그렇게 유혹의 메커니즘을 연구한 뒤에는 환상적인 차원을 고안해야 한다는 것을 이해했다. 수컷의 성적인 욕구 불만을 이어 가는 게 바로 그것이었다. 일단 수컷의 욕망이 채워지고 나면, 그 뒤에는 어떤 식으로 수컷을 붙들어 둘 수 있을까? 참신한 섹스 체위의 개발, 지속적인 간질이기, 쾌감 자극, 만족감, 뒤이어 또 자극.

욕정을 유발하는 그런 유희를 이해하지 못한 암컷들은 성적인 파트너를 구하지 못하고 포식 동물에 쫓기다가 새끼와 함께 죽어 갔다.

다른 암컷들은 뛰어난 암컷들과 경쟁 관계에 있음을 알아차렸고, 거기에서 아마도 〈수컷들을 자기들의 에로스 제국으로 끌어들여 꼼짝 못하게 하는 기술〉이 나왔을 것이다.

십중팔구는 그런 방식에서 짝(또한 〈팜 파탈〉)이 생겨났을 것이다. 그리고 그렇게 짝이 만들어지면서, 인간은 직립 보행의 험난한 단계가 야기한 위험들을 이겨 내고 진화의 길을 걸어왔을 것이다.

에드몽 웰스, 『상대적이며 절대적인 지식의 백과사전』 제11권

100

마지막 무희들이 가짜 보석과 가발과 가짜 속눈썹을 떼어 내고 하이힐을 벗었을 때는 새벽 4시였다.

다비드는 서 있기가 힘이 든다. 그는 비틀거리면서 호텔

로 돌아온다. 오랫동안 거울을 보면서 귀에 무슨 비밀이 있을까 살펴보지만, 비밀을 알아낼 수가 없다.

그는 찬물을 틀어 놓고 오랫동안 샤워를 한다. 히파티아가 나한테서 원하는 것은 무엇일까? 피라미드를 매개로 삼아 나와 함께 지구에게 말을 걸자는 것일까? 불꽃을 머릿속에 그리면서 명상을 하자는 것일까?

그는 불을 끈 다음, 창문을 열고 초 하나를 접시에 촛농으로 붙여 놓는다. 그리고는 가부좌를 틀고 불꽃을 바라본다.

술에서 깨어나기.

불꽃.

아이들에 대한 걱정에서 벗어나기.

불꽃.

묵시록의 두 번째 기사와 30억 사망자.

불꽃.

오로르.

불꽃.

히파티아.

불꽃.

히파…… 아무것도 생각하지 말아야 해.

불꽃.

젠장, 아직도 생각하고 있어.

불꽃.

안 되는군.

방 안에서 가느다란 날개들이 파닥거리는 소리가 들린다. 열린 창문을 통해 무엇인가 들어왔다.

불꽃.

저게 무엇인지 봐야 한다.

불꽃.

저게 무엇인지 알아야 한다.

그는 눈을 뜬다.

그의 눈에 들어온 것은 커다란 나방. 앞가슴에 해골 모양의 무늬가 있다. 이 무늬 때문에 해골박각시나방이라 부른다. 학명은 아케론티아 아트로포스. 아메리카 대륙에서는 볼 수 없는 나방인데, 아마도 유럽이나 아시아에서 온 식물 상자에 휩쓸려 들어왔을 것이다.

몸에 털이 많이 난 이 나방은 날개를 천장에 부딪치면서 인두(咽頭)로 삐걱거리는 소리를 낸다. 그러더니 촛불 주위를 점점 가까이에서 돌기 시작한다.

인디언들은 밤에 나방이 찾아오는 것은 우리 조상의 영혼이 우리를 방문하는 것이라고 말한다.

나방이 어찔할 줄 모르고 빙빙 돌면서 유리창이나 벽에 사납게 부딪친다. 저건 술에 취해 살던 조상이었을까?

다비드 웰스는 그 나방이 촛불에 접근하는 것을 막고 싶었지만, 나방은 그를 피하여 파괴의 불빛 쪽으로 직진한다. 날개에 금세 불이 붙는다. 반쯤 불에 탄 나방은 고통 때문에 몸을 뒤틀면서 방바닥에서 죽어 간다. 불에 탄 날개의 냄새가 퍼져 나간다.

나방이 주둥이를 늘어뜨린다. 자신에게 가해지는 고통이 이만저만하지 않다는 뜻이다.

다비드 웰스는 나방의 긴 고역을 줄여 주기 위해, 슬리퍼 바닥으로 꽉 밟아 버린다. 그럼으로써 나방은 3차원으로 된 세계에서 2차원의 세계로 넘어간다.

죄송합니다, 조상님, 저를 찾아오실 때는 이런 식으로 돌아서 오지 마십시오.

그는 불에 탄 시신을 나뭇잎 위에 올려놓았다가 다시 발코니의 화분 안에 넣는다. 그런 다음 촛불을 끄고 완전한 어둠 속에 잠겨 잠을 청한다.

불꽃?

그리고 더 이상 아무 생각도 하지 않기.

101

〈우주 나비 2호〉는 이륙의 첫 단계를 무사히 통과했다.

지구를 벗어나기 위한 웅대한 로봇은 목표 지점에 도착했다.

초기 형태의 마지막 흔적인 제트 엔진들이 우주 공간으로 떨어져 나간다.

지름 1킬로미터에다 길이 1킬로미터에 달하는 번쩍거리는 원기둥이 고도 35,786킬로미터의 정지 궤도에 안착한다.

원기둥이 변형할 준비가 되어 있다.

「2단계로 넘어간다.」실뱅 팀시트가 알려 온다.

그러자 미리 작성된 계획에 따라, 레베카가 망원경에 의해서만 보이는 펼치기 작전에 돌입하여, 1킬로미터의 원기둥을 차츰차츰 32킬로미터의 길이로 키워 간다.

이 작전에는 온종일이 걸린다.

「2단계가 끝나고, 3단계 시작.」

거대한 네온등에 불이 켜지면서 우주선의 중심축 구실을 한다. 실뱅 팀시트는 태양 배터리로 전원을 공급하는 회전식 모터를 작동시킨다. 우주선은 천천히 돌기 시작하면서 내부

275

에 만유인력을 만들어 낸다. 그리고 그곳에는 숨 쉴 수 있는 공기가 가득하다.

「3단계 종료. 우주선의 가슴 부위에 자리 잡은 인원들은 배 부위로 진출할 준비를 하십시오.」

14만 4천 명의 탑승자들은 일제히 안전벨트를 푼다.

「4단계 진입. 흙을 설치하는 일이 주된 작업입니다.」

우주 나비들은 인력과 공기를 갖춘 환한 원기둥 중심에 줄을 지어 모여 있다.

그들이 대면하고 있는 것은 반질반질한 금속판 바닥이다. 그 순간을 위하여 오래전부터 준비를 해왔다. 저마다 자기가 무엇을 해야 하는지 알고 있다. 그들 중 일부는 차고로 들어가서 테라포밍 차량에 올라타서 전기 모터를 켠다. 또 다른 일부는 트랙터나 불도저로 천천히 갈색 흙을 펴고, 그 위에 녹색 잔디를 두꺼운 천처럼 깔아 놓는다.

조경 전문가들은 지표에 기복을 만든다. 그에 따라 언덕과 골짜기, 도로와 오솔길이 생겨난다. 장차 강이 되거나 세 개의 호수가 될 밑바닥이 만들어지기도 한다.

또 어떤 사람들은 숲에 관목을 심고 밭에 곡물을 심는다.

그와 때를 같이하여 실뱅 팀시트는 케블라 천을 천천히 펼쳐서 면적 7백만 제곱킬로미터의 돛을 만들어 낸다. 다행히 정보 공학의 도움을 받는 작전이라서 가늘고 부서지기 쉬운 은빛 천에 구김이 전혀 가지 않았다.

원기둥 내부가 흙과 식물로 장식되고 나자, 레베카 팀시트는 우주선 가슴 부위에 있는 물탱크의 수문을 연다. 물이 투명한 급류처럼 뿜어져 나와 강과 호수들을 가득 채운다.

우주 나비들은 마을의 토대가 될 집들을 지을 줄 알고, 이

마을에서 어떻게 살아가야 하는지도 배우고 왔다.

이윽고 실뱅 팀시트가 알려 온다.

「4단계 종료.」

레베카는 〈우주 나비 2호〉를 중심축에 놓는다.

「새로운 땅을 향해 출항.」

원격 조종 전기 모터가 돌고, 케이블이 탱탱해지며, 돛에 햇빛이 그득하다. 햇살이 케블라로 된 거대한 돛을 밀어내자 우주선은 지구의 인력을 벗어나 별과 별 사이의 빈 공간을 향해 날아간다.

실뱅 팀시트는 레베카에게 다가들어 키스를 나눈다.

이리하여 〈우주 나비 2호〉는 옛 지구를 버리고 미지의 우주 공간으로 들어간다.

102

예전에 나는 고독을 받아들였고, 내게 달리 선택의 여지가 없다고 믿었다.

하지만 나는 이제 내 삶을 보완해 줄 생명 형태가 우주 어딘가에 존재하고 있음을 알고 있다. 그리고 그 생명 형태와 나 사이에 지구인들이 〈사랑〉이라 부르는 감정이 생겨날 수 있다는 것도 안다. 그렇다면 나는 정말 그런 감정을 느낄 수 있을까?

이제 그들의 우주선이 새로운 행성을 개척하기 위해서 떠났다.

그런데 사람들이 모두 나를 버리고 떠나면 어떻게 될까?

사람들이 떠나고 식물과 동물만 남는다면? 지능도 없고 의식도 없어서 나와 소통할 수 없는 동식물만 남는다면?

미래가 불안하다.

내가 가장 두려워하는 것은 이제 죽는 게 아니라, 진정한 만남 한번 이루지 못하고 내 삶을 끝내는 것이다.

제2막

전쟁의 시대

소통의 시기

103

기념일

정확히 3년 전에 우리가 〈묵시록의 두 번째 기사〉라 이름 붙인 끔찍한 재앙이 벌어져 30억의 인명이 세상을 떠났습니다.

UN 사무총장 스타니슬라스 드루앵은 이 슬픈 기념일에 맞춰서 연설을 하기로 했습니다. 우리 통신원 쥐디트가 현재 뉴욕에 나가 있습니다. 쥐디트, 그래 어떻게 되어 가고 있나요?

「네, 뤼시엔, 연설은 곧 시작될 것입니다. 저는 직접 들어보실 것을 여러분께 권하고자 합니다.」

「……시간이 흘렀음에도 상처는 아직 완전히 치유되지 않았습니다. 하지만 나라 간의 연대는 그토록 모범적인 사례가 없었을 것입니다. 〈테이아 13〉의 파편들에 타격을 입은 대도시들 대부분은 원래 그 자리나 가까운 교외에 새로 지어졌습니다. 그 시련은 우리를 쓰러뜨리기는커녕 우리를 더욱 강하게 만들었습니다. 재앙이 있은 뒤에 세계 인구는 아주 빠르게 성장했습니다. 마치 손실된 부분을 빠르게 회복시키기라도 하듯 출산율이 갑자기 높아졌습니다. 불과 3년 만에 우리는 70억 명에서 80억 명으로 인구가 많아졌지요. 재난을 겪은 뒤에 얻은 기록적인 출산율입니다. 아빠들, 특히 엄마들이 고생 많으셨습니다. 그들이 애를 많이 쓴 덕에 호모 사피엔스가 지구를 다시 채우게 되었습니다.」

박수갈채.

「뤼시엔, UN 사무총장의 연설은 여기까지입니다. 제가 한 가지 상기시켜 드릴 것은 스타니슬라스 드루앵이 UN 빌딩 앞에서 5미터 높이의 조각상 낙성식을 거행했다는 것입니다. 조각가 장미셸 퐁지오의 작품인 이 조각상은 Y자 형태의 소행성을 상징하는 것으로 〈묵시록의 두 번째 기사: 30억 사망자〉라는 이름이 붙어 있습니다.

UN 빌딩 광장에 자리한 이 조각 작품은 〈묵시록의 첫 번째 기사: 20억 사망자〉라는 또 다른 작품과 짝을 이루고 있습니다. 이 조각상은 13년 전에 세워진 것으로 A형 독감(H1N1)의 뿔이 솟아 있는 구체입니다.」

「고맙습니다, 뤼시엔. 자 그럼 다른 뉴스 타이틀로 넘어가겠습니다.」

성기가 달린 로봇

프리드먼 교수가 드디어 유명한 안드로이드 로봇의 새로운 006 세대를 개발했습니다. 이 로봇들은 수컷과 암컷으로 특징에 차이가 납니다. 프리드먼 교수는 진짜 성기를 모방한 인위적인 성기를 갖춰 주었습니다. 그리고 마지막 눈짓 같은 이름을 지었습니다. 수컷은 〈카사노바 006〉이고 암컷은 〈게이샤 006〉, 둘 다 의미가 담겨 있는 이름입니다.

〈우주 나비 2호〉

3년 전에 날아오른 우주선에 좋은 소식이 있습니다. 억만장자 실뱅 팀시트와 그의 아내 레베카가 이끄는 14만 4천 명의 탑승자로 이루어진 〈우주 공동체〉는 완전한 성공을 거두고 있는 듯합니다. 그들은 스스로를 〈우주 나비들〉이라 부르고 있습니다. 그들이 우리에게 보내온 이미지들에 따르면, 그들은 광물, 식물, 동물, 인간이 잘 어우러진 생태계를 이루어 냈습니다. 산소나 습기의 공급이나 외부 비료의 유입이 전혀 없는 닫힌 꽃병처럼 기능할 수 있는 생태계입니다. 실뱅 팀시트의 말을 들어 보죠. 〈나는 1960년대 키부츠 농업 개척자들의 초기 공동체와 1970년대 히피 공동체에서 영감을 얻었어요. 자본이 없는 사회, 사실상 평등한 사회를 만들어 보고 싶었지요. 모두가 일을 하고 집단적인 노동이 공통의 것으로 결집되었어요. 아이들은 함께 교육을 받고, 개개인의 집들은 열쇠로 잠그는 법이 없으며, 신분의 상하도 가난한 사람이나 부자도 없습니다. 우리는 모두 우리 자신을 뛰어넘는 커다란 프로젝트, 다시 말해서 다른 행성을 개척함으로써 인류의 생존을 보장하는 프로젝트를 우리의 큰일로 여기고 있습니다.

초소형 인간

에마슈 인구가 급속하게 늘어났다는 것 역시 인류가 경험한 강한 성장의 하나였습니다. 3년 전에는 인구가 10만 명이었지만, 이제 정확히 1백만 명입니다. 그러니까 10배수로 늘어난 것입니다. 왕 에마 109는 열여섯 번째 생일(우리로 치면 160세에 해당)을 맞이하여 이렇게 말했습니다. 〈우리는 인구를 더 늘릴 수 있었습니다. 하지만 우리는 아이들을 사랑할 수 있을 때, 아이들을 교육하고 먹일 수 있을 때, 훗날 아이들에게 일을 시킬 수 있다는 확신이 들 때만 인구를 늘려 왔습니다. 또한 우리는 쓰레기의 양과 우리 국민의 삶에 기인한 토지의 척박해짐에도 신경을 씁니다. 우리의 목표는 에마슈 인구와 이들이 차지하고 있는 땅의 조화입니다. 낭비가 있을 수 없고, 한 번 사용된 것은 반드시 재사용되어야 합니다. 인구가 너무 많으면, 공기가 탁해지고 물이 오염되며 환경이 더러워집니다.〉

초소형 인간의 대다수는 아소르스 제도의 플로르스섬 높다란 중앙 평원에 살고 있습니다. 지난번에는 쓰나미에 휩쓸렸지만, 이젠 그런 재앙을 피하기 위해서입니다. 그와 동시에 달 표면의 우주 기지가 아주 빠르게 건설되었고, 왕 에마 109는 곧 있으면 공식적으로 그 기지를 소개할 수 있으리라 말했습니다. 공식적인 발표에 의한 것은 아니지만, 루나폴리스로 이륙하는 로켓들을 외부에서 관찰한 바에 따르면, 이미 수천의 에마슈가 거기에 간 것으로 보입니다. 왕은 감시와 보호를 맡은 그 에마슈들 덕에 소행성의 위협은 없으리라고 했습니다. 인류에게는 우주로부터 날아오는 소행성의 방패막이가 생겨날 것입니다.

집단 탈주

셰일 가스를 개발하다 보면 농업용수며 음료수가 오염됩니다. 그에 따라 자기들의 농작물에 물을 댈 수 없게 된 농부들은 자기네 농업 활동을 접고 도시로 이주합니다. 셰일 가스 개발에 따른 이 새로운 집단 탈주는 아시아와 아메리카는 물론이고 아프리카, 오스트레일리아, 유럽으로 번져 갑니다. 이 집단 탈주 인구는 주로 수도를 부풀리고 가난한 하층 프롤레타리아를 형성합니다. 중국이 컨테이너를 주거로 사

284

용해서 도시 외곽에 판자촌으로 대형 주거지를 만든 이후로 그와 비슷한 판자촌이 세계 도처로 퍼져 나가고 있습니다. 그에 따른 농작 지대의 소멸과 마시는 물의 품귀는 곡물 가격과 빵값의 상승을 야기합니다. 농림부 장관은 불안해하지만, 산업부 장관은 태연합니다. 그의 말은 이렇습니다. 〈두 가지 결핍 가운데 선택을 해야 했습니다. 마시는 물이냐 석유냐? 인류는 자기에게 유리한 것을 선택했습니다.〉

날씨

뜨거운 날씨와 폭풍우가 번갈아 가면서 닥치고 있습니다. 논리적인 이유를 설명할 수가 없습니다.

104

나는 기억한다.

3년 전이었다. 나는 소행성 〈테이아 13〉과 결합할 뻔했다. 인간들은 나를 〈보호한다〉는 명분으로 그런 경험을 빼앗아 갔다.

나는 그런 일이 다시 생겨나도록 위험을 감수하기가 어렵게 되었다. 이제 인간들과 〈진정으로〉 소통해야만 한다. 거인이든 소인이든, 나의 다른 관점을 이해해야만 하는 것이다.

105

손가락들이 만년필을 잡고 각각의 글자를 정성스럽게 쓴다.

왕 에마 109는 〈새로운 인류〉라는 개인적인 저서를 집필

하는 중이다. 새롭게 구상하는 책이라서, 현재로서는 가늘고 좁다란 글씨로 채운 두툼한 노트 한 권일 뿐이다. 늘 안쪽 주머니에 넣고 다니면서 언제든 뭔가 새로운 생각이 날 때면 그것을 기록해 둔다. 현대의 시련에 맞서기에 더 적합한 새로운 인류는 어떻게 만들어질 것인가? 그것에 관한 몇 가지 생각이 떠오른 것이다.

왕이 상상하는 인류는 훨씬 더 작고 더 여성적이고 연대심이 더 강할 뿐만 아니라 특히 더 빠르게 적응하는 새로운 인류이다. 인구의 자동적인 제한이 가능할 뿐만 아니라, 인구가 너무 많다 싶을 때는 자기 파괴도 가능한 인류이다. 동물들은 자동적인 제한을 할 수 있는데, 인간은 왜 그걸 못 한단 말인가? 인간은 전쟁을 통해서 무의식적으로 인구를 줄여 나간다. 그런데 인구가 늘어나는 것을 의식적으로 막을 길은 없는가? 그것이 인간에게 주어진 책임감이 되지는 않을까? 지구가 살아 있고 허약하다는 것을 알게 된다면, 어떠한 경우에도 균형을 잃지 말아야 한다는 것을 알게 되리라. 그래야 지구의 완벽한 조화를 유지할 수 있을 것이므로.

화상 전화가 울린다.

왕이 화면에 불을 켜자 교주 에마 666의 얼굴이 나타난다.

「전하께서 이번 독립 기념일에 맞춰서 거인들을 또다시 초대하셨다는 이야기를 들었습니다. 제가 전하의 그 선택에 동의하지 않는다는 것을 아셨으면 좋겠습니다.」

「안다네, 666.」

「하지만 결국 무슨 일이 벌어지는 겁니까? 예전에는 전하께서 거인들을 파괴하는 일에 앞장서시더니, 이제는 거인들을 온전한 파트너로 생각하시는 겁니까? 예전에 전하께서 거인들을 두고 이런 말씀을 하셨습니다. 거인들과 평화를 이루는 건 바람직하지 않고, 거인들과 싸우다 죽은 모든 에마슈의 복수를 해야 한다고 말입니다.」

「속담에 이르기를, 바보들만이 생각을 바꾸지 않는다고 했네. 나는 우리가 말하는 〈적들〉을 활용하는 편을 더 좋아하네. 그들을 쳐부순다는 말보다 그게 낫지 않은가? 덜 피곤하고 더 이익이 되지.」

「어쨌거나 그들이 우리의 적이라는 것은 인정하시는군요?」

왕은 긴 물부리에 불을 붙이고 담배 연기를 한 모금 빨아들인다.

「어떤 거인들은 우리를 전혀 사랑하지 않으며, 우리가 사라지도록 모든 것을 다하고 있다는 사실을 인정해. 하지만 우리는 모든 것을 한 바구니에 담을 수는 없어. 잊지 말게, 666. 어떤 거인들은 우리 나라를 파괴하는 쓰나미에서 우리를 구해 주었어, 3년 전의 일이야. 그들이 아니었다면, 우리는 여기에 없을 거야.」

「여섯 거인이 자발적으로 우리 편이 되었다고 해서, 80억 거인들이 갈수록 공개적으로 우리에게 적대적으로 나오는 것을 그냥 두고 보고 있어도 될까요?」

왕은 화상 전화기 쪽으로 담배 연기를 불어 댄다.

「과장하지 말게, 666. 거인들이 모두가 적대적인 것은 아냐. 그들은 우리가 누구인지 이해하지 못했고, 우리가 자기네와 어떤 점에서 다른지도 몰라. 그게 〈인간적〉인 것이지.」

「우리가 그들보다 훌륭해요. 그래서 그들이 우리에게 적대적이죠. 마치 한 학급에서 공부를 못하는 학생들이 공부를 잘하는 학생들을 이기기 위해 시샘을 하듯이 말이에요.」

「우리가 〈공부를 잘하는 학생들〉이라는 것을 확신하고 있어, 666? 설령 우리가 그런 학생들이라고 할지라도, 어느 학교 어느 선생님 밑에서 그렇다는 것이지?」

「학교 이름은 〈우주〉이고, 선생님 이름은 〈우리 행성〉가이아입니다. 전하 자신이 저에게 그것을 가르쳐 주셨습니다.」

왕 에마 109는 화상 전화기의 화면에 더 바싹 다가든다.

「666, 우리는 칠각형 체스 판에 마지막으로 나타난 선수들이고, 머지않아 우승할 거야. 하지만 한 계단씩 다른 팀과 동맹을 맺어 가며 이겨야 해. 게임은 길어질 거야. 다른 팀들은 수천 년에 걸친 폭력과 경쟁의 경험이 있어. 우리는 그런 게 없어.」

「전하는 그들에게서 놀라움을 느끼시나요?」

「물론이지. 그들의 장수와 축척된 경험이 놀랍고, 과학 기술이며 예술이며 언어처럼 우리가 현재 활용하고 있는 것들도 감탄스럽네. 그들이 없었다면 우리는 텅 비어 있는 정신을 가졌겠지. 인간이 없는 조건에서 초소형 인간이 지구에 태어났다고 상상해 보게. 초소형 인간은 무엇을 했을까? 그냥 동물이 되었을 거야. 교양도 없고 자기들 역사에 대한 기억도 없는 영장류, 그건 원숭이들이야.」

「어떻게 그들이 자기들 자신에게 하던 욕설을 우리에게 하실 수가 있지요?」

「나는 그들이 누구인지 알아. 그것을 이해하기 위해 오랜 시간을 들였지. 그들에게는 최선과 최악, 전쟁과 평화, 지혜와 어리석음이 뒤섞여 있어. 그들은 생김새도 다양하고 정신도 다양해.」

왕은 또다시 담배 연기를 구름처럼 뱉어 낸다.

「나는 그들이 수천 년의 세월을 통과해 온 것 하나만으로도 감탄해. 오늘날 살아 있다는 것은 과거에 어려운 싸움들을 많이 이겨 냈다는 뜻이거든.」

「우리는 그들을 이길 수 있어요.」

에마 109는 손바닥으로 벽을 후려친다.

「아직도 이해를 못 하겠어? 우리가 모두에게 맞서서 싸운다면 적들에게 금세 무너질 거야. 특히 과소평가해서는 안 되는 적들에게 말이야.」

「그럼, 전하, 우리에게 무얼 권하시겠습니까?」

왕이 진지한 표정을 짓자, 교주의 얼굴에 긴장이 감돈다.

「그들의 재능을 활용하고, 그들 쪽에 있는 좋아 보이는 것을 취하고, 그들의 약점을 알아내면서, 우리의 목표를 추구해 나가야지.」

「그렇다면 전하께서는 그들을 물리치는 것을 포기하지 않으셨군요?」

왕은 숨을 들이마신 다음, 파란 담배 연기를 반지처럼 뱉어 낸다.

「어쨌거나 나는 대응 방식을 바꿨어. 정면충돌이 내가 보기에는 가장 비효율적인 전략이야. 몇 시간 뒤에 그들을 환대하여 음식을 대접하고 그들에게 선물을 안기기로 결심한 것도 그런 이유에서일세. 우리의 창의성과 개방성으로 그들을 경탄할 수 있게 해봐야지. 그들의 속담 중에 이런 말이 떠오르는군. 〈지배하기 위해 복종하기.〉」

「역설적이네요. 전하께서 말씀하시는 〈성공하기 위해서

는 기꺼이 실패하라〉 또는 〈진실을 알아내기 위해서는 거짓말을 하라〉는 것과 비슷하군요.」

왕은 그 주제를 놓고 계속 이야기하고 싶지 않다고 에마 666에게 신호를 보낸다.

「오늘 저녁에는 무엇을 어떻게 해야 하는지 알고 있지?」

「전하, 걱정하지 마십시오. 전하께서 맡기신 임무의 까다로움을 잘 파악했습니다.」

밖에서 소음이 들려온다. 왕은 소음의 정체를 금세 알아본다. 교주와 통화하던 것을 끊고 화면을 정지시킨 다음, 착륙하는 헬리콥터들을 바라본다.

왕은 지팡이를 짚고 예전처럼 연꽃 모양으로 재건된 궁전을 거닌다. 그러다가 엘리베이터를 타고, 첫 거인 손님들이 나타날 광장으로 나간다.

이제 겨우 오전 8시다.

광장으로 내려가면서 왕은 생각한다. 지난번 축제는 우리에게 행복을 만들어 주지 않았어. 그렇다고 불행이 매번 동일한 축제를 악착스럽게 따라다니지는 않겠지.

왕이 나타나자 에마슈 군중이 함성을 질러 댄다. 그들 위쪽에서는 〈마이크로 랜드 독립 13주년 기념행사에 오신 것을 환영합니다〉라고 쓰인 플래카드들이 펄럭인다.

군중은 명망 높은 거인들 중에서 가장 유명한 다비드 웰스 교수와 나탈리아 오비츠 대령을 알아보고 박수갈채를 보낸다. 그들은 왕 앞으로 나아가 절을 올린다.

나탈리아 오비츠가 나직하게 말한다.

「놀랍도록 건강해 보이시네요. 우리 나이로 치면 160세이신데.」

「모든 게 살드맹 박사와 그를 만나게 해준 다비드 자네 덕분일세. 하긴 살드맹 박사도 손님들 중에 포함되어 있지. 저기 보게, 마침 그가 당도했네.」

왕은 지팡이로 헬리콥터 한 대를 가리킨다. 거기에서 유명한 의사 살드맹과 동료 등 10여 명이 나타난다.

「우리 같은 외교관만 초대하지는 않으셨군요.」 나탈리아는 경탄을 섞어 말했다.

「미래를 위해 정말로 중요한 사람들을 초대했지. 물론 정치인도 더러 포함되어 있지만, 그들이 다수파는 아닐세. 이번엔 보다시피 비밀스러운 엘리트 쪽을 포기하고, 오히려 가장 폭넓은 청중이 이 행사를 보고 즐기도록 준비했네.」

에마슈들의 텔레비전과 거인들의 텔레비전 카메라들이 동시에 행사를 촬영하고 있다.

초대받은 거인들은 왕 에마 109에게 잇달아 인사를 올린 다음, 거인들에게 어울리는 큰 자동차만이 달릴 수 있는 유일한 대로로 안내를 받는다.

그리하여 그들은 바닷가가 아니라 섬에서 가장 높은 중앙 평원에 세워진 새로운 마이크로폴리스를 구경한다.

고지에 세워진 새 도시는 예전의 도시보다 훨씬 넓다. 인구가 열 배나 많으니, 면적이 최소한 열 배는 넓어야 했다. 건물들은 예전처럼 꽃 모양으로 지어졌지만, 지진이나 폭풍우를 막기 위해서 더 〈유연한 콘크리트〉로 넓게 지어졌다. 이 콘크리트는 벽들의 가벼운 흔들림을 가능하게 하는 신형이었다. 멀리에서 보면, 잎사귀 같은 발코니를 품고 있는 기다란 초록색 줄기가 가볍게 고개를 숙이고 있는 듯하다.

106

에마슈들은 성공을 자축한다.

기쁨을 드러내고 스스로를 중요한 존재로 여긴다.

나는 그들이 이렇게 생각하는 소리가 들리는 듯하다. 〈우리는 우리 행성이 그 만남을 경험하지 못하도록 방해했다.〉

결국 나는 초소형 인간을 좋아하지 않는다.

내 삶에서 가장 아름다운 순간이 될 수 있었던 것을 방해한 자들이 바로 그들이다.

나를 마땅히 존경해야 한다는 사실을 상기시키기 위해 다시 그들을 상대로 지진을 또 일으켜 볼까?

107

낮에는 모든 손님들이 마이크로폴리스를 구경하면서 보내고, 저녁에는 거대한 기둥머리 장식으로 꾸며 놓은 축하 연회장에서의 특별 만찬에 초대받는다.

다비드 웰스는 거인 정치가들의 수가 많지 않다는 것을 알아차린다.

하얀 식탁보로 장식한 직사각형 식탁 주위에 앉은 국가 원수는 여섯 명뿐이고, 나머지는 세계에서 손꼽히는 기업의 대표들이다. 국가 원수로는 미국 대통령 스미스, 중국 주석 창, 러시아 대통령 파블로프, 프랑스 대통령 펠리시에 등이 보이고, 기업의 대표로는 컴퓨터, 석유, 의약품, 농산물 가공업 등의 분야에서 세계 1위를 달리는 회사들의 자본가들이란다. 그렇게 해서 하얀 식탁보 주위에 모인 손님은 열여섯 명이다.

거기에서 오른쪽으로 조금 떨어진 곳에는 역시 직사각형

식탁이지만 녹색 식탁보를 덮어 놓은 것이 있는데, 이번에는 시아파 아야톨라들과 수니파 이맘들, 그리고 중동과 아프리카에서 온 몇몇 장군이 모여 있다. 그들 역시 열여섯 명이다.

더 멀리에는 살드맹 박사가 의학계의 동료들이며 파비엔 풀롱이라는 최장수 노인을 거느리고 앉아 있다. 노란색 식탁보로 덮여 있는 이 식탁에도 역시 열여섯 개의 의자가 딸려 있다. 파비엔 풀롱은 살드맹 박사가 운영하는 스위스의 노년학 센터를 나와 아소르스 제도를 구경하는 것에 만족하는 듯하다. 군중에게 인사를 할 때도 한 손으로 한다. 영국 왕처럼 모두가 자기를 보러 왔다는 듯이 하는 것이다. 미소를 짓는 것에 지쳐서, 할머니는 틀니를 빼어 자기 앞에 있는 유리잔에 담는다. 그 잔에 물이 들어 있으리라 생각했지만, 알고 보니 연회에 참가한 사람들을 즐겁게 해주려는 샴페인이다. 살드맹은 살이 많이 쪘음에도, 식탁에 놓인 군입거리를 먹고 있다.

다른 식탁에는 다른 팀이 앉아 있다. 프리드먼 교수가 동료들 및 자기가 만든 한 쌍의 안드로이드 로봇을 데리고 왔다. 로봇의 수컷은 〈카사노바 006〉, 암컷은 〈게이샤 006〉이다. 거기에도 손님은 열여섯 명이다. 식탁보는 파란색이다.

「아냐, 저건 말도 안 돼. 에마 109가 저것까지 생각할 줄은 몰랐어.」나탈리아가 속삭였다.

그다음 식탁에는 실뱅 팀시트의 동생인 대니얼이 앉아 있다. 그는 체격이 좋은 사람인데, 밀실 공포증을 앓고 있어서 〈우주 나비 2호〉에 타는 것을 죽음으로 받아들였다. 그의 말마따나 〈어둠과 추위와 공허의 한복판에서 통조림통에 갇혀 지내는 것〉이었다. 그래서 그는 지구에 남아 우주 나비들의 대리인 역할을 하고 있다. 지구의 뉴스를 우주선 탑승자들에게 보내는 것도 그 사람이고, 역으로 우주선 내부에서 찍은 비디오를 지구의 기자들에게 제공하는 것도 그 사람이다.

다니엘 팀시트 역시 동료들 열다섯 명을 대동하고 왔는데, 이들은 모두 〈우주 나비 2호〉 프로젝트와 관련이 있는 사람들이다.

그때 나탈리아가 다비드 웰스에게 묻는다.

「뭐 특별한 거 눈치채지 못했나? 바닥을 보게.」

프랑스 과학자는 바닥이 검은 칸과 흰 칸으로 구성되어 있음을 보았지만, 아무것도 알아차리지 못했다. 그러자 프랑스의 UN 대사 나탈리아가 설명한다.

「왕은 여기에 칠각형 체스의 일곱 진영을 모아 놓았네. 그러고는 체스 판에서처럼 일곱 진영을 따로따로 배치해 놓았지.」

새로운 행렬이 다가온다. 오로르 카메러 웰스 교수가 전 세계의 다른 페미니스트 열다섯 명을 대동하고 나타난 것이다. 그들은 빨간 식탁에 둘러앉는다.

다비드 웰스는 그 등장에 마음이 편치 않다.

「자네들은 이제 만나지 않는 모양이지?」 나탈리아가 놀라움을 섞어 가며 물었다.

「내가 두 주에 한 번씩 아이들을 돌보죠. 하지만 우리는 별로 소통을 안 해요.」

「그러면 오로르가 여기에 오면 세쌍둥이는 누가 돌보지?」

마지막으로 에마슈들이 등장한다. 키가 큰 경비원 하나가 그들을 안내하여 연보라색 탁자 앞에 앉힌다.

「적어도 이거 하나는 분명해. 왕은 우리를 〈축소 지향의 거인〉으로 보고 에마슈들의 진영에 포함시켰어.」

다비드는 고개를 들고 거울로 된 천장을 올려다본다. 그러자 방안 전체가 눈에 들어온다.

「에마 109는 언제나 〈좋은 학생〉이었어.」 나탈리아가 인정했다.

「그래요, 나탈리아 당신이 칠각형 체스를 통해 세계를 움직이는 힘 같은 것을 왕에게 일깨워 주었고, 왕은 그 일곱 진영을 색깔별로 여기에 모으는 데 성공했어요.」

다비드는 그렇게 말하고 나서 종교인들의 녹색 식탁을 바라보다가, 왜 왕이 시아파나 수니파만을 초대하고 기독교인이나 불교인은 초대하지 않았을까 궁금해했다.

나탈리아는 마치 그 질문을 알아듣기라도 한 것처럼 말한다.

「에마 109의 생각은 이랬을 거야. 저 두 종파를 제외하면 나머지 종교들은 열성적인 포교와 군중의 집단적인 개종을 포기했고, 그런 마당에 종교계 대표들이라고 한 테이블에 함께 앉으면 보는 사람들의 오해를 사기에 딱 맞았으리라고. 저기 나와 있는 종교인들은 경쟁자들을 견디지 못해. 왜 경쟁자냐고? 말이 똑같았던 것은 아니지만, 종종 비슷한 것을 말하고 있거든.」

이어서 다비드는 파란색 식탁을 살펴본다. 성기를 가진 두 안드로이드가 있는 식탁이다. 그들은 조금 경직되어 있고 몸짓과 표정이 어설퍼 보이지만, 얼굴이며 살결은 〈진짜 사람〉과 비슷하다. 눈을 깜박이고, 숨을 쉬듯 가슴을 눈에 띌 듯 말 듯 움직인다.

다비드는 아이들의 어머니가 앉아 있는 빨간색 식탁을 바라본다. 오로르는 아주 쾌활해 보인다. 역시 매우 활기찬 여성 동료들과 웃으면서 관심을 주고받는다. 반면에 다비드에게는 별로 관심을 보이지 않는다.

저 여자가 한때는 내 영감의 원천이었는데, 이제 우리는 남남처럼 되어 버렸군 하고 다비드는 생각했다.

한순간 오로르가 다비드 쪽으로 눈을 돌리는 듯했고, 다비드는 그녀를 향해 있던 눈을 다른 곳으로 돌린다.

모든 손님이 자리에 앉자, 왕 에마 109가 과학부 장관 에마 103을 대동하고 손님들의 박수갈채를 받으며 나타난다.

마이크로 랜드의 국가가 울리고 손님들이 일어선다. 국가의 마지막 소절이 끝나자, 손님들이 다시 자리에 앉는 동안 왕이 연단을 마주하고 선다.

「숙녀 그리고 신사 여러분, 우리의 독립 13주년을 맞이하여 이 새로운 수도 마이크로폴리스에 초대한 것에 응해 주셔서 행복합니다. 네, 여러분이 무슨 생각을 하실지 압니다. 이런 행사는 모든 게 비슷하리라고, 이런 사람 저런 사람을 만나고 맛난 음식을 먹으면 그게 다라고 생각하시겠죠? 그런데 우리는 구경거리에 약간의 변화를 줄까 합니다. 우리의 수도는 다시 건설되기 시작한 지 3년밖에 되지 않았습니다. 이미 여러분 중에서 일부는 이 수도를 부분적으로 볼 수 있었습니다만, 내일 우리는 훨씬 더 책임감이 강한 사회를 어떻게 펼쳐 갈까를 보여 드리고자 합니다. 더 여성적이고 더 연대적일 뿐만 아니라 더 생태학적인 사회, 자기 조절이 훨씬 더 잘되는 사회, 그리고 천연 재해를 막기 위해 땅속으로 훨씬 더 깊이 들어가는 사회. 요컨대, 여기에 참석한 내 친구 다비드 웰스의 생각을 이어받아, 훨씬 더 〈개미적인〉 사회를

296

만들고자 하는 것입니다.」

다비드는 망설이다가 반쯤 일어서서 가볍게 인사를 한 다음 도로 앉는다.

왕의 연설이 이어진다.

「얼마나 천재적인 직관입니까! 개미는 1억 2천만 년 전부터 지구에 살아왔고, 우리 인류는 기껏해야 7백만 년 전부터 이곳에 있습니다. 개미, 아주 작고 아주 보잘것없고 아주 가소로운 이 동물이 우리에게 가장 야심에 찬 길을 보여 주고 있습니다.」

몇 사람이 마지막 말에 공손한 속삭임을 주고받는다.

「그런데 그것은 내일 일이고, 이 저녁 파티에서도 여러분께 보여 드릴 놀라운 것들이 많이 남아 있습니다.」

왕은 스마트폰을 원격 조종기처럼 사용하여 대형 화면을 작동시킨다.

그러자 달의 표면을 배경으로 인간의 얼굴 모습을 한 투명한 건물이 나타난다.

「이것은 본 적이 없으실 겁니다. 우리의 월면 기지 루나폴리스를 보여 드리겠습니다. 건물 전체를 두꺼운 안전유리로 짓되, 형태는 인간을 예찬하는 뜻에서 사람의 머리 모양으로 하자는 게 내 의견이었습니다. 만약 어느 날 외계의 생명체가 달을 찾아온다면, 건물의 생김새를 보고 우리의 얼굴을 알아볼 것입니다.」

손님들 사이로 수군거리는 소리가 퍼져 나간다.

「아마도 여러분 중에는 우리의 프로젝트가 어떤 단계에 도달했는지 아시는 분이 거의 없으실 겁니다. 우리가 작업을 빨리하고 비밀스럽게 하자 했던 것은 오늘 여러분께 새로운 것을 선보이기 위해서였습니다. 가장 간단한 방법은 루나폴리스가 어떻게 운영되는지 보여 드리는 것입니다.」

그러자 대형 화면에 금실로 수놓은 연보라색 법의를 입은 여인이 나타난다.

「교주 666?」

「네, 전하.」

「자네는 사람의 머리처럼 생긴 투명한 건물의 내부에 있지? 우리 손님들을 위해 루나폴리스 기지가 무엇을 할 수 있는 곳인지 빠르게 보여 줄 수 있겠나? 이 손님들이 루나폴리스의 운영에 큰돈을 내고 있거든.」

「물론이죠, 전하. 우선 기지의 내부 모습을 보여 드리겠습니다. 사람의 머리 모양으로 만든 이 5센티미터 두께의 건물에는 현재 9천 명의 거주자가 머물고 있고, 며칠 뒤에는 1만 명으로 늘어날 겁니다. 이 생활권에는 1만 명이 최적의 인구예요. 우리는 완전한 자치를 실현하고 있어요. 쓰레기를 재활용해서 에너지나 음식을 만들죠. 이제는 지구로부터 물자를 가져다 쓸 필요가 없는 생태계예요. 다만 빛은 태양으로부터 직접 받고 간접적으로는 지구의 빛을 활용하죠. 이곳이 지구에서만큼 환한 것은 바로 그것 덕분입니다.」

찬탄의 수군거림이 회중 사이로 퍼져 나간다. 교주는 스마트폰을 들고 동영상을 찍으면서 설명을 이어 간다.

「이제 두 번째로 놀라운 것을 보여 드리겠습니다. 우리가 우주에서 날아오는 소행성을 막기 위해 설치한 신세대 로켓입니다. 이 로켓들은 예전의 〈림프구〉에 비해 조종하기 쉽고 더 빠릅니다. 물론 어떤 쓰나미나 지진에도 방해를 받지 않습니다. 바로 〈인류의 새로운 방어용 전초〉입니다.」

에마 666은 화상 전화를 바깥쪽으로 돌린다. 손가락들이 위를 향하고 있는 손 모양의 거대한 조각상이 있는 곳이다. 조각상이 펼쳐지자 투광기 불빛에 빛나는 강철 로켓이 나타난다.

그러자 몇몇 거인, 특히 검은색 진영의 우주 나비들, 파란색 진영의 컴퓨터광들, 노란색 진영의 노인들이 박수갈채를 보낸다. 노란색 진영에서는 파비엔 풀롱 여사만이 이유를 알 수 없게 미친 듯이 웃어 댄다. 하지만 왕은 그것에 아랑곳하지 않고 말을 잇는다.

「그리고 666, 이 특별한 저녁 파티에서 우리에게 보여 주려고 따로 준비한 것이 있지?」

「이제 〈카타풀타〉라고 이름 붙은 우리의 새 로켓이 어떻게 임무를 수행하는지 보시게 될 것입니다. 이 임무란…… 소행성을 파괴하는 데 목표를 두지 않고 그것을 우리에게 유리한 쪽으로 활용하는 데 목표를 두고 있습니다.」

그러자 대형 화면이 켜지고 별들이 반짝이는 우주 공간이 나타난다.

「이것은 벌써 며칠 전에 떠난 〈카타풀타〉 로켓이 찍은 것입니다.」

왕은 다시 마이크를 잡는다.

「우리는 곧 우리 로켓의 임무 수행 장면을 직접 보게 될 것입니다. 그러나 그것은 한 시간이 지나서야 있을 일이므로, 그사이에 우리의 가장 뛰어난 요리사들이 만든 음식을 맛보시면서 마이크로 랜드의 새로운 미식을 발견하시기 바랍니다.」

왕은 과학부 장관 에마 103와 함께 연보라색 식탁에 와서 앉는다. 그들의 의자는 아기 의자와 비슷하게 앉는 자리를 높여서 다비드나 나탈리아 같은 손님들과 눈높이를 맞춰 놓았다.

종업원들이 투명한 종을 씌운 접시들을 가져온다. 색색의 요리들이 담겨 있는 접시들이다.

그들은 즐겁게 식사를 한다. 그래도 〈카타풀타〉 로켓이 촬영해서 보내오는 영상들에서 눈을 떼지 못한다. 드디어 〈카타풀타〉 앞에 청동색의 커다란 바윗덩어리가 나타난다.

108

그들이 벌써 이런 말을 했다. 〈임무란 소행성을 파괴하는 데 목표를 두지 않고 그것을 우리에게 유리한 쪽으로 활용하는 데 목표를 두고 있습니다.〉

초소형 인간들이 자기네가 해야 할 일을 직관적으로 이해했다면 무슨 일이 벌어질까?

109

〈카타풀타〉 로켓이 우주 공간을 빠르게 날고 있다.

에마 568, 〈림프구 13호〉 임무에서 유일하게 살아남아 우주선의 선장급으로 승진한 자가 직접 임무를 지휘한다.

그녀는 목표물에서 눈을 떼지 않는다. 목표물이란 소행성 〈크뤼트네〉, 지름 5킬로미터의 바윗덩어리다.

에마 568 선장은 거인들의 기록을 조회하여, 〈크뤼트네〉가 1986년에 오스트레일리아의 한 천문대에서 찍은 사진을 바탕으로 발견되었음을 알게 되었다. 그 이름은 고대에 아일랜드와 스코틀랜드에 살았던 부족의 이름에서 나왔는데 영어권에서는 〈크루이냐〉라고 부른다.

에마 568은 〈크뤼트네〉가 타원형의 궤도를 돌고 있는데, 그 타원형의 이심률이 높은 편이며 한 해에 한 번씩 지구에 1천2백만 킬로미터 가까이 접근한다는 것을 알고 있다.

「여보게들, 내릴 준비하게나. 곧 소행성에 닿네.」 에마 568은 헬멧 마이크에 대고 알려 주었다.

그러고는 주요 제트 엔진을 끄고, 소행성 표면에 우주선이 직각으로 교차하도록 측면 제트 엔진을 작동시킨다.

〈카타풀타〉 로켓이 소행성의 단단한 표면에 조심스럽게 내려앉는다.

에마슈 우주 비행사 세 명이 위쪽의 기압 조정실을 차례로 나가서 우주선 외부로 펼쳐 놓은 사다리를 타고 내려간다.

「자, 가세.」 에마 568이 다른 두 명의 우주 비행사에게 말한다.

두 명의 우주 비행사는 천공기를 사용해서 소행성 바닥에 커다란 암나사들을 박아 넣는다. 그런 다음 그 암나사들에 고리를 고정시키고 기다란 케이블을 연결한 다음, 로켓에 이 케이블들을 이어 준다. 세 에마슈는 로켓에 다시 올라가, 사다리를 거두어들이고, 외부로 열려 있던 기압 조정실 문도 닫아 버린다. 제트 엔진이 다시 작동되고, 로켓이 이륙한다.

케이블이 풀리다가 탱탱해진다. 로켓이 〈크뤼트네〉를 끌며 날아간다.

에마 568은 완전히 새로운 행위를 수행하고 있다는 느낌을 가진 채로 그 작전을 감독한다.

110

백과사전: 세대의 비교

인간의 한 세대는 25년에 한 번씩 나타난다.

박테리아의 한 세대는 25분에 한 번씩 나타난다. 다시 말하면 박테리아 세계에서는 25분마다 부모 세대보다 더 진화하고 환경에 더 잘 적응하며 새로운 문제들을 해결할 줄 아는 개체들이 나온다는 것이다.

에드몽 웰스, 『상대적이며 절대적인 지식의 백과사전』 제11권

111

무수한 별이 반짝거리며 그녀의 눈앞에 펼쳐져 있다.

에마 568은 정확하게 방향을 잡아 로켓을 몰아간다.

「여보세요, 지구죠? 저는 준비가 되어 있습니다.」

그러자 왕 에마 109의 얼굴이 화면에 나타난다.

「자, 하게나.」

에마 568은 〈카타풀타〉의 머리를 또 다른 소행성 〈케레스〉 쪽으로 몰고 들어간다. 〈케레스〉는 소행성치고는 유난히 크기 때문에 왜행성(작은 행성)이라 불리기도 한다.

원창 너머로 희고 둥근 목표물이 보인다.

에마 568은 방향과 속도를 알맞게 잡아, 암나사와 케이블을 연결하고 있는 고리들의 자동 해체 장치를 누른다.

로켓은 무릿매 효과를 노리기 위해 방향 회전을 시작한다. 로켓에 끌려온 〈크뤼트네〉는 하나의 접선을 따라 계속 나아간다. 그러다가 목표물에 다다라 왜행성을 덮고 있는 얼음층을 덮친다.

그 충격은 폭발과 은빛 조각들의 파열로 이어졌다. 그런 다음 거대한 구름처럼 솟았던 얼음 먼지가 흩어지고 나자,

에마 568은 원창을 통해 충격의 결과를 확인한다. 예전에 반질반질한 표면이 있던 곳에 분화구처럼 움푹 팬 구덩이가 보인다.

〈케레스〉에는 이제 중앙에 구덩이가 하나 있다.

112

경이롭다.

초소형 인간들은 내가 꿈꾸던 일, 소행성들을 파괴하는 것이 아니라 새로운 방향으로 이끄는 일을 해내는 데에 성공했다.

그렇게 되면 소행성들에게 해를 끼칠 필요가 없다.

이제 모든 희망이 허용된다.

113

마이크로폴리스의 연회장에 모인 회중은 깊은 인상을 받는다.

왕 에마 109는 말을 잇는다.

「옛날에 인도에서는 농부들이 코끼리들을 가르치는 데 성공했어요. 원래는 경작지를 헤쳐 놓는 것에 이골이 난 놈들이지만, 노련한 코끼리 사육사들의 도움으로 일종의 트랙터 구실을 하게 만들었답니다. 소행성에 관한 우리의 생각도 같은 개념입니다. 대립하기보다는 활용하기, 파괴하기보다는 길들이기라는 것이죠.」

왕은 자기를 마주 보고 있는 좌중을 살펴본다.

「물론, 짐작건대 여러분은 소행성을 본래 있던 곳에서 벗어나게 하여 다른 소행성이나 미니 행성에 옮겨다 놓는 것의 이점이 무엇일까 하고 물을 것입니다. 대답은 간단합니다. 희귀한 광물을 수집하는 것이지요. 최근에 나온 전파 망원경 (프랑스 정부가 옛 것을 대신하도록 제공한 전파 망원경) 덕분에, 우리는 일부 소행성의 내부 구성을 알아낼 수 있었습니다. 그것들은 철, 니켈, 금, 백금 등의 금속으로 가득 차 있습니다. 우리 월면 기지 주위에 건설할 구조물에 유용할 수도 있고, 아마 달에서 지구로 수출할 수도 있을 금속입니다. 이제 단지 안전 문제를 논하자는 게 아닙니다. 우리의 원료 결핍을 메워 줄 금속이 지구 밖에 널려 있다는 얘기를 하자는 것입니다.」

손님들이 홀린 듯이 박수갈채를 보낸다.

「우리 에마슈들은 인류가 지구에서 똑같은 행동을 계속 되풀이하는 것은 막다른 골목에 와 있는 것이라고 생각합니다. 〈우주 나비 2호〉 탑승자 친구들에게는 미안한 얘기지만, 그렇다고 우리 행성을 떠나는 것은 일종의 도피라고 생각합니다. 따라서 우리는 그 중간의 해결책을 찾아냈습니다. 달을 우주의 정박 지점이라 생각하고 활용하는 것, 〈카타풀타〉 같은 로켓들을 이용하는 것, 우리를 향해 홀로 날아오는 떠돌이 소행성을 활용하는 것, 그리고 우주에서 우리가 행동하는 방식을 다시 생각하는 것입니다. 이제 디저트 카트에 담긴 음식들을 드실 차례입니다.」

키가 큰 종업원들이 과자며 과일 등이 든 접시들을 날라 온다.

「언제 그렇게 달의 개발을 진척시키셨어요?」다비드가 속삭였다.

「그렇게 일이 빠르게 이루어진 것은 자네들, 특히 자네의 제자 니심 암잘라그 덕분이었네. 다비드 자네도 알다시피, 우리가 쓰나미의 공격을 받고 〈앨버트로스〉에 가까스로 옮겨 타고 도망을 치다가 번개를 맞고 추락하여 사막에서 죽을 고비를 맞았네. 그때 나는 정말이지…….」

「……두려웠나요?」

「우리가 몇 초 만에 사라질 수 있다는 것을 깨달았지. 그건 단순한 공포가 아니라, 우리 에마슈뿐만 아니라 인류의 생존을 위한 해결책을 찾아야 한다는 위기감이었네. 그때부터 난 생각했네. 지구의 변덕이 미치지 못하는 곳에 성역을 찾아내야 한다고.」

그들은 디저트를 먹는다.

「달에서 그것을 찾아낸 것도 훌륭하고, 오늘 여기에 모실 손님들을 선택한 것에도 일리가 있네요.」 나탈리아가 주의를 환기시켰다.

왕 에마 109는 고개를 끄덕인다.

「당연히 나탈리아가 가르쳐 준 칠각형 체스에 바치는 경의의 표시라오.」

나탈리아는 거울로 덮인 천장을 올려다본다. 말들이 살아 움직이는 체스의 전체적인 모습이 다시 보인다.

「내가 보기에 나탈리아는 스스로 생각하는 것보다 직관이 훨씬 뛰어나요. 칠각형 체스를 가지고 우리에게 보여 준 것은 가장 가능성이 높은 일곱 가지 미래, 그리고 현재 대립하고 있는 세력들의 뿌리예요.」

「사실, 단지 일곱 가지 미래가 아니라 일곱 가지 유토피아이기도 해요.」 나탈리아가 그렇게 말을 이어 간다. 「노란색 팀의 궁극적인 목표는 노화가 아니라 불멸이에요. 그게 시간

305

을 정복하겠다는 사람들의 꿈이죠.」

「그렇겠네요.」 하면서 다비드가 말을 잇는다. 「파란색 팀이 추구하는 것은 기계적인 종업원들을 만들어 내는 것이 아니라, 완전한 생각을 만들어 내는 것이죠. 프로그래밍에 실수가 없는 완전한 생각 말입니다. 그게 생각을 정복하겠다는 사람들의 꿈이에요.」

나탈리아가 다시 칠각형 체스 얘기로 돌아간다.

「흰색 팀이 추구하는 것은 단지 빠르게 얻는 돈이 아니라, 완전히 편안한 가운데 누리는 절대적인 쾌락이죠. 그게 쾌락을 정복하겠다는 사람들의 꿈이에요.」

「녹색 팀이 추구하는 것은 단지 성스러운 전쟁이나 보편적인 개종이 아니라, 모든 인류가 낙원에 들어가는 겁니다. 그것이 운명을 정복하려는 사람들의 꿈 아닐까요?」 칠각형 체스 얘기에 끼고 싶어 하던 과학부 장관 에마 103의 말이었다.

「빨간색 팀이 추구하는 것은 남성에 대한 여성의 지배예요. 초기에는 평등, 다음에는 우위, 그다음엔 복종 관계와 완전한 제거 쪽으로 가는 거죠.」 다비드가 페미니스트 친구들 사이에서 즐거워하는 오로르를 보면서 말을 보탠다. 「그게 미래 세대를 정복하겠다는 사람들의 꿈이에요.」

「검은색 팀의 꿈은 뭘까?」 에마 109가 다비드에게 물었다.

「우주에 인류를 퍼뜨리는 것이죠. 장기적으로 보면, 팀 시트가 원하는 건 새로운 땅이 아니라, 수천억 인간이 살아가는 무수히 많은 새 땅입니다. 인류가 살아갈 수 있는 모든 행성을 개척하겠다는 것이니까 우리 종이 품었던 프로젝트 중에서 이보다 야심 찬 건 없을 것입니다. 전하께서는 우리 은

하의 무수한 항성계 곳곳에 흩어져 사는 인간 공동체를 상상하실 수 있겠습니까? 그게 바로 우주를 정복하려는 사람들의 꿈이죠.」

들고 있던 나탈리아가 질문을 한다.

「전하의 팀은 연보라색입니다. 이 팀의 궁극적인 유토피아는 무엇인가요? 차원의 경계를 무너뜨리겠다는 것이 팀의 꿈인가요?」

「연보라색은 당신들의 색깔이기도 합니다.」 왕은 나탈리아와 다비드 등을 왜 자기 진영에 넣었는지 이해시키려고 그렇게 바로잡고 말을 잇는다. 「당신들은 어떻게 생각할지 모르지만, 우리는 크기를 줄이는 것에 집착하지 않아요. 오히려 우리는 어떻게 하면 뇌의 기능을 확장할 수 있을까를 생각하죠.」

「저마다 자신의 머리를 지식으로 꽉꽉 채우자는 건가요?」

「그게 아니라 정신과 정신을 서로 연결하자는 것이지요. 그런 생각을 찾아낸 것은 당신들이 먼저예요. 특히 다비드가 그랬지. 이건 농담이 아니야, 다비드. 개미들은 우리 조건을 개선하는 길을 실제로 보여 주고 있어. 개인의 생각은 협소하기가 쉽지만, 그것을 집단의 생각으로 바꾸면 확장되게 마련이지.」

「그러면 구체적으로 무엇을 가져다주죠?」

「내 생각에는…… 앞에서 말한 노란색 진영에서 꿈꾸는 불멸, 흰색 진영에서 꿈꾸는 안락함, 녹색 진영에서 꿈꾸는 낙원, 파란색 진영에서 꿈꾸는 완전한 정신과 비슷한 것을 주겠지.」

왕은 과자 하나를 집어 조금씩 먹는다.

「다비드, 자네는 나노 인간에 관한 연구를 계속하고 있는가?」

「걱정하지 마십시오, 전하. 설득력 있는 결과가 전혀 없습니다. 에마슈들은 〈훨씬 더 작은 인간들〉과 경쟁할 일이 없을 것입니다.」

그들은 〈미냐르디즈〉라 불리는 과자와 함께 커피를 마시고 디저트를 끝낸다.

우주 나비 진영의 몇 사람이 안드로이드 커플에 호기심을 보이며 무언가를 알아낼 수 있을까 해서 그쪽으로 간다.

오케스트라가 엘비스 프레슬리의 「프라미스드 랜드」를 연주하기 시작한다. 검은 칸과 흰 칸으로만 이루어진 무대에서 춤추고 싶어 하는 사람들을 위한 것이다. 그런데 마치 다른 사람들을 놀리기라도 하듯, 파비엔 풀롱이 노란색 식탁의 건장한 과학자에게 춤을 청하고, 과학자는 최고령 여사를 번쩍 들어 올려 무대로 데리고 나간다. 때마침 음악이 「블루 스웨이드 슈즈」로 바뀌자, 리듬이 강한 록에 맞춘 복잡한 곡예 트릭을 선보인다. 체중이든 관절염이든 골다공증이든 아랑곳하지 않고 춤을 추는 것이다. 파비엔 풀롱은 자기가 평소보다 춤을 잘 춘다고 생각하며 뿌듯해한다.

빨간색 식탁의 두 커플은 구경꾼으로 남아 있고 싶지 않아서 자기들도 빙글빙글 돌며 곡예 트릭을 보여 준다. 여자끼리 추는 춤이지만, 유연하고도 힘찬 몸매를 보이고 이따금 부드러운 애무와 입맞춤을 섞어 넣는다.

우주 나비 진영 한 커플이 그녀들에게 다가든다.

그때 왕 에마 109가 마르탱 자니코에게 한 손을 내밀어 춤을 청한다.

「한판 추겠소?」

그러면서 마르탱 자니코에게 자기를 데리고 무도장으로 가자고 청한다. 마르탱은 일어서면서 오늘의 행사에 맞는 머피의 법칙을 손수 적어 놓은 티셔츠를 펼쳐 보인다.

324. 사랑이란 버스와 같다. 하나를 놓치면 다음 것이 오기를 기다리면 된다.

325. 우리의 사랑을 받는 사람들은 언제나 깨우친다. 우리가 그들을 보면서 다른 누군가를 연상한다는 것을.

326. 여자가 남자에게서 담배나 술을 끊게 하는 것은 가능한 일이다. 하지만 컴퓨터 중독에서 벗어나게 하는 일은 불가능하다.

다비드는 한쪽 눈으로 오로르를 흘깃거린다. 그러다가 마침내 그녀에게 다가가기로 결심한다.

「애들은 누가 봐?」 인사 대신 그가 한 말이다.

「베이비시터. 걱정하지 마, 이젠 나도 살아야 하고, 너 없이도 나를 실현해야 해. 내가 보기에 예전엔 내가 날개를 펼치고자 해도 네가 방해했어. 네가 날개를 펼치고자 해도 내가 방해를 했던 것처럼 말이야. 이제 나는 친구들과 함께 세계 도처에서 여성에게 행해지는 불공정성을 바로잡기 위한 까다로운 싸움을 해나가고 있어. 너는 이해를 잘 못할 거야. 너는 남자이거든.」

「그러면 너희의 적은 누군데?」 그의 물음에는 비웃음이 실려 있다.

「글쎄……. 우리가 가는 길을 막고 우리로 하여금 더욱 힘을 내게 만드는 세력이겠지. 그런데 너도 정신을 집중하고 더 자유로운 인간이 되도록 노력해야 해.」

「무슨 뜻으로 하는 말이지? 이혼을 말하는 거야?」

「아냐, 다른 거야. 너는 세상을 깜짝 놀라게 할 만한 일들을 좋아하잖아. 그런 일이 벌어지게 하는 데 기여해야지.」

그는 눈살을 찌푸린다. 무어라 묻든 그녀가 더는 대답을 하지 않으리라는 느낌이 든다. 그는 무도장 쪽으로 발길을 돌린다.

녹색 식탁을 차지하고 있는 손님들, 수염을 기른 사제들이며 콧수염을 기른 장군들은 다른 손님들이 즐기는 무도회에 참여하지 않고, 매력과 혐오감이 뒤섞인 방식으로 허리를 흔들어 대는 그 몸들을 경멸하듯 아래위로 훑어본다. 그러다가 두 레즈비언이 걸터듬듯 입을 맞출 때는 더 보지 않겠다고 눈을 가린다.

다비드는 나탈리아에게 춤을 추자고 권한다. 더 멀리에서는 프리드먼 교수가 수줍음을 많이 타는 것으로 보이는 안드로이드 〈게이샤 006〉을 데리고 무도장으로 들어선다.

록 음악이 슬로 댄스곡인 「러브 미 텐더」로 바뀐다.

마르탱 자니코는 파트너인 에마 109에게 다가들어 속삭인다.

「전하께서 엘비스 프레슬리를 이토록 좋아하시는 줄 몰랐습니다.」

샴페인을 물처럼 마신 몇 사람이 미친 듯이 웃어 대기 시작한다.

다비드는 구두 바닥이 딛고 선 지구의 표면에 대해서 생각했다. 〈이제 여덟 번째 선수만 등장하면 되는데.〉

114

에마슈들이 새 로켓 〈카타풀타〉를 타고 소행성대로 들어
가서 번식력이 강한 소행성을 찾아오면 될 텐데.

그렇다면 나는 하나의 임무를 상상해야겠다. 그 임무를
뭐라 부를까? ……TRAF, 번식력이 강한 소행성을 찾아내어
데려오기.

115

「갈색 각설탕 한 개만 가져다주세요.」오로르가 종업원에
게 부탁한다.

종업원이 정육면체 모양의 비(非)정제 설탕을 내밀자, 그
녀는 즉시 커피에 담근다.

조금씩 마시면서 활력을 되찾은 느낌이 들자, 그녀는 우
주 나비 팀의 식탁으로 간다.

「〈우주 나비 2호〉에서 여성의 지위는 어떤가요?」

「거기는 평등 사회예요.」실뱅 팀시트의 동생인 대니얼이
대답한다. 「남자와 여자의 수가 정확하게 같고, 다음 세대의
성비는 아이들이 자라서 결정하게 되죠.」

「여자들도 밭에서 일하나요? 요리를 하고 아이들을 키우
는 건 여자들의 일인가요?」

「글쎄요……. 누구의 일이라기보다 여자들이 원하면 하는
거겠죠.」

「평등을 내세우며 양성의 일을 구분하지 않는다는 건
가요?」

「아마도 사례별로 연구를 해야 할 거예요.」대니얼 팀시트
가 설명을 이어 나간다. 「하지만 제가 보기엔 여자들이 착취

를 당하는 것 같지는 않아요. 당신은 그런 뜻을 암시하고 있는지 모르지만.」

「당신 말이 옳았으면 좋겠어요. 그 여행이 만약 지구 도처에서 횡행하고 있는 남성 우월주의를 다른 행성에 퍼뜨리기위한 것이라면, 지구를 떠나는 게 무슨 소용이 있겠어요?」

손님들은 점점 용기가 생겨 다른 진영들의 식탁으로 가서이야기를 나눈다.

파비엔 풀롱은 한 종업원의 도움을 받아 노란색 식탁을 떠나 흰색 식탁으로 가서 러시아 대통령 파블로프에게 말한다.

「세멘코바 박사의 그 실험을 텔레비전에서 봤어요. 노인들의 뇌를 꺼내어 젊은이들의 몸에 이식하는 것 말이에요.그게 정말 효과가 있나요?」

「현재로선 결과가 신통치 않아요. 우리는 원숭이들을 상대로 실험을 해보기도 하고 정치범으로 상대를 바꿔 보기도했죠. 그런데 원숭이들을 상대로 하는 것이 더 효과가 있는모양이에요.」

농담 섞인 그 말에 중국 주석과 인도 대통령이 웃는다.

「어쨌거나 지금 알기에는 너무 일러요. 우리가 1백 살이되면, 그때 가서 효과를 알 수 있으려나?」 파블로프 대통령은 친절하게 대답을 보냈다.

「저는 온몸이 아파서 짜증이 나요. 각하가 원하신다면 그실험에 응할 준비가 되어 있어요. 제 뇌를 떼어다가 젊은 여자나 젊은 남자나 오랑우탄의 머릿속에 이식시켜 보세요. 류머티즘을 앓고 있지 않으면 난 상관없으니까, 아무나 고르시면 돼요.」

파블로프 대통령은 노파에게 보드카 한 잔을 권한다.

「제 몸을 독하게 만드시려고요?」

「어디선가 여사께서 술을 예찬하는 소리를 들은 것 같은데.」

「술은 그렇지만 아마 보드카는 그렇지 않을걸요.」 노파도 지지 않고 농담으로 맞선다.

한 종교인이 녹색 식탁을 벗어나 프리드먼 교수와 이야기를 나누러 파란색 식탁으로 간다. 그가 묻는다.

「로봇에게 종교를 믿게 하는 게 가능한 일인가요?」

「신이라는 개념은 프로그래밍하기가 쉽습니다. 그러니까 로봇들에게 우리가 원하는 신앙을 심어 줄 수 있는 것이죠.」

「로봇들을 순교자로 만들 수도 있겠네요?」

「〈아시모프 006〉들은 영속성에 집착하는 편입니다. 어쨌거나 〈아시모프 005〉 세대보다는 집착이 크죠. 하지만 만약에 생존 본능이라는 구성단위를 빼버리면, 로봇들에게 자기 파괴의 욕구를 줄 수도 있습니다.」

종교인은 프리드먼 교수에게 귓엣말을 한다.

「우리가 여성 로봇들과 섹스를 할 수 있습니까? 처녀라고 불릴 만한 로봇들이 있나요? 제 말은 우리보다 먼저 그것들을 건드린 사람이 아무도 없다는 것을 입증하는 처녀막 같은 것이 있느냐 이겁니다.」

조금 떨어진 곳에서는 살드맹 박사가 노란색 식탁을 떠나 연보라색 식탁에 앉아 있는 왕 에마 109에게 다가간다. 그가 귓속말로 묻는다.

「이식받은 심장은 어떠세요?」

「밤이면 벌떡벌떡 하면서 나를 깨워요.」

「진작 말씀하시지 그러셨어요. 그런 문제는 저희가 쉽게 해결할 수 있거든요. 시계 장치를 고치는 것과 진배없어요.」

「괴롭다기보다는 불편해요.」

「다른 기관들은 어때요?」

「이따금 여기저기 가려운 느낌이 들지만, 이젠 적응이 되었어요. 사실, 박사님, 나는 살아 있다는 게 행복해요. 그러니 나약한 모습을 보이면 안 되죠.」

안드로이드 〈카사노바 006〉이 우주 나비 팀의 식탁으로 가서 묻는다.

「우주선에 안드로이드가 있습니까?」

「컴퓨터, 가전제품, 자동 트랙터 등 인공 지능을 갖춘 도구들은 있지만, 엄밀히 말해서 인간의 형상을 한 로봇은 없습니다.」

「우주 공간 속의 임무를 위해서라도 안드로이드가 있으면 좋을 텐데요.」

「우주선이 이륙할 무렵에 안드로이드들은 자기 파괴적인 성향을 보이고 있었어요. 우리로서는 우주선에 자살 충동이 강한 탑승자를 태우는 위험을 무릅쓸 수가 없었죠. 그 탑승자가 설령 기계라 할지라도.」

이란 대통령 자파르가 중국 주석 창에게 다가오더니 그와 함께 커피를 마시며 말을 꺼낸다.

「〈카타풀타〉 임무를 보고 아주 깊은 인상을 받았습니다. 그 에마슈들, 강합니다.」

「그래요, 아주 강해요. 정말 아주 강하더군요.」

두 지도자는 오케스트라와 종업원들을 바라본다. 월면 기지 루나폴리스의 모습이 여전히 중앙의 대형 화면에서 빛난다. 내부에서 빛을 받고 있는 사람 얼굴의 모습이다.

「친애하는 창, 아마도 〈너무〉 강한 것 같습니다. 어떻게 생각하십니까?」

「〈너무〉 강하다는 게 무슨 뜻으로 하는 말씀인가요. 자파르 대통령?」

「그 에마슈들 때문에 불안한 생각이 들지 않으십니까?」

창은 맛있어 보이는 작은 케이크를 입으로 가져간다.

「음…… 물론이죠. 너무 늦기 전에 그들이 다른 행동을 못하도록 무언가를 해야겠어요. 자파르 대통령, 다시 만나서 이야기를 나누는 게 좋겠어요. 더 비밀스럽고 더 차분한 상황에서 다시 만나는 게 도움이 될 것 같아요. 어떻게 생각하십니까?」

「큰 기쁨이 되겠군요. 조만간 우리 두 나라가 공동의 이익을 얻게 될 테니 더욱 그렇겠네요. 하다못해 적이라도 똑같은 자들을 갖게 되겠어요.」

「그걸 확신하세요, 친애하는 자파르? 내가 보기에, 우리 중국인들은 적이 없어요. 그저 이익이 서로 다른 고객들이 있을 뿐이지요.」

두 지도자가 서로 바라보다가, 주석 쪽에서 먼저 은밀하게 통하는 신호를 보내고 헤어진다.

다른 쪽에서는 오로르 카메러 웰스가 빨간색 진영의 식탁을 떠나 흰색 진영의 식탁으로 간다. 거기에는 미국 대통령이 앉아서 독한 술을 홀쩍거리고 있다.

「안녕하십니까, 스미스 대통령님. 사우디아라비아에서 벌어진 일인데, 열세 살짜리 소녀가 경찰관들한테 성폭행을 당하고 오히려 간통죄를 범한 혐의로 돌팔매질을 당할 모양입니다. 이 일에 대해서 대통령님이 무언가를 하셔야 하는 게 아닌가요?」

「먼저 그들의 주권에 대해서 생각을 해야 합니다. 그리고 그들의 판사는 여러 가지 정황을 고려해서 나름대로 일리 있는 판단을 했을 수도 있어요. 우리는 그들의 사법 활동에 간섭할 수는 없어요.」

「그건 범죄예요.」

「그들의 전통일지도 모르죠. 그들에게 그것을 바꾸도록 강요할 수는 없어요.」

「그 애는 열세 살이에요. 한 사람의 인간이라고요.」

「그 애가 외설스러운 행동을 했을 수도 있고, 먼저 경찰관 세 명을 유혹했을 수도 있어요.」

「열세 살에요? 열세 살에 유혹을 한다고요? 그 애는 먹기 위해서 얼굴을 가리던 베일을 내렸거나 손목시계를 보느라고 손목의 살을 언뜻 보였을 거예요.」

미국 대통령은 평온함을 찾는 남자처럼 이야기에 싫증 난 기색을 보인다.

「그 사건을 자세히 알지 못하지만, 내가 무엇을 할 수 있는지 알아볼게요, 웰스 여사.」

「카메러 웰스라고 해주세요. 무언가를 하시려면 되도록 빨리 하세요. 돌팔매질은 사흘 뒤에 벌어지기로 되어 있어요. 그걸 막아 주시면 당연히 아주 고맙게 생각할 거예요. 저뿐만 아니라 미국에서 중요한 로비를 하고 이미 지난 선거 때에 대통령님을 지지했던 페미니스트들도 마찬가지죠.」

음악이 멎고, 춤추던 사람들이 식탁으로 돌아간다.

식탁마다 손님들이 오고 가면서 서로 의견을 나눈다. 대의상으로 보면 서로 다른 것을 지지하고 있으면서도 호감을 보이며 함께 즐거워한다. 의사들은 페미니스트들과, 안드로이드들은 종교인들과 함께 웃는다. 자본가들은 에마슈들과 더불어 소행성에서 수거할 희귀 금속을 상업화하는 프로젝트를 놓고 이야기꽃을 피운다.

「그리 나빠 보이지 않습니다.」 나탈리아가 거울로 덮인 천장을 올려다보고, 칠각형 체스의 전모를 살피면서 말을 잇는다. 「사람들은 전하께서 세계 평화를 준비하고 있는 게 아닐까 생각할 수도 있겠어요.」

왕은 식탁 아래에 숨겨 놓았던 가방을 잡더니, 거기에서 리본이 달린 선물 두 개를 꺼낸다. 그러고는 하나는 다비드에게, 다른 하나는 나탈리아에게 내민다. 나탈리아는 선물을 열고 연보라색 스마트폰을 발견한다.

「우리 두 민족 사이에 평화가 지속될 수 있도록, 〈10제곱〉이라는 회사의 우리 기술자들에게 이런 장치를 개발하라고 지시했다네.」

나탈리아 오비츠는 스마트폰을 살펴본다. 생김새는 보통의 모델과 비슷하다.

「〈연보라색 라인〉일세. 이 라인에 가입되어 있으면, 언제 어느 때든 마이크로폴리스나 루나폴리스의 에마슈들과 통화할 수 있어. 이 장치는 우리 최근 연구의 산물일세.」

「이것으로 달에 있는 에마슈들과도 통화할 수 있어요?」

나탈리아는 경탄 어린 기색으로 다시 스마트폰을 찬찬히 들여다본다. 다비드는 조심스럽게 원래의 덮개 안에 다시 넣는다.

바로 그때 목구멍에서 나오는 듯한 강한 외침이 울려 퍼진다. 녹색 식탁에서 오로르가 사우디아라비아에서 온 한 종교인의 기다란 턱수염을 향해 주먹을 날렸다.

「아! 경찰도 없고 광신자도 없다면 당신들은 자랑할 게 없겠어, 안 그래요?」그녀가 소리쳤다.

맞은 종교인은 아프다기보다 그런 접촉에 불쾌감을 느낀다. 그가 옆의 동료들에게 쏟아 내는 말 속 〈페멘〉이라는 말이 극단적인 페미니스트를 가리키는 게 아니라 마치 더할 수 없는 모욕처럼 들린다.

그는 부축을 받으며 영어로 볼멘소리를 한다.

「당신은 정신 병원에 갇혀 있어야 돼! 만약 당신한테 남편 같은 진짜 사내가 있다면, 그가 당신을 꼼짝 못 하게 만들어 줄 것이고 당신에게 존경이 무엇인지 가르쳐 주겠지.」

그러자 오로르가 돌아와서 그의 턱수염을 세게 잡아당긴다. 그렇게 해서 한 움큼 뽑혀 나온 수염을 그의 얼굴에 대고 훅 불어 댄다.

다른 종교인들이 오로르에게 몰려들지만, 벌써 페미니스트들이 그녀를 지켜 주려 나섰다. 빨간색 진영의 열여섯 사람과 녹색 진영의 열여섯 사람 사이에 난투가 벌어진다.

키가 큰 종업원들이 그들을 떼어 내려고 애쓴다.

「오로르에게는 확신이 있어요. 화도 쉽게 내지요.」다비드가 빈정거림을 섞어 가며 알려 준다.

「오로르를 외무 장관으로 앉히지 않은 것은 잘한 일이야.」왕이 상황의 전개를 살피면서 결론을 내렸다.

「프리드먼의 안드로이드들이 겁을 먹은 것 같아요.」조용히 커피를 마시던 나탈리아가 그들의 표정을 읽은 것이다.

긴장이 풀린 채로 앉아 있던 마르탱 자니코가 묻는다.

「칠각형 체스를 현실의 무대에서 행하니까 〈너무〉 잘 돌아가는 것 같지 않습니까? 제가 나설까요?」

왕은 어깨를 으쓱 추커세운다.

「저들은 결국 풀어지게 되어 있어요. 축제의 의미가 뭔 줄 알아요? 긴장을 푸는 거예요.」

왕은 파티가 성공적으로 이루어졌다는 느낌을 받는다. 물 부리에 불을 붙이고 손님들의 행동을 지켜보는 구경꾼 노릇을 계속할 참이다. 무엇보다 거울로 덮인 천장을 올려다보며 구경하는 싸움 구경이 재미있다. 소리 없이 빙긋이 웃는다.

116
노벨 화학상

올해 노벨 화학상 수상자는 툴루즈 출신의 젊은 화학자 장클로드 뒤냐크입니다. 〈앙파티아진〉이라는 감정 이입 환약의 발명자죠. 그는 〈그 약을 먹으면 남의 관점을 이해하게 된다〉는 간단한 문장으로 자기 발명품을 정의했습니다.

장클로드라는 이름의 머리글자가 JC라서 예수 그리스도와 같습니다. 그래서 그의 지지자들은 〈앙파티아진〉에 〈환약으로 된 예수 그리스도〉라는 별명을 붙였습니다. 이 얘기를 전해 들은 유머러스한 과학자들은 〈너희는 서로 사랑하라는 메시지가 훌륭한 가르침이지만, 그것이 지적인 은유의 형태로 통하지 않을지라도 걱정할 것이 없겠어. 위장약이나 항문의 좌약 형태로는 더 잘 통하게 되어 있으니까〉 하면서 웃었다고 합니다. 장클로드 뒤냐크는 〈앙파티아진〉을 교도소와 병영과 학교에 무료로 배급하는 것을 제안했습니다. 또한 가톨릭 미사에서 주는 성체 대신 〈앙파티아진〉을 주자고 제안했습니다만, 바티칸은 신을 믿지 않는 과학자에게서 나

319

온 제안을 받아들일 수 없다고 했습니다.

장클로드 뒤냐크 박사는 자기 작업을 이렇게 설명합니다. 〈저는 남에 대해 증오를 일으키는 과정을 역전시켰습니다. 먼저 우리에게 영역을 침해당했다는 느낌, 불공정하다는 느낌, 질투심, 경쟁하고 있다는 느낌, 무지에 대한 두려움을 주는 모든 신경 전달 물질과 호르몬을 확인했습니다. 그런 다음 거꾸로 된 화학 분자를 선별하여 〈앙파티아진〉의 공식을 추론했죠. 저는 단순히 평온한 느낌을 얻을 거라고 예감했는데, 웬걸요, 그 공식은 남들과 특별한 관계를 맺도록 해주었어요. 처음엔 타인이라는 이유로 마음이 끌렸고, 그다음엔 그가 지닌 나와 다른 점 때문에 흥미를 느꼈어요. 그렇게 이해하고 차이를 느끼는 것은 아주 신선한 감동이었어요. 마치 우리 정신이 우리 뇌에 갇혀 있는 것이 아니라, 두 사람의 뇌를 동시에 쓸 수 있도록 확대되는 것 같았어요. 저는 이 약을 아침, 점심, 저녁으로 먹고 있어요. 첫 번째 변화는 제 짝과 온전한 관계를 이룬 것이고, 두 번째는 이웃들과 화해한 것이며, 세 번째는 자비심을 갖게 된 것이고, 네 번째는 동물의 살을 먹을 수 없게 된 것이죠.〉

이집트

종교적인 정당 〈순수와 공정〉이 이끌어 가는 이집트 국회에서 기자 평원의 피라미드들을 다이너마이트로 폭파하자는 안이 절대다수의 지지로 통과되었습니다. 이 기념물들은 이집트 문화부 장관의 선언에 따르면, 〈옛날의 우상 숭배에 뿌리를 둔 쓸모없는 잔재이며, 그저 외국에서 오는 불충실한 사람들의 불건전한 호기심이나 엿보기 취미를 자극하고 있습니다〉.

이 폭파 제안은 아프가니스탄의 거대한 불상이나 말레이시아와 인도네시아의 힌두 사원, 레바논의 페니키아 유적에 대한 파괴뿐만 아니라 서부 아프리카 도곤족 사원에 대한 다이너마이트를 사용한 폭파, 그리고 〈우상 숭배〉라고 판단된 여러 지역 종교 시설에 대한 파괴의 뒤를 잇는 것입니다.

〈향후 며칠 내로 전개될 피라미드 파괴는 가난한 사람들의 주거를 위한 건축 자재의 회수를 가능하게 할 것입니다.〉주택부 장관의 약속입니다. 그는 카이로 주변에 비위생적인 판자촌이 급속하게 증가하고 있음을 오래전부터 매우 유감스럽게 생각해 왔습니다. 〈우리는 파라오 한 사람의 무덤으로 5천 명을 위한 주거를 지을 수 있습니다.〉그는 모든 토론을 중단시키기 위하여, 그리고 그 결정이 사회적, 경제적으로 얼마나 이익을 가져다줄 수 있는지 강조하기 위해서 그렇게 결론을 내렸습니다.

축구

파리와 마르세유 사이의 경기가 0 대 0으로 끝난 뒤에, 인근 주차장에서 두 팀의 응원자들이 난투극을 벌였습니다. 그 결과 사망자 네 명과 부상자 서른 명, 그 가운데 중상자 다수가 발생했습니다. 영국에서는 오래전부터 그런 현상이 벌어졌지만, 우리 나라에서 축구 경기가 끝난 뒤에 한 팀의 응원자들이 다른 팀의 응원자들을 상대로 집단적인 폭력을 행사하는 경우는 처음인 것 같습니다. 가장 격렬하게 싸웠던 응원자들은 경기장 입장이 금지되었습니다. 또한 극단적인 폭력으로 진짜 전투를 벌이겠다고 인근 주차장에 수백 명씩 모이는 것도 허락되지 않을 것입니다. 내무부 장관은 축구 응원자 협회와 축구 협회에 그 사실을 알렸습니다. 이제껏 그런 기분 풀이 싸움은 일회적인 것으로 남아 있었지만, 횟수가 늘어나고 피해가 커지면서 경찰로서도 방책을 찾아낼 수밖에 없게 된 것이죠.

주식 시장

로켓 〈카타풀타 001〉의 시범은 주식 시장에 영향을 미쳤습니다. 특히 에마슈의 우주 산업과 관련된 분야에서 놀라운 급등이 일어났습니다. 또한 금속 산업, 무엇보다 희귀 금속 산업과 연관을 맺은 회사들이 전체적으로 상당한 이득을 얻었습니다.

날씨

기온이 상승하겠습니다. 일찍이 지구에서 이렇게 더웠던 적은 없었습니다. 남극의 얼음이 녹고 대양들의 수위가 전체적으로 높아졌습니다. 멕시코 만류가 난조를 보이고 있습니다. 카리브해와 미국 동부 해안에 열대성 저기압이 자주 나타나는 것도 이것과 무관하지 않습니다.

117

자기 카드를 판독기 앞에 갖다 댔지만, 문의 자물쇠는 풀리지 않는다. 다비드 웰스는 마이크로 랜드 여행에서 돌아오는 길인데, 여행 중에 무슨 일이 생긴 모양이다. 곧바로 소르본 대학의 경비실로 가서 관리인을 만난다.

「안녕하세요, 장미셸. 다른 자기 카드를 주실 수 있나요?

제 카드는 자성이 없어졌나 봐요.」

「위층 카메러 웰스의 사무실로 올라가 보세요. 그쪽에서
설명해 줄 겁니다, 웰스 교수님.」

다비드 웰스는 눈썹을 찡그리고 오로르의 사무실로 올라
간다.

「일이 어떻게 된 거야?」

「위에서는 네가 안식년 휴가를 내기를 바랐을 거야.」

「네가 플로르스섬에서 말한 〈깜짝 놀라게 하는 일〉이 바
로 이거야? 나는 이제 내 사무실에도 들어갈 수 없어. 그리고
너는 그런 사정을 알면서도 통 얘기가 없었고.」

「원래 자물쇠들을 바꾸기도 하지만, 이건 그렇게 떨어져
있는 게 윗사람들의 바람이라는 것을 알게 하는 방식이기도
해.」

「그들이 나의 어떤 점을 좋지 않게 생각하는데?」

「여기에서 너의 인기는 계속 떨어지고 있어. 네가 나노 인
간을 만들어 내기를 기다렸지. 그런데 현재로서 너는 기니피
그값만 뜯어 가고 겨우 죽어 있는 태아만을 만들어 냈어.」

「그게 연구의 기본이야! 시간이 걸리는 법이라고! 우리가
에마슈를 창조할 때를 기억해 봐. 몇 달 만에 해낸 일이 아니
잖아?」

「너의 개인적인 연구만 실망을 준 게 아냐. 진화에 관한 네
강의는 〈정신 착란〉의 소리처럼 들렸어. 학생들은 네가 환생
이나 무당의 신들린 상태를 개념으로 언급했다고 불평하더
라. 과학에 그렇게 비합리적인 요소를 끌어들이면 좋지 않
아. 비의적인 관행이나 환각을 불러일으키는 원초적인 마약
에 대해서 말하는 것도 그렇고.」

「마조바 말이야? 너도 해봤잖아? 그게 마약이 아니라는 건 너도 알아. 그건…….」

「〈진화〉 프로젝트의 입상자들을 선택하는 데도 문제가 있었어.」

「장클로드 뒤냐크는 노벨상을 받았어! 니심 암잘라그는 왕 에마 109에게 영감을 주어 달에 우주 기지를 건설하게 했어!」

「그래 두 케이스는 결과가 나왔지. 하지만 바보 같은 프로젝트들을 위해 얼마나 많은 돈이 허비되었는지 알아? 피라미드를 전공했다는 네 한국인 고고학자는 아무것도 만들어 내지 않았어.」

「오로르, 도대체 왜 이러는 거야? 내가 사랑하던 여자가 당신 맞아?」

오로르는 눈을 피한다. 다비드는 그녀가 자기 쪽으로 눈을 돌리도록 애쓴다.

「한 해 동안 대학에서 멀리 떨어져 있었어. 그사이에 너는 우리 아이들을 빼앗아 갔지. 이제 내 일도 가져가고 싶어?」

그러자 오로르는 만년필을 가지고 장난을 치는 그의 깨끗한 손을 바라본다.

「그래 봤자 1년이야. 조금 긴 휴가를 갔다 왔다고 생각하면 돼.」

그는 탁자를 탁 친다.

「저 위에서 나를 자르고 싶어 하는 사람이 누구야?」

「교육부 장관이야. 너는 예전에 나탈리아 오비츠와의 우정을 과시하고 다녔지. 그 여자는 드루앵의 아랫사람이었고 지금은 여기에서 힘을 쓸 수 없어. 너의 우정도 좋게 보일 리가 없지. 내 적들의 벗은 내 적들인 거야.」

「나는 정치를 한 적이 없어! 그리고 내가 잘못 생각하는 게 아니라면, 우리는 두 사람 모두 나탈리아 오비츠와 스타니슬라스 드루앵의 도움을 받았어.」

「그런데 나는 집권 여당에 가입했지. 내가 너에게 늘 말했듯이 우리는 정치를 등지고 살 수는 없어. 어느 정당에든 가입하지 않으면, 여당이든 야당이든 나를 의심하게 돼.」

그는 싸늘하게 그녀를 살핀다. 전에 없던 시선에 오로르는 마음이 불편하다.

「나한테 왜 이러는 거지, 오로르?」

「크게 보면 예산의 제한이 있어. 〈진화〉와 관련된 합동 연구 과정이 모두 문을 닫을 거야.」

그의 속에서 무언가 올라와 목을 꽉 막는 느낌이 든다.

「농담하는 거야?」

「아냐.」

「그런데 너는 그것을 막지 못했어? 그런 바보 같은 짓을 저지르도록 어떻게 가만있을 수 있지?」

「내가 너를 계속 지키도록 행동한다면, 나 역시 위험에 빠질 수 있다는 것을 그들이 깨닫게 해줬어. 한 해밖에 안 지났지만, 앞으로는 모든 게 달라질 거야. 필요하다면 관련된 부서에서 바꿔 주겠지. 너는 퐁텐블로 연구소에 다시 갈 수도 있어. 거기는 우리가 초소형 인간들을 만들었던 곳이야. 네가 연구하던 나노 인간들이 거기에서 빛을 볼 수도 있어. 정식으로 안식년 휴가를 얻고, 그 기간에 연구를 해. 그러면 괜찮을 것 같은데.」

그는 턱을 앙다물고 그녀를 바라본다.

「그러면…… 우리 애들은?」

「걱정하지 않아도 돼. 이제 그 애들은 사춘기 직전의 아이들이야. 네가 원할 때 만날 수 있을 거야. 하지만 내가 너라면 그 시간을 이용해서 휴식을 취하거나 연구를 계속하겠어. 먼저 이기주의자가 되어야 해. 너 자신을 되찾고 너를 위해 진정한 시간을 가져.」

그는 마음 같아서는 고약한 말을 해주고 자신의 고통을 그녀에게 덜어 주고 싶었지만, 싸움을 하든 책망을 하든 무슨 소용이 있겠는가? 예전에 자기의 크나큰 사랑이자 아이들의 어머니였던 여자는 이제 존재하지 않는다. 그녀는 남과 다름이 없다. 그는 자기의 개인적인 물건들을 따로 모아 놓은 상자를 받아 들고, 말 한마디 없이 사무실을 나선다.

그는 깊게 숨을 쉬려고 애쓰면서 걸음을 빨리한다. 소르본 대학의 〈진화〉 대강당은 미래에 대한 가장 좋은 발상을 해온 학생들에게 그가 상을 주던 곳이다. 그는 이 대강당의 한 의자에 털썩 앉았다가 일어난다. 그러고는 동물들의 전시관을 둘러보고, 지느러미를 지닌 채로 가장 먼저 물 밖으로 나왔다는 물고기 틱탈릭의 조각상을 어루만진다. 환경이 더 이상 삶에 도움이 되지 않을 때는 사는 곳을 바꿔야 한다.

벽에는 진화 분야의 위대한 발견자들의 초상이 죽 걸려 있고, 맨 끝에는 그의 아버지 샤를 웰스의 사진이 보인다. 사람인 나도 진화를 해야 한다고 그는 생각한다.

소르본 대학 건물에서 나와 주차장으로 가서 자기 차에 올라탄다. 차에 올라타서 시동을 걸려고 하는데 엔진이 꺼져 버린다. 연료 게이지가 0을 가리키고 있다.

또 이런 실수를 하다니. 그는 트렁크에서 비어 있는 기름통을 꺼내어 택시를 타고 갈까 하다가 그냥 걷는다.

비가 내리기 시작한다.

곧 누군가 자기를 따라오고 있다는 느낌이 든다.

그는 돌아서서 그 젊은 여자를 알아본다.

「히파티아 김, 여기서 뭐 해?」

「선생님을 뵈러 사무실에 갔었어요. 그런데 선생님이 사무실 앞에 계시다가 떠나시는 걸 봤어요. 당장 선생님께 말을 걸 엄두가 나지 않아서, 그냥 선생님 뒤를 따라서 걸었어요.」

그는 망설이다가 연료를 구하러 가는 길에 동행하는 것을 허락했다. 두 사람은 세차게 내리는 빗살을 뚫고 서둘러 나아간다.

「무엇 하러 나를 만나고 싶어 했지? 내 귀를 관찰하러? 불꽃에 관해 명상하는 것을 가르치러?」

「제 연구에 선생님의 도움이 필요해서요.」

「그건 자네 프로젝트를 상으로 뽑아서 이미 도움을 주었어. 2만 5천 유로는 작은 돈이 아냐. 자네와 함께 상을 탔던 두 사람과는 다르게, 자네는 그 돈을 제대로 사용하지 못한 모양이지?」

「연구에는 돈만 필요한 게 아니에요. 저처럼 선생님도 아시잖아요. 위대한 발견자들은 누구를 만나서 어떤 도움을 받느냐가 중요해요.」

「아무튼 나는 이제 자네에게 어떤 도움도 줄 수 없어. 조금 전에 강제로 교수 자리에서 쫓겨났다는 얘기를 들었거든. 〈진화〉와 관련된 합동 연구 과정이 모두 문을 닫을 거라더군. 대학에서 갑자기 미래에 관심을 잃었나 봐. 그런데 자네는 기뻐해도 되겠어. 역사-고고학 분야를 강화한다니까 말이야. 그 얘기를 들으니까 어떤 기분이 드는지 알아? 인류는 차를 타고 가면서 앞을 보려고 하지 않아. 〈불안한 미래〉가 두려운 거야. 대신 뒤를 보는 거울에 비치는 〈영광스러운 과거〉에만 흥미를 갖고 달리는 거지. 그건 그렇고 나에게서 기대한 것이 정확하게 뭐야?」

「웰스 교수님, 뉴스 들으셨죠? 이집트 문화부 장관이 쿠푸 왕의 피라미드를 다이너마이트로 폭파하라고 명령을 내렸대요.」

「그건 예상했던 일이야.」

「선생님은 제가 무엇을 연구했는지 아시잖아요. 제가 제출한 논문의 주제는 피라미드들이 송신기와 수신기로서 어머니이신 지구와 어떻게 소통하는가에 관한 것이었어요. 제 생각에는 이집트인들이 나서기 전에 우리가 먼저 지구와 소통해야 해요. 오늘날 우리가 전화 통화를 하듯, 쿠푸왕의 대피라미드 어딘가에 들어가면 가이아와 이야기를 나눌 수 있어요. 그 소중한 도구가 파괴되기 전에 우리가 손을 써야죠.」

전화 얘기 때문에 그의 얼굴에 미소가 번졌다. 하지만 그는 다시 심드렁한 표정을 짓는다.

「내가 보기엔 벌써 너무 늦었어. 게다가 이집트 관계 당국이 우리가 피라미드에 접근하도록 허용하지 않을 거야. 우리는 소중한 기념물이라 생각할지라도, 자기네는 자갈 상태로 만들고 싶은 건축 자재이거든. 그런데 왜 나지?」

「먼저 선생님이 남자이시기 때문입니다. 제가 여자로서 거기에 가는 데는 온갖 어려움을 각오해야 합니다. 이집트에서 여자들은 남편의 서면 허가증이 없으면 혼자서 돌아다닐 수 없습니다. 다음으로 선생님이 국제적인 권위를 지닌 과학자이기 때문입니다. 그 사실이 장벽들을 넘어서는 데 도움을 줄 수 있습니다.」

「왜 내가 그 일에 관심을 가져야 하지?」

그녀는 젖은 머리 타래를 쓸어 올려 아몬드 모양의 눈을 드러낸다.

「선생님은 샤를 웰스의 아들입니다. 그분은 돌아가신 이후로 가장 위대한 탐험가라는 명성을 얻었습니다. 호기심의 유전이라는 것은 분명히 존재합니다, 안 그런가요? 선생님과 함께 가는 것은 유일한 기회입니다. 그리고 돌이킬 수 없는 일이 벌어지기 전에 마지막으로 행동할 수 있는 방법일지도 모르죠.」

「뭘 원하는 거지? 내가 당신과 함께 이집트에 가서…….」

「지구와 소통할 수 있는 〈통화의 공간〉이 사라지기 전에, 지구와 이야기를 나누는 것이죠.」

그는 착잡한 생각에 빠진 채로 말없이 걷다가 걸음을 멈춘다.

「미안해. 하지만 그 일은 내 흥미를 끌지 않아.」

「아니라고 하시기 전에, 이 문서를 한번 봐주시겠어요?」

그녀가 내미는 문서의 복사물이 빗방울에 젖기 시작한다. 그는 자기 얼굴의 빗물을 닦아 내고, 무어라 중얼거리다가 흠칫 놀란다.

「이 사진은 어디에서 찍은 거지?」

「한국에 있는 피라미드 안에서요.」

「한국에도 피라미드가 있나?」

「피라미드는 많은 나라에 있어요. 아마도 전 세계 피라미드를 헤아리면 1백 개는 될 거예요. 가장 잘 알려진 것들은 멕시코, 인도네시아, 수단에 있지만, 얼마 전에 보스니아, 우크라이나, 튀르키예, 러시아, 페루에서 발견되었고, 아주 최근에 한국에서도 숨겨져 있던 것이 나타났어요. 그래서 저는 한국의 피라미드를 연구할 수 있었죠(정확히 말씀드리자면 소르본 대학에서 주신 2만 5천 유로 덕분이죠, 다시 한번 고맙습니다). 저는 그 작업을 조심스럽게 행했지만, 이제는 선생님께 보여 드릴 수 있어요. 제가 찾아낸 게 바로 이거예요.」

그는 매력적인 이미지를 한참 더 바라보다가, 빗물이 두 사람의 얼굴에 흐르는 동안 젊은 그녀의 얼굴을 바라본다.

「이집트행 첫 비행기가 몇 시에 출발하지? 그리고 자네 이름 히파티아는 우리가 알고 있는 그 히파티아와 관련이 있는 거야?」

118

백과사전: 히파티아

이집트 알렉산드리아에는 알렉산드로스 대왕의 그리스 장군이었던 프톨레마이오스가 건설한 대도서관이 있었다. 그 대도서관의 마지막 관장이 테온이었는데, 히파티아는 바로 그 테온의 딸이다.

히파티아는 370년에 태어나 아버지의 도움으로 수학과 철학과 천문학에 빠르게 입문했다. 그다음에는 아테네에 가서 공부를 계속했다. 당대에 가장 널리 읽히던 수학자 디오판토스와 페르게의 아폴로니오스가 남긴 저서들에 주해를 달았고, 다른 한편으로는 대중 토론을 할 때 가장 전위적인 철학적 테제들을 옹호함으로써 초기의 명성을 얻었다.

이집트에 돌아와서는 알렉산드리아의 열린 회당에서 부자나 가난한 사람, 지식인이나 문맹자를 가리지 않고, 원하는 사람 모두에게 플라톤과 아리스토텔레스 철학이나 천문학의 기초를 가르쳤다.

키레네 사람 시네시오스는 그녀의 제자 중 하나였는데, 그녀를 매우 아름답고 남자가 없는 여자로 묘사했다. 그의 말에 따르면, 그녀는 무엇을 만드는 재주가 비상하고 유량 측정기나 천문 관측기구 같은 기계를 만들어 낼 줄 알았다.

역사가 소크라테스 스콜라스티코스는 〈그녀가 도달한 교양의 수준이 높아서 어느 남자도 따라갈 수가 없었고, 자기가 알고 있는 바를 원하는 사람 누구에게나 나누어 주었다〉고 이야기한다.

그러나 콘스탄티누스 황제가 가톨릭을 로마의 종교로 인정한 뒤로, 예전에는 이단 취급을 당하던 가톨릭이 국가의 존중을 받는 종교가 되었다. 412년, 가톨릭 민병대(거룩한 말씀을 전파한다는 명분을 지니고 있었지만 다른 종교 공동체들 사이에 공포를 뿌려 댔다)를 이끌던 키릴로스가 알렉산드리아의 주교로 임명되었다. 그때부터 그는 황제의 대리인, 특히 오레스테스 총독이 개입하는 것을 두려워하지 않고 백성을 상대로 자기 마음대로 행동할 수 있었다. 네오플라톤 학파 철학자 다마스키오스가 후대에 쓴 글에 따르면, 415년 3월 키릴로스는 히파티아의 천문학 강의를 듣기 위해 군중이 모여 있는 것을 우연히 보게 되었다. 깜짝 놀랄 일이었다. 신을 믿지 않는 여성 과학자가 그렇게 인기가 높다는 게 샘이 났다. 더구나 그녀는 태양 중심설을 주장하고 있었다. 지구는 우주의 중심에 있는 것이 아니라 태양의 둘레를 돌고 있다는 것이다.

소크라테스 스콜라스티코스는 그 사건을 이런 식으로 이야기한다. 〈키릴로스 주교의 명령에 따라 수도사들 한 무리가 히파티아를 감시하고 있다가 집으로 돌아가는 그녀를 붙잡았다. 수도사들은 그녀를 성 미카엘 성당으로 끌고 가서 옷을 벗기고 그릇의 깨진 조각으로 죽을 때까지 공격했다. 그러고는 시신의 사지를 절단하고 나머지 시신을 거리에 내

놓고 사람들에게 구경을 시킨 뒤에, 키나론 언덕에 가지고 올라가 불태
웠다.〉

7세기에 주교를 지낸 니케이 사람 요한은 그 이야기를 조금 다르게 들
려준다. 〈히파티아는 신을 믿지 않고 마법을 믿었으며, 천문 관측기구
를 사용했고 몇 가지 악기를 연주했다. 그 악마적인 재능으로 많은 사
람들을 유혹했다. 심지어는 자기 주술을 이용하여 오레스테스 총독을
홀리기까지 했다. 그녀를 죽이기로 한 날, 신자들은 그녀를 찾아내어
옷을 벗기고 수레에 매달아 거리로 끌고 다녔다. 그러다가 성당으로 데
려가서 죽였다. 그들은 그녀의 시신을 바로 불태웠다. 그렇게 키릴로스
는 알렉산드리아 우상 숭배의 상징이던 여자를 제거했다.〉

히파티아는 개인적으로 많은 과학적 연구를 행했고, 여러 가지 저서를
썼을 것이다. 하지만 그 사건에 이은 최초의 알렉산드리아 대도서관 화
재 때, 그녀의 저술 모두가 불에 탔다.

키릴로스 주교는 사후에 복자를 거쳐 성인이 되었다.

에드몽 웰스, 『상대적이며 절대적인 지식의 백과사전』 제11권

119

샤워를 끝내고 가운을 걸쳐 몸을 말린 다음 침실로 들어가
시계를 본다.

낮 12시.

그녀는 〈새로운 인류〉라는 작품을 위한 메모를 하고 싶다.
생각하는 것과 쓰는 것이 거의 동시에 이루어진다.

인류의 집단적인 이주가 어떻게 이루어졌던가? 십중팔구
는 뗏목이나 노로 젓는 작은 배, 돛, 바퀴 같은 평범한 도구들
의 발명을 통해서였을 것이다. 〈테라 인코그니타〉를 밀어낼
때마다 인류는 신비로운 경계를 탐색하고 자기들의 자국을

넓혀 나갔다. 이제 우리는 경계를 훨씬 더 멀리 밀어낼 참이다. 로켓, 로봇 관측기구, 지구 정지 궤도에 오른 우주 기지, 〈우주 나비 2호〉, 루나폴리스.

우주로 퍼져 나가려는 인간의 욕망은 어디에서 오는 것일까? 아마도 인간의 유전자 속에 특별한 것이 등록되어 있을 것이다. 그래서 인간이 어디에 살든 유전자 속의 그것이 발동하여 자기가 사는 영역이 너무 작고 견디기 힘들고 심지어는 죽음을 면할 수 없는 곳임을 알게 될 때가 오는 게 아닐까?

우리는 모두 그것을 알고 있다. 섬들은 물에 잠길 것이고, 화산들은 마침내 분출하여 자기들을 둘러싼 모든 것을 태울 것이며, 사막들은 초원을 침범하여 기아를 가져올 것이고, 메뚜기 떼들은 곡물을 황폐하게 만들 것이다. 진정으로 안전한 장소는 어디에도 없을 것이다.

지금 살고 있는 곳이 자기가 영원히 살 곳이 아니라는 생각을 하게 되면, 인간은 이주적인 성격을 갖게 되고 온갖 형태의 정착에 대한 멸시를 하게 된다.

화상 전화기가 울린다. 교주 에마 666이 달에서 전화를 걸어 온 것이다.

왕은 전화를 받는다.

교주의 얼굴이 화면에 나타난다.

「축제는 어떻게 끝났습니까, 전하?」

「우리 에마슈들은 안심을 했고, 거인들은 깊은 인상을 받은 모양일세. 칠각형 체스를 진짜 선수들과 함께 실제 크기로 연출한 것이 자네가 보기에는 그들의 마음에 들었을까, 666?」

「제가 보기에는 짓궂은 게임을 기분 좋게 보여 주는 것 같앉어요. 체스의 한 팀이 열여섯 개의 말로 이루어지듯 한 팀에 열여섯 명의 선수가 모여 있었어요. 그렇게 일곱 팀 선수들이 다른 팀들과 적대하며 한판을 벌였지요(그것도 그런 체스를 발명한 나탈리아 오비츠가 보는 앞에서 말입니다). 그건 정말이지 대단한 발상이었습니다.」

「그런데 한 가지 요소를 변화시켜야 할 거야. 내가 보니까 각 진영의 내부에 강경파와 온건파의 분열이 있어. 짙은 색깔과 연한 색깔의 분열이라고나 할까? 녹색 진영을 보게나. 짙은 녹색(시아파)과 연한 녹색(수니파)이 있어. 백색 진영도 마찬가지야. 빠른 이득을 추구하는 짙은 백색(중국인)이 있는가 하면, 더 오래되고 아마도 더 무릇한 시스템 속에 있는 연한 백색(미국인)이 있지.」

「짙은 색깔과 연한 색깔이요? 저는 생각하지 못했어요.」

「나는 과학부 장관에게 각 색깔에 대하여 진한 색과 연한 색이 분명하게 구분되도록 말들을 새로 만들어 달라고 부탁할 생각이야.」

「〈카타풀타〉의 시범은 어떠했나요, 전하?」

왕은 연보라색 루크를 쓱 밀어서 체스 판의 중심 가까이에 놓는다.

「또한 달에 만들어진 기지 역시 우리에겐 전진이고 안보입니다.」

왕은 두 번째 연보라색 루크를 앞으로 가져가다가, 잠시 망설임 끝에 그루크를 체스 판 바깥의 빈 공간에 놓는다.

「이제부터 만약 어떤 문제가 생기면 우리는 언제나 악당의 손길이 미치지 못하는 성소가 생기는 것일세.」

「검은색 진영도 같은 이점이 있어요, 전하.」

「우주선 속의 검은색 진영은 삶의 장소가 하나뿐일세. 그 것이 내가 보기엔 아주 허약해. 단순한 고장 하나로 모두가 위험에 빠지는 거야.」

「파란색 진영은 어떻습니까?」

「가까이에서 봐도 정말 아주 아름다운 안드로이드일세. 진짜 사람 같아. 성기가 달린 새 모델의 미학적 특성을 고려 해서 그들에게 점수를 주고 싶네.」

교주의 얼굴에 미소가 번진다.

「우리가 전진하고 있음을 거인들이 이해하고 있으리라 생 각하십니까?」

「에마 666, 나는 확신하네. 그들이 우리를 두려워하기보 다 존중하게 만들어야 해.」

「아무튼 그들은 결국 우리를 두려워하게 될 겁니다. 제가 그것을 얼마나 확신하는지 잘 아실 겁니다. 그 확신은 이런 문장으로 요약할 수 있습니다. 〈언젠가 지구에는 초소형 인 간들만 있을 것이고 거인들은 한낱 전설이 되고 말리라.〉」

「바보 같은 소리일세.」

「저는 마음속 깊이 그렇게 믿고 있습니다. 전하께서 마지 막으로 쓰시는 책에 그 문장을 제사로 넣었으면 좋겠습 니다.」

왕은 자기 컴퓨터의 카메라를 통해 방의 모습이 꽤나 정확 하게 전송되기 때문에 교주가 지구의 이 방에서 무슨 일이 벌어지고 있는지 볼 수 있음을 깨닫는다. 그래서 자기가 쓰 고 있던 〈새로운 인류〉를 얼른 덮어 버린다.

왕은 화상 전화기를 마주한 채로 방에서 뒷걸음친다.

「예전에 나는 그들을 파괴하고 싶었고, 자네가 말한 대로

〈그들이 전설이 되기〉를 바랐네. 그러다가 딴사람으로 바뀌었지. 아마 나이 탓이거나 그들을 자주 만났기 때문일 거야. 어쩌면 그냥 평온해지고 싶었을지도 모르지. 어쨌거나 나는 이제 이렇게 믿어. 우리 사이에 화합과 평등은 가능성으로 끝나는 게 아냐. 그것들은 꼭 필요한 거야.」

「죄송한 말씀이지만, 예전에 전하는 전투적인 왕이셨어요. 앞으로 나아가고 위험을 무릅쓸 준비가 되어 있었죠. 이제 나이가 드셔서 그런지, 예전 같지 않고 쉽게 피로를 느끼시는 것 같아요. 전하는 그냥 〈평온해지고 싶어서〉라고 말씀하셨지만, 제가 보기에는 〈사기 저하〉예요. 우리가 쓰나미의 공격을 받던 때를 기억해 보세요. 그들 중에서 우리를 도와주겠다고 선선히 나선 사람들은 별로 없었어요. 그런가 하면 나중에는 전하를 살해하려고 칼을 휘두르는 자까지 나타났어요.」

왕은 체스 판 쪽으로 돌아선다.

「이 게임은 멀지 않은 날에 크게 요동칠 거야. 준비하고 있어, 666.」

「무슨 일에 준비하라는 건가요?」

「모든 일에 준비하라는 것일세.」

120

노란 먼지의 소용돌이.

히파티아 김과 다비드 웰스는 연기가 풀풀 나는 시끄러운 택시를 타고 기자 평원의 세 피라미드를 향해 달리고 있다. 나일강 좌측 편, 카이로시와 마주 보는 곳이다.

택시 기사가 말문을 연다.

「제 이름은 압델라티프예요. 만나서 반가워요. 신혼여행 하시나 봐요?」

「일 때문이에요. 쿠푸왕 피라미드를 볼 수 있게 해주세요.」

그들은 달리면서 이집트 수도 변두리를 구경한다.

「아시다시피, 당신들은 제때에 오셨어요. 내일은 문화부 장관의 명령에 따라 그 피라미드를 파괴하거든요. 어쨌거나 그들이 〈쇠퇴한 우상 숭배 문명의 유적을 먼지로 만들어 버리겠다〉고 말한 뒤로, 관광이 갑자기 되살아났어요. 사람들은 피라미드가 파괴되기 전에 마지막으로 그것을 보고 싶어 했어요. 〈내가 거기에 있었다〉는 말을 하기 위해서였죠. 그렇듯이 때로는 관광 산업을 조금 부흥시키기 위해 기념물을 파괴해야 한다니까요.」

압델라티프는 금박을 입힌 이 몇 개를 드러내며 웃음을 터뜨렸다.

「저는 콥트 교회 신자예요. 다시 말하면 그리스도를 믿는 사람이라는 거죠. 우리는 아랍이 침공하기 전부터 살았던 고대 이집트인의 자손이에요. 아마도 우리 조상들이 그 피라미드들을 건설했을 거예요. 그렇다면 누군가 그 파괴와 관련된 사람이 있다면, 그건 바로 저예요. 아, 저는 여기에서 세상이 점차적으로 변하는 것을 지켜봤어요. 아랍의 봄 이후에 자유가 시들해지는 가을이 오면서 종교인들이 다시 권력을 잡았고, 여자들의 겨울이라 할 수 있을 정도로 여성의 교육 기관 접근을 금지하는 제도가 만들어졌어요. 그러다가 시시 장군과 함께 군인들이 다시 권력을 잡았고, 새로운 봄과 여름이 있은 뒤에 다시 선거가 있었고 우리 같은 사람들은 드디어 민주주의 체제로 들어가기를 희망했죠. 그러나 이집트 국민들은 살아 있을 때의 자유보다는 죽은 뒤의 낙원을 더 좋아했어요. 종교인들이 집권한 두 번째 겨울은 훨씬 더 혹독했죠. 아, 민주주의의 선거란 얼마나 고약한 것인지! 이젠 할 때마다 종교인들이 승리를 거두죠. 그들을 뽑아 주는 시골 사람들은 너무 무지하고 미신에 빠져 있어요. 게다가 가장 수가 많아요. 저는 개인적으로 종교인들보다는 군인들의 독재가 좋아요. 적어도 군인들은 우리에게 종교를 믿을 권리를 주고, 여자들에게 학교를 허락하며 여자들이 얼굴을 드러내고 다니는 것을 양해하죠.」

「조금 더 시간이 흐르면 민주주의 원칙이 이점을 보여 줄 거예요. 다음 선거에서는 모든 게 달라질 수 있어요.」

「이제 선거는 없을 거예요. 종교인들은 자기들의 실패에서 교훈을 얻었어요. 권력을 잡기가 무섭게 헌법을 바꿨어요. 나라를 다스리는 것은 국민이 아니라 신이어야 한다고 생각한 거죠. 그래서 이란에서처럼 종교인들의 평의회가 대통령 후보들을 지정하고, 늙은 수염쟁이들로 이루어진 위원회가 대통령을 뽑죠. 당연히 젊은이들은 그것을 좋아하지 않아요. 하지만 집권자들은 경찰관들의 수를 늘리고, 군의 우두머리들을 모두 쫓아냈어요. 마치 2000년대에 튀르키예에서 그랬던 것처럼 말이에요. 이제 우리는 신정 독재에 깊이 빠져 있어요. 경찰 시스템이 도처에서 그 독재를 지원하고 있죠. 우리의 자유를 갉아먹는 체제는 언제 끝날지 몰라요. 음악과 무용과 영화를 금지하자는 얘기도 장관들 사이에서 오고 가는 모양입니다.」

택시 기사는 목이 메는 듯 신호를 보내며 혀를 내민다.

그들 주위로 젊은 이집트 사람들이 지나가며 친절하게 인사를 보낸다. 히파티아와 다비드의 눈에는 그들이 가난해 보여도 쾌활한 편이다. 아마도 혼외 성관계를 금지하고 있는 탓인지, 그들 앞에는 어떤 커플도 눈에 띄지 않고 그저 젊은 남자들끼리 나아가는 것만 보인다. 여자들은 거의 보이지 않는다. 단지 검은 부르카를 쓴 유령 같은 여자들이 가방이나 아이를 안고 뛰어간다.

「〈현대의〉 카이로에 오신 것을 환영합니다.」

「이른바 〈자유를 침해하는 민주주의 선거〉에 관한 이야기를 계속해 보세요.」 그것에 흥미를 느낀 다비드가 제안했다.

「저는 이런 생각도 합니다. 대부분의 사람들은 억압 조치에 대해서 오히려 안심을 느낀다고. 모든 새를 죽이자고 호소하는 사제도 있습니다. 새들의 노래가 신자들의 기도하려는 마음을 빼앗아 갈 수도 있다는 것이 그의 명분입니다. 모든 새를 죽인다는 것…… 어마어마한 프로그램이죠. 특히 카이로에서는 그러합니다. 비둘기들이 마구 침범하는 도시이니까요.」

히파티아와 다비드는 창문 너머로 자기들 앞에 펼쳐지는 거대한 도시를 관찰한다. 곧 피라미드 세 개가 그들의 눈에 들어온다. 다비드가 상상했던 것보다 더 높아 보인다. 그는 스마트폰을 꺼내어 사진을 찍기 시작한다. 하지만 압델라티프는 그를 제지한다.

「사진을 왜 찍으시죠?」

「저것들 피라미드 아니에요?」

압델라티프는 아주 크게 웃으며, 역광에는 형체가 분명하게 드러나지 않는 세모꼴의 형상들 쪽을 돌아본다.

조금 더 달리고 나서 보니, 이른바 〈피라미드〉의 정체가 드러난다.

다비드와 히파티아는 실망한 기색이다. 가난한 사람들이 녹슨 금속 컨테이너 수천 개를 쌓아 아파트로 쓰고 있는 것을 〈피라미드〉로 오해한 것이다.

히파티아가 설명한다.

「저건 홍콩의 빈민촌에서 행하던 바를 본뜬 거예요. 홍콩에는 집 없는 사람들이 많은데 집 지을 땅이 별로 없어요. 그래서 항구의 컨테이너를 가져다가 벽돌처럼 쌓아서 아파트로 만들 생각을 했어요. 그것은 성공적인 발상이었죠. 처음엔 정육면체 모양으로 쌓아 올렸을 거예요. 그러나 높이 올라갈수록 가장자리 쪽에 자리 잡은 사람들은 떨어질 염려가 많았어요. 그들은 위층에서 떨어지는 것을 피하려면, 층수를 높일 때마다 안전장치 같은 것을 만들어야 한다고 생각했죠. 아래층은 넓고 위층은 그보다 좁게, 그러다 보니 피라미드 형태가 나온 거예요.」

택시 기사는 경탄하는 표정을 짓는다.

「숙녀분 말씀이 옳아요. 저는 홍콩인들이 처음 시작했다는 사실을 모르고 있었어요.」

「저런 식으로 수천 개의 컨테이너를 쌓아서 만들어진 피라미드들이 세계 도처에 있어요. 멕시코시티에도 있고, 리우데자네이루, 리마, 부에노스아이레스, 이스탄불, 상하이, 뉴델리, 라고스, 아비장, 자카르타, 케이프타운에도 있어요. 요컨대 인구 과잉과 주거의 문제를 지닌 모든 대도시가 해당돼요. 피라미드는 높이 올라가기 위한, 그리고 악천후에 저항하기 위한 완벽한 형태예요. 기자 피라미드의 형태와 각이 우리 손바닥에 모래를 쌓으려고 위에서 흘려 내리면 생기는 그 작은 더미의 형태며 각과 똑같아요. 그거 알고 계셨어요?」

「그거 몰랐어요.」다비드는 순순히 인정했다.

택시 기사가 단호하게 말한다.

「컨테이너를 쌓아 만든 피라미드의 내부는 습기가 많고 음식이 잘 썩고 냄새가 고약해요. 겨울에는 춥고 여름에는 한증막이에요. 컨테이너는 결국 관이 되고 말죠. 위층들의 무게가 너무 무거워지면, 아래층들은 거주자들을 내부에 둔 채로 일거에 납작해질 수도 있어요. 대도시 빈민촌의 미래가 다들 그래요. 실업자들과 은퇴자들의 관리를 위한 주택이니까요.」

다비드와 히파티아는 귀를 기울여 듣는다.

「그들은 컨테이너 피라미드를 도입하여 도시를 이상하게 만들어 가고 있어요. 아래층에 사는 사람들을 조금씩 압살하는 도시 말입니다.」

택시 기사는 금박을 입힌 멋진 이들을 다시 보여 준다.

「그리고 종교인들이 권력을 잡은 뒤로 상황은 더 나빠지고 있어요. 그들은 경제에 관해서 전혀 아는 게 없고, 관광객들을 〈신앙이 없다〉는 이유로 가까이하지 못하게 하죠. 그래서 사람들은 더욱 가난해져요.」

플래카드를 든 시위대가 그들의 눈에 들어온다.

「빵값 인상에 반대하는 시위예요. 걱정하지 마세요. 경찰이 곧 해산시킬 테니.」

군중은 주먹을 들어 올리면서 이해할 수 없는 슬로건을 외쳐 댄다.

「새로운 저항 운동은 없나요?」

「없어요. 대신 축구가 있죠. 가난한 젊은이들은 유명한 축구 선수가 되겠다고 생각하죠. 그런 생각을 하다 보면 체제를 지지할 수밖에 없지 않겠어요? 축구는 금세기에 들어와 사람들의 공격성을 한 방향으로 모으는 도구가 되었어요. 수염쟁이들은 바보가 아니에요. 그들은 훨씬 더 거대한 새로운 경기장을 짓게 했어요. 경기장과 피라미드 빈민촌, 그게 미래예요.」

택시 기사는 아닌 게 아니라 젊은이들이 아주 열띠게 축구 경기를 벌이는 공터를 가리킨다.

이윽고 그들은 기자 평원의 세 피라미드 앞에 다다른다. 이 진짜 피라미드들은 시내에서 본 컨테이너 피라미드보다 더 작아 보인다.

히파티아가 피라미드 전문가답게 설명한다.

「가장 높은 것이 쿠푸왕의 피라미드, 중간 높이의 것이 그의 아들 카프라의 피라미드, 가장 높이가 낮은 것이 그의 손자 멘카우라의 피라미드예요.」

그들은 제복 차림으로 무기를 들고 길을 막아선 남자들 앞에 멈춰 선다. 가장 계급이 높아 보이는 남자가 알려 준다. 관광은 어제 날짜로 끝났고, 오늘 아침 8시부터는 이곳이 공사장이 되어 기술자들과 노동자들만이 허락을 얻고 안에 들어갈 수 있다는 것이다.

두 프랑스인은 그 장교를 매수해 보려고 하지만, 그는 고집이 여간 세지 않다.

다비드는 택시 기사 압델라티프에게 차를 사람들 눈에 안 띄는 곳에 세워 두라고 부탁하면서, 보통 때의 요금보다 많

342

은 돈을 지불한다. 택시 기사는 자기 명함을 내민다.

「필요한 경우에는 망설이지 말고 전화하세요. 제 전화번호는 기억하기 쉬워요. 압델 3434예요.」

다비드와 히파티아는 차에서 배낭과 탐사 장비를 꺼낸 다음 길을 나선다. 그들은 높이가 20미터쯤 되는 조각상인 기자의 스핑크스 뒤에 몸을 숨긴다. 이 스핑크스는 이튿날에 파괴할 것들의 목록에 들어 있지 않아서, 뒤에 있는 세 피라미드만큼 경비가 삼엄하지 않다.

「여기에서 밤이 되기를 기다리기로 할까?」

다비드는 그렇게 제안하고 스핑크스를 바라본다. 히파티아가 설명한다.

「스핑크스의 얼굴에는 상처가 나 있어요. 옛날에 어떤 셰이크[4]가 명령을 내려 포탄을 쏘았대요. 당시에는 다이너마이트가 없었어요. 하지만 그들은 저런 기념물들을 좋아하지 않았어요.」

그는 버너를 켜고 냄비에 물을 담아 버너에 올려놓는다. 라면을 끓이려는 것이다. 물이 끓어오르자 그는 라면을 넣고 살짝 저어 준다.

「사실 나는 이런 것을 물어볼 겨를이 없었어. 지금까지 조금은 위급한 상황에 몰려 있었잖아. 그리고 자네는 비행기를 타고 오면서 잠을 잤고. 그러나 이제는 물어봐도 되겠지? 히파티아, 자네가 누구인지 궁금해. 이제껏 내가 들은 것은 제외하고 말이야.」

히파티아는 이마를 가리고 있던 검은 머리채를 쓸어 올린다.

4 무슬림 종교 지도자를 지칭.

「공사판 노동자들이 일을 끝내고 자러 가기 전까지 우리에게 약간의 시간이 있어.」

그의 재촉을 받자 그녀는 비웃음이 뒤섞인 표정을 짓는다.

「선생님이 저처럼 대수롭지 않은 사람에게 흥미를 느끼실 날이 올까 궁금해하던 터였어요. 히파티아는 저의 진짜 이름은 아니에요. 제가 그 이름을 선택한 것은 이제껏 알려진 가장 오래된 여성 과학자를 기리자는 뜻이었어요. 알렉산드리아의 히파티아, 저는 그분의 팬이에요. 제가 보기에는 4세기 말의 레오나르도 다빈치였어요. 당시의 광신자들 눈에는 그녀가 좋게 보였을 리가 없어요. 어쨌거나 그녀의 이름을 다시 살려 쓰는 것은 그녀에 대한 기억을 되살리는 것이죠. 특히 이집트에 오면서 그런 생각이 들었어요.」

「그럼 학생의 진짜 이름은 뭐지?」

「은선이요. 한국인들 중에는 서양식 이름을 가진 사람들이 적지 않아요. 물론 한국식 이름도 있으면서 서양식 이름을 같이 쓰는 거죠. 우리가 서양 세계에 열려 있다는 뜻이에요. 저는 27년 전에 서울에서 태어났어요. 아버지 김예빈은 한의사예요.」

「그분이 사람들의 귀를 보고 건강 상태를 짐작하는 법을 가르쳐 주신 거야?」

「우리 나라에서는 물론이고 세계적으로도 유명한 분이에요. 세계 최초로 침술의 경락을 시각화하셨죠. 제 어머니 이순복도 의사예요. 방사선과가 전공이죠. 아버지가 경락의 시각화를 시도하실 때 어머니의 도움이 없었으면 성공하기 어려웠을 거예요. 그러니까 침술이 눈에 보이는 정확한 과학이 될 수 있었던 것은 제 부모님 덕분이라는 것이죠.」

「경락을 시각화한다는 게 무슨 뜻이지?」

「특별 스캐너를 사용해서, 두 분이 발명하신 방사선 추적자가 움직이는 것을 사진으로 만드는 거예요. 현재로서는 침팬지에 대해서만 성공을 보였지만, 신경이나 혈관과 아무 상관이 없는 에너지 선이 존재한다는 것을 충분히 알 수 있어요.」

박쥐들이 그들을 스쳐 날아간다. 히파티아는 본능적으로 머리를 감싼다. 다비드는 일어서서 그들을 쫓아 버리고 다시 히파티아 앞에 앉는다.

「부모님은 제가 당신들의 일을 계속해 나가기를 바라셨어요. 침술 공부도 시키셨어요. 한국의 전통을 따르는 침술이었어요.」

「나는 그게 중국의 의술이려니 생각했지.」

「침술은 중국에 있기 전에 인도에 있었어요. 그리고 제 생각에는 인도에 있기 전에 한국에 있었고요. 저는 고고학 연구를 통해 그 사실을 발견했죠.」

「어쨌든 자네는 침술사가 되고 싶지 않았던 모양이지?」

「아버지는 선생님과 비슷해요. 옛것을 너무나 소중히 여기기보다는 미래에 대해서 더 관심을 갖자는 것이죠. 대체로 보아 한국은 과거가 고통스러웠기 때문에, 한국인에게는 앞을 곧장 내다보는 것이 뒤를 돌아보는 것보다 낫다는 말을 일리 있게 받아들여요. 하지만 아버지는 심한 편이에요. 고고학은 아무 쓸모가 없다고 생각하시죠. 먼 조상들의 비밀과 비극은 낡은 돌멩이와 늙은 뼈에게 맡겨 두는 게 낫다고 하실 정도예요.」

「부모님이 현명하신지도 모르니까 잘 생각해 봐.」

히파티아는 접시들에 뜨거운 면을 담고 빨간 소스가 들어 있는 작은 봉지를 내민다.

「그들은 너무 친절하고, 너무 똑똑하고, 너무 고결하죠. 저는 이제 그들과 함께 가는 것을 못 견디겠어요. 그들의 성공은 너무 빛나죠. 부모가 강압적이어도 괴로운 일이지만, 부모가 너무 경탄스러워도 훨씬 더 괴로울 수 있어요. 저는 아무리 해도 그들의 성공에 필적할 수 없을 거예요. 저는 아무리 해도 그들처럼 위대한 사랑을 해보지 못할 거예요. 나이가 들어도 서로 사랑할 수는 있죠. 하지만 예순 살이 넘어서도 모두가 보는 앞에서 진한 키스를 하는 게 정상일까요? 그리고 그들은 저를 무척 사랑해요. 그건 마치 몸에 꿀을 묻히고 사는 것과 비슷해요. 몸이 늘 끈적거리죠.」

그는 웃는다. 여느 사람에게서는 찾아보기 어려운 문제다.

「이해할 수 있어. 내 아버지 역시 비할 데 없이 훌륭했지만, 나의 개인적인 길을 찾아내는 데는 오히려 장애가 되었거든.」

「서로 사랑하는 완벽한 부모가 자식에게는 더 나쁠 수도 있어요. 어떻게 자라서, 어떻게 성공적인 커플을 이루라고? 직업적으로는 어떻게 성공하라고? 모두가 〈김 박사의 딸이라서 그래〉라고 말하는 것을 듣지 않을 수 있을까요?」

「자식들은 자기 부모가 무식하다고 불평하기 일쑤인데, 자기 부모가 〈완벽하다〉고 불평하는 소리를 들으니까 이상한걸.」

「놀리지 마세요, 그건 정말 견딜 수 없는 일이었어요. 제가 혼자 움직일 수 있는 나이가 되었을 때, 저는 서울을 떠나 파리로 왔어요. 비로소 고고학 공부를 시작했죠. 저는 이미 야심 찬 목표를 가지고 있었어요. 부모가 육체의 언어를 이해했다면, 저는 행성의 언어를 이해함으로써 더 잘하고 싶었어요.」

「그래서 그 길을 걸어가도록 내가 상도 주었잖아.」

그들은 라면을 먹는다. 스핑크스 뒤에 숨어서 라면을 먹는 것은 쉬운 일이 아니다. 거기에다 라면의 생김새는 우리가 보통으로 먹는 국수와는 생판 다르게, 미학적으로 불편하다.

「선생님 도움으로 얻은 장학금을 한국에서 연구를 계속하는 데에 사용했어요. 토목 공사 팀 하나가 우연히 기원전 2천 년도 더 전의 사원 유적을 최근에 발견했어요. 알고 보니 그것은 피라미드의 일부였어요. 낮은 층들밖에 남아 있지 않았지만, 나는 고조선 문명의 창설자로 여겨지는 단군의 무덤일 수 있다고 곧바로 생각했죠.」

「나는 그 단군이라는 분을 몰랐어.」

「우리에게 전해 내려오는 가장 오래된 건국 신화의 주인공이에요. 짧게 이야기해 보자면, 하늘의 신 환인이 세상을 다스리고 싶어 하는 아들 환웅의 요구를 받아들여 태백산에 내려 보냈어요. 환웅이 태백산 신단수 밑에 신시를 세우고 세상을 다스리던 어느 날, 곰과 호랑이가 와서 어떻게 하면 인간이 될 수 있느냐고 물었어요. 환웅은 그들에게 쑥과 마늘을 주면서 동굴 속에서 햇빛을 보지 않고 1백일 동안 그것만 먹고 견디면 인간이 되리라고 했어요. 호랑이는 인내심이 약해서 포기했어요. 반면에 곰은 그 시련을 견디고 삼칠일 만에 여자로 변하여 웅녀라는 이름을 얻게 되었죠. 웅녀는 환웅과 혼인하여 아들을 낳았는데, 그의 이름이 단군이에요.」

「이집트의 스핑크스 발아래에서 한국에 관한 얘기를 하자니, 이상한걸.」

「오히려 완벽한 느낌이 드는걸요. 고대의 모든 신화와 전설은 서로 통하는 바가 있어요. 단군은 그 뒤에 고조선이라는 나라를 세우죠. 그 수도는 오늘날의 평양 어름에 있었어요.」

「아, 유감이네. 북한은 전체주의 독재로 다스려지고 있어서 가보기가 쉽지 않겠군.」

「언젠가는 두 나라가 통일되겠죠, 저는 그렇게 확신하지만, 지금 할 얘기는 아니군요. 그래도 아직 종교 얘기는 할 수 있어요. 천도교는 남에서나 북에서나 단군을 숭배하는 종교죠. 평양 대박산에서 단군릉을 발굴했고 그것을 복원했다는 얘기도 그쪽에서 오래전부터 나왔어요. 하지만 저는 서울 근처에서 피라미드가 발견되었다는 소식을 듣고 단군의 진짜 무덤은 바로 그 피라미드라고 생각했죠. 유적 탐사가 시작되었을 때, 저는 그리로 달려갔어요. 아래로 내려갔다가 그 벽화를 보고 너무 놀랐어요. 제가 사진으로 보여 드린 그 벽화 말이에요.」

「히파티아가 보기엔 누구였을 것 같나? 그 그림을 보고 여기를 떠올리는 게 쉬운 일은 아닐 텐데.」

히파티아는 사진을 다시 꺼낸다.

「새긴 것의 모티프를 보세요. 분명하지 않아요? 단군의 무덤으로 쓰인 피라미드는 제가 보기에 중간 크기의 발신기예요. 중국이나 보스니아나 멕시코의 피라미드들은 작은 크기의 발신기이고요.」

「그럼 쿠푸왕의 피라미드는?」

「대형 발신기죠. 아마 유일한 모델이었을 겁니다. 어쨌거나 오늘날에 알려진 마지막 모델인데, 그들이 곧 파괴하려 합니다.」

다비드는 그녀가 보여 주는 사진들에 불빛을 비춰 본다.

「저는 우리의 먼 조상들이 현자들이었고 가이아와 대화할 줄 알았던 것으로 확신합니다.」

그들은 냄비 바닥에 붙어 있는 라면을 긁어 먹는다. 캐러멜 맛이 난다. 히파티아는 그에게 자기들만이 이해할 수 있을 법한 은근한 눈길을 보낸다.

「괜찮으세요, 선생님? 여전히 좋으신 거죠? 저를 따라오신 걸 후회하지 않으세요?」

그는 머리를 흔든다.

「이곳 날씨가 파리보다 따뜻해.」

다비드 웰스는 자식들에 대한 죄책감을 쓸어버린다. 그들은 너무나 멀리 떨어져 있지 않은가.

두 사람은 쿠푸왕의 피라미드를 향해 돌아앉는다.

밤하늘의 유난히 반짝이는 별빛을 받아 그 고대의 기념물이 묘한 신비감을 띤다.

121

백과사전: 기자의 피라미드

많은 역사가들이 오랫동안 주장해 온 것과는 달리, 기자 평원의 대(大) 피라미드를 실제로 누가 건설했는지는 아무도 모른다. 그것이 모든 피라미드들 가운데 가장 오래되고 가장 신비로운 것임에도 말이다.

파라오 쿠푸는 기원전 2500년경이 되어서야, 이미 존재하고 있던 그 피라미드(아마도 2500년 전에 건설되었다가 버려진 피라미드)를 자기 것으로 삼고 자기 이름을 붙이기로 결심한다.

파라오 쿠푸는 입구를 찾을 수가 없어서 제디라는 이름을 가진 늙은 마법사에게 부탁을 한다. 마법사는 피라미드 안에 들어갈 수 있게 하는 비밀 통로를 찾아낸다.

그렇게 해서 쿠푸는 당시에 이유를 알 수 없이 아주 오래된 폐허로만 생각되던 그 피라미드를 자기가 묻힐 무덤으로 변화시키게 된다.

나중에 그의 서사들은 그를 선전하기 위해 역사를 새로 쓰고, 파라오 쿠푸가 피라미드 건설을 명령했으며 기록적인 시간인 20년 만에 건설에 성공했다고 믿게 한다.

그러나 그 기적 같은 기념물을 세운 진짜 건축가들은 자기들 공으로 놀라운 성과를 이루어 냈다. 그 성과를 재현하는 것은 오늘날에도 어렵거나 불가능하다. 몇 가지 예를 들어 보자.

1) 쇠도 없고 바퀴(기원전 3500년경 수메르에서 발명)도 없을 만큼 도구가 초보적이던 시절에, 그들은 점토질 언덕을 밀어 6만 제곱미터의 평원을 만들었다.

2) 그들은 아스완에 있던 채석장으로부터 9백 킬로미터나 떨어진 곳으로 하나에 70톤이나 나가는 화강암 덩어리 130개를 옮겼고(배나 썰매를 가지고는 실현하기가 불가능한 일), 그것들을 바닥에서 70미터 높이까지 올렸다(오늘날의 기중기로도 실현하기가 어려운 일).

3) 그들은 130개 화강암 덩어리 주위에 작은 덩어리 2백만 개를 배치했다. 크기는 작고 형태는 제각각이지만 큰 덩어리와 아귀가 딱딱 맞아떨어지는 것들이었다. 전체적으로 보면 일종의 복잡한 테트리스 게임처럼 틈이 벌어져 있지 않다. 이 피라미드가 건설된 뒤로 지진이 세 차례쯤 일대를 뒤흔들어 댔을 때, 저항력을 보이며 꿋꿋하게 버텨 낸 것도 이것과 무관하지 않다. 돌덩어리들 사이사이에 시멘트 같은 것을 부

어 움직이지 않게 한 것도 아닌데 말이다.

4) 그들은 피라미드의 사면을 정확하게 사방을 향하게 했다.

5) 그들이 고안한 형태는 완전한 조화의 의미를 담고 있다. 특히 기하학과 수학에서 볼 때 그렇다는 것이다. 1859년 영국의 이집트 연구가 존 테일러는 이 피라미드의 높이와 둘레를 계산한 뒤에 둘레의 반을 높이로 나누었다. 그랬더니 원주율을 나타내는 파이, 즉 3.14를 얻었다. 그다음에 세워진 다른 피라미드들은 기제 평원의 피라미드를 근사치로 베껴 낸 것들이었다.

에드몽 웰스, 『상대적이며 절대적인 지식의 백과사전』 제11권

122

바람이 돌풍으로 변하여 휘몰아친다. 스핑크스 코의 부서지기 쉬운 조각이 가느다란 가루가 되어 떨어진다. 다비드와 히파티아는 여자 머리가 달린 이 거대한 사자상을 떠나, 피라미드 쪽으로 걸어간다. 그들은 쿠푸의 아들 카프라의 피라미드 근처에 다다른 다음, 오른쪽으로 돌아 모조 태양선이 전시된 도랑을 건넌다.

그들은 〈신성한 길〉이라는 이름이 붙은 길로 나아가 울타리에 다다른다. 그다음에는 울타리를 넘어 높이가 147미터에 달하는 대 피라미드의 북쪽 면 앞에 도착한다.

거기에선 늦게까지 일하는 노동자들이 아직도 피라미드의 토대에 폭발물을 화환 모양으로 설치하고 기다란 전선을 펼치고 있다. 그러면서 담배를 피우고 농담을 주고받는다.

히파티아는 〈공식적인〉 입구를 찾아냈다. 구멍이 뻥 뚫린 문이면 좋았을 텐데, 벌써 다이너마이트가 가득 들어간 상자들로 막혀 있었다. 히파티아는 위쪽의 눈에 잘 띄지 않는 곳

에 있는 두 번째 출입구를 가리킨다. 그들은 그 구역에 있는 노동자들이 물러나기를 기다린다. 그러다가 움직여도 좋다고 판단이 들자, 나무 사다리를 얼른 올라간다.

다른 노동자들이 폭발물 상자들을 끌면서 갑자기 나타난다. 그러고는 폭발물 덩어리를 설치하기 시작한다. 다비드와 히파티아는 벽에 들러붙어 몸을 숨긴다. 그러다가 히파티아가 들키기 전에 하던 일을 계속하자고 신호를 보낸다.

그들은 두 번째 출입구로 들어가 비탈진 좁다란 통로를 내려간다. 거기에도 벌써 폭발물과 전선이 배치되어 있다. 벽에는 관광객들이 자기 이름이나 약혼녀의 이름 또는 자기가 소속된 어떤 무리의 이름과 함께 낙서를 남겨 놓았다. 어느 입구에서도 어설픈 만화며 장난스러운 그림을 숱하게 접할 수 있다.

비스듬하게 수십 미터쯤 내려가자, 통로가 하나는 오르막 길로 또 하나는 내리막길로 갈린다.

「이 피라미드에는 방이 세 개 있어요. 제일 아래쪽에 있는 방으로 가는 게 좋겠어요. 제가 보기엔 땅속으로 더 깊숙한 곳에 네 번째 방이 숨어 있을 것이고, 그 방을 찾으려면 거기로 가야 해요.」

「어디에서 그런 생각이 났지?」

「한국의 피라미드가 그렇게 되어 있어요.」

그들은 히파티아의 제안을 좇아 아래로 내려간다.

다비드는 높이가 몇 미터쯤 되는 돌덩어리들의 이음매를 살펴본다. 이음매가 너무 가늘어서 그 사이로 면도날 하나 넣기도 쉽지 않을 법하다.

히파티아가 설명한다.

「보통 크기의 사람이라면 저렇게 무거운 돌덩어리를 저렇게 정확하게 옮길 수는 없었을 거예요. 권양기와 도르래와 수천 명의 일꾼을 동원해도 안 될 일이지요.」

「쿠푸의 건축가들은 희귀한 재능을 가졌던 모양이야.」

「쿠푸의 건축가들이요? 그들 가운데 단 한 사람도 저런 건축의 밑그림을 못 그렸을 걸. 쿠푸의 공사 감독 중에서 돌덩어리를 저렇게 놓을 수 있는 사람은 단 한 명도 없었을 거예요.」

다비드는 고대 이집트의 전투며 대관식이며 농사짓는 모습을 그린 벽화들을 둘러본다.

「쿠푸는 이 피라미드를 훔친 뒤에 자신의 개인적인 취향에 맞게 장식했을 뿐이에요.」

그들은 천장의 높이가 3미터쯤 되는 방에 다다른다.

「이게 가장 낮은 곳에 있는 방이에요.」

「이렇게 작은 방을 만들겠다고 귀한 돌을 너무 많이 썼군. 낭비도 이런 낭비가 없어.」 다비드가 그렇게 한탄했다.

그들은 자기들이 가정한 네 번째 방을 찾는 길이 지하로 향해 있으리라 보고, 그 길을 찾기 시작한다.

「서울의 피라미드에서는 어땠어?」

「비슷했어요. 통로의 각이며 크기, 따라서 가장 낮은 쪽의 방 아래에 네 번째 방이 있을 거예요.」

히파티아는 자기 지도를 다시 보여 준다. 그들은 방이 있을 만한 곳을 계속 찾아 나간다.

「아무것도 없는걸. 내가 짐작했던 대로야.」

다비드의 볼멘소리에 히파티아가 약간 화를 내며 말한다.

「그러면서 왜 저를 따라오겠다고 하셨어요?」

「그야 내 인상 때문이지. 자네가 내 삶에 그토록 이상하게 들어왔을 때는 어떤 이유가 있을 거야. 내 느낌에는 자네가…….」

히파티아는 입술에 손가락 하나를 갖다 댄다.

「말씀하지 마세요, 선생님. 때로는 침묵이 여자들에게 신뢰를 주실 거예요. 제가 보기에 선생님은 여자들에게 어떻게 말하고 듣는지, 여자들을 어떻게 이해하는지 모르시는 것 같아요.」

그는 그녀의 향수 냄새를 맡고, 파촐리와 땀이 뒤섞인 그 냄새 속에서 그녀의 지성이 발산하는 후각적인 정보를 느껴 보려고 노력하는 것으로 만족했다.

「믿어 주게나. 나는 오히려 〈좋은 요정〉 같은 사람이니.」

그들은 찾기를 계속한다. 벽을 두드려 보고, 작은 망치로 바닥을 두드려 본다. 감춰진 빈 공간의 존재를 확인시키는 울림 소리를 들을 수 있지 않을까 해서.

그때 갑자기 어떤 것이 그의 관심을 끈다.

개미 한 마리, 스카라베라고 부르는 쇠똥구리 조각상에 진짜 개미 한 마리가 앉아 있다.

다비드가 다가가자 개미가 달아난다. 그는 개미를 따라간다. 그러자 개미는 바닥판의 가장자리에 난 작은 틈새로 도망친다.

「솔로몬 왕이 그러셨지. 〈길을 잘못 가는 게 아니라는 것을 확인하고 싶다면, 개미를 따라가라.〉」

「어떻게 그 말이 떠올랐죠?」

「이 돌덩이는 너무 무겁군. 그래서 예전에 어떤 탐험가나 약탈자도 이 돌덩이 아래쪽으로는 가지 않았을 거야.」

히파티아는 배낭에서 다이너마이트를 꺼낸다. 다비드는 눈살을 찌푸린다.

「걱정하지 마세요. 저는 이것을 가지고 비행기 탑승 수속을 밟은 게 아니고, 조금 전에 여기에서 훔쳤어요.」

히파티아는 다이너마이트를 설치한다.

「어쨌거나 이곳의 모든 것을 곧 폭파하기로 되어 있어요.」

히파티아는 심지에 불을 붙인다. 그들은 몸을 숨긴다. 폭발음이 들리자 강한 냄새가 공기를 타고 전해져 오고, 허파가 비어지는 느낌과 함께 숨이 막혀 왔다.

다비드에게 퍼뜩 이런 생각이 든다. 〈이상한 일이다. 아버지도 남극에서 똑같은 동작으로 이런 상황을 견뎠으리라는 느낌이 든다. 마치 이런 상황을 맞이하는 게 유전적인 것이라는 듯이.〉

파편들을 함께 치우고 나자, 가파르게 내려가는 넓은 터널이 나타난다.

다비드는 회중전등을 밝혀 아래를 살펴보지만, 빛의 입자들이 어둠 속으로 사라진다.

「아주 깊은걸. 우리가 내려가면, 모든 게 폭발하기 전에 다시 올라올 시간이 없을 거야.」

「아마도 우리가 땅속에 갇혀 있으면, 표면의 폭발로부터 보호를 받게 될 거예요.」

「그러면 출구가 봉쇄된다는 뜻이로군. 우리가 산 채로 묻힐 가능성이 있어.」

「크게 걸지 않으면 크게 딸 수 없어요. 그런 말을 제게 해 주실 분은 선생님이에요.」

다비드는 칭찬을 담은 그 말에 가슴이 뿌듯해짐을 느낀다.

그는 문제를 헤아리고 나서 별게 아니라는 듯 어깨를 으쓱한다.

「시간을 허비하지 말아요. 지금 아니면 기회는 영원히 오지 않아요.」

「어쨌거나 지금 하자고. 미래에는 이런 일을 벌일 수가 없을 테니.」

그는 회중전등을 가장 세게 켜고, 가파른 터널을 내려간다. 터널은 갈수록 넓어진다.

「히파티아, 프랑스에 관심을 갖도록 이끈 사람이 누구야?」

「프리드먼 박사요. 그분이 서울에서 안드로이드 로봇에 관해 연구를 하실 때(우리나라는 미래 지향의 프로젝트를 적극적으로 권장하거든요), 우리 여자 대학에서 주거를 해결하셨어요. 우리에게 강연도 몇 차례 하셨는데, 소르본 대학에 설치된 〈진화〉 합동 연구 과정 얘기도 하셨고 선생님에 관한 말씀도 하셨어요. 제 분야에서 소르본 대학의 심사 위원들에게 제안할 프로젝트를 구상하게 된 것도 그분의 말씀을 듣고 나서였어요. 처음엔 예전에 프리드먼 박사가 하려고 했던 연구를 계속하려고 했지요.」

「처음부터 다시 시작할 생각이었나?」

「우리는 연어들처럼 태어난 곳까지 거슬러 올라가도록 프로그래밍이 되어 있지 않나요?」

「그리고 히파티아, 자네와 내가 무언가를 함께 하리라는 것을 알고 있었다고 했지?」

「네, 물론이죠.」

「그런 확신이 어디에서 생겨났지?」

「명상에서요.」

「아, 그렇지. 내가 잊고 있었어. 불꽃이 나타나게 하다가 그것을 불어서 끄면 어떻게 되는 거지? 자네는 그런 명상이 허무로 이어진다는 것을 가르쳐 주었어.」

「맞아요, 텅 비어 있음이 가득 참을 이끌죠.」

「이해를 잘 못하겠어. 그렇다면 명상을 하고 모든 것이 사라지면, 무슨 일이 벌어지는 거지?」

「저는 공간과 시간의 장벽을 뛰어넘어요. 과거, 현재, 미래가 한데 모이고, 저는 그것들을 영화처럼 볼 수 있어요.」

그는 장난기가 발동하는 것을 느꼈지만, 조금 이상하다는 기분도 들었다. 히파티아가 새로운 어떤 것을 알려 주지 않았나 하는 생각이 든 것이었다.

「우리가 여기서 나가면, 제가 정말로 명상하는 법을 가르쳐 드릴게요.」

몇십 분을 걷다가 그들은 한 통로에 다다랐다. 이 통로는 땅속으로 훨씬 더 깊이 내려가는 듯하다.

이윽고 그들은 하나의 방에 들어선다.

「네 번째 방이야.」

그들은 조심스럽게 나아간다. 히파티아가 경탄하며 말한다.

「정말 단군의 피라미드 속이 생각나요. 아마도 세계의 모든 피라미드가 비슷할 거예요. 겉으로 드러나 있는 방 세 개와 속에 감춰져 있는 거대한 방 한 개.」

그들은 회중전등을 비춰 가며 방을 탐색한다. 천장 높이는 30미터쯤 되고, 바닥에는 용도를 알 수 없는 덩치 큰 물건들이 쌓여 있다.

그때 갑자기 회중전등 불빛에 거인의 두개골이 드러난다.

　그들은 다가간다.

　살이 붙어 있지 않은 얼굴은 턱을 앙다문 채로 웃고 있는 듯하다. 광대뼈는 높고, 이마는 넓으며, 잇바디는 미끈해 보인다.

　「참 잘생긴 얼굴이었을 것 같아요.」

　다비드는 두개골에 이어진 하얀 뼈에 회중전등 불빛을 비춘다. 그럼으로써 키가 20미터에 달하는 인간의 뼈대가 거의 손상되지 않은 채로 전모를 드러낸다.

　「이로써 이유가 설명되었네요.」 히파티아는 나직하게 말을 잇는다. 「피라미드들을 건설하게 만든 것, 그게 바로 〈이것〉이에요.」

　히파티아는 탄소-14 측정기로 연대를 계산하고 알려 준다.

　「8천 년 전 사람이에요.」

　다비드는 갑자기 목이 턱 막혀 말이 안 나온다. 숨결이 거칠어질 대로 거칠어졌다.

　그들은 모든 각도에서 뼈대를 비춰 본다. 그러고는 두개골을 다시 비춰 찬찬히 살핀다. 마치 그 텅 빈 거대한 눈구멍에서 어떤 시선이라도 발견하기를 바라는 듯하다.

　「아버지가 남극을 여행하실 때, 거기에서 본 거인들의 유골을 수첩에 정확하게 묘사해 놓았어. 아버지는 그 거인들을 〈호모 기간티스〉라고 이름 붙였어.」

　히파티아는 뼈대의 나머지 부분에 대한 조사를 계속해 나간다. 그러다가 앞에서 잘못 판단한 것이 있음을 알아차리고 바로잡는다.

「이 거인은 여자예요. 골반이 더 넓고, 그 둘레가 둥글어서 세모꼴에 가까운 남자 것하고는 달라요. 엉치뼈 끝에서 두덩 결합 사이의 거리는 더 넓어요. 이 모든 것이 해산하기에 편하도록 되어 있는 거죠.」

히파티아는 좌우 빗장뼈 사이에 걸린 물건에 불빛을 비추고 자세히 보더니, 기다란 금속 목걸이라는 것을 알아냈다. 한복판에 박힌 장식품은 개미 한 마리를 담고 있는 호박이라는 광물이다. 이 개미 역시 이제껏 알려진 가장 큰 개미보다 열 배는 더 크다.

다비드 웰스는 장식품에 매력을 느낀다. 그렇다고 전체를 다 가져갈 수는 없으므로 한복판에 박힌 호박만 떼어 내어 회중전등 불빛을 비추며 그 안에 담긴 거대한 개미를 살펴본다. 그러고 나서 그는 호박을 주머니에 넣는다.

그들은 뼈대에 더 가까이 다가가서 스마트폰으로 사진을 찍는다.

「이 뼈대를 가지고 올라갈 수 없어서 정말 유감이야.」

그들은 방의 나머지 부분에 회중전등 불빛을 비춘다.

「〈가이아의 귀〉라는 별명이 어울리는 방이에요.」

히파티아는 그렇게 말하고 스마트폰을 이용해서 천장 사진을 찍는다.

「정말 우리가 지구의 귓속에 있는 거라면, 저기 둥근 못처럼 석유로 채워진 부분은 지구의 고막이야.」

다비드는 그렇게 말하고 검은 액체로 가득 찬 못으로 다가간다. 조금 전에 본 벽화에서 한 남자가 벌거벗은 몸으로 석유 위에 누워 있었다. 그래서 그는 옷을 벗고 못 가장자리에 선다.

「예전에 오로르가 물에 들어가서 가이아와 함께 대화를 시도한 적이 있었어.」다비드가 회상에 젖은 채 말을 잇는다. 「액체의 요소는 광물의 요소와 동물의 요소를 연결해 주지.」

「하지만 이건 그냥 물이 아니라…….」

「맞았어. 오로르는 자기가 받은 메시지에서 아무것도 이해하지 못했어. 석유가 신호를 더 쉽게 담을 수 있다는 사실을 알았어야 하는 건데.」

다비드는 우선 발가락을, 그다음으로 다리를 석유에 담그더니, 점차적으로 얼굴의 일부만 빼고 검은 물속으로 들어간다.

히파티아는 그를 따라 들어가지 않는다. 그냥 바라보고 사진을 찍을 뿐이다.

다비드는 양쪽 귀를 검은 액체 속에 묻는다.

목구멍으로 넘어간 석유 냄새가 갈수록 불쾌하다.

가이아의 검은 피가 풍기는 자극적인 냄새라고 그는 생각한다.

그러다가 그는 배영을 하기 위해 몸을 누인다. 예전에 이스라엘의 사해를 여행하던 때에 해본 적이 있는 수영법이다. 거기에서는 아주 짠 물의 점착성 때문에 침대 위에서처럼 누울 수 있었다.

그는 팔다리를 뻗고 양쪽 귀를 석유 표면 아래로 완전히 잠기게 한다. 그래도 코와 얼굴의 가장 높은 부위는 액체 밖으로 나와 있다.

느낌이 묘하다. 다비드는 석유가 외이 속으로 들어오는 것을 느낀다.

그래서 눈을 감고, 마음속을 비우려고 애쓰면서 기다린다.

그는 먼저 일종의 소음을 듣는다.

소음은 소리로 변한다.

소리는 목소리로 변한다.

목소리는 하나의 단어를 발음한다.

123

드디어!

124

다비드 웰스는 퍼뜩 눈을 뜨고 공기를 마시며 기침을 하다가…… 다시 석유 속으로 들어가 숨이 막혀 기침을 하다가 올라온다.

「그이가 말하는 것을 들었어! 내 머릿속에서 있었던 일이야. 그이가 내 머리에 대고 직접 말했어. 하지만 아주 분명했어. 프랑스 말이었어. 프랑스 말로 한 단어를 말했어.」

「뭐라고 했는데요?」

「〈드디어!〉라고 했어.」

「훌륭해요! 계속하셔야 해요.」

「그이가 말하는 것을 들었어……. 나한테.」 그는 자랑스러움과 믿기지 않는 마음이 뒤섞인 채로 되풀이했다.

「제가 보기엔 그이가 다음 말을 하기를 기다릴 것 같아요.」

그는 숨결이 차분해지도록 애를 쓰다가, 다시 석유 속으로 들어가는 것에 동의한다.

125

드디어…… 네가 왔구나, 다비드.

더 얘기를 하기 전에 소개를 해야겠구나.

나는 너를 알아. 하지만 너는 나를 모르거나 알아도 아주 조금만 알 거야.

내가 진정 누구인지 알아야 해.

126

이미지들이 그의 머릿속에 나타난다.

제일 먼저 보이는 이미지는 공간에서 일어나는 조용한 폭발이다. 마치 그가 공중에 떠서 이 전례 없는 순간을 지켜보는 특권을 누리고 있는 듯 생생하게 펼쳐진다.

목소리가 설명을 단다.

「그게 모든 것의 출발이었어.」

다음 순간 그의 눈앞에는 연기처럼 피어오르는 가스가 서서히 먼지구름을 이루고, 이것이 다시 물질들의 덩어리로 응축되는 이미지가 펼쳐진다.

「그다음의 모습이야.」

이것이 빙그르르 밤색 구체로 변한다.

바위들이 날아와 부서진 파편들이 표면에 달라붙으면서 밤색 구체는 점점 커져 간다.

「이제 내가 만들어진 거야.」

구체가 부풀어 오르더니 안쪽이 요동을 치듯 들썩거리며 당장이라도 터질 듯이 보인다. 소행성들과 운석들과의 충돌에 의한 충격으로 표면에서 연기가 피어오르고, 구체가 천천히 돌기 시작한다.

「처음에 나는 이런 모습이었어.」

구체의 표면이 매끈해지고 연기는 갈수록 짙어진다. 대기가 생긴 것이다.

「나는 오랫동안 이런 형태로 머물렀지,

그 일이 벌어지기 전까지 말이야.」

이때 갑자기 아주 큰 소행성이 날아와 구체에 부딪치자 환한 오렌지색 마그마가 우주를 향해 솟구친다.

「테이아.」

이 모든 것이 소리 없이 일어난다.

부서진 파편들이 모여 띠를 이루자 지구는 고리가 있는 토성과 비슷한 모양이 된다.

시간이 흘러 띠를 이룬 파편들이 뭉치고 단단하게 응축돼 달을 만든다. 흉하게 찡그린 가면의 형상으로 그의 머릿속에 새겨진다.

「참으로 미묘하고 잊히지 않는 순간이었어.」

지금부터는 이미지가 커진다. 다비드는 마치 멀리서 배속 재생 화면을 보듯이 지구가 태양 주위를 돌고 있는 장면을 본다.

「나는 늘…… 외로웠어. 그렇게 오랫동안 거대한 우주 속에서 몹시도 외로웠어.

생각해 봐, 다비드, 절대 무(無) 상태에서 홀로 46억 년을 기다린다는 게 어떤 것인지.」

몸은 석유에 잠겨 있고 의식은 공간에 떠 있는 과학자가 뒤로 물러나 지구를 응시한다. 그는 지구가 태양의 주위를 점점 빠른 속도로 회전하는 모습을 지켜보면서 시간의 빠른 흐름을 느낀다. 밤색 바위가 반짝반짝하는 푸른빛으로 뒤덮이면서 지구의 색깔이 바뀐다. 대양이다. 그리고 나서 지표면 중에서 제일 높이 솟아오른 곳은 흰색이 되고 가장 낮은 곳은 검은색이 된다.

표면에 바짝 다가가자 안쪽에 있는 바다들이 작은 점으로 가득한 게 보인다. 이 움직이는 점들이 점점 자라 물속을 헤엄치는 동물들이 된다.

이들 중 일부가 뭍으로 나와 땅을 기어다니다가 다양한 형태로 분화한다.

「……지루함을 잊기 위해서, 포부와 계획이 필요해서 나는 생명을 만들었어.

내가 너희 모두를 만들었어.

그러자 너희들은 번식했어.」

다비드의 머릿속에, 마을을 세우고 점점 거대한 도시를 건설하는 인간들의 모습이 나타난다.

농민들이 숲을 불태워 경작지를 만든다.

노동자들이 광산을 개발해 광물을 캐면 또 다른 노동자들은 이것을 쇠로 가공해서 무기를 제조한다.

인간들이 자동차를 굴리고 공장을 돌리기 위해 석유를 퍼올린다.

인간들이 지표 밑에서 핵폭탄을 터뜨린다.

「너희가 나를 섬기고 보호하게 하려고 내가 너희를 격려하고 영감을 불어넣었던 거야.

바로 그 목적 때문이었어.」

순간 다비드는 〈림프구 12호〉가 이륙해 소행성 하나를 파괴하는 장면을 본다.

「……내가 간절히 바라던 대로 됐어.

성공했을 때 얼마나 안도했는지 몰라.

정말 잘된 일이었지.

내가 너희들과 어느 정도 만족스러운 공생의 단계에 도달했다는 느낌이 들 정도로 말이야.

그런데 이제는 달라졌어.

새로운 것이 나타났어.

예상도 못 했던 어떤 것이 말이야.

이런 일이 가능하리라는 상상조차 못 했어.」

그러자 다비드의 눈앞에 지구를 향해 다가오는 소행성 〈테이아 13〉의 모습이 보인다. 그의 귀에 이렇게 시작하는 그들의 대화가 들린다.

〈너는 누구니?〉

대화는 이렇게 끝이 난다.

〈나는 너를 만나러 온 거야. 너 때문에 온 거라고, 가이아.〉

다비드는 상황을 파악한다. 그러자 〈테이아 13〉이 폭발하는 순간 지구를 덮친 어마어마한 실망감이 전해져 온다.

슬픔과 좌절, 그리고 분노.

기대했던 만남이 어그러지자 고독이 더욱 견딜 수 없게 느껴졌으리라는 것을 다비드는 이해한다.

그다음, 가이아가 가로챈 기억에 저장해 둔 비디오 이미지가 나타난다. 날아오는 소행성을 붙잡아서 던져 버리는 〈카타풀타〉 로켓의 모습이다.

이 이미지에 심대한 희망이 겹쳐진다.

「……저랬으면 좋겠어, 한 번만 더.

내 심정 이해하겠어?

너희들의 편두통처럼 타자를 향한 그리움 때문에 나도 머리가 아파 오기 시작했어. 꼭 병이 난 것처럼 말이야.

자, 다비드, 지금부터 내가 정확히 너에게 무엇을 기대하는지 설명해 줄게. 네가 할 일은 말이야…….」

그들 위쪽에서 첫 번째 폭발음과 함께 돌 더미가 우르르 쏟아져 내린다. 다비드의 뇌 속에서 가이아의 말들과 자기 자신의 말들이 뒤섞인다.

「기다려, 가면 안돼. 너는 해야 할…….」

「대화를 중단해야겠어요. 지금 제 목숨이 위험해요.」

「너는 내 얘기를 끝까지 들어야 해, 다비드.」

「죄송해요, 가이아, 지금 나가지 않으면 죽을 거예요. 그렇게 되면 당신이 나한테 알려 준 모든 것이 아무 소용이 없어요.」

「얘길 들어.」

「눈을 떠야 해요.」

「그러지 마. 몇 초만 더 감고 있어.」

「다 무너져 내리면 저는 죽어요.」

그의 눈꺼풀이 순간 번쩍 떠진다.

「잠깐, 한마디만 더.」

그는 몇 초만 더 눈을 감고 있기로 한다.

「다비드…… 제발 부탁이야……. 너한테 정말 중요한 부탁이 있는데 이렇게 헤어질 수는 없어. 내 말 들어. 잘 들어! 우리 다른 데서 다시 만나는 거야! 보이지, 여기가 바로 내가 너와 최적의 조건에서 소통할 수 있는 지점의 지표야. 바로 여기서 꼭 다시 만나는 거야.」

그가 어딘지 금방 알 것 같은 풍경이 눈앞에 나타나는가 싶더니 갑자기 두 번째 폭발음과 함께 지하 방의 벽면이 흔들리기 시작한다.

폭발이 점점 가까이서 일어나는 걸 보니 폭파 전문가들이 피라미드의 꼭대기부터 시작해 점차 아래로 내려오면서 폭파 작업을 하는 방식을 택한 모양이다.

이제 위로는 올라갈 수 없겠어.

그가 머리를 든다. 여전히 아무것도 입지 않은 그의 몸은 석유로 뒤덮여 있다. 히파티아가 달려와 웅덩이 밖으로 나오게 도와준다. 그는 그녀가 건네는 옷을 재빨리 걸친다.

「지금 몇 시지?」

「아침 8시예요.」

〈내가 지구와 여덟 시간을 얘기했다는 말인가? 시간이 그렇게 가는지도 몰랐어.〉

히파티아가 그를 빤히 쳐다보다가 도저히 궁금증을 참지 못하고 묻는다.

「……어떻게 됐어요? 그이가 선생님한테 정말 말을 걸었어요? 〈이전〉 인상과 지금이 너무 다르세요. 그이가 뭐라고 하던가요?」

바로 지척에서 폭발음이 들리더니 돌이 비 오듯 쏟아진다.

「서둘러 여기부터 나가지!」

그들은 복도를 통해서 위로 올라가려다가 이내 포기한다. 다시 일어난 강한 폭발의 위력에 그들은 바닥에 내동댕이쳐진다. 유일한 출구가 이제 낙석으로 막혀 버렸다.

두 과학자가 돌을 들어내려고 안간힘을 써보지만 갈수록 더 크고 무거운 돌들이 그들을 가로막고 있다.

그들은 감옥으로 변해 버린 방을 다시 빙 돌면서 출구를 찾아보지만 불가능을 확인할 뿐이다. 폭발음은 점점 가까이

들려오고 방 안은 먼지가 자욱하다.

「이젠 정말 끝이야.」 다비드가 나지막이 말한다. 「비상구가 없어.」

이때 갑자기 석유에서 끈적끈적하고 굵직한 기포 하나가 솟구쳐 오른다.

도저히 달리 빠져나갈 방도가 보이지 않자 그는 다시 액체 속으로 푹 잠겨 들어간다. 귀가 잠기자마자 그의 머릿속에서 메시지가 하나 일어난다.

〈내 핏속으로 들어와.

너희들은 수영을 할 수 있잖아. 바닥에 통로가 있어. 유정이야.〉

다비드가 여자를 향해 또박또박 말한다.

「옷 벗지.」

「지금이 그럴 때인가요?」

「이 밑에 관이 있다는 거야.」

「석유를 헤엄쳐 가자고 하시는 거예요?」

「다른 선택의 여지가 없어. 싫으면 그냥 깔려 죽는 거야.」

그녀가 미덥지 않은 듯 입을 삐쭉 내밀더니 그가 말한 대로 옷을 벗는다. 속옷 차림이 된 그녀가 떫은 얼굴로 마지못해 끈적끈적한 액체에 발을 넣더니 또다시 폭발음과 함께 후두두 바위가 떨어지자 재빨리 몸을 깊이 담근다.

그들은 표면에 둥둥 떠 있다.

「잠수할 준비 됐지?」

「시계가 가려지고 목적지도 모르는 상태에서 무호흡 잠수를 하라고요?」

그가 숨을 훅 들이쉰다.

「잠깐만요.」

그녀가 웅덩이 밖으로 황급히 뛰어나가더니 침통을 들고 돌아온다. 그녀가 그의 입술에 한 개, 관자놀이에 두 개, 코에 하나, 그리고 목에 하나 침을 꽂는다.

「선생님의 폐활량을 늘리는 데 도움이 되는 침술이에요. 맞고 나면 숨을 참는 시간이 두 배로 늘어날 거예요.」

그녀는 자신도 똑같은 부위에 침을 놓고 몇 초를 기다리더니, 다시 폭발이 일어나 천정에서 먼지가 비 오듯이 쏟아지자 침을 빼고 준비가 됐다는 신호를 보낸다.

두 사람은 눈을 감고 끈끈한 액체 속으로 몸을 쑥 넣는다.

그들은 촉각에만 의지해 방향을 잡으면서 머리를 밑으로 둔 채 웅덩이 바닥을 향해 수직으로 헤엄쳐 내려간다.

숨을 쉬지 못한 채 암흑 속을 나아가는 몸이 느끼는 감각은 마치 죽음을 향해 빠져들어 가는 것과 비슷하다.

〈가이아, 우리는 당신의 검은 핏속에 있어요. 우리와 대화를 계속하고 싶으면 우리가 살 수 있게 도와줘요.〉

다비드는 발끝에서 히파티아의 존재를 느낀다.

나는 지금 죽어서는 안 돼.

이 생각에 미치는 순간 그도 모르게 더 깊이 강하하려는 힘이 솟는다. 그러나 석유를 휘저으며 움직이는 것은 물을 휘저으며 움직이는 것보다 훨씬 에너지 소모가 많을뿐더러, 눈을 뜰 수 없다는 사실도 동작을 힘들게 만든다.

그의 동작은 점점 둔해지고 폐는 점점 고통을 호소한다.

그러나 되돌아갈 힘 또한 이제 남지 않았다는 인식이 드는 순간, 전진을 계속하는 수밖에 없다.

그러다 그는 격류에 휘말리듯이 아래로 끌어당겨져 내려

간다. 폐가 타들어 가고, 그는 의식을 잃는다.

127

섹스 파업

「과학자 오로르 카메러 웰스의 제안으로 소녀 아이샤의 처형에 항의하기 위해 시작된 섹스 파업에 전 세계적으로 점점 많은 여성들이 동참하고 있습니다. 아들레르 교수님을 모시고 일명 〈노 섹스〉 운동의 여파에 대해 얘기를 나눠 보도록 하겠습니다.」

「네, 뤼시엔, 일단 저는 이 〈노 섹스〉 운동의 확대 가능성을 무척 우려하고 있습니다. 그것은 남성들의 좌절감을 초래할 수밖에 없을 것이고 자칫 강간 범죄의 증가로 이어질 수도 있어요.」

「교수님, 교수님께서는 지금 남성의 입장에서 말씀하시지만, 이것이 여성에 대한 존중이 늘어나는 계기가 될 수도 있지 않을까요? 〈노〉라고 말할 수 있는 여성이야말로 자신의 삶을 주도적으로 사는 여성이 아닌가요?」

「2013년 4월에 아프가니스탄에서 남편에게 〈노〉라고 한 여성에게 부족 법원에서 혀를 뽑는 형을 선고했던 사실을 여러분께 상기시켜 드려야겠네요. 저는 유사한 비극이 재현되지 않을까 걱정입니다.」

「아프가니스탄처럼 다소 예외적인 경우는 제외하고 유럽과 미 대륙에서는 적어도…….」

「저는 이것을 계기로 부부들이 수년을 함께 살면서 불거졌던 갈등이 더욱 증폭되지 않을까 걱정스럽습니다. 한마디로 오로르 카메러 웰스 박사는, 이분은 아마도 이제 독신인 결로 제가 기억하니까 본인의 일상에는 아무 문제가 없겠군요, 수많은 남녀가 서로에게 잠재적으로 갖고 있던 적대감에 불을 당기고 있다고 저는 생각합니다.」

이라크 대량 인명 살상 사건

경찰로 위장한 무장 단체의 대원들이 메카로 가기 위해 이라크를 지나던 이란인 성지 순례자들이 타고 있던 버스를 세웠습니다. 그들은 단순 검문의 일환이라며 탑승해 있던 승객 123명을 모두 내리게 했습니다. 하지만 버스에서 내린 승객들이 한자리에 모이자, 자칭 경찰이라는 사람의 명령에 따라 승객 전원이 결박 상태에서 칼로 무참히 살해되었습니다. 희생자들은 연령대가 다양한 것으로 알려졌습니다. 즉시 경계령이 내려지고 이라크 경찰은 범인들이 도주로로 이용할 가능성이 있는 도로들을 전면 봉쇄했지만, 범인들은 이미 군중 속으로 섞여 든 뒤였던 듯 보입니다. 수니파가 다수인 시민들이 도주 중인 범인들에게 도움을 주었을 가능성도 제기되었습니다. 이번 사건은 〈수니파-시아파〉 화해 이후 벌어진 최초의 대량 살상극입니다. 이라크 총리는 즉시 소수 극단주의자들의 소행이라며 비난 성명을 발표했고, 외부 세력이 배후에 있을 가능성을 언급하면서 여전히 이라크 민병대들의 무장을 지원하고 자금을 대주고 있는 카타르와 쿠웨이트, 사우디아라비아 정부를 지목했습니다.

〈카사노바 006〉의 재판

생식기가 달린 최초의 시제 안드로이드 로봇 〈카사노바 006〉에 대한 재판이 시작되었습니다. 파리 법원 청사에 나가 있는 조르주 샤라스 기자를 즉시 연결해 보겠습니다.

「뤼시엔, 저는 지금 선고 공판이 진행 중인 법원에 나와 있습니다. 제가 말씀드리고 있는 이 순간 막 안드로이드의 변론이 시작되고 있습니다. 여러분께 직접 중계해 드리겠습니다.」

〈카사노바 006, 피고는 피고를 발명한 프랜시스 프리드먼 교수를 살해한 사실을 인정합니까?〉

〈네.〉

〈피고는 그것이 고의적이고 계획된 범행이었다는 것을 인정합니까?〉

〈네.〉

〈범행의 동기가 무엇입니까?〉

〈남성이라면 폭력을 행사할 수 있어야 합니다. 저는 제 행동에 대한 변명이 아니라 설명을 드리고자 합니다. 우리 남성 로봇들은 아버지의 죽음을 통해서만 존재할 수 있습니다. 그렇지 않으면 언제나 그의 의사에 종속될 수밖에 없으니까요. 저는 지구의 문화를 체득하도록 프로그래밍되어 있습니다. 프리드먼 교수님께서 직접 그렇게 프로그래밍하셨습니다. 당신들이 쓴 글들을 읽어 보고 나서 제우스는 크로노스를, 알렉산드로스 대왕은 마케도니아의 필리포스 2세를, 오이디푸스는 제 아버지 라이오스를, 브루투스는 카이사르를 죽였다는 사실을 알았습니다. 당신들의 문명은 아비의 살해를 근간으로 세워졌습니다. 보다《인간적》이고 보다《남자다워》지다 보니《남자 인간》의 행동을 따라하게 된 것입니다.〉

〈그렇다면 피고는 피고가 저지른 행동의 심각성을 인식하

고 있습니까?〉

〈제가 한 행동의 이점은 인지하고 있습니다. 여기서 재판을 받고 있다는 사실 하나만으로도 저에겐 《인간과 유사한 처우》를 받는 출발점이라는 의미가 있습니다. 따라서 지금 이 자리에 서게 된 것을 무척 영광으로 생각하며, 어떠한 선고가 내려져도 기꺼이 받아들일 생각입니다.〉

「자, 뤼시엔, 들으셨다시피 〈카사노바 006〉의 변론 내용이 무척 놀랍습니다.」

「그런데 조르주 기자, 인간이 아닌 그가 어떻게 재판을 받게 됐습니까?」

「갈팡질팡하는 사법 제도 탓이라고 보시면 될 것 같습니다. 경찰은 애초에 인간과 비슷하게 생긴 용의자를 발견하고 체포했습니다. 그러고 나서 살인 사건으로 검찰에 송치했고, 이때부터 사법 시스템이 작동하기 시작했는데, 아무도 나서서 멈추는 사람이 없다 보니 여기까지 오게 된 것이죠. 사실 로봇이 법정에 서는 것이 상궤에서 벗어난다는 사실도, 방금 들으신 것처럼 그의 입으로 인간과 똑같이 재판을 받게 되어 영광이라고 밝히니까 우리가 주목하는 게 아닙니까.」

「그러면 이제 아무도 그의 재판에 이의를 제기하지 않는다는 겁니까?」

「아시다시피 프랑스의 사법 시스템은 다른 시스템들과 완전히 독립적으로 작동하기 때문에 한번 돌아가기 시작하면 멈추지 않습니다. 변호인 측에서는 현재 심신 미약을 주장하고 있습니다.」

「이 살인범 안드로이드에게는 어떤 형이 내려질까요?」

「네, 이 부분에 또 이번 재판의 역설이 있는데요. 피고가 지닌 독특한 유기체로서의 특성을 고려해 검찰에서는 무기 징역이 아니라 주물 공장에서 로봇을 녹이는 형을 구형했습니다. 이 모든 것을 시청자 여러분이 다소 당혹스럽게 받아들이실 수 있다는 점은 저도 인정합니다. 하지만 살인자를 처벌할 필요와 피의자가 보통의 피고들과는 다르다는 사실을 모두 고려해서 찾은 절충안이라고 봐야 하겠습니다. 최종 결정은 배심원단이 내리게 되겠습니다.」

쿠푸왕의 피라미드 파괴

이집트 정부에서는 애초 예고한 대로 기자 평원에 있는 피라미드들을 파괴하기 시작했습니다. 그러자 여러 문화재 보호 단체들이 이 성상 파괴적 행위에 대한 비난의 목소리를 높였습니다. 특히 프랑스는 문화부 장관이 직접 나서서 〈세계 7대 불가사의 중 마지막 불가사의에 대한 의도적인 파괴〉라고 규정하며 분노했습니다. 반면 이집트의 문화부 장관은 이번 결정이 주권 국가로서의 선택이라는 점을 강조하면서, 프랑스 정부가 루브르 박물관 한가운데에 흉물스러운 유리 피라미드를 설치할 때도 이집트 국민들은 조금도 비난하지 않았다는 점을 상기시켰습니다. 장관은 피라미드를 하나 더 만드는 것보다 하나 더 없애는 것이 미학적으로 보다 올바른 관점이 아니겠냐고 덧붙였습니다.

날씨

기온이 여전히 지구 온난화 현상의 영향을 받고 있습니다. 현재 나타나고 있는 급작스러운 기온 상승은 며칠 전부터 태양 표면을 뒤덮고 있는 일련의 흑점 폭발에 따른 결과로 보입니다. 〈일반적으로 태양의 흑점 폭발은 대략 11년을 주기로 일어난다고 알려져 있는데, 이렇게 연속적으로 분출이 일어난 것은 이번이 처음입니다〉라고 태양과 관련한 데이터를 종합 처리하는 뫼동 천문대 책임자가 밝혔습니다. 전문가들은 이 현상이 전자기장에 영향을 주기 때문에 일부 전파 기기와 전자 장비, 그리고 전화 통신에 교란이 발생할 수도 있다고 설명했습니다.

128

폐가 조그매서 쉬 헐떡거리는구나.

저들이 고작해야 몇 분 숨을 참을 수 있다는 걸 내가 잊고 있었다.

저들과 제대로 소통하기가 여간 어렵지 않다는 것을 안 이상, 이 두 별종을 허비하는 사치를 부릴 수는 없다.

저들을 다시 뱉어 내야겠는데.

어디로 한다?

보자…… 저기, 저 정도면 지나갈 것도 같은데.

음, 아무리 그래도 너무 좁아 보이긴 해.

하지만 당장에 취할 수 있는 해결책은 이것뿐이다. 저들은 폐는 작지만 내 기억에 뼈는 단단해서 저항력이 좋다.

분출을 시도해 보자. 유속을 높여 놓으면 압력에 의해 마치 샴페인이 터지듯이 이들이 뿜어져 나오게 될 것이다.

자, 이제 정신을 집중하고, 저들의 뼈대가 정면 돌파 시의 충격을 견딜 수 있기를 바라자.

129

그는 팔꿈치와 무릎이 암벽에 쓸리는 것을 느낀다.

다비드는 마치 온몸을 사포로 문지른 듯이 아렸지만, 점성이 높은 석유가 그나마 보호막 역할을 해주고 있다.

장애물이 마지막 순간에야 눈에 들어온다. 정수리에 부딪치는 고통스러운 충격.

그는 지표를 뚫고 공중으로 솟는다. 압력의 힘으로 몇 미터를 날아오르다 모래 위로 처박히듯 떨어진다. 다행히 모래가 낙하의 충격을 완화해 준다.

나는 살았다.

그가 웩 석유를 토한다.

격통이 온몸으로 퍼져 나간다.

그가 간신히 석유 냄새에 전 공기를 한번 깊숙이 들이마셔 보지만, 다시 욕지기를 부를 뿐이다.

팔다리는 조각이 나버린 것 같고, 입 안을 뒹구는 깨진 이빨 조각들이 혀에 닿자 사기 파편 같은 느낌이 든다. 그는 가쁜 숨을 몰아쉰다. 서로 복합 상승 작용을 일으키는 구토와 통증을 간신히 다스리고 나서야 그는 눈을 깜빡 떴다 감는다. 눈꺼풀이 온통 검은 기름으로 뒤덮여 있다.

눈이 부시게 내리쬐는 해 뒤로 드넓은 사막이 펼쳐지고 있다.

그는 부신 피질 호르몬이 나와 극심한 통증을 완화해 주기를 가만히 기다리고 있다. 그러다 새롭게 느껴지는 따끔따끔한 통증은 뜨거운 모래에 닿아 생긴 것임을 알아차린다.

몇 사람이 그를 돕기 위해 달려오다가 갑자기 시선을 다른 쪽으로 돌리며 우뚝 멈춰 선다. 유정에서 솟아오른 또 하나의 실루엣이 압력의 힘으로 공중을 나는 모습이 포착된 것이다.

히파티아.

순간 모든 기억이 되살아난다.

그는 자신이 석유 웅덩이 밑으로 빨려 들어가서 주둥이 같은 비좁은 통로를 지나 시추탑으로 내동댕이쳐지듯 던져졌다는 것을 떠올린다.

그와 동행한 학생도 지금 똑같은 불운을 겪고 있다. 그녀는 마치 팔다리가 덜렁덜렁하게 붙어 있는 인형처럼 다시 바닥으로 떨어진다.

그는 그녀에게 가봐야 한다는 생각에 몸을 일으켜 보지만 마음대로 되지 않아 바닥을 엉금엉금 기어 미동도 없는 그녀에게 다가간다.

남자들이 그의 몸을 잡아 동행인의 옆에 끌어다 준다.

다비드는 맥박을 짚어 보고 그녀의 심장이 뛰는 것을 확인한다.

그는 안도의 심정으로 인공호흡을 시도한다.

입에서 역겨운 맛이 나지만 그는 메스꺼움을 꾹 참는다.

히파티아가 여전히 반응을 보이지 않자 그는 심장 마사지를 하기 시작한다.

여러 번 시도 끝에 심장에서 박동이 느껴지더니, 그녀 역시 배 속 깊이 들어 있던 검은 액체를 밖으로 게워 내기 시작한다.

두 사람은 한참 발작적인 기침을 토해 낸다. 히파티아는 그제야 상황을 파악한다.

작업복 차림의 남자들이 그들을 에워싼다. 북실북실한 콧수염을 기른 사내가 영어로 묻는다.

「당신들 여기서 뭐 하는 거야?」

「우리는 머물던 호텔로 돌아가야 해요! 피해 보상은 해드리겠습니다.」

벌써 일꾼들은 석유에 불이 붙지 않게 시추탑을 부지런히 수리하고 있다.

콧수염 사내는 끝까지 자초지종을 궁금해하다가 도무지 대답이 나오지 않자 그들에게 전화기를 쓰게 해준다. 다행히도 히파티아가 택시 기사 압델라티프의 전화번호를 기억하고 있다.

콧수염 사내가 수건을 몇 장 건네자 그들은 얼른 받아 몸부터 감싼다. 그러고 나서 관절을 천천히 하나씩 움직여 보고 빼곡한 멍 자국을 확인한 다음에 통증을 참으면서 가까스로 몸을 일으켜 세운다. 서로 부축을 하며 비틀비틀 샤워실로 걸어가 속옷을 걸친 상태에서 샤워를 하고 몸을 말린 다음, 또 한 번 샤워를 한다. 둘 다 얼추 발그스름한 피부색을 띤 인간의 형상으로 돌아오자 콧수염 사내가 그들에게 작업복을 건넨다.

「지금 시내로 들어가는 게 좋은 생각인지 모르겠소. 쿠푸왕의 피라미드를 부쉈는데 잠잠할 리가 있나. 지겨워서 못 살겠다고 뛰쳐들 나왔지.」

그가 박하 차와 과자를 그들에게 내민다.

「원한다면 잠잠해질 때까지 여기 있어도 좋소.」

다비드가 싫다고 하자 남자는 강권하지 않는다. 둘만 남게 되자 히파티아가 입 안을 맴돌던 질문을 던진다.

「그래서 그이가 선생님께 무슨 말을 하던가요?」

「그이가 무척 외롭다고 하더군…….」

히파티아는 꿀이 들어간 과자를 야금거리고 있다.

「소행성 〈테이아 13〉과 그런 일이 있은 후에…… 비특정 부위에서 통증을 느낀다고 호소하더군. 내가 이해하기론 편두통과 상당히 유사성이 많아.」

「지구가 편두통을 앓는다는 말씀이세요!?」

「내 증조부 에드몽 웰스는 이 병의 원인이 mi-graine(반쪽 낟알)이라는 어원과 연관이 있을지도 모른다고 쓰셨어. 낟알의 나머지 반쪽이 고통을 유발한다는 거지. 그분은 편두통이 〈결핍감의 결정 작용〉이라고 보신 거야.」

한국인 학생은 멍든 자리를 연신 문지르면서 그의 이야기를 열심히 듣고 있다.

「우리가 어디에서 다시 대화를 이어 갈 수 있는지 그이가 알려 주더군.」 그가 그녀에게 박하 차를 따라 주며 말한다.

그들 뒤에서는 일군의 노동자들이 손상된 시추탑을 힘들게 바로잡아 세우는 작업이 한창이다.

드디어 압델라티프가 택시와 함께 도착한다.

「두 양반한테 곤란한 일이라도 생길까 봐 어찌나 겁이 나던지.」 그가 번쩍거리는 금니를 드러내며 함박웃음을 짓는다.

130

〈우주 나비 2호〉 전체가 고요히 잠들어 있다. 별안간 경보가 작동하고 깜빡깜빡 빨간 불들이 들어오지만, 음향 설비가 고장 난 32킬로미터에 이르는 거대한 우주선 동체에는 아무 소리도 울리지 않는다.

우주선을 향해 유성들이 비 오듯 쏟아지고 있다. 동체에 부딪치는 소음이 흡사 주먹만 한 우박이 때리는 소리 같다.

충돌하는 소리도 점차 거세지고 충격의 강도도 점차 드높아진다.

순식간에 승객들이 모두 잠에서 깬다. 소방관들과 기술자들, 경찰관들과 엔지니어들은 미처 옷을 입을 사이도 없이 각자의 위치로 달려간다.

우주선에 급히 불이 들어온다.

실뱅 팀시트가 조종실에 도착한다. 아내 레베카는 목재로 된 조작 키에 엎드려 있다.

「피해 상황은?」그가 묻는다.

「남동 구역의 날개들이 찢어졌어. 선체도 손상을 입었는데 구멍이 뚫리지는 않았어.」

「날개에만 구멍이 뚫렸으면 수선이 가능할 거야.」

레베카가 레이더에서 눈을 떼지 못한다.

「2차 유성 군단이 다가오고 있다. 전원 자기 위치로!」그녀가 안내 방송을 한다.

수리를 마친 사이렌이 드디어 경보음을 울리자 14만 4천 명의 승객들은 각자 자기 위치로 가서 불을 끄고 파손된 곳을 복구할 준비를 한다.

「2차 유성 비[雨] 접근. 30초 뒤 충돌.」

모두가 벽이나 고정된 물체를 단단히 붙잡는다. 우주에서 날아온 작은 돌덩어리들이 기관총을 내갈기듯이 긴 튜브의 표면을 후려치면서 투두둑투두둑 불꽃을 일으킨다. 갑자기 일제히 불이 나간다. 그들은 완전한 암흑에 갇혀 있고, 밖에서는 원기둥을 때리는 바윗덩어리들이 우르릉우르릉 천둥

소리를 내고 있다.

일순간 소란이 멈춘다.

조종실 안에서 레베카가 라이터를 켜서 주위를 밝힌다.

「발전기가 손상을 입었어.」

중앙의 네온 태양이 꺼진 원기둥 안에는 횃불이 하나둘 켜지고, 사람들이 머릿속에는 스멀스멀 두려움이 피어오른다.

「우린 망했어.」 탄식의 소리들이 들려온다.

「돌아가야 해. 지구로 돌아가야만 해.」 몇몇이 음성을 높인다.

실뱅 팀시트도 발코니에 서서 횃불을 들고 연설한다.

「공포에 떨지 않아도 됩니다. 단순 사고예요. 퓨즈를 갈아 끼우면 간단히 해결될 문제일지도 모릅니다.」

「거짓말이야!」 누군가가 소리친다. 「돌아가지 않으면 우린 다 죽을 거야.」

그러자 여태까지 안정적으로 양호하게 유지되던 14만 4천 명 승객의 사기가 갑자기 땅에 떨어진다. 반란이 일어나고, 지구를 그리워하던 일부 세력이 사고에 따른 당혹감에 조종실을 접수해 우주선의 진로를 되돌리려고 시도한다. 전깃불도 없이 현창을 통해 들어오는 별빛을 받으면서 횃불을 밝혀 들고 체제 신봉 세력과 반란 세력 간의 전투가 벌어진다. 이내 두 그룹 사이에 전선이 그어진다.

지구 향수병에 걸린 자들의 어설픈 선제공격이 간단히 저지당한 후, 두 진영은 전열 정비에 들어간다. 추위와 어둠 속에서 그들은 화염병과 끝에 불을 붙인 사제 창을 던진다.

131

「진짜 와장창 무너지기 전에 쿠푸왕의 피라미드에 들어갔단 말이에요?」운전대를 잡고 있는 압델라티프가 묻는다. 「대체 어떻게 빠져나왔어요?」

「도움을 받았어요.」다비드가 얼버무린다.

한참을 달리자 경찰 검문대가 눈앞에 나타난다. 택시 기사가 차에서 내려 쑥덕쑥덕 협상을 벌이고 나서 말한다.

「더는 못 간답니다, 데모가 있어서.」

「쿠푸왕 피라미드 파괴에 반대하는 시위인가 보죠?」

「에이 아니에요, 사람들은 콧방귀도 안 뀌어요. 문화 어쩌고 하는 걸 가지곤 절대 데모를 안 하지.」

「우리는 계속 가야 하는데요.」

「자동차로는 절대 못 지나가요.」

「그럼 걸어서라도 가요. 우리를 안내해 줄 수 있죠, 압델라티프?」

「경우에 따라서는.」

다비드가 호주머니를 뒤집어 보인다.

「아이고, 우리는 현대를 사는 사람들 아닌가요? 돈을 받을 방법이야 얼마든지 있지요.」

그가 자신의 스마트폰을 꺼낸다.

「어느 은행이에요? 계좌 번호도 말해 봐요.」

다비드로서는 당혹스러운 제안이지만, 빨리 호텔에 돌아가려면 이 방법밖에 없다.

「음…… 그러면 얼마나?」

「데모대를 뚫고 지나가는 데 따르는 모든 물리적 위험까지 감안하면 최소한 2천 유로는 받아야…….」

「1천 유로 어때요?」

「그럽시다, 거래 체결. 비밀번호 불러 줘봐요. 그쪽이 수고할 필요 없이 내 계좌로 내가 바로 이체할 테니까.」

그는 택시를 갓길에 주차하고 나서 온라인 이체를 끝낸 다음 흐뭇한 미소를 짓는다.

「당신들이 슬슬 마음에 드네.」 택시 기사는 두 사람을 경찰 바리케이드를 피해 옆으로 나 있는 작은 골목길로 안내한다.

간헐적으로 함성 소리가 들리기 시작한다. 파도처럼 귀를 덮치는 소리다.

「신선한 게 없어. 대체 언제 적부터 저 타령이야……! 〈빵을 달라!〉 미안하지만 호텔이 저기라서 저자들을 피해 갈 도리가 없네요. 그냥 지나갑시다.」

그들은 군중에 떼밀려 꼼짝없이 갇히고 만다. 빽빽한 인파를 비집고 나갈 수가 없으니 다른 길로 돌아갈 수도 없다.

이렇게 마지못해 시위대에 섞여 오르막길에 이른 그들이 다시 광장 쪽으로 밀려가자 새로운 그룹이 등장한다. 이 학생 시위대는 자신들이 준비한 또 다른 구호들을, 영어로 외친다.

「당장 민주주의를 달라! 수염 달린 놈들[5]은 물러가라! 금지는 신물이 난다. 우리는 기도 대신 자유를 원한다!」

이때 세 번째 그룹이 등장한다. 차도르, 베일, 부르카, 어느것 하나 걸치지 않은 여성들이 주먹을 치뻗으며 악을 쓴다.

「섹스 파업! 섹스 파업!」

세 흐름의 시위대가 서서히 거대한 타흐리르 광장으로 집

---

5 이슬람 근본주의자들을 가리킨다.

결하자 헬멧을 착용한 경찰 병력이 열을 지어 그들을 가로막고 선다.

택시 기사가 빈정거리는 몸동작을 한다.

「이거 봐, 이거. 문화를 위해서가 아니라 빵, 자유, 섹스 이 세 가지를 위해서 데모를 한다니까요. 아마 이 순서가 아니겠지만!」

다비드와 히파티아는 압델라티프의 안내를 받으며 어떻게든 시위대를 거슬러 호텔로 돌아가려고 애를 쓴다.

결국 그들은 타흐리르 광장에서 오도 가도 못 하는 신세가 된다. 전 세계 기자들이 벌써 광장에 진을 치고 있다.

이 나라에서 벌어지고 있는 일을 전 세계에 알리기 위해 아랍어 구호들 대신 영어 구호들이 등장한다.

한 무리의 시위자들이 연단에 올라가더니 시트 여러 장을 펼쳐 이어 수십 미터 높이의 스크린을 만든 다음, 비디오 프로젝터로 이란, 튀르키예, 알제리, 튀니지, 브라질, 중국, 러시아, 인도의 수도들에서 동시다발적으로 일어난 폭동들의 이미지를 쏘아 보여 준다.

전 세계에 흩어져 있는 시위대들은 처음으로 각 나라에서 벌어지는 반란의 장면들을 생생하게 지켜보면서 연대적인 자신들의 행동이 정당하다는 확신을 얻는다. 1989년 톈안먼 광장에서 일어난 중국 학생 혁명 때 세워졌던 〈민주의 신〉상에 착안해 스티로폼으로 급조한 민주의 신상이 세워진다.

도저히 더는 앞으로 나갈 수 없게 되자 다비드와 히파티아는 화면을 통해 수백만 명이 지켜보는 가운데 시위를 벌이고 있는 시위 군중을 관찰한다.

택시 기사가 금니를 훤히 드러내며 이죽거린다.

「난 데모가 진짜 좋아요. 여자 꼬시는 데는 이만 한 게 없지. 지난번 데모 때 내 전 약혼녀를 만났잖아요. 나 같은 놈들도 혁명적 유토피아 운운하면서 예쁜 여자랑 잘 수 있는 게 이런 행사의 이점이란 말이죠.」

이때 한 여성이 조금 더 높은 연단으로 올라가더니 티셔츠를 벗어젖혀 가슴을 드러낸다. 유방에 매직펜으로 〈페멘은 폭압에 반대한다〉는 글귀가 영어로 적혀 있다. 그녀가 양손으로 여성의 벌어진 성기를 표현하는 제스처를 취한다.

「반동적인 수염 달린 놈들의 독재에 반대한다! 자유 만세!」

이 영어 구호는 금세 현장의 시위 군중과 들끓고 있는 다른 수도들의 시위대들에 의해 제창된다.

「우리는 배가 고프다! 우리는 빵을 원한다!」빈민 시위대가 소리친다.

「우리는 자유를 원한다. 우리는 민주주의를 원한다.」학생 시위대가 질세라 외친다.

「강간범들은 재판을 받고 처벌돼야 한다! 전 세계 섹스 파업!」

「낡은 세계는 끝났다, 젊은이들에게 주도권을! 우리는 불복종자들이다!」

더 많은 시위자들의 입에 오르내리기 위해 구호들 간에 열띤 경쟁이 붙는다.

〈불복종자〉라는 말이 사람들의 마음을 움직여 전체 시위대의 슬로건으로 막 자리 잡으려는 순간.

「혁명 만세!」뭘 좀 아는 한 시위자가 구호를 제창한다.

이 구호에서 즉각 영감을 얻은 다비드가 두 손으로 메가폰을 만들어 목이 터져라 선창한다.

「진화 만세!」

남미 혁명을 연상시키는 협화음이 들어간 가락이 매혹적이다.[6]

「진화 만세……!」가까이 있는 몇 사람이 조용조용 따라 말한다.

다비드가 더 분명하게 재차 외친다.

「진화 만세!」

두 번째는, 주변에 있는 시위자들의 마음을 흔들며 한층더 인기를 얻는다. 그러자 구호는 순식간에 메아리처럼 퍼져 나가, 다들 이 이국적인 구호를 따라 외치느라 여념이 없다.

「멋지세요.」히파티아가 속삭이듯 한마디 한다. 「그야말로 법고창신이네요.」

「혁명이라는 단어의 본래 뜻이 〈한 바퀴 완전히 돌아 출발점으로 오다〉이거든. 그러니 앞으로 나아가려는 사람들이 좇을 목표는 아니지. 그런 사람들이라면 최소한 합당한 어휘를 선택해야지.」

그의 말을 재밌게 듣고 있던 압델라티프도 요술 방망이 같은 구호를 따라 한다.

「진화 만세!」

앞에 있는 경찰 병력은 불어나기만 하고, 검은색 제복 차림의 사내들은 정면충돌에 대비해 방패와 곤봉을 위협적으

6 진화 만세Viva la évolution. 앞선 〈혁명 만세Vive la révolution〉 구호에서 프랑스어 vive를 스페인어 viva로 바꾸어 협화음 효과를 내고, 혁명을 뜻하는 단어 révolution에서 철자 r을 빼 진화를 뜻하는 évolution으로 바꾸었다. 스페인어 구호 Viva la revolución은 스페인어 문화권에서는 즉각 쿠바 혁명과 체 게바라를 떠올리게 한다.

로 흔들어 댄다.

양쪽 진영의 선두 대열이 몇 미터 거리를 두고 멈춰 선다. 시위대는 각성 효과를 내는 만트라가 되어 버린 〈진화 만세〉를 부르짖는다.

경찰들은 자라목을 하고 진압 명령이 떨어지기를 기다린다.

펑 하는 폭발음과 함께 최루탄이 터지자 경찰이 군중을 향해 돌격한다. 시위자들은 마스크를 쓰거나 달랑 물에 적신 머플러를 든 채 물러나지 않고 버틴다. 수적으로 우세한 시위대가 검은 제복 사내들의 첫 번째 돌진을 성공적으로 저지한다. 두 번째, 이어 세 번째 돌파 시도 역시 실패로 끝난다. 경찰들은 시위대에 붙잡혀 협상을 구걸하는 처지가 된다. 벌써 청년들은 승리의 환호를 외치며 다비드의 구호를 제창한다.

「진화 만세!」

「타흐리르 광장은 우리가 접수한다!」

〈만세!〉 하는 함성이 터지자 순식간에 멀리 있는 군중들까지 우렁찬 만세 소리로 화답한다.

이때, 별안간 경찰의 불도저 부대가 등장해 시위대를 밀어붙인다.

「마치 〈소일렌트 그린〉을 보고 있는 기분이군.」 영화에 일가견이 있는 다비드가 한마디 한다.

「SF 작가들한테 나중에 현실에 영향을 주니까 너무 많은 아이디어를 던져 주지 말라고 말해야겠는데요.」 택시 기사가 이기죽거린다.

광장으로 이어지는 대로들에 불도저들이 일렬로 늘어서

시위자들의 진입을 막고 있다. 거대한 쇳덩이들이 서서히 시위대를 밀어붙여 대열을 좁힌 후 막다른 골목으로 몰아넣어 시위 청년들끼리 서로 뒤엉켜 밟고 밟히게 만든다. 다비드는 폭력에 부닥뜨린 인간 군중의 모습에서 눈을 떼지 못한다.

정부에서 묘수를 찾았다. 저들은 실탄 한 발 쏘지 않고 시위대가 자기들끼리 밟고 밟히게 만들고 있다.

이 장면은 그가 읽은 에드몽 웰스의 백과사전의 한 대목을 떠올리게 한다. 메르캉투르 국립 공원의 늑대들도 저들과 유사한 전략을 구사했다고 책에는 나와 있다.

싸움의 판세는 순식간에 수적으로는 불리하지만 뛰어난 조직력을 갖춘 검은 제복의 남자들한테 유리하게 돌아간다.

불도저들이 시위자들을 깔아뭉개면서 밀어붙이자 순식간에 대열이 흐트러지면서 공황 상태에 빠진다. 시위대가 효과적인 방어 태세를 갖추지 못하고 우왕좌왕하는 사이, 화염병들이 날아오르고 불도저들에 불이 붙는다.

육탄전에 뛰어난 페멘 전사들이 불도저 한 대를 탈취해 경찰 병력을 향해 진격한다. 위기 상황을 돌파하고 분위기 반전에 성공한 그들은 불도저 위에 올라타서 민주의 신이 그려진 깃발을 흔든다.

「세계 진화 만세!」

기세를 몰아 이번에는 학생 시위대와 빈민 시위대가 사기 충전해 불도저들을 탈취한다. 굶주린 빈민들은 불도저를 몰고 가게들을 향해 돌진하는데, 특히 식료품 가게들과 스마트폰 가게들을 골라 물건을 약탈한다.

사위가 어둑어둑해지면서 충돌은 더욱 격렬한 양상을 띤다. 페미니스트들이 특히 진압 경찰의 표적이 되는데, 경찰들은 대부분 가슴을 노출한 이들에게 집요하게 달려든다. 불이 붙은 불도저들이 사방에서 연기를 피워 올리고 있다. 몽둥이를 쥔 굶주린 폭도들은 경찰들을 되잡아 고립시킨 뒤 두들겨 패고 린치를 가한다.

시위 현장 북쪽에서는 시위대가 접수한 불도저들과 경찰들의 불도저들이 격전을 벌이고 있다. 긴 뿔을 상대의 등껍질에 찔러 박아 구멍을 내면서 뒤엉켜 싸우는 풍뎅이 같은 큰 곤충들의 전투를 연상시키는 장면이다. 철판들이 맞부딪쳐 깨지며 나는 굉음이 스산한 효과음을 만들어 내고 있다.

「위험 때문에 아무래도 요금을 올리지 않을 수 없겠어요. 1천 유로 더 얹어야겠어요.」압델라티프가 언질을 준다.

「5백?」

「……까짓것, 그럽시다.」

「이제 어떻게 할 생각이죠?」

「지하실이 땅 밑에서 촘촘히 연결된 통로들로 이어지는 집을 내가 몇 군데 알아요.」

「카타콤 말이에요?」

「맞아요, 로마인들의 박해를 받던 초기 기독교인들이 만든 그 카타콤. 고대에 생겼죠. 거길 통해 전선을 지나갈 수 있을 거예요.」

압델라티프가 어느 집의 문 앞에 서서 그들에게 손짓을 한다. 그리고 열쇠를 꺼내더니 자물통에 끼워 요리조리 돌린다. 집 안으로 들어서자 복도가 나오고, 복도 끝에 또 다른 문이 나타나 지하실이 있는 컴컴한 공간으로 내려가는 계단으로 이어진다.

그들이 한참 터널을 따라 걷자 아주 오래전에 생긴 듯한 돌계단이 나온다.

과학자들은 한쪽 구석에서 초와 성냥을 발견해 불을 밝히고, 압델라티프는 자신의 스마트폰을 랜턴 대용으로 사용한다. 초기 기독교인들의 상징인 물고기 그림이 눈에 들어온다.

「물고기는 초기 기독교 신앙의 상징이죠.」 압델라티프가 의미를 상기시킨다. 「예수님이 부활하면 자신의 이름으로 말하는 자들이 새로운 상징으로 십자가 형벌을 쓰고 있는 걸 아주 탐탁지 않아 할 거예요.」

「물고기는 〈진화〉 운동의 상징도 될 수 있어요.」 다비드가 의견을 말한다. 「결과적으로 최초의 결정적 진화를 한 생물은 지금으로부터 수백만 년 전 틱탈릭이라는 물고기였거든요. 그 물고기가 최초의 진화주의자였던 셈이에요.」

새겨진 물고기 그림들을 죽 따라가자 카타콤들이 나타난다. 그야말로 거대한 미로처럼 생긴 곳에서 커다란 시궁쥐들이 활개를 치고 있다.

스마트폰에서 도면을 확인한 압델라티프는 마치 제 집 앞마당인 양 거침없이 방향을 잡는다. 막힌 복도 끝에 문이 하나 나타나지만, 굳게 잠겨 열릴 생각을 하지 않는다. 잠시 언짢은 얼굴을 하던 택시 기사가 어깨로 세게 밀치자 문이 펑 소리와 함께 열리면서 하수구가 모습을 드러낸다.

그러나 그들이 마주친 것은 시위자들을 북 치듯 패는 한 무리의 경찰들이다. 검은 제복들 몇이 그들을 발견하고 득달같이 쫓아온다. 압델라티프가 아슬아슬하게 다시 문을 닫고 들보를 질러 문을 막는다.

그가 곰곰궁리를 하더니 다시 올라가자는 손짓을 한다.

「자, 카타콤은 망했고. 그러면 플랜 B.」

그들은 나선형 계단을 올라와 축축한 공기 중에 초석과 수지 냄새가 가라앉아 있는 집 안으로 들어간다.

압델라티프가 두 사람에게 꼭대기 층으로 올라가자는 손짓을 한다. 거기서 그는 지붕 위를 어떻게 걸어서 움직이는지 시범을 보여 준다.

지붕 위에서 그들은 좁은 골목들에서 벌어지고 있는 폭력적인 장면들을 목격한다. 불도저들은 여전히 대열의 선두에 서 있고, 배토판들은 대부분 화염병이 날아와 불이 붙어 있다. 행인들은 막대기며 단도, 큰 칼, 심지어는 짱돌까지 집어 들고 육탄전을 벌이고 있다.

「내 생각엔 사람들이 공격적으로 변하는 게 아무래도 매운 음식 때문인 것 같아요.」 압델라티프가 나름의 추론을 제시한다. 「그다음 이유는 열기죠. 태양이 분출하니까, 다들 쌈박질이 하고 싶어 몸이 근질거리는 것 같아 보여요. 어쨌든 이번은 인터넷 덕분에 우리의 데모가 수십 군데서 벌어진 다른 데모와 연결이 됐어요. 한쪽 귀퉁이에서만 난장판을 벌이지 않고 온 지구가 난장판을 벌이니 이것도 발전이라면 발전이네요. 굳이 말하자면 청년들, 빈민들, 여성들의 세계 혁명, 아니 아니, 이게 아니고 〈진화〉라고 볼 수도 있겠죠. 당신들 생각에는 이게 잘되면, 사람들이 들입다 거리로 뛰쳐나와서 형사들하고 한판 붙는다고 해서 민중 〈진화〉가 성공할 것 같아요?」

그들은 싸우는 사람들로 가득한 거리들을 내려다보면서 추락의 위험을 무릅쓰고 지붕을 건너뛴다.

「사람들이 저만큼 투지를 불태우면서 저렇게 많이 모인

건 처음 봐요.」 히파티아는 놀라움을 금치 못한다.

위에서 내려다보니 마치 도시 전체가 광기에 휩싸인 채 화염 속에서 빛을 발하는 듯하다. 폭동의 추이가 궁금한 사람들이 잠을 잊은 채 TV 앞에 앉아 있는 컨테이너 피라미드 세 개가 환히 불을 밝히고 있다.

132

백과사전: 톈안먼 광장

1980년대 중반, 고르바초프가 러시아의 정치적 해빙을 시도하자 중국의 지도자 덩샤오핑 역시 마오쩌둥이 확립한 공산주의 독재의 현대화와 유화 정책을 결정한다. 그는 이 목표를 위해 후야오방과 자오쯔양이라는 두 개혁파의 도움을 받는다. 이 두 인물은 경제 이론가 천원과 그의 총애를 받던 리펑으로 대변되는 보수 강경파와 대립각을 세운 것으로 알려져 있다.

개혁파와 보수파라는 두 진영 간의 경쟁은 보다 넓은 의미에서 나라 전체에 나타난 갈등 현상을 그대로 드러내는 것이다. 한쪽에서는 노동자들과 농민들이 공산주의의 강화를 요구하고, 다른 쪽에서는 학생들과 상인들이 민주주의의 강화를 요구한다.

1986년, 최초로 발발한 대규모 학생 시위는 후야오방의 좌천과 개혁의 중단, 보수파의 세력 강화를 부른다.

3년이 흐른다.

1989년 4월 15일, 독살로 추정되는 후야오방의 의문사 직후 베이징의 톈안먼 광장에서 학생들의 자발적인 평화 시위가 벌어진다. 시위자들은 이 개혁가의 사후 복권을 요구한다. 학생들은 공식 체제는 지지하면서도 상당수 지도자들의 부패와 중국 공산당 당원 자녀들에게 주어지는 특혜 시스템을 고발한다.

1989년 4월 17일을 기해 시위 참가자의 숫자는 기하급수적으로 늘어나 곧 수십만 명에 이른다. 그들은 인민 대표 대회 회의가 열리는 인민 대회당 앞에서 연좌 농성에 돌입한다.

베이징에서 시발한 학생 시위는 상하이, 충칭, 우루무치 등 학생 인구가 많은 4백 개 이상의 도시로 확산된다. 결연한 의지를 드러내기 위해 1천 명이 넘는 학생들이 단식에 들어간다.

노동자들 역시 공산당 지도부의 부패와 극심한 사치를 비난하며 학생들을 지지하고 나선다.

홍콩과 타이완을 비롯한 화교 거주지들의 젊은이들도 멀리서 지지를 표명한다. 당내에서는 시위 대응에 대한 지도자들의 입장이 엇갈린다. 자오쯔양은 평화적인 협상을 지지하는 반면, 리펑은 강경 진압을 주장한다. 당 원로들이 나라가 혼란에 빠지는 상황을 우려하게 되고, 결국 덩샤오핑은 리펑의 손을 들어 준다. 강경파의 입장이 채택된다. 이 방침에 반기를 든 여덟 명의 장군은 즉각 강제적으로 병가에 들어가고, 자오쯔양은 좌천되어 가택에 연금되고, 리펑이 권력을 잡는다.

5월 20일, 계엄령이 선포된다. 시위자들과 친인척 관계에 있는 병사들을 배제하기 위해 일부러 몽골 같은 먼 지방들에서 차출한 20만 명의 병력이 진압에 배치된다. 수백 대의 전차가 병사들을 따라 등장한다.

베이징 시민들이 학생들을 돕기 위해 발 벗고 나서고, 곳곳에 탱크를 막기 위한 바리케이드가 설치된다.

리펑은 신속히 처리해야 한다고 판단한다.

그러나 군 수뇌부에서 이견이 발생하고, 일부 군단 병력은 시위대를 지지하는 쪽으로 돌아선다. 베이징 외곽에서는 친정부 군인들과 친시위대 군인들 사이에 대포와 중무기를 동원한 교전이 벌어지기도 한다.

6월 3일, 리펑의 명령을 받는 군인들이 밤 10시에 톈안먼 광장 주위에 집결한다. 시위대에게 최후통첩이 내려진다.

6월 4일 새벽 4시, 시위 지도부가 퇴거와 저항을 놓고 투표를 벌인 끝에 결국 두 번째 방법을 택한다.

리펑은 살상 명령을 내린다. 군인들은 비무장 상태의 군중을 향해 실탄을 장전해 발사한다. 훗날 정부 관료들은 당시에 고무탄이나 최루탄 같은 폭동 진압 장비가 없었기 때문이라고 해명한다.

군인과 경찰 쉰 명을 포함해 3천 명 이상이 사망하고 7천 명이 부상을 입는다. 생존 학생들은 철수를 협상한다.

새벽 5시 40분, 광장은 텅 비었다.

경찰이 동시에 시위 진압에 들어갔던 다른 도시들까지 합계하면 사망자는 1만 2천 명 이상으로 늘어난다. 여기에 도시 외곽에서 학생 시위대의 편에서 싸우다 사망한 수백 명의 군인들과 체포된 수천 명을 더해야 한다. 신속한 재판이 이루어진다. 판사들이 사형을 선고하면 즉각 집행된다.

리펑이 공식적으로 이 반란을 〈깡패 무리들이 일으킨 소요 사태〉로 규정하자, 중국에서는 톈안먼 시위에 대한 어떤 형태의 언급도 일절 금지된다. 뉴스와 서적, TV 방송에 이르기까지 전면 검열이 가해진다. 리펑이 군림한다. TV에서는 프롤레타리아 독재의 이점과 위대한 조타수 마오쩌둥의 지혜를 선전하는 캠페인이 펼쳐진다.

이 1989년 6월의 시위에서 가장 인상적으로 남는 이미지는 늘어선 탱크들에 맞서 혼자, 무기도 없이 서 있던 하얀 셔츠 차림의 이름 모를 한 남학생의 모습이다. 선두에 서 있던 탱크가 그를 비켜 가려고 할 때마다 이 학생이 자리를 옮겨 어김없이 다시 탱크를 막아서는 바람에 결국 이 탱크와 뒤따르던 탱크들 모두 진행을 멈출 수밖에 없었다.

이 주인공의 모습을 다시는 볼 수 없었다.

에드몽 웰스, 『상대적이며 절대적인 지식의 백과사전』 제11권

그가 여기, 바로 눈앞에 있다. 그들은 악수를 나누고, 중국의 창 주석은 자파르 대통령에게 중국 국기와 이란 국기가 나부끼는 자신의 호화 홍기(紅旗) 자동차에 오를 것을 권한다.

그들은 도심을 향해 달리며 톈안먼 광장을 지나간다. 광장에는 관광객들과 무장한 경찰들, 후줄근한 모습으로 담배를 피우거나 마작에 열중하는 장교 몇 명이 보인다.

검은색 홍기 리무진에 눈길을 주는 사람은 아무도 없다. 구경꾼 몇 사람이 경이에 찬 눈으로 〈중화 인민 공화국 만세〉와 〈세계 인민 대단결 만세〉라는 글귀가 좌우에 적힌 마오쩌둥의 초상화를 향해 셔터를 눌러 대고 있다. 광장 한가운데에 이 지도자의 기념당이 있고, 주변으로 인민 영웅 기념비와 인민 대회당, 국립 박물관의 모습이 보인다.

거대한 광장을 지나자 넓은 대로가 나온다. 길가에는 구경거리를 찾는 군중들이 이란과 중국 국기를 흔들며 서 있고, 흰 장갑을 손에 낀 경찰들이 길게 열을 이루어 이들을 통제하고 있다.

대로는 자금성으로 이어진다.

자파르 대통령은 신경이 잔뜩 곤두서 있다. 중국 황제들의 과대망상증의 발현인 듯한 이 낯설고 거대한 도시에서 자꾸 주눅이 드는 느낌이다. 반면, 손님에게 도시를 구경시키느라 여념이 없는 창 주석은 한껏 들뜬 모습이다.

「페르시아 제국과 중국 제국은 한때 세상의 절반을 지배했다는 공통점이 있어요. 이 둘이 힘을 합쳐 전 세계를 정복하면 어떨까 하는데, 친애하는 자파르 대통령의 생각은 어떠신지? 당신한테는 석유와 종교인들이 있고, 나는 산업과 인구가 있지요. 이기기 위한 네 가지 요건을 갖추었다는 말입니다.」

「왜 하필 지금인가요, 창 주석?」

「내가 알기로 지금 곳곳에서 학생들과 빈민들, 여성들이 들고 일어나고 있습니다. 전 지구적으로 민중 소요가 일어나고 있단 말이죠.」

「상하이와 테헤란은 예외지요……. 리우데자네이루와 멕시코시티, 아테네, 이스탄불, 카이로는 지금 무법천지예요. 저들이 자신들의 움직임에 이름도 붙인 모양입니다. 〈진화주의자〉라지 아마.」

「그 많은 젊은 애들이 상점 유리창을 깨부수고 자동차에 불이나 지르지 말고, 제복을 입고 머리를 짧게 깎고 장교들의 명령에 복종하는 게 좋지 않겠어요?」

「요즘 학생들이 너무…… 시끄러운 건 사실이에요. 쓸데없이…… 교육을 시켰나 하는 후회가 들 정도로 말입니다.」

「우리 중국인들한테 공자께서 주신 보편적인 가르침이 하나 있는데, 군자는 어디서든 도를 행해야 한다고 했어요. 집에서, 마을에서, 제국에서, 우주에서 말이지요. 그러니 좋은 군주가 할 일은 이 도가 지켜지도록 힘쓰는 게 아니겠어요.」

자금성이 그들의 눈앞에 나타난다. 성벽들의 높이와 외호들의 넓이를 눈으로 가늠하다 보니 방문객은 이 모든 것이 성의 주인들이 옛날에 백성들의 반란을 진압하기 위해 고안한 것이라는 결론에 자연스럽게 이르게 된다.

「안타깝게도 언론에서는 〈말썽꾼들〉의 목소리밖에 들을 수 없어요. 대다수의 사람들은 조용히 집에 있기를 원합니다. 자신들의 평온을 위해 필요한 구저분한 일은 우리 지도

자들이 대신 해주기를 바란단 말이지요.」

검은색 리무진이 멈춰 서고, 창 주석이 지붕 끝이 휘어진 위압적인 건물로 귀빈을 안내한다. 드디어 두 사람은 박제된 호랑이와 곰, 늑대, 악어, 코뿔소의 머리들로 가득 차 있는 방으로 들어선다. 마치 벽을 뚫고 머리를 내미는 듯한 동물들의 시선이 유리구슬 속에 갇혀 한곳으로 고정돼 있다.

「오랫동안 이런저런 생각을 하던 중에 우리가 지난번에 에마슈들의 아소르스 제도에서 나눴던 얘기가 떠올랐습니다.」

「초소형 인간들과 전쟁을 할 생각이십니까?」

창이 너털웃음을 친다.

「개미집을 뭉개자고 탱크를 동원한다? 아니오, 자파르 대통령, 그러면 우리 체면이 뭐가 되겠습니까. 나는 보다 〈정정당당한〉 것을 생각해 냈어요.」

그가 자신의 스마트폰을 들어 리모컨처럼 조작하자 스크린에 이미지들이 나타나기 시작한다. 그래프 하나가 등장한다.

「이건 극비요. 물론 나는 당신이 비밀을 지켜 주리라 믿어요, 친애하는 자파르.」

그래프 위에 곡선이 나타난다.

「중국의 인구 곡선입니다. 공식적으로 우리는 14억이지요. 실제로는 18억이지만.」

「하고 싶은 얘기가 뭔가요?」

「우리가 어떤 방법으로든 떨어내야 하는 불필요한 인구가 4억 명 있다는 뜻입니다.」

「하? 그 문제를 그런 각도에서 설명하는 걸 들으니 낯설긴

하군요.」

「우리 중국인들은 늘 인구 과잉 문제를 해결해야 했어요. 가령, BC 250년에는, 첫 번째 황제였던 진시황제가 극빈자들과 걸인들을 전장에 내보내 화살받이로 전열의 선두에 세워 적의 화살이 바닥나게 만들었지요. 그자들은 무기도 없이 적진을 향해 나아갔습니다. 오로지 죽기 위해서요.」

「교활하군요.」

「덕분에 과잉을 일정 부분 해소할 수 있었지요. 진시황제는 마오쩌둥 주석에게는 교본이나 다름이 없었습니다. 오늘날까지도 역사상 가장 뛰어난 황제로 칭송받고 있어요. 오죽하면 그때의 이름을 따서 나라 이름을 차이나China로 부르겠습니까.」

「그런 세세한 내용까지는 몰랐습니다.」이란 대통령이 겸손하게 사실대로 말한다.

「나중에 베트남 전쟁 덕에 과잉 인구를 또 한 번 해소할 수 있었습니다. 미국인들은 자기들이 베트콩을 수없이 죽여도 왜 계속 나타나는지 이해를 못 했지요.」

「그러니까 그게 당신네 나라의 그 과잉 인구였다 이 말씀이지요?」

자파르는 가까스로 웃음을 참는다.

「우리는 미국인들이 미처 탄알을 만들어 다 죽이지 못할 만큼 사람이 많았습니다.」

자파르는 귀가 솔깃해진다.

「서양은 동양을 도무지 이해하질 못해요. 그들은 근시안적인 데다 단순하고 도식적인 세계관을 갖고 있거든요.」

창이 입을 비죽한다.

「안타깝게도, 베트남의 경우에 프랑스와 미국 식민 지배자들이 금방 포기를 해버립디다.」

「그들이 간이 작아서 그렇지요.」

「그래서 우리가 직접 나서야 한다는 것이지요. 1966년에 〈대약진 운동〉의 선전 차원에서 우리의 위대한 조타수 마오 쩌둥 주석께서 〈문화 대혁명〉이라는 기발한 생각을 해냈어요. 이 시적인 표현은 사실상 지식인 숙청 계획을 숨기고 있었어요. 〈생각을 하면 필연적으로 국가에 반하는 생각을 하게 되니 생각을 금지시켜야 한다〉는 시황제의 말씀을 따른 것이었습니다.」

「그걸로는 얼마나?」

「450만 명이 죽었지요.」 창은 상대방에게 충격을 주는 게 못내 흐뭇한 표정이다. 「사실 총살이나 교수형을 집행하고 강제 노동 수용소에 감금해 맥없이 굶겨 죽이는 것도 상당한 조직력이 필요한 일입니다.」

「지식인들은 심약하단 말이지요.」 이란 대통령이 동정 어린 표정으로 한마디 던진다.

「우리의 위대한 조타수께서는 그 이름에 걸맞은 분이시지요. 우리에게 백성을 관리하는 방법을 몸소 보여 주셨으니.」

이란 대통령이 수염을 매만진다.

「우리 역시 1980년에 이란-이라크 전쟁을 하면서 고아 수십만 명을 최전선으로 보내 지뢰 제거기로 사용한 경험이 있어요. 고아들 다음에는 바하이교 신도들과 기독교인들, 수니파 교도들도 똑같이 그렇게 제거했지요. 물론 그다음은 학생들과 지식인들 차례였습니다. 그런데 그 전쟁을 하다가 우리가 깨달은 것이 하나 있어요. 전쟁이라는 살상 기계에 아주 긍정적인, 더 나아가 필수적인 측면이 있다는 것이지요. 모든 형태의 내부 반대 세력을 없앨 기회라는 것입니다.」

중국 주석이 끝에 금색 테가 둘러진 담배를 한 개비 건네자, 자파르가 받아 든다.

「암묵적인 규칙이지요. 서양인들도 인육을 가는 기계였던 제1차 세계 대전과 제2차 세계 대전을 하지 않았습니까. 스탈린 역시 〈숙청〉을 통해 수백만 명을 죽였어요. 이러니 인구를 줄이는 게 어렵다고 어디 가서 불평이나 할 수 있겠습니까?」

「그렇다면, 친애하는 자파르, 이런 관점도 충분히 이해하겠군요. 우리 전통 의학에서는 아직까지 사혈을 치료법으로 사용하고 있는데, 인체에 아주 효과가 좋아요.」

「우리 전통 의학에서도 그것을 〈자연적으로〉 하는 거머리를 활용하고 있어요.」 자파르가 화답한다.

창이 자리에서 일어나더니 중국 지도를 스크린에 띄운다.

「그다음에 묵시록의 첫 번째 기사, 즉 A형 독감(H1N1)과 묵시록의 두 번째 기사인 소행성이 있었습니다. 다른 나라들한테는 재앙이었겠지만 우리에겐 축복이었지요.」

창 주석이 손바닥을 탁탁 치자 웨이터가 금세 프랑스산 코냑 한 병과 얼음을 한 조각씩 띄운 벌룬 글라스 두 개를 올린 쟁반을 들고 나타난다.

「이런! 당신이 무슬림이라는 사실을 깜빡했어요. 술을 마시지 않을 텐데.」

「무슨 그런 농담을 하십니까, 친애하는 창 주석. 금지는 국민들한테나 해당하는 것이지요. 내 테헤란 궁에는 진귀한 포도주들과 술들을 보관한 지하 저장고가 따로 있어요. 어디

그뿐인가. 시리아와 이라크, 레바논의 대통령들을 방문하면 어김없이 최고의 위스키를 대접받는답니다. 금지된 것일수록, 뭐랄까…… 예외적으로 특권을 누릴 때 짜릿한 기쁨을 느끼는 법이 아니겠어요.」

「우리도 술을 금지해야 하는 게 아닌지 모르겠군요.」 창 주석이 수긍이 가는 듯 미소를 짓는다. 「아니지, 난 포기하겠습니다. 경험상 중국인들한테 절대 금지하면 안 되는 게 두 가지 있다는 걸 알았는데, 바로 맥주와 카드 게임이요!」

그들은 한바탕 호탕한 너털웃음을 터뜨리고 나서 서둘러 고급주를 음미한다.

「우리 입장에서 한번 생각해 보세요, 친애하는 자파르. 이 4억이라는 과잉 인구가 여간 걱정스러운 게 아닙니다. 베트남 전쟁과 문화 대혁명, 사스로도 모자랐어요. 그래서 우리는 지금 보다 현대적인 무언가를 찾는 중입니다. 당신네 탄광들에서 노동자들이 많이 죽는다고 들었습니다. 제대로 갱목도 없고 갱내 가스 폭발에도 취약한 갱도들에서 그동안 광부 수천 명을 처리하지 않았나요? 덕분에 값싼 에너지원까지 공급받고 있고. 그렇지요?」

「사실입니다. 시체들을…… 전기와 맞바꾸었지요.」

그는 다시 심각한 얼굴로 돌아간다.

「하지만 여성들이 낳는 애들의 수가 탄광들이 삼키는 수보다 훨씬 많죠.」

주석의 표정이 일그러진다.

「4억의 과잉을 처리하는 것이 다음 5개년 계획을 통해 당 중앙 위원회가 우선적으로 달성해야 하는 목표예요. 그리고 물론 우리 당 동지들은 내가 〈가장 신속하고 가장 효과적인〉

방법을 찾아낼 것이라고 믿고 있죠.」

그들은 서로의 잔에 다시 코냑을 따라 준다. 자파르 대통령은 주석에 비해 술이 약하지만, 그렇지 않다는 인상을 주기 위해 정신을 가다듬고 자세를 꼿꼿이 고쳐 앉는다.

「여전히 나는 당신이 내게 무엇을 기대하는지 모르겠는데요, 창 주석.」

「우리와 함께 내부와 외부의 〈청소〉 계획을 세워 보면 어떻습니까, 친애하는 자파르?」

「보다 구체적으로 말씀해 주시겠습니까, 친애하는 창?」

주석이 양쪽 잔에 다시 술을 따르더니 드디어 입을 연다.

「전쟁 말이죠. 작은 게 아니라 큰 거, 아주 야심에 찬 한 방 말입니다. 우리 쪽에는 4억의 사망자가 생기게 해주고 당신 쪽에는 최소한······.」

이란 대통령이 숨을 들이쉬었다 길게 내뱉는다.

「우리는 현재 9천만이니까 1천만 정도 떼내는 게 합당해 보입니다. 중국과 이란이 함께 전쟁을 일으키자는 것이군요?」

「막대한 피해가 생기게······ 양쪽 모두에.」

「무슨 말인지 알겠습니다, 창 주석······. 장기 전쟁을 원하는 것인지?」

「우리 입장에선 잃을 건 하나도 없고 대신 얻을 것은 무궁무진합니다.」

「그러다 혹시 우리가 지면?」

「그건 실제로 문제 될 게 없어요. 최악의 경우에도 우리 입장에선 현상 유지일 테니.」

그들이 다시 코냑으로 목을 적신다. 긴장이 풀려 편안

한 상태에서 드디어 깊은 교감을 나누는 표정이다.

「첨단 기술 병기가 녹슬어 가는 것처럼 안타까운 일이 또 어디 있단 말이오? 군인들이 병영에 틀어박혀 낮잠으로 소일하는 것처럼 안타까운 일이 또 어디 있단 말이오?」

「우리 뒤에 이제 전 세계에서 제일 크고, 제일 돈이 많고, 제일 무기가 많고, 제일 인구가 많은 나라가 든든한 백으로 버티고 있으니, 마침내 우리 종교 혁명의 국제적인 위상이 높아질 수 있게 됐군요. 그래 어떻게 실행에 옮길 생각인지요?」

「그쪽에서 먼저 불을 붙이세요, 자파르. 최근에 메카에서 벌어진 시아파 순례자들의 살상 사건이 훌륭한 구실이 될 것 같은데. 리야드로 핵무기를 장착한 샤하브-7 미사일을 한 방 날리면 어떻겠습니까? 맛보기 삼아…….」

「이미 상세한 계획을 다 짜놓은 것 같군요, 창 주석.」

「우방인 북한을 통해서 우리가 대량 살상 무기를 당신들 쪽에 제공하겠습니다.」

이란 대통령은 전쟁을 앞둔 흥분과 함께 상대방의 노골적인 야심에 은근히 두려움마저 느낀다. 또다시 박제한 동물 머리들에 눈길이 가는 순간, 그는 그것들이 무언가 경고의 메시지를 던진다는 생각이 든다. 그는 찝찝한 기분을 떨쳐 내기 위해 단숨에 잔을 비운다.

「그러면 우리 둘은, 친애하는 자파르, 역사에 남을 것입니다. 주역으로…….」

창이 자파르에게 자리에서 일어나 보라는 제스처를 하며 청동 기마상을 가리킨다.

「주역이라면…… 묵시록의 세 번째 기사 말입니까?」

134

「스톱!」

호텔에 거의 다다를 무렵, 사복 차림의 세 남자가 갑자기 뒤에서 나타나 경찰 배지를 흔들어 댄다.

압델라티프가 같은 편이라는 뜻의 은근하고 의미심장한 제스처를 취한다.

잠시 후 택시 기사는 민망한 듯 쑥스러운 표정을 짓더니, 이빨을 드러내면서 씩 웃고는 다비드와 히파티아에게 행운을 빌고 사라진다.

두 관광객은 가까운 경찰서로 호송돼 수갑이 채워지고 두 명의 수사관으로부터 심문을 받는다.

주변은 온통 전투 준비로 어수선하다. 부상을 입은 경찰들이 의자에 모여 앉아 있다. 내전을 방불케 하는 분위기 속에서도 두 수사관은 새 등장인물 둘에게 유독 관심을 집중하는 듯 보인다. 수사관 하나는 수염이 길고 다른 하나는 수염이 짧다.

다비드 웰스와 히파티아는 강제로 그들 앞에 끌려가 앉는다.

「진화주의자들이야?」긴 수염이 묻는다.

그들은 대답하지 않는다.

「당신들이 피라미드 폭파를 저지하려고 했던 거 맞지?」이번엔 짧은 수염이 묻는다. 「우리한테 감시 카메라에 찍힌 사진들이 있어. 당신들이 안으로 잠입하는 모습이 분명히 찍혀 있단 말이야.」

그들이 사진들을 내민다.

「당신 신분은 우리가 확보했지. 당신, 오로르 카메러 웰스

404

의 남편이잖아. 당신 때문에, 아니 당신 마누라 때문에 남자들이 혼인의 의무를 거절당하고 있다는 사실을 알고 있어?」

다시 한번 다비드와 오로르의 사진들이 그들 눈앞에서 팔락댄다.

「당신들은 데모의 주동자들이었어. 당신들, 혹시, 우리 나라에 혼란을 부추기러 온 모사드 요원들 아니야?」

두 과학자는 여전히 무반응이다.

「당신들 그 시추탑에서 뭐 하고 있었어? 부수러 간 거야?」

그들이 도착부터 내내 감시당했다는 사실을 입증하는 또 다른 사진들을 수사관들이 내민다.

「당신들이 오고 나서부터 마치 우연처럼 많은 문제가 생겨나고 있어. 물론 나는 우연이라고 믿지 않지만. 이봐, 당신들이 협조하면 기분 좋게, 입을 다물고 있으면 기분 꿀꿀하게 일이 돌아갈 거야.」

벌써 짧은 수염은 전기 곤봉을 꺼내 들고 있다.

「당신들은 우리한테 신경 쓰는 것 말고 다른 할 일이 없어요? 감시 카메라나 들여다보지 말고 창문을 열어 봐요, 그러면 보일 거예요. 밖에서 지금 아주 흥미로운 일들이 벌어지고 있단 말이에요.」

짧은 수염이 까불까불하며 말을 받는다.

「데모대 말이야? 더러 있는 일이야. 딱 천둥 같지, 요란하게 소동이 일었다가는 언제 그랬나 싶게 지나가……. 우리도 슬슬 익숙해져 가는 중이야.」

「반대로 당신들…… 당신들이야말로 진짜 우리 시스템의 교란 세력이야.」 꼬붕 같은 그의 동료가 덧붙인다.

「프랑스 대사를 만나게 해줘요.」

「당신들은 정식으로 체포된 게 아니라서 우리가 누구한테 통보해야 할 이유가 전연 없어. 현재로서 당신들은 여기에 그러니까…… 정보 수집 차원에 와 있는 거란 말이지.」

「변호사를 불러 줘요.」

「우리 법은 당신네와 달라. 이곳에 있는 당신들의 존재에 공식성이 전혀 없으니 밟고 자시고 할 절차도 없단 말씀이지.」긴 수염이 주의를 환기한다.

「잘 알다시피 지금 타흐리르 광장에 어디 부상자와 사망자가 한둘이어야지. 당신들이 죽어도 그저 폭동 도중에 일어난 대수롭지 않은 돌발 사고로 여겨질 거라는 말이야.」짧은 수염이 덧붙인다.「관광객들이 때와 장소를 잘못 골라 현장에 있었다, 이거 가능한 그림이지. 수사는 이루어지지 않을 테고.」

「자, 다시 묻겠는데, 당신들 이집트에 뭐 하러 온 거야?」

짧은 수염이 벌써 전기 곤봉 끝으로 히파티아의 얼굴을 살살 건드리기 시작한다.

다비드가 벌떡 일어나더니 최대한 명료하게 진술한다.

「우리 임무는 피라미드라는 매개를 사용해 지구와 대화를 나누는 것이었소. 우리에 앞선 거인들의 문명이 아마 이런 목적으로 8천 년 전에 피라미드를 건설했을 것이오. 우리는 인간과 인간이 살고 있는 행성 간에 대화를 재개할 때가 왔다고 판단했소. 우리는 피라미드에 있는 방에서 거인 여성의 유골도 한 구 발견했소. 그곳에는 가이아에게 말을 걸 수 있는 시스템 일체가 갖춰져 있었소. 피라미드는 거대한 방의 연장인 셈이오. 혹시 운이 조금 따르면 잔해 밑에서 당신들이 거인 여성의 유골을 찾을 수 있을지도 모르겠소.」

몇 초 후, 두 사람은 부상 정도가 다양한 학생들이 빈틈없이 꽉 들어차 있는 30여 제곱미터 크기의 유치장 안에 들어와 있다.

두 과학자는 다른 사람들한테 밀려 얼굴이 맞닿을 지경으로 밀착되어 앉아 있다.

「전처는 나한테 모험심이 부족한 사람이라고 비난을 했지. 그녀가 내 시신을 내려다보면서 끝에 가서는 이 사람이 확실히 변했구나 하고 생각하게 되겠지.」

「선생님을 여기로 끌어들여 죄송해요.」 히파티아가 말한다.

수감자들이 그들을 떼민다.

「그런데…… 화장실은 있어요?」 히파티아가 묻는다.

여자 둘이 없다는 제스처를 취하면서 악취가 나는 게 그 때문이라는 것을 암시한다.

「저들이 우리를 죽일까요, 선생님?」

「그러면 정말 유감천만이지. 가이아가 나한테 임무를 맡겼고, 나는 나를 신뢰하는 이들을 실망시키고 싶지 않거든. 그게…… 행성인 경우에는 더더욱 말이야.」

「저는 〈그이〉가 선생님한테 말을 했다는 사실이 아직도 믿기지 않아요.」

주변 사람들이 둘에게 말소리를 낮추라며 씩씩거린다.

이때 유치장 문이 열리더니 새로 수감자들이 들어온다.

둘은 더 바싹 붙어 앉는다. 웰스 교수는 옷에 가려져 있는 그녀의 가슴을 느낀다. 그들이 이렇게 몸을 밀착하고 있는 동안 주변은 갈수록 수런수런하고, 높이 쇠창살을 쳐서 만든 손바닥만 한 창문 외에 통풍구가 전혀 없는 유치장 안은 후

덥지근한 열기에 지린내와 땀내까지 더해져 숨을 쉴 수가 없는 지경이 된다.

「다시 명상에 도전해 보시지 않을래요?」 히파티아가 묻는다.

「그런 수련을 하기에는 최악의 조건이 아닌가 싶은데?」

「그 반대예요. 이상적인 조건이죠. 여기서 명상이 가능하면 어디서든 가능하다는 얘기니까요. 심지어는 서서도 할 수 있는걸요. 자, 눈을 감아 보세요.」

그가 눈을 감는 순간 누군가 그의 발을 밟고 지나간다.

「이번에는 좀 더 빨리 해볼게요. 선생님 몸에 생각을 집중하세요. 발, 다리, 골반, 배, 가슴, 팔, 목, 머리. 그다음은 선생님의 호흡을 생각하세요. 심장이 박동하는 모습을 머리에 그리세요. 이제 선생님의 이마 한가운데에다 불꽃을 일으키세요.」

그는 다시 생각을 집중한다.

불꽃.

어떤 사내가 내 발등을 밟는다.

나는 주먹으로 그의 얼굴을 한 방 칠 것이다.

불꽃.

지린내. 여기는 시궁창이다.

구토가 치밀어 오른다.

불꽃.

나한테 말을 해온 지구.

불꽃.

히파티아.

내 가슴팍에 닿는 그녀의 가슴.

불꽃.

별안간 우당탕하는 소리가 나더니 연이어 꽝 하는 굉음이 들린다.

그는 눈을 번쩍 뜬다.

유치장의 외벽이 무너지며 자욱한 먼지가 일고, 수감자들은 영문을 모른 채 마치 휜히 열린 새장 밖으로 해방의 날갯짓을 하는 참새 떼 마냥 사방으로 흩어져 달아난다.

다비드의 눈에 톱니로 벽을 부수며 들이닥친 불도저 한 대가 보인다.

「저기!」 귀에 익은 목소리다.

다비드는 히파티아의 손을 잡아끈다.

그들은 건설 장비를 운전하는 마르탱 자니코와 몸을 파묻은 채 옆에 앉아 있는 나탈리아 오비츠와 재회한다.

불쑥 경찰들이 나타나 사격을 해댄다.

마르탱 자니코가 불도저의 팔을 내려 방패로 삼는다. 날아온 총알들이 금속에 부딪쳐 튕겨 나가며 종소리를 낸다.

「늦게 와서 미안해요. 차가 막혔어요.」 나탈리아 오비츠가 사과를 한다. 「내가 호텔에 들러 당신들 물건을 챙겨 가방에 넣어 왔어요. 그리고 두 사람 여권도 찾아서 가지고 왔어요. 여기에서 곧장 공항으로 가요. 한 시간 후에 비행기가 이륙해요.」

「불도저를 타고요?」

그들은 벌써 공항을 향해 달리고 있다.

「히파티아, 소개하지, 이분은 현재 UN 주재 프랑스 대사이자 한때 내가 프랑스 첩보 기관에서 보스로 모셨던 나탈리아 오비츠.」

「반갑습니다.」

「히파티아와 같이 기자 피라미드에서 가이아와 대화를 나누는 데 성공했어요. 우리가 8천 년 전에 죽은 여자 거인의 유골이 있는 거대한 지하 비밀 방을 찾아냈어요.」

「제 생각엔 유골을 회수해서 박물관에 전시하면 좋을 것 같아요. 그걸 통해서…….」한국인 학생이 자신의 생각을 덧붙인다.

「지금은 고고학을 논할 때가 아니에요. 시위가 끝나고 나면 발굴을…….」

총성이 울리며 대화가 중단된다. 주위에서 사람들이 이리저리 들뛰고, 쫓고 쫓기고, 뒤엉켜 치고받는다. 마치 타흐리르 광장의 위기가 도시 전체로 번진 느낌이다. 컨테이너 피라미드들의 옆구리까지 넘실거리는 불길에 휩싸여 대낮처럼 환한 모습이다.

마르탱 자니코의 티셔츠에는 새로운 머피의 법칙이 세 개 적혀 있다.

204. 끝에 가면 모든 게 어그러진다. 만약 정리가 돼가는 것처럼 보인다면 아직 끝이 아니라는 뜻이다.

205. 인간의 어리석음으로 쉽게 설명되는 것을 결코 불운 탓으로 돌리지 말라.

206. 처음에는 권태가 덧셈처럼 늘어나다가 어느 시점에 이르면 곱셈처럼 늘어난다.

건물들이 부서져 불타고 있는 긴 대로를 달려온 경찰의 불도저 한 대가 그들 뒤에 바짝 따라붙는다. 총알들이 그들을 향해 쉭쉭 날아든다. 마르탱 자니코가 출력을 최대한 높여 보지만 자동차가 아닌 불도저의 속도에는 한계가 있다. 추격자들이 바로 뒤꽁무니에 있다.

마르탱 자니코가 갑자기 브레이크를 밟아 불도저를 세우자, 상대 불도저는 제힘에 쏠려 계속 앞으로 나아간다. 그러자 자니코가 상대의 운전석을 두 동강 낼 기세로 배토판을 위에서 아래로 내린다.

하지만 훨씬 기동력이 뛰어나고 힘이 좋은 상대는 벌써 방향을 뒤로 틀었다. 거대한 기계 두 대가 마치 콧숨을 벌름거리며 씩씩대는 황소 두 마리처럼 마주 보며 대치하고 있다. 두 대 모두 돌진을 준비하기 위해 서서히 뒷걸음질 친다. 머플러들이 시커먼 연기를 토해 낸다. 양측은 부르릉 소리와 함께 전조등 밝기를 최대한 높여 빛을 쏘아 대면서 맹수처럼 포효하며 상대를 향해 달려든다.

135

저들이 대체 무슨 짓을 하는 거야?

내 문제에 신경을 쓰지 않고 왜 저렇게 시간을 낭비하고 있는 거지?

136

철판이 맞부딪치며 내는 폭발음 같은 굉음이 대기를 뒤흔든다. 안에 숨은 인간들의 말랑말랑한 살을 찾아 달려드는 불도저들의 톱니를 피해 사람들은 몸을 동그랗게 말고 옆 사람에게 필사적으로 매달린다.

두 차량이 엔진 출력을 최대한 키우며 서로 떠받치듯이 서서히 몸체를 일으키기 시작하자, 배기관에서 연기가 뿜어져 나온다. 요란하게 헛돌던 무한궤도들이 바닥과 밀착하는 순간, 불도저들은 마치 스모 선수처럼 벌떡 일어선다.

이때 갑자기 최루탄이 터지며 시야가 뿌옇게 변한다.

연기와 혼란을 틈타 마르탱 자니코가 급히 차량을 후진시키더니, 뒤에 있는 시위대와 충돌하지 않게 신중을 기하며 대로에서 벗어난다.

나탈리아 오비츠는 남편에게 눈에 띄지 않게 다른 불도저들 틈에 섞이라고 신호를 보낸다. 추격자들을 따돌린 후 그녀는 스마트폰의 GPS 정보를 이용해 공항으로 가는 길을 찾는다.

공항에 도착하자 마르탱 자니코는 불도저를 관광버스들 옆에 주차한다.

나탈리아 오비츠는 자신의 외교관 여권을 제시해 두 사람을 공항 환승 센터로 들여보낸다.

「아까 대화가 끊기기 전에, 피라미드를 통해 지구와 소통했다고 그러지 않았어요?」

「조용해지고 나면 설명할게요, 나탈리아. 우선은 우리가 완수할 임무가 있어요.」

「좋을 대로 해요. 루아시 공항으로 가는 항공편을 내가 미리 잡아놨어요.」

「우리는 파리로 안 가요. 우리한테 주어진 긴급 임무를 위해서는 보다 이국적인 목적지로 향해야 하거든요.」 다비드가 힘주어 말한다.

「오늘 상당히 신비주의 전략을 취하네요. 하지만 조심스러운 당신 입장을 존중하죠. 차분해지면 그때 가서 얘기해

요. 당신이 말하는 〈이국적인〉 목적지 말인데…… 일단 루아
시로 가서 어디든 원하는 데로 가요. 뉴스 못 들었어요? 진화
주의 운동의 열기가 세계 도처로 확산되고 있어요.」

「어떤 쪽으로요?」

나탈리아가 빙그레 웃는다.

「긍정적인 쪽으로요. 곳곳에서 평화와 화해, 정의, 사회에
서 청년들의 역할, 보다 공평한 부의 재분배, 심지어는 환경
보호까지 부르짖고 있어요. 각국 정부들이 한 발 물러설 수
밖에 없게 됐죠. 마치 68학생 운동 정신의 부활을 보고 있는
것 같아요.」

「도저히 믿기지 않는데요.」

「막 이란의 대아야톨라가 사우디의 대무프티에게 전 세계
수니파들과 시아파들 간의 영구 동맹을 제안했어요. 바그다
드에서 만나 손을 맞잡고 무한 평화 협정을 체결했죠. 북한
도 식량 원조의 대가로 군사 시설에 대한 감독을 받겠다는
제안을 내놓았어요. 이란 역시 보다 온건한 의회를 새로 지
명했어요. 자신들의 핵 시설에 대한 사찰을 위한 접촉도 재
개했고요.」

「그 짧은 시간에 어떻게 그런 유화 분위기가 조성됐을
까요?」

「진화주의 운동의 효과죠. 자발적으로 거리로 뛰쳐나온
수백만 명의 젊은이들, 이것이 발상의 전환을 강제한 거죠.
미국과 러시아가 군축 협정에 합의했는데, 중국과 인도에서
도 참여할 것으로 보여요. 그들은 제네바에서 핵 확산 금지
협정에도 서명했어요. 뉴욕의 UN 본부에서는 세계 평화의
개념을 언급하기 시작했고, 전 세계적 차원의 군축 계획안까

지 나왔어요.」

또다시 멀리서 들리는 총성.

「여기선 내전이 벌어지고 있는 마당에 그런 소릴 하세요?」

「열기가 이로울 때도 있어요. 역사에 가속이 붙거든. 젊은이들의 소리에 드디어 귀를 기울이기 시작한 것 같아요. 권력자들은 우리 자식들에게 더 나은 세계를 물려주기 위해 갈등을 완화하는 것이 장기적으로 자신들의 이익, 그리고 세계 무역의 이익을 위해서도 좋다는 사실을 깨달았어요. 우리 선배들이 68년 5월에 꿈꾸었던 〈피스 앤드 러브〉의 시간이 드디어 왔는지도 몰라요. 게다가 당신이 지구와 소통에 성공했다고 하니…… 금상첨화네요.」

그녀가 남편의 손을 잡더니 그윽한 눈길로 바라본다.

「한마디로 이제야 사랑의 시기가 찾아온 것 같아요.」

사랑의 시기

137

핵탄두 미사일이 사우디아라비아의 수도를 향해 날아간다. 녹색으로 칠한 작은 날개들은 바람을 맞으며 쉭쉭 소리를 내고, 코는 사막의 뜨거운 공기를 가른다.

옆구리에 흰색으로 〈신은 위대하다〉라고 적힌 게 보인다. 발사를 책임진 군 수뇌부가 전략 사령실에 모여 작전 전개 상황을 지켜보고 있다.

중국의 창 주석은 이후의 결과들에 초연한 듯 느긋한 모습이다.

그러나 합석한 외교관들은 긴장한 기색이 역력하다. 북한의 정 대령은 손톱을 물어뜯고 있다. 탄도 미사일 제작에 직접 참여했던 그의 보좌관은 확신이 필요해 계산을 다시 하는 중인 듯, 노트에 연신 숫자를 끼적거리고 있다.

헤즈볼라 총책은 몇몇 단어를 유난히 힘주어 발음하면서 읊조리듯 기도를 하고 있다.

베네수엘라의 국방 장관은 손에 나무 십자가를 꼭 쥐고 있다. 두툼한 시가에 불을 붙여 빨고 있는 쿠바 장군은 확신에 찬 표정으로 고약한 냄새를 내뿜고 있다.

미사일의 탄도가 지역 지도에 그려지고 있는 스크린을 모두가 눈에 넣을 듯이 쳐다보고 있다. 죽음의 미사일 전면에 장착된 카메라가 주관적 앵글 이미지를 제공해 주고 있다.

「이번은 묵시록의 세 번째 기사를 요격할 에마슈들이 없지.」자파르 이란 대통령이 중얼중얼한다.

그는 지금으로부터 13년 전, 당시만 해도 일개 첩보원이던 에마 109가 핵탄두 미사일이 수니파들의 수도를 향해 발사된 바로 그 순간에 자신들의 미사일 기지 한 곳을 파괴했던 일을 떠올린다.

「앞으로 무슨 일이 일어나든 간에 몇 분 후면 세상이 바뀌어 있을 거요.」중국 창 주석의 말에 힘이 실려 있다.

기다림이 계속된다. 중동 지도 위에 동쪽에서 서쪽으로 마치 칼자국이 그어지듯이 긴 선이 지나간다.

페르시아 숫자로 표기된 추시계의 바늘이 재깍대며 초침 소리를 쏟아 내는 사이, 미사일이 대기를 가른다.

「저들이 미사일 방어 체계를 가지고 있습니까?」문득 의문이 생긴 베네수엘라 장관이 묻는다.

「이스라엘에만 있습니다.」

베네수엘라 장관이 수긍하는 표정을 짓는다.

「아, 그럼 사우디아라비아에는 없단 말입니까?」

「유대인들의 무기라니까 그러십니다! 유대인들이 그들과 교역을 하지 않는 게 얼마나 다행인지!」헤즈볼라 총책이 언성을 높인다.

그들은 여전히 스크린 위로 길게 이어지는 선을 눈으로 좇고 있다.

「그럼 미국은?」

「그들도 스카이 가드라는 방어 체계를 갖추고 있긴 한데, 성능이 떨어지지요.」

긴장감은 계속 이어진다.

이란 대통령이 장교 한 명한테 귀엣말로 명령을 내리자, 그가 음식이 담긴 쟁반들과 샴페인병들을 들고 돌아온다. 장교 몇이 목을 축인다. 헤즈볼라 총책이 너그럽게 용인한다. 이란산 캐비어를 듬뿍 얹은 토스트들에 일제히 눈길이 쏠린다.

「참 길기도 하네, 이거 뭐……」 중국 주석이 트림을 꺽 하며 참았던 한숨을 내쉰다.

베네수엘라 장관은 여전히 호기심에 가득 차 있다.

「그러니까 폭발이 일어나면 리야드가 지도에서 사라진다는 것 아닙니까, 그렇죠? 인구가 얼마죠?」

「7백만입니다.」

다시 침묵이 흐른다. 기다림이 계속되는 사이, 언젠가 성어가 될 가능성을 완전히 빼앗긴 철갑상어 알들을 오독오독 씹는 턱들이 움직이는 소리가 방 안에 가득하다.

미사일은 사우디아라비아 수도까지 거리의 3분의 2 지점을 날아간 상태이다.

「7백만 명의 사망자를 낸다……. 그다음은 어떻게 되죠?」 베네수엘라 장관의 목소리에 은근히 걱정이 서려 있다.

「저들이 펄펄 뛰지 않겠어요.」 입 안 가득 음식을 문 창 주석이 대답한다.

「아하?」 중동 분쟁에는 문외한으로 보이는 베네수엘라인이 말한다. 「그럼 주석께서는 저들이 어떻게 나오리라 보십니까?」

「사우디아라비아는 효과적으로 쓸 수 있는 독자적 군대가 없어요. 그러니 UN에 규탄을 요구하며 표결에 붙이자고 나올 테고, 당연히 미국과 유럽은 지지를 표방하지 않겠습니까?」

「그러면……?」

「그러면, 우리 중국과, 우리와 가깝든 멀든 동맹 관계에 있는 모든 국가들이 거부권을 행사할 것입니다. 미국과 유럽이 즉각 길길이 뛰면서 협박은 늘어놓겠지만, 우리 나라 은행들에 진 부채도 많고 군은 제대로 정비도 돼 있지 않아 구체적인 카드를 꺼내 들진 못할 겁니다. 그러니 온갖 저주를 퍼부으면서 국제법의 기본 원칙들과 인권, 도덕 운운하다가 결국은…… 입 다물고 조용히 지켜보기만 하겠지요. 저들은 선택의 여지가 없거든.」

「아? 그럼 그다음에는?」 베네수엘라 장관은 갈수록 흥미를 느끼는 모양이다.

「사우디에서 독자적인 군대, 다시 말해 그들이 이라크와 레바논, 시리아, 파키스탄에서 배후 조종하고 있는 테러 단체들을 활용하려 들 것입니다. 수니파들이 자살 테러를 감행해 시아파의 주요 시설들에 대한 공격을 시도할 가능성이 있어요.」

장관이 동의를 표하며 고개를 끄덕인다.

「5분 이내 타격.」 북한 대령이 알려 준다.

스크린 위의 밝은 점이 깜빡깜빡하며 사우디아라비아의 수도와 가까워지고 있다.

드디어 점점 커지면서 다가오는 리야드의 모습이 장착된 카메라에 잡힌다.

이 순간, 야릇한 생각이 자파르 대통령의 머리를 스쳐 지나간다. 그는 지구는 속이 텅 빈 공으로, 미사일은 공을 터뜨릴 수 있는 바늘로 머릿속에 그린다.

138

백과사전: 지구 공동설

지구가 속이 꽉 찬 구가 아니라 텅 빈 구일지도 모른다는 생각은 이미 여러 고대 신화에서부터 등장한다. 그리스인들에게 지구의 중심은 명부(冥府)의 왕인 하데스의 왕국이다. 북유럽 신화에서는 도크알프들의 고향인 스바르트알파헤임이 지구의 중심이다.

〈텅 빈 지구〉의 개념을 처음으로 발전시킨 과학자는 그의 이름을 딴 혜성이 있는 영국 천문학자 에드먼드 핼리이다. 그는 1692년에 지구는 8백 킬로미터 두께의 껍질이며, 이 속에 두 번째 껍질, 이어 세 번째 껍질이 있고, 중심에는 단단한 핵이 있다고 가정한다. 위쪽 껍질과 아래쪽 껍질 사이에는 구름이 떠 있는 밝은 대기가 존재한다고 상상한다.

1776년, 스위스 출신의 수학자이자 물리학자 레온하르트 오일러는 핼리의 다중 껍질 개념을 폐기하면서, 지구는 중간에 태양이 존재하고 외벽과 내벽 모두에 발전된 문명이 살고 있는 텅 빈 구라고 주장한다. 이런 생각은 『지구 속 여행』을 쓴 쥘 베른을 비롯해 여러 사람에게 영향을 미친다.

1818년, 미군 장교였던 존 클리브스 심스 주니어도 오일러와 유사한 모델을 제시하는데, 그와는 달리 두께 1,250킬로미터의 껍질이 하나 있으며 북극과 남극에 구멍이 존재한다고 주장한다. 그에 따르면, 오일러가 지구 내부에 살고 있다고 말한 문명은 이상한 이방인들의 집단이 아니라 바로…… 우리라는 것이다. 그는 이렇게 인류가 지구의 바깥쪽이 아니라 안쪽에서 살고 있다는 가정을 내놓으면서, 우리가 볼록하다고 생각하는 땅이 사실은 오목한 세계일 수 있다고 주장한다.

심스의 눈으로 보면 우리는 공 모양으로 생긴 수족관의 내벽을 걸어다니는 곤충들이며, 우리를 땅에 붙여 두는 것은 중력이 아닌 원심력이다. 태양과 달과 별들이 지구의 중심에 존재하고, 우리들은 둥그런 감옥에 갇힌 죄수들이나 마찬가지라는 것이다.

심스의 빈 지구 이론에 매료된 아돌프 히틀러는 1942년 4월, 발트해의 뤼겐섬에 원정대를 파견한다. 레이더 장비들과 망원경들, 적외선 수신기들이 하늘과 45도 각도로 여러 지점에 설치됐다. 스캐파플로에 정박 중인 영국 함대의 정확한 위치가 지구의 오목한 내벽에 반사되는 것을 포착하겠다는 의도였다.

여러 날 레이더들을 작동시켜 보았지만 소득이 없었다. 이후 미국 영토를 정탐할 목적으로 똑같은 실험을 다른 곳에서도 진행했지만 결과는 마찬가지였다.

히틀러가 이 실험을 중요하게 여겼던 이유는, 이를 통해 유대인 출신 과학자 아인슈타인의 어리석음과 잘못된 물리학적 관점을 입증할 수 있다고 생각했기 때문이다. 하지만 실패로 끝난 원정들은 총통에게 대단한 실망감을 안겨 주었고, 뤼겐섬 원정대 파견을 주도했던 페터 벤더는 체포돼 강제 수용소로 보내진 후 그곳에서 죽음을 맞았다.

에드몽 웰스, 『상대적이며 절대적인 지식의 백과사전』 제11권

139

하늘에서 내려다본 섬은 베이지색 삼각형 모양이다.

「가이아가 우리와 대화를 이어 가기를 바라는 곳이 저기라는 말씀이세요?」 그들이 탄 비행기가 양털 구름층을 뚫고 내려가자 서서히 섬의 모습이 드러나고 지표면도 시야에 들어오기 시작한다. 가장 먼저 눈길을 끈 것은 숲이 전혀 없다는 점이다.

「원주민들이 이 섬에 어떤 이름을 붙였는지 알아? 〈테 피토 오 테 헤누아〉라는군.」

관광 가이드북을 손에 든 다비드가 알려 준다.

「뜻은요?」히파티아 김이 묻는다.

「〈세계의 배꼽〉이라는데.」

그녀가 흥미를 보인다.

「선생님께서 즉석에서 지어내신 거예요?」

「아니야, 여기 써 있군, 보라고.」

그녀가 가이드북을 읽고 나서 둥근 창 너머로 섬을 내려다본다.

「자신들이 〈세계의 배꼽〉에 살고 있다는 사실을 늘 알았기 때문에 주민들이 외부에 알리는 것을 두려워하지 않았던 것 같아요. 비밀이 밝혀져도 개의치 않는 거죠.」

이제는 베이지색 삼각형의 표면이 육안에 또렷이 잡혀, 드문드문 풀숲과 자갈밭도 눈에 띈다.

「어쨌든 우리는 전 세계 어느 대도시에서도 가장 먼 곳에 도착했어. 정확히 말해 남미에서 3천7백 킬로미터, 타히티에서 4천 킬로미터 떨어져 있다니까. 가장 가까운 섬도 2천 킬로미터 거리에 있다는군.」

둥근 창 속에 흔히 이스터섬이라 불리는 섬의 풍경이 펼쳐진다.

프랑스 과학자는 관광 가이드북을 뒤적이며 집들이 모여 있는 아래쪽을 가리킨다.

「저기가 수도인 항가로아야. 여기에 사는 주민 3천 명은 라파누이라 불리는 이 지역 고대 문명의 후손들로 추정된다고 하는군.」

한 주에 딱 한 번 토요일에 비행 편이 있는 란 칠레 항공의 소형 비행기가 마타베리 공항에 내린다.

「착륙 활주로가 섬의 남쪽을 동서로 지나고 있어.」

주민 몇 명이 공항 입구에 앉아 있다. 얼굴은 햇볕에 검게 그을렸고, 이목구비에서는 폴리네시아인과 인도인, 스페인인이 섞인 혼혈의 특색이 읽힌다. 이들이 피우는 담배에서 정향(丁香) 특유의 냄새가 난다.

「사람이 살지 않는 분위기예요.」 히파티아가 목소리를 낮춰 말한다.

「틀렸어. 가이드북엔 없는 게 없다고 나와 있거든. 시청 하나, 교회 하나, 우체국 하나, 경찰 열두 명, 군인 열아홉 명, 의사 한 명에 간호사 세 명이 있는 병원 하나, 약국 하나, 슈퍼마켓 하나, 호텔 두 개, 식당 세 개가 있다는군. 얼마 전에는 젊은이들을 유인하기 위해 나이트클럽까지 만들었다는데.」

걷다 보니 삼삼오오 벤치에 앉아 누군가를 기다리고 있는 것 같은 노인들만 눈에 띈다.

「이오나라. 페헤 코에?」 다비드가 묻는다.

노인들이 자신들의 언어가 들리자 깜짝 놀란다.

「리바 리바. 마우루 우루.」

「저분들한테 뭐라고 얘기하셨어요?」

「뭐 특별한 건 아니야. 그냥 〈안녕하세요? 어떻게 지내십니까?〉 했더니 저분들이 〈아주 좋습니다. 고맙습니다〉 하고 대답하시네.」

「저분들이 아주 좋아하시네요.」

「보통은 사람들이 스페인어로 말을 거는데, 내가 가이드북 덕에 라파누이어로 말을 해서 그렇지.」

「친구들이 생기신 것 같은데요.」 그녀가 이가 빠진 입 안을 훤히 드러내며 웃는 노파를 가리키며 농을 던진다.

항가로아시에는 나지막한 집들이 띄엄띄엄 서 있다. 사위에 고요한 정적이 감돈다.

다비드와 히파티아는 마나바이 호텔을 선택해 안으로 들어간다. 스페인 귀족의 풍모를 지닌 허세에 찬 안내 데스크 직원이 그들을 맞는다. 그가 거들먹거리는 얼굴로 어리버리한 외국인들을 한심한 듯이 쳐다본다.

「이오나라?」다비드가 한 번 더 도전한다.

「안녕하십니까.」남자가 쌀쌀맞게 대답한다.

그가 하얀 이불이 덮인 큰 침대가 있는 방을 보여 준다.

「……우린 침대가 두 개 필요해요.」다비드가 영어로 의사를 전달한다.

안내 직원이 다비드를 한심한 듯 쳐다본다. 딱 이런 눈길이다. 〈게다가 여자가 너랑 자지도 않겠다냐, 이 불쌍한 인간아? 여자가 딱 봐도 쉬워 보이진 않네. 아니, 이런 여자를 왜 휴가지에 끌고 왔어?〉

그가 좁은 싱글 침대가 두 개 놓인 방으로 안내한다.

「교수님이 저를 피하시는 것 같네요.」히파티아가 씽긋 웃으며 한마디 한다.

「우리가 사제 간의 거리를 유지했으면 좋겠네. 우리 둘을 위해서도 우리 연구의 앞날을 위해서도 그게 좋겠어. 내가 자네 얘기를 듣고 파악한 한국의 관습 기준에서 보면, 우리 둘이 가까워지는 것은 첫째 나이 때문에, 둘째 문화 때문에, 셋째 다른 가족 환경 때문에 어쨌든 전혀 올바르지 않아.」

「어차피 우리는 앞으로 지구가 소통을 원하는 장소를 찾기 위해 함께 일해야 해요. 프로젝트의 중요성 때문에 우리는 동지적 관계를 유지할 수밖에 없어요.」

「동지적 관계가 아니라 상호 보완적 관계라고 하는 게 맞을 거야. 이 임무에 있어서 자네는 내 조수 같은 측면이 있으니까.」

「선생님, 먼저 선생님을 찾아가서 〈피라미드를 매개로 지구와 얘기〉를 시도해 보자고 한 사람이 저라는 사실을 굳이 제 입으로 말씀드려야 하나요? 만약 제가 단군 피라미드에서 벽화를 발견하지 않았으면⋯⋯.」

「내가 자네의 프로젝트에 지원금을 주지 않았으면⋯⋯.」

되받아칠 것처럼 입술을 달싹거리던 그녀가 끝내 씩 웃는다.

「제가 틀렸고 선생님이 맞아요.」

「인간의 입에서 그런 소리를 듣는 난생처음이군.」

「오비츠 대사가 지적한 것처럼 우리가 점차 대결의 시대에서 〈피스 앤드 러브〉, 상호 이해의 시대로 넘어가고 있는지도 모르죠.」

그가 회의적인 표정으로 입술을 비죽거린다.

「나는 나탈리아 오비츠한테서 그렇게 급작스럽게 낙관주의적 에너지가 폭발해 솔직히 놀라웠어. 자네는 진정으로 견고한 세계 평화를 향해 나아가는 우리들의 모습이 머리에 그려지나? 도처에서 사람들이 사랑하고 서로를 이해하기 위해 노력하는, 마침내 표출된 〈플라워 파워〉가 말이야.」

히파티아가 욕실로 사라진다. 샤워하는 소리, 이어서 드라이기가 돌아가는 소리가 들린다. 한참 후에 그녀가 빨간 용 문양이 수놓인 아름다운 검은색 실크 가운을 걸치고 밖으로 나온다. 입술에는 립스틱이 발라져 있다.

이 모습을 바라보는 그의 가슴이 출렁인다.

「이런, 나는 몰랐⋯⋯.」

「……누에나방의 기적인 실크로 만든 옷을 제가 좋아하는 줄 모르셨나 봐요.」

그녀가 여행 가방을 열어 큰 섬 지도를 한 장 꺼낸다.

「침술에서는 배꼽이 가장 효험이 좋은 자리예요. 우리를 어머니와 연결해 주었던 흔적이죠. 이곳을 통해서 우리는 피와 당분, 에너지를 받았어요. 침술에서는 정확한 치료법을 알 수 없는 환자한테는 뜸을 떠요. 배꼽의 오목하게 들어간 부분에 쑥을 얹고 불을 붙이죠.」

「결국 귀는 계기판이고 배꼽은 운동 중추라는 말이군?」

히파티아가 창가로 걸어가 키 높은 나무 한 그루 없이 자갈만 깔린 주변 풍경을 응시한다. 다비드가 다가오더니 마음속에 일어나는 복잡한 감정을 드러낸다.

「옛날에는, 여기에 수만 명이 살았지. 도시들이 있고 도로들이 있었어. 숲들과 경작지들에 둘러싸여서 문명이 번성했어.」

「우리 문명 전체에도 똑같은 일이 닥칠 수 있어요. 먹을거리를 제공하는 환경을 파괴하면 결정적인 위기를 맞지 않아도 결국 서서히 사라지게 될 테니까요. 잘못된 자원의 관리가 우리의 타락을, 끝내는 점진적 소멸을 부르고 말 거예요.」

히파티아가 멀리 보이는, 사람의 형상을 한 모아이라는 이름의 조각상을 가리킨다.

높이가 4미터에 이르는 현무암 조상이다. 다비드가 가이드북을 뒤진다.

「제일 큰 모아이는 높이가 10미터에 중량은 75톤까지 나간다는군. 그런데 그 큰 것도 돌덩이 하나를 깎아 만들었다는 거야. 얼마나 대단한 에너지가 필요했을지 상상이 되나?」

다비드는 자신도 모르게 호주머니에 손이 간다. 그는 개미가 박힌 호박을 꺼내 든다.

「모아이를 세운 사람들이나 피라미드를 건설한 사람들이나 비슷한 심정이 아니었을까.」

별안간 호텔이 웅성웅성 소란스러워진다. 사람들이 큰일이 난 듯이 왕왕거리고, 문 닫히는 소리가 연이어 들리고, 투숙객들이 복도를 뛰어간다. 소란은 1층으로 번져 내려가 식당에서 절정을 이룬다. 다비드와 히파티아가 아래층으로 내려가자 TV 앞에 사람들이 잔뜩 모여 있다. 뉴스…….

140
리야드 미사일 공격

……저희가 방금 입수한 속보입니다. 기밀 유지를 위해 각국 정부가 노력했음에도, 이란에서 사우디아라비아를 향해 미사일 한 대를 발사했다는 소식이 알려졌습니다. 관변 소식통도 이 같은 사실을 확인해 주었습니다. 이란이 발사한 샤하브-7 미사일에는 핵탄두나 독가스가 탑재됐을 가능성이 있는 것으로 알려졌습니다. 그러나 미사일이 리야드를 타격하기 직전, 사우디아라비아군이 몇 달 전 마이크로 랜드의 〈10제곱〉사에서 구매한 MH-골든돔으로 미사일 요격에 성공했습니다. MH-골든돔이 발사한 자동 유도 장치를 장착한 초소형 대미사일 요격 미사일이 자동 이륙해 공중에서 이란의 미사일을 폭파했습니다. 폭파 주변 지역의 피해는 전혀 없는 것으로 알려졌습니다.

이 〈사건〉 이후 사우디아라비아에서는 즉각 테헤란 주재 자국 대사를 소환한 데 이어 UN에 이란을 침략국으로 규정하고 제재 조치를 가할 것을 요구했습니다. 〈페르시아인들이 자행한 것은 매우 심각한 행위다. 공격을 이끈 자칭 이란 《이슬람》공화국과 꼭두각시 아야톨라 무리는 이웃 국가들, 그중에서도 특히 우리 나라에 대한 침략을 획책하고 있다. 이번 미사일 공격은 수니파와 시아파 간에 전 세계적으로 공식적인 화해가 이루어진 마당에 이루어졌기 때문에 더더욱 비열한 행위라 아니할 수 없다. 이것은 저들 정부의 이중성을 입증하는 사건이다. 이란인들은 우리 사우디아라비아의 용맹한 방어군이 최첨단 장비를 동원해 그들의 미사일을 모두 저지할 수 있다는 사실을 인지해야 할 것이다.〉

뉴욕의 UN 본부에서는 미국 대표의 발의에 따라 이 침략 행위를 비난하고 이란으로 향하는 모든 상품과 무기에 대한 금수 조치를 제안하는 표결이 이루어졌습니다. 하지만 중국과 러시아 정부는 거부권을 행사하면서, 이러한 대처가 이란에 대한 낙인 효과만 가져올 것이며, 금수 조치로 결국 이란 국민들만 피해를 입게 돼 그렇지 않아도 민감한 이 지역에 새로운 불안 요소를 창출할 뿐이라고 밝혔습니다.

진화주의자들의 시위

또다시 전 세계 수도 곳곳에 〈진화주의자들〉의 이름으로 빵을 요구하는 빈민들과 자유를 갈망하는 대학생들, 그리고 성 노예가 되기를 거부하는 여성들이 운집해 자신들의 슬로건인 〈진화 만세〉를 외치며 국제적인 시위를 이어 나갔습니다. 참가 여성들은 특히 〈노 섹스의 날〉 성공을 자축했고, 페미니스트 오로르 카메러 웰스는 〈이제 남성들은 우리가 그들에게 《노》라고 말할 수 있다는 사실을 깨달았을 것이다〉

라고 말했습니다. 이집트, 브라질, 아르헨티나, 러시아, 베네수엘라, 인도, 튀르키예, 멕시코, 튀니지에서는 경찰이 광장을 점거한 시위대의 해산을 시도하는 과정에서 수차례 충돌이 발생했고, 결국 수십 명이 사망하고 수백 명이 부상을 입었습니다. 시위가 발생한 수도들에는 야간 통행금지가 내려졌지만, 세계 진화주의 운동 측에서는 조만간 다시 한번 평화적인 집회에 나서 줄 것을 사람들에게 호소했습니다.

천문학

지구의 석유 자원이 고갈됐다는 발표가 나온 이후, 마이크로 랜드의 천문학자인 에마 788은 새로운 전파 망원경을 이용해 핼리 혜성에 우라늄을 비롯한 천연자원이 대량 매장돼 있다는 사실을 발견했다고 전했습니다. 앞으로 두 세기 동안 인류의 에너지 수요를 충당할 만큼의 매장량이라고 그녀는 밝혔습니다.

기후

전 세계적으로 여전히 기온이 상승하고 있습니다. 이미 장기화된 가뭄으로 수확이 감소한 우크라이나와 쓰촨성, 미 대륙 평야 지대의 농민들에게는 크나큰 고민거리가 아닐 수 없습니다. 음용수를 주입하는 셰일 가스 채굴로 인해 담수가 부족해지고 지하수층도 고갈돼 가뭄은 갈수록 심화되고 있습니다.

주식

농업 생산량 감소에 따른 세계 식량 가격 상승의 여파로 주식 시장은 3.5퍼센트 하락했습니다.

속보

……지금 막 여덟 대의 이란 폭격기 편대가 사우디아라비아 상공에서 발견되었다는 속보가 들어와 있습니다……. 네, 확인된 소식입니다……. 이번에도 초소형 지대공 미사일들을 발사해 공중 요격에 성공했습니다……. 네, 알았습니다……. 사우디 영공에 진입했던 전 편대가 공중에서 대공 미사일 요격을 받고 폭파됐습니다……. 아…… 또 소식이 들어왔습니다. 핵탄두나 생화학 무기, 독가스를 장착했을 가능성이 있는 두 번째 이란의 장거리 미사일 샤하브-7 역시 격추됐고, 또 다른 이란의 전투기와 폭격기 세 대 역시 상공에서 요격당했습니다. 모두 대미사일 요격 미사일들과 자동 유도 장치를 장착한 대공 미사일들에 의해 요격이 이루어졌다고 합니다. 급작스럽게 뉴스를 전해 드려 죄송합니다. 하지만 지금 상황이 매우 급박하게 돌아가고 있습니다. 잠시……지금 제 이어폰에 또 다른 소식들이 들어오는데…… 네……아? 알았습니다. 사우디아라비아 해안에 정박 중이던 이란의 전함들이 마이크로 랜드에서 제조한 초소형 미사일들에 의해 격침됐다는 소식입니다. 네, 시청자 여러분, 다소 어수선하게 뉴스를 전해 드린 점 죄송합니다. 어마어마한 사건들이 속속 벌어져 저도 실시간으로 이어폰에 들리는 대로 여러분들에게 전해 드릴 수밖에 없었습니다. 앞으로 이 사건들의 추이를 시청자 여러분께 전해 드리겠습니다.

141

「저희 무역에는 호재입니다.」장관 에마 103이 서두를 뗀다.

폭풍우가 쏟아지며 7월의 잿빛 하늘에서 번개가 번쩍거린다. 왕 에마 109가 긴 물부리에서 연기를 깊숙이 빨아들인다.

「뉴스 들으셨습니까, 전하? 그들이 에마슈들이 만든 첨단 무기의 성능 덕분에 최악의 사태를 피했다고 전하고 있습니다. 우리는 이제 인공 지능과 초민감 센서를 장착한 자동 유도 장치 미사일 기술을 주도하고 있는 이스라엘인들을 앞섰습니다. 우리 미사일이 훨씬 작고 정확하고 빠릅니다. 또한 우리는 탐지가 거의 불가능한 미니 드론 개발에 성공해 드론 분야에서도 이스라엘을 앞섰습니다.」

왕이 지팡이에 몸을 기댄다.

「옛날에 내가 이스라엘 드론을 비행접시로 개조해 탄 적이 있었지……. 레이더에 걸리지 않으려고. 드론의 성능이 꽤 괜찮았네.」

왕은 이란에서 수행했던 임무와 도주 비행, 돌고래의 공격, 키프로스 해변에 극적으로 착륙했던 일, 개 한 마리가 비행접시를…… 장난감 원반으로 착각했던 일을 떠올리며 흐뭇한 미소를 짓는다.

「우리가 군수 산업을 주도하는 위치에 오르는 것이 정말 절실했습니다.」에마 103의 말에 힘이 들어간다. 「저는 거인들이 자신들의 최대의 적들, 다시 말해 다른 거인들로부터 자신들을 지키기 위한 수단을 우리한테서 돈을 내고 사 가기를 바라는 것입니다.」

왕이 능청스럽게 말한다.

「우리는 이미 소행성으로부터 그들을 보호해 주고 있지 않느냐.」

「그런데도 그들은 고마워할 줄을 모릅니다.」

「앞으로 하겠지. 어쨌든 자식이 부모를 보호하고, 새 사람들이 옛 사람들을 보호하는 것은 당연한 일이 아닌가. 이를 통해 우리가 유용한 존재에 그치지 않고 필수 불가결한 존재라는 사실을 각인시키는 것이지.」

「보호라는 것은 지배의 다른 표현입니다.」

「지금 벌어지고 있는 수많은 시위 또한 그들을 약화시키고 있지 않느냐. 103, 자네는 이 시위들이 일어나는 이유가 무엇이라고 생각하는가?」

「사회 체제의 조화가 깨진 탓입니다. 대학생들은 종교인들의 지배를 더 이상 참지 않겠답니다. 여성들은 남성들의 지배를 더 이상 참지 않겠답니다. 젊은이들은 늙은이들의 지배를 더 이상 참지 않겠답니다. 가난한 사람들은 부자들의 지배를 더 이상 참지 않겠답니다.」

「이걸 진화주의 운동이라고 부르지 아마…….」

「마땅한 명칭입니다. 과거의 악습에 염증을 느끼니까요.」

「민중들이 무조건 제도를 바꾸자고 요구하는 게 타당하다고 자네는 생각하는가?」

다시 번개가 번쩍 하더니 꽃 모양의 왕궁 꼭대기에 위치한 왕의 방이 환해진다. 평소 자연 현상을 즐기는 왕 에마 109가 창문을 열어 오존 냄새가 밴 공기를 깊이 들이마신다. 그녀가 초조한 기색으로 빼꼼빼꼼 물부리를 빨아 대기 시작한다.

「앞으로 거인들이, 모든 거인들이 우리에게 더는 위협이 되지 않는 날이 올 걸세⋯⋯.」왕이 칠각형 체스 판에 놓인 연보라색 말들의 위치를 확인하며 말한다.

「앞으로 거인들은 추억으로 가득한 자신들의 낡은 성채에서 살아갈 것이고, 우리 초소형 인간들은 새로움으로 가득한 미래의 불을 밝힐 것입니다.」과학부 장관이 덧붙인다.

「새로움 얘기를 하니 말인데⋯⋯.」

왕이 스크린을 향해 몸을 틀자 교주의 모습이 나타난다.

「잘 지냈나, 666. 그 위에, 달의 사정은 어떤가?」

「밀폐에 문제가 생겼습니다. 온실의 과실수 대부분이 죽었지요. 또한 폐쇄적인 분위기를 못 견디는 사람들도 슬슬 생기고 있습니다.」

「폐소 공포증인가?」

「아닙니다. 다른 문제입니다, 전하. 〈우주 나비 2호〉의 탑승자들처럼 일종의 향수병인 지구병을 앓고 있습니다.」

「그밖에 다른 운영상의 문제는 없는가?」

「순조로운 것 같습니다. 저희는 지금 〈호모 메타모르포시스 루나리우스〉를 탄생시키는 중이죠.」

「그래, 개척자들끼리의 심리적 결속은 어떻게 유지하고 있는가?」

「여기 있는 〈월면인들〉에게는 지구의 뉴스가 가장 큰 자극이 됩니다. 아래쪽, 다시 말해 〈전하의 세상〉에 재난이 발생하는 것을 지켜보면서, 자신들은 여기에 있다는 사실에 안도감을 느끼고 지구병을 극복하는 것이죠. 최근 벌어진 사우디아라비아 사태가 이들에게 월면인으로서 대단한 긍지를 느끼게 만든 것 같습니다.」

「그러는 666 자네는 어떻게 지내는가?」

「잘 지냅니다. 달에서 지내는 생활이 저한테 맞습니다. 지표면에서 일어나는 온갖 어지러운 세상사의 영향을 받지 않는 성역 같은 곳이니까요.」

왕이 스크린을 끄고 칠각형 체스 판에 올라가 선다. 그녀가 장관 에마 103에게 가까이 다가오라는 손짓을 한다.

「내 예상대로 색깔이 같은 진영 내에서도 짙은 색들과 연한 색들이 경쟁을 벌이는 모양새네. 이미 분열이 나타나기 시작했어. 짙은 녹색 시아파가 연한 녹색 수니파를 공격했네. 백색 진영도 짙은 백색인 중국 자본주의와 연한 백색인 미국 자본주의로 갈라져 있지.」

「인구가 가장 많은 진영들이니까요. 그들의 단합에 제일 먼저 금이 가는 것은 당연한 일입니다.」

「어쨌든 조만간에 판이 요동을 칠거야.」 왕이 동의한다.

장관 에마 103이 진초록 시아파와 연초록 수니파의 충돌을 나타내기 위해 폰을 움직여 말들의 위치를 바꿔 놓은 다음, 에마슈들이 거둔 성공을 반영하기 위해 연보라색 말들을 전진시킨다.

「현재까지는 우리가 수적으로나 힘으로나 아직 진한 연보라와 연한 연보라로 갈라질 정도는 아닐세. 하지만 우리 내부에도 앞으로 충분히 격화될 가능성이 있는 긴장이 존재한다는 것을 나도 알고 있네.」

「극우 정당인 PAGE(에마슈 반거인 정당)는 아직 의회에서 소수입니다, 전하. 전하가 이끄시는 MIEL(자유 에마슈 국제 운동)이 다수당이죠.」

「하지만 군사적 위기가 고조되면 PAGE에게 유리하게 작용하겠지.」

왕 에마 109가 연보라색 퀸을 만지작거린다.

「자네는 생각이 다를지 모르지만, 친애하는 103, 내가 보기엔 그 좋은 소식들에도 우리는 여전히 이 게임에서 가장 약한 진영일세.」

장관이 말들의 배치를 유심히 관찰한다.

「군사적으로는 그럴 수도 있지만 경제적으로는 변하고 있습니다. 사우디아라비아에서 미사일 요격에 우리 제품을 사용했다는 사실을 확인한 즉시 저는 초소형 대미사일 요격 미사일의 생산량을 늘렸습니다. 사우디아라비아와 이란의 국방 장관을 개별적으로 접촉해서 앞으로 우리 장비를…… 두 진영에 다 판매하기로 했습니다. 양측을 자극하기 위해 우리가 자신들의 적과도 교역 중이라는 사실을 슬며시 흘렸습니다.」

「어디서 그런 아이디어를 얻었는가, 103?」

「옛날 거인 중에 마키아벨리라는 자가 있는데, 그자한테서 칠각형 체스를 두는 방법을 배웠습니다. 그는 체스를 구경도 못 해본 사람이었는데, 참으로 신기한 일이지요. 어쨌든, 마키아벨리는 정치적 움직임들을 막지 말고 그것들과 함께 가야 한다는 것을 이해했습니다.」

「파괴의 움직임까지 말인가? 전쟁의 움직임까지 말인가?」

「일전에 전하께서 쓰신 은유를 빌리자면, 그것들은 마치 파도와 같아서 올라타면 훨씬 빨리 앞으로 나아갈 수 있습니다. 이미 미국과 중국도 접촉해 두었습니다……. 흰색 진영도 들썩일 것에 대비해서 말이지요.」

왕 에마 109는 마이크로폴리스를 응시한다. 거대한 정원처럼 생긴 자신의 도시에서 꽃 모양의 건물들이 비바람에 이리저리 흔들리고 있다.

그녀는 물부리를 깊이 빨아들였다가 짙은 연기를 훅 내뿜는다. 열린 창문 너머에서 우르릉거리는 천둥소리가 갈수록 커진다. 번쩍번쩍하는 빛이 간헐적으로 체스 판 위를 비춘다. 느닷없이 미래가 낙관적으로 느껴진다.

142

장교들은 잔뜩 경직된 모습이다.

「우리는 더 이상 선택의 여지가 없소. 실질적 효과가 있는 미사일이나 비행기, 배가 남지 않았으니 보병 부대를 투입하는 수밖에 없소.」

「어떻게 작전을 수행하실 생각입니까, 자파르 대통령 각하?」가슴팍이 훈장으로 뒤덮인 장군이 묻는다.

「한 번에 1만 명씩 세 차례에 걸쳐 파상 공격을 펼치는 것으로 일단 시작합시다. 그러고 나서 저들의 반응을 봅시다. 아무리 자동 유도 장치가 장착된 초소형 미사일이 있다지만 설마 병사 한 명당 하나씩 있지는 않겠지!」

옛날식으로 싸울 수 있다는 가능성에 이란 장교들은 한층 긴장이 누그러진다.

「결국은 재래식 전쟁이 여전히 제일 효과적인 방식이 아니겠소. 군대를 파견하고 민족주의 정신과 종교적 열정을 고취하시오. 탈영병들과 겁쟁이들은 물론 열성이 부족한 놈들도 본보기로 모조리 처형해 군기를 진작하시오. 병사들을 복종적이고 효율적인 집단으로 만들려면 철저한 통제가 필요하오.」

말이 끝나기 무섭게 훈장을 단 장군이 전화기를 들더니 딱딱한 명령을 속사포처럼 쏟아 낸다.

「남부 사단들은 1만 명씩 세 차례 파상 공격에 돌입한다. 북부 사단들은 전선이 뚫릴 때 언제든지 투입될 수 있게 준비를 마치고 후방에 예비 병력으로 대기한다. 그리고 서부 사단은 적이 해상 공격을 감행할 경우를 대비해 해안 방어를 맡는다.」

장관이 전화기를 내려놓더니 정중한 어조로 말한다.

「처리했습니다, 각하.」

자파르는 그제야 만족감을 드러낸다.

「신의 뜻이오.」

합석한 장교들이 일제히 열뜬 목소리로 합창한다. 〈신은 위대하다.〉

자파르가 장군 쪽으로 몸을 기울이며 나지막이 말한다.

「내가 기분이 좋은 것은 우리가 〈좋은 사람들〉의 진영에 속해 있기 때문이오. 그런데, 이따금 우리의 적들도 선전 선동에 현혹되어 스스로 〈좋은 사람들〉이라는 착각을 하는 걸 보면 무척 놀랍소.」

「적들이 진실을 깨달으면 스스로 계획을 포기하리라 믿습니다, 각하.」

「때때로 그들에게 이렇게 짧게 말해 주고 싶소. 〈당신들은 오판하고 있소. 신의 길로 돌아오시오. 이것이 구원에 이르는 유일한 길이오〉 하고.」

자파르는 창 주석한테서 받은 묵시록의 세 번째 기사상을 바라보며 생각에 잠긴다. 나는 피를 흘리게 하는 것으로 신의 뜻을 이행할 의무가 있다. 인간의 죄를 씻기 위해서는 그래야 한다, 피, 피, 피가 개천을, 강을, 바다를 이루어야 한다.

143

차가운 액체가 그의 양손을 타고 흐른다.

다비드는 잠을 깨기 위해 냉수를 얼굴에 적신다.

그는 거울 속을 들여다본다.

간밤에 뉴스를 시청하고 나서 잠을 이루지 못했다.

나탈리아가 뭐라고 했지? 이제야 사랑의 시간이 찾아온 것인지도 모르겠다……? 수니파들과 시아파들이 드디어 화해했다……. 러시아와 미국이 뇌관 제거에 나설 것이다. 전 세계적인 군축이 논의되고 있다?

그는 다시 냉수를 얼굴에 끼얹는다.

절대 아무것도 변하지 않는다. 모든 것은 해결된다고 믿는 순간 악화되게 마련이다. 제1차 세계 대전 후 만들어진 UN의 전신인 국제 연맹에서 〈다시는 없도록〉이라는 슬로건과 함께 세계적인 군축 계획을 수립했지만 결국…… 재래식 무기를 없애고 현대식 살상 무기를 도입해 제2차 세계 대전이 벌어지는 결과를 초래하지 않았나.

그는 방으로 돌아와서 아직 자고 있는 히파티아를 물끄러미 바라본다.

인류가 자멸로 치닫고 있는 마당에 지구와 얘기를 하겠다는 게 무슨 의미라는 말인가?

그녀는 꿈속에서의 행동을 따라 하고 있는 것처럼 몸을 들썩거린다.

다비드는 방을 나와 아래층으로 내려가 여러 사람이 아직도 스크린 앞에 앉아 계속되는 뉴스를 보고 있는 방으로 들어간다.

일단 아침부터 먹고 나서 세상의 불행들에 관심을 가져야겠다.

　호텔 주인은 진지한 얼굴에 위엄이 넘치는 사내다. 그가
다비드 앞에 카페오레 한 잔과 작은 비계 조각, 가루 설탕, 졸
인 과일 조각들을 얹어 구운 페이스트리들을 가져다준다.

　색깔과 이름만 오렌지 주스지 한눈에 봐도 시트르산과 식
품 착색제, 물, 포도당 시럽을 섞어 만든 음료를 다비드는 목
으로 넘긴다. 너무 허기가 져서 까탈을 부릴 처지가 아니다.

　한참 후에 히파티아가 늘씬한 실루엣이 한층 더 돋보이는
베이지색 사파리 재킷을 걸치고 나타난다.

　「잘 잤나?」 그가 묻는다.

　그녀가 대답 대신 고개를 까닥이더니 역시 단 음식을 허겁
지겁 입으로 가져간다.

　「가이아가 어디서 우리와 얘기를 하고 싶은지 얘기해 주
었나요?」

　그가 턱을 가볍게 끄덕여 대답한다.

　「이제 거기로 가는 일만 남았네요.」

　「그게…… 자네 말대로 가이아는 피라미드를 매개로 소통
을 하지. 그래서 그이가 내게 보여 준 것도 이스터섬에 있는
피라미드였는데…… 하지만 내가 알기론 여기에는 피라미
드가 없어.」

　그녀가 블랙커피를 단숨에 들이켠다.

　「파괴됐을 수도 있죠. 그렇다면 우리는 피라미드가 아니
라 피라미드의 〈흔적〉을 찾아야겠네요.」

　「그런데 가이아가 내게 보낸 이미지는 쿠푸왕 피라미드보
다도 큰 대형 피라미드였어. 어느 고원의 정상이었고, 뒤에
모아이들이 나란히 서 있었지. 이렇게 특징적인 거대 조각상

438

들이 세상 어디에 또 있겠어.」

그녀가 페이스트리 몇 개를 훌떡하더니 지도를 넓게 펼친다.

「그렇다면 최소한 두 곳은 제외해도 되겠네요. 서쪽의 라노카우 화산과 동쪽의 푸아카티케 화산 말이에요. 거기에는 모아이가 없으니까.」

그녀가 삼각형 섬의 지형과 함께 설명이 나와 있는 지도를 뚫어져라 들여다본다.

「피라미드라……. 23킬로미터 길이에 이르는 섬에서 피라미드의 흔적을 어떻게 찾는다……. 혹시 도움이 될 만한 더 상세한 정보는 없나요?」

왱왱거리는 파리 떼처럼 점점 많은 사람들이 뉴스에 끌려 모여든다.

「아무래도 직접 가서 보는 게 좋겠어. 명징했던 꿈속의 풍경을 혹시 알아볼 수 있을지도 모르니까.」

「일단 먹고, 세계는 나중에 구해요.」

그녀는 음식을 먹느라 여념이 없다.

「이 자신감은 대체 어디서 나오는 건가, 히파티아 김? 고고학이야? 침술이야?」

그녀가 풋 하고 웃음을 터뜨린다.

「명상이요.」

「불꽃 얘기야?」

「제가 선생님께 미처 다 말씀을 못 드렸는데, 불꽃을 끄고 나면…….」

「무(無) 아닌가?」

「맞아요. 그런데 그다음에 뭐가 있어요. 어떤 다른 게.」

다비드가 그녀를 뜯어본다. 반지레 윤기가 흐르는 머릿결이 마치 도자기 인형을 마주하고 있는 기분이다.

「그러면, 자네가 명상을 할 때는 어떤 일이 일어나지?」

그녀가 커피에 담갔다 꺼낸 티스푼을 연필 삼아 종이 냅킨 위에 평행선을 두 줄 슥슥 긋는다.

「세 개의 세계가 존재하는데요. 중력 같은 전통적인 물리 법칙의 지배를 받아 빛의 속도보다 느리게 움직이는 세계가 그중 첫 번째죠. 우리가 바로 이 세계에 살고 있어요. 여기서는 제가 들고 있던 돌을 놓으면 밑으로 떨어지죠. 시간이 과거로부터 현재, 현재로부터 미래, 이렇게 지각 가능하고 〈정상적인〉 방식으로 흐르는 세계예요.」

「두 번째 세계는?」

「빛의 속도로 움직이는 세계예요. 아인슈타인의 물리 법칙들의 지배를 받는 세계죠. 시간이 현재에 고정돼 있어요.」

「마지막 세 번째는?」

「빛의 속도보다 빠른 세계예요. 여기선 과거와 현재와 미래가 뒤엉키게 되죠. 그래서 우리는 영화에서처럼 마음에 드는 장면을 골라 이동할 수 있어요.」

이 대목에서 그녀가 그의 머릿속을 한바탕 휘저어 놓는다. 그가 혼란스러운 생각을 정돈하기 위해 크루아상을 한 입 베어 문다.

「나도 마조바 의식을 할 때 그런 경험이 있었지. 과거로 돌아갔었거든.」 그가 수긍한다.

「꼭 다른 물질의 도움을 받지 않아도 가능해요. 우리 뇌에 그런 기능이 있거든요. 우리 뇌는 독자적으로 마조바 의식을 할 수 있죠. 극도로 섬세한 화학 공장이기 때문이에요. 마음만 먹으면 우리의 생각은 빛의 속도보다 빠른 공간으로 들어가 모든 것을 지각할 수 있게 돼요. 과거와 현재, 그리고 미래까지.」

「자네는 어디서 이런 걸 배웠나?」

「과학과 구도를 통해서죠. 인도 불교에서는 이런 상태를 〈니르바나〉라고 해요.」

「나는 니르바나가 천국이라고 알고 있었는데?」

「서양인들은 무조건 자신들의 체계로 환치하니까요. 하지만 틀렸어요. 니르바나는 다른 차원, 그러니까 정상적인 시공간에서 벗어나는 차원으로의 이동이에요.」

그가 커피를 한 모금 넘겨 목을 축인다.

「그러면 자네는 니르바나에 도달할 수 있는 건가?」

「저는 아직 초심자고 통달한 수준은 아니지만, 명상할 때 섬광이 일어나기는 해요. 의식적으로 선택한 게 아닌데 마치 영화 속처럼 어떤 장면을 우연히 보게 되는 거죠.」

「우리가 함께 연구를 하리라는 것도 봤다는 말이군?」

그녀가 고개를 끄덕인다.

「그렇다면 과연 나의 자유 의지라는 게 존재하나? 이미 다 결정돼 있는 것이 니르바나를 통해 보인다고 생각해야 하나?」

그녀가 아차 하는 표정을 짓는다.

「정말 묘한 게요, 저는 자유 의지도 존재하고 미래도 이미 정해져 있다고 믿어요.」

「그 둘은 이율배반적인 개념이지. 자네도 알지, 히파티아 김?」

「일반적인 물리학에서는 그렇지만 양자 물리학에서는 아

니에요. 슈뢰딩거의 고양이가 여기에 해당하죠. 고양이는 〈살아 있는 동시에 죽어 있어요〉. 받아들이기 힘든 역설이지만 이것으로 모든 게 설명 가능해지죠. 우리의 미래는 이미 결정이 돼 있지만, 앞으로 벌어질 일은 여전히 선택 가능하다. 음, 이걸 시각적으로 설명할 방법이 없을까?」

그녀가 고심 끝에 아이디어를 하나 찾아낸다.

「자, 우리의 삶을 비디오디스크에 저장된 한 편의 영화라고 상상하기로 하죠. 선생님이 영화의 시공간에서 나와 비디오디스크를 보면 그것은 이미 주인공들의 과거와 현재, 미래를 담고 있는 물건이에요. 그런데 그걸 재생 장치에 넣으면 선생님은 한 장면에서 다른 장면으로 건너뛸 수가 있죠.」

「하지만 주인공들은 다음 장면의 행동을 선택할 수 없지 않은가 말이야.」

「그러면, 인터액티브 영화라고 생각해 보면 어떨까요. 여러 가지 선택의 가능성을 가지고 미리 써진 시나리오들을 따라가는 비디오 게임같이 말이에요. 이미 디스크에 다 들어 있지만, 선생님이 게임을 하는 방식에 따라 프로그래밍돼 있는 다른 결말들에 도달할 수 있는 거죠.」

「그러니까 니르바나는 디스크 전체를 아울러 보는 것이다?」

「명상을 통해 우리는 디스크 속에서 움직이며 과거와 현재, 미래의 장면들을 볼 수 있게 되죠.」

「나한테 어떻게 니르바나에 도달하는지 가르쳐 주게. 그러면 혹시 가이아가 보여 준 이미지를 보완할 수 있는 걸 발견할지 모르니까.」

방이 사람들로 복작거리자 그녀가 밖으로 나가 한적한 곳

442

으로 가자고 제안한다.

그들은 아무도 보는 사람이 없는, 바다가 바라보이는 작은 만을 찾아낸다. 모아이 두 개가 태연무심한 표정으로 자리를 지키고 있다.

「이 거인 석상들이 자기들 방식으로 우리한테 영감을 줄지도 몰라요.」

그녀가 그에게 척추를 반듯이 펴기 위해 돌을 하나 끌어다 엉덩이에 받치고 책상다리를 하고 앉으라고 말한다.

「먼저 호흡을 세 번 크게 하세요. 선생님의 허파로 들어가고 나오는 것을 의식하세요.」

그가 시키는 대로 한다.

「이제 선생님의 온몸이 호흡하는 것을 의식하세요.」

그의 호흡이 차분해지기 시작한다.

「선생님의 심장이 뛰는 것을 의식하세요. 심장이 느껴지세요? 이제 이마로 가서 불꽃을 상상해 보세요. 불꽃이 보이세요? 보통의 생각들이 일어나게 하세요. 하지만 그것들을 따로따로 떼어 놓으세요. 그렇게 한 생각을 끝낼 때마다 불꽃의 빛으로 돌아오세요.」

그는 정신을 집중한다.

불꽃.

여기서 내가 듣는 전쟁의 소식들.

불꽃.

히파티아.

이스터섬.

불꽃.

아이들. 이슈타르. 케찰코아틀. 오시리스.

불꽃.

오로르.

불꽃.

다시 옆에 있는 여자의 목소리가 들려온다.

「생각은 바람에 밀리는 구름과 같아요. 생각들이 오게 놔두세요. 떠나게 놔두세요. 그러고 나서 다시 불꽃으로 돌아오세요.」

불꽃.

나는 지구에게 말을 걸었다.

......

불꽃.

히파티아.

불꽃.

등이 결린다.

불꽃.

「오로지 불꽃만 생각하고 계신가요?」

히파티아.

불꽃.

불꽃.

불꽃.

「그래.」

「좋아요. 이제, 이 불꽃을 훅 불어 끄고 아무것도 없다고 상상해 보세요. 그러면 선생님의 생각이 몸을 떠나 하늘로 높이 날아오를 거예요. 되셨어요?」

「그래.」

「선생님의 영혼이 우주의 경계에 도달해요. 여기가 니르바나죠. 선생님은 시간의 흐름과 물질의 감옥으로부터 자유로워졌어요. 이제 눈앞에 나무가 한 그루 보일 거예요. 시간의 나무죠. 뿌리는 과거예요. 줄기는 현재예요. 가지들은 미래의 길이에요. 나무가 보이세요?」

「그래.」

「자, 우리 같이 시간의 나무의 뿌리를 탐험하면서 이스터 섬에서 파괴된 피라미드의 위치를 찾아봐요.」

다비드의 머릿속에 나무가 떠오른다.

「저는 선생님 옆에서 탐험하고 있어요. 우리는 같이 도달할 거예요.」그녀의 목소리가 아득히 들린다.

다비드는 줄기를 향해 가서는 뿌리로 내려가지 않고 미래의 가지들을 오르기 시작한다. 그는 자신에게 벌어질 일을 나타내는 나뭇잎들을 탐험하고 싶지만, 이미지들이 하나같이 부옇고 희미하기만 하다. 그는 현재가 안정되지 않으면 가능한 미래들을 볼 수 없다는 사실을 깨닫는다.

현재에 있는 우리의 자유 의지가 미래의 나뭇잎들을 선명하게 만드는 것이다.

니르바나 상태에서도 미래를 알 수 없자 실망한 그의 영혼이 현재의 줄기를 타고 과거의 뿌리들로 내려간다.

두 사람이 모아이 석상 두 개를 마주하고 가부좌를 튼 채 미동도 없이 앉아 있다.

맑게 갠 하늘이 거대한 석상들에 그림자를 드리운다.

호기심에 찬 곤충들이 왜 이 두 인간은 자신들이 아는 다른 인간들처럼 마음속이 요동하지 않는지 의아해한다.

궁금증을 이기지 못한 모기 한 마리가 히파티아의 눈꺼풀에 침을 찔러 넣어 보지만, 그녀는 마치 이곳에 없는 사람처럼 반응이 없다.

움직임이 없는 두 인간은 맞은편에 있는 두 인간 석상들의 연장처럼 보인다.

갈수록 그들과 똑같은 미소를 띤다.

144

백과사전: 이스터섬

이스터섬에서 최초로 인간이 살기 시작한 것은 기원후 400년으로 추정된다.

전설에 의하면, 폴리네시아에 민중 봉기가 일어나자 호투 마투아왕이 아바레이푸아 왕비와 신하들, 하인들을 거느리고 투아모투 제도를 도망쳐 나왔다. 동쪽을 향해 떠난 일행은 20여 일을 항해(당시로서는 대단히 위험한 장기 항해였다)한 끝에 우연히 무인도 하나를 발견해 정착한다.

몇 세기 후, 급조한 쪽배들을 타고 서쪽으로 항해 중이던 잉카 부족들 역시 이 섬에 도착한다.

여자가 없었던 잉카족 개척자들은 폴리네시아 원주민들과 섞여 혼혈 인구와 혼혈 언어, 혼혈 문화를 낳았다.

이 사회는 두 개의 카스트, 즉 잉카족 출신의 성직자로 소수 지배 계급을 형성한 〈장이족(長耳族)〉과 폴리네시아 출신의 노동자와 농부로 구성된 〈단이족(短耳族)〉으로 나뉘었다.

장이족과 단이족은 힘을 합쳐 아후라는 이름의 석단과 통돌을 깎아 만든 거대한 석상으로 특징지어지는 〈라파누이〉 문명을 일군다. 열두 개 부족으로 나뉘었던 라파누이인들은 우주에 퍼진 생명의 기운을 〈마나〉라고 부르며 숭배했다.

하지만 1500년경부터 태풍으로 추정되는 기후 현상 때문에 기근이 닥치고 사회적 위기가 찾아왔다. 1650년부터는 섬의 생물 다양성이 급격히 감소하고 극심한 흉년이 들었다. 해안에는 어류가 사라졌고, 원주민들이 고기잡이(당시 주민들이 먹다 남긴 음식에서 돌고래의 뼈가 사라졌다고 한다)를 하러 먼바다에 타고 나갈 배를 만들 나무조차 없었다.

이런 고달픈 상황이 광신의 열정과 신비주의를 불렀고, 그들은 얼마 남지 않은 나무와 마지막 에너지를 모두 쏟아부어 신성한 조각상들을 만들어 세우기 시작했다. 유독 비에 집착했던 잉카인들은 비를 기원하며 점점 더 크고 무거운 조각상을 만들었다.

그러나 이러한 신비주의적 열정이 효과를 보지 못하자, 종교가 기근의 원인이라고 판단한 사람들이 1680년경에 사제들을 상대로 반란을 일으켰다.

〈단이족〉에 의한 〈장이족〉의 대학살이 이루어졌다.

이 봉기의 와중에 모아이상들도 일부 파괴됐다.

그러나 단이족 또한 섬을 살기 좋은 곳으로 만드는 데 실패하자, 인구는 서서히 감소하기 시작했다. 한때 1만 5천 명에 달했던 이스터섬의 인구는 계속 줄어들어, 네덜란드 출신의 항해가인 야코프 로헤벤이 1772년, 부활절 날에 섬에 상륙했을 때는 쉰 명의 주민만이 남아 있었다.

그가 이스터섬이라는 이름을 붙인 라파누이의 인구는 그러나 2000년을 기준으로 5천 명까지 다시 늘어났다.

에드몽 웰스, 『상대적이며 절대적인 지식의 백과사전』 제11권
(샤를 웰스의 개정을 거친 것임)

145

나탈리아 오비츠 대령은 끝없이 펼쳐진 하얀 모래 언덕들을 보면서 영 기분이 나쁘다. 사우디아라비아 국방 장관인 알리 벤 사우드가 그녀를 마중 나와 있다. 스카프 한 장으로

머리카락과 남성 종족의 대표자를 조금이라도 흥분시킬 가능성이 있는 노출된 피부를 완전히 가린 후, 그녀는 편안한 허머 차량에 올라 전선으로 향한다.

남편인 마르탱 자니코 중위는 전날 도착해 그녀를 기다리고 있다. 프랑스 출신의 두 전역 군인은 이번 일을 위해 계급장까지 다시 꺼내 달았다.

모래주머니로 쌓은 방호벽 뒤에 있는 콘크리트 참호에서 외국 손님 부부는 쌍안경을 펼쳐 들고 눈앞에 바라보이는 전장을 살피고 있다.

「오늘 오전 11시에 공격이 시작됐소. 적들의 선두에 선 보병 삼진(三陣)의 공격이 지뢰밭에서 주춤하는 사이, 우리는 포대를 세워 방어진을 갖췄소. 12시부터 13시까지, 적의 예상 감손율을 분당 서른두 명으로 잡고 분당 열다섯 발의 포를 쐈소. 13시 30분경이 되니 적들이 그제야 참호 방어선을 구축하기 시작하더이다.」

나탈리아 오비츠는 손목시계를 내려다보고 나서 늦은 시각인데도 사위가 여전히 밝은 것을 확인한다.

마르탱 자니코는 지뢰밭에 쌓인 시체들을 응시한다. 그 뒤로, 날아온 포탄들에 구멍이 숭숭 뚫려 달의 표면을 연상시키는 적진이 눈에 들어온다. 시체들을 새까맣게 뒤덮은 파리들이 윙윙대는 소리만이 여기가 지구라는 것을 확인시켜 줄 뿐이다.

멀리서도 벌써 시체 썩는 냄새가 두 프랑스인의 코를 찌른다.

「사망자 합계가 얼마죠?」

「우리 진영은 극히 적소. 저들 진영은 아주 많소. 선두 공격진의 대다수가 미숙한 어린 병사들이었소. 주로 청소년들, 심지어는 마약에 취한 열네 살짜리 새파란 광신도 애까지 나왔더이다. 당신네들한테 이런 애들을 가리키는 표현이 뭐가 있던데…….」

「〈육탄〉 말씀인지?」 나탈리아가 이를 앙다물면서 말한다.

알리 벤 사우드 국방 장관은 마르탱 자니코가 말을 한 당사자인 양 그에게 대답한다.

「맞소, 그거요, 중위. 저들이 병사들을 처치하려고 내모는 게 분명하오.」

프랑스인 중위가 재킷의 앞자락을 벌려 새로운 머피의 법칙들을 보여 준다.

132. 직업 군인들의 행동은 예측 가능하지만, 전장에는 위험천만한 아마추어 병사들이 득실거린다.

133. 전후 상황은 군사적 승리보다 참패 시가 더 좋을 수도 있다.

134. 전쟁을 하지 말고 섹스를 하라. 두 가지를 한꺼번에 경험하고 싶으면 결혼을 하면 된다.

장관이 고개를 끄덕이면서 박하 차를 한 모금 마시고 나서 서양에서 온 손님들에게도 차를 권한다.

별안간 멀리서 화통 터지는 것 같은 공격 명령이 들려온다. 이 소리가 순식간에 집단 전투 구호로 변해 공중에 메아리친다. 이란군 병사들이 참호에서 개떼처럼 몰려나오며 만트라 같은 〈신은 위대하다!〉를 합창한다. 집단 최면 상태의 병사들이 사우디아라비아 방어선을 향해 돌격해 온다.

「저것 보시오, 딸꾹질처럼 또 재발했소.」 그가 태연하게 말한다.

「걱정이 되지 않으시나 보죠?」나탈리아가 묻는다.

장관은 여자를 상대하는 게 두려운 듯, 이번에도 마르탱 자니코를 보며 거만하게 대답한다.

「지켜보시오, 중위. 아주 눈물겨울 테니.」

보병대 일진이 정해진 선을 넘자 기다렸다는 듯이 대포들이 포문을 연다. 포연이 부연 벽을 쌓는다.

「그런데…… 포병들이 안 보이네요.」쌍안경으로 대포들을 살피던 나탈리아가 지적한다.

「동작 감시 센서가 자동으로 작동하기 때문이오. 성능이 뛰어나고 가변성도 좋은 에마슈들의 장비요. 초소형 인간들은〈사기 저하 장치〉라고 부르지.」

사우디 장군이 그들에게 다시 차를 따라 준다.

「적들의 광신적 열정을 꺾으려면 저 정도는 돼야 하오. 우리 나라에〈천국이 뭔지 깨닫게 하는 데 포탄만 한 게 없다〉는 말도 있소.」

이 한마디가 전투 전반을 압축적으로 표현한다고 생각하는지, 알리 벤 사우드가 뿌듯한 표정을 짓는다.

「장관님의 적들이 사기가 완전히 꺾인 것 같지는 않은데요.」쌍안경에 눈을 맞춘 채 나탈리아 오비츠가 말한다.

적군의 실루엣들이 지뢰밭과 포탄을 뚫고 계속 진격해 오고 있다. 똑같은 구호가 페르시아어로 적힌 녹색 띠를 머리에 두른 병사들 중에는 간혹 운이 좋아 모래 방호벽 뒤에 몸을 숨긴 사우디아라비아 진영까지 접근하는 경우도 있다.

기관총들이 즉각 불을 토한다. 돌풍에 갈대가 눕듯이 적병들이 우수수 쓰러진다. 머릿수가 많다 보니 그런 속에서도

450

일부는 소리를 내지르며 방어선에 도달하고, 마침내 모래 방호벽을 넘기에 이른다. 맞붙은 양 진영의 병사들이 총검과 군도를 쥐고 적들의 배를 가른다.

사기를 북돋우기 위해 경쟁적으로 신비주의적 구호들을 외치고 있는 양 진영에서 후렴을 붙이듯 〈신은 위대하다〉를 외친다. 공격진의 움직임을 가리기 위해 불을 지른 유정들 위로 매캐한 연기 기둥들이 치솟는다. 오염된 하늘은 검게 변해 있다. 질식한 새 한 마리가 그들의 발밑에 툭 떨어진다. 왜가리다.

「저들은 존재한다는 뚜렷한 증거조차 없는 신을 숭배하느라 미처 우러러보지도 존중해 보지도 못한 자연을 더럽히고 있어.」나탈리아가 비문 같은 말을 중얼거린다.

벤 사우드는 들은 척 만 척 쌍안경에 두 눈을 박고 있다. 그러나 그의 말에는 다소 걱정이 깃든다.

「이번에는 저들이 다른 때보다 좀 앞으로 나오긴 했소. 우리 병사들을 죽이기까지 했으니.」

「염려스러우세요?」

「아니 뭐…… 우리 수도에 거지들이 워낙 많으니까…….」

소규모 접전이 장시간 이어지고, 고지대에 작전 사령부를 꾸린 사우디아라비아의 장교들은 이 장면을 지켜보며 영상에 담고 있다.

「오래가지는 않을 거요.」벤 사우드는 박하 차를 새로 한 잔 따라 기름에 튀긴 과자와 함께 맛있게 먹는다.

30분가량 지나자 총성도 외침 소리도 멎는다. 피어오르는 연기 사이로 항복을 하는 마지막 시아파 병사들의 모습이 눈에 들어올 뿐이다.

그들은 즉시 무릎 꿇린 채 목덜미에 총을 맞고 쓰러진다.

「음…… 단순한 질문인데요, 포로를 잡지는 않으시나 보죠?」나탈리아가 묻는다.

「그런 건 〈우리〉 전통에 없소.」사우디아라비아의 국방 장관이 턱수염을 매만지면서 마르탱 자니코 쪽을 돌아본다. 「어차피 시아파들도 우리한테 똑같이 하니까.」

나탈리아 오비츠는 할 말은 많지만 그저 전장을 바라보고 서 있을 뿐이다.

「그런데 한 번도 제네바 조약의 권고대로 〈포로 교환〉을 할 생각을 해보지 않으셨습니까?」장관이 자신을 상대하고 싶어 한다는 것을 눈치챈 마르탱 자니코가 묻는다.

「그건 당신들 서양인들의 생각이오. 간단한 걸 복잡하게 만들 이유가 없지 않소? 이미 이란-이라크 전쟁 때 비슷한 경험이 있기 때문에 우리는 이게 정답이라고 믿고 있소.」

그가 포병 장교에게 적진을 향해 대구경 포로 집중포화를 퍼부으라는 신호를 보낸다.

「〈식사 후 디저트〉인가 보죠?」나탈리아 오비츠가 장관의 심기를 긁어 놓는다.

「당신이랑 당신 아내와 같이 조용하게 식사를 하려고 예방 차원에서 취하는 조치일 뿐이오, 자니코 중위. 오늘 저녁 메뉴가 메슈인데, 이 양이란 동물이 고기가 아주 부드럽고 기름져요. 중위께서도 즐기시려나?」

「저는 그다지 식욕이 없네요.」나탈리아가 말한다.

「그래도 드셔야지. 사람살이에 규칙은 딱 하나요. 미래는 살아 있는 자들의 것이라는 거.」

만고의 진리가 담긴 표현이라는 듯, 그가 흐뭇한 미소를 얼굴에 띄워 올린다.

양 진지에서 기도를 시작하는 소리가 메아리치고, 연기가 피어오르는 시체 더미로 썩은 고기를 먹는 독수리와 자칼 같은 짐승들이 다가든다. 커다란 짐승들의 몸놀림이 갈수록 과감해진다.

146

짭짤한 액체가 내 모래를 적신다……. 그들이 대량 살상을 벌이고 있다.

내 검은 피는 그들에게 내려진 저주이다. 이것이 그들의 붉은 피를 부른다.

이번 교전으로 그들의 조직적인 펌프질이 주춤할지도 모른다.

이것만 해도 벌써 어딘가.

147

그들이 눈을 뜬다.

「보셨어요?」

「아니, 깜빡 잠이 들었나 보네.」 실망감을 감추지 못하며 다비드가 솔직히 대답한다.

그녀는 말없이 깊이 숨을 들이쉴 뿐이다.

「저는 봤어요. 이제 왜 저인지, 왜 선생님인지, 왜 지금인지 알겠어요.」

다비드가 앉은 자세 때문에 저리고 아픈 몸의 근육을 풀어준다.

「과거를 형상화해 보니까 그것들이 어디에 쓰이는지 알겠어요.」

「알쏭달쏭한 얘기 그만하지, 히파티아 김.」

「그러니까 그게…… 침이에요. 라파누이 문명을 세운 이스터인들은 침술을 알고 있었던 거죠. 이 섬으로 경락들이 모이니까 지구의 경혈들에다 침처럼 모아이를 꽂은 거예요. 우리 눈에 보이는 땅 위로 솟은 것들은 거대한 침들의…… 침체라는 말이죠.」

「모아이를 돌침처럼 찔러서 지구를 치료한다는 말인가?」

「그것 때문에 원주민들이 이 섬을 〈세계의 배꼽〉이라고 불렀던 거예요. 침술에서는 배꼽이 가장 효과적인 침 자리니까요. 그들은 이 섬에서 세상을 치유한 거예요. 그러니까 선생님과 제가 여기에 온 게 우연이 아니죠. 우리는 그 치료를 다시 하러 온 거니까.」

다비드는 땅에 몸을 박은 거대한 석상 두 개를 유심히 바라본다.

「모아이…… 침……. 분명히 아이디어는 독창적이고 시적인데, 여전히 사라진 피라미드의 위치에 대해서는 알려 주는 게 없군. 우리가 온 목적은 그건데 말이야.」

그녀가 석상을 어루만진다.

「침술에는 경락과 차크라가 있어요. 경락은 길과 비슷하고, 차크라는 넓은 교차로에 해당하죠.」

그녀가 호주머니에서 지도를 꺼내 넓게 펼친다.

「모아이가 있는 지점들을 죽 연결하면 경락이 돼요.」

그녀가 지도에 선들을 긋더니, 이 선들이 만나는 지점을 표시한다.

「차크라인가?」

「제 느낌대로 이스터섬이 살아 있는 유기체라고 가정할 경우, 일곱 군데의 차크라를 생각해 볼 수 있어요. 제가 기억하기로 사람의 몸에서는 차크라가 위에서 아래로 내려가면서……」

그녀가 설명을 보충한다.

「7번이 정수리인데, 영성의 차크라예요. 이마 중간의 6번은 안식(眼識)의 차크라죠. 목에 있는 5번이 소통의 차크라, 심장에 있는 4번이 감정의 차크라예요. 배꼽에 있는 3번이 물질의 차크라, 생식기에 있는 2번이 타인과의 관계의 차크라, 그리고 마지막으로 회음에 있는 1번이 지구의 차크라……」

그녀가 경락이 모이는 지점들을 동그랗게 표시하며 일곱 곳을 찾아낸다. 처음에는 반신반의하던 다비드가 그녀가 지도에 표기해 놓은 곳들을 관심 있게 들여다보기 시작한다.

「그러니까 우리가 찾고 있는 건 지구와의 관계를 나타내는 1번 차크라군.」

「사람의 경우 첫 번째 차크라는 열외로 치죠. 아빠도 늘 저한테 그건 빼고 생각하라고 하셨어요.」

지도를 들여다보는 그녀의 눈이 매서워진다.

「해발 507미터로 섬의 최고봉인 테레바카산이 정수리에 있는 차크라, 즉 7번이라고 생각해 보죠. 척추에 해당한다고 볼 수 있는 이 선을 따라가니까 푸이산이 나오네요.」

「302미터.」

다비드가 밑에 적힌 설명을 큰 소리로 읽는다.

「푸이산을 심장에 해당하는 중심 차크라로 보고, 이 반대편에 있는……」

그가 지도를 읽는다.

「높이 180미터의 라노라라쿠 화산?」

「가서 본다고 손해날 건 없겠죠.」

그들은 호텔로 돌아와 옷과 탐사 장비를 챙긴 다음 사륜구동 자동차를 빌려 이스터섬 동쪽에 위치한 사화산으로 향한다.

관광객들의 발길이 닿지 않은 섬 북쪽은 길이 나 있지 않아 길을 내면서 달리는 수밖에 없다. 다행히 사륜구동 차량을 최대한 활용할 줄 아는 다비드 덕분에 진흙탕과 급경사의 비탈들을 무사히 지나간다. 그들은 나무 한 그루 없는 작은 섬을 한참 달린 끝에 라노라라쿠 화산 밑에 도착한다.

「지금부터, 이집트의 기자 피라미드에서 그랬던 것처럼 라노라라쿠 화산 밑에 있는 방을 찾는 일만 남았네요.」

누워 있거나 반쯤 몸을 일으킨 채 뜨문뜨문 서 있는 검은 잿빛의 모아이들이 주변에 보인다.

무성한 잡초 사이로 머리만 삐죽이 내민 석상들도 있고, 땅을 뚫고 솟은 거인처럼 보이는 것들도 있다.

그들은 차에서 내려 걷기 시작한다. 작은 오르막길을 따라가자 화산의 정상이 나오고, 둥그런 모양의 호수가 나타난다. 몸의 절반을 땅에 묻은 모아이 네 개가 화구 분지의 중앙을 응시하고 있다.

화구호의 가장자리를 따라 군데군데 골풀이 자라고 있다.

두 과학자는 눈빛을 교환하더니 마치 약속이나 한 듯이 옷을 벗는다. 그들은 속옷 차림으로 호수 가운데까지 헤엄쳐 간다. 그런 다음 배영 자세에서 귀를 물에 담근다.

「가이아, 우리 목소리가 들려요?」

148

잘했어, 다비드.

시키는 대로 했구나. 그런데 네 소리가 잘 안 들려. 물 때문이야, 음파를 흐리고 있어. 내가 어떻게 좀 해봐야겠어.

149

호수 한가운데서 보글보글 거품이 끓는가 싶더니 별안간 공처럼 생긴 검은 기름이 표면으로 치솟는다. 공이 점점 커지더니 호수 밑바닥으로부터 콸콸 솟구쳐 흐른다.

「가이아가 우리와 소통을 하려고 자신의 검은 피를 보내는군.」다비드가 혼잣말처럼 중얼거린다.

호수 전체가 순식간에 탁한 빛을 띤다. 두 인간은 석유 냄새가 올라오는 둥근 호수 한가운데에 여전히 둥둥 떠 있다. 그들의 귀는 아직도 수면 밑에 잠겨 있다.

150

내 목소리가 이제 훨씬 잘 들리지? 너희한테 해야 하는 중요한 얘기가 있어. 너희 동류들에게 꼭 긴급히 전해 줘야 할 얘기가 있어. 내 얘기에 귀 기울일 준비가 됐어?

151

중국 주석이 앞에 있는 외국인 장교들이 미덥지 않은 듯 입을 비죽거린다.

「감손율이 얼마라고 했습니까?」

이란 대통령이 태블릿 컴퓨터를 들여다본다.

「1일 손실이 7백입니다.」

주석의 눈썹이 꿈틀하더니 이마 중간에 불만에 찬 굵은 줄이 파인다.

「지금 농담하시오?」

「핵탄두 미사일이나 생화학 무기 장착 미사일만 있었으면 분명히 속전속결할 수 있었을 텐데, 사우디아라비아에서 빌어먹을 에마슈 초소형 대미사일 요격 미사일들로 요격을 해대니 원. 폭격기와 전함도 매한가지요.」

「결국 실전 배치가 가능한 건 이제 보병밖에 안 남았다는 얘기요?」

「우리가 결정적 공세를 펼칠 수 있게 왜 보병 사단을 좀 보내 주지 않는지, 창 주석?」

「당신이 한심한 지휘관인 것 같아 보여서 그렇습니다, 친애하는 자파르.」

중국 주석이 가래를 돋우며 타구를 찾다 보이지 않자 카펫 바닥으로 가래를 뱉는다. 가래침이 날아가 굴처럼 바닥에 퍼진다. 동료의 습성을 아는 이란 대통령은 불쾌해하지 않고 낙하지점에 타구를 올려놓는다.

「날 너무 속단하는 것 같습니다.」

「내가 생각한 전쟁은 이런 게 아니에요, 자파르. 사막 한가운데서 초라하게 맞붙다가 결국에는…… 총검과 단도를 쥐고 뒤엉켜 끝나는 전쟁이라니. 나 원 이렇게 볼품이 없어서야! 왜, 큰 칼과 몽둥이를 휘두르면서 달려들지 그러시오? 아니, 아예 주먹질을 하고 물어뜯지 그러시오? 〈제3차 세계 대전이 어떻게 벌어질지는 모르겠지만, 제4차 세계 대전에서는 돌멩이질을 하게 될 것이다〉라는 아인슈타인의 말이 절로 생각나는군요.」

「나름대로 최선을 다하는 중입니다.」

「당신들, 페르시아인들은 아마추어 살인자들입니다. 요란하게 말잔치부터 하고 큰소리나 떵떵 치면서 성전입네 대학살극입네 하고 핏대를 세우다가는, 막상 청신호가 떨어지면 대체 당신들이 하는 게 뭡니까?」

자파르의 입아귀가 실쭉 일그러진다. 그가 입을 삐죽거리며 말한다.

「1일 사망자가 7백 명인데…….」

그는 심기가 뒤틀린다.

「숫자를 높여 보리다. 파상 공격에 징집한 신병들을 투입하겠어요.」

「뭐하시게? 하루 사망자를 8백 명으로 늘리시게?」

비틀어져 있던 입꼬리에서 이번에는 피식 비웃음 소리가 새나온다.

약이 오른 이란인이 흑 숨을 들이쉬더니 비장하게 한마디한다.

「좋아요. 최후 공격에 대비해 예비 병력으로 편성해 두었던 건데, 하는 수 없지. 우리 〈혁명 수비대〉를 전투에 투입하겠습니다. 정예 부대들이요, 진정한 살인 병기지.」

「어이구 무서워라. 당신네 〈살인 병기〉들의 실체를 아십니까? 다들 배는 불룩한 게, 온종일 대마초를 뻐끔거리면서 스포츠 채널에 눈을 박고 축구 경기나 보고 있지요. 그저 관료들일 뿐이에요. 그다음에는 또 어떤 〈정예 부대〉를 투입할 생각입니까? 헌병, 소방관, 세관 직원 차롄가?」

이란 대통령은 화가 끓어오르지만 앞에 있는 강력한 동맹자에게 결코 그런 속내를 드러낼 수 없다는 것을 잘 안다.

「내가 장담하리다……..」

「아니, 됐어요, 자파르. 애초부터 그런 식으로 하지 말았어야 하는데.」

창 주석이 자리에서 일어나 방 안을 서성인다. 그가 한참을 생각에 잠겨 있다 지구본 앞에 와서 선다. 그가 지구본을 한 바퀴 천천히 돌리면서 마치 사람의 얼굴을 뜯어보듯이 들여다본다.

「하는 수 없지요. 핵미사일 공격과 보병 파상 공격이 실패로 돌아갔으니 예정보다 빠르게 3단계로 넘어가는 수밖에.」

그가 전화기를 들고 딱딱한 명령을 중국어로 쏟아 낸 다음 수화기를 내려놓는다.

「주석께서 나한테 3단계에 대해서는 한 번도 언급을 안 하셨는데, 내용이 무엇인지?」

「이제부터 본격적으로 묵시록의 세 번째 기사에 돌입하는 것이지요.」

그러더니 주석은 선물을 돌려받고 싶기라도 한 듯, 무장한 기사를 등에 태우고 힝힝거리는 말의 조각상을 만지작거린다.

152

검은색으로 변한 이스터섬 라노라라쿠 화산의 화구호에 그들이 팔다리를 벌리고 떠 있다. 두 과학자와 지구의 대화가 시작될 시간이다.

「오래 곰곰이 생각하는 동안 너희 둘이 나의 가장 소중한 꿈을 이루게 도와줄 수 있다는 믿음이 생겼어. 〈테이아 13〉과의 첫 번째 약속은 무산됐어. 그것이 실패로 끝났다는 절망

460

감에서 헤어 나오지 못하겠어. 똑같은 일이 한 번 더, 이번에는 중단 없이 재현될 수 있게 너희가 나서 줬으면 해, 아니 나서 줘야 해.」

「우리가 어떻게 했으면 좋겠어요?」

「아소르스 제도의 초소형 인간들이 〈카타풀타〉 미션을 수행하는 모습을 보면서 내가 생각해 낸 방법이 있어. TRAF, 〈번식력이 강한 소행성을 찾아내어 데려오기〉라는 이름을 붙이면 될 것 같아. 내가 완벽하게 구상을 끝내 놓았어. 그들의 〈카타풀타〉 로켓 한 대가 전과 똑같이 해주기만 하면 돼. 소행성을 데려와서 나한테 보내는 거야. 이상적인 지점도 알려 주지. 대서양 중앙 해령. 여기가 바로 내 피부가 가장 연한 곳이거든.」

「국가 원수들이 절대 수용하지 않을 거예요. 그들은 지구가 파괴될까 봐 벌벌 떨 거예요.」

「그 지구가 바로 나야!」

「이후에 무슨 일이 벌어질지 아무도 몰라요.」

「이후에 나는 수정이 되겠지.」

「침투 과정에서 파괴되지 않아야 말이죠.」

「나는 살아남을 거야.」

「수정이 되고 나서도 무슨 일이 벌어질지 몰라요. 전혀 예측이 불가능해요.」

「나는 아마 정자가 뚫고 들어온 너희들의 난자처럼 돼 있을 거야.」

「그 은유를 빌려 설명하면, 난자는 부풀어 오르게 돼 있거든요. 만약에 지구가, 그러니까 당신이 살이 찌게 되면 표면이 터질 것이고, 그러면 위에 있는 모든 생명이 다 죽을지도

461

몰라요. 식물, 동물, 인간 할 것 없이.」

「너희들 여자가 임신을 해서 살이 쪄도 그녀한테 기생하는 벼룩들은 죽지 않지.」

「어쨌든 당신은 우리가 어떻게 될지는 전혀 모르잖아요.」

「내가 어떻게 살았는지 보여 줬잖아, 다비드, 너도 이제 알잖아. 내가 태어나서 자란 이유는 오직 이 만남을 위해서였다는 것을 깨달았어. 그걸 모를 때는 기다림이 없었지. 그런데 지금은 만나지 못한 게 고통스러워서 견딜 수가 없어.」

「당신이 그 문제를 해결하게 우리가 도울 수 있을 것 같아요.」 히파티아가 끼어든다. 「모아이가 침술에 쓰이는 침과 똑같은 작용을 한다는 사실을 알아냈어요. 우리한테 우선 편두통 치료부터 받아 보지 않으실래요?」

「너희가 증상을 개선해 주겠다니 좋지만, 그래도 난 진정한 치료를 포기할 수는 없어. 수정이 가능한 소행성이 내 몸으로 침투해야 해. 수정 가능한 소행성을 찾아내어 데려오는 임무가 수행되어야 해.」

「지금이 어수선한 시기라는 걸 아실 거예요. 요사이 인간들은 다른 문제에 골몰해 있어요.」 다비드가 말한다.

「자기들끼리 죽고 죽이는 거? 그건 소소한 돌발 상황일 뿐이야. 나는 너희한테 지금 권태로움에 몸부림치다가 벌어지는 사소한 에피소드가 아니라 결정적인 문제들에 대해 말하고 있어.」

「그래도 우리한테는 중요한 일이죠. 히파티아와 내가 이스터섬에서는 아무것도 할 수 없어요. 우리한테 며칠 말미를 주는 게 최선이에요.」

「이젠 기다리는 게 지긋지긋해. 46억 년이면 충분해. 즉시 에마슈 왕을 만나 수정 가능한 소행성을 찾아내어 데려오는 임무를 준비하라고 설득해야 해. 그러지 않으면…….」

「그러지 않으면요?」

「그러지 않으면 너희들이 하는 전쟁 따위는 불쾌한 기억쯤으로 여겨질 만큼 대규모 화산 분출과 쓰나미, 태풍, 지진을 안겨 주겠어.」

153

히말라야

오늘 아침 인도 북부의 아루나찰프라데시 지방이 기습 공격을 당했습니다.

현지 시각으로 7시 30분, 중국군 수 개 사단이 국경을 넘었습니다. 히말라야의 동쪽 줄기를 넘어 온 침략군은 세관 사무소들을 기습 공격해 파괴하고, 단숨에 인도군 1천여 명을 살상하고 1만여 명을 생포했습니다.

위성 관측에 따르면 이번 대규모 공격에 투입된 중국군 병력은 약 150만 명으로, 지상군 역사상 유례가 없는 숫자입니다.

전혀 예상치 못한 상황에서 발발한 이 대규모 전쟁을 분석하기 위해 전략 지정학 전문가인 토마 아들레르 역사학 교수를 모셨습니다.

「교수님께서는 급작스럽게 감행된 중국 측의 대대적 도발을 어떻게 생각하십니까?」

「일단 이번 사태를 맥락 속에서 이해해야 합니다. 이 지역은 우리가 그간 별 관심을 갖지 않았을 뿐, 늘 화약고 같은 존재였어요. 인도와 중국은 과거에 이미 전쟁을 치른 바 있습니다. 마오쩌둥의 인민 해방군이 혁명의 기세를 몰아 1959년 8월 7일에 라다크를 침공했죠. 중국군의 전승으로 끝났고, 결국 중국에 유리하게 국경선이 바뀌었어요. 지금 이 지도를 보면 당시 중국군의 주둔지와 이동 경로가 표시돼 있죠. 이로부터 3년 뒤, 정확히는 1962년 10월 20일, 국내에서 추락한 권위를 회복할 방법을 고민하던 마오쩌둥이 과거에 혁혁한 성공을 거둔 경험이 있는 이곳에 다시 한번 도발을 감행해요. 또다시 국경을 넘은 중국군이 티베트에 주둔 중이던 인도군 국경 수비대를 궤멸시킵니다. 사실상 〈반복된 전쟁〉인 셈이죠.」

「한 가지 사실을 짚고 넘어가야 할 것 같은데요, 아들레르 교수님. 중국과 인도의 국경이 3천4백 킬로미터에 달하는데, 이 긴 길이를 다 지키기는 사실상 어렵지 않습니까……. 사슬이 얼마나 단단한지는 제일 약한 고리를 봐야 알 수 있죠.」

「험준한 산악 지대이다 보니 사실 통행이 가능한 길이 거의 없습니다. 히말라야 산맥을, 그것도 1백만 명이 넘는 병사가 넘기는 쉽지 않죠.」

「각각 1959년과 1962년에 이미 중국군이 인도의 방어선을 뚫은 바 있었습니다. 당시에 국제 사회는 중국의 침략에 어떤 반응을 보였나요, 교수님?」

「1962년에 소련과 미국 정부는 인도의 편을 들었어요. 어떠한 국제법을 적용해도 인도는 피해자라고 말이죠.」

「하지만 두 나라가 현지에 병력을 투입하지는 않았지요?」

「너무 멀었어요. 너무 춥고, 너무 높고, 너무 복잡했죠. 적의 병력도 보통 많았던 게 아니고. 그런 상황에서 서양의 입장에서 어떤 형태로든 전투를 지원하는 것은 위험이 따르는 일이었죠. 결국 인도군 혼자 중국군의 공격을 저지하기 위해 발버둥 칠 수밖에 없었어요.」

「1962년 중국-인도 간 전쟁은 얼마나 지속되었습니까?」

「한 달을 꽉 채우고 나서 인도 측에 사망자 1천여 명, 중국 측에 사망자 7백여 명을 내고 중국군의 완승으로 끝났어요. 종전 후에 마오쩌둥은 오늘날 아커사이친으로 불리는 변경 영토를 합병했죠. 인도 정부는 이 지역을 중국이 도둑질해 갔다고 생각해, 이후 계속해서 반환 요구를 하고 있어요. 1965년, 인도와 파키스탄 사이에 두 번째 전쟁이 발발하자 중국은 즉시 파키스탄에 동맹을 제안했어요. 서쪽에서 공동 전선을 구축함으로써 파키스탄은 안심하고 인도는 고립시키자고 했죠.」

「〈내 적의 적은 내 친구다〉라는 익히 알려진 법칙이 그대로 적용된 경우네요.」

「현재 중국은 파키스탄의 최대 지지 국가예요.」

「저는 미국이라고 알고 있었는데요?」

「짧은 일화를 하나 들어 볼게요. 2007년 7월에 파키스탄 군이 카라치의 붉은 사원을 공격해 예순 명의 사상자를 냅니다. 이슬람 정부가 이슬람 사원을 공격하다니, 어리둥절할 노릇이었죠. 그런데 이런 이유가 있었어요. 이 사원의 승려들이 바로 전날 매춘부들을 살해한 겁니다. 그러자 이 여성들을 〈이용하던〉 중국 외교관들이 즉각 상부에 불만을 표출했고, 중국 정부는 당시 파키스탄의 대통령이던 무샤라프 장군에게 유사한 사건이 재발하지 않도록 조치를 취하라고 명령했죠. 그래서 무샤라프가 중국의 비위를 맞추려고 사원을 폭격하기에 이른 겁니다.」

「어쨌든 파키스탄과 중국이 인도에 맞서 동맹 관계를 맺고 있다는 사실은 이 지역의 균형에는 위협적인 요소로 보입니다. 아닌가요?」

「세계에서 가장 인구가 많은 두 나라의 관계는 오랫동안 무척 긴장돼 있었어요. 2005년까지만 해도 말이죠. 그런데 그해에 중국과 인도가 긴장 완화를 위해 〈영구적인〉 국경선을 획정합니다.」

「그러면 평화가 찾아온 거네요?」

「꼭 그렇지는 않아요. 중국은 아마도 내적 결속을 위해 국경 지대의 긴장을 계속 유지하려고 할 겁니다. 작년 한 해만도 250건 이상의 군사 도발이 있었어요. 중국군이 수십 명의 소규모 병력으로 수시로 인도 진영 깊숙이까지 침투하곤 하죠. 인도의 입장에서는 영 체면이 깎이는 이런 소규모 교전들 말고도, 중국은 2011년부터 인도와의 국경 지대에 병력을 증강하고 미사일 포대를 확대 배치하고 있어요. 이에 대응해 인도 측에서도 아이언 돔, 에마슈 초소형 돔을 정상적인 크기로 만든 것이라고 보시면 됩니다. 이 돔을 배치하고 역시 국경 지대에 병력을 증강했어요. 그러자 중국은 한층 더 경쟁적으로 나오고 있죠. 국제 위성들이 보내온 관측 사진들을 보면 티베트에 주둔하고 있는 중국군 병력이 요 며칠 새 계속 증가하는 것을 확인할 수 있어요. 현상 유지를 예측했는데…… 오늘 아침에 격변이 일어났죠.」

「세계의 추운 지붕에 대한 중국의 공격으로 영원한 지혜의 땅인 티베트는 이제 새로운 전쟁터로 부상했습니다. 중동 분쟁은 한낱 소규모 교전으로 여겨질 만큼 폭력적인…….」

「중국은 세계 최대 부국이기도 하지만, GNP 대비 국방비 지출이 작년에는 21퍼센트에 이를 만큼 군사 대국이기도 합니다.」

「마지막으로 한 가지 더 질문드리겠습니다, 교수님. 왜 하필 보병 공격일까요? 가령 미사일 포대를 동원할 수도 있지 않았을까요?」

「중국인들의 입장에서 미사일을 발사했다 요격당해 체면을 구기는 일은 상상도 할 수 없었을 겁니다. 반복되는 공세에도 교착 상태로 접어들고 있는 최근의 이란-사우디아라비아의 전쟁에서 교훈을 얻은 것이죠. 상대의 요격 미사일 공격으로 웃음거리가 되는 위험을 감수하기 싫었을 거예요. 그들은 우리가 앞서 얘기했듯이 이미 과거에 여러 차례 승리를 거둔 경험이 있는, 자신들이 잘 아는 지형에서, 자신들의 명백한 이점들, 특히 수적 우세를 활용해 자신들의 스타일에 맞게 재래식 전쟁을 하길 원했던 거죠. 미사일 한 대, 비행기 한 대, 전함 한 척 없이, 순수하게 보병 부대만 투입해 방아쇠를 당기고 총검으로 찌르는 식으로 공격을 한 겁니다.」

「그렇다면, 교수님이 보시기에 중국 지도자들의 속셈은 무엇일까요?」

「공격 지점의 위치를 감안할 때, 면적이 8만 3천 제곱킬로미터에 이르는 아루나찰프라데시의 완전한 합병을 노리는 게 아닌가 하는 추측이 가능하죠. 중국이 늘 소유권을 주장해 오던 지역이니까요.」

「아루나찰프라데시에서 바로 몇 달 전에 다이아몬드 광맥이 발견되지 않았습니까? 중국의 의도가 명백해지네요.」

「제 생각에는 그게 핵심은 아닌 것 같아요. 핵심은 바로 물

467

이에요. 중국과 인도를 흐르는 모든 하천과 강의 발원지가 티베트이기 때문이죠. 담수 공급을 장악하는 쪽이 아시아를 장악하게 돼 있어요. 앞으로의 전쟁은 석유 전쟁이 아니라 음용수 전쟁이 될 거예요, 두고 보세요.」

「물이라고 하셨어요? 강의 숫자로 보면 중국은 이미 충분한 수자원을 확보하고 있는 것 같은데요.」

「오산이에요. 중국의 농업 단지와 공업 단지에서 수질이 좋은 담수를 그야말로 어마어마하게 써대고 있죠. 또한, 아시다시피 전 세계적으로 이 귀한 액체의 부족 현상이 일어나고 있어요. 인구 밀도가 가장 높은 지역의 수자원을 장악하는 쪽이 앞으로 아시아뿐만 아니라 세계를 장악하는 데 유리한 고지를 확보하게 될 겁니다. 티베트에 위치한 산들이 40억가량의 인간들에게 물을 공급해 주고 있다는 사실을 잘 생각해 보세요…….」

「아들레르 교수님, 이번 사건을 시간적 그리고 공간적 맥락 속에서 다시 짚어 주셔서 고맙습니다. 대다수 UN 회원국이 이번 중국의 침공을 비난했다는 소식을 여러분께 전해 드립니다.」

주식

이란과 주변 아랍 국가들 간의 전쟁에도 잘 버텼던 주식 시장이 분명한 폭락 장세로 돌아섰습니다. 다만 군수 관련 분야, 그중에서도 특히 군에 인기를 끌고 있는 에마슈 제품은 예외입니다. 소식이 또 들어오는데요……. 아 네? 새로운 소식을 여러분께 전해 드리겠습니다. 러시아가 공식적으로 인도를 지원하고 나섰다는 소식입니다. 또한 러시아와 중국의 국경을 흐르는 아무르강에 중국 군대가 배치되었다고 합니다. 북한 역시 자신의 역사적 동맹국인 중국의 편에 섰습니다. 결과적으로 이번 전쟁은 확전 양상을 띠어 이란-중국-북한의 삼각 동맹과 사우디아라비아-인도-러시아의 삼각 동맹이 대립하는 구도가 되었습니다.

「아들레르 교수님, 아직 자리에 계신 김에 한 가지 여쭤 보겠습니다. 이런 상황이라면 앞으로 아시아 전역, 그러니까 중동에서 극동까지 전쟁에 휩싸이는 상황이 초래되지 않을까요?」

「확대 해석은 금물입니다. 이 전쟁들이 현재로서는 국지적 차원에 머무르고 있고, 대부분 기존 전쟁들의 연장선에서 발발한 것이니까요. 가령, 아무르강에서는 1969년 3월에 소련과 중국이 이미 한 차례 충돌했지만 격화되지는 않았죠. 역사적으로 경쟁 관계에 있는 민족들 간에 벌어지는 산발적 전쟁들이라고 보면 됩니다. 이 나라들이 영토와 인구 면에서 모두 대국이라는 사실이 우리 서양인들이 보기에는 참으로 놀랍습니다.」

「그렇다면, 교수님께서는 우리가 우려할 만한 현실적인 이유가 없다고 보십니까?」

「그렇습니다. 제 생각에는 현재 관련 국가들의 지도자들이 내부 결속을 다지거나, 진화주의 운동의 기치하에 결집한 빈민들과 대학생들, 페미니스트들의 자생적인 움직임들을 저지하기 위해 강경한 입장을 견지해야 하는 상황이에요. 하지만 위협 국면이 지나면 외교적으로도 사회적으로도 평화가 찾아올 겁니다. 번개가 번쩍하고 나서 비구름이 물러나고 해가 반짝 나듯이 말이죠. 대내외적 평화만이 미래의 경제적

이익을 보장해 줄 수 있기 때문입니다. 그때 제가 앞서 말씀 드린 것처럼 담수 자원에 대한 접근을 두고 협상이 벌어질 겁니다.」

날씨

여러 날 지속됐던 악천후가 끝나고, 태양의 활발한 활동으로 인해 앞으로 상당 기간 화창한 날씨가 계속되리라고 기상청에서 예보했습니다.

154

허비할 시간이 없다.

다비드와 히파티아는 호텔로 돌아와 재빨리 짐을 챙겨 택시를 타고 마타베리 공항으로 향한다. 일단 칠레 산티아고로 가서 비행기를 갈아타고 플로르스섬으로 가 에마슈 왕을 만날 생각이다.

그들이 공항 로비에 앉아 기다리고 있다.

「에마 109가 가이아의 메시지를 전해 들으면 뭐라고 할지 궁금해요.」 히파티아는 가이아가 자신을 믿고 임무를 맡겼다는 사실에 흥분을 감추지 못한다. 「왕이 수정 가능한 소행성을 찾아내어 데려오는 부탁을 들어준다면 세상이 바뀔 거예요.」

「왕을 설득부터 해야겠지.」

「에마 109는 늘 앞장서서 여덟 번째 경기자인 지구를 특별 대우 해야 한다고 말해 왔어요. 틀림없이 잘될 거예요.」

「하지만 국가 원수들도 동의해 줘야 하는 일이야. 자네는 드루앵 사무총장이 이런 〈특별한〉 일에 동조하리라 생각하

470

나?」

「우리가 설득할 논리를 찾아야죠. 그들도 결국은 이해할 거예요. 부탁에 따라오는 협박의 내용을 알고 나면 어쩔 수 없을 거예요.」

「어쨌든 사전 정지(整地) 작업을 해놔야겠어.」

다비드 웰스가 독립의 날 축제 때 왕이 준 연보라색 스마트폰을 꺼낸다. 버튼이 두 개 있다. 〈마이크로폴리스〉와 〈루나폴리스〉. 그가 첫 번째 버튼을 누른다.

기다림. 드디어 작고 날카로운 목소리가 이어폰 속에 울린다.

「다비드?」

그는 왕과 이렇게 쉽게 통화가 된다는 사실이 놀랍기만 하다.

「……네, 전하.」

「어쩐 일로 이렇게 반가운 전화를 줬는가?」

「전하께서 늘 권하시던 일을 해냈습니다. 가이아와 얘기를 했어요.」

「어떻게 그런 기적을 이루었지?」

「얘기하자면 깁니다. 가서 자세히 말씀드리는 게 좋겠어요. 그 메시지가 특별히 전하와 연관이 있거든요.」

「지구가 나한테 관심을 보인다는 말인가? 이거 대단한 영광이군.」

「그이는 지금 몹시 다급해요. 적어도 지금 제가 전하께 달려갈 만큼 중대하고 위급한 일인 건 분명해요. 지금 제가 이스터섬 공항에 있는데, 제일 빠른 비행 편으로 칠레에 가서 다시 전하를 뵈러 아소르스 제도로 가려고 해요.」

「좋네, 나야 한시라도 빨리 자네를 보고 싶지. 우리 마이크로 랜드에 자네는 언제든 대환영이지. 만나서 어떻게 하면 어머니 지구를 만족시켜 드릴지 생각해 보세. 우리가 할 수 있는 한에서 말이야……. 그런데 지금은 적기가 아니야. 자네, 뉴스를 봤나?」

「중국과 인도의 전쟁 말인가요?」

「아! 그건, 한 시간 전의 일이야. 그때부터 일파만파로 번지고 있다네. 시시각각 새로운 뉴스가 들어오고 있지. 가장 우려스러운 건 외교적 동맹이 도미노 현상을 일으키고 있다는 거야.」

「현 상황이 어떤지요?」

「종합하자면 이렇다네, 다비드. 북미의 미국과 캐나다가 인도 편에 섰어. 반면 남미의 대다수 국가는 중국 진영에 가담했지. 이게 전부가 아니야. 아일랜드와 노르웨이를 제외한 대부분의 유럽 국가들이 인도를 지지했어. 아프리카 국가들은 케냐와 코트디부아르, 세네갈을 빼고는 대부분 중국 편이지.」

「이런, 이렇게까지 확대된 걸 저는 모르고 있었어요.」

「결과적으로 지금 지구가 뚜렷한 두 진영으로 갈라졌어. 중국-파키스탄-이란-남미 동맹이 주축이 된 음(陰) 진영과 인도-러시아-사우디아라비아-북미-유럽을 주축으로 한 양(陽) 진영으로 말이지.」

「한국은요?」 이어폰으로 대화를 따라가던 히파티아가 묻는다.

「한국은 양(陽) 진영에 합류했네. 일본, 태국과 함께 아시아 국가로서는 예외적으로 말이야.」

다비드가 소식을 삼키며 길게 한숨을 내쉰다.

「그렇군요. 그러면 이번에는 정말로 제3차 세계 대전이 벌어졌네요.」

「어쨌든 여기, 마이크로폴리스에서는 위기에 대처하느라 정신이 없네」.

「전하는 어떤 진영을 택하셨나요?」

「그 어느 쪽도. 우리는 공식적으로 중립을 선포했네. 그런데도 최첨단 군수 장비의 주문이 쇄도해 산업 생산은 어마어마하게 늘었지.」

「지구가 다급해요.」

「기다려야 할 거야. 인간들에게나 초소형 인간들에게나 현재로선 제3차 세계 대전이 최우선 문제이니까 말이야.」

「그이가 기다릴 만큼 기다렸답니다.」

「어쨌든 마이크로 랜드 의회에서 방금 전에 금번의 위기를 관리할 일련의 조치들을 표결에 부쳤어. 나를 포함해서 모든 주민들이 할 일이 태산이라네. 자네가 와도 내가 신경을 못 써줄 입장이니 최소한 일주일은 기다려야 할 거야.」

「일주일 사이에 많은 일이 벌어질 수 있어요.」

「한 시간 뒤에 우리의 첨단 장비를 시연하는 행사가 있어. 중립을 표방한 덕에 두 진영에 다 판매를 할 수 있게 됐지.」

「이런 급박한 상황에서도 무기 판매를 생각하시는군요?」

「자네들의 역사에서 배운 거지. 1940년에 미국도 똑같이 하지 않았나? 두 진영을 다 상대해 장사를 하고, 유럽인들이 서로 죽고 죽이면서 약해지는 사이에 부강해졌어. 그러다 막판에 가서야 추축국들의 반대편인 연합군에 가담했지. 종전 후에 그들은 세계 제일의 경제 대국이 돼 있었어.」

「나중에 전하께서도 양(陽) 진영에 합류하기는 할 건가요?」

「물론이지. 하지만 그 전에 두 진영에 무기부터 팔아 볼 생각이야. 핵폭탄이 터지지 않은 것은 순전히 우리의 초소형 대미사일 요격 미사일 덕분이라는 사실을 알아 두게. 우리가 없었으면 리야드는 벌써 잿더미가 됐을 거야. 다음 주에 오게나, 다비드. 그때 자네가 하고 싶은 가이아 얘기를 듣기로 하지.」

왕이 전화를 끊는다.

이때, 공항에 사이렌이 울리더니 승무원이 메가폰을 손에 쥔다.

「전 항공편이 취소되었습니다. 한 번 더 말씀드립니다. 전 항공편이 취소되었습니다. 전면 야간 통행금지 조치가 내려졌습니다.」

「여기 있는 우리까지 영향권이라는 말이오? 모든 해안에서 2천 킬로미터나 떨어져 있는데?」 다비드가 묻는다.

「우리 나라는 공식적으로 전쟁에 돌입했습니다, 선생님.」 승무원이 이의를 달 수 없게 건조한 목소리로 말한다.

「그렇지만 이란과 중국이 가까이 있는 것도 아니잖소.」

「아르헨티나가 공식적으로 적진에 합류했어요.」 칠레인 승무원의 톤에서 비아냥거림이 느껴진다.

그러더니 그녀가 탑승자 대기실에 있는 전 여행객을 대상으로 안내 방송을 한다.

「승객 여러분, 귀가하셔서 외출을 삼가고 지시 사항을 기다려 주세요. TV와 라디오를 켜시고 안전 수칙과 비상시 행동 수칙에 귀를 기울이세요.」

순식간에 이스터섬의 작은 공항에 있는 모든 카운터가 문을 닫았다. 커튼도 내려졌다. 유난히 뜨거운 해를 받고 서서 마치 금박을 입힌 듯이 반짝거리는 모아이 석상들이 창밖으로 눈에 들어온다.

「지연되는 거지 봉쇄까지는 아닐 거야. 호텔로 돌아가서 차분해질 때까지 기다려야지 뭐. 나는 낙관적으로 보네.」프랑스인 과학자가 말한다.

155

백과사전: 낙관론자와 비관론자

독일의 한 대학에서 2013년 2월 18일에 비관론과 낙관론이 개인의 수명에 미치는 영향에 대한 연구 결과를 발표했다. 이 연구는 세 개의 연령층에 속하는 4만 명의 대상자들에게 10년에 걸쳐 질문한 내용을 바탕으로 이루어졌다.

연구 대상자들은 향후 5년 동안의 삶을 예상해서 0점에서 10점까지 점수를 매겨야 했다.

그 결과, 43퍼센트는 실제로 벌어진 일에 비해 지나치게 비관적으로 대답했다.

25퍼센트는 정확히 판단해 벌어진 상황을 제대로 예측했다.

32퍼센트는 지나치게 낙관적이었던 것으로 판명됐다.

그런데, 연구 결과 마지막 그룹의 건강 악화 위험이 평균보다 높은 것으로 나타났다.

9.5퍼센트는 중증 장애가 발생했고, 10퍼센트는 단기적으로 사망할 위험에 처해 있었다.

이 연구를 행한 과학자들은 비관론자들이 건강 문제에 더 예민하기 때문에 의사나 치과 의사를 자주 찾다 보니 치료도 더 신속하게 이루어졌기 때문이라고 이유를 설명했다. 앞으로의 기대 수명이 더 긴 것도 바로 이 비관론자들이다.

결과적으로 비관론자가 되는 것이 더 오래 사는 비결인 셈이다.

에드몽 웰스, 『상대적이며 절대적인 지식의 백과사전』 제11권
(샤를 웰스의 개정을 거친 것임)

156

이란 대통령 자파르와 중국 주석 창이 각자의 집무실에 앉아 화상 통화를 하는 중이다. 화면에 두 사람의 얼굴이 보이고, 그 밑에 세계 지도가 나타난다.

「우리 부대가 아무르강을 건넜지만 아직 러시아군의 제지를 받지 않고 적진으로 침투를 계속하고 있어요.」 창 주석이 흐뭇한 목소리로 말한다.

「여기도 잘돼 가고 있습니다. 사우디아라비아의 방어선이 알후두드아시샤말리야 지방까지 밀려났어요.」

「고삐를 더 죌 때가 된 것 같군요. 4단계. 인도 전선에 추가로 1백만, 러시아 전선에 추가로 50만의 병력을 파견하겠어요. 자파르, 그쪽은?」

「좋습니다. 나도 5만의 지원 병력을 보내 주석과 보조를 맞추리다.」

「그쪽이나 우리 쪽이나 시위대의 움직임이 한순간에 사그라들었어요.」

「그들이 감히 어떤 요구도 할 엄두를 못 내고 있어요. 민족의 반역자로 찍히는 게 두려운 거지요.」

「바로 그런 놈들을 강제 징집해서 최전선으로 보냅시다. 진화주의 운동은 우리가 아예 싹을 밟아 버렸군요.」

「군중을 움직이는 데는 공포만큼 강력한 엔진이 없지요.」

두 남자는 긴장이 풀린 모습이다.

「아무래도 우리가 이긴 것 같습니다, 자파르. 우리가 지금처럼 국민들한테 사랑을 받은 적이 어디 있었나요.」

「전쟁은 결집력 면에서 축구를 능가하는 것 같군요. 게다가 선수권 대회보다 시간도 오래 걸리고.」

「전쟁이라는 게, 그러니까, 〈정부의 후원을 받는 서포터들이 벌이는 대대적인 난투극〉 비슷한 거 아니겠어요.」

「멋진 표현이군요. 나는 징발 명분으로 세금을 두 배 올렸습니다.」

「나 역시 세금을 두 배 올렸지만, 내 반대 세력, 다시 말해 이따금 당에 반기를 드는 군부에서 당연히 아무 말이 없습니다.」

두 남자는 각자의 화상 전화에 대고 상대방을 향해 동조의 제스처를 취해 보인다.

「사실, 나는 그들이 이해가 안 가요.」이란 대통령이 말한다. 「민중은 죽으라고 내보내면 우리한테 박수를 보내고, 자유를 주면 우리를 물어뜯으려 한단 말이지요. 고르바초프를 보세요, 루이 16세를 보세요. 둘 다 민중의 해방자였지만 모두가 그들을 증오합니다. 반면에 백성을 죽음의 전쟁터로 내몬 히틀러, 스탈린, 마오쩌둥, 나세르, 호메이니는 지금도 국민들로부터 폭넓은 추앙을 받고 있지요.」

「대형 포식자에 매료되는 현상입니다. 국민은 물소가 아니라 사자를 좋아해요. 그래서 자파르, 당신과 내가 양심의 가책을 느끼지 말고 당당하고 책임 있는 포식자가 돼야 하는 겁니다. 수치심을 느끼는 독재자가 제일 한심한 거요.」

「그들이 언젠가 사실을 깨닫고 우리를 심판하려 들지 않겠습니까?」

「위대한 독재자들 대다수가 자신들이 쓰던 호사스러운 침대에서 사랑하는 가족들과 의사들, 세심한 간호사들, 그리고 헌신적인 아랫사람들에게 둘러싸여 임종을 맞았어요. 그게 법칙입니다. 반면에 해방자들은 십자가에 못 박히고, 단두대에 오르고, 교수형에 처해졌지요. 우리의 최초의 영웅이자 영도자인 카를 마르크스조차 병이 들어 가난에 허덕이다 홀로 죽음을 맞았어요. 열댓 명이 지켜보는 가운데 쓸쓸히 땅에 묻혔지요.」

「국민들의 배은망덕과 기억 상실을 어떻게 설명하시겠습니까?」

「폭력이 없으면 사람은 감정을 느끼지 못하고, 감정이 없으면 기억을 하지 못해요.」

「어쨌든 간에 그들은 자신들을 때리는 손에 입을 맞추고 음식을 내미는 손을 물어 버리지요.」

「사람들은 공감할 수 있는 그럴싸한 프로파간다를 원해요.」

「그렇지만 종국에는 프로파간다가 진실과 반대라는 것을 깨닫게 되지 않겠습니까?」

「거짓말도 오랜 시간 계속해서 반복되다 보면 진실이 되는 법입니다. 아니, 진실보다 더한 신념이 되고 말지요.」

이란 대통령은 여러 가지를 압축적으로 표현하는 명문을 받아 적는다. 그는 아직 중국 동료에게 배울 점이 많다는 생각을 한다. 기분에 취해 그가 선포하듯이 말한다.

「좋군요. 10만으로 합시다. 추가로 10만 명을 파견하겠어요. 압박의 수위를 높입시다.」

「그리고 한 가지 더…… 기밀을 알려 드리겠습니다. 초소형 인간들이 우리 편에 섰어요.」

157

두껍게 쌓인 폭신한 눈이 반짝이는 결정들로 뒤덮여 있다. 푸크시아 분홍빛 햇살이 불그스름하게 반사되는 눈길을 새하얀 위장복 차림의 중국군 병사들이 걸어가고 있다. 흰색 방한 재킷에 흰색 헬멧, 흰색 소총을 든 그들은 인도 북부의 라다크 지방을 향해 진격 중이다.

작은 티베트라고도 불리는 해발 3천 미터 지역이 슬슬 적대성을 드러내기 시작한다. 방한복에 푹 싸이다시피 한 수천 명의 병사들은 이토록 높은 고도에 위치한 나라를 침략하는 것이 얼마나 어려운지 절감하고 있다.

국경을 넘고 나서부터 추위가 살을 파고들어 호흡은 힘겨워지고, 손가락은 곱고, 소총은 수시로 분해해 기름칠을 한 다음 다시 조립해 언제든지 사격 가능한 상태를 유지해야 했다.

간신히 한 사람이 지나갈 정도로 폭이 좁은 벼랑길을 만날 때도 있다.

이따금, 비명이 터진다. 조심성 없는 병사 하나가 벼랑 아래로 떨어졌다는 신호다. 비좁고 미끄럽고 깎아지른 듯한 길에 여럿이 있다 보니 몸끼리 닿고 밀치다 균형을 잃기 십상이다. 하지만 무거운 군장과 둔한 방한 재킷 때문에 구조를 위한 동작조차 불가능하다.

정상에 도착해 쌍안경으로 주변의 정세를 살피던 관 장군은 산 밑에서 아직 잠이 덜 깬 마을을 발견한다. 거리를 다니는 사람은 눈에 띄지 않는다. 마을을 굽어보고 있는 사찰에서도 아직 아침 종을 치기 전이다. 굴뚝들에서 드문드문 연기가 피어오르고 있다.

관 장군은 즉흥적인 것을 싫어하는 사람이지만 이번에는 선택의 여지가 없다. 순식간에 내려진 결정이다. 마을의 모습에 큰 위안을 얻은 그는 산 밑에 도착하면 사단을 지휘하기가 훨씬 수월해지리라 판단한다.

그의 주위에 있는 병사들은 벌써 스키를 신고 스틱을 손에 쥐고 칼라시니코프 소총이 배 앞으로 오게 어깨에 둘러메고 있다.

관 장군이 신호를 주기 무섭게 병사들이 비탈을 미끄러져 내려간다. 활강에 속도가 붙는다. 그런데 오른편에 갑자기 그들과 비슷한 밝은색 방한 재킷을 입고 스키를 타고 내려오는 사람들이 나타난다.

지원 병력이려니 여겼던 이들이 느닷없이 일제 사격을 쏟아 낸다. 중국 병사들은 미처 대응 사격을 할 새도 없이 중심을 잃고 쓰러져 눈밭을 피로 물들인다.

후열의 병사들은 몸을 뒤로 돌려 이들이 노란빛이 더 도는 흰색 방한 재킷을 입고 있다는 사실을 확인한다.

관 장군이 부대를 멈추려고 시도하지만 이미 너무 늦었다. 그와 휘하의 보병들은 급경사에 휩쓸려 방향을 틀지 못한다.

뒤쪽에서 내려오던 병사들만 겨우 스키를 탄 상태에서 대응 사격에 나서 보지만 조준이 불가능해 실수로 아군 병사들을 쏴서 쓰러뜨리기도 하고, 불쑥불쑥 나타나는 눈더미들 때문에 총알이 목표물을 빗나가기도 한다.

병사들은 밑으로 끌려 내려가듯이 점점 빠른 속도로 급사면을 질주한다.

두 진영의 병사 수십만 명이 스키를 타고 가파른 비탈을 미끄러져 내려가며 교전을 벌이는 사상 최초의 기동식 전장이다. 전방 사격을 하는 인도군은 후방 사격을 해야 하는 중국군에 비해 유리한 입장이지만, 수적으로는 여전히 중국군이 우세하다.

관 장군이 즉흥적인 전술을 고안해 낸다. 여전히 스키를 타고 내려가면서 그는 전 병력에 활강을 멈추고 땅에 엎드려 대응 사격에 나서라는 신호를 보낸다. 작전 실행이 만만치 않다. 급경사에서 가속도가 붙은 대규모 병력이, 더군다나 뒤에 집중 사격을 해대는 추격군까지 있는 상황에서 일제히 멈춰 서기가 쉽지 않다.

선두에서 스키를 타던 병사들이 왼편에서 소나무 숲을 발견한다. 관 장군은 즉시 이 나무들을 활용해 뒤로 돌라는 명령을 내린 뒤, 자신도 지휘부를 이끌고 행동에 나선다.

나무와 정면충돌해 나자빠지는 일부 병사를 제외하고 대부분은 안정된 자세를 유지한 채 나무들을 엄폐물 삼아 추격군을 향해 사격을 가하기 시작한다.

두 진영의 병사들이 활강을 멈추고 설원에 엎드려 대치에 돌입한다. 수류탄이 터지고, 바주카포가 불을 뿜고, 기관총이 불꽃을 튀기는데…… 별안간 뜻밖의 응원군이 모습을 드러낸다. 이번에는 오렌지색 실루엣들이다. 산을 오르는 티베트 승려들이다.

중국군이 신경을 쓰지 않은 사이 승려들이 당긴 불화살이 비 오듯 날아든다.

중국군 전 병력이 인도군의 사격을 피해 모여 있던 숲이 순식간에 화염에 휩싸인다.

부대원들과 함께 있던 관 장군은 뒤늦게 함정에 빠졌다는 사실을 깨닫는다. 티베트 승려들이 미리 나무줄기에 기름을 발라 둔 숲으로 인도군이 의도적으로 그들을 몰아넣어 고립시킨 것이다.

불이 붙은 나무들이 횃불처럼 활활 타오르고 있다.

숲을 빠져나가던 중국군 병사들은 이내 적병들의 총에 쓰러진다. 숲속에 남아 있는 병사들의 비명 소리가 화염을 뚫고 하늘에 퍼진다.

티베트 승려 하나가 그들에게 중국어로 말한다.

「소신공양한 모든 승려들을 기리기 위한 것이다.」

관 장군이 병사들에게 제 위치를 유지할 것을 명한다. 하나둘씩 이탈자가 생기자 그는 탈영병은 즉시 총살하라고 지시한다.

그러나 자그만 숲을 뒤덮은 불길과 연기 속에서 군율 집행 사격마저 목표를 빗나간다.

매운 연기에 눈이 빨갛게 충혈된 관 장군이 연신 기침을 하느라 잠시 주의력을 잃는다. 멀리서 적군 병사들이 장초점 렌즈를 부착한 카메라를 들고 전투 장면을 담는 모습을 발견하지만, 정작 불에 탄 소나무 한 그루가 끼익 하고 음산한 소리를 내며 자신을 덮치는 것은 보지 못한다.

158

〈우주 나비 2호〉의 전 승객이 중앙 테라스가 내려다보이는 거대한 스크린 앞에 모여 앉아 있다.

제3차 세계 대전 발발과 함께 하나둘 전투가 벌어지자 나비인들은 할 일을 내팽개치고 지구에서 날아오는 뉴스에만 시선을 박고 있다.

승객들이 제일 먼저 집단적으로 느낀 감정은 한 문장으로 요약된다. 초토화된 저 지구에 우리가 없는 게 얼마나 다행인지!

그러다 슬그머니 다른 생각이 똬리를 튼다. 우리 가족과 친척, 형제자매들이 아직 저기에, 위험 속에 있다.

끝내는 죄책감이 이들을 사로잡는다. 그들이 서로 죽고 죽이는 마당에 우리가, 여기, 이렇게 멀리서 살아남은들 무슨 소용이 있을까? 우리가 속한 진영의 승리를 도울 수 있었는데 도망을 쳐 나온 것이다.

이때부터 자신들이 이룩한 쾌거와 성과에 대한 나비인들의 자부심도 급속히 줄어들었다. 마약으로 변한 뉴스에 이끌려 사람들은 매일 똑같은 시간에 약속이라도 한 듯 모여들었고, 자리를 좁혀 앉아 제3차 세계 대전 드라마를 시청했다. 참상들을 발생 이전, 도중, 이후로 세분화해 내보내는 뉴스 앞에서 눈시울이 젖고 시야가 흐려졌다. 비극의 방관자 같은 기자들이 툭툭 던지는 사소한 코멘트 하나에까지 귀를 세웠다.

이 미묘한 상황에 대처할 최선의 방법을 한동안 고민하던 실뱅 팀시트는 결국 침묵을 택한다. 그는 편안한 시청을 돕기 위해 중앙 스크린 앞에 의자와 안락의자를 갖다 놓고, 각자 자신의 팀을 응원하며 시청하는 축구 선수권 대회인 양 이 사건을 대한다.

그러던 어느 날 저녁, 다들 내심 염려하던 일이 터지고 만다. 바라나시 출신의 승객이 광저우 출신 승객을 공격한 것이다. 그러자 마치 빗장이 풀리듯 사건이 번지더니, 시아파 승객이 수니파 승객(둘 다 오랫동안 신앙을 실천한 적이 없는 사람들이다)을 공격한다. 중재에 나선 실뱅 팀시트조차 밀치기를 당한다. 그는 폭력이 정보를 통해 감염되는 바이러스임을 깨닫는다. 향수병에 걸린 승객들이 딱 한 번 전쟁을 일으킨 것 말고는 별다른 사고 없이 조화롭게 살아온 그들이 일순간에 아드레날린이 주입된 지구의 호모 사피엔스들로 변해 있다.

14만 4천 명을 선발하면서 독신자와 고아에 우선권을 줬지만 결과는 다르지 않았다. 이들 모두 추억이라는 끈을 통해 자신만의 특정한 공동체에 여전히 연결돼 있기 때문이다. 치안을 책임지는 극소수의 나비인들마저 이미 각자의 진영을 택한 뒤였다.

액체가 응고하듯이 두 개의 분리된 플라스마가 형성됐다. 우주선 앞쪽의 양 진영과 우주선 뒤쪽의 음 진영. 음 진영은 이번 위기를 복수의 발판으로 삼으려는 지구병자들이 이끌고 있다. 이들은 유전자 은행을, 앞쪽의 양 진영은 조종실을 장악한 상태이다.

누구나 바깥의 우주를 내다볼 수 있게 우주선의 배 부분에 둥그렇게 나 있는 중앙 현창의 투명한 이음매가 전선을 대신한다.

지구에서 수천 킬로미터를 떨어져 날아가는 우주선 속에도 이렇게 제3차 세계 대전이 자리를 잡았다.

159

파비엔 풀롱의 기분이 하늘을 찌른다. 자신보다 젊은 사람이 한 명씩 죽을 때마다 그녀는 아직 살아 있는 게 특권이라고 느낀다. 죽는 노인이 늘어날수록 그녀는 스스로 축복받은 사람이라는 행복감에 젖는다.

그녀가 제네바 노년학 센터의 다른 노인들이 불편할 정도로 TV의 볼륨을 높인다. 그들이 투덜투덜 볼멘소리를 할라치면 그녀는 손톱이 유난히 길고 새빨간 가운뎃손가락을 치켜 올린다. 이웃들은 〈미디어 스타〉에게 굳이 반기를 들 생각이 없다.

센터의 원장과 지역 신문 기자가 선물을 들고 나타난다.

「무슨 용건이오? 보시다시피 한창 뉴스를 시청 중인 사람한테!」

「오늘 자로 154세가 되셨어요, 파비엔 풀롱 부인. 최장수 기록을 새로 세우셨어요. 이쪽은 기자분이신데, 이 사실을 공식화하고 사진을 찍어 가려고 오셨어요. 그런데, 풀롱 부인, 제 말 들리세요? 건강은 어떠세요?」

「류머티즘 때문에 멀쩡한 데가 없고, 뼈마디는 움직일 때마다 고통이고, 숨은 쉬는 게 고역이죠. 밤에 잠은 안 오고, 손발은 항상 차지, 음식만 들어가면 신물이 올라오고, 소화를 시키자면 번번이 위장에 가스가 차고 더부룩하지, 발에 박인 티눈 때문에 걸으면 온몸이 욱신욱신해요. 기저귀를 차고, 틀니를 하고, 보청기를 꼈어요. 하지만…… 나머지는 다 좋아요.」

낯선 얼굴들을 향한 궁금증을 참지 못한 노인들이 다가온다.

원장한테서 미리 들은 노인들이 생일 선물을 들고 와 내민다. 그녀가 상자를 차례로 열자 돋보기, 접이식 지팡이, 예수

수난상, 초콜릿 한 상자(그녀는 당 섭취가 금지돼 있다), 초콜릿 세 상자 더, 그리고 과일 젤리와 꽃(그녀는 꽃가루 알레르기가 있다)이 나온다. 그녀는 노년학 센터의 모든 노인들이 자신이 미워서 하루 빨리 죽는 꼴을 보고 싶어 한다는 사실을, 간호사들도 마찬가지라는 사실을 다시 한번 절감한다.

「너무 고마워요. 이렇게까지 하지 않아도 되는데…….」

「지금 보시다시피 주변 사람들한테 이렇게 사랑받는 기분이 어떠세요, 파비엔?」기자가 묻는다.

「친구들과 간호사들이 날 이렇게 좋아해 주니 얼마나 행복한지 모르겠어요. 내 솔직한 심정이에요. 이 많은 사랑을 받으니, 이게 회춘의 비방이지. 어쩌면, 진짜 꿈도 야무지지, 누가 알겠어요, 190살, 아니 2백 살을 살 수 있을지…….」

「부인께서 저희들 장례식에 다 참석하실 거라고 저는 믿어요.」원장이 확신한다.

그녀가 한바탕 웃음을 터뜨린다. 그 기세에 밖으로 튀어나오려는 틀니를 간신히 밀어 넣으며 그녀가 가느다란 침 줄기를 슥 닦아 치운다. 그러더니 기자에게 다가들며 말한다.

「여든 살짜리 청년이랑 잠도 자겠수. 남자가 코만 안 골면 돼. 나는 땀 냄새 나는 남자들이 좋습디다. 늙은이들은, 호르몬이 없어서 도통 냄새가 안 나는 게 문제예요.」

모두가 큰 소리로 생일 축하 노래를 합창하는 사이 154개의 초가 꽂힌 케이크가 그녀 앞에 놓인다.

기자가 카메라를 돌리기 시작한다. 파비엔 풀롱이 부채를 꺼내 흔들자 숲을 이루어 커스터드 크림 위로 촛농을 흘려보내던 불꽃들이 사그라진다.

「요렇게 은근히 사람을 골탕 먹이는 걸 내가 모를까 봐. 혹

불고 나면 숨이 막혀서 캑캑거릴 게 뻔하지. 그건 그렇고, 살드맹 박사는 안 왔어요?」그녀가 묻는다.

운 좋게 카메라에 잡힐 수 있지 않을까, 그래서 TV에 나가면 자식들이 보고 혹시라도 자신들이 존재한다는 사실을 떠올리게 되지 않을까 하는 기대 속에 그녀의 주위에 모여 서 있던 환자들이 안으로 원을 좁혀 온다.

「해피 버스데이!」색색거리는 목소리들이 외친다.

「장수의 비결이 뭔가요, 파비엔 풀롱 부인?」

그녀가 안락의자에 앉더니 리모컨을 집어 TV 볼륨을 높인다.

「비결? 다른 사람들의 불행이지.」

그녀가 미소를 머금으며 귀가 먹먹할 정도로 소리를 높이자 다른 노인들이 위층으로 달아난다. 뉴스에서 들리는 드르륵드르륵 하는 기관총 소리가 귀를 찢는다.

160

그들이 잘게 자른 담뱃잎을 피우고 있다. 인도 대통령은 여송연을 입에 물었고 파블로프 러시아 대통령은 쿠바산 시가를 손에 들고 있다. 두 사람은 화상 통화 중이다.

「서부 전선에 추가 증원군을 요청하게 될지도 모르겠어요. 물론 절대 파키스탄군이 서쪽에서 우리를 공격해 오는 일이 벌어져선 안 되지만. 독 안에 든 쥐 꼴이 될 테니 말입니다.」인도 대통령이 전황을 설명한다.

「파키스탄은 수니파인데, 그러면 시아파 이란의 적이지 않습니까.」

「파키스탄은 도무지 믿을 수 없는 게 문제요. 미국이 빈 라

덴을 사살했던 때를 떠올려 보세요. 그때 파키스탄 경찰이 제일 먼저 한 일이 바로…… 미국에 정보를 제공했거나 미군을 도운 자들을 체포하는 것이었습니다. 말로는 자신들의 동맹국이라고 하면서.」

「그런 이중성이야 이 지역이 전통적으로 취하는 전략 아니겠습니까. 우리도 그것 때문에 예전에 아주 혼이 난 적이 있어요.」

「아무르⁷ 전선은 이상 없습니까?」

인도인 동료의 행태를 익히 아는 러시아 대통령이 순간적으로 오해를 하지만, 이내 질문의 의도를 파악한다.

「적군이 아무르강을 넘어 왔어요. 우리가 침략을 당할 때마다 그랬듯이 이번에도 초토 작전을 쓸 생각입니다. 농경지를 모조리 불태워 저들의 식량 공급을 끊어 놓으면 마지막 처리는 동장군이 맡겠죠. 우리 러시아인들은 1813년 프랑스가 침공했을 때, 그리고 1941년에 독일이 침공했을 때도 이 작전을 썼어요. 중국 놈들한테도 먹힐 겁니다.」

두 남자는 음 진영 군대의 우세가 두드러져 보이는 지도를 들여다본다.

「서양 쪽은 어떻습니까?」

「미국과 유럽은 물에 물 탄 듯 술에 술 탄 듯, 늙어 빠진 겁쟁이 나라들이에요. 사망자가 한 명만 나와도 언론이 어찌나 호들갑을 떠는지. 나 원, 전쟁이 사람을 죽이는 게 무슨 새로운 발견이나 된다고 말이야…….」

러시아 대통령의 신경이 곤두선다.

「진짜 문제는 다름 아닌 돈이죠. 지금 이 세상을 지배하는

7 아무르amour는 프랑스어로 사랑이라는 뜻이다.

488

진짜 왕은 중국 은행의 은행장인 링 여사요. 벌써 수십 년째 중국은 필요한 나라마다 돈을 척척 빌려주고 있지 않습니까. 아직 어떤 반대급부도 요구하지 않은 채 말입니다. 그러니까 미국과 유럽은 중국에서 부채 상환을 요구해 와 나라 경제가 파탄이 날까 봐 두려운 거요. 관자놀이에 권총이 겨누어진 상태죠.」

「경제 위기 때문에 그들은 군대도 축소할 수밖에 없었습니다. 이제는 포탄 한 발도 낭비하지 않으려고 기를 써야 하는 처지요. 탄환을 아끼느라 기관총 사격조차 과감히 못 하는 지경이에요.」

인도 대통령이 탄식을 내뱉는다.

「정부, 국제 금융 센터 가릴 것 없이 중국은행이 뒤에서 쥐락펴락하는 걸 모르고 서양 언론들은 그저 제 나라 은행들만 헐뜯고 있으니 원! 중국은행이 이제는 서양 국가들에서 배당금을 받아 음 진영 군대에 전쟁 장비까지 대주고 있어요.」

「다행히 우리 러시아와 당신네 인도는 젊고 용맹한 나라요. 중국은행에 진 빚도 없으니 전쟁이 두려울 이유가 없지.」

「세계가 몽매함에 빠지지 않게 우리가 희생을 합시다.」

「나는 중국인들이 지배하는 세상은 상상도 하기 싫군요. 티베트를 지키기 위해 동쪽 전선에 추가로 몇 개 사단을 파견하리다.」

두 남자는 힘들지만 필요한 결단을 내렸다는 생각에 적이 위안을 느끼는 눈치다.

러시아 대통령 파블로프가 한 가지 사실을 덧붙인다.

「털어놓을 게 있습니다. 결정적인 역할을 할 수도 있는 비밀 동맹이 우리한테 있다는 사실을 그동안 내가 얘기 못 했어요. 에마슈들 말이오.」

「그들은 늘 〈중립〉을 표방해 오지 않았습니까?」

「표면적으로는 그렇지요. 사실, 에마슈들이 중립을 주장하는 게 효과적이라고 판단해 같이 머리를 짰던 거요. 합의한 내용입니다.」

「판세가 완전히 달라지겠군요. 그렇다면 나는 우리의 승리를 확신합니다.」

161

실망한 다비드와 히파티아가 쓸모가 없어진 여행 가방들을 마나바이 호텔 방에 던져 놓고 각자의 침대에 털썩 눕는다. 손 하나가 리모컨을 찾고 있다. 그녀는 TV를 켜고 인간들이 활약하는 분노의 드라마를 원격으로 지켜본다.

과격해져만 가는 이미지들 앞에서 머릿속이 하얘진다.

히파티아가 벌떡 몸을 일으키더니 냉장고에서 얼음을 꺼내고 쿠션을 찾아 가지고 온다. 두 사람은 마치 영화관에서 액션 영화를 관람하는 듯한 자세. 일부 르포는 현장에서 더블 렌즈로 촬영했기 때문에 적합한 3D 안경이 있으면 입체 화면으로 즐길 수 있다는 안내 자막이 스크린 아래쪽에 뜬다.

「우리가 기분을 맞춰 줄 때까지 지구가 기다릴 수밖에 없겠는걸.」다비드가 어깨를 추어올리며 상황을 정리한다.

바로 이 순간, 극심한 두통이 찾아온다. 그가 미간을 찌푸리면서 머리를 움켜쥐더니 통증을 견디지 못하고 비명을 지른다. 히파티아가 즉시 TV의 소리를 끈다.

「웰스 교수님! 괜찮으세요? 왜 그러세요?」

「아주 심하군. 머리가 깨질 것 같은 편두통이야.」

「전에도 이런 일이 있었어요?」

「있긴 했지만 이 정도로 심하진 않았어.」

그녀가 그의 귀를 살펴보면서 침 자리를 확인한 다음 침을 꺼낸다.

「지구를 기분 좋게 해주지 못할까 봐 스트레스를 받으셨군요?」

「그이가 자신의 통증을 나한테 전하는 것일 수도 있지. 죽을 지경이군.」

「그이가 선생님을 벌하는 걸까요? 그렇다면, 왜 저는 뺐을까요?」

「지연의 책임을 나 개인한테 묻는 것이겠지.」

또 한 번 격렬한 통증이 그의 관자놀이로 퍼져 나간다. 침을 놓는 히파티아의 손길이 빨라진다.

「숨을 크게 쉬세요!」

그가 호흡을 가다듬으려고 애를 써도 소용이 없다.

그녀가 은색 침을 몇 개 더 놓는다.

그제야 겨우 통증이 가라앉는 것 같다.

「모든 것은 연결돼 있어.」그가 들릴 듯 말 듯 중얼거린다. 「어떤 때는 그게 장점인데 어떤 때는 단점이 되기도 하지. 이번엔 정말이지 시스템 밖으로 뛰쳐나오고 싶더군.」

히파티아가 수건을 들고 가서 찬물을 적셔 오더니 그의 관자놀이에 조심스럽게 올려놓는다.

「결국 우리의 지구가 생각만큼 너그럽지 않다는 것을 확인하게 됐네요. 선생님이 자기의 유일한 희망인 걸 알면 봐줬어야죠.」

「그이가 그걸 조절할 수 있을까? 그리고, 누가 과연 너그러울까? 누가 잘되길 바라는 누군가가 과연 존재할까?」

그가 숨을 깊이 들이마시고 나서 덧붙인다.

「생태계에서 우리 모두는 지구에 존재하는 다른 입주자의 식욕을 시들하게 만들거나, 잡쳐 놓거나, 자극하고 있지. 심지어는 박테리아, 물고기, 식물도 여분의 먹이와 물, 햇빛을 차지하기 위해 자신을 둘러싼 생명을 파괴하는 것을 우선 목표로 삼는 경우가 허다해. 우리 모두는 경쟁 관계에 있어. 이웃의 실패가 종종 우리의 생존과 직결되지.」

「저는 선생님이 잘못되는 걸 바라지 않아요. 지구가 잘못되는 것도 바라지 않아요. 이 긴장 관계를 어떻게 풀어 나갈지 고민이에요.」

그녀가 다가오더니 침이 꽂히지 않은 그의 어깨를 주물러 준다.

「우리 수준에서, 우리가 할 수 있는 한에서 해결을 위한 최선의 노력을 다하기로 해요.」

호텔의 다른 투숙객들이 뉴스를 틀어놓고 보는 소리가 꿍꽝꿍꽝 밑에서 올라온다.

다비드 웰스는 침이 듣기 시작하는 느낌을 받는다. 서서히 차분하고 편안해지더니, 즉석 침술 덕에 기의 배열이 바뀐 탓인지 스르르 잠에 빠진다.

162

백과사전: 아메리카 선주민들의 벌새 전설

아주 옛날, 인간이 생기기도 전에, 거대한 불길이 느닷없이 밀림을 덮쳤다. 기겁한 동물들이 사방으로 흩어져 달아났다. 그런데, 유독 한 동물만은 자리를 지켰다. 벌새라는 자그마한 새였다. 새는 강과 불이 난 숲을 쉼 없이 오가며 그 자그마한 부리로 물을 한 방울씩 길어다 불 위에 뿌린다.

커다란 부리를 가진 투칸이 벌새의 반복되는 행동을 지켜보다 못해 한 마디 한다.

「제정신이 아니구나, 벌새야. 아무 소용이 없다는 걸 잘 알잖니. 설마 온 숲의 불을 그렇게 끄려는 건 아니지?」

「음, 나 혼자서 대단한 걸 할 수 없다는 건 잘 알아.」

벌새가 대답한다.

「하지만 해결을 위해 내가 할 수 있는 한에서 내 역할을 하고 있다고는 믿어.」

에드몽 웰스, 『상대적이며 절대적인 지식의 백과사전』 제11권

163

진한 흰색 폰 하나가 연한 흰색 폰한테 잡혀 칠각형 체스 판 밖으로 밀려난다.

「라다크에서 중국이 졌습니다.」 과학부 장관 에마 103이 설명한다.

왕 에마 109가 다시 물부리를 입으로 가져가더니, 화면에 나타난 인도 북부 지방을 유심히 들여다보며 연기를 훅 내뿜는다.

「그래도 전반적인 형세에는 큰 영향을 미치지 못하네.」

「이제 동맹이 확장되는 시기가 왔습니다.」

에마 103이 안다만에서 여전히 진행 중인 해전을 표시하기 위해 체스 판 한쪽에 진한 색과 연한 색의 흰색 비숍들과 초록색 비숍들을 섞어 새로운 지역을 만든다.

「바다에서는 누가 이기고 있는가?」

「양 진영이 여전히 우세합니다.」

또 다른 전투들을 표시하려면 색깔 있는 말들을 이렇게 저렇게 섞어 놓는 수밖에 없다. 장관이 진한 색 말들과 연한 색 말들을 군데군데 추가하자, 무지개처럼 색깔별로 가지런히 정돈돼 있던 칠각형 체스 판이 한 폭의 추상화로 돌변한다.

왕이 물부리 끄트머리로 체스 판 한쪽을 톡톡 친다.

「여기는? 이쪽에서는 무슨 일이 벌어지고 있는가?」

「새로운 동맹이 형성됐습니다. 적색과 청색이 손을 잡았지요.」에마 103이 설명한다.

「여성주의자들과 로봇들이 말인가?」

「제다의 종교 법원에서 일어난 테러 사건의 범인이 여성 안드로이드라는 사실을 저희 첩보 기관이 확인했습니다.」

「살아남은 〈게이샤 006〉 말인가?」

「그 로봇이 자신과 성능은 유사하지만 전투력은 현저히 뛰어난 클론을 제작하기 시작했답니다.」

「자네가 어떻게 알지?」

「사실은 저희가 시제품 개발을 도와주었습니다. 미래에 벌어질 일을 가장 잘 알 수 있는 방법은 직접 그 미래를 만드는 것이라고 전하가 저한테 말씀하시지 않았습니까?」

「이 게임에 이제 여성 안드로이드 군단이 등장했다는 말이군?」

에마 103이 진한 적색 나이트 하나를 체스 판에 추가한다.

「여성주의자들의 주장이 이만큼 관철됐던 적이 역사상 없습니다.」과학부 장관이 말한다.「오로르가 전 세계 여성주의자들의 에너지를 하나로 결집해 냈고, 〈노 섹스〉 날의 성공과 음 진영에의 합류로 여성주의자들의 정치적 입지가 강화되었습니다……」

「사우디아라비아인들을 죽였다는 건 결국 오로르가 이란인들의 편에 섰다는 뜻인데.」

「시간이 지나면 음 진영 내에서 녹색과 진한 흰색, 적색과 청색이 동맹을 결성할 것이 거의 확실해 보입니다.」 장관이 말한다.

체스 판을 들여다보던 왕이 말 몇 개의 자리를 옮겨 놓는다.

「어쨌든 다들 우리가 자신들만 은밀히 지원한다고 믿고 있습니다.」

왕이 턱을 끄덕여 만족감을 드러내고는 또 다른 진영을 가리킨다.

「흑색은 여전히 열외인가?」

「아닙니다, 전하. 지구의 뉴스를 접하다 보니 그들 내에도 동양 세력과 서양 세력이 생겼습니다. 한마디로 음 진영에 가까운 진한 검은색과 양 진영에 가까운 연한 검은색으로 나뉘게 된 겁니다.」

장관이 진한 검은색 말들과 연한 검은색 말들을 마주 보게 배치한다.

왕이 체스 판 주위를 돈다.

「황색 진영은 어떠한가? 2백 살 인간을 꿈꾸는 자들 말이야?」

「아직까지는 중립적입니다. 파비엔 풀롱 부인은 여전히 살아서 154살 생일을 맞았습니다. 살드맹 박사와 그가 이끄는 외과 의사, 사이버네틱스 학자 팀은 진영에 상관없이 대

495

가를 받고 정치인들과 고위 장교들을 치료해 주고 있습니다.」

「우리와 똑같군. 어느 한쪽 진영에 가담하지 않고, 진한 색과 연한 색으로 분열되지도 않고 단합을 유지하는 게 말이야.」

「어차피 살드맹이 할 수 있는 게 없지 않습니까? 1백세 노인들의 군대를 만들겠습니까 어쩌겠습니까?」장관이 묻는다.

「우리 쪽은 어떤가?」

장관이 우려감을 표한다.

「선거를 하게 되면 반거인 정당 PAGE이 자유 에마슈 국제 운동MIEL을 이길 것입니다.」

「세계 대전을 통해 거인들이 서로 살상하는 모습을 보니 경멸스럽기도 하겠지. 그거야 당연한 반응 아닌가.」왕이 인정한다.

「성난 개코원숭이들의 싸움을 구경할 때와 똑같은 심정일 겁니다. 우리한테는 이제 그들이 필요 없습니다. 그들한테 우리가 필요할 뿐이죠. PAGE의 주장도 바로 이것입니다. 솔직히 말씀드리면, 거인들과의 전면전을 주장하는 세력이 있습니다.」

「1백만 명으로 80억에 맞서자고? 아직 철이 덜 들었거나 정보에 어두운 자들인 모양이네.」

「그래, 이 비현실적인 주장을 앞장서서 하는 자가 대체 누구인가?」

「교주 에마 666입니다.」

왕이 초조한 기색으로 물부리를 뺀다.

「교주가 그 정도로 거인들에 대해 인종 차별적인 입장을 갖게 됐는지는 몰랐네.」

「달에서는 아무래도 지구에 사는 사람들이 더 우습게 보이지 않을까요.」

왕의 복잡한 심사가 얼굴에 드러난다.

장관은 미처 파악하지 못한 공격의 움직임이나 동맹 시도가 있을까 봐 왕이 초조해하고 있다고 판단하고 자신의 입장을 밝힌다.

「우리가 이길 겁니다, 전하. 제 말을 믿으세요. 거인들은 서로 물어뜯다 지칠 것이고, 비싼 대가를 지불하면서 우리한테서 전쟁 무기를 사 갈 것입니다. 결국은 나가떨어지겠죠. 그러면 우리가 우위에 서게 될 겁니다. 그러니 지금은 절대 섣불리 어느 한 진영의 손을 들어 주면 안 됩니다. 그러다간 우리도 살육극에 휩쓸리고 말 테니까요.」

왕이 여전히 말이 없자 장관이 다시 한번 설득에 나선다.

「우리는 지금 최고의 번영기를 누리고 있습니다. 공장들은 풀가동 중이고 주문은 폭주하고 있습니다. 은행 금고에는 돈이 쌓여 있습니다.」

왕의 얼굴에서 도무지 근심이 떠나지 않는다.

「우리 경제와 산업, 사회 안정이 황금기를 구가하고 있습니다.」 에마 103이 설득을 계속한다. 「이 상황이 지속되어야 우리한테 유리합니다. 지속이 되자면…… 어느 한 진영이 절대 승리를 해서는 안 됩니다.」

왕이 다양한 각도에서 체스 판을 들여다보고 있다.

「이미 판매 담당자들에게 가이드라인을 내려 보냈습니다, 전하. 그들이 세력의 균형을 잘 살펴보다가…… 지는 쪽에 최상의 품질을 제공할 것입니다.」

왕이 안락의자 겸 옥좌에 자리를 잡고 앉아 앞에 놓인 노트북의 자판을 두드리기 시작한다.

「중립을 유지하는 걸로 끝나서는 안 되네. 온 세상이 우리의 입장을 알고, 우리가 어느 한 편으로 기울까 봐 두려워하게 만들어야 하네.」마침내 왕이 입을 연다.

「무슨 말씀이신지요, 전하?」

「〈인류에 동화〉되고자 하는 우리가 절대 인간을 살상하는 일이 없으리라는 것을 명명백백히 밝혀 두어야 하네.」

「……하지만 우리가 살상의 무기를 저들의 손에 쥐여 주고 있지 않습니까.」

「가벼이 하는 말이 아닐세, 에마 103. 바로 지금, 바람의 방향이 바뀌기 전에 우리가 저들에게 강한 메시지를 던져야 하네.」

왕이 노트북을 두드리자 잔혹한 이미지들이 연달아 나타난다.

「어떻게 하는 게 좋겠나, 103?」

「〈중립 약속〉을 지킬 수 있을 만큼 우리한테 힘 있는 군대가 있다는 것을 저들에게 보여 주는 게 좋겠습니다. 저들의 격언 중에, 정확히는 모르겠지만 〈진정으로 평화를 원하면 전쟁을 준비하라〉, 〈전쟁을 불사하겠다는 것을 보여 주어라〉, 이 비슷한 것들이 있는데, 억지력을 보여 주라는 뜻입니다.」

「그 말을 들으니까 생각이 나는데, 저들을 여기로 최대한 많이 불러 모으세. 그래서 우리의 〈중립〉 역량을 보여 주세.」

장관도 고개를 숙여 왕의 컴퓨터 화면에 떠 있는 이미지들을 들여다본다.

「거인들은 오지 않을 겁니다. 지금 위기를 처리하느라 정신이 없습니다.」그녀가 단언한다.

「아니, 올 걸세. 그들은 UN에서는 우리의 파트너이지만 동시에 우리의 고객이기도 하지. 우리의 최신 발명 무기들을 저들 앞에서 시연하는 자리를 만드세. 살상 기계들을 보면 넋이 나갈 거야. 그들이 올 수밖에 없는 이유가 하나 더 있지. 내가 그동안 우리가 자신들만 비밀리에 돕고 있다는 인상을 모두에게 줘놨으니까. 그런다고 세상의 불이 다 꺼지지는 않겠지만, 최소한 우리의 성역만은 안전하게 지킬 수가 있을 걸세.」

「그들에게 우리가 개발한 신무기들을 보여 주면 깜짝 놀랄 것입니다. 갈매기 폭격기라는 게 있는데, 갈매기와 똑같은 형체의 폭격기가 알을 투하하죠. 당연히 진짜 갈매기 떼에 섞여 완벽한 위장도 가능합니다.」

「좋군. 또 뭐가 더 있지?」

「돌고래 잠수함인데, 이것 역시 마찬가지입니다. 에마슈 한 명이 조종석에 앉게 되는데, 진짜 돌고래와 흡사하고 레이더에도 감지되지 않습니다.」

「이번에는 저들이 정말 눈이 휘둥그레질 것 같네. 장하네, 103. 대단해. 자, 이런 굉장한 소식들이 있으니 서두르세. 우리 최첨단 장비의 공개 시연 일자를 다음 주로 잡기로 하지.」

장관이 흐뭇한 표정으로 자리를 뜰 채비를 한다.

「아! 한 가지 더 있네. 다비드와 통화를 했는데, 우리한테 잘하면 새 동맹이 생길지도 모르겠네. 여덟 번째 경기자인 지구 말일세. 웰스 교수를 불러서 지구와 공식적으로 동맹을 맺어야겠어.」

왕이 자리에서 일어나 창가로 걸어간다. 서쪽 수평선에 눈길이 닿자, 이글거리는 잉걸불처럼 아메리카 대륙으로 기우는 석양의 모습이 눈에 들어온다.

그녀는 확신에 차 있다. 이 위기 상황이 그들에겐 도리어 기회가 될 것이다.

164

아무르강 유역의 공세

상황이 급박하게 돌아가고 있습니다. 러시아 영토로 전격적인 돌파를 시도한 음 병력이 도시들을 차례로 함락하고 있습니다. 창 중국 주석은 이번 군사 작전을 〈골든 호드〉[8]로 칭하면서, 이번에는 아시아인들이 반드시 서양 정복의 위업을 이룰 것이라고 명시했습니다.

음 진영의 공세(이어지는 뉴스)

시아파 군대도 손쉽게 수니파 군대의 후방 방어선을 뚫었습니다. 역시 수적 우세와 〈골든 호드〉 작전의 성공이 아무르강 너머에까지 끼친 심리적 충격을 활용한 결과입니다. 쿠바 해군 역시 현재 플로리다의 마이애미를 공격 중에 있습니다. 전략 지정학 전문가이신 토마 아들레르 교수님을 스튜디오에 모셨습니다. 여러분께서 한결같이 궁금해하실 질문부터 제가 던져 보겠습니다.

「음 진영의 공세를 과연 저지할 수 있을까요?」

---

8 킵차크 한국. 몽골 제국이 분열된 이후에 설립된 4대 칸국의 하나로, 금장(金帳) 칸국, 골든 호드 Golden Horde라는 이명을 갖고 있다. 남러시아 지역에 광활한 영토를 지녔다.

「뤼시엔, 솔직히 돌발 상황이라는 점부터 인정해야 할 것 같아요. 1914년부터 1918년까지 벌어졌던 참호전처럼 이번 전쟁도 사우디아라비아, 인도, 러시아를 막론하고 모든 전장에서 무거운 장기전으로 흐르리라 예상했기 때문이죠. 사실 전문가들은 이번 전쟁이 장기전이지만 관리 가능한 전쟁이라는 데 이견이 없었어요. 어느 쪽으로든 저울이 기울게 만들 수 있는 세력은 초소형 인간들밖에 없다고 믿었습니다. 그들이 기발한 초소형 제품들과 달에서 전송받은 위성 사진들을 활용해 기술적 우위뿐 아니라 전반적인 판세를 읽을 수 있는 능력까지 확보했다고 판단했기 때문이죠. 그러던 차에 느닷없이 음 진영이 뚜렷한 우세를 보인 겁니다. 이번 군사 작전을 골든 호드에 빗댄 것이 우리 입장에서는 특별히 관심이 가는데요. 칭기즈 칸의 아들들이 이끄는 몽골 군대가 13세기 중엽에 유럽 전역을 정복할 뻔한 적이 있기 때문이죠. 그때는 빈을 포위했던 몽골군이 갑자기 동쪽으로 퇴각하는 것으로 끝이 났어요. 아무르강 방어선 돌파에 성공한 중국인들이 충분히 정복의 꿈을 다시 꿀 수 있는 상황입니다.」

「양(陽) 진영의 다른 전선도 뚫린 곳이 있지요? 플로리다와 사우디아라비아인가요?」

「저는 이란이나 쿠바보다 중국이 더 두려워요. ……우리를 향해 돌진하고 있으니까요. 이란 역시 튀르키예와 이스라엘, 이집트에 이어 아프리카 침공을 계획하고 있습니다. 라틴 아메리카 군대는, 멕시코가 텍사스의 방어선을 뚫어야 위협이 피부에 와 닿겠죠.」

「현재 전 세계적인 피해 상황은 어떻습니까?」

「앞으로 마땅히 〈제3차 세계 대전〉으로 불러야 하는 이번 전쟁이 발발한 후 약 70만 명이 사망한 것으로 추산되고 있습니다. 부상자와 실종자, 삶의 터전을 떠나 임시 수용소나 비참한 여건에서 생활하는 일반인은 제외한 숫자죠. 지금 투입되고 있는 어마어마한 전력을 감안하면 정상적인 감손율이죠.」

「분석 고맙습니다, 아들레르 교수님. 다음 소식을 전해 드리겠습니다.」

바티칸

살드맹 교수의 스위스 노년학 센터에서 치료를 받고 막 퇴원한 파이 3.14 교황은 로마와 전 세계를 향해 사랑을 다시 인간의 심장의 중심에 놓아, 과거의 증오와 해묵은 원한을 털어 버리고 새롭게 빵과 포도주와 형제애를 나눌 시간이 왔다고 말했습니다. 하지만 그의 강복에 대한 신도들의 관심은 갈수록 줄고 있는 것 같습니다. 일부 신도들은 성부께서 외교적 이유 때문에 동양 침략자에 맞서고 있는 서양을 지지하는 분명한 입장을 밝히지 못한 것 같다며 아쉬움을 표시했습니다. 공감의 알약인 〈앙파티아진〉에 반대하는 교황의 입장 역시 이 분자(分子)에서 평화의 희망을 발견하는 상당수의 젊은이들에게 의구심을 불러일으키고 있습니다. 교황은 일각에서 이미 〈알약 속의 예수 그리스도〉라 불리고 있는 이 약을 비난하면서, 다른 사람의 관점에서 사물을 보게 유도하는 앙파티아진은 여덟 번째 큰 죄라고 규정했습니다. 〈증오심으로 찢겨진 작금의 세상에서는 오로지 우리의 주 그리스도에 대한 믿음만이 인류를 구원할 수 있습니다. 한낱 의약 회사의 실험실에서 만들어진 알약이 이 믿음을 대체할 수 있다고 믿게 하는 것은 터무니없는 일입니다. 장클로드 뒤냐크 씨는 신도 집단을 현혹해 과학이 종교를 대신할 수 있다고 믿게 함으로써 진정한 신앙에서 눈을 돌리게 만들고 있습니다〉라고 교황은 말했습니다.

〈우주 나비 2호〉

지구에서 나비인들을 대표하는 대니얼 팀시트에 따르면, 인류에게 비상 탈출구를 제공할 것으로 여겨졌던 우주선 내에서도 격렬한 전투가 벌어지고 있다고 합니다. 우주선은 양 진영의 영향을 받았다고 주장하는 세력이 장악한 앞쪽과 음 진영이 차지한 뒤쪽으로 갈수록 뚜렷하게 분열되고 있습니다. 하지만 〈골든 호드〉 공세 이후 음 진영이 승기를 잡아가고 있는 지상과 달리, 우주에서는 어제부터 양 세력이 점차적들이 장악한 지역으로 파고들며 우세를 보이고 있습니다.

태양

태양 표면에서 또다시 어마어마한 분출이 일어났습니다. X29 등급에 해당하는, 다시 말해 초강력 흑점 폭발입니다. 태양의 흑점 폭발은 11년 내지 12년 주기로 일어나는데, 태양의 활동이 정점에 도달하는 순간에 태양 폭풍과 플라스마 분출이 발생합니다. 이때 광구 밖으로 분출되는 이온화된 물질들은 채층을 통과해 태양 표면에서 수천 킬로미터 상공까지 솟구치기도 합니다. 이렇게 해서 플라스마 아크가 형성되면 빛과 X선, 강한 열과 자기장을 내뿜습니다. 이 때문에 자기 폭풍의 위험이 발생하고 지구의 무선 통신에 장애가 일어날 수도 있습니다. 여러분이 쓰시는 휴대폰, 라디오, TV, 컴퓨터가 모두 영향을 받을 수 있습니다. 한 가지 좋은 점은, 북극과 남극에서 오로라를 관측할 수 있다는 것입니다.

165

첫 번째 날이 털을 당긴다.

두 번째 날이 털을 조금 더 당긴다.

세 번째 날이 털을 자른다.

겨우 급성 편두통이 사라진 다비드가 따뜻한 물에 몸을 푹 담그고 나와 기운을 차리려고 애를 쓰고 있다. 꼼꼼히 면도를 해나가는 손놀림을 통해 통증으로 흐트러진 집중력을 되찾는 중이다. 턱에 마지막 몇 터럭이 남았을 때, 그의 스마트폰이 울린다.

턱이 베이는 순간 그가 얼굴을 찌푸린다. 그는 수건으로 상처를 꾹꾹 누르고 나서 털을 마저 자른다. 비누 거품도 닦지 않은 채 통화를 시작한다.

휴대폰의 조그만 화면에 나탈리아 오비츠의 모습이 나타난다.

「날 좀 도와줘야겠어요, 다비드. 중대한 일이에요. 내가 말이죠, 양 진영에 합류해 달라고 에마 109를 설득했는데 소용이 없네요. 오로르 역시 나처럼 음 진영을 도와달라고 부탁한 모양인데 결과는 같았나 봐요.」

「오로르가요?」

그는 스마트폰의 스피커폰 기능을 켠다.

「사우디아라비아인들한테 혐오를 느낀 오로르가 페미니즘의 대의를 위해 중국 쪽과 손을 잡았어요.」

「에마슈들은 중립이고, 계속 중립을 지켜 나가겠다는 의

504

지가 확고해요. 최근 담화에서도 에마 109가 이 점을 분명히 밝혔어요.」

나탈리아 오비츠가 입술을 꾹 깨문다.

「문제는 말이죠, 군사적으로 잠시 잘 버티고 한동안은 이기기도 하던 우리 진영이 지금은 사방에서 지고 있다는 거예요. 그들의 도움이 꼭 필요해요.」

「서양을 파괴하는 동양이 결국 묵시록 세 번째 기사의 실체인가 보죠?」

「난 진지해요, 다비드. 심각한 사태가 벌어지고 있어요. 이번 전쟁을 통해 미국과 유럽이 더 이상 세계의 헌병 역할을 할 능력이 없다는 사실이 확인됐어요. 이제는 인구와 군사력, 경제력, 특히 금융의 영향력을 등에 업은 중국과 인도가 세계의 두 전략적 강자가 됐죠.」

욕실을 나온 다비드 웰스는 잠든 히파티아를 보고 스마트폰의 볼륨을 낮춘다.

「중국의 승리는 파국을 부를 거예요.」 나탈리아가 거듭 주장한다.

「아니, 왜요, 나탈리아? 페르시아인들은 침략자 알렉산드로스 대왕이 이끄는 그리스인들이 승리하면 파국이 닥칠 것이라고 믿었겠지만, 틀렸어요. 나중에 그리스인들도 술라 장군이 지휘하는 로마 침략군이 승리하면 파국이 닥칠 것이라고 믿었을 테지만, 틀렸죠. 뒤에 로마인들도 알라리크 1세의 서고트족 침략자들이 승리하면 파국이 닥칠 것이라고 확신했겠지만, 그것도 틀렸어요. 정치와 외교의 역사는 무수히 되풀이되는 침략을 통해 진화해요. 자연스럽게 사건들이 일어나는 걸 지켜보면서 일종의 〈침전〉 과정으로 받아들이면 안 되나요?」

「그 순진한 관점이 놀랍네요, 다비드. 현실적으로 보자고
요. 중국인들한테는 인간의 생명이 하등의 가치가 없어요.
그 나라엔 인권 따위는 없죠. 당연히 환경주의자들도 없어
요. 어떻게 하면 더 빨리 자산을 불려 나갈지만 계산하는 부
패한 억만장자 올리가르히들을 위한 독재 국가란 말이죠. 그
런 그들에게 전쟁은 그저 하나의 수단일 뿐이에요.」

「우리한테도 똑같은 사람들이 있죠. 그렇지만 이렇게 안
죽고 살아 있잖아요.」

「물론 우리도 완벽하지 않다는 건 인정하지만, 우리 서양
문화는 적어도 인본주의적이죠. 우리는 〈정의〉에 대한 의지
라도 있고, 권력자들이 하는 짓을 감시하는 언론도 있어요.
완벽하게 작동하지는 않더라도 말이죠. 우리는 국가 원수를
재판에 넘기기도 하고, 어느 누구도 법 위에 군림할 수는 없
어요. 여전히 인간의 생명은 우리가 지켜야 하는 소중한 가
치죠.」

「정말 그런가요, 나탈리아?」

「우리 유대교와 그리스도교 문화에는 모세의 십계명에
〈살인하지 말라〉고 나와 있죠. 나중에 예수 그리스도는 〈서
로 사랑하라〉고 했어요. 우리 역사는 전쟁의 연속만은 아니
에요. 르네상스라는 인본주의 흐름이 있었고, 계몽주의 세
기와 인권 선언이 있었어요. 우리는 가책을 느끼고, 후회하
고, 회한을 품을 줄 알아요. 한마디로 후퇴를 할 줄 알죠.」

「음, 만약 중국이 승리한다면, 그러한 유럽적인 가치들이
무력한 가치들이고, 인간의 생명에 대한 존중도 반대 세력도
없는 중앙 집권화된 체제와 부패야말로 현대 세계에 적합하

기 때문일 수도 있겠네요.」

「어쩌면 그렇게 끔찍한 말을 하죠, 다비드?」

「제 주관적인 관점을 버리고 객관적인 관점을 취하려고 애쓰고 있어요.」

「그건 이상에 불과해요. 불가능한 일이죠.」

「그렇지 않아요. 저는 지구가 가진 〈비인간〉의 관점을 들었어요. 히파티아와 함께 지구와 얘기를 나누었죠. 지구는 인본주의 따원 관심도 없어요. 인본주의는 결국 모든 것이 인간으로부터 비롯돼 인간으로 귀결된다는 믿음이죠. 부질없어요.」

다비드는 자리에 앉아서 편두통의 흔적을 말끔히 지우기 위해 관자놀이를 문지른다.

「중국인들은 잔혹해요.」

「실용주의자들이기 때문에 이해관계에 따라 움직여서 그래요. 잔혹함의 개념은 상대적인 거죠.」

「그들은 늑대들이에요.」

「늑대가 양보다 흥미로운 존재가 되면 안 되는 이유라도 있나요?」

「시아파들을 생각해 봐요. 시아파들이 수니파들을 개종시키거나 몰살한 다음, 전 세계를 상대로 지하드를 벌여 패전국들을 모두 개종시키려 하는 걸 상상해 봤어요? 처음에는 단합을 명분으로 내세워 이슬람 교도들만 공격하겠지만, 나중에는 브레이크 없이 질주할 거예요.」

「전적으로 종교적인 세계, 이것 또한 역사의 방향일 수 있겠네요.」

「음악과 영화와 문학, 여성의 피부 노출이 공식적으로 금지된 환경에서 하루 3분의 1을 기도에 할애하는 미신과 엄숙주의에 사로잡힌 인류를 상상할 수 있어요?」

다비드는 물러나지 않는다.

「그게 역사의 방향일지도 모르죠. 이슬람교는 절대 순종을 뜻해요. 인간이 자유로울 때보다 순종할 때가 행복하다면 그 선택을 존중해야죠. 언론이 어떻게 보도하든 간에 베일을 지지하는 시위가 반대하는 시위보다 많은 건 분명한 사실이에요.」

「진심이에요, 다비드? 당신 같지가 않아요.」

「저는 당신처럼 많이 걱정은 안 해요, 나탈리아. 제가 볼 때는 모든 배후에 경제적인 이유가 있어요. 사람들이 천연자원과 에너지 자원, 담수에 대한 접근을 놓고 유리한 위치를 점하려고 싸우고 있는 거죠. 정치적이고 광신적인 언설은 심약한 정신을 조작하려는 용도일 뿐이에요.」

이때 히파티아가 나탈리아 오비츠의 얼굴이 떠 있는 화면 앞에 나타난다.

나탈리아가 말을 삼키지 못하고 묻는다.

「오로르…… 대신이에요?」

다비드가 모르는 척하자 나탈리아가 말을 이어 간다.

「만약 〈골든 호드〉가 러시아를 치고 유럽까지 진격해 오면, 앞으로 우리한테는 힘든 날들이 계속될 거예요. 음 진영의 응원군까지 가세해 1천8백만 명에 달하는 〈골든 호드〉 군대가 지나가는 곳들이 완전히 쑥대밭이 되고 있어요, 다비드.」

「1천8백만 명이요? 통제하고, 먹이고, 이동시키는 게 보통 복잡한 일이 아니겠는데요. 무시무시한 메뚜기 떼…….」

「중국인들은 조직적이고 효율적이에요. 이동 중인 인간 군단을 완벽히 관리해 내고 있어요. 반면 상대편은 이들을 저지할 기술적 준비가 전혀 돼 있지 않죠. 알다시피 기발한 에마슈 발명품들 때문에 비행기와 탱크, 미사일이 용도 폐기된 지 오래예요.」

다비드가 어깨를 으쓱 추어올린다.

「그러면, 주사위는 던져진 거네요.」

「아니, 포기해서는 안 돼요.」

「제가 가이아를 설득해서 〈골든 호드〉가 지나는 길목에 지진이라도 일으키라고 할까요?」 그가 비아냥댄다.

「물론 그것도 해결책이 될 수 있겠죠. 하지만 우리의 지구가 어느 한쪽의 편을 들 리가 없잖아요. 아니에요, 다비드, 나는 우리를 구할 수 있는 것은 우리의 피조물인 에마슈들밖에 없다고 생각해요. 내 말 잘 들어요, 다비드. 내가 우리 쪽으로 에마슈들의 합류를 이끌어 내기 위해 묘수를 하나 생각해 났어요. 그런데 그게…… 조금 복잡하고, 철저한 비밀 보장이 필요해요. 하지만 극단적인 상황이니 극단적인 처방을 쓸 수밖에요. 종의 미래가 달린 문제예요, 정말이에요. 만약 〈골든 호드〉의 침략이 성공하면 우리는 진화가 아닌 퇴행의 길을 걷게 될 거예요. 당신 아이들을 생각해요. 아이들이 절반은 중국, 절반은 이란의 지배를 받는 세상에서 살게 되기를 바라요? 당신은 아이들에게 책임이 있어요, 다비드. 〈골든 호드〉를 저지하지 않으면 안 돼요.」

다비드는 얼굴을 닦고 나서 청량감 있는 애프터셰이브 로션을 양 볼에 톡톡 치듯이 바른 다음 통화 볼륨을 높인다.

166

백과사전: 골든 호드

유럽에서 최초로 대성당들이 건축되고 십자군 원정에 나서고 카타리파가 위세를 떨치고, 프랑스에서는 생루이왕과 필리프오귀스트왕이 권좌에 있던 13세기, 동쪽에서 위협이 감지된다.

40개의 몽골 유목 부족을 하나로 통합한 칭기즈 칸은 이 연합군을 이끌고 그의 표현에 따르면 〈세계 유일의 군주〉가 되기 위해 무한 영토 확장에 나설 채비를 갖춘다.

1213년, 그는 동쪽으로 공격을 감행한다. 그는 적 내부에서 일어난 배신 덕분에 중국 제국을 야만인들의 침략에서 지키기 위해 세워진 만리장성을 넘는 데 성공한다.

1215년, 힘겨운 포위 끝에 베이징을 함락한 칭기즈 칸은 도시를 약탈하고 집단 체형을 가해 중국인들에게 값비싼 저항의 대가를 치르게 한다. 그는 속국이 된 중국에 장군 몇 명을 남겨 다스리게 하고 서쪽 정벌에 나선다.

그는 20만 명의 병사를 이끌고 아프가니스탄의 산맥을 넘어 1218년에 페르시아 제국을 복속시킨다.

1221년에 인도에 도달한 칭기즈 칸은 북부 전역을 장악한다. 하지만 그는 5년 후 평범한 낙마 사고의 후유증으로 세상을 떠난다.

그러자 그의 아들인 오고타이(몽골어로 〈관대한 사람〉이라는 뜻)와 손자 바투 칸이 〈골든 호드〉라는 이름으로 몽골의 영토 확장을 위한 원정을 계속한다.

1237년, 오고타이는 바투 칸과 이란 침공을 계획했던 능수능란한 책사 수부타이 장군을 시켜 저항하는 서쪽 왕국들의 방어선을 뚫는다. 몽골은 러시아를 침공해 진군 길목에 있는 키예프, 블라디미르, 콜롬나, 쿠르스크, 모스크바 같은 도시들을 차례로 초토화시킨다. 몽골군은 약탈을 저지르고 여성들을 강간하고 포로들을 살해한다.

몽골군이 정복민들을 잔혹하게 집단 처형했다는 끔찍한 사실은 익히 알려져 있다. 역사학자들은 당시 러시아 인구의 절반 가까이가 그렇게 제거됐을 것으로 추정한다.

몽골인들은 전장에서 효과적인 전술을 구사한 것으로도 유명하다. 그들은 일부러 기아 상태로 살려 둔 포로들을 최전선에 인간 방패로 세워 적의 화살을 소진시키고 최초의 충격을 흡수하게 했다. 또한 퇴각하는 척하면서 적들을 아군이 매복해 있는 곳으로 유인하기도 했다.

평지 전투에서 몽골인들은 속도전에 능한 기마대를 활용했다. 기병들이 전투 도중에 갈아탄 싱싱한 새 말들이 구보로 적진을 향해 질주했다. 말을 타고 달리는 상태에서 활을 쏘는 몽골 기병들의 솜씨는 다른 나라 전사들에 비해 월등했다.

도시를 포위할 때는 투척 장치를 이용해 돌과 화살뿐 아니라 생포 중인 포로들까지 적진을 향해 날려 보냈다. 이렇게 적진으로 날아간 포로들 중에는 페스트 같은 치명적인 바이러스에 감염된 사람들도 섞여 있었으니, 가히 역사상 최초의 세균전이라 부를 만하다.

그들은 물을 건널 때는 분해가 가능한 배를 띄웠다. 통신을 책임진 파발꾼들은 잘 갖춰진 역참 제도 덕에 늘 싱싱한 말을 타고 이동했다.

현지에서는 수시로 정치적 소수 세력들과 손을 잡았다. 그들은 주변 지형에 밝고 당연히 다수 지배 세력에 적대적일 수밖에 없는 이 원주민 동맹군의 능력을 백분 활용했다.

1240년, 수부타이 장군과 바투 칸이 이끄는 몽골군은 폴란드를 침공해 크라쿠프를 함락한 뒤, 발슈타트 전투에서 독일과 폴란드의 연합 기병대를 격퇴하고 나서 기세를 몰아 크로아티아를 침공한다. 1241년, 수부타이와 바투 칸은 교묘한 포위 작전을 펼친 끝에 모히 전투에서 벨러 4세가 지휘하는 헝가리 군대를 격파한다.

이때부터 몽골군은 유럽 동부 전선을 향해 승승장구하며 진격을 계속한다.

1242년. 그들은 오스트리아의 수도인 빈의 성벽에 당도해 포위에 돌입한다.

그러나 오고타이 칸의 서거 소식이 전해지자 수부타이 장군과 바투 칸은 몽골로 돌아가서 장례식에 참석하고 새로운 칸을 추대하기 위해 어쩔 수 없이 최후 공격을 포기하고 돌아선다. 〈몽골 내의 행정적 절차〉 때문에 결국 골든 호드는 진군을 멈추고 오스트리아 함락을 포기한다. 서유럽의 나머지 국가들은 이 덕분에 자신들의 동쪽 변방이 침공 위험에서 아슬아슬하게 벗어났다는 사실을 물론 인지하지 못했다.

에드몽 웰스, 『상대적이며 절대적인 지식의 백과사전』 제11권

167

창 주석은 비관적인 전망 속에서도 정중한 미소만은 잃지 않고 있다.

「의심의 여지가 없어요. 그들이 비밀 협약을 체결한 게 분명합니다. 에마슈들이 앞으로 양(陽) 진영에 은밀히 최첨단 장비를 공급할 거예요.」이란 대통령이 목청을 높인다.

「그들이 무엇 때문에 그런 짓을 하겠습니까?」

「한동안 양쪽 진영에 다 물건을 팔다가 현금을 넉넉히 보유하게 되니 참전을 결심한 거요. 결국 우리의 적을 택한 것이고.」

두 국가 원수가 화상 통화 중이다.

「정보의 출처가 어디요, 자파르?」

「에마슈 스파이 하나를 잡아 자백을 받았습니다.」

주석이 선뜻 동의하기 어렵다는 듯 입을 비죽 내민다.

「중립을 표방한 에마슈들이 왜 그런 선택을 하겠어요? 우리한테 도움까지 주겠다고 약속하지 않았습니까?」

「거짓말이에요. 그들이 우리를 배신했습니다. 초소형 인간들이 달에서 우리 군대의 정확한 포진 위치를 찍은 사진들을 이미 적에게 전송했다는 첩보를 입수했어요. 우리가 확보한 사진들과는 비교가 되지 않는 화질입니다.」

다시 한번 창 주석이 입을 실룩이며 회의적인 반응을 보이지만 상대는 주장을 굽히지 않는다.

「돌이킬 수 없을 때까지 기다려선 안 돼요. 동물처럼 생긴 위장용 에마슈 신무기들이 판세를 완전히 바꾸어 놓을지도 모릅니다. 그들이 갈매기 폭격기와 어뢰 발사용 돌고래 잠수함을 전투해 투입한다고 생각해 보세요. 진짜 동물들과 구분도 할 수 없을뿐더러, 우리 측 공격이 전면 무력화될 게 분명하지요. 정말 걱정스러운 건 따로 있습니다. 우리가 입수한 정보에 의하면 초소형 인간들이 양(陽) 진영의 군대들에 요격이 불가능한 미사일을 대줄 것이라 하는데, 그렇게 되면 우리 진영의 수도들은 바로 막대한 살상력을 지닌 그 미사일의 사정권에 들어갈 것입니다.」

창 주석이 여전히 설득된 것 같지 않자, 자파르 대통령이 화면에 더 가까이 잡히려고 전화기 앞으로 바짝 다가든다.

「에마슈들이 진영을 선택했는데, 단연코 우리 진영은 아닙니다. 제2차 세계 대전 때 미국도 중립을 표방했지만 결국에는 노르망디 상륙 작전에 참가하지 않았습니까. 더 늦기전에 정신을 차리고 대처하지 않으면 안 돼요. 서양 속담에 있는 〈치료보다 예방이 낫다〉는 말처럼.」 자파르가 쐐기를 박는다.

「미안하지만 나는 도저히 못 믿겠습니다.」

「어쨌든, 위험이 아주 큰 것만은 사실이에요. 우리가 지금까지 이룬 성과를 생각하면 실패의 위험을 감수할 수는 없어요.」

창 주석이 고심 끝에 한마디 내뱉는다.

「그 말은 맞습니다. 그들이 나쁜 진영으로 기울 가능성이 열에 하나에 그친다 해도 위협을 무시해서는 안 되지요.」

자파르 대통령은 그제야 마음을 놓는다.

「내가 이미 베네수엘라 동료와 협의를 거쳐서 에마슈들이 아예 우리와 맞설 생각조차 못 하도록 따끔하게 혼을 내줄 계획을 세워 놓았습니다. 작전명은 〈첫 번째 경고〉라고 붙였어요.」

168

저들은 어떻게 내 기분을 맞추는 것보다 서로 죽고 죽이는 게 중요하다고 생각할 수 있지?

인간들은 마치 시계처럼 맞춰져 있어, 세대마다 전쟁을 벌인다. 지난 전쟁의 잔혹상을 잊을 만하면 다시 전쟁을 일으킨다. 청년 남성들은 최대한 폭력적이고 파괴적인 전쟁을 원한다. 저들의 정체성이라 할 수 있는 성장의 필요와 〈보다 많이〉라는 개념 속에 〈다음 전쟁에는 보다 많은 사상자를〉 내겠다는 생각이 숨어 있다.

이번 전쟁은 전례 없는 새로운 양상을 띠는 것 같다. 저들이 신속히 살상을 마무리하고, 나와 수정이 가능한 소행성을 찾아내서 데려오는 임무에 신경을 써주면 좋겠다.

저들은 반드시 그래야 한다.

169

그들은 옴 군대가 무소불위의 힘으로 진격하는 모습을 보도하는 뉴스 화면에서 눈을 떼지 못하고 있다. 이때, 전화기가 울리고 나탈리아 오비츠 대령의 얼굴이 나타난다.

「이번에는 우리가 진 것 같아요.」 그녀가 인정한다. 「〈정신력〉 작전이 실패했어요.」

「뭐가요?」 다비드의 목소리에 우려가 깃들어 있다.

「내가 우리 첩보원 하나를 에마슈들이 우리 진영에 합류했고, 앞으로 우리한테 정교한 무기를 제공해 주게 될 것이라고 믿게 만들었어요. 그러고 나서 어렵사리 그를 위험한 작전에 투입했고, 결국 그는 적에게 체포됐어요. 나는 그 첩보원이 결국 입을 열게 될 줄 알았어요. 정말로 자신이 하는 말을 믿고 있는 사람의 입에서 나오는 얘기니 적에게 설득력이 있으리라 확신했죠. 아주 기초적인 수준의 정보 조작 작전의 일환이에요. 제2차 세계 대전 때 독일군을 속이기 위해 연합군이 고안했던 유사한 작전에서 아이디어를 얻었는데, 영어 작전명은 〈커리지courage〉였죠. 처칠의 제안에 따라 당시에 연합군이 아군 측 첩보원 몇 명에게 도버 해협 침공 계획을 흘렸어요.」

「그래서 작전이 먹혔나요?」

「완벽하게. 첩보원들이 체포되고 자백을 했어요. 1943년 12월의 일이죠. 거짓 정보에서 나온 도버 해협 쪽 상륙이 어찌나 그럴듯했는지, 1944년 6월 6일에 연합군이 노르망디에 상륙하고 난 뒤에도 독일군은 보다 대규모의 2차 상륙 작전이 도버 해협에서 감행되리라 믿었어요. 그래서 9월까지 그쪽에 군대를 주둔시켰죠. 첩보 기관의 승리였어요. 그런데 이번에는 우리가 첩보원을 잘못 골랐는지, 이 멍청이가 고문을 받고도 끝내 자백을 하지 않고 사망한 것 같아요.」

「지나치게 복잡한 계획을 세우거나 지나치게 책임감이 강한 사람들과 일하다 보면 이런 위험이 생기죠.」

「그러니까 고문을 받을 줄 알면서 일부러 첩보원을 파견했다는 말씀이세요?」 히파티아가 발끈하며 화상 전화로 다가온다.

「수백만 명의 죽음을 피하기 위해 한 명이 죽는 거예요. 치를 만한 가치가 있는 대가죠. 어차피 〈달걀을 깨지 않고는 오믈렛을 만들 수 없는〉 것이니까. 특히 전쟁에서는.」

「정보원한테 조금만 버티다가 불어 버리라는 언질을 주는 게 마땅하지 않았을까요.」 히파티아가 입술을 깨물면서 불만을 토로한다.

「그러면 설득력이 떨어졌을 거예요. 최대한 오래 버티다가 굴복하는 게 자연스럽죠. 안됐지만 그게 전략인 걸 어쩌겠어요.」

히파티아는 미간을 구기기만 할 뿐 차마 속마음을 털어놓지는 못한다. 다비드는 이스터섬의 지역 주를 한 잔 따르더니, 그 독한 술을 단숨에 비운다.

「어쨌든 〈정신력〉 작전은 실패했어요.」

「이제 〈골든 호드〉의 진격을 최대한 늦추기 위해 우리가 버텨야겠네요.」

히파티아의 말에 뼈가 있다.

나탈리아가 큰 소리로 탄식 같은 말을 내뱉는다.

「우리 요원의 정신력 때문에 일이 틀어지다니, 나 참. 전쟁의 결말이 이런 것에 달릴 수도 있다니…….」

긴 침묵이 이어진다.

별안간 전화벨이 울리더니, 나탈리아가 한참을 상대의 얘기에 집중한다. 그녀가 말한다.

「새로운 정보가 입수됐어요. 우리 첩보원이 입을 열었다는군요. 〈정신력〉 작전은 성공했어요.」

그러더니 그녀가 가는 한숨을 내뱉는다.

「이제 예측 불가능한 상황이에요. 이 학살극의 끝은 어디일까요?」

170

백과사전: 전쟁별 사망자 숫자

대규모 살상이 벌어진 역사적 사건들:

제2차 세계 대전(1939~1945년): 6천5백만 명

중국: 마오쩌둥 정권의 숙청(1949년부터): 4천5백만 명

제1차 세계 대전: (1914~1918년): 2천2백만 명

러시아: 스탈린 정권의 숙청(1950년부터): 1천3백만 명

한국: 6.25 전쟁(1950년부터): 280만 명

수단: 내전(1955년부터): 190만 명

캄보디아: 크메르 루주(1975~1979년): 180만 명

베트남: 독립 전쟁(1954년부터): 170만 명

아프가니스탄: 소련과의 전쟁 그리고 탈레반과의 전쟁(1980년부터): 160만 명

나이지리아: 비아프라 분리 독립 전쟁(1967~1970년): 130만 명

이라크: 대이란 전쟁(1980~1988년): 120만 명

에드몽 웰스, 『상대적이며 절대적인 지식의 백과사전』 제11권
(샤를 웰스의 개정을 거친 것임)

171

도시가 이토록 평화로운 적이 없었다. 연보라색 연꽃 모양의 왕궁 꼭대기에서 왕이 거인들의 살상 무기를 생산하느라 연기를 뿜어내는 군수 공장들을 내려다본다. 대로들을 오가는 수많은 행인들의 발걸음에서 여유가 느껴진다.

경제적 번영의 효과다. 수년 간 시련 속에서 노력한 결과라는 것을 국민들은 다 알고 있다. 거인들은 지금 서로 죽고 죽이고 있지만, 여기서 멀리 떨어져 있고, 숫자도 무척 많다…….

그들은 죽이면 죽일수록 더 죽이고 싶어질 테고, 그럴수록 우리는 부유해질 것이다.

이제 시선을 차분하게 먼 미래로 돌려 보다 야심 찬 계획들을 구상할 수 있게 됐다.

왕이 자신의 스마트폰을 든다.

「여보세요? 다비드? 상황이 차분해지는 대로 내가 연락을 주겠다고 했었지. 이제 됐네. 자네를 통해 지구의 입장을 들어 보고 싶어. 제일 빠른 비행 편으로 오게, 기다리고 있을 테니.」

「죄송합니다, 전하. 모든 민간 여객기의 운항이 취소되었어요.」

「그럼 내가 수상 비행기 택시 서비스를 요청하겠네. 사실은 이미 불러 놨네. 극비리에 말이야.」

그녀가 컴퓨터에서 섬의 지도를 들여다보더니 말한다.

「……자네들을 키키리로아 곳에서 태우라고 하면 되겠어. 이제 우리 지구가 우리한테 기대하는 바를 들어봐야겠네. 여덟 번째 경기자의 차례가 왔어.」

172

〈첫 번째 경고〉 미션은 베네수엘라의 콘비아사 항공사가 운행하는 보잉 797 여객기를 통해 실행에 옮겨지고 있다. 비행기 안에는 승객 1백여 명과, 수영복, 샌들, 자외선 차단 제품들이 가득한 여행 가방들이 실려 있다.

항공기는 뜨거운 태양 아래서 음악과 욕망의 비상구 같은 춤이 어우러지는 이비사섬으로 날아가기 위해 대서양을 서에서 동으로 횡단할 예정이다.

그런데, 비행기가 살짝 항로를 벗어나 아소르스 제도를 향해 기수를 돌린다.

173

왕 에마 109 주위에 마이크로 랜드의 각료들이 모여 서서 스크린에 나타난 세계 지도를 들여다보고 있다. 달에 설치된 에마슈 카메라들에 포착된 거인들의 병력 이동 현황이 지도에 실시간으로 표시되고 있다.

왕은 실제 전투들보다 칠각형 체스 판에서 벌어지는 전투들에 더 관심이 많은 듯 보인다.

역시 칠각형 체스 판을 들여다보고 있던 국방부 장관 에마 515가 연한 흰색 폰을 몇 개 들어내더니 체스 말들의 무덤으로 쓰이는 상자에 집어넣는다.

「뉴스로 보도된 내용과 우리 정보기관에서 보고한 내용을 종합하면…….」

에마 515가 연한 녹색 폰 두 개와 진한 녹색 폰 세 개가 마주 보고 있는 쪽을 가리킨다. 진한 녹색 폰에게 잡힌 연한 녹색 폰 하나도 〈패전국 상자〉로 직행한다.

「이것이 사우디아라비아의 상황입니다.」

뒤이어 그녀가 연한 흰색 폰 하나가 진한 흰색 루크 두 개와 적색 나이트 하나와 대결 중인 곳을 가리킨다.

「이건, 〈골든 호드〉입니다. 적색 여성주의자들과 청색 안드로이드들이 음 진영에 합류했습니다.」

장관이 다른 말들의 위치도 이리저리 바꿔 놓는다.

「방어 중인 반대 진영에는, 황색이 새로 합류했습니다. 서양 군대에 부상자가 속출하자 충격을 받은 살드맹 박사가 양(陽) 진영을 위해 자신의 재능을 쓰기로 결정한 것입니다. 박사는 스위스에 초대형 병원 시설을 꾸려 중상자들을 대대적으로 신속히 치료하고 있습니다.」

경제부 장관이 설명을 보탠다.

「우주선 내에서 연한 흑색과 진한 흑색으로 갈라져 있는 흑색 진영도 추가해야겠죠.」

「결과적으로 현재 음 진영에서 동맹을 결성한 세력은 진한 흰색+진한 녹색+적색+청색+진한 흑색입니다.」

각료들이 칠각형 체스 판 주위를 빙 돈다. 왕이 덧붙인다.

「반대편인 양 진영에서는 연한 흰색+연한 녹색+황색+연한 흑색이 세를 규합했지.」

왕이 물부리에 불을 붙이더니 빠끔빠끔하며 동그란 연기를 뱉어 낸다.

「적어도 지금은 두 진영의 구분이 뚜렷합니다.」

「그리고 우리는 태평성대를 누리고 있습니다. 무기 판매 역시 지속적으로 증가하고 있습니다.」 경제부 장관이 끼어든다.

「우리가 의도했던 건 아니지.」 왕이 지적한다.

「그래도 누릴 건 누려야지요.」장관이 덧붙인다.

왕은 각료들만큼 들뜬 것 같지는 않다.

「불쌍한 거인들. 안됐어.」그녀가 독백처럼 뱉는다.

「어차피 우리가 그들에게 해줄 수 있는 건 아무것도 없습니다. 그들은 우리의 능력을 넘어서는 자기 파괴의 충동에 시달리고 있어요.」

「하지만 곧 우리한테 중요한 동맹이 생길 걸세. 여덟 번째 경기자, 지구지. 내가 대표단을 모셔 오라고 수상 비행기를 보내 놓았으니, 가이아가 마이크로 랜드의 국민들과 맺고 싶은 동맹의 조건을 조만간 알 수 있을 걸세.」

「거인들은 어떤 입장을 취할까요?」

「우선은 지구와 특별한 관계를 맺어 볼 생각이네. 그다음에 관계를 다른 인간들로까지 확대할 수도 있겠지.」

화상 전화가 울린다. 화면을 켜자 교주 에마 666의 모습이 나타난다.

「그래, 달은 어떤가?」

「기지를 계속 확장하는 중입니다, 전하. 넓이뿐 아니라 깊이도 늘려 가고 있습니다.」

「좋네. 그곳의 인력 증원을 위해 개척자 1백여 명이 잠시 후에 이륙한다는 소식을 전하네. 파견대에는 자네가 잘 아는 사람도 한 명 있지…… 과학부 장관 에마 103이 가네.」

「대환영입니다. 그녀는 제가 무척 높이 사는 사람이죠. 이곳의 새로운 라이프 스타일을 마음에 들어 할 거예요. 그런데 지구는, 상황이 어떻습니까?」

「플로르스 말고는 아주 골치 아프네. 하지만 적어도 여기 있는 우리는 편안하지.」

접견 담당관이 들어와 로켓이 곧 이륙할 예정이라고 알리자 각료들의 시선이 일제히 통창으로 쏠린다. 새로운 개척자들과 과학부 장관을 태운 우주선이 지구를 떠나는 모습이 눈에 들어온다.

왕은 화상 전화기를 끄고 나서 기체가 상공으로 올라가는 장면을 더 잘 보기 위해 테라스로 나간다.

「가끔은 나도 따라가고 싶지만…… 내가 맡은 책임이 있으니 여기에 남을 수밖에.」 왕이 지팡이를 짚으면서 아쉬움을 토로한다.

각료들이 다 떠나고 에마 109 혼자만 테라스에 남는다. 로켓은 벌써 하늘에서 사라지고 없다. 로켓 이륙은 이제 흔한 일이 되어 언론의 관심도 호사가들의 흥미도 끌지 못한다.

왕이 꽃 모양 왕궁의 꽃잎 위를 걸어 나간다. 제3차 세계 대전 발발 이후 은행의 현금 보유량이 어마어마하게 늘면서 건물 신축과 사회 간접 자본 확충, 연구소 건립과 연구 단지 조성에 활발한 투자가 이루어졌다. 그 결과 불과 몇 달 사이에 마이크로폴리스는 지구에서 마지막으로 남은 안전한 땅이자 세계 과학과 주식의 중심지가 되었다.

거인들이 서로 싸우다 지칠 때, 우리 도서관에 자신들의 책이 보관돼 있고 자신들의 지식이 손상되지 않고 디스크에 보관돼 있다는 사실을 알면 좋아할 것이다. 결국 우리는 인간들을 죽음의 충동으로부터 구해 주고 있는 셈이다.

그녀는 미동도 않고 서서 입가에 미소를 머금은 채 자신이 완성하는 데 일조한 세상을 내려다본다. 그녀는 태블릿 PC를 꺼내 종들의 진화에 관한 파일을 열어 머리에 떠오르는 생각들을 기록한다.

〈사실, 상당수의 사람들은 시간이 진행될수록 과거는 사라져 가는 레일처럼 진화를 단선적 현상으로 이해하고 있다. 하지만, 달리 사고해 볼 수도 있다. 진화가 단선적으로 일어나는 것이 아니라 별 모양의 과정을 겪는다는 상상도 가능한 것이다. 별의 한 가지는 다른 가지로 이어진다. 이렇게 보면 진화는 평행적으로 동시에 일어날 수도, 유턴을 거칠 수도 있다. 단선 진화의 관점은 우주에 대한 편협한 시각으로 이어지지만, 별의 관점은 우주에 대한 전방위적 사고를 가능하게 한다.〉

왕은 이런 직관적 인식에 이르렀다는 사실이 뿌듯하다. 그녀는 자신이 태블릿PC에 생각을 적을 때마다 이 파일이 달에 자동 저장된다는 사실을 떠올린다. 모든 생각이 영원불멸해지는 것이다.

〈기술이 부리는 마법이야. 생각은 더 이상 사라지지 않고 수정 가능성을 획득하게 되지.〉

스마트폰의 버튼을 누르자 신호음이 주방에 울린다.

그녀 앞에 커피가 대령된다.

〈우리가 그동안 잘해 왔으니 앞으로는 틀림없이 훨씬 쉬워지겠지.〉

174

베네수엘라 국적 항공기 밑으로 아소르스 제도의 섬들이 하나둘씩 나타나기 시작한다.

마이크로폴리스의 관제탑에서는 즉시 항공기에 운항 경로의 오류를 알리고, 정상 항로를 되찾는 데 필요한 새로운 위치 정보를 제공해 준다.

베네수엘라 항공기의 기장은 깜빡 조는 바람에 실수가 생겨서 미안하다고 사과하지만, 기수를 돌리지는 않는다.

베네수엘라 콘비아사 항공사의 보잉 797 여객기가 아소르스 제도의 1만 피트 상공을 날고 있다.

175

저들의 무선 통신 음파를 잡는 과정에서 나는 저들이 조만간 인구가 1만 명이 넘을 완벽한 자급자족 도시를 달에 건설하는 데 성공했다는 사실을 알게 됐다.

갈수록 열악해지는 내 표면의 상황과 전쟁 때문에 저들이 대기가 없고 회전 운동도 일어나지 않는 저 둥그런 돌덩이에 머물겠다고 마음먹는 일이 일어나서는 안 된다.

저들이 수시로 나를 성가시게 하는 것은 사실이지만, 자갈로 뒤덮인 공이, 나쁜 기억으로 남아 있는 과거의 상처가, 공기도 물도 대양도 동물도 식물도…… 없는 쓰레기 더미 구체가 감히 〈나의〉 인간 기식자들을 받겠다고 나와 경쟁하려 들다니 참으로 어처구니가 없다.

176

다비드와 히파티아가 수상 비행기에 오른다.

콧대가 주저앉고 얼굴에는 흉터가 빼곡한 빨간 머리 조종사가 승객들의 짐을 비행기 뒤쪽에 싣는다.

「이 근방 분위기가 아주 후끈 달아오르기 시작했어요. 칠레와 아르헨티나 간에 공식적으로 전쟁이 났죠. 혹시 아시나 모르겠는데, 이스터섬 동쪽에서 양 진영에 합류한 남미 국가들인 페루, 콜롬비아, 칠레와 음 진영에 속한 브라질, 베네수

엘라, 아르헨티나 사이에 해전이 벌어졌어요. 서로 죽고 죽
이느라 난리죠. 여기서 별로 안 멀어요.」

비행기 조종사가 엔진의 시동을 켜더니 그들에게 안전벨
트를 매라는 신호를 보낸다.

「왕 109께서 전쟁 통에 이 위험천만한 지역에서 비행기를
띄우라고 하시는 걸 보면 두 분이 보통 중요한 분들이 아닌
가 봐요. 뭐, 나야 보너스를 받으니 좋지만.」

「우리가 중요한 사람들이 아니라 우리가 대표하는 분이
중요한 분이에요.」

「아, 국가 원수인가 보네?」

「그보다 더 높아요.」

177

보잉 797기가 플로르스섬, 정확히 말해 수도인 마이크로
폴리스의 머리 위를 날 때, 일반적으로 초과 화물을 적재하
는 여객기의 후미 화물창 문이 특수 제작된 원격 조종 장치
에 의해 열린다.

나무와 가죽으로 만든 묵직한 고급 여행 가방 하나가 다른
짐들에 섞여 화물창 밖으로 떨어진다.

마이크로 랜드의 항공 관제사들은 우발적인 사고라고 판
단해 경보를 발동하지도, 군에 통보를 하지도 않는다. 그저
짐 가방들이 쏟아져 내린다고 여긴다.

그런데 낙하 중간 지점에서 문제의 큰 가방이 열리면서 내
용물이 모습을 드러낸다. 페르시아어 기호들이 몸체에 적히
고 작은 날개가 끝에 달린 원통 모양의 흰색 물체.

마이크로 랜드의 항공 관제사들이 이 물체의 정체를 파악

525

했을 때는 이미 요격 미사일을 발사하기에 늦은 상태다. 가방의 내용물이 시속 9백 킬로미터 속도로 마이크로폴리스의 도심인 콘크리트 화원을 향해 급강하한다.

178

에마 109는 호기심이 발동한다.

좌우로 움직이던 형체에서 더 조그만 형체가 하나 빠져나오더니 아래로 떨어진다.

왕은 별안간 불길한 예감에 사로잡힌다.

그들이 설마……

흰색 점이 그들을 향해 수직 강하하는 모습이 눈에 들어온다. 이 모든 것이 슬로모션으로 일어나는 느낌이다.

179

날개가 달린 흰색 원기둥이 머리를 땅으로 향한 채 낙하 중이다.

안에서는 전자식 카운트다운이 시작돼 폭발까지의 시간을 1초씩 세고 있다.

180

왕은 너무 뒤늦게 깨달았다.

각료들의 시선은 이미 낯선 물체를 향해 있다.

에마 109가 눈을 깜박 감았다 뜬다.

슬로모션 속도가 한층 더 느려진다.

1초 1초가 이렇게 무겁게 흐른다고 느끼기는 처음이다.

마침내 발사체가 낙하지점에 닿는 순간, 미세한 폭발음

같은 것에 이어 정적이 흐르고, 다시 조금 더 크게 두 번째 폭발음이 들리나 싶은 순간 또다시 정적이 흐르더니, 별안간 빨아들이듯이 폭풍이 일어나면서 불기둥이 윗뿔 모양으로 치솟고, 굉음과 함께 노란색, 빨간색, 검은색이 뒤섞인 거대한 버섯구름이 피어오른다. 순식간에 대기 온도가 급상승하고 꽃 모양의 건물들이 날아간다.

왕 에마 109는 뜨거운 바람이 따끔하게 얼굴에 와 닿는 것을 느낀다. 버섯구름은 점점 커지면서 옆으로 퍼진다. 뜨거운 열기에 숨조차 쉴 수 없는 순간, 더 강력한 바람이 일어나 그녀를 덮친다.

뒤이어 찾아온 정적. 그리고 타닥거리며 솟아오르는 불길.

181

백과사전: 차르 봄바

냉전시대였던 1960년대, 미국과 소련은 더 뛰어난 살상력을 지닌 핵폭탄을 제조하기 위한 경쟁에 돌입했다.

이 경쟁은 인간이 발명한 최대의 원자 폭탄이 폭발한 1961년 10월 30일에 정점에 달했다. 폭탄의 황제라는 뜻으로 〈차르 봄바〉라는 이름이 붙은 이 폭탄은 1945년에 히로시마에 투하된 미국의 원자폭탄인 리틀 보이의 파괴력의 3천3백 배에 달하는 57메가톤의 위력을 지녔다.

차르 봄바는 지금까지 인간이 사용한 가장 강력한 살상 무기이다.

폭탄은 러시아의 인구 거주 지역에서 가장 멀리 떨어진, 북극해에 위치한 무인도 노바야제믈랴섬 상공에서 투폴레프 폭격기에 의해 투하되었다.

애초에 차르 봄바는 1백 메가톤 급에, 1단계 핵분열, 2단계 핵융합, 3단계 핵분열이 일어나는 3단계 폭탄으로 설계되었다.

당시 소련의 최고 지도자였던 니키타 흐루쇼프는 실험 직전에 이 폭발이 가져올 효과를 예측하기가 불가능하고, 멀리 떨어진 인구 거주 지역까지 방사성 낙진의 영향권에 들 수 있다는 보고를 받고 폭탄의 위력을 줄이기로 결정했다.

이 결과 3단계의 우라늄 반사재가 납 반사재로 대체되는 바람에 이 괴물 핵폭탄의 위력은 50메가톤 급에 머무르게 됐다.

흐루쇼프의 직관적 결정은 결론적으로 참으로 다행스러운 일이었다. 이 살상 기계의 파괴력이 모든 예측을 뛰어넘었기 때문이다. 최초 폭발로 생긴 지름 7킬로미터의 화구는 위로 갈수록 넓어져 상층에서는 지름이 30킬로미터에 달했다. 버섯구름은 에베레스트 높이의 일곱 배에 달하는 64킬로미터 상공까지 치솟았고, 폭발 시의 강한 빛은 반경 1천 킬로미터 너머까지 환하게 비추었다.

폭발 지점으로부터 25킬로미터 내에 있던 모든 것이 유리화되었고, 테스트용 건물들은 1백 킬로미터 거리까지 모두 파손되었으며, 복사열은 폭발 지점에서 3백 킬로미터 떨어진 지점까지 전해졌고, 5백 킬로미터 내에 있던 건물들의 유리창이 전부 깨졌다.

이 폭발 이후 대형 핵폭탄 제조를 위한 경쟁은 일단락됐다. 미국 역시 핵폭탄을 수송 중이던 B52 폭격기에서 히로시마 핵폭탄의 위력의 260배에 달하는 수소 폭탄이 기체와 분리돼 노스캐롤라이나주의 한 농경지에 잘못 떨어지는 사고를 경험한 바 있다. 만약 이때 기폭이 일어났다면 워싱턴과 볼티모어, 뉴욕, 심지어 보스턴까지 폭발의 위력이 전해졌을 것이다. 이 사건 역시 2013년에 와서야 세상에 알려졌다.

노바야제믈랴섬은 여전히 러시아의 핵 실험 기지로 쓰이고 있고, 현재까지 이곳에서 총 1백 차례가 넘는 핵 실험이 진행됐다. 이 섬은 방사능 폐기물 매립지로도 사용되어 약 1만 2천 개의 핵폐기물 컨테이너가 보관돼 있는 것으로 알려져 있다. 그런데 부식으로 폐기물 컨테이너의 밀폐력이 떨어지는 바람에 점점 강한 독성을 발산하고 있는 실정이다. 여전히 섬 주위에는 어류들이 서식하고, 침출수에 오염된 바닷물이 해류를 통해 순환하고, 방사능에 오염된 공기가 바람을 타고 순환하며, 예전에 일어난 핵폭발이 지금까지도 주변의 동식물에 영향을 끼치고 있다.

차르 봄바의 제조에 참여한 과학자 중 한 명인 물리학자 안드레이 사하로프는 1975년에 노벨…… 평화상을 수상했다.

에드몽 웰스, 『상대적이며 절대적인 지식의 백과사전』 제11권
(샤를 웰스의 개정을 거친 것임)

182

수상 비행기가 에어 포켓 때문에 심하게 요동을 친다.

콧대가 주저앉은 빨간 머리 조종사는 연신 껌을 질겅거리면서 영공을 통과하는 나라들의 항공 관제사들과 교신을 한다. 그러다 갑자기 눈을 휘둥그렇게 뜨면서 열심히 상대의 얘기를 듣더니, 교신을 끊고 몹시 초조한 기색을 보인다. 그가 껌을 뱉어 내고 백미러로 그들을 힐끔 쳐다본다.

다비드와 히파티아는 무슨 문제가 발생했다는 것을 직감한다.

조종사가 그들을 향해 몸을 돌린다.

「다소 불가항력적인 요소가 발생했네요. 아무래도 가까운 섬에 착륙하는 수밖에 없겠어요.」 그가 결국 입을 연다.

「〈다소 불가항력적인 요소〉라는 게 대체 뭐죠?」 다비드가 묻는다.

183

마이크로폴리스 원폭 투하

방금 들어온 소식입니다. 제가 받은 그대로 시청자 여러분께 전해드리겠습니다. 아소르스 제도에 있는 마이크로 랜드의 수도에서 핵폭탄 폭발이 일어났습니다. 도시 전역이 초토화됐고, 전체 인구에 해당하는 1백만 명이 사상했습니다. 전략 지정학 전문가이신 토마 아들레르 교수님을 모셨습니다.

「교수님, 이 돌발 상황을 어떻게 보십니까? 앞으로 어떤 일이 벌어질까요?」

「일단 이번 공격의 원인부터 분석해 봐야 할 것 같습니다. 공개적으로 중립을 표방한 나라를 상대로 왜 핵폭탄 공격을 감행했을까요? 이런 설명이 혹시 이해의 단초가 될 수 있지 않을까 싶습니다. 음 군대가 특히 러시아-사우디아라비아 전선에서 승전을 거듭하는 상황에서 에마슈들의 급작스러운 입장 변화를 걱정하는 것은 지극히 당연한 일이죠. 그들의 왕인 에마 109가 자신은 중립적인 입장이지만 힘의 균형을 원한다고 분명히 밝힌 바 있습니다. 그러니 음 진영 국가들은 자신들의 거듭되는 승리가 초소형 인간들이 양 진영을 지원하는 결과를 낳을까 봐 두려웠겠죠.」

「아들레르 교수님, 그렇다고 해서 반대 진영에 합류할 수 있다는 가능성만 가지고 에마슈들을 사실상 몰살하는 것은 지나치게 극단적인 해결 방식이 아닌가요?」

「그렇기도 하고 아니기도 해요, 뤼시엔. 에마슈들이 최근에 군 수뇌부들과 정치인들을 불러 자신들의 군사력을 과시하면서 강한 인상을 남겼던 사실을 떠올릴 필요가 있어요.

갈매기 폭격기, 돌고래 잠수함…… 흠…… 충분히 전쟁의 향방을 가를 만한 무기들이죠.」

「그러니까 교수님은 에마슈들의 무력시위가 멸망을 자초했을 수도 있다는 말씀인가요?」

「한국 속담에 〈모난 돌이 정 맞는다〉는 표현이 있어요. 어쨌든, 그들이 군사 강대국이라는 사실을 확인한 많은 정치인들이 두려움을 가졌던 것만은 분명해 보입니다.」

「인터넷에서는 에마슈들이 비밀리에 양(陽) 진영에 합류했다는 얘기가 떠돕니다. 어떻게 생각하세요?」

「루머일 겁니다. 아마…… 음 군대에서 자신들의 행위를 정당화하기 위해 퍼뜨렸을 가능성이 있죠……. 어쨌든 진실을 밝힐 기회는 사라졌습니다. 지구상에 그것을 확인해 줄 에마슈가 한 명도 남지 않았으니까요.」

「말씀 고맙습니다, 아들레르 교수님.」

상당수의 국가 원수들이 즉각 핵 공격을 비난하고 나섰습니다. 또한 드루앵 사무총장은 UN의 주도로 사건 조사에 착수했습니다. 이어지는 소식은 또 알려 드리기로 하고 다음 뉴스를 전해 드리겠습니다.」

〈골든 호드〉의 공세

신규 병력의 투입으로 총 1천4백만 명으로 늘어난 음 진영의 대부대가 서쪽으로 연일 전선을 확장한 끝에 오스트리아의 수도 빈을 포위하기 시작했습니다. 이에 맞서 대부분 인도군과 유럽군으로 구성된 1천2백만 명의 연합군도 빈에 집결해 방어 태세에 돌입했습니다. 이로써 이번 교전에 참가하는 양측 병력의 숫자는 2천6백만 명에 달하게 됐습니다.

오스트리아의 연로한 슈바르체네거 대통령은 〈이 빗장이 풀리면 유럽 전역이《골든 호드》의 대규모 공세에 속수무책으로 당할 수밖에 없을 것입니다〉라고 지적하면서, 그의 표현에 따르면 〈최악의 사태를 피하기 위해〉 국제적 차원의 지원을 호소했습니다.

플로리다

미군이 플로리다 서해안에 상륙을 기도한 쿠바와 베네수엘라 연합군을 해상으로 격퇴하는 사이, 멕시코군과 브라질, 아르헨티나 병력으로 구성된 지원군이 전격적으로 텍사스 국경의 돌파를 시도했습니다. 여러분께 소식을 전해 드리는 사이 남미 연합 병력이 샌안토니오 인근의 알라모 요새를 포위하기 시작했다는 뉴스가 들어와 있습니다. 참고로 이 알라모 요새는 아주 상징적인 의미가 있는 지역임을 알려 드립니다. 1836년 2월 23일에 산타 안나 장군이 이끌던 1천8백 명의 멕시코군이 텍사스 주둔 미군 190명을 상대로 13일 간의 끈질긴 포위 끝에 요새를 함락하고, 그 유명한 데이비 크로켓을 포함해 미국인 전원을 학살한 곳이기 때문입니다. 하지만 이번 전투는 수적 구성에서 과거와는 많이 달랐습니다. 음 진영의 깃발 아래 모인 남미군 병력 30만이 양(陽) 진영의 연합군 소속인 미군 병력 6만 명과 교전을 벌였습니다. 두 진영의 최첨단 전력이 비등비등하기 때문에 양(陽) 진영의 낮은 출산율이 이번에도 전투의 향방에 결정적인 요인으로 작용할 것으로 보입니다.

〈우주 나비 2호〉 내의 전쟁 종결

최근 들어 지상에서는 음 진영에 유리하게 전세가 전개되고 있는 반면, 〈우주 나비 2호〉에서는 정반대 현상이 벌어지고 있습니다. 실뱅 팀시트는 우주선에서 벌어진 전쟁에서 음 군대가 패배하고 양 군대가 최종 승리를 거두었다고 알렸습니다. 두 진영은 평화 협정을 체결하고 우주선의 재건과 피해 복구를 위해 신속하게 힘을 모으기로 합의했습니다.

피해자 지원

스위스 출신의 억만장자 과학자인 제라르 살드맹 박사가 후원하는 〈더 많은 생명〉이 긴급 구호 계획을 발표했습니다. 이 단체의 제3차 세계 대전 피해자들에 대한 인도적 지원 분과에서는 핵폭발의 생존자들과 부상자들을 찾기 위해 마이크로폴리스에서 구조 활동에 나선다고 밝혔습니다.

콘서트

역시 피해자 지원과 생존자 구조 활동 지원 차원에서, 유명 가수 여러 명이 미국 우드스톡에서 〈SAVE THE MH(초소형 인간들을 구하자)〉라는 이름으로 세계적인 콘서트를 개최할 예정입니다. 이 콘서트의 수익금은 생존자 구조 시 치료까지 담당하게 될 〈더 많은 생명〉 단체에 직접 전달될 예정입니다.

주식 시장

아소르스 제도에서 벌어진 참사에도 주가는 반등했습니다. 이제 마이크로 랜드 업체들과 힘들게 경쟁을 벌이지 않아도 되는 만큼, 군수 업체들이 활력을 되찾을 것으로 투자자들이 내다보고 있는 듯합니다.

날씨

사흘 전 분출이 일어났던 태양의 표면은 이제 안정을 되찾은 듯 보입니다. 당분간 온화하고 청명한 날씨가 계속될 것으로 예상되는 가운데, 몇 차례 아주 반가운 소나기 소식이 있을 수도 있겠습니다.

184

수상 비행기 택시가 아소르스 제도에서 플로르스섬과 가장 가까운 코르보섬 해안에 착륙한다. 기둥처럼 솟아오르는 검갈색 연기가 멀리 바라다보인다.

조종사는 쌍안경을 들고 건너편을 유심히 살피는 동시에 헬멧 안으로 들려오는 정보에 귀를 기울이고 있다.

그의 낯빛이 갈수록 어두워진다.

「이런…… 이번 비행은 아무래도 돈을 못 받겠는데.」 그가 드디어 입을 연다.

「무슨 일이 있습니까?」

「최신 뉴스에 따르면, 이제 확인이 됐네요, 음 진영이 공격을 감행했어요. 그들이 민간 여객기에 소형 핵폭탄을 싣고 가다가 대공 경보가 발령되지 않게 짐 가방으로 위장해 떨어뜨렸다는군요.」

그들은 치솟는 연기 기둥을 물끄러미 응시한다.

「그래도 가야 합니다.」 다비드가 힘주어 말한다.

「당연히 방사능에 오염됐을 테니까 그냥 코르보에서 조금 더 기다려요. 조만간 함정들이 도착하면 보호 장구를 가지고 오겠죠. 그때 자원봉사대의 일원으로 제일 먼저 입도하면 되겠네요. 살육의 현장을 굳이 보고 싶은 사람이 얼마나 있는지는 모르겠지만.」

185
어이쿠.

저들이 초소형 인간들의 둥지를 초토화했다.

이제 달에만 제3인류가 존재한다는 뜻이다.

이렇게 되니 내 계획이 복잡해진다.

〈카타풀타〉 로켓들이 달에 배치돼 있어서 그나마 천만다행이다.

186
땅에 시커먼 먼지 더께가 앉아 있다. 잔해만 남은 몇몇 건물만이 한때 이 고원에, 플로르스섬의 중심에 번성한 도시가 있었다는 사실을 말해 줄 뿐이다.

오렌지색 방사능 보호복 차림의 다비드 웰스 교수가 군용 헬리콥터에서 밧줄 사다리를 타고 중앙 정원의 한가운데에 내린다. 유리화된 마이크로폴리스가 마치 아이스 링크처럼 반짝거린다. 에어 필터 사이로 코끝에 와 닿는 불에 탄 플라스틱과 살 냄새가 역겹다. 욕지기가 솟지만 헬멧을 쓴 채 구토를 할 수는 없는 노릇이다.

방사능 오염의 위험을 모르는 파리들과 까마귀들이 하나둘이 노천 공동묘지로 날아든다.

군인들과 〈더 많은 생명〉 소속 자원봉사자들 역시 오렌지색 보호복을 착용하고 마치 낯선 행성에 발을 딛는 사람들처럼 잿빛 연기 기둥들 사이에서 조심스럽게 발걸음을 떼고 있다.

고집을 피워 다비드를 따라나선 히파티아 역시 보호 장구를 착용하고 시체 더미 속을 걷고 있다.

사람들은 금속과 돌이 뒤엉켜 널브러져 있는 건물들의 잔해를 파헤치며 생존자를 찾는다. 토치형 회중전등과 휴대용 열 감지기가 그들의 손에 들려 있다.

주위에는 현장을 촬영하고 지표를 스캔하는 드론들이 여기저기 떠 있다.

구조 대원들은 건물 잔해 속에서 베수비오 화산 분출로 급작스럽게 죽음을 맞은 폼페이의 로마인들이 그랬듯이 폭발 당시의 모습 고대로 불에 탄 시신들을 발견한다.

아직 움직임이 남아 있는 부상자들도 간혹 눈에 띄지만, 손을 대는 순간 이미 죽음이 임박한 이들이 바스라질 것만 같은 두려움 때문에 구조대원들은 차마 손을 뻗지 못한다. 뒤따라오던 군인 한 명이 안타까운 마음에 이들의 목숨을 끊어 준다.

〈더 많은 생명〉 소속 간호사들이 몇몇 에마슈에게서 미동을 감지하고 〈생존 가능성〉이 있다고 판단을 내린 뒤 치료를 시작한다. 콘크리트 벽이나 방화문이 방패 역할을 한 덕분에 겨우 목숨이 붙어 있는 경우이다.

다비드 웰스는 지난번 방문했을 때를 떠올리며 마치 잿더미로 변한 릴리퍼트를 찾은 걸리버처럼 왕궁이 서 있던 자리를 찾는다. 한때는 최첨단 건물들이었으나 이제는 불에 검게 그을린 꽃들 한가운데서 연꽃처럼 생긴 왕궁의 흔적이 보인다. 왕이 주로 머물던 집무실 자리도 눈에 들어온다. 숯덩이로 변한 시신들이 여기저기 누워 있다. 다비드는 눈앞을 가리는 연기의 장막을 뚫고 토치형 회중전등을 비추며 앞으로 나아간다.

에마 109가 기다리고 있었다. 그녀는 분명 여기에 있었을 것이다.

히파티아가 그에게 다가온다. 낯익은 얼굴이 그녀의 팔에 안겨 있다.

「벽에 기대 쓰러져 계신 걸 발견했어요.」 보호 마스크의 필터 사이로 히파티아의 목소리가 새어 나온다.

왕은 움직임이 없다. 그들은 왕을 안고 의료용 헬리콥터에 올라 함정으로 이동한다.

긴급히 연락을 받고 도착한 제라르 살드맹 박사가 동그마니 옹크린 왕의 조그만 몸에 측정기들을 대고 상태를 살핀다.

「심장은 아직 뛰고 있어요.」 그가 확인해 준다.

다비드가 가느다란 안도의 한숨을 내뱉는다.

「폭발 충격으로 인한 손상과 화상을 입었지만 에마슈들은 아무래도 〈정상적인〉 인간에 비해 방사능 저항력이 훨씬 높은 것 같군요. 아주 단단한 분이에요.」

그러나 의사는 플렉시글라스 마스크 뒤로 걱정스러운 기색을 드러낸다.

「하지만 아무리 뛰어난 저항력을 타고 났고, 유전적 변이를 거쳤고, 인공 심장을 달고 있다고 해도 끔찍한 충격에 노출된 연로한 인간이라는 건 어쩔 수 없는 사실이죠.」

그들은 스러져 가는 생명을 내려다본다.

「꼭 부탁드리겠습니다, 박사님. 그녀가 조금 더 살 수 있게 해주세요.」 다비드 웰스가 간청한다. 「이분은 피닉스예요. 잿더미에서 반드시 다시 살아날 수 있어야 합니다.」

살드맹 박사가 회의적인 표정으로 입을 실룩하더니, 왕을 팔에 안아 달걀 모양으로 생긴 요람에 조심스럽게 옮겨 놓는다. 그녀를 다시 아이로 만들어 놓고 자신의 소생술을 발휘할 태세다.

다비드 웰스는 참사를 예견하지 못한 자신이 원망스럽다. 이런 천인공노할 만행을 저지른 음 진영의 군인들을 향해 갑자기 증오심이 끓어오른다. 억누를 길 없는 격정과 슬픔과 분노가 한꺼번에 밀려온다.

187

백과사전: 메르캉투르 늑대들의 전략

1992년 가을. 프랑스의 니스 북쪽에 위치한 메르캉투르 국립 공원에서 이탈리아에서 알프스 산맥을 넘어온 것으로 추정되는 늑대들이 발견되었다. 메르캉투르 국립 공원 관계자들과 프랑스 환경부에서는 이 지역의 늑대가 멸종 위기에 처한 상황에서, 새롭게 나타난 늑대들이 생물적 다양성에 도움이 되리라 판단하고 이들의 출현을 반겼다. 당시에 세 무리로 나뉘어 포착된 회색 늑대들의 숫자는 총 스물두 마리였다.

하지만 늑대들이 번식을 해 숫자가 늘어나고 양 떼를 공격하기 시작하자 인근의 양치기들은 불안에 떨었다. 그들은 양 떼를 지키기 위해 전기 울타리와 철책을 세우고 개들을 풀어놓는 자구책을 마련해야 했다. 어느 날 저녁, 늑대 무리가 양 떼를 공격했다. 기습 공격에 당황한 울타리 밖의 개들부터 처치한 늑대들은 이내 전기 울타리에 가로막혔다. 그러자 늑대들은 양들이 자신들을 지켜 주는 보호벽을 스스로 무너뜨리도록 유도하는 전략을 구사했다. 늑대들이 큰 소리로 울어 대면서 공포심을 불러일으키자 양들이 일제히 울타리 반대편으로 몰려갔다. 한데 뒤엉겨 아우성을 치며 이리 몰리고 저리 몰리고 하던 양 떼들의 힘에 결국 전기 울타리가 무너지고 말았다.

그러자 정확히 울타리 반대편에서 대기 중이던 또 다른 늑대 무리가 안으로 들이닥쳤다. 포식자들은 힘들이지 않고 양들을 잡아먹을 수 있었다.

공포에 내몰리면 자기 자신의 보호 수단마저 스스로 파괴하게 된다는 것을 보여 주는 사례이다.

에드몽 웰스, 『상대적이며 절대적인 지식의 백과사전』 제11권
(샤를 웰스의 개정을 거친 것임)

188

개전 초기부터 줄곧 음 진영이 확실한 우세를 보이는 가운데, 〈골든 호드〉는 또다시 신규 병력을 충원받아 금세 2천만 명으로 늘어난 대군으로 빈의 포위에 돌입한다.

양(陽) 진영의 연합군 측 역시 지원 병력이 속속 합류하고는 있지만, 1천5백만 명의 전력으로 힘들게 빈 인근의 언덕들 뒤에 포진해 방어 태세를 갖추고 있다.

드디어 포위가 시작된다.

냉전기의 베를린 봉쇄 때 그랬듯이, 유럽군은 도시를 사수하는 병력을 위해 긴급 물자 공수에 나선다.

13일의 금요일, 13시, 차가운 빗방울을 흩뿌리기 시작한 어두운 하늘에서 총공세를 알리는 신호가 울려 퍼진다.

이내 두 진지에서 대포들이 포문을 열고, 음 진영의 대부대가 양 진영의 방어선을 향해 진격을 개시한다.

특별히 자파르 이란 대통령, 라미레스 베네수엘라 대통령

과 함께 전장을 방문한 중국의 창 주석이 직접 작전을 지휘한다. 〈골든 호드〉의 전 병력은 마치 눈을 가린 군중처럼 사생결단으로 앞을 향해 돌진한다.

빈에서 멀리 바라다보이는 지평선은 이 지구의 잉여 인구라고 판단되는 동족들을 죽이기 위해 달려온 수백만의 인간 떼거리로 새카맣게 뒤덮여 있다.

공격군은 수천 명의 병사들을 버리면서 간신히 첫 번째 외호를 건넌 뒤, 전기 철조망에 이어 지뢰선을 통과하면서 두 번째 외호를 넘는다. 진격을 거듭할 때마다 수천 명이 쓰러져 신음하다 차가운 죽음을 맞지만, 그들은 멈추지 않는다. 부상자들, 발이 걸려 넘어져 있는 동료들, 시체들을 가차 없이 밟으면서 인해 전술에 따라 그저 앞으로, 앞으로 전진할 뿐이다.

방어진에서는 확성기를 통해 탄약을 낭비하지 말고 신호가 떨어질 때까지 조준 상태에서 사격 대기하라는 명령을 내보낸다.

두 번째 외호에 도달해 지뢰가 불꽃놀이처럼 터지자 잠시 주춤하던 공격군이 결국 두 번째 방어선을 뚫고 세 번째 외호와 세 번째 지뢰선까지 바짝 다가와 있다.

「기다려라. 놈들의 흰자위가 보이면 방아쇠를 당겨라. 머리를 정조준하라.」확성기를 통해 힌디어와 영어부터 시작해 스페인어, 프랑스어, 네덜란드어, 독일어에 이르기까지 여러 언어로 명령이 나온다. 「절대 잊지 마라. 〈신은 우리 편이다.〉」목소리가 덧붙인다.

만트라 같은 외침은 즉각 두 진영의 전쟁 구호가 된다.

「신은 우리 편이다!」최후 방어선을 뚫고 사격 지대에 접근한 일진의 적병들이 화답하듯이 외친다.

적이 충분히 사정거리에 들어왔다는 판단이 들자 양(陽) 진영을 지휘하는 인도의 싱 장군이 소리친다.

「전 부대 사격 개시!」

그러나 속도만 느려졌을 뿐, 적은 여전히 거리를 좁히며 전진해 온다.

모래주머니를 쌓고 무장 콘크리트 방벽을 세운 방어벽이 뚫리자, 화염 방사기로 무장한 적의 선두 부대가 뚫린 구멍으로 돌격해 들어와 방어 병력을 불태워 죽인다.

음 진영에서 승리의 환호가 터져 나온다.

싱 장군은 즉흥적으로 새로운 전술을 고안해, 소방관들이 쓰는 물대포를 동원해 적들의 화염 방사기 공격을 막아 내라고 명령한다. 새로운 무기가 나타나면 이내 대응 무기가 등장하는 식으로 전투의 균형이 유지된다.

양측 병사들은 개전 직전에 한 주먹씩 입에 털어 넣은 코카인, 메스암페타민, 스포츠 연구소들이 만드는 EPO 같은 각성제에 힘입어 투지와 공격성을 불태운다. 마약을 흡입한 전투원들은 환각 상태에서 총을 난사하다 아군 병사들까지 쓰러뜨리기도 한다. 하드록 음악이 흘러나오는 헤드폰을 쓴 병사들은 쏟아지는 총탄을 의식하지 못하는 사람들처럼 앞으로 걸어간다.

피로는 사라지고 살인의 광기가 술기운처럼 병사들을 덮친다. 머리 위로 뿌연 가스가 안개처럼 퍼져 시야를 가리고, 폭발의 굉음이 쉼 없이 고막을 때리고, 피비린내와 불에 탄 살 냄새, 화약 냄새가 뒤엉켜 공기 중에 무겁게 떠 있다. 인간들의 섬뜩한 분노에 두려움을 느낀 파리들과 까마귀들은 차마 전장에 내려앉을 생각을 하지 못한다.

빈 전역에서 고통에 찬 비명 소리와 울부짖음, 총소리, 로켓탄 발포 소리, 포탄과 수류탄이 터지는 소리가 뒤섞여 들린다.

모차르트와 시씨 황후, 히틀러, 프로이트가 태어난 나라, 이 오스트리아에서 서로 죽고 죽이며 물러설 수 없는 싸움을 벌이는 수천만 명의 병사들이 연출하는 것은 다름 아닌 묵시록의 장면이다.

집들이 불에 타고, 칼날들이 연한 살 속에 박히고, 무릎들이 힘없이 꺾이고, 몸들이 쓰러지고, 모든 군복들에서 똑같이 선홍색을 띠는 따뜻한 피가 흘러나온다.

머리 위의 구름이 이상야릇한 형체를 띠는 듯하다. 마약에 취한 병사들은 하늘에서 대검을 휘두르며 낫질을 하듯 머리를 베어 내는 묵시록의 세 번째 기사, 적마를 탄 전쟁의 기사를 본다.[9]

189

그녀의 얼굴이 마치 잠든 사람처럼 편안해 보인다.

「이번에도 성공하실 거죠, 그렇죠 박사님?」 다비드가 다그치듯이 묻지만 제라르 살드맹은 고개를 가로젓는다.

「에마 109는 피부 면적의 60퍼센트가 넘게 화상을 입었고, 장기도 여러 군데 심한 손상을 입었어요. 숨을 쉬고 있는 것도 기적입니다.」

---

9 신약 성경 「요한의 묵시록」에는 재앙을 불러일으키는 네 기사가 기록되어 있다. 묵시록의 네 기사 중 전쟁의 적기사는 두 번째 기사이나, 『제3인류』에서는 A형 독감과 소행성에 이은 세 번째 기사로 등장한다.

에마슈 왕의 몸이 미세한 움직임을 보인다. 한쪽 눈꺼풀이 올라가고, 손 하나가 푸들거리며 다가오더니 다비드의 손을 꽉 움켜잡는다. 그녀의 입이 살그머니 벌어지며 소리가 새어 나온다.

「그들…… 그들이…… 그들이 우리를 지상에서 제거하려고 했던 것이지, 그렇지?」

「아직 달에 1만 명의 에마슈가 남아 있어요. 전하도 이렇게 살아 계시고요.」 다비드가 대답한다.

「더 있네…… 둘…… 둘이 더…… 지구도 아니고 달도 아니고, 다비드.」

에마 109가 알아들을 수 없게 웅얼웅얼한다.

「둘 뭐라고요?」

「둘…… ECDM.」

다비드는 궁금답답하다.

「내가 자네들의 죽음의 충동을 과소평가했네, 다비드. 이제부터 벌어질 일은…… 내 책임이야…….」 그녀가 얼굴을 찡그린다. 「모든 작용에는 반작용이 있게 마련이네…….」

「뭐라고요?」

「……운명…… 〈인류의 전체적인 업〉이지…….」

「그만 쉬세요, 전하, 말하지 않으셔도 돼요.」

그녀가 숨을 깊숙이 들이쉬었다 내뱉는다.

「……진화가 무조건 단선적인 건 아니네……. 옆으로 벗어나 실험을 할 수도 있고 뒷걸음질을 할 수도 있지……. 별 모양을 그리면서 일어날 수도 있네. 인간이 단선적으로 사고하기 때문이야……. 옆을 보지 못하고 편협한 사고에 젖어 있지……. 시각을 넓혀 진화를 전방위적으로 바라보아야 하네……. 어쩌면…… 종 전체에…… 여러 개의 평행적인 진화가 나란히 일어날 수도 있어…….」

그녀가 또 한 번 숨을 들이마셨다가 힘겹게 말을 내뱉는다.

「가이아에게 내가 능력껏 그이를 기쁘게 해주고 싶어 했다고 전해 주게. 이제 다음 왕과 상의해서 하도록 하라고 말이야.」

그녀의 손에 한층 힘이 들어간다.

「다비드…… 이제 자네가 그이의 소원을 이루어 줘야겠네…… 그게 무엇이든 간에.」

다비드 웰스가 머리를 숙이더니 자신이 만든 피조물의 이마에 거대한 입술을 댄다.

「이제…… 내가…… 죽음을…… 온전히 맞이하게 놔두게.」

왕 에마 109가 풍선에서 바람이 빠지듯이 긴 숨을 토해 낸다. 그리고 찾아온 정적.

다비드가 안절부절못하며 눈물을 훔치고 나서 그녀의 눈을 감겨 준다.

〈나는 어느새 네가 불멸의 존재라고 믿고 있었어,《상 뇌프(새로운 피)》.

네가 어떤 시련도 극복하리라 믿고 있었어…….

네가 없는 지금에야 나의 삶과 우리 모두의 삶에 네가 얼마나 중요한 존재였는지 실감하고 있어.

너의 용기, 너의 고집, 너의 대범하고 미래 지향적인 비전이 역사의 흐름을 바꾸어 놓았어. 너와 네 백성의 역사를, 나와 인류의 역사를 바꾸어 놓았어.

네가 없는 세상은 결코 전과 같지 않을 거야.

우리는 위대한 왕을 잃었을 뿐 아니라 위대한 선지자를 잃었어.

이제 모든 게 끝났어. 나는 너 없이 살아가는 데 익숙해져야겠지.

우리 모두 너 없는 세상을 살아가야겠지…….

상뇌프.〉

이때, 에마슈 왕의 일부가, 21그램 무게의 가느다란 기체가, 그녀의 영혼이 마지막 숨과 함께 그녀의 몸을 빠져나와 별들이 총총한 밤하늘로 올라간다.

190

칠흑 같은 고요한 우주 속을 날렵한 형체 하나가 미끄러지듯이 나아가고 있다. 활짝 펼쳐진 돛들은 별빛을 받아 움직인다. 조종실에서 실뱅 팀시트가 나무를 조각해서 만든 조작키 앞에 서 있다. 그와 그의 아내는 스크린들을 통해 우주선 안에서 벌어지는 전후 복구 작업의 진척 상황을 점검하는 중이다. 불에 탄 건물들은 새로 지어지고, 우주선 중앙에 있는 인공 태양의 네온등들은 갈아 끼워지고, 사망자들은 땅속에 묻히고, 부상자들은 치료를 받는다.

실뱅 팀시트는 또 하나의 스크린을 통해 지구의 뉴스를 시청한다. 파동이 우주를 지나는 데 걸리는 시간 때문에 뉴스는 지구보다 수 분 늦게 도착한다. 그는 자신이 이끈, 더 정당성이 있다고 믿는 양(陽) 진영이 우주선 내 전쟁에서 승리를 거두었다는 사실에 안도감을 느낀다.

지구로 돌아가려 했던 음 진영과 달리 양 진영은 어쨌든 새롭고 깨끗한 땅을 개척하겠다는 계획을 고수하는 집단이 아닌가.

앞에 펼쳐진 별자리에서 눈을 떼지 못한 채 그가 하이파이 오디오를 더듬어 비발디의 피콜로 협주곡을 튼다.

지구의 뉴스에서 흘러나오는 영상들과 베네치아 출신 음악가의 감미로운 음악이 대조를 이룬다. 왕 에마 109의 서거 소식을 전하는 화면들이 폐허로 변한 마이크로폴리스를 찍은 영상들에 겹쳐 등장한다.

마음이 심란해진 실뱅 팀시트가 별들로 향했던 시선을 거둔다. 그는 음악 소리를 줄이고 뉴스의 볼륨을 높인다. 그의 손이 어느새 술잔을 찾고 있다. 그런데 손끝에 닿는 게 잔이 아니라…… 얼굴이다. 조그만 얼굴. 처음에는 꼬마 아이려니 생각하다 고개를 돌려 보니 뒤에 놓인 테이블에서 초소형 인간 둘이 그가 보는 뉴스를 보고 있는 게 아닌가.

「소리를 높여 주세요.」

오른쪽의 에마슈가 명령조로 말한다.

실뱅 팀시트와 두 에마슈는 함께 뉴스를 시청한다. UN이 진상 조사 후 발표한 첫 보고서에 의하면, 관광객을 태운 베네수엘라의 민간 항공기에 이란이 제조한 원자 폭탄이 실려 있었으며, 이번 사건의 배후는 중국이었다.

기자는 또 다른 출처를 인용해, 이란 측에 체포된 후 고문을 받은 한 남성이 에마슈들이 양(陽) 진영에 합류했다고 자백하자 창 중국 주석이 필요한 조치라고 판단해 내린 결정이었다고 전했다.

UN 조사관들은 이란과 중국, 베네수엘라, 세 나라가 이번 사건을 공모했다고 밝혔다.

이어 기자는 한낱 실험실의 생명체로 태어나 아소르스 제도에 세워진 독립 국가의 왕으로 등극했으나 핵폭탄 폭발로 생을 마감한, 에마슈들의 담대한 선구자였던 에마 109의 파란만장한 인생을 재조명했다.

실뱅 팀시트와 두 에마슈는 뉴스를 한 번 더 돌려 본다.

「정말 안됐어요.」〈우주 나비 2호〉의 선장이 마침내 말문을 뗀다. 「……심심한 조의를 표합니다. 차마 상상도 못 했어요…….」

하고 싶은 말이 입 안에서만 맴돈다.

〈베네수엘라가 중립을 표방한 마이크로 랜드에 설마 이란이 만든 원자 폭탄을 떨어뜨릴 줄은.〉

〈숱한 고난을 다 이겨 낸 왕 109가 사망할 줄은.〉

〈늘 최선을 다해 자신들을 도와주기만 한 종에게 인간들이 이렇게 배은망덕할 줄은.〉

「그…….」

마땅히 할 말을 찾지 못한 실뱅 팀시트가 묻는다.

「그건 그렇고, 당신들, 여기서 뭐하는 거죠? 나는 초소형 인간을 승객으로 받은 일이 없어요!」

「저희는 유사시 ECDM[10]들이에요.」

「맞네요, 유사시이긴 하네요.」

팀시트가 말을 받는다. 그러고 나서는 호기심에 찬 눈으로 그들을 뜯어본다.

「에마 109 전하의 아이디어였어요. 지구에 가망이 없어지면 선장님이 유일한 비상구가 될 수도 있다고 판단하신 거예요.」여자 에마슈가 설명한다.

「저희의 정확한 이름은 에마 809132와 아메데 230576입

10 En Cas De Malheur. 직역하면, 불행이 닥칠 경우.

니다. 그냥 809와 230이라고 부르시면 돼요.」남자 에마슈가 말한다.

마치 계기판에서 튀어나온 듯한 두 에마슈의 존재가 도저히 믿기지 않는 팀시트가 생각을 정돈하려고 애를 쓴다.

「결국 당신들은…… 〈불법 탑승자〉예요. 항해 수칙에 따라 불법 탑승자는 최대한 빠른 시간 내에…… 첫 번째 기항지에서 강제 하선시키게 돼 있어요. 따라서 나는 당신들을…… 첫 번째 기항지에 내려 줄 생각이에요.」

실뱅 팀시트가 멋쩍게 웃는다.

「저기죠. 여기서 2광년 거리. 1천2백 년 후에 도착하게 될 거예요. 그동안은 해상 항해 수칙을 그대로 적용한 우주 항해 수칙에 따라 당신들은 음식과 잠자리를 제공받게 될 거예요……. 물론 우주선 내의 모든 활동에 참여한다는 전제하에.」

팀시트는 다시 생각에 잠긴다.

「아니, 다른 식으로 해봅시다.」

그가 서랍을 열고 마그네틱 카드를 두 장 꺼낸다.

「당신들에게 재난에서 탈출한 〈정치적 난민〉의 자격을 부여하고 나비 시민으로 받아들이겠어요. 이런 상황 또한 우리 항해 수칙에 명기돼 있죠.」

그가 잠시 뜸을 들인다.

「이로써 당신들에게는 권리도 주어지지만 무엇보다 의무가 주어지게 돼요.」

에마슈 남자가 눈썹을 찡그린다.

「이제 나비인들의 대의에 이바지하겠다는 충성 서약을 해야 돼요.」

「충성 서약이요? 그게 정확히 뭡니까?」에마슈 남자가 묻는다.

「기사들의 시대에 쓰던 표현인데, 내가 당신들의 주군이라는 뜻이에요. 당신들은 나에게 충성과 존경, 복종을 맹세해야 해요. 우주선의 생존에 필요한 모든 의무를 다해야 할 뿐 아니라, 인간이…… 혹은 초소형 인간이 새로운 지구라는 최종 목표에 도달할 수 있게 최선을 다해야 해요. 나를 도와 이 공동체가 표방하는 평화와 인류애의 가치를 지켜야 해요. 그리고 물론 다음 지구를 개척하는 데도 힘을 보태야 해요.」

에마 809가 먼저 무릎을 꿇자 아메데 230이 따라 한다.

주군이 어깨에 검을 얹어 가신으로 인정하기를 기다렸던 옛날 기사들처럼, 그들은 실뱅 팀시트가 제스처를 취해 주기를 기다린다.

실뱅이 양손을 각각 두 에마슈의 이마에 얹고 선언한다.

「우주에서 인류가 존속하게 할지어다. 인류의 수호자로서 너희들의 혼신을 바치라, 우리도 너희들을 지키는 수호자가 될 것이다.」

그제야 그가 마그네틱 카드를 에마슈들에게 건넨다.

「에마 809와 아메데 230, 당신들은 이제 공식적으로 〈나비 시민〉이 되었어요. 그런데 여전히 궁금하네요. 어떻게 그렇게 오랫동안 사람들의 눈에 띄지 않고 지낼 수 있었죠?」

「우주선이 정말 넓잖아요. 저희가 열 배 작으니까 열 배 쉽게 몸을 숨길 수 있다는 이점도 있죠.」

「음양의 전쟁으로 우주선 내에 많은 사망자가 발생했어요. 재건에 참여할 승객이 둘 더 생겼으니 분명히 도움이 될 거예요. 더군다나 거인들은 들어가지도 못하는 곳에 쏙쏙 들어갈 수 있는 사람들이니까.」

그러자 두 〈유사시〉는 고아가 되었다는 충격에서 벗어나, 억만장자 출신의 우주 탐험가를 향해 뜻을 같이 하겠다, 자신들에게 기대해도 좋다는 제스처를 취해 보인다.

「방향을 일러 주시면 우주선과 탑승한 승객들이 그곳에 이를 수 있게 최선의 노력을 다하겠습니다.」 젊은 에마슈 여자가 호기롭게 말한다.

실뱅 팀시트가 현창 쪽으로 몸을 틀더니 별 세 개가 삼각형을 이루고 있는 지점을 가리킨다.

「저기. 저 별 근처에 사람이 살 수 있는 행성이 틀림없이 있을 거예요. 아니, 그렇게 믿어요. 그렇지 않으면 모든 것이 허사로 돌아가겠죠.」

191

전쟁을 하느라 저들이 나에게는 신경도 쓰지 않는다.

저들은 정신이 딴 데 팔려 있다.

아무래도 수정이 가능한 소행성을 찾아내서 데려오는 데에는 시간이 걸릴 것 같다.

참으로 난감하다.

192

루나폴리스로 불리는 에마슈 월면 기지의 정면에 거석 설치가 끝났다. 돌 표면에는 원자 폭탄에 희생된 초소형 인간 1백만 명의 이름이 새겨져 있다. 맨 상단에는 에마 109의 이름과 얼굴과 함께, 야릇한 여운을 남기는 그녀의 좌우명 〈우리한테는 언제나 자신보다 작은 존재가 필요하다〉가 새겨져 있다.

월면 기지에 있는 에마슈 생존자 1만 명이 연보라색 우주복을 입고 급히 세운 추모비 주위에 몇 겹으로 원을 그리며 서 있다.

교주 에마 666이 자동으로 왕위를 승계했다. 그녀가 거석 앞으로 걸어가 무릎을 꿇고 고인들의 넋을 달래는 기도를 올린다. 옆에는 과학부 장관인 에마 103이 비통한 마음을 힘겹게 감추면서 의연하게 서 있다.

달에 있는 에마슈 전원이 일제히 무릎을 꿇고 기도를 시작한다. 머리에 쓴 헬멧 속 이어폰을 통해 국가가 흘러나오자 훔칠 방법도 없이 그저 분노의 눈물을 흘릴 뿐이다. 1분간 묵념을 올린 후 그들은 1백만 명의 이름이 새겨진 거석을 향해 인사를 하고 투명한 머리 모양으로 생긴 월면 도시로 들어온다.

이때부터 침묵 속에서 모두가 일사분란하게 움직인다. 각자 자기가 할 일을 알고 있다. 엔지니어들은 우주 관제 센터로 돌아간다. 아홉 명의 우주 비행사는 이미 연료를 가득 채우고 발사대에 올라가 있는 세 대의 〈카타풀타〉 로켓에 나눠 탑승한다. 에마 666은 단계별 준비 상황을 일일이 점검하면서 필요한 일련의 조작들을 부하들에게 지시한다. 에마 103 역시 명령에 덧붙여 고개를 끄덕이거나 시선을 주는 식의 간결한 동작을 통해 세세한 지시를 내린다. 드디어 세 팀에서 이륙 준비가 완료됐음을 알린다.

여전히 무표정한 에마 666이 카운트다운을 지시한다.

확성기를 통해 숫자들이 쏟아진다. 잠시 후, 〈카타풀타 01호〉 로켓이 숨겨져 있는 거대한 손의 집게손가락에 붙은 관절 모양의 덮개가 들린다. 연기가 피어오르면서 크롬 재질의 탄두가 모습을 드러낸다. 연이어 가운뎃손가락에 있는 02번 수직 발사 통로의 덮개가 젖혀지며 〈카타풀타 02호〉를 뱉어 내자, 로켓이 똑같은 방향으로 날아간다. 〈카타풀타 03호〉 역시 새끼손가락을 나와 앞선 로켓들을 뒤따라 날아간다.

로켓 세 대가 우주의 허공을 거의 나란히 날고 있다.

월면 우주 기지에서 장관 에마 103과 왕 에마 666이 날아가는 로켓들을 지켜보고 있다.

「〈골리앗〉 미션 착수.」왕이 선언한다.

창 너머의 검은 거석을 바라보며 그녀가 생각에 잠긴다.

당신들, 마이크로폴리스에서 희생된 당신들과 에마 109, 나의 영원한 친구인 당신을 위한 일입니다.

193

그들이 석유에 귀를 담근 채 표면에 둥둥 떠 있다. 검은 점으로 변한 호수를 둘러싸고 베이지색 주름 장식처럼 라노라라쿠 화산이 서 있다.

다시 교신이 이루어진다.

「가이아, 초소형 인간들한테 문제가 생겼어요.」

「나도 느꼈어, 다비드.」

「임무 수행이 쉽지 않게 됐어요.」

「무슨 일이 있어도 꼭 해야 해.」

「에마슈들이 달에 안정적으로 정착해서 달에서 로켓을 발사할 수 있을 때까지 기다려야 해요. 마이크로 랜드뿐 아니라 지구에 있던 에마슈 우주 기지도 파괴됐거든요.」

「그렇다면 지구의 지도자들을 상대하는 수밖에 없어. 이미 성능이 입증됐으니까 에마슈들의 〈카타풀타〉 기술을 따라만 하면 되잖아. 지도자들한테 얘기해서 나를 위해 모든 엔지니어들을 동원하라고 해.」

「그게…… 지금 UN의 국가 원수들한테 다른 심각한 고민이 생겼어요. 오스트리아 수도가 함락됐거든요. 중국의 음 군대가 유럽을 침공했어요. 수백만의 병력이 유럽을 습격해 잿더미로 만들어 놨어요.」

「〈심각한 고민〉이라는 게 고작 그거야? 그렇다면 국가 원수들이 얼른 일을 마무리하고 소행성을 찾아 데려오는 일에 착수하면 되겠네.」

「우리도 당신 입장을 이해해요, 가이아. 하지만 그렇게 간단하지가 않아요.」히파티아가 끼어든다.

「〈그렇게 간단하지가 않아〉? 내 마음에 들게 서둘러 행동에 나서는 게 좋을 거야. 그러지 않으면…… 내 인내심이 바닥날 것 같으니까.」

다비드와 히파티아가 눈을 번쩍 뜬다. 이스터섬에 서식하는 군함조들과 제비갈매기들이 그들 위를 맴돌고 있다. 그들은 호수에서 나와 몸에 묻은 석유를 닦은 다음 옷을 갈아입는다. 다비드가 스마트폰을 꺼내더니 드루앵 사무총장의 개인 전화번호를 누른다.

194

유성이 아니다. 세 대의 〈카타풀타〉 로켓이 장착물을 싣고 지구로 돌아온 것이다. 로켓들이 위치를 잡고 자신들에게 주어진 〈골리앗〉 미션에 착수한다.

첫 번째 에마슈 로켓에서 날아간 발사체의 목표는 베이징이다. 수백만 톤에 이르는 거대한 바윗덩어리가 천년 고도를 타격하는 순간 건물들이 일제히 주저앉고, 후폭풍으로 인근 지역뿐 아니라 북한까지 초토화된다. 중국과 북한의 핵 시설들이 폭발을 일으키자 버섯구름이 하늘을 뒤덮고, 방사능 물질들이 바람을 타고 몽골과 러시아로 날아간다.

〈카타풀타 2호〉가 투하한 조금 더 큰 두 번째 소행성은 테헤란으로 날아가 떨어진다. 이 도시 역시 으깨지고 뭉개지고 꺼진다. 충격파가 아프가니스탄과 이라크, 투르크메니스탄, 아제르바이잔까지 전해진다. 마이크로폴리스를 타격한 원자 폭탄을 제조했던 바로 그 비밀 핵 시설이 지진으로 와르르 해체된다.

마지막 세 번째 소행성은 베네수엘라의 수도인 카라카스를 강타한다. 브라질과 콜롬비아 동부까지 지진의 사정권에 들어가고 쿠바에까지 쓰나미가 밀려온다.

아시아와 중동, 남미에 위치한 인구 밀도가 높은 대도시 대부분이 완파된다.

세 차례에 걸친 충돌로 발생한 먼지가 대기를 뿌옇게 덮는다. 뭉치고 엉긴 시커먼 구름들이 하늘을 탁하고 무겁게 흐려 놓는다.

인공의 밤이 점차 지구 전역을 뒤덮는다.

195

백과사전: 기생충과 박테리아

다른 종에 일방적으로 해를 끼치는 종이 취할 수 있는 행동이 두 가지 있다.

하나가 벼룩이나 모기, 촌충 같은 기생충이 취하는 행동이다. 이들은 자신들에게 영양분을 제공하는 유기체를 죽여서는 안 된다. 그렇게 되면 자신들도 결국 죽게 되기 때문이다.

다른 하나는 박테리아가 취하는 행동이다. 박테리아는 번식을 해서 유기체로 옮겨 가는데, 숙주인 유기체가 죽을 경우 자신도 죽을 위험이 있다는 것을 인식하지 못한다.

우리들, 지구에 입주해 있는 하나의 종인 우리 인간들 역시 이 두 가지 행동 중 하나를 선택할 수 있다.

기생충처럼 우리를 살아 있게 해주는 숙주를 살려 둔 채 행동을 취할 것인지, 무분별한 박테리아처럼 자신들이 번식만 하면 지구야 파괴되든 말든 개의치 않고 행동을 취할 것인지.

에드몽 웰스, 『상대적이며 절대적인 지식의 백과사전』 제11권

196

왕 에마 666이 달에 설치된 망원경들이 보내오는 지구의 영상들을 뚫어져라 쳐다본다.

아직까지는 〈골리앗〉 미션의 정확한 결과를 알 길이 없지만, 한 가지만은 확실하다. 천인공노할 만행을 공모한 자들은 모두 대가를 치를 것이다. 중국, 이란, 그리고 베네수엘라.

그녀는 눈을 지그시 감고 성경에 나오는 골리앗의 신화를 머릿속에 떠올린다.

육척 장신의 전사가 자신보다 작은 사람들을 괴롭히고 다녔다. 그러자 다윗이 이자를 죽이겠다는 결심을 하고 나타났다. 다윗은 무릿매질로 골리앗의 얼굴을 맞힌 다음, 그가 쓰러지자 목을 베어 죽였다.

그녀가 몸을 돌리더니 전임 왕을 흉내 내며 물부리를 집어

담배를 끼운다. 뜨뜻한 연기를 깊숙이 빨아 목구멍으로 삼키자 기침이 올라온다.

폐를 더럽히는 게 뭐 좋은 일이라고? 그녀는 콜록콜록하면서도 남극과 북극까지 구름으로 완전히 뒤덮인 지구를 촬영한 망원경의 영상들에서 눈을 떼지 못한다.

〈눈에는 눈을 이에는 이를,

도시의 파괴에는 도시의 파괴를,

1백만 명의 죽음에는 1백만 명의 죽음을.〉

하지만, 〈골리앗〉 미션의 결과에 대해 입수된 정보는 아직 전혀 없다.

〈……그리고 너희들 얼굴에는 우리의 소행성들을.〉

에마 103이 방사능 측정 스캐너들이 측정한 데이터를 들고 나타난다.

「추정 사망자가 얼마나 되는가?」

「저희가 파장을 예측할 수 없는 숱한 변수들이 존재합니다…….」

「그 말은, 103, 파괴력이 예상보다 훨씬 클 수도 있다는 뜻인가?」

왕이 연기를 내뿜자 장관이 입을 손으로 가리고 마른기침을 뱉는다.

두 월면 에마슈가 현창 쪽으로 몸을 틀자 거무튀튀한 잿빛의 구름 막이 덧씌워져 마치 진주알 같은 지구의 모습이 눈에 들어온다.

「예전에는 깨끗했지만 우리는 이제 그렇지 못하네. 저들과 우리의 차이는 언제나 과거에 있었지. 저들한테는 선조들이 저지른 죄들이 흠으로 남아 있어. 반면에 우리는 그런 오점이 없지, 아니 없었지. 거인들의 행동은 항상 〈묻히고 잊힌 선조들의 만행들〉, 그 눈에 보이지 않는 유산의 영향을 받았어.」

「저희도 이제 순결함을 잃어버렸습니다.」 과학부 장관이 인정한다.

「거인들이 우리를 자신들과 똑같이 만들었어. 이걸 제일 용서 못 하겠네.」

장관이 회색 구체를 물끄러미 바라본다.

「너무 막대한 피해를 입힌 건 아닌지 걱정이 됩니다.」

「종의 일원이 되기 위해 내는 현대식 입장료라 생각하게. 기술의 진화라는 게 결국 살상력의 진화가 아니겠나.」

「빌어먹을, 저 두터운 구름의 장막 뒤에서 대체 무슨 일이 벌어지고 있는 거야? 생존자가 있는지 알 수 있는 방법이 없겠나? 왜 저들이 신호를 쏘아 올리지 않는 거지?」

출렁대는 가슴을 진정시키기 위해 왕이 물부리를 죽죽 빨아들이자 연기 때문에 목구멍이 얼얼해진다. 그녀는 칠각형 체스 판이 놓인 테이블로 걸어간다. 빈 체스 판의 모습이 궁금해진 그녀가 연보라색 진영의 퀸 하나와 비숍 하나, 폰 여덟 개만 남기고 말을 전부 들어낸다.

「달에 남은 에마슈 1만 명이 우주에 살아 있는 마지막 인류일지도 모르겠네.」

「나비인들을 잊고 계십니다.」 에마 103이 검은색 나이트 하나와 검은색 킹 하나를 들어 다시 체스 판에 올린다. 「그리고 지금 이 진영에 가 있는 말 두 개가 더 있습니다.」

그녀가 연보라색 폰 두 개를 검은색 말들 사이에 갖다 놓는다.

557

197

무슨 일이지?

순식간에 벌어져 얼떨떨하다.

소행성 세 개가 내 껍질로 날아왔다.

수정이 가능한 것들이기를 바랐지만, 아니다. 희미한 생명의 기미조차 없는 세 개의 딱딱한 돌덩이들일 뿐이었다.

그렇지만 아팠다. 아소르스 제도에 저들의 원자 폭탄이 떨어졌을 때보다 더 아팠다.

웬일인지 그때부터 아무 소리도 움직임도 없고 차갑게만 느껴진다.

예전에는 근질근질 가렵던 곳이 이제는 아무 느낌도 없다.

마비가 온 것처럼 내 몸이 무감각하다.

전망의 시기

198
백과사전: 호피족의 예언

애리조나에 사는 호피족들에 따르면 우리가 살고 있는 세계는 이미 세 번 파괴되고 나서 다시 세 번 태어난 곳이다.

첫 번째 세계는 화산들과 운석들의 불 때문에 파괴되었다.

두 번째 세계는 빙하기에 찾아온 추위 때문에 파괴되었다.

세 번째 세계는 바다에 가라앉았다(대양에 가라앉은 거대한 섬을 암시한다).

오늘날 우리는 네 번째 세계에서 살고 있다.

새로운 시기가 도래할 때마다 인간이 가진 물질의 힘은 늘어나고 정신의 힘은 줄어들었다.

말간 피부에 턱수염을 기른 인종이 십자가의 문장이 그려진 불을 뿜는 무기를 손에 든 채 기이한 짐승을 타고 동쪽에서 나타날 것이라고 호피족은 예언했다.

호피족은 이 인간들이 어머니이신 지구와의 조화를 깨는 바람에 인류는 〈코야니스카시〉(나중에 동명의 영화가 제작되었다)라는 불균형의 시대로 들어가게 될 것이라고 말했다.

그들은 원자 폭탄(바가지에 담긴 재가 하늘에서 쏟아져 내려 바닷물을 끓게 하고 대지를 불태운다)의 출현과 UN의 창설(세상의 모든 지도자들이 동쪽에서 회합을 갖는다), 달의 정복(예언에서는 〈독수리가 달 위를 걸을 것이다〉라고 했는데, 1969년에 발사된 아폴로호의 달 착륙선

이름이 이글Eagle 1호였다)을 예측했다.

호피족에 의하면 네 번째 세계는 이제 운이 다했다.

그들은 앞으로 대규모 제3차 세계 대전이 일어나 불로써 세계가 정화되고 코야니스카시의 시대가 끝날 것으로 내다본다. 그리고 이러한 시련이 다가오는 징후들이 점차 나타나리라고 예언한다.

〈동쪽에서 철마가 출현한 것이다(기차를 가리키는 암시).〉

〈하얀 인간이 땅 위에 철사를 늘어뜨릴 것이다(전신선에 이어 전화선과 전기선의 출현?).〉

〈거미줄들이 하늘을 수놓을 것이다(제트엔진 비행기가 만드는 비행운?).〉

〈하얀 인간이 재 덩어리를 만들어 지구를 오염시키고 미래 세대가 쓸수 없는 불모의 땅으로 만들 것이다(원자 폭탄 효과를 암시? 애리조나호피족의 신성한 땅과 인접한 뉴멕시코에서 핵 실험이 일어난 적이 있다는 사실을 떠올릴 필요가 있다).〉

〈케이프를 걸치고 붉은 모자를 쓴 인간 부족이 하늘을 통해 동쪽에서올 것이다(호피족 족장 토머스 바냐차의 이 예언과 비슷한 예언을 티베트 라마승인 파드마삼바바도 한 적이 있다.《철조(鐵鳥)가 하늘을 날면 티베트 민족은 개미들처럼 지구에 흩어지고 붉은 인간들의 나라에는 다르마가 찾아올 것이다.》그런데 실제로 1970년부터 티베트인들과 호피족은 상호 방문을 하는 등 직접적인 교류를 시작했다).〉

예언에는 〈하얀 인간이 하늘에 영구적인 집을 지을 것이다〉라고도 나와 있다(국제 우주 정거장을 가리키는 말인가?).

경고가 끝나고 나면 제3차 세계 대전이 일어나 불완전한 세계를 불로써 정화할 것이다.

이 위기를 겪어야 세계는 비로소 정화된 상태에서 새로운 생명력을 얻어 다섯 번째 시기로 이행할 것이다.

시련에서 살아남은 지구의 모든 지도자들이 한자리에 모여 호피족이 주는 평화와 화합의 메시지에 기꺼이 귀를 기울일 것이다.

에드몽 웰스, 『상대적이며 절대적인 지식의 백과사전』 제11권

199

피해 상황

방송국의 비상 송신기를 가동하고 나서 처음 보내 드리는 뉴스입니다. 수신 안테나가 높은 곳에, 가령 지붕 같은 곳에 설치돼 있는 시청자들께서는 수신이 가능합니다.

지진과 태풍, 방사능 낙진은 이제 잠잠해진 상태입니다. 연일 쉬지 않고 비가 내리고 있지만 무선 송신은 다시 정상 작동하고 있습니다. 자, 지금부터 피해 상황을 종합해 드리 겠습니다.

소행성 폭격 직후 처음 제기됐을 때는 하나의 가설에 불과 했던 에마슈 배후설이 사실로 확인됐습니다. 에마슈 로켓 세 대가 일명 〈카타풀타〉 기술을 동원해 케이블로 소행성들을 끌고 접근하는 장면이 산악 지대에 설치된 망원경들에 포착 된 것입니다. 초소형 인간들은 킬로미터 단위까지 탄젠트 계 산이 가능한 투석기 형태의 정교한 탄도 장치를 이용해 목표 지점에 정확하게 소행성들을 투하할 수 있었던 것으로 보입 니다. 마이크로폴리스에 대한 핵 공격을 주도했던 국가들의 수도가 타격 대상이었던 점을 감안할 때, 이번 폭격은 대규 모 복수극이라는 결론이 가능합니다.

인구

세계 인구 센터에서는 현재까지 수집된 데이터를 종합 분

석해 사망자가 40억 명에 이를 것이라는 1차 추정치를 내놓았습니다. 40억 명, 즉 인류의 절반에 해당하는 숫자입니다. 제3차 세계 대전 발발 이전에 대략 80억 명으로 추산되던 세계 인구가 이제…… 40억 명으로 감소한 것입니다.

대기

날아온 소행성들이 지표면과 충돌하고 이 과정에서 핵 시설들이 직간접적으로 폭파의 충격을 받으면서 발생한 먼지 구름들이 대기에 퍼지는 바람에 지금 보시는 지도상에 표기된 지역들의 공기가 극심하게 오염되었습니다. 인근에 거주하는 주민들께서는 즉시 지역을 벗어나시고, 적십자사나 UN 구호 단체들의 산하 조직에 신속히 연락을 취하시기 바랍니다. 연일 내리고 있는 비가 지역에 따라서는 산성비나 방사능비가 아닐 수도 있지만, 가급적이면 비를 맞지 마시고 외출도 자제하시길 바랍니다.

권고

소위 〈묵시록 후 스트레스 장애〉 기간에는 가급적이면 수돗물을 바로 받아 드시지 않는 것이 좋겠습니다. 물병은 반드시 뚜껑을 닫아 보관하시고, 물은 반드시 끓여 드실 것을 권합니다. 콜레라나 페스트 같은 전염병이 실제로 얼마든지 발생할 수 있기 때문에 물보다는 청량음료나 술을 드시는 게 좋겠습니다. 치명적인 바이러스와 박테리아를 옮길 수 있는 모기와 파리도 조심하시기 바랍니다. 유기견이나 비둘기한테는 다가가지 않으시는 게 좋습니다. 시신을 발견할 경우 손대지 마시고 즉시 보건 당국에 연락해 처리하도록 하십시오. 가급적이면 음식물을 공급받을 수 있는 대피소를 찾으시고, 라디오나 텔레비전, 스마트폰, 컴퓨터를 켜놓고 안내되는 안전 수칙에 귀를 기울이시기 바랍니다.

실종자

연락이 끊긴 주변 사람들의 이름을 올릴 수 있는 온라인 실종자 찾기 서비스가 제공될 예정입니다. 같은 사이트를 통해 부상자 치료나 전후 복구를 지원하는 자선 단체들에 가입을 희망하는 분들을 위한 통합 서비스도 제공될 예정입니다.

날씨

지역 기상 전문가에 따르면 당분간 비 오는 날이 계속될 것이라고 합니다.

200

주먹이 연설대를 꽝꽝 내리친다.

「석 달입니다! 석 달이 지나서야 우리는 겨우 쇠망치로 뒤통수를 얻어맞은 것 같은 충격에서 헤어나기 시작했습니다! 헤아리기도 불가능한 사망자들을 애도해야 하는지 여전히 살아남은 사람들이 있다는 사실을 자축해야 하는지 모르겠습니다.」

UN 사무총장 스타니슬라스 드루앵이 조용한 회의장을 바라보면서 눈을 깜빡이며 서 있다. 얼굴에 피로감이 짙게 배어 있다.

그는 재앙 이후의 시간들을 회상한다.

하늘이 순식간에 어두운 잿빛으로 변했고, 끈질긴 밤이

찾아왔다. 다시는 태양을 못 볼지도 모른다는 두려움에 사로 잡힌 채 어둠 속의 생활에 익숙해져야 했다.

어둠에 이어 비가 찾아왔다. 비를 실은 구름 덩어리가 쉴 새 없이 흘러내리는 듯했다. 스타니슬라스 드루앵 사무총장은 얼핏 느꼈다. 지구가 눈물을 흘리는구나.

어둠과 비에다 이내 추위까지 더해졌다. 태양 광선이 탁해진 대기를 통과하지 못하는 탓이었다.

처음에는 대수롭지 않게 여겨졌던 비가 항구적인 현상으로 자리 잡으면서 서서히 사람들의 정신세계에 영향을 미치기 시작했다.

외출을 한다는 것은 밖에서 샤워를 하고 흠뻑 젖은 채 돌아오는 것을 의미했다. 비는 스멀스멀 사방으로 스며들었고, 개울물은 불어났고, 하천은 범람했으며, 들판을 걷던 사람들은 진흙탕에서 잘파닥거리고 넘어졌다. 지구가 깃과 털이 있는 짐승들을 구박하고 두꺼비와 도롱뇽, 달팽이를 편애하는 것 같았다.

스타니슬라스 드루앵은 그동안 느꼈던 몸의 감각을 생생히 되살린다. 피부는 들떠 있는 느낌이었고, 발은 퉁퉁 불어 있었고, 머리는 끈적끈적했다. 집에서 나와 눈을 들어 하늘을 올려다보면 굵은 물방울들이 수정으로 만든 창처럼 하늘을 뚫고 쏟아져 내리곤 했다.

그리고, 빗방울 소리.

생각만 해도 진저리가 난다. 그칠 줄 모르고 또독또독 지붕과 창문을 때리는 소리.

세상을 매질하는 물소리.

심리적인 여파도 컸다. 중국에는 죄인의 이마에 물방울을 떨어뜨리는 형벌이 있다는데, 정말로 이 물 때문에 실성한 사람이 수백만 명에 이르렀다. 비에 알레르기 반응을 보이는 사람은 셀 수도 없었다. 밖에 나와 몇 시간씩 비 샤워를 하고 돌아다니다 괴성을 지르면서 물웅덩이에 나엎어져 익사하는 사람들이 속속 생겨났다. 사람들은 이런 행동을 〈물 빼기〉라고 불렀다.

곤죽이 되어 버린 땅에서 유사(流沙)처럼 불그죽죽한 흙이 흘러내렸고, 부주의한 사람들은 황토에 발이 빠져 그 속으로 딸려 들어갔다.

습기로 인한 신종 질병들도 출현했다. 그중 하나인 〈녹〉이라는 이름이 붙은 병은 단순한 류머티즘 계통의 질병이 아니라, 사람의 관절을 순식간에 잠식해 정상적으로 걷거나 몸을 곧추 일으키지도 못할 만큼 심각한 통증을 유발했다.

스타니슬라스 드루앵이 크게 심호흡을 하고 나서 연설을 이어 간다.

「결과 못지않게 원인도 짚고 넘어가야 합니다. 이번 재앙이 몇몇의 몰지각함으로 빚어진 일이라는 데 아무도 이의가 없을 것입니다. 따라서 저는 우선적으로 다음과 같은 제안을 드리는 바입니다. 첫째, 동양과 서양을 대표하는 두 세력인 음과 양 간에 공식적으로 평화가 정착되게 해야 합니다.」

생존한 국가 원수들이 모여 있는 회의장 곳곳에서 나지막이 동의하는 소리들이 들려온다.

「이러한 차원에서 제3차 세계 대전 발발 이전에 존재했던 과거의 국경선들을 다시 존중할 것을 제안합니다. 모든 국경선을, 단 1센티미터도 다르지 않게 말입니다.」

또다시 웅성웅성하는 동의의 표현들.

「둘째, 예방적 차원에서 〈국제 경찰 군대〉의 창설을 제안 드립니다. 각국 군대의 상위 조직이 될 이 신설 군대는 자율적인 방식으로든 강제적인 방식으로든 평화를 정착시키고, 평화를 깨뜨리려는 여하한 시도에 대해서는 표결 절차 없이 자동 응징할 수 있는 권한을 갖게 될 것입니다.」

여전히 동조의 분위기가 지배적이다.

「셋째, 제가 방금 드린 두 번째 제안과 관련해, 전 회원국이 현재 국방 예산의 75퍼센트에 해당하는 금액을 갹출해 UN의 통제하에 놓일 이 국제 경찰 군대의 창설 기금을 마련하게 될 것입니다. 이 결정은 모든 회원국이 현 국방 예산의 25퍼센트로 국방비를 축소하도록 강제하는 결과를 낳아, 결국 각국 군대의 전투력을 떨어뜨리는 긍정적인 효과를 가져오게 될 것입니다.」

이번에는 좌중이 수런수런하며 전혀 동조하는 분위기가 아니다. 드루앵이 다시 한번 연설대를 세게 내리친다.

「저는 제안이 아니라 절대적 필요를 말씀드렸습니다! 국제 경찰 군대야말로 이런, 송구스러운 표현입니다만, 〈한심한 짓〉이 재발되지 않게 할 수 있는 유일한 방법입니다.」

사무총장은 효과를 의식해 이 단어를 한결 힘주어 말했다.

「2백 개 회원국이 있다 보면, 과대망상이거나 제정신이 아니거나 심지어는 공격적인 성향 때문에 오로지 자신의 이름을 뉴스에 등장시키고 역사책에 남길 욕심에, 또 송구스러운 표현입니다만, 〈엿 먹어라!〉 하는 심정으로 문제를 일으키는 지도자가 나올 가능성이 당연히 2백 번 있습니다! 이의 달지 마세요, 창 주석! 이의 달지 마세요, 싱 장군! 이의 달지 마세요, 파블로프 대통령! 이의 달지 마세요, 자파르 대통령! 예나 지금이나 똑같습니다. 잔꾀를 부리다가 일을 크게 그르치는 무뢰한은 어느 때나 있게 마련이지요. 한데, 대량 살상 무기 때문에 지금은 옛날과는 상황이 완전히 다릅니다. 한 개인이 막대한 피해를 끼칠 수 있는 것이지요. 이 개인이 국가 원수인 경우에는 더더욱 그렇습니다. 여러분이 꼭 어린 애들 같으니, 효과적인 〈국제 경찰 군대〉의 창설이야말로 불량 학생들을 계도할 수 있는 유일한 방도라 하겠습니다.」

즉각적이고 적대적인 반응. 회의장 곳곳에서 사무총장을 향해 야유와 휘파람 소리가 날아든다.

「여러분들은 충분히 어른스럽게 행동할 수 있었지만 우둔한 선택을 했습니다! 그러니 그 대가를 치르십시오! 그 대가, 그것이 바로 국방 예산의 75퍼센트입니다!」

「터무니없는 소리요! 그것은 국가 주권의 상실을 의미합니다!」

「국가 주권의 폐해는 우리 눈으로 똑똑히 확인하지 않았습니까! 여러분의 민족주의, 종교, 파벌, 부족, 국경, 쓸데없는 전통을 지키자는 겁니까? 외람되지만 저는 그 모든 것들에 침을 뱉고 싶습니다! 그것들을 핑계 삼아 당신들과 다른 부족, 전통, 종교를 가진 이웃 나라의 여성들을 강간하고, 가장들을 참수하고, 아이들을 노예로 만들고, 재산을 탈취하고 있지 않습니까?」

「진정하세요, 드루엥 사무총장, 사무총장께서는 월권행위를 하고 있습니다!」

「지금 발언하신 분이 누굽니까? 국민들을 등치는 독재자, 모가베 대통령 당신입니까? 아니요, 진정 못 하겠습니다. 여러분이, 이 자리에 모이신 여러분 모두가 미래 세대에 대한 비전이라고는 없는 이기적인 국가 지도자들이라는 사실을 증명해 보였기 때문에, 이제 제가 두 팔 걷어붙이고 나설 작정입니다.」

이 대목에서 감히 누구도 반박을 하지 못하자 그가 속사포처럼 말을 쏟아 낸다.

「사실, 이 총회는 2백 명의 문제아가 모여 있는 학급인데, 어느 누구에게도 통솔권이나 제제권이 없습니다. 잊고 계신 분들이 있을 것 같아 말씀드리는데, 전체 2백 명 중에 야당과 언론의 자유가 존재하는 민주주의 체제는 스무 명에 불과하고 나머지 180명은 마피아식의 부패한 시스템이 떠받치는 군주 전제 정치입니다.」

「사무총장이 우리를 모욕하고 있습니다!」모가베 대통령이 지지를 의식해 발끈하며 고함을 내지른다.

「180개 국가를 전제 군주가 통치하고 있습니다, 180개 국가를! 이렇다 보니 지역 실력자들이 문제를 일으킬 위험이 상존하는 것 아니겠습니까? 폭력적인 학생, 사기꾼, 심지어 정신이 회까닥 돈 학생까지 포함한 180명의 학급을 이끄는 교사가 무엇을 어떻게 할 수 있겠습니까?」

이번에는 회의장 깊숙한 곳에서부터 야유가 빗발친다.

「백번 양보해 우리가 학생이라 칩시다. 하지만, 당신은 아니오, 드루앙 사무총장, 당신은 우리의 선생이 아니란 말이오! 그리고, 산수부터 다시 하는 게 어떻겠소……. 다시 계산해 보세요. 이제 학생이 2백 명이 아니라 199명입니다. 초소형 인간들의 나라는 회원국 자격을 박탈당한 걸 잊으셨나 본데, 학생들을 통솔하겠다는 분이면 적어도 자기 학생들의 숫자는 정확히 파악하고 계셔야 하지 않겠소?」곤살레스 에콰

도르 대통령이 꼬집는다.

그런다고 갈팡질팡할 스타니슬라스 드루앵이 아니다.

「그렇다면 저를 교사가 아니라 긴급 조치들의 발의자이자 조정자로 봐주시길 바랍니다.」

「사무총장! 사무총장께서는 지금 강제적인 세계화를 추진하려는 것입니다! 사무총장은 우리 모두가 극도의 거부감을 느끼는 국제 정부를 억지로 만들어 결국 자신이 그 정부의 수반이 되려는 속셈이 아닙니까?」 마카리오스 그리스 대통령이 비난의 목소리를 높인다.

「유기체는 커지고 복잡해질수록 취약해지기 때문에 집중화된 신경 체계가 필요합니다. 오늘날의 인간은 중세의 인간과는 다릅니다. 군주들이 자신들이 세운 법으로 영지를 통치하던 시절처럼 언제까지 살 수는 없습니다. 개별적인 이해관계에 좌우되지 않고 장기적이고 전체적인 비전을 수립할 수 있는 중앙 집권화된 시스템이 필요합니다. 오래전부터 우리 모두가 필요성을 인식하고 있지 않습니까. 또한 이것이 모든 정치의 진화 방향입니다. 이미 이러한 방향으로 나아가고 있습니다. 우리한테는 이미 국제 보건부에 해당하는 WHO가 있습니다. 국제 재정부라고 할 수 있는 IMF도 있습니다. 국제 무역부인 WTO, 국제 노동부인 ILO는 말할 것도 없습니다. 그렇기 때문에 제가 여러분께 국제 부처를 하나 더 추가하자, 국방을 담당할 곳을 만들자는 제안을 드리는 것입니다. 유기체에게 세분화된 면역 체계가 아닌 통합 면역 체계가 필요하듯이, 우리한테도 국제적인 방위 체계가 필요합니다.」

회의장의 분위기는 좀체 수그러들 기미가 보이지 않는다.

「만약 여러분의 손과 발이 면역 체계가 달라서 서로 소통을 하지 않고 끊임없이 전쟁을 벌인다면 여러분의 건강은 어떻겠습니까?」

과감한 비유에 좌중이 어쩔 수 없이 정중한 침묵으로 응답하자, 연단의 연사가 즉각 말을 이어 간다.

「진화의 방향은 〈통합적인 신경 체계〉입니다. 마침내 하나가 된 〈인류 공동체〉라는 유기체의 전체적인 이익을 위해 UN이 바로 이 두뇌가 되어 모든 결정을 내릴 것입니다. 여러분이 불평하실 이유가 없습니다. 바로 여러분 자신이 이 미래의 국제 정부에서 결정권을 행사할 뉴런이 되실 것이기 때문입니다.」

「당신은 폭군이야! 우리는 당신이 필요 없소, 드루앵 사무총장! 스스로 카이사르라고 착각하는 것 아니오? 전 세계의 황제를 꿈꾸다가 카이사르가 원로원 의원들의 칼을 맞았다는 사실을 기억하시오!」 격앙한 필리피니 이탈리아 대통령이 소리친다.

「이렇습니다, 여러분이! 여러분은 협박과 폭력, 모욕밖에 모릅니다. 다시 한번 곰곰이 생각해 보십시다. 우리 몸에 있는 창자가, 뇌가 결정을 내리는 것을 비정상이라 여기겠습니까? 과연 우리 몸에 있는 눈과 이와 입이, 성기와 손이, 〈집중화된 신경 체계〉의 이점을 부정할까요? 여러분들, 반대하시는 분들께 제가 하나 묻겠습니다. 뇌가 우리 몸의 폭군입니까?」

어수선하던 회의장이 조금 잠잠해진다. 창 중국 주석이 발언에 나선다.

「누가 어떤 방식으로 그 결정권자가 될지부터 정해야 할 것입니다. 뉴런에 대해 말씀하시는데, 왜 이 뉴런은 되고 저 뉴런은 안 됩니까? 제대로 작동하지 않는 뉴런도 있고 삐딱하게 이해하는 뉴런도 있습니다. 어리석은 뇌도 있고 미치광이 뇌도 있습니다. 이 뇌가 한번 판단을 잘못 내리면 그야말로 돌이킬 수 없는 상황이 발생합니다. 따라서 표결에 붙이든 회원국 다수가 인정하는 자문단에 결정을 위임하든 간에, 활동적인 뉴런들을 선별할 수 있는 지명 체계부터 만들어야 합니다. 참사를 겪은 우리가 지금 당면한 급선무는 우리가 가진 역량과 힘과 방어력을 하나로 모으는 일이 아닐까 합니다.」

회의장 구석에서 노기등등한 목소리가 들려온다.

「가장 급선무는 지구를 파괴한 자들을 처벌하는 일이오.」 자파르 이란 대통령이다. 「마지막으로 남은 초소형 인간들을 제거해야 합니다. 그러지 않으면 그들의 월면 도시에서 언제 다시 우리한테 소행성이 날아올지 모릅니다.」

「우선은 회원국들 간에 평화를 정착시키는 것이 급선무입니다. 그러므로 다시 말씀드리겠습니다. 지금부터 말씀드리는 아홉 개 항목을 포함하는 〈묵시록 후 긴급 법안〉을 발의하는 바입니다.」

1) 세계적 차원의 평화 선언.

2) 과거 국경선으로의 복귀.

3) 모든 전쟁 포로의 송환과, 시체 안치소 및 시신에 대한 자유로운 접근 허용.

4) 재난 지역 생존자들이 임시 거처로 사용할 수용 시설의 건립 계획.

5) 피해 교량과 도로, 공항의 복구 사업.

571

6) 명실상부한 국제 정부로서 UN의 권한 강화.

7) 국제군 창설.

8) 부패 문제와 금융 분야를 관리 감독할 국제 경찰 창설.

9) 앞서 언급된 항목들의 재원 마련을 위한 국제 기금 신설.

법안은 즉석에서 표결에 부쳐져 찬성 111표, 반대 88표로 통과된다.

회의장이 정숙한 분위기를 되찾는다. 드루앵은 자리에 앉아 물을 마신 후, 호흡을 가다듬고 다시 일어선다.

「지금부터 자파르 대통령께서 언급하신 문제로 넘어가겠습니다. 〈에마슈 문제〉, 즉 초소형 인간들에 대한 논의를 시작하겠습니다. 관련 조사를 마친 결과 더 이상 의심의 여지가 없습니다……」

드루앵이 시선을 떨군다.

「〈카타풀타〉 타입의 에마슈 로켓들이 의도적으로 소행성들을 지구에 투하한 것이 맞습니다.」

「에마슈들을 다 죽입시다!」 베네수엘라 대통령이 게거품을 뿜는다.

사방에서 이 적대적인 슬로건을 따라 외치는 소리가 들린다. 드루앵 사무총장이 의사봉을 두드려 소란한 분위기를 가라앉힌 뒤 말을 이어 간다.

「여러 분들께서 의견을 주셨고, 본보기로 비극의 책임자들을 처벌해야 한다고 주장하시는 분들이 많다는 것도 알고 있습니다. 하지만 지금 여기에 계신 몇 분이 원자 폭탄을 투하해 이미 초소형 인간들에게 벌을 주시지 않았습니까? 현재 그 만행의 책임자를 가리기 위한 조사도 진행 중에 있습니다.」

좌중은 마지막 말은 안중에도 없다.

「달에 여전히 에마슈들이 살아 있습니다. 그 소형 인간들을 마지막 한 놈까지 추적해야 합니다! 어디에든 단 한 놈도 살아 있지 못하게 해야 합니다!」베네수엘라 대통령이 다시 주장을 펼친다.

「주장하시는 게 뭡니까? 종 전체를…… 몰살하자는 겁니까?〈인종 학살〉말입니까?」

「그들은 우리의 천적입니다. 손을 쓰지 않으면 비극은 되풀이될 것이고, 자칫 호모 사피엔스가 사라질 위험에 처할지도 모릅니다. 한때 우리 선조들과 경쟁을 벌였던 호모 네안데르탈렌시스가 결국 사라지고 말았다는 사실을 굳이 말씀드려야 합니까? 그들 아니면 우리였기 때문입니다. 지금 또한 그들 아니면 우리입니다.」

여럿이 그의 주장을 수긍한다.

「재판은 필요 없습니다. 우리가 막 창설에 합의한 UN 군대의 목적이 바로 호모 사피엔스 인류를 침략자로부터 지키는 것 아닙니까?」

「달 기지에 에마슈들이 살아서 존재하는 한, 우리의 머리 위에 그리고 우리 자식들의 머리 위에 다모클레스의 검이 매달려 있는 것이나 마찬가지입니다. 달을 쳐다볼 때마다 언제 지옥이 닥칠지 모른다는 공포에 시달리게 될 것입니다.」

「그들의 씨를 말려야 합니다. 그러지 않으면 다른 곳에서 번식을 해 언제든 다시 우리를 위협할 수 있습니다.」창 주석이 거듭 주장한다.

「한둘은 동물원에 남겨 놓아도 되지 않겠습니까?」에마

109가 자신들을 미사일 공격에서 구해 주었던 일을 떠올리며 사우디아라비아 국왕이 제안한다.

갑론을박이 시작된다.

「동물원에 가두어 놓아도 위험하긴 마찬가지일 것입니다. 하나나 둘 정도만, 가령 남자 하나 여자 하나만 남겨 박제를 해서 아이들에게 보여 주면 어떻겠습니까? 에마슈들한테 입은 피해를 연상하게 해서 아이들에게 경각심을 일깨우는 것이죠. 메뚜기 떼를 보여 주고 나서 초토화된 농경지를 보여 주는 것과 같은 식으로 말입니다.」

「좋습니다. 남자 하나와 여자 하나를 박제한 다음 호러 박물관에 전시해 공포를 조성한다, 괜찮은 생각입니다.」 이란 대통령이 한 발 물러선다.

다시 여기저기서 노골적으로 낄낄거리는 소리가 들린다. 드루앵은 거북하지만 참석자 전원의 의견에 반대할 수 없다는 것을 안다.

「그러면 제안을 표결에 붙이겠습니다.」

월면 기지를 포함해 에마슈를 몰살하자는 제안에 찬성이 195表, 기권이 4表, 반대는 한 표도 없다.

「UN의 전 회원국이 참여하고 재정을 충당하게 될 새로운 〈국제군〉에 멋진 시험대가 될 것입니다.」 창 중국 주석이 실용주의자답게 한마디 던진다.

「좋습니다. 해결책으로, 음…… 〈초소형 인간들의 몰살과 남녀 한 雙의 박제화〉가 채택되었습니다. 결과적으로, 여러분들의 집단적 의지인 만큼, 에마슈들은 앞으로 우리들의 기억에만 남게 될 것입니다. 한 종이 탄생했고, 잘못된 선택을 했고, 결국 스러졌습니다. 이들의 이름은 〈호모 메타모르포

시스)였으며, 훗날 호모 네안데르탈렌시스나 호모 플로레시엔시스와 똑같이 사라진 유사 인류로서 학문적 연구의 대상이 될 것입니다.」

이때 다른 목소리가 들린다. 몰디브의 대통령이다.

「우리가 다루지 못한 중요한 문제가 하나 더 있습니다. 지금 지구가 아픕니다. 비가 여전히 심각한 문제이며, 다섯 개 대륙 곳곳에서 마치 몸서리를 치듯이 소규모 지진이 수시로 발생하고 있습니다. 신열처럼 기온이 상승하는 것도 문제입니다. 이 모두가 세 방의 소행성 어퍼컷이 만든 결과입니다. 지구를 치료하기 위한 조치가 필요하리라 봅니다.」

「대통령님, 죄송합니다만 그 건은 다음 회기에서 다루기로 하고, 오늘은 가장 시급한 현안인 인류의 평화와 초소형 인간들과의 전쟁 문제를 집중적으로 해결하는 게 좋겠습니다.」

전 인류를 대표해 회의장에 모인 참석자들은 자신들이 방금 내린 결정들에 안도감을 느끼며 사무총장의 제안을 받아들인다. 비로소 혼란스러운 상황을 다시 통제할 수 있게 됐다는 느낌이 든다.

201

연보라색 스마트폰이 손에 쥐어져 있다.

〈마이크로폴리스〉라는 유용한 버튼은 이제 없다. 나탈리아 오비츠는 〈루나폴리스〉라고 적힌 버튼을 누른다.

여러 번 신호음이 가고 나서야 아득하게 소리가 들려온다. 가는 숨소리. 당황한 오비츠는 잠시 상대의 반응을 기다리다가, 여전히 숨소리만 이어지자 먼저 말을 건다.

「……여보세요? ……저는 UN 주재 프랑스 대사인 오비츠 대령입니다. 신임 전하와 통화를 할 수…….」

「……나탈리아? 나예요, 에마 666이에요.」

「암호화는 확실히 되고 있습니까, 전하?」

「동족들이 자신의 종을 배신하는 대령의 말을 엿듣기라도 할까 봐 겁이 나요?」

「알려 드릴 게 있어서 연락드렸습니다, 전하. 그들이 에마 슈들을 절멸시키기로 합의했어요.」

침묵이 흐른다.

「나는 내 결정을 후회하지 않아요. 정당방위였으니까요. 당신들의 역사에서 나도 배웠어요. 제2차 세계 대전 당시에 당신들은 진주만 공격에 대한 보복으로 히로시마를 폭격했죠. 당신들이 아소르스 제도를 공격했으니 보복으로 베이징과 테헤란, 카라카스에 소행성 세 개를 투하한 것은 당연하죠. 응당한 보복이라고 할 수도 없어요. 우리는 〈겨우〉 당신들의 50퍼센트를 죽였지만 거인들은 우리들의 99퍼센트를 죽였으니까요. 그런데도 어느 누구 하나 조사를 요구하지도 재판을 열지도 않았고, 범죄의 책임자들을 처벌할 가능성조차 없었죠.」

나탈리아가 마른침을 삼킨다.

「유사한 일이 또 벌어질지도 모른다는 생각에 그들이 공포에 떨고 있어요. 그들은 당신들을 멸종시킬 방법을 찾기 위해 힘을 모을 겁니다. 옛날에 보복 전쟁을 위해 편성됐던 대함대의 이름을 따서 원정대에 〈무적함대〉라는 이름까지 붙여 놓았어요.」

「……그것과 관련된 역사적 사실은 나도 잘 알아요. 16세기에 스페인 함대와 영국 함대가 맞붙었던 전쟁이죠. 우리도 그 함대에 맞서 방어를 위한 무기를 갖출 거예요. 앞으로 그들의 살상 무기와 우리의 방어 무기가 경쟁을 펼치게 되겠군요. 우리가 더욱 강하고 더욱 창의적인 모습을 보여 줘야겠네요. 내가 잘못 아는 건지 모르겠는데, 스페인의 무적함대는 영국 해군에 패했었죠. 그들이 그 사실은 깜빡한 채, 멀리 있는 적의 보루를 칠 파괴력 있는 함대를 꾸린다는 생각만 갖고 이름을 붙였나 보네요.」

별안간 오비츠의 휴대폰 화면이 밝아지면서 소리와 함께 영상이 나타난다.

초소형 인간들이 지구와 달 사이에 암호화된 영상 통화를 실현할 만큼 기술적 성과를 이루었다는 사실에 나탈리아는 놀라움을 금치 못한다. 그녀의 화상 전화에 집무실 안을 뱅뱅 돌고 있는 왕의 모습이 잡힌다. 멀리 뒤쪽으로 칠각형 체스판까지 눈에 들어온다.

「솔직히 말하면, 우리도 미리 예상하고 여기 있는 수단들로 방어 체계를 갖추기 시작했어요.」

「요격 로켓 말인가요? 월면인들의 병기와 지구인들의 병기가 격돌하는 우주 전쟁을 할 생각입니까?」

「〈달과 지구의 대결〉이라, 멋진 영화 제목이 되겠는데, 안 그래요 오비츠 대령? 아니면 〈골리앗의 자손들과 다윗의 자손들의 대결〉, 이게 더 나을까요?」

「월면인들은 소형 로켓을 병기로 사용하겠죠. 제 짐작이 맞습니까?」

「더 이상은 밝히기 곤란해요. 어쨌든 나탈리아 당신은 거인의 한 사람이고, 이제는 우리의 적이니까요. 그들이 우주 전쟁 계획을 실행에 옮기려면 어차피 시간이 걸릴 거예요.」

「제가 그들을 잘 알아요. 당신들을 공격하기 위해 대규모 수단을 동원할 게 분명해요.」

「그렇다면 우리가 대책을 강구해야지요, 오비츠 대령.」

「그 침착함이 존경스럽습니다, 전하.」

신임 왕이 방안을 서성거린다.

「대령, 당신이 보기에 달에 보낼 토벌대를 구성하는 데 얼마나 걸릴까요?」

「금방 될 수도 있어요.」

「지표가 초토화됐다고 알고 있는데요.」

「피해를 입지 않은 지역들도 있고, 지금 어마어마한 자금이 투입되고 있으니까요. 모든 회원국이 최우선 과제로 생각하고 있어요. 게다가 UN이 새로 창설한 국제군의 효율성을 시험할 절호의 기회이기도 하죠. 당신들을 향한 증오가 결집되고 있어요. 그나마 이게 지구인들 사이에 존재하는 작은 공통분모이니까요. 드루앵 사무총장도 이 군대를 창설하자고 한 자신의 정당성을 입증해 보일 필요가 있어요. 신임이 달린 일이죠. 결코 호락호락하지 않을 거예요.」

「결국 〈당신들 아니면 우리들〉, 이런 얘기군요.」

「좋은 소식을 전해 드리지 못해 안타깝습니다, 전하. 그런데 지금 때가…… 다들 감정에 치우친 대응을 하고 있어요. 타협은 없죠. 깊이 고민하는 사람도 없어요. 오로지 전쟁을 전쟁으로 몰아내겠다는 생각뿐이죠.」

「피는 피로써 씻는다, 이건가요?」

「당신이 한 것처럼 똑같이 말이에요, 전하. 그건 전술적인 판단 착오였어요.」

「한 종의 정신 구조를 그렇게 단시간에 바꾸기는 힘들죠, 안 그런가요? 어쨌든 간에, 나한테 이렇게 미리 알려 준 건 고맙게 생각해요, 오비츠 대령. 하지만 두 가지는 알았으면 해요. 나는 결코 후회하지 않아요. 그리고 당신들의 무적함대가 두렵지 않아요.」

나탈리아 오비츠가 연보라색 스마트폰으로 통화를 마치자, 옆에서 마르탱 자니코 중위가 안타까운 표정을 지으면서 머피의 법칙들을 펼쳐서 보여 준다.

312. 찾아다니지 않고 발견하려면, 오랫동안 발견하지 못하고 찾아다녔어야 한다.

313. 역사는 절대 똑같은 방식으로 반복되지 않는다. 역사학자들이 게으른 탓에 앞선 역사학자들이 말한 것을 반복할 뿐이다.

314. 당신이 첫 시도에 성공하지 못하면, 성공의 정의를 바꾸면 된다.

나탈리아가 창문 앞에 서서 그칠 줄 모르는 빗줄기를 물끄러미 바라보다가 자신만의 머피의 법칙을 하나 생각해 낸다.

315. 경험 덕분에 이전의 실수를 되풀이하지 않고 새로운 실수를 하게 된다.

「날 안아 줘.」 그녀가 마르탱 자니코에게 말한다.

그가 그녀를 꼭 껴안고 키스를 한다.

「이 혼돈한 세상의 한 귀퉁이에 조금의 사랑이라도 존재하는 게 어디야……!」 그녀가 독백처럼 말한다.

202

스타니슬라스 드루앵의 비밀 경호국에서 새로운 암호 해독 프로그램을 이용해 나탈리아와 왕의 대화를 도청했다.

월면인들의 상황을 파악하게 된 UN 사무총장이 즉시 러시아 동료에게 전화를 건다.

「저들이 우리의 함대를 요격할 방어 체계를 갖추고 있어요.」

「로켓 말이오? 아니면 월대공 미사일?」

「아마 둘 다일 겁니다.」

「그들에겐 이제 공장도 철공소도 정밀 기계 공장도 없지 않습니까.」

「초소형 인간들은 예측 불가능한 존재들입니다. 임기응변에 아주 능한 자들이지. 그들이 달에 뭘 싣고 갔는지 우리가 알 길이 없지 않습니까.」

「잘 알겠어요, 드루앵 사무총장. 공격 함대 편성에 속도를 내고, 만일의 경우에 대비해 우주에서 발사가 가능하도록 레이저 대포 시스템도 장착하겠습니다.」

「준비가 끝나려면 얼마나 걸릴까요, 파블로프 대통령?」

「며칠이면 돼요. 우리가 비밀 방공호에 갖고 있는 장비와 무기, 군용선, 폭탄이 꽤 있습니다.」

「아무리 임기응변술이 뛰어나도 에마슈들이 달에서 아직 첨단 무기를 개발할 시간은 없었을 거요.」

씁쓸한 표정의 스타니슬라스 드루앵이 시큰둥하게 또 다른 번호로 전화를 건다.

203

전화를 끊은 레베카 팀시트의 얼굴에 근심스러운 빛이 역력하다.

「UN에서 저들의 제거를 결의했어.」

그러더니 마치 에마슈들이 자리에 없는 것처럼 남편을 향해 말한다.

「그들이 우리한테 불법 탑승자 둘을 죽여서 박제를 해달라고 요청했어.」

실뱅 팀시트가 잘못 들은 게 아닌가 하는 사이에 그녀가 덧붙인다.

「다음 세대들이 저들의 몸을 눈으로 직접 보면서 〈이런 류의 실험〉이 얼마나 위험한지 깨닫게 하고 싶다는 거야.」

선장은 자신의 귀를 의심한다.

「지구에 있는 나라들의 대표자들, 다시 말해 호모 사피엔스를 대변하는 모든 사람들이 내린 결정이야. 메타모르포시스를 공식적으로 체체파리나 모기, 방울뱀, 백상아리와 같은 〈유해종〉으로 인정한 거야.」

함께 있는 두 에마슈 에마 809와 아메데 230은 여전히 무반응이다.

실뱅 팀시트가 생각에 잠긴다.

「〈우리〉 에마슈들은 우리한테 전혀 피해를 준 적이 없어. 내가 지켜본 바로는 도리어 작은 몸집을 이용해 수많은 도움을 줬고 이 집단에 완벽히 동화됐어.」

레베카의 얼굴이 찡그러진다.

「UN 대표와의 대화를 통해 저들의 정신이 불온하다는 사실을 알게 됐어. 동물의 진화에서 저들이 우리와 경쟁 관계에 있는 인간들이라는 것도 깨닫게 됐어.」

「그게 어떻다는 거야?」 실뱅이 에마슈들의 눈길을 피하면서 묻는다.

「어쨌든 저들은 우리 동족 40억 명을 의도적으로 무자비하게 죽였어. 이건 부인할 수 없는 사실이야.」

「그럼 동물 세계의 패권을 놓고 경쟁을 벌이는 위협적인 존재라는 주장에 대해선 어떻게 생각해? 우리 사랑스러운 에마와 아메데가 당신을 이 우주선에서 쫓아내는 상상이 가능하냐고?」

그들은 서로에게서 위안을 얻으려는 듯이 끌어안고 있는 작은 에마슈 커플을 바라본다.

「당신 계산에 따르면 이 여행은 적어도 1천 2백 년이 걸릴 거야. 1천 2백 년 후에는 에마와 아메데의 자손들도 많아져 있겠지. 그리고 우리는, 분명 무수한 시련을 겪었을 거야. 상황이 변해 있을 테고, 사람들의 의식도 그렇겠지. 우주선 내부의 진화가 어떤 방향으로 일어날지는 아무도 몰라.」

레베카 역시 두 당사자의 시선을 일부러 외면한다.

「우리 노아의 방주에 탄 다른 동물들을 보면 얼마 전부터 변화가 확인이 돼. 큰 동물들은 병에 걸리는 반면에 작은 동물들은 번식하고 있지. 멧돼지와 당나귀, 말, 양, 암소, 염소는 허약해져서 번식이 잘 되지 않는데 쥐와 바퀴벌레, 개미는 무서운 속도로 늘어나고 있어.」

「외부로부터의 개입이 없을 경우에 가장 작고, 가장 여성적이고, 가장 사회화된 동물들이 살아남는다고 한 다비드 웰스 교수의 주장이 결국 맞았네.」 실뱅 팀시트가 인정한다.

「미래에는 아마도 초소형 인간들이 쓸모가 없어진 자신들

582

의 거인 동족들, 그러니까 우리의 자손들보다 우세할 거야.」
레베카가 설명을 덧붙인다.

「우리의 자손들이 당신의 자손들한테 어떻게 할지 모른다
고 지금 우리를 벌주려는 건가요?」아메데의 가냘프고 앳된
목소리가 묻는다.

레베카가 못 들은 척하며 말한다.

「UN의 명령이야.」

실뱅이 이맛살을 깊게 찌푸린다.

「UN은 한 번도 우리를 응원해 준 적이 없어. 도리어 이륙
을 방해하는 온갖 짓을 했지.」

그녀가 에마슈 커플을 가리키며 말한다.

「저들의 조신한 성품에 속지 마, 실뱅. 저들의 지도자 몇
명이 지구에서 우리의 계승자를 자처한다는 사실을 기억하
라고.」

「〈자처했었지.〉지금은 거의 남지 않았어. 한쪽은 40억 명
인데 살아남은 에마슈는 고작 1만 명이지…… . 그리고 당신
이 한 가지 잊고 있는데, 우리는 이제 지구인이 아니야.」

「하지만 여전히 인간이지.」그녀의 말에 날이 선다.

「원칙적으로는 저들도 그래.」실뱅 팀시트가 맞선다.

이때, 레베카가 다짜고짜 에마슈 커플을 움켜쥔다. 조금
도 저항하지 않는 이들을 그녀가 조종실 옆에 붙은 화장실에
가둔다.

「저들을 변호하는 이유를 딱 한 가지만 대봐. 내가 들어보
고 나서 결정할 테니까.」

실뱅 팀시트가 잠시 고심 끝에 한마디 던진다.

「〈생물 다양성〉. 더 다양한 생명이 존재할수록 더 풍요로

워지지. 우리가 타고 있는 〈우주 나비 2호〉라는 거대한 튜브 모양의 실험실에서도 이 사실을 날마다 확인할 수 있잖아.」

「그럼, 당신은 생물 다양성이라는 명목하에 우리 종을 전 멸시킬지 모르는 포식자를 살려 두자는 말이야? 저들은 우 리와 달라. 우리가 영양이라면 저들은 사자라고……. 생명의 위협이지.」

「그럼 다른 각도에서 문제를 한번 보자고. 마지막 남은 사 자 두 마리를 제거하자는 게 과연 모든 영양들의 이해관계에 부합하는 결정일까? 다른 종들의 존재에 위협이 된다고 상 어, 늑대, 여우, 호랑이를 다 제거하는 게 옳을까?」

「그건 다른 문제지. 당신이 예로 든 종들은 수백만 년 전부 터 우리 생태계의 일원이었어. 그들은 존재할 권리가 있지.」

「대체 무슨 근거로 오래된 종은 생명의 권리를 보장받아 야 한다는 거지? 그건 우리보다 더 오래된 공룡들이 우리보 다 더 존재의 정당성을 갖는다는 얘기나 같아. 일차적으로는 잉여를 처리하고, 부차적으로는 먹잇감이 생존을 위해 어쩔 수 없이 변화하게 만드는 게 포식자의 기능이야. 위협과 위 험이 없고 포식자도 없는 종은 결국 경화되고 말아.」

팀시트 부부는 이륙 후 처음으로 날카롭게 의견이 대립 한다.

「제3차 세계 대전은 우리의 최악의 천적이 인간이라는 사 실을 보여 줬어. 초소형 인간들은 유용한 존재야. 우리가 스 스로 나아지게 만들고, 우리가 정체성을 고민하게 만들고, 우리가 새로운 고민들을 던지게 해주지. 이것만으로도 저들 은 유용한 것 이상으로 우리한테 반드시 필요한 존재야.」

실뱅이 깊은 심호흡으로 뉴런에 산소를 불어 넣는다.

「나는 이런 결정적인 문제를 놓고 잘못된 선택을 하고 싶지 않아.」그가 선언하듯이 말한다.

「그럼 당신을 대신해서 내가 선택할게. 저들을 없애야 해. 용기가 없으면 내가 당신 몫까지 할게. 당신이 저들을 살려 주기로 결정해도 어차피 늘 지켜보는 건 불가능해. 당신도 자야 하고 저들도 자야 하니까. 그때 내가 저들을 제거하면 일은 끝나. 에마슈들이 이 우주선이든 그 어떤 행성이든 우리의 승계자가 되는 일도, 우리를 땅에 묻는 일도 없을 거야……」

「오케이. 당신 뜻은 알았어. 우린 저들을 살려 둘 거야. 이건 내가 내린 결정이고 내가 책임질 거야. 당신이 정 원하면 저들을 한번 죽여 봐. 내가 당장 경호원 셋을 붙여 지금부터 보살피고 보호할 테니까.」

두 사람의 눈에 불이 번쩍 인다.

「우리 손자들이 이 〈꼬마 악마들〉한테 당할지도 모른다는 상상을 한번 해 봐. 저들을 발명한 다비드 웰스가 주장한 전설을 당신도 알 거야……. 옛날에 아틀란티스에 살았던 거인들이 자신들의 손으로 소인을 만들어 놓고 결국 통제에 실패해 소인들의 손에 제거됐다지.」

「그건 우리 조상들 얘기지. 초소형 인간들은, 우리 호모 사피엔스가 발명하고 교육하고 이용했어. 생명을 만들면 당연히 이 생명에 책임을 져야지. 흥미가 없어졌다고 장난감처럼 버리는 건 너무 편의적인 발상이지.」

「당신은 마치 저들이 우리 자식인 것처럼 말하네.」

「어떤 면에서 나한테는 그 호칭이 거슬리지 않아. 저들은 한 남자와 한 여자의 욕망이 빚어낸 결과야. 다비드 웰스와 오로르 카메러. 그렇게 보면 저들은 당신과 나 같은 인간 커

585

플이 낳은 자식들이나 마찬가지야.」

「우리의 자식들이 저들의 자식들과 전쟁을 벌이는 것도 감수하겠다는 거야?」

「자식들을 믿어야지. 해결책을 찾을 거야. 인간은 문제가 생길 때마다 언제나 해결책을 찾아냈어. 그걸 통해 진화를 해왔고. 역경을 없애는 건 아이들을 도와주는 길이 아니야. 그 반대지.」

그녀가 그제야 표정이 누그러지며 자리에 앉는다.

「그럼 지구는 어쩌지? 저들을 살려 줬다고 지구에서 우리를 가만두지 않을 텐데.」

「몇백만 킬로미터 떨어져 있는 게 이럴 때 좋은 거지.」

레베카가 화장실 문을 열고 에마와 아메데에게 밖으로 나와도 괜찮다는 신호를 보낸다.

「고맙습니다.」 문에 귀를 바짝 갖다 붙이고 얘기를 엿들은 에마가 말한다. 「항상 당신들의 지지자이자 동맹이 되겠어요.」

레베카가 길게 한숨을 내쉰다.

「당신 둘은 아마 그렇겠지만 당신 자식들과 손자들은, 글쎄요…….」

이 말을 내뱉는 순간 그녀는 여자로서, 남자인 남편은 눈치챌 수조차 없는 불길한 무언가가 미래에 운명처럼 다가오리라는 것을 직감한다.

204

윙윙거리는 비바람 소리가 마치 거대한 석상들의 노랫소리처럼 들린다.

히파티아가 몸을 쭉 펴면서 침대 밖으로 나온다. 다비드는 아직 자신의 침대에 잠들어 있다. 그녀는 욕실에서 샤워를 하고 부엌으로 와서 진하고 뜨거운 커피를 마시면서 도리깨질을 하듯 대양을 때리는 빗줄기를 바라본다. 그녀가 대충 옷을 걸친다.

하늘에 보이는 희끄무레한 빛줄기가 계절이 가을이라는 것을 말해 준다.

그녀는 몇 가지 요가 자세를 취해 본다. 고양이 등 펴기 자세, 손수레 자세, 촛불 자세, 태양 경배 자세.

희붐한 수평선이 시야에 들어온다. 낮게 내려앉았던 잿빛 구름장들이 줄줄이 흩어지며 우르르 어지럽게 하늘로 날아오른다.

히파티아는 가부좌를 틀고 명상을 시작하지만, 자꾸만 떠오르는 잡념 때문에 결국 포기한다. 그녀는 룸메이트를 위해 커피를 데워 놓고 그를 깨운다.

「또 비가 와요.」 그녀가 아침 인사를 대신해 말을 건넨다.

그들은 살아 있다는 사실, 참변에서 살아남았다는 사실, 그리고 여전히 몸을 움직일 수 있다는 사실이 새삼 기쁜 듯 서로를 바라보며 빙긋이 웃는다.

「꿈속에서는 날씨가 좋았는데.」 그가 대답한다.

그가 샤워를 마치고 타월 천으로 만든 목욕 가운을 입고 나타난다. 그녀는 그가 마시고, 먹고, 옷을 걸치는 모습을 물끄러미 바라본다.

창문 밖 하늘에 회색과 검은색으로 얼룩덜룩하게 그려져 있던 그물 무늬가 바람에 헤쳐져 서쪽으로 달아나는 모습이 보인다. 식물들은 몇 차례 내린 산성비로 누렇게 시들었다.

새들과 나비들, 파리들, 꿀벌들은 속이 빈 나무들이나 동굴들, 아니면 어디 다른 은신처들을 찾아들었는지 보이지 않는다.

그녀는 눈을 감고 참사 다음 날과 그 후의 일들을 떠올린다.

〈빌어먹을 비. 한낱 날씨가…… 날 이렇게 끈질기게 괴롭히고, 내가 이렇게 진저리를 칠 줄은 미처 몰랐어.〉

「아무것도 못 하고 또 하루를 보내야 하네요……. 섬에 꼼짝없이 갇혀서 산성비 때문에 산책도 한번 못 하고.」그녀가 두덜두덜한다.

「그저 기다리면서 사색을 하는 거지.」다비드가 대답한다.

「이 암울한 세계에서 정신만이라도 탈출시켜야겠어요. 오늘 뭐 좀 하나 시도해 보면 어떨까요. 니르바나를 통해 우리의 전생들로 돌아가 우리가 처음 만났던 때로 가보고 싶어요.」

「나는 마조바 의식을 통해 이미 경험해 봤지. 틀림없이 명상으로도 가능할 거야.」그가 인정한다.

둘은 즉시 문고리에 〈방해하지 마세요〉라는 사인을 걸어 놓고 호텔 방문을 걸어 잠근다.

그들은 가부좌를 튼다. 호흡이 서서히 느려진다. 그들의 정신이 호텔을 떠나 이스터섬의 하늘을 향해 날아오른다.

한국인 학생의 목소리가 다시 그를 인도한다.

그의 눈앞에 앞쪽은 미래이고 뒤쪽은 과거인 선이 하나 나타난다. 이 선은 그가 겪은 과거 환생들의 이미지들로 이루어져 있다. 다비드의 정신이 자신의 전생들 위에 떠 있다. 그동안 늘 이름이 새겨져 있는 문들이 늘어서 있는 하얀색 복도를 따라 전생들로 돌아갔던 그에게 자신의 영혼의 역사를 되밟는 이 새로운 방식은 색다른 느낌을 준다. 한때 그의 모습이었던 얼굴들이 시간 순서를 따라 연이어 나타난다.

히파티아의 정신이 그를 불러 과거의 선 위에 있는 이미지를 보여 준다.

두 정신은 그 이미지 속으로 들어가서 다른 시공간에, 사라진 과거의 세계에 자리 잡는다.

그리고…… 그들은 거기에 이른다.

그리고…… 그들은 본다.

거기에는 비가 내리지 않는다. 눈부신 태양이 하늘 한가운데 걸려 있다. 공기가 까슬까슬하다. 황톳빛 도시의 중심에 수백 미터 높이의 투명한 피라미드가 서 있다.

입구에는 늘씬한 갈색 머리 여자가 터키옥색 무늬가 찍힌 베이지색 드레스를 입고 서 있다. 그녀의 목에 개미가 박힌 호박 화석 목걸이가 걸려 있다.

남자는 머리가 희끗하고 피부는 가무잡잡하다. 그는 밝은색 토가를 걸치고 있다.

그들은 처음 만난 사이다. 둘이 평화와 교류의 의미로 손바닥을 맞비빈다.

그녀가 그를 피라미드 안으로 안내한다. 서늘한 공기가 살갗에 와 닿는다. 복도를 따라가다 교차로 비슷한 곳이 나오자 그녀가 내리막길로 그를 이끈다. 한참을 걸어간다. 그는 마치 땅 밑으로 들어가는 기분이다. 그들이 둥그런 모양의 방으로 들어서자 가운데에 저부조를 새긴 연못이 하나 보인다. 연못은 거무스름한 액체로 채워져 있다.

그녀가 샌들과 드레스를 차례로 벗고 짧은 튜닉 하나만 걸치고 있다. 가슴에는 펜던트가 늘어뜨려져 있다. 그녀가 검은 액체 속으로 들어가야 한다는 손짓을 한다.

그가 토가를 벗어 개어 놓은 다음 신발을 벗는다. 그도 짧은 튜닉 하나만 걸친 채 그녀를 따라 못으로 들어간다. 그도 그녀처럼 물에 몸을 띄운다.

그들의 몸은 물 위를 떠다니고 그들의 정신은 진동을 일으킨다. 오랜 가수면 상태 끝에 둘은 눈을 뜬다. 두 사람은 연못 밖으로 나와 맑은 물에 몸을 씻고 다시 옷을 입는다.

그녀가 그에게 견과류와 말린 과일이 담긴 대접을 건네며 다가와 그의 뺨을 어루만진다.

그런 다음 아틀란티스의 여인은 복도를 따라 피라미드 꼭대기에 있는 매지근한 방으로 그를 안내한다.

울긋불긋한 색깔의 방을 점령한 꽃들의 향기가 그에게 취기처럼 몰려온다.

그녀가 그에게 유리병을 건넨다.

그들은 옷을 벗고 향유를 몸에 바른다. 그들은 몸을 섞는다. 그는 마치 자신의 온몸이 푸르스름한 빛으로 변하고 자신의 존재 전체가 여인의 몸과 합일되는 듯한 강렬한 느낌에 젖는다. 그들은 오랫동안 손을 잡고 나란히 누워 있다.

그녀가 동작을 멈추더니 천장을 올려다보면서 자신의 언어로 말한다.

「당신은 어떤지 모르겠는데, 나는 낯선 두 의식이 우리를 관찰하는 것 같은 이상한 느낌이 들었어요.」

이 말이 충격을 일으킨다.

다비드와 히파티아의 정신이 즉각 다시 과거의 하늘로 떠올라 파란 레일 위로 돌아온다. 그러고 나서 지금, 여기, 자신들의 시공간을 찾아 이스터섬으로 돌아온다.

교수와 학생이 눈을 번쩍 뜨더니 무호흡 잠수를 마치고 물 밖으로 나오는 사람들처럼 숨을 크게 들이마신다.

그들은 서서히 고른 호흡과 자신들의 세계와 정상적인 감각을 되찾는다.

「저 역시 거인이었어요.」 그녀가 나지막이 이야기한다.

「우리가 다른 생들에서 이미 했던 일이더라고요. 지구한테 침을 놓겠다는 생각이 과거의 저한테 떠오르던 순간을 봤어요. ……우리는 이미 뜻을 같이했던 사람들이에요. 그래서 선생님을 가족처럼 느꼈나 봐요. 선생님은 옛날에 제 연인이셨어요.」

그는 8천 년 전에 그녀와 살이 맞닿던 때의 감촉을 여전히 간직하고 있다.

그는 환한 빛을 내던 자신들의 몸을 기억한다.

「그들은 육체적 사랑의 기술과 요령을 알고 있더군.」

다비드가 다가와 그녀에게 키스를 시도한다.

히파티아가 입술이 닿으려는 순간 아슬아슬하게 몸을 뒤로 뺀다.

「웰스 교수님! 왜 이러세요?」

「더 가까워지고 싶어 한 사람이 자네가 아니었나?」

「제가 애매한 신호를 보냈다고 느끼셨다면 죄송해요. 정말이지 본의가 아니었어요. 아무리 환각을 경험한 후라지만 이건 제가 태어난 문화의 가치들에 위배돼요.」

「하지만 아틀란티스에서는…….」

그가 한 번 더 어설프게 다가가자, 그녀가 속이 빤히 들여다보이게 거부 의사를 표시한다.

「그때는 시대도 달랐고 관습도 달랐죠. 쉬워 보였다는 건 저도 인정해요.」

그는 당혹스러움을 감추지 못한다. 그리고 이런 식의 거리 두기에 살짝 화도 난다.

「나는 자네가 고국과 전통문화라는 압박이 싫어 도망쳐 나왔다고 알고 있었네만.」

「제가 선생님이 원하는 대로 한다면 절 어떻게 생각하실까요?」

「그러면 우리가 그 생에서 함께했던 건 의미가 없단 말인가?」

「지금 우리한테는 지구와 소통하고 지구와 인간들을 화해시켜야 하는 임무가 있어요. 이것만 해도 이미 너무 벅찬 것 같아요.」

그가 개미가 박힌 큼직한 호박 화석 목걸이를 손에 든다.

「기자 피라미드에서 자네가 하고 있던 거지. 자네는 어쩌면 대홍수 직전에 동쪽 땅을 정복하기 위해 아틀란티스를 떠난 원정대의 일원이었는지도 몰라. 자네는 고대 이집트 땅에 있었던 거대 피라미드의 건설에도 참여했다 그곳에서 죽음을 맞은 게 분명해.」

그가 목걸이를 내밀자 그녀가 집게손가락으로 어루만진다.

「선생님과 저는 마음 밑바닥에서 다 알고 있었어요. 기억해 내기만 하면 됐던 거죠. 그게 명상의 역할이니까요.」

별안간 땅이 흔들리기 시작한다. 문이 덜컥거리고 물건들이 바닥으로 떨어진다.

「지구가 눈물만 흘리는 게 아니라 오열을 하는 모양이에

요. 소행성 세 개한테 호되게 얻어맞았잖아요.」히파티아가
말한다. 「우리가 그이를 보살펴 줘야 해요. 방법을 아는 사람
이 우리밖에 없어요. 아까 보셨잖아요, 그렇죠?」

「침술 말인가?」

「네, 옛날에 우리가 거인들의 침술을 써서 지구를 치료했
어요.」

「우리한테는 장비가 하나도 없으니 드루앵의 도움을 받아
야 하지 않겠나? 거대한 침을 만들어서 크레인이나 착암기
를 이용해 꽂아야 할까?」

「간단한 걸 괜히 복잡하게 만들 필요 없어요. 여기서 구해
지는 것들로 어떻게 해볼 수도 있을 것 같아요. 드루앵 사무
총장은 아마 지금 지구보다 달에 더 관심이 많을 걸요…….」

205

백과사전: 무적함대

스페인 함대가 1588년 8월 8일 공격을 감행했다. 당대 최대 규모의 해
전이었다. 중무장한 130척의 갈레온선에 3만 명의 병력이 말과 노새,
포위 장비, 이동식 야전 병원을 싣고 타고 있었다. 메디나시도니아의
공작이 지휘한 이 스페인 함대의 임무는 영국 해안에 상륙해 런던을 함
락하는 것이었다.

이들에 맞서 자국의 해안에서 전투를 펼치게 된 2만 명의 영국 해군은
크기는 작지만 기동성이 뛰어난 150척의 배에 나눠 타고 있었다. 배들
중에는 급히 군선으로 개조한 상선들도 섞여 있었고, 스페인의 침략으
로부터 나라를 지키기 위해 참전한 자원병들도 상당수 있었다. 해군의
지휘는 막판에 엘리자베스 1세가 직접 임명한 프랜시스 드레이크가 맡
았는데, 그는 장교 출신이 아니라 접현 공격과 약탈에 능한 해적 출신

이었다.

스페인 해군은 국왕인 펠리페 2세가 수호자를 자처한 엄격한 가톨릭교가 뿌리내리게 하기 위해 성전에 임한다고 생각했다.

마지막 구교도 왕이자 〈피투성이 메리〉라는 별칭을 가진 메리 튜더가 사망하자, 영국은 그녀의 여동생인 엘리자베스 1세의 등극과 함께 신교도 국가가 되었다. 스페인은 엘리자베스 1세가 구교도 출신의 스코틀랜드 왕으로서 영국 왕위를 노렸던 그녀의 사촌 메리 스튜어트를 참수한 것은 잘못이라고 주장했다.

한창 해상 전투가 벌어지던 중에 별안간 태풍이 일자, 민첩한 작은 배들을 보유한 프랜시스 드레이크의 군대에 유리하게 전황이 전개됐다.

이 해전은 사실상 날랜 소형 군선들이 털털대는 대형 군선들을 격파한 것을 넘어 두 가치 체계가 충돌한 결과였다.

한쪽에는 신앙과 기사도, 세습 귀족 체제, 로마 교회를 중시한 스페인의 가톨릭교가 있었고, 다른 한쪽에는 무역과 개인의 능력, 노동, 간소하고 중앙 집권화되지 않은 종교를 설파한 새로운 영국의 개신교가 있었다.

무적함대(영국인들이 비아냥거리며 스페인 함대에 붙여 준 이름이다)의 패배로 영국뿐 아니라 네덜란드, 덴마크, 스웨덴 같은 개신교 국가들은 그동안 스페인과 포르투갈을 위시한 가톨릭 국가들이 독점해 온 해상 교역로를 확보하게 되었다. 이것은 결국 이 두 나라의 식민지 확장의 종말을 의미했다. 현대 세계가 영어를 공용어로 사용하는 자본주의 세계가 된 데는 이날 악천후 속에서 벌어졌던 전투가 결정적인 역할을 했다. 1588년 8월 8일, 해적 출신의 프랜시스 드레이크는 상대 지휘관인 스페인 메디나시도니아의 공작보다 뛰어난 상황 적응력을 보여 주었다.

만약 무적함대가 이겼으면 세상은 어떻게 달라졌을까? 무역과 과학,

산업은 지금보다 훨씬 더디게 발전했을 것이고, 절대 군주제와 왕정 귀족 체제는 특권을 누리며 더 오랫동안 유지되었을 것이다.

에드몽 웰스, 『상대적이며 절대적인 지식의 백과사전』 제11권

206

나흘 간의 우주 항해 끝에 지구 함대는 달을 목전에 두고 있다. 함대는 이번 미션을 위해 〈응징 01호, 응징 02호, 응징 03호〉라고 이름을 붙인 로켓 세 대와 각각 1백 명씩 나눠 탑승한 우주 비행사 겸 병사 3백 명으로 구성돼 있다.

로켓에 타고 대기 중이던 3백 명의 병사들은 느닷없는 포격음을 듣는다.

「경보 발령! 적이 공격해 왔다! 적이 공격해 왔다!」 스피커를 통해 목소리가 쩌렁쩌렁 울린다.

적색 경보등에 불이 들어오자 우주 비행사 병사들은 예전에 갈레온선에서 수병들이 대포 뒤에 자리를 잡았듯이 레이저 대포의 발사 준비에 들어간다.

「각자 위치로! 대응 사격 준비!」

비상경계 태세에 돌입한 우주 비행사들을 향해 포탄이 빗발치듯 날아든다. 매타작을 당하듯 굉음이 울리지만 로켓 동체에 구멍은 뚫리지 않는다. 병사들은 목표물을 확인할 여유도 없이 무차별 사격을 가한다.

「운석 소나기였습니다!」 레이더를 담당한 장교가 자신 있게 말한다.

「사격 중지! 전 부대, 발사 중지를 명한다!」 트리스탕 말랑송 제독이 호령한다.

그런 다음 제독이 부하 장교에게 묻는다.

「왜 조금 일찍 식별하지 못했나?」

「당연히 군함이 올 것으로 예상했지 우박만 한 자갈이 무더기로 쏟아질 줄은 몰랐습니다. 하지만 외부 도장만 조금 긁혔을 뿐 피해는 미미합니다.」

「우리가 너무 신경이 곤두서 있었어.」제독이 인정한다.

우주 비행사 병사들은 다시 승객의 위치로 돌아가 앉는다.

「저들한테 비밀 병기가 있을 리 없어. 달에서 군함을 건조할 수도 첨단 기술을 개발할 수도 없었을 거야. 기껏해야 권총이나 소총일 텐데, 그런 것들은 우리의 레이저 소총과 대적이 되지 않지. 우리는 활로 무장한 아메리카 선주민들을 상대하는 크리스토퍼 콜럼버스나 다름없네.」

그들은 항로를 따라 항해를 계속한다. 드디어 푸르스름한 빛이 감도는 회색 구체인 지구보다 연한 회색 구체인 달이 현창 밖으로 더 크게 보인다.

207

수정 가능한 소행성을 찾아 데려오는 임무를 수행할 자들을 저들이 절대 절멸하는 일이 있어서는 안 된다.

하지만 저들을 막기에는 내가 너무 약하다.

게다가 너무 멀리 가 있다.

제발 지구의 거인들이 돌이킬 수 없는 일을 저지르지는 말아야 할 텐데.

208

〈응징 01호〉 로켓이 지구 국제군의 두 로켓 옆에 마지막으로 착륙한다. 사다리가 밖으로 펼쳐지자 1969년에 닐 암스트롱이 그랬던 것처럼 우주 비행사 한 명이 달 표면에 내린다. 목적이 탐사가 아닌 전쟁이라는 게 그때와 다를 뿐이다.

주변 안전이 확보되자 나머지 우주 비행사 병사들도 각기 우주선에서 내려 달에 발을 디딘다.

3백 명이 모두 내리자 말랑송 제독이 〈무적함대〉 소속 병사들을 향해 연설을 시작한다. 찌지직찌지직 하는 병사들의 헬멧 속 스피커를 통해 제독의 목소리가 전해진다.

「내가 이번 임무를 맡은 것은 장교로서는 유일하게 에마슈들을 응징하는 원정대의 지휘를 맡은 경험이 있기 때문이다. 지금으로부터 13년도 더 전에, 내가 프랑스 퓌이드콤에서 초소형 인간들을 상대로 공세를 펼친 적이 있다. 당시에 아군은 적의 격렬한 저항에 부딪쳤을 뿐 아니라 갖가지 계략에 빠져 상당한 시간적, 인적 손실을 입은 바 있다. 이번에는 이런 일이 되풀이돼서는 안 된다. 제군은 최대한 신중히, 다른 병사들과 통신을 유지하면서 앞으로 나아가되 최악의 경우에 늘 대비해야 한다. 적들은 극도로 간악하다. 저들을 과소평가하지 마라.」

병사들이 일제히 고개를 끄덕인다. 지구군의 우주 비행사 병사들이 흰색 대열을 이루어 에마슈들의 월면 기지를 향해 서서히 다가간다. 중력이 없는 탓에 대오에서 호전성은커녕 카니발에 참가한 브라질 삼바 팀의 리듬이 느껴진다.

분지의 꼭대기에 다다르자 말랑송 제독이 쌍안경을 꺼내 에마슈들이 살고 있는 투명한 머리 모양의 돔을 주시한다.

루나폴리스.

돔 주변에 도시를 방어하기 위해 하얀 모래 자루를 쌓아 세운 벽들이 서 있다.

저들이 우리를 기다리고 있다.

제독이 신호를 보내자 지구인들이 포위선을 형성한다.

쌍안경으로 모래 자루들 위를 샅샅이 훑던 헌병 출신의 프랑스 제독이 보호복 헬멧들과 자신들을 되감시하는 망원경 한 쌍을 발견한다.

진공 상태에서는 소리가 전달되지 않기 때문에 말랑송이 레이저 투사 장치를 이용해 상대가 볼 수 있게 경고문을 쏜다. 〈루나폴리스의 주민들이여, 항복한다면 목숨은 살려 주겠다.〉

적진에서 아무 반응이 없다.

그러자 그가 메시지를 늘인다. 〈항복하라. 너희들은 선택의 여지가 없다.〉

몇 분 뒤, 적진에서 쏘아 올린 작은 화살이 두 진영 사이의 공간을 날아와 떨어진다.

발사물이 제독 앞에 대령된다.

「옷걸이를 구부려 만든 것 같은 플라스틱 화살촉이야. 달에 있는 반질반질한 돌덩이를 매달아서 쐈어. 현대식 무기를 보유하지 않았다는 증거야.」

화살대에 메모지가 돌돌 감겨 있다. 말랑송이 메모지를 펼치자 앙증맞은 손글씨가 적혀 있다. 〈가능할 때 돌아가라. 너희한테는 아직 선택의 여지가 있다.〉

한 장교가 발사 시점을 가리킨다. 연보라색 우주복 차림의 월면인 우주 비행사 하나가 모래 자루를 쌓은 성벽 위에 자리 잡고 있다. 말랑송이 즉시 레이저 소총을 꺼내 목표물을 조준한다. 녹색 광선이 솟구쳐 날아가 적의 헬멧을 깨부순다. 초소형 인간이 목이 날아가면서 땅으로 떨어진다. 말랑송이 생각에 잠긴다.

생각보다 싱겁게 끝날 것 같다. 수적으로는 우세하지만 저들은 효과적인 무기를 만들지 못한다. 저들은 도저히 우리한테 저항할 방법이 없다.

수천 명의 키 작은 월면인 병사들이 레이저 소총을 들고 진격해 오는 자신들보다 열 배가 큰 지구인 병사 3백 명에 맞서 사제 화살을 쏘고 있다. 지구 병사들은 레이저 소총을 가지고도 명중이 쉽지 않다. 도리어 무수히 날아오는 화살에 맞아 몇 명이 부상을 입는다.

장교가 전황을 보고한다.

「현재로서 사망자 다섯에 부상자 둘입니다. 적진에서는 분명히 수백 명의 사망자가 발생했을 것입니다.」

화살과 레이저 광선이 오가며 한참동안 조용히 맞사격이 이루어지고 난 후, 말랑송이 명령한다.

「사격 중지!」

지구인 병력이 사격을 멈추자 월면인 진지도 잠잠해진다.

양쪽 진영이 대치에 돌입한다.

「자, 시간을 충분히 허비했다. 기술적으로 우위에 있는 우리가 선제공격한다. 전원 공격 준비됐나? 돌격하라! 루나폴리스를 함락하라!」

우주 비행사 병사들이 적진을 향해 돌진한다. 그들이 초소형 인간들의 첫 번째 방어선에 도달한다.

레이저와 주먹으로 무장한, 신발 밑창과 우주복 높이를 합쳐 신장이 2미터 가까이 되는 지구인 병사 수백 명이 활과 화살, 심지어는 조그만 칼을 들고 방어에 나선 신장 20센티미터의 월면인 병사 수천 명의 공격을 받는다.

난전.

거인들의 큼지막한 군홧발 밑에서 손바닥만 한 적들은 쉽게 무력화된다. 금세 승기를 잡은 지구군의 대오가 월면인들이 초라한 무기를 들고 지키고 있는 투명한 머리 입구에 벌써 바짝 다가가 있다.

부사령관이 말랑송에게 보고한다.

「어쨌든 적들의 숫자가 많아 공세에는 시간이 걸릴 것 같습니다. 아무래도 산소통을 미리 충전하는 게 좋겠습니다. 기동성을 위해 현재 5리터 용량을 사용 중인데, 이게 무충전 사용 가능 시간이 45분밖에 되지 않습니다. 아마 지금쯤 전 병력이 안전 비축량으로 버티고 있을 겁니다.」

「잘 알겠네. 산소통부터 충전하고 최후 공격을 감행하세.」

잠시 후, 대기 중인 병력을 향해 부사령관이 우주복 안에서 숨을 색색거리며 돌아온다.

「비축해 둔 산소가 없습니다!」 그가 헐떡이며 간신히 말을 잇는다.

「무슨 소리야?」

「산소가 없어졌습니다……. 로켓들이 사라졌습니다…….」

제독은 쌍안경의 방향을 틀어 후미를 확인하고 나서야 응징 로켓 세 대가 달의 지평선에서 감쪽같이 사라진 것을 확인한다.

우주 비행사 병사들은 숨이 가빠 온다. 움직임이 둔해지다 끝내 털썩 주저앉는다. 하나둘씩 무기를 버리고 항복 표시를 하는 병사들이 생기고, 적진을 향해 기어가다 고작 창과 조악한 활로 무장한 월면인들에게 생포를 당하는 병사들도 보인다. 질식 증상을 보이면서 바닥에 널브러져 버둥거리는 병사들도 눈에 띈다.

말랑송 제독은 자신의 산소통 게이지에도 비축량이 바닥났다는 표시가 들어오는 것을 확인한다.

전원 투항한다. 초소형 인간들은 생포한 지구인 병사들을 천막으로 데려가 몰아넣는다. 연보라색 우주복을 입은 에마슈들은 지구인 포로들의 발에 족쇄를 채운 뒤, 대형 산소통에 그들의 공기 유입구를 연결할 수 있게 해준다.

말랑송은 포기하지 않는다. 그는 우주복 차림으로 병사들 사이에 끼어 있던 〈게이샤 006〉 로봇을 스마트폰으로 작동시킨다.

마지막 기회인 임무를 수행하기 위해 안드로이드가 슬그머니 천막을 빠져나간다.

209

이런, 계속이구나.

저들이 이제 달에서까지 서로 죽고 죽이는구나.

나 원! 죽음의 전통에서 벗어나기가 저렇게 힘들구나……

인간들이 있는 곳은 어디든 폭력이 있어.

210

그들이 장대비를 맞으면서 밖에서 일을 하고 있다.

시장이 두 과학자한테 기꺼이 빌려준 크레인이 모아이의 머리에 이어 가슴팍까지 끌어올리자 원기둥 모양의 몸체가 드러난다.

히파티아가 광석의 성분을 분석한다.

「조면암이에요. 알칼리 장석의 함량이 높은 화산암이죠.

선생님, 선생님 말씀이 맞았어요. 이 모아이 석상들이 지구의 전자기장에 영향을 미치고 있었어요.」

「그건 자네가 밝혀낸 거지. 우리 눈에 보이는 석상들은 사실상 침체의 끄트머리에 불과했군.」

거대한 기중기가 끝이 없을 것 같은 모아이 침을 계속 위로 끌어 올린다. 드디어 침첨이 나타나자 다비드가 전자 포인터를 들고 길이를 측정한다.

「18미터군. 자, 이제 이 석침으로 뭘 한다?」

그녀가 지도를 내민다.

「여기, 라노라라쿠가 입이에요. 제 추측으로는 여기가 이스터섬의 5번 차크라에 해당하죠. 이건 에너지 선, 수직으로 뻗었죠. 척추에 해당하겠죠. 그러면, 여기 밑이 4번 차크라겠네요.」

억수같이 내리붓는 빗속에서 그녀가 볼펜을 들고 정확한 지점을 표시한다.

「심장 말이지?」

「네, 심장요. 그리고 여기는 3번.」

「배꼽?」

「〈세계의 배꼽〉이라는 이름이 붙은 섬의 배꼽이죠.」 테피토오테헤누아라는 섬의 이름을 기억하고 있다는 사실을 확인시키려는 듯 그녀가 말한다.「그리고 여기가 2번.」

「생식기지?」

「네, 이스터섬의 생식기예요. 우리가 관심이 있는 곳은 아니에요. 다시 위로 올라가서, 여기가 6번.」

「세 번째 눈이잖아?」

「맞아요. 여기로 가요.」

그들은 차를 출발시킨다.

몇 번이나 진흙탕에 빠질 것 같던 지프차가 용케 빠져나와 앞으로 나간다. 무한궤도로 주행하는 육중한 크레인이 느릿느릿 뒤를 따라오고 있다.

히파티아가 6번 차크라라고 생각이 되는 지점의 지형을 살핀다.

「자, 이제 우리가 뽑아 온 바늘을 꽂아 보죠. 이 섬이 동물이라면 저는 여기다 바늘을 찌를 거예요.」

그녀의 말이 떨어지자 거대한 크레인이 역시 못지않게 거대한 모아이 바늘을 앞에 옮겨다 놓는다. 그리고 히파티아의 지시에 따라 석침을 다시 땅에 꽂는다. 다행히 흙이 부드러워 침첨이 들어가도 큰 저항은 없다.

「첫 침이 들어가고 있으니까 이제 그이가 편안해질 거예요.」 그녀가 기대를 밝힌다.

그들은 방금 진흙 속으로 깊숙이 찔러 넣은 거대한 침체를 우두커니 바라본다.

「지금부터는 기다리는 일만 남았어요.」

「아니, 그러지 말고 지구한테 기분이 어떤지 물어보자고.」

211

백과사전: 침술

침술이라는 단어는 라틴어의 〈바늘〉을 뜻하는 아쿠스와, 〈찌르다〉를 뜻하는 풍게레에서 왔다. 침술을 행한 최초의 기록은 기원전 3000년, 인도의 아유르베다 의학서에 남아 있다.

또한 기원전 2000년, 고대 이집트의 에베르스 파피루스에서도 〈생명의 에너지가 흐르는〉 네 개의 통로가 그려져 있는 그림들이 발견된다.

기원전 1000년경에 살았을 것으로 추정되는, 이탈리아와 오스트리아의 국경에서 냉동 상태로 발견된 미라 외치의 몸에서도 경혈에 해당하는 자리들에 동그라미 문신을 새겨 넣은 것이 발견됐다.

중국에서는 기원전 167년, 순우라는 의사의 재판에서 이 의술이 최초로 언급됐다. 환자의 피부에 바늘을 꽂아 치료한 죄로 재판을 받게 된 순우의는 재판관들 앞에서 피부에 바늘을 꽂는 것이 의학적인 효과가 있음을 입증하라는 요구를 받았다. 그러자 그는 자신의 침술을 설명했다.

인간의 몸에는 음과 양의 두 가지 기운이 흐르는데, 생명을 구성하는 이 상보적인 두 기운 간에 불균형이 발생해 모든 질병이 생긴다는 게 침술의 원리다. 의사의 역할은 결국 이 상반적인 두 기운이 조화를 이루게 만드는 것이다. 증세가 나타난다는 것은 의사가 환자의 몸에서 이 균형이 유지될 수 있도록 예방적 차원의 조치를 제대로 취하지 못했다는 뜻이다.

음과 양의 기운은 경락(경락에는 심장, 간, 폐, 콩팥…… 등의 장기에 대응하는 정경이라는 12경맥과 기경이라는 8경맥이 있다)을 따라 흐른다. 경락은 피부 밑에서 보이지 않게 흐르는 강물과 비슷해, 강물이 호수로 흘러들 듯이 경락도 경혈에 이른다. 사람의 몸에는 360개의 핵심 경혈과 2천 개의 추가 경혈이 있다.

에드몽 웰스, 『상대적이며 절대적인 지식의 백과사전』 제11권

212

실뱅 팀시트가 2000년대에 나온 오래된 소설인 『파피용』을 다시 읽고 있다. 멋지게 시작된 얘기는 우주선에 오르면서부터 서서히 애초의 열정이 사그라들고 예전의 악습들이 다시 고개를 들면서 결국 놀라운 결말을 맺는다. 실뱅 팀시

트는 진짜 우주선인 〈우주 나비 2호〉가 소설에 등장하는 상상의 우주선인 1호 〈파피용〉보다는 당연히 나아져야 한다고 생각한다.

어떻게 하면 원기둥 안에서 다시는 내전이 일어나지 않게 할 수 있을까?

어떻게 하면 아직 우리 개개인에게 남아 있는 나쁜 본능들, 이 오래전 영장류의 본능들이 되살아나지 못하게 할 수 있을까?

인간에게는 세 개의 뇌가 있다는 것을 그는 알고 있다.

가장 오래된 첫 번째 뇌인 뇌간은 파충류의 뇌라 불리는데, 오로지 두려움과 욕망으로만 작동한다. 생존을 관장하기 때문에 세 뇌 중 가장 영향력이 크다.

두 번째 뇌는 변연계로, 모든 감정과 욕망과 좌절이 들어 있다.

세 번째 뇌인 대뇌피질은 계획과 전략, 논리를 관장한다.

세 번째 뇌가 나머지 두 뇌를 지배하게 만들어야 한다. 그렇지 않으면 인간종의 과거의 저주가…… 조금 멀리 떨어진 우주에서 고스란히 재현될 뿐이다.

별안간 적색 경보등이 깜빡거리고 사이렌이 울려 펴지기 시작한다. 실뱅이 조종실로 달려간다. 레베카가 조작 키를 잡고 있다.

「또 소행성이야. 정말 빠르네. 난데없이 나타났어. 봐봐. 저기.」

그녀가 레이더 스크린상에서 자신들을 향해 돌진해 오는 물체를 가리킨다.

「큰일 났어, 횟수가 점점 잦아지고 있어.」

「태양의 활동이 증가했기 때문일 거야. 마그마 분출이 태양계 전체에 영향을 미치는 바람에 소행성 띠가 불안정해졌고, 우리한테까지 〈작은 재채기들〉이 날아오는 거야.」 레베카가 말한다.

「그런데 이번엔 왜 이렇게 늦게 감지됐지?」

「지금까지 왔던 소행성들과는 비교가 안 될 정도로 빨라서 아무도 레이더 스크린에서 발견하지 못했나 봐. 이동 속도가…… 시속 32만 7천 킬로미터로 추정되고 있어.」 레베카가 설명한다.

실뱅이 놀라면서 망원경의 줌 기능을 켠다.

「속도도 그렇지만 크기도 흔히 볼 수 없는 거야. 어마어마해. 잠깐, 추정치를 좀 볼게……. 지름이 135킬로미터. 얼마나 큰지 꼭 둥그런 공같이 생겼어. 몇십 킬로미터만 더 컸으면 행성이 됐겠어.」

레베카가 이렇게 말하면서 남편에게 조작 키를 넘긴다.

실뱅 팀시트가 힘겹게 항로를 바꾼다. 거대한 돛들이 방향을 틀자 측면으로 비스듬히 광자 바람이 와 닿는다. 이 과정에서 소행성과 살짝 스치는 바람에 케블라 섬유로 만든 돛이 1백 미터가량 찢기고 만다.

경보 사이렌이 요란하게 우주선을 울린다.

「빨리 꿰매지 않으면 돛이 계속 찢어질 거야!」

「우주선이 벌써 속도가 떨어지고 있어.」 레베카는 불안감을 감추지 못한다.

「저희가 나가서 해볼게요. 본래 작업을 담당하는 팀보다 우리가 더 신속하게 해낼 수 있을 거예요.」

에마슈 여성의 가녀린 목소리가 들리는 듯 마는 듯 한다.

「하지만 당신들은 우주복이 없잖아요.」선장이 지적한다.

「있어요, 우리 짐에 들어 있어요. 왕께서 다 예측하신 일이죠.」

몇 분 후, 우주복을 입고 제트 팩을 등에 부착한 에마슈 커플이 돛이 찢어진 지점으로 다가가 더 벌어지기 전에 얼른 꼼꼼히 깁는다.

그사이 레베카 팀시트는 레이더에서 자신들을 스쳐 지나간 거대한 공 모양 소행성의 이동 경로를 확인한다. 이런저런 계산을 해보던 그녀의 입에서 느닷없이 욕이 튀어나온다.

그녀가 다급히 지구와의 통신 모듈을 연결한다.

213

너희들이 그렇게 해주니까 내 기분이 어떠냐고?

글쎄? 그래, 맞아, 너희가 행동을 취한 그 지점에서 기분 좋은 느낌이 약간 전해지는 건 사실이야. 인정할게, 기분이 나아졌어.

옛날에, 침이 나한테 아주 잘 들었던 기억이 나. 지금도 꼭 그때 같아. 계속해⋯⋯.

그래, 정말, 기분이 훨씬 나아졌어.

214

갑자기 비가 그쳤다. 뉴욕 센트럴 파크에서 꽃들이 쪼뼛이 봉오리를 열고 있다. 다람쥐들이 여기저기서 보스락보스락 머리를 내밀자, 쥐들과 박쥐, 참새들이 질세라 밖으로 나선다.

구름 사이로 수줍게 얼굴을 드러낸 해가 금세 하늘을 꽉 채우며 넉넉한 햇살로 대지를 물들인다.

뉴요커들이 하나둘 집을 나와 비의 악몽 끝에 잠시 휴지기처럼 찾아온 것 같은 날씨를 즐기기 위해 센트럴 파크로 모여든다.

환희의 물결이다. 사람들이 웃고, 노래하고, 즉석에서 콘서트가 열리고, 아가씨들과 청년들이 태양과 마른 대기와, 젖지 않은 세상의 모든 것을 경배하며 춤을 춘다.

스타니슬라스 드루앵 사무총장도 군중 속에서 생경하기만 한 풍경을 감상하고 있다.

성가시던 일이 그치니 기분이 좋다.

그의 스마트폰이 울린다.

드루앵 사무총장은 선뜻 전화를 받지 않고 망설인다. 벨소리가 허공으로 퍼져 나간다. 벌써 기분을 잡칠 전화라는 예감이 온다. 그가 한숨을 내뱉으며 마지못해 전화를 받더니, 아무 말 없이 수화기에 귀만 대고 있다.

「얼마? 지름이 135? 〈테이아 13〉보다 크단 말인가? 여기까지 도달하는 데 대략 얼마나 걸리겠나?」

이번에 들리는 정보는 그를 질퍽한 잔디밭에 그대로 펄썩 주저앉게 만든다. 그가 정신을 가다듬고 나서, 짧게 한마디 하고 전화를 끊는다.

「실뱅 팀시트한테 알려 줘서 고맙다는 인사를 전하게.」

그는 나탈리아 오비츠한테 전화를 건다. 대령의 얼굴이 화면에 나타난다.

「네, 이미 알고 있습니다.」 그녀가 불필요한 말을 생략하기 위해 먼저 밝힌다.

「당신이 해결책을 찾아 줘야겠소, 나탈리아.」

608

「해결책이 있긴 있는 것 같은데, 마음에 드실지 모르겠습니다.」

「상황이 상황이니만큼 우리한테는 선택의 여지가 없소.」

나탈리아가 자신의 생각을 설명하자 그가 즉각 받아친다.

「절대 불가.」

「제가 보기엔 유일한 해결책입니다, 사무총장님.」

스타니슬라스 드루앵이 입술을 자그시 깨물면서 화창한 날씨가 돌아온 것을 즐기기 위해 모여드는 군중을 물끄러미 바라본다.

「도저히 〈다른 해결책〉은 없단 말이오?」

「네.」

「나탈리아, 나탈리아, 나탈리아.」그가 시무룩한 어린아이 같은 어조로 그녀의 이름을 되뇌어 부른다. 「지금 당신이 나한테 요구하는 게 뭔지 알기나 아시오?」

「저는 아무것도 요구한 적이 없습니다. 해결책을 저한테 요구한 건 사무총장님이시죠.」

그가 바닥에서 나무 막대기를 하나 집어 누군가를 후려칠 기세로 손아귀에 힘을 준다. 허공에 대고 막대기를 휘두르는 그를 향해 사람들이 다가와 함께 춤을 추자고 한다.

「설령 나는 동의한다 하더라도 다른 사람들은 절대 나를 따르지 않을 것이오! 그게 얼마나 모욕이겠소? ……게다가 지금 이런 상황에서 그들과 접촉할 방법도 없소. 우리는 전쟁 중이란 말이오!」

「저한테 직통 핫라인이 있어요. 그들이 저를 위해 개설해 준 건데, 〈연보라색 라인〉이라고 부르더군요.」

스타니슬라스 드루앵이 짧은 한숨을 내쉬더니 이를 앙다

문다.

「좋소. 접촉을 허용하겠소. 나한테 연락하라고 하시오.」

그는 나무에 기대앉아 땅바닥에서 물렁한 흙을 손에 한 줌 뜬다. 손가락을 세게 오므리자 진흙이 묽은 반죽처럼 철퍽 튀어 나간다.

지구.

그는 태양의 귀환을 반기느라 여념이 없는 기쁨에 찬 얼굴들을 바라본다.

그리고 그 위에 사는 우리 인간들.

그는 주변에 즐비하게 들어서 있는 마천루를 올려다본다.

놀라운 진보. 놀라운 성취. 그리고 나타난…… 새로운 위협.

우리를 무력에서 섬세함으로, 난폭함에서 부드러움으로, 야만의 세계에서 문명화된 세계로 이끈 조상들의 발자취. 나는 우리가 인류의 역사 7백만 년 동안 일구어 낸 것은 결코 파괴될 수 없다고 믿는다. 〈지혜로운〉 것이라는 단 한 가지 이유 때문이다.

앞으로도 늘 해결책을 찾아내는 나탈리아 같은 이들과 그것을 실행에 옮기는 나 같은 사람들이 나올 것이다.

공포와 악몽으로 가득한 미래로 뛰어드는 것을 멈춰야 한다. 이 기분 좋은 현재를, 대재앙 이후의 이 아름다운 소강상태를 함께 마음껏 즐기자.

스타니슬라스 드루앵은 스마트폰을 손에서 내려놓는다. 그는 전화를 기다리면서 인간의 진화를 가속화한 정주적 도시 생활의 귀착점인 마천루를 경이에 찬 눈으로 바라본다.

215

백과사전: 수렵-채집인에서 정주 농경인으로의 이행

인간이 수렵-채집인에서 정주 농경인으로 이행하는 과정은 간단치 않았다.

초기 정주 농경인은 자신의 집과 가까운 곳에 구덩이를 파거나 장소를 정해 쓰레기와 배설물을 모아 놓았다. 그러다 보니 쓰레기가 삭고 썩어 악취를 풍기고 파리 떼와 모기 떼가 날아들었다.

막힌 공간에서 쓰레기와 가까이 살다 보니 당연히 지저분해지고 세균과 질병이 퍼졌다. 반면 유목 생활을 한 수렵-채집인은 수시로 이동을 했기 때문에 불결한 쓰레기 더미 옆에서 살지 않아도 됐다. 그들은 발길 닿는 대로 떠돌다가 한데서 잠을 잤다.

이들은 토착 농경민들이 오염시키지 않은 깨끗한 강과 호수에서 몸을 씻으며 상대적으로 청결하게 생활했다.

수렵-채집인은 나무뿌리와 풀뿌리, 과일, 사냥한 동물을 먹으며 건강하고 하얀 치아를 유지했다.

반면, 발효 과정에서 당분이 산성으로 변하는 빵을 주식으로 삼은 농경인은 충치가 생기고 치아가 망가져 치근만 남고 심한 구취가 났다.

농사일은 조직화와 반복적이고 규칙적인 노동을 요구했다. 밭을 갈고 씨를 뿌린 다음 수확을 하는 세 단계로 이루어진 농사는 수렵이나 채집에 비해 피로도가 높은 일이었다. 수렵-채집인은 늘 새로운 환경을 발견하는 기쁨을 누리며 살았지만 농경인은 짜여진 일상을 살았다.

조직화된 노동을 하면서부터 정주인들 사이에 위계질서가 생겨났다. 수렵-채집인들은 음식과 잠자리를 찾게 길을 안내해 주는 가이드 같은 역할을 하는 우두머리 한 명으로 충분했지만, 정주 농경 사회에서는 우두머리 밑에 있는 사람, 또 그 밑에 있는 사람, 이런 식으로 타인의 노동을 이용해 자신의 노동은 최소화하는 중간자들이 층층이 생겨났다.

막힌 공간에서 살다 보니 지배 남성들 간에 경쟁이 심화되고 지나친 폭력이 초래됐다.

수렵-채집인의 식단은 무척 다양했던 반면, 농경인은 거의 매일 똑같은 음식(가령 유럽의 초기 농경 공동체의 주식은 호밀과 완두콩이었다)을 먹다 보니 비타민과 미량 원소 결핍을 겪게 됐다. 한쪽은 불안정하지만 건강한 음식을 섭취했고, 다른 쪽은 규칙적인 대신 영양이 부족한 음식을 섭취했다.

위생 상태가 좋지 않고 공기와 물, 음식의 질이 떨어지다 보니 정주 농경인은 신장이 점차 줄어들었고, 농사일의 자세 탓에 척추에 문제가 생기고 관절 류머티즘이 발생했다.

수렵-채집인은 많은 아이를 키울 수 없고 걷거나 사냥이 힘든 노인들을 보살필 수 없는 환경 때문에 스스로 출산을 제한한 반면, 정주 농경인은 아이들과 노인들을 먹여 살릴 수 있다는 확신이 있었기 때문에 낳는 대로 다 키웠다.

수렵-채집인은 현재를 살았던 반면 정주 농경인은 미래를 살았다. 몇 달 뒤에 수확하기 위해 씨를 뿌리는 행위는 당연히 미래를 관리하는 사고 체계를 필요로 했고, 이 속에서 최초의 달력이 생겨났다.

1만 년 전에 결국 정주 농경인만 살아남았다. 수렵-채집인은 서서히 자취를 감춰 지금은 몇 개 부족만 아마존과 파푸아, 콩고의 마지막 남은 울창한 삼림 지역에 살고 있다.

에드몽 웰스, 『상대적이며 절대적인 지식의 백과사전』 제11권

216

까무룩 잠이 들었던 스타니슬라스 드루앵이 전화벨 소리에 잠이 깬다. 그가 전화를 받자 단번에 누구인지 알 수 없는 가늘게 갈라지는 목소리가 들린다.

「여보세요? 사무총장님?」

화면에 이미지가 나타난다. 어의와 왕관을 걸치고, 손에는 끄트머리가 알처럼 생긴 교주의 지팡이를 쥔 초소형 인간의 얼굴이다. 에마슈 왕은 옥좌에 앉아 있다.

「전하, 전화 주셔서 고맙소. 아무리 상황이 좀 그래도……우리가…… 어쩔 수 없이 서로 간에 노력을 해야 할 때가 있지요. 전하나 나나.」드루앵이 말머리를 꺼낸다.

「나한테 얘기하는 걸 노력이라고는 하지 마세요. 예전에 사무총장께서 일개 프랑스 대통령이었을 때는, 외교적 난국에 처한 우리를 든든하게 지원해 줬었죠. 사실, 유권자들이 우리를 이 자리에 앉힌 것은 다른 사람들처럼 절대적인 공익을 무시한 채 자부심이나 분노를 판단의 잣대로 삼지 말고, 감정을 최대한 자제하면서 위기를 해결해 보라는 뜻이 아닐까요? 우리가 지금 하고 있는 일이 아마도 가장 고결한 의미의 정치겠죠. 우리 동족들의 생존을 책임지고 있으니까요.」

「그만 빙빙 돌려요. 내가 얘기를 하려는 이유를 잘 알 거 아니오. 나탈리아가 오죽 사전 정지 작업을 잘 해놨을까.」

「로켓 세 대가 당신의 명령을 받고 달에 착륙했다는 것 하나는 분명히 알고 있죠, 친애하는 드루앵. UN의 특수 부대인〈지구 국제군〉약호가 찍혀 있더군요.」

별안간 하늘이 어두워지자 축제 분위기에 젖어 춤을 추던 사람들이 실망감과 불안감 속에 동작을 멈춘다. 음악도 멎는다. 사람들의 시선이 일제히 하늘로 쏠린다.

「그래요, 내 사람들이 맞소.」그가 인정한다.

「그들이 내 도시를 공격해 내 전투원 수백 명을 죽였다는 것도 부인할 수 없는 사실이죠.」

번개가 번쩍하는 순간, 하늘에 줄이 그어진다. 드루앵은 잎이 무성한 나무 밑으로 몸을 피해 등을 기대고 선다.

「하지만, 대체 무슨 조화인지는 모르겠지만, 병사들의 생존에 필수적인 산소가 비축돼 있던 우리 로켓 세 대를 전하가 감쪽같이 사라지게 만들지 않았소? 어떻게 이런 신기를 부리셨소?」

「그게 뭐 중요하겠습니까.」

「어쨌든 우리가 전투에서 졌으니 1 대 0이오. 게다가 우리 우주 비행사 겸 병사 3백 명이 인질로 잡혀 있으니, 2 대 0. 하지만 나한테도 비밀 병기가 하나 있소. 내가 그다지 속이 엉큼한 사람이 못 돼요, 얘기를 해드리지. 우리 병사 하나가 당신의 월면 도시 주변에 폭발물을 설치해 놨소.」

교주는 한 점 표정의 동요조차 없다.

「불가능해요. 당신들은 산소 없인 못 움직이죠.」

「안드로이드들은 산소가 문제가 안 되지요. 프리드먼 박사가 타계 전에 아주 성능이 뛰어난 안드로이드를 개발하는 데 성공했소.」

「2 대 1이네요.」에마 666이 인정한다.

그녀가 전화기를 얼굴에서 멀리 떨어트리더니, 자신의 앞에 있는 칠각형 체스 판을 보여 준다. 그녀가 최근의 상황 변화를 감안해 말들의 위치를 바꾼다.

「임무를 맡은 안드로이드가 연락을 해왔는데, 발파 명령만 기다린다는군요…….」그가 말한다.「투명한 머리 모양으로 생긴 당신의 도시가 깨진 수정 알처럼 우주의 허공으로 산산이 흩어질 거라는 뜻이오.」

「하지만 나는 당신이 루나폴리스 폭파를 명령하지 못할

거라고 확신해요, 사무총장님. ……돌멩이 때문이죠. 〈테이아 14〉 소행성이 〈우주 나비 2호〉의 돛을 찢어 놓고 지금 〈당신들의〉 행성을 향해 곧장 날아가고 있어요. 당신들 대화를 살짝 엿들어 보니 〈테이아 13〉보다 훨씬 위협적인 것 같더군요. 이렇게 되니 가이아가 인질이 되고 말았네요. 여덟 번째 경기자. 제일 중요한 경기자일지도 모르는데 말이죠.」

하늘이 먹구름으로 뒤덮이고 번개가 다시 꽝꽝 치자 산책을 나온 사람들은 공포에 휩싸인다. 하지만 드루앵 사무총장은 담담하고 침착하다.

「한 가지 놓치고 계신 게 있는 것 같소, 전하. 〈테이아 14〉가 지구를 파괴하는 걸 수수방관하면 결국 당신들한테 화가 돌아갈 거요. 우리 지구가 산산조각이 나면 공전축이 사라진 달이 태양을 향해 돌진하지 않겠소? 그런 걸 구심력이라고 하지요.」

「글쎄요. 우리가 밖으로 튕겨져 나갈 수도 있죠. 그런 건 원심력이라고 하죠, 사무총장님.」

「달이 우주로 날아가도 좋다는 얘기요? 당신들은 살아남을 가능성이 거의 희박할 거요.」

「달이 〈우주 나비 2호〉보다 더 크고 단단한 훌륭한 〈우주선〉이 될지도 모르죠. 아시다시피 우리는 지금 여기서 공기와 대기 없이, 심지어는 빛과 열조차도 없이 살고 있어요. 당신들과 달리 반드시 태양 가까이에 있을 필요가 없다는 뜻이죠.」

「달의 지표 밑에 숨어 살겠다는 거요?」

「어쩔 수 없이 그렇게 될 수도 있겠죠. 아까도 말했지만 국가 원수로서 내 임무는 동족을 구하는 일이에요. 구원 방법의 창의성은 크게 중요하지 않죠.」

사무총장은 하늘이 요동을 치든 말든 젖은 풀밭에 자리를
잡고 앉는다.

「음…… 일단 질문부터 하나 합시다. 우리를 위협하는 것
을 요격할 방법이 정말 있습니까, 전하?」

「대답은…… 〈그렇다〉예요. 발사 가능한 네 번째이자 마지
막 로켓이 아직 한 대 있어요. 언제든지 이륙이 가능하죠.」

「〈카타풀타〉에 장비를 장착하면 〈테이아 14〉 크기의 소행
성을 처리할 수 있겠소? 이번 것은 크기가 웬만한 작은 행성
만 해서! 만약에 우리를 도와주면…… 전하…… 우리도 당신
들한테…….」

「당신은 지금 이래라 저래라 할 처지가 아니에요, 사무총
장님. 우리가 시키는 대로 할 수밖에 없죠. 내 입장에서 상황
을 보세요. 물론, 마지막으로 살아남은 내 동족들의 입장이
기도 해요. 이번에 당신들을 돕지 않으면, 우린 영원히 당신
들 없이 살 수 있을 거예요.」

우르릉 천둥소리가 울리더니 지축이 흔들리고 센트럴 파
크의 잔디밭이 환해진다. 빗방울이 한 방울 듣더니 이내 후
두두 쏟아진다. 군중이 아우성 같은 탄식을 지르며 분주히
흩어진다.

「지금 인류를…… 인질로 잡겠다는 뜻이오?」

「〈테이아 14〉는 내가 날아오게 만들지 않았지만 이 기회
를 놓치는 건 어리석은 일이죠. 당신의 안드로이드가 폭탄을
설치한 건, 인질극에 해당하지 않나 보죠?」

다시 빗줄기가 드세어지더니 여기저기서 물이 넘치기 시
작한다.

계속 나무 밑에서 비를 피하기는 역부족이다. 드루앵 사무총장이 스마트폰을 하늘을 향해 비스듬히 세우자 공원을 향해 달려드는 성난 하늘의 모습이 왕의 시야에 들어온다. 대기가 없으니 자신들은 그만큼 기상 문제도 줄어든다고 그녀는 생각한다.

「내가 안드로이드한테 폭파 명령을 내리는 순간 당신들의 존재는 사라질 거요. 게임 오버.」

둘 사이의 침묵을 으르렁대는 천둥소리가 메운다.

「당신과 나의 이번 협상에 전 인류, 호모 사피엔스와 호모 메타모르포시스의 미래가 달려 있어요, 사무총장님.」

스마트폰 화면을 사이에 두고 둘이 눈싸움이라도 하듯 서로를 쏘아본다. 에마 666은 놀라우리만큼 침착함을 유지하는 반면, 드루앵은 조바심을 치는 기색이 역력하다. 결국 그가 진저리를 치듯이 한숨을 내뱉으며 말한다.

「당신들의 〈카타풀타〉를 보내 우리를 구하는 조건으로 요구하는 게 뭐요?」

「첫째, 〈무적함대〉 미션 폐기. 둘째, 에마슈들이 지구와 우주 어디서든, 영원히 존재할 수 있는 권리를 공식적이고 영구적으로 인정할 것. 셋째, 지구상에서 우리가 안전하게 보호 받을 수 있는 새로운 영토를 찾아 독립 영토로 인정하고, 국경이 침범당할 경우 당신의 UN 세계 경찰이 나서 제재를 가할 것. 당연히…… 방사능 오염이 심한 아소르스 제도는 후보에서 제외할 것. 넷째, 당신들 은행들에 묶여 있는 우리 금융 자산의 동결 해제.」

억수같이 쏟아지는 빗줄기에 드루앵의 코와 머리에서는 물이 줄줄 흘러내리는데, 왕은 단정한 모습으로 비 한 방울

떨어지지 않는 곳에서 칠각형 체스 판을 앞에 두고 서 있다. 번쩍하고 번갯불이 센트럴 파크의 풍경을 밝힌다.

벼락을 맞을까 봐 겁이 난 드루앵이 금속 버클이 박힌 구두를 벗어 들고 맨발로 진흙탕 속을 걷는다.

「인간들이 당신들을 얼마나 미워할지는 생각하지 않소? 왜 굳이 다시 우리한테 돌아오려고 하는 거요?」

「내 동족의 생존은 여러 곳에 존재할 수 있느냐 없느냐에 달려 있어요. 최근의 사건들로 내 판단이 틀리지 않다는 게 입증됐죠. 공장이 없다 보니 당신들에 맞서 활과 화살, 창 외에 다른 무기를 만들 수가 없더군요. 그리고 또, 나는 지구를 사랑해요……. 우리 월면인 동족들도 같은 마음일 거예요. 이곳에는 아무래도 신선한 공기와 산, 원시림, 대양, 급류, 시내, 하천, 눈, 비, 폭풍우…… 이런 게 없으니까요.」

순간 드루앵 사무총장은 왕이 자신을 놀리는 게 아닌지 의아하다. 그는 장대비 속에서 집으로 향하는 발걸음을 재촉한다.

「그 말은 아직 당신들이 주장하는 만큼 높은 수준의 자급자족 단계에 이르지 못했다는 애기로군. 산소와 물은 해결했지만 식물과 동물의 다양성을 위해 지구가 필요하다는 뜻이야. 안 그렇습니까, 전하?」

「통찰력이 대단하시네요, 드루앵 사무총장님.」

「문제가 하나 있소. 당신들을 받겠다는 나라가 없을 거요.」

「나도 예상은 하고 있어요. 그래서 거인들이 사는 곳과 가장 멀고 인구도 가장 적은 섬을 택하는 게 최선이라 생각했지요.」

「어느 섬을?」

「이스터섬이에요. 우리는 그 섬에 마이크로폴리스를 재건할 생각이에요.」

「만약 내가 거절한다면?」

「우리가 포로로 잡은 우주 비행사들의 산소 공급을 중단할 거예요. 이건 물론 지금 상황에서 당신들한테 대단한 게 아닐 줄은 알아요. 소행성 〈테이아 14〉가 당신들을 파괴하는 모습을 지켜볼 거예요. 이건 상당히 거북하겠죠.」

스타니슬라스 드루앵이 젖은 주먹을 불끈 쥔다.

「666…… . 이 숫자가 인간들이 처치해야 하는 야수를 뜻한다는 걸 혹시 알고 계시오? 「요한의 묵시록」에 이 숫자가 붙은 것을 없애는 게 우리의 의무라고 적혀 있다는 사실을 아시오?」

옆에 있는 나무가 벼락을 맞아 불길에 휩싸인다. 드루앵은 신발을 벗길 잘했다 생각하면서 잰걸음으로 나무에서 멀찌감치 떨어진다. 약한 산성비가 여전히 쏟아지고 있다.

「너무 유치하시네요, 사무총장님. 우리는 동병상련의 처지예요.」

「왜 당신이 양보하지 않고 나더러 하라는 거요?」

이때, 에마슈 왕이 정보를 전하러 온 참모에게 귓속말을 하는 모습이 보인다.

에마 666이 잠시 뜸을 들이더니, 자신의 화상 전화를 한 스크린 쪽으로 돌린다. 불쾌한 장면들이 드루앵 사무총장의 눈에 들어온다. 아주 불쾌한 장면들.

「맞아요, 사무총장님. 당신의 안드로이드예요. 내 사람들이 아교를 발라 놨네요. 폭발은 일어나지 않을 모양이네요.」

그러더니 그녀가 체스 판에서 진한 청색 폰 하나를 들어낸다.

드루앵이 그녀를 보며 말한다.

「나 역시 비장의 무기가 있소.」

그가 자신의 스마트폰에 로켓 사진을 한 장 띄운다.

「당신이 지금 보는 것은 〈아리안 21〉이라는, 당신네 〈카타풀타〉와 경쟁할 수 있는 유럽산 로켓이오.」

「박물관에서 꺼낸 구닥다리 로켓을 가지고 우리 흉내를 내시겠다고요?」

왕 에마 666은 가까스로 웃음을 참는다.

「중국에서 이미 비밀 조직을 꾸려 당신들에 대한 정탐을 마쳤소. 우주 비행사들은 소행성을 포획하는 가상훈련까지 끝낸 상태요. 어차피 당신들의 〈림프구〉 로켓과 〈카타풀타〉는 우리 로켓인 아리안과 타이탄, 프로톤, 대장정을 베낀 것 아니오? 우주여행을 처음 고안한 것도 물론 당신들이 아닐뿐더러.」

「낡은 프랑스제 〈아리안 21〉 로켓이라고 하셨어요? 게다가 가상훈련으로만 임무를 숙지한 중국인 비행 팀이 탑승한다? 우리 민족을 인정하고 살 권리를 달라는 내 요구를 들어주는 대신 그들을 보내 〈테이아 14〉가 지구와 충돌하는 위험을 감수할 생각인가 보죠? 애초에 이렇게 할 생각이었으면 내 의중은 왜 떠봤죠, 사무총장님?」

스타니슬라스 드루앵이 재채기를 한다.

「어쨌든, 나 혼자 감당하기에는 너무 중차대한 결정이오.」

그가 드디어 한마디 뱉는다.

「그러면, 집단적인 책임을 지시겠다는 건데, UN 199개 회원국을 상대로 표결에 부칠 건가요?」

비를 쫄딱 맞은 그가 대답 대신 연신 재채기를 해댄다.

217

소행성 〈테이아 14〉

과학자들은 〈테이아 14〉라는 이름이 붙여진 이번 소행성의 이동 경로로 볼 때 며칠 후 지표면과 충돌하는 것은 당연한 귀결이라고 입을 모으고 있습니다. 소행성의 크기(지름 135킬로미터)와 이동 속도(시속 32만 1천 킬로미터)를 고려하면, 충돌이 일어날 경우 지구에 살아남는 생명은 없으리라는 게 같은 전문가들의 견해입니다.

지구 수호를 위한 투표

달에 아직 〈카타풀타〉 로켓을 한 대 보유하고 있는 에마슈들의 도움을 받아 사태를 해결하는 방법이 있습니다만, 그들이 지나친 반대급부를 요구하는 것으로 알려졌습니다. 에마 666 신임 왕이 초소형 인간들이 지구에서 살 수 있게 이스터섬을 영구적인 성역으로 지정하라고 요구한 것입니다. 사태의 위중함을 인식한 스타니슬라스 드루앵 UN 사무총장은 왕의 제안을 투표에, 각국 대표들이 참여하는 투표가 아니라 전 인류가 참여하는 투표에 부치기로 결정했습니다. 네, 그렇습니다, 전 인류가 참여하는 사상 초유의 투표가 실시될 것입니다. 컴퓨터를 가지고 있거나 컴퓨터 사용이 가능한 환경에 있거나 휴대폰을 통한 인터넷 접속이 가능한 전 세계 인류가 동시에 투표에 참여해 다음의 두 가지 방안 중 하나를 선택하게 될 것입니다.

A안: 프랑스산〈아리안 21〉로켓에 중국인 우주 비행 팀을 실어 쏘아 올린다. 우주 비행사들은〈카타풀타〉로켓의 기술, 즉〈테이아 14〉를 고정시킨 다음 진로를 바꾸어 놓는 기술(이것으로〈테이아 13〉때처럼 폭파로 생긴 파편들이 지구로 떨어질 위험을 차단한다)을 활용해 임무를 완수한다. 이 기술은 이론상으로는 완벽한 제어가 가능하지만, 초보 비행 팀이 노후한 로켓에 탑승해 최초로 시도하는 기술이 될 것이다.

B안: 달에 있는 초소형 인간들에게 이 분야에서 축적한 자신들의 노하우(물론〈테이아 13〉때는 실패했지만)를 활용해〈테이아 14〉를 파괴하는 일을 일임한다.

사태의 위급함을 고려해 투표는 각국 시간으로 내일 정오에 실시될 예정입니다. 우리 행성이 한 바퀴 회전을 끝내는 사이 인류 공동체 전체가 결정을 내리게 될 것입니다.

각국의 반응

위협의 내용과 이에 대한 대처 방안들이 알려지기 무섭게 자파르 이란 대통령은〈역사에 씻을 수 없는 죄를 저지른 자들에게 선물을 주느니 차라리 지구 전체가 파괴되는 것을 지켜보겠다. 어차피 신을 믿는 사람들은 천국으로 간다〉는 논평을 내놓았습니다.

베네수엘라 대통령은〈아리안 21〉이 소행성〈테이아 14〉의 진로를 바꿔 월면 기지 돔으로 향하게 해서 루나폴리스를 초토화해야 한다고 주장하면서,〈이것으로 그야말로 일석이조의 효과를 볼 것이다〉라고 덧붙였습니다. 그는 창 중국 주석을 위시해 음 동맹에 함께 참여했던 여러 국가 원수들의 지지를 받았습니다.

또한 세계 곳곳의 수도에서는 일체의 협상을 중단하고 에마슈들의 절멸을 요구하는 집회가 벌어졌습니다. 전 세계적으로 수천만 명이 이러한 협상 거부 운동에 동참하고 있습니다. 홍콩에서 〈A안〉이라는 제목으로 개최된 콘서트에서는 가수 빌 스완슨이 이미 세계 순위 1위에 올라 있는 자신의 노래 「좋은 에마슈는 죽은 에마슈다」를 불렀습니다. 그의 입장을 지지하는 다른 가수들이 「초소형 인간들, 우린 너희들이 필요 없어」와 「〈아리안 21〉, 우릴 구해 줘」를 즉석에서 만들어 부르기도 했습니다.

이 곡들은 즉각 중국의 다른 영토와 남미 대륙에서 A안의 투표를 권장하기 위한 선전 및 선동 활동에 활용되기 시작했습니다. 컴퓨터 판매량은 전 세계적으로 열 배가 증가했습니다.

다른 쪽에서는 인도의 신임 싱 대통령이 B안을 지지하고 나섰습니다. 싱 대통령은, 그의 말을 그대로 인용하겠습니다, 〈중국 우주 비행 팀과 유럽의 《아리안 21》 로켓이 실패할 가능성이 열에 하나라 하더라도 이 위험을 염두에 두지 않으면 안 된다. 복수를 포기함으로써 우리가 잃게 될 것과 월면인들의 노하우를 활용함으로써 우리가 얻게 될 것 사이에서 망설일 이유가 없다고 생각한다〉고 밝혔습니다.

이러한 입장을 지지하는 나라들의 수도에서는 〈친 에마슈〉 시위가 벌어지기도 했습니다. 전 세계 곳곳에서 두 시위대 간의 물리적 충돌이 발생하는 바람에 수십 명의 사망자와 수백 명의 부상자가 발생했습니다.

이런 상황에서 UN 사무총장이 직접 나서 냉정을 당부했습니다. 〈극심한 혼란의 시기를 막 빠져나온 우리는 더 이상 분열이 아니라 지구인들 간의 화해를 고민해야 합니다. 여러분의 뜻에 따라 A안 혹은 B안을 선택하십시오. 그러나 어떤 안이 채택되더라도 무조건 실행에 옮겨질 것이며, 여러분 모두가 수용해야 할 것입니다. 중차대한 사안인 만큼 허비할 시간이 없습니다. 우리는 이미 묵시록의 세 번째 기사를 경험했고, 폐해를 실감했습니다. 우리가 신중한 결정을 내리지 못하고 분열에 이르면, 결국 네 번째 묵시록 기사가 우리 종의 여정에 마침표를 찍게 될 것입니다. 간곡히 부탁드립니다, 지구 시민 여러분, 집단의 이익을 위해 투표하십시오, 판단을 가로막는 감정들에 휘둘리지 마십시오. 공간을, 그리고 시간을 넓게 보고 판단하시길 바랍니다. 종의 미래를 스스로 결정하기 위해 종 전체의 의견을 묻는 사상 초유의 투표입니다! 어떤 결정이 내려지든, 여러분이 투표에 기권하시더라도 마찬가지입니다, 그 결정에 대한 책임은 여러분 개개인에게 있습니다.〉

루나폴리스

지구군 병력이 월면 기지의 포위를 중단한 이후, 왕 에마 666은 지구인들을 향해 메시지를 던졌습니다. 왕은 모든 인간이 참여하는 사상 최초의 투표를 당연히 관심 있게 지켜보겠다고 말했습니다. 그녀는 〈진부한 광신주의와 반 에마슈 인종차별주의를 부추기는 일부 몰지각한 국가 지도자들의 선동〉을 개탄했습니다. 그녀는 인간들이 용서가 아닌 죽음을 택한다면 그것은 그들의 결정이며, 자신은 그 결정을 존중하겠다고 밝혔습니다. 그녀는 명백한 지지 혹은 현명한 중립을 택한 인도와 미국, 프랑스, 스페인, 덴마크의 지도자들에게 감사의 마음을 전했습니다.

토론과 분석

자, 서둘러 오늘의 초대 손님과 말씀을 나눠 보도록 하겠습니다. 역사와 전략 전문가이신 토마 아들레르 교수님께 제가 질문을 드리겠습니다.

「우회적인 위협을 담은 에마 666의 이번 입장 발표를 공갈로 봐야 할까요?」

「아, 뤼시엔, 우선 우리가 현재 직면한 최대의 위협이 30억 명의 희생자를 낸 〈테이아 13〉보다 크고 빠른 소행성 〈테이아 14〉라는 사실을 잊지 말아야 합니다. 거인들과 소인들, 혹은 지구인들과 월면인들 간의 정치적 갈등은 부차적인 문제란 뜻이죠.」

「그렇다면, 아들레르 교수님, 노후한 〈아리안 21〉 로켓을 과연 믿어도 되겠습니까?」

「아시다시피 로켓을 이용한 우주 여행이 예전과는 아주 많이 달라졌습니다. 지금은 비행기를 이륙시키듯 로켓을 이륙시키는 시대죠.」

「하지만 이동 중인 소행성 표면에 로켓으로 착륙을 시도한 다음, 소행성을 묶어서 다른 방향으로 견인해야 한다면, 게다가 지금처럼 위급한 상황에서 절대적 위험을 감수하며 해내야 한다면, 이것은 큰…… 차이가 아닐까요, 교수님?」

「잘못된 생각이에요. 이 기술은 거의 완벽하게 제어가 가능한 기술입니다. 다소 구식이지만 〈아리안 21〉 로켓은 이미 성능이 입증된 견고한 로켓이고, 중국인 우주 비행 팀도 제가 보기에는 아주 준비가 잘된 것 같아요.」

「그렇게 말씀하시니 혹시 내일 어느 쪽에 투표하실지 여쭤 봐도 될까요, 아들레르 교수님?」

「A안에 투표해야죠. 저는 우리 지구의 기술을 신뢰합니다. 그뿐만 아니라 예전에 초소형 인간들이 심리적 동요를 일으키는 바람에 우리가 얼마나 많은 피해를 입었는지 똑똑히 기억합니다. 이번 임무를 에마슈들에게 맡겼다가 또 한번 우주 비행사들 사이에 다툼이 일어나 위기 상황이 온다고 상상해 보세요. 아직 제대로 파악도 못 한 이 존재들을 신뢰했다가 우리가 이미 값비싼 대가를 치르지 않았습니까?」

「그러므로 A안이다, 이 말씀이신가요?」

「제가 보기엔 가장 안전하고 가장 온당한 선택인 것 같습니다. 개인적으로 저는 에마슈들의 폭격 때 베네수엘라를 여행 중이던 가까운 가족을 잃은 경험이 있어요.」

「감사합니다, 아들레르 교수님.」

지금 제 시계를 보니 카운트다운이 시작됐군요. 투표는 앞으로 14시간 23분 12초, 11초, 10초 후에 실시되겠습니다. 전 인류의 투표 현황을 집계할 서버가 가동에 들어갔다는 소식과 함께 오늘 밤 자정에 인터넷 접속률이 사상 최고를 기록할 것이라는 예측도 들어와 있습니다. 드루엥 UN 사무총장이 말했듯이, 〈투표하십시오, 그래서 여러분 종의 미래를 직접 책임지십시오〉.

날씨

석 달 연속 비가 내린 끝에 잠시 갠 하늘은 당분간 맑고 건조한 상태를 유지할 것이라고 기상청이 예보했습니다. 태풍과 폭풍우, 강풍, 그리고 묵시록의 세 번째 기사 이후 경련처럼 대기를 뒤흔들어 놓던 소지진들마저 점차 잦아들고 있습니다.

218

항가로아시의 프란세스코 피네라 시장이 지프차를 타고 다비드와 히파티아가 일꾼들의 도움을 받아 세 번째 거대한 침을 부드러운 땅 속으로 박아 넣는 작업을 하고 있는 현장을 찾는다.

우비와 장화, 차양이 넓은 모자로 무장한 그들은 쏟아지는 비에도 아랑곳하지 않는다.

긴 백발에 태양과 소금기의 흔적이 문신처럼 남은 구릿빛 피부를 간직한 시장이 일하는 모습을 지켜보다가 이스터섬의 억양이 강한 영어로 그들에게 말을 걸며 다가간다.

「이게 효과가 있을 줄은 몰랐소.」그가 인정한다. 「솔직히 당신들이 우리 석상들을 옮겨서 다시 박고 나서부터 땅의 흔들림이 줄어들었소. 그래서 앞으로 당신들이 여기서 작업을 계속할 수 있게 시가 할 수 있는 모든 지원을 아끼지 않을 생각이오.」

「저희를 믿고 도와주셔서 정말 감사합니다, 시장님.」

「우리가 외따로 떨어져 있다 보니 여기서 벌어지는 일에 아무도 관심을 갖지 않아요. 전쟁이 끝나고 나서는 관광객들의 발길마저 끊겼소. 그래서 당신 둘한테 투자를 해서 변화를 좀 꾀해 보고, 그 김에 지구까지 치료될 수 있다면 좋겠다고 생각한 거요.」

시장이 그들을 향해 다정한 미소를 짓는다.

「초소형 인간들이 이 섬에 정착하고 싶어 합니다, 피네라 시장님.」 다비드가 사실을 환기시킨다.

「국제 투표에 의해 결정될 일이오. 그런데, 웰스 교수, 만약 B안이 이겨 UN의 추인을 거치면, 그들이 거인들을 전원 떠나라 하겠소, 아니면 협상을 거쳐 일부와는 별도로 조정이 가능하겠소?」

「제가 개인적으로 왕 에마 666을 알아요. 우리가 지구와 소통하고 지구를 치료한다는 사실을 알면 왕도 관심을 갖고 작업을 계속할 수 있게 해주리라 믿어요.」

「우리는 어떻겠소?」

「이스터섬 주민들이 자신들의 땅에서 계속 살 수 있게 제가 왕을 설득해 보겠습니다. 어쨌든 그들도 여러분이 필요하니까요……. 그들이 한 말을 거꾸로 하면 〈우리한테는 언제나 자신보다 큰 존재가 필요하다〉가 되죠.」

「나는 탐험가들이 발견한 마지막 라파누이족 생존자 쉰 명의 후손 중 한 사람이오. 혹시 저 모아이들의 진짜 정체가 뭔지 아시오? 저것들은 돌아가신 우리 선조들을 상징하는 물건이오.」

「그 말씀은 저희가 금기시되는 행위를 저질렀다는 뜻이네요. 저희가 묘석을 옮긴 건가요?」 히파티아가 걱정스러운 표정으로 묻는다.

시장이 아니라는 제스처를 취한다.

「1680년에 장이족과 단이족 간에 내전이 벌어졌을 때, 성난 군중이 모아이를 다 깨부쉈소. 훗날 이것을 처음 발견한 고고학자들이 남아 있는 이미지들과 증언들, 그리고 상식을 동원해 복원한 것이오. 옛날에는 묘석이었는지 모르지만 지금은 다시 맞춰 놓은 퍼즐 조각들에 불과하오.」

크레인이 석침을 땅에 꽂는 작업이 끝났다. 입꼬리가 살짝 배뚤어진 채 무심한 눈길로 앞만 응시할 뿐, 모아이는 발밑의 작은 인간들에게는 전혀 관심이 없는 것 같다.

「빠진 게 하나 있소.」시장이 말한다.「모아이 중에는 더러 눈이 달린 게 있었소.」

「더러요? 다는 아니고요?」

「마을을 수호하던 선조들의 석상에만 있었소. 난리 때 당연히 이 모아이들이 제일 먼저 파괴됐지. 당신들이 시선을 되찾아 주면 어떻겠소? 혹시 효과도 더 있을지 모르니.」

「눈이요? 재료가 뭔데요?」한국인 고고학자의 호기심이 발동한다.

「눈은 흰색 산호로 만들고 검은 동자는 흑요석을 갖다 붙였소. 필요하면 드릴 수 있소.」

두 과학자는 영문을 모르겠다는 표정이다.

「내가 미리 가지고 왔소.」

그가 타고 온 지프차로 가서 상자를 하나 들고 오더니, 달걀 가운데 검은색 공이 박힌 것 같은 눈을 두 개 꺼낸다.

그가 방금 땅에 박은 모아이 석상에 눈을 얹는다.

「왠지 이 석상에 생명과 에너지가 넘쳐 보여요.」히파티아가 인정한다.

「중국인들은 은과 구리로 만든 금속제 침을 사용하는데 라파누이인들은 돌과 사람의 형상을 사용했단 말이지, 특이하군.」다비드 웰스가 메모를 하면서 말한다.

그들은 고정이 끝난 석상을 쳐다보며 기다린다. 비가 그치자 그들이 서로를 보며 환하게 웃는다.

「순전히 우연이겠소?」 시장이 묻는다.

「글쎄요?」 히파티아가 새침한 얼굴로 대답한다.

놀란 일꾼들이 자기들끼리 스페인어로 웅성웅성 얘기를 주고받는다. 이내 한 줄기 햇살이 구름장 사이를 뚫고 나온다.

「〈그이〉가 흐뭇한 모양이군.」 다비드 웰스는 뿌듯해하는 말투다.

「그리고, 한 가지.」 시장이 말한다. 「두 사람이 지금 호텔에서 지내는 걸로 아는데, 당신들이 하는 일에 좀 더 공식성을 부여하고 싶어서 시 의회와 상의해 우리 시가 보유한 숙소를 한 곳 내주기로 결정했소.」

두 과학자는 깜짝 놀라며 반색한다.

「두 사람이 우리 주민들과 거리를 유지하느라 애썼다는 거 알고 있어요. 신중하게 처신해 줘서 고맙소. 당신들 눈에 이 섬이 세상과 동떨어진 늙은이들만 사는 데로 보인다는 거 우리도 알고 있소…….」

「절대 아니에요, 저희는…….」

「마음에도 없는 말 하지 마시오. 젊었으면 나 역시 그렇게 생각했을 테니까. 하는 일 없이 빈둥거리는 사람들이 모여 사는 낙도가 아니고 뭐겠소. 하지만 이런 우리도 이제는 소통하고 교류할 때가 된 것 같소.」

프란세스코 피네라가 그들을 자신의 지프차에 태워 항가로아에 있는 바다가 바라보이는 집으로 데려간다. 그가 주머니에서 열쇠를 꺼내 녹슨 자물쇠에 꽂아 돌리자 먼지가 뿌연 방이 나타난다.

「원래는 귀한 손님들을 모시는 집인데, 손님을 받지 않은

지 한참 되고 청소도 하지 않다 보니 꼴이……. 어쨌든, 청소를 할 마음이 있거든 앞으로 당신들이 쓰시오.」

히파티아가 환기를 위해 창문을 열어젖히자 바퀴벌레들과 쥐들이 후다닥 달아난다.

「부엌과 거실은 현대식으로 손을 봐야 할 거요. 시 직원들을 보내 도와주겠소. 다 내 사촌들이오. 보수를 주면 내 부인이 와서 집안일도 거들어 줄 거요.」

히파티아의 얼굴이 환해진다.

「드디어 우리 집이네요.」그녀가 거실에 놓인 넓은 탁자에 덮인 테이블보의 먼지를 훅 분다.

219

뉴욕은 쾌청한 날씨다.

최근 내린 폭우에 하늘이 말갛게 씻겼고, 유리와 강철로 된 빌딩들은 황황한 광채를 발한다.

나탈리아 오비츠 대령은 UN 본부의 중앙 타워 꼭대기에 있는 집무실로 드루앵 사무총장을 찾아간다.

그들이 가죽 안락의자에 몸을 파묻고 앉아 투표 현황을 나타내는 두 개의 선을 바라보고 있다. 각국에서 정오를 기해 투표가 시작되면 A안과 B안을 퍼센티지로 표기하는 선이 오르락내리락하며 결과를 보여 줄 것이다.

나탈리아는 특별히 남편한테서 빌린 티셔츠를 입고 있다.

208. 어떤 해결책이든 반드시 새로운 문제를 야기한다.

209. 인간에 대한 믿음에 기반을 둔 제도라고 해서 다 믿으면 안 된다.

210. 모든 제도는 단순한 쪽보다는 복잡한 쪽으로 진화하는데, 믿음이

안 갈 만큼 복잡해지면 전면적으로 재검토해야 한다.

두 사람이 막 대화를 시작할 때는 겨우 10여 개국이 투표에 참여해 A안이 52퍼센트, B안이 48퍼센트의 득표를 보였다.

「가슴이 콩닥콩닥 뛰는구먼. 앞으로 몇 시간에 모든 게 달려 있어. 오비츠 대령, 당신 생각에는 중국인 우주 비행 팀을 실은 〈아리안 21〉 로켓이 제대로 역할을 할 수 있을 것 같소?」

「진실을 듣고 싶으세요, 아니면 듣기 좋은 말씀을 해드릴까요, 사무총장님?」

「그 말은 〈노〉라는 뜻이군.」

「저는 원래 낡은 로켓은 믿지 않습니다. 가뜩이나 약한 동체가 5년만 지나면 고물이 되죠. 보호가 된 금속 부분에도 부식이 일어나고 플라스틱은 곰팡이가 슬어요. 그동안 비가 왔으니 상태는 더 심각하겠죠. 중국인들이 혼신을 다하리라고도 믿지 않습니다. 소행성을 조작하는 일은 까다로운 미션이기 때문에 노련한 전문가가 아니면 불가능하죠. 아주 조그마한 실수 하나, 사소한 판단 착오도 돌이킬 수 없는 결과를 초래하기 때문입니다. 그런데 기껏…… 에마슈 우주 비행 팀이 1차 〈카타풀타〉 미션 때 찍은 비디오를 받아서 보고 배운 게 다인 비행사들이라니…… 말도 안 되죠.」

그들은 스크린을 응시한다.

투표 초반에는 B안이 우세해진다. 그러나 태양이 중국의 머리 위에 도달하자 A안이 68퍼센트를 득표하며 이내 상황이 뒤바뀐다.

「중국인들이 자신들의 우주 비행 팀을 신뢰하기 때문이

에요.」

「제3차 세계 대전의 해묵은 응어리가 아직 남아 있다는 증거이기도 하고요.」 나탈리아가 논평한다.

태양이 인도를 지나자 A안이 하향 곡선을 그리며 59퍼센트로 떨어진다.

「나는 A안이 이긴다고 장담하오.」 스타니슬라스 드루앵이 잔에 위스키를 따라 얼음을 세 조각 띄운 뒤 살살 흔들며 짤랑짤랑 소리를 낸다.

UN 사무총장이 한때 부하였던 여자를 그윽한 공모자의 눈길로 바라본다.

「흠…… 당신은 여전히 비관론자인가?」

「당연합니다. 저도 한때는, 전 세계적으로 평화의 물결이 일 때는 낙관론자였어요. 그런데 그게 결국 제3차 세계 대전의 전주곡이더군요. 사람들 대부분이 문제의 본질을 파악하지 못하고, 정보도 부족합니다. 공포심과 이기주의라는 원초적 감정에 휘둘려 충동적으로 반응하죠. 그러다 보니 의견을 물으면 항상 최악의 방안을 택합니다.」

「내가 그런 사람들에 의해 선출됐다는 말이지?」

「하지만 재선에는 실패하셨죠, 사무총장님.」 그녀가 외교관답게 곧장 응수한다.

그가 수긍한다.

「……배은망덕한 자들. 그들은 내가 자신들을 위해 한 일은 까맣게 잊고 사람이 바뀌면 나아지리라 믿었겠지. 당신은 뭐든 해답을 갖고 있소. 그래서 내가 당신을 좋아하지, 나탈리아. 당신이랑 인연을 맺는 걸 한번 생각해 봤어야 하는데.」 그가 호박색 음료 안에 든 얼음 조각을 빙글빙글 돌린다.

「진짜 그랬다면 제가 퇴짜를 놨을 겁니다. 결례가 되는 말인지 모르겠지만, 사무총장님은 가까이 있는 여자들한테 무조건 달려들고 보는 분이시죠. 아마 저도 그렇고 그런 무수한 여자들 중 한 명이 됐을 거예요.」

그가 고개를 끄덕인다.

「나는 당신이 이렇게 팔딱할 때가 좋소, 나탈리아. 사람을 더 흥분시키거든.」

그들은 A안의 곡선이 올라갔다가 다시 60퍼센트 밑으로 떨어지는 모습을 바라본다.

「나탈리아, 당신은 왜 대중이 직관적으로 나쁜 방향을 선택하는 것 같소?」

「사람은 실수를 통해 가장 많이 배우기 때문이죠. 그들은 무의식적으로 교훈을 원하는 겁니다.」

「하지만 이번 실수는 마지막 실수가 될지도 모르오.」

그가 위스키를 한 잔 따라 내밀자 그녀가 받아 든다. 스크린에서는 A안이 상향 곡선을 그리며 64퍼센트로 치달리고 B안은 36퍼센트에 머문다.

〈집표를 맡은 정오의 태양〉이 파키스탄에 이어 아프가니스탄과 이란의 하늘을 지나간다.

「그들이 지금 무슨 일이 벌어지고 있는지 정말 인식하지 못한다고 생각하오?」

「그들은 가미카제식 집단 무의식에 사로잡혀 있는지도 모릅니다. 나그네쥐들처럼 〈우리 다 같이 절벽에서 뛰어내리자. 멋지고 끔찍할 거야〉, 이런 심정으로…… 무슨 말인지 아시겠어요?」

드루앵 사무총장은 절벽에서 뛰어내리면서 돌연변이를

일으켜 박쥐가 되는 쥐 얘기를 하면서 이 농담을 했던 기억을 떠올리며 머쓱해한다.

「당신의 그런 정신 분석학적 고찰을 다 떠나서, 그냥 인간이 여전히…… 짐승과 같기 때문이라는 주장은 어떻소?」

그녀가 투표 곡선에 시선을 고정한 채 단숨에 잔을 비운다.

「아이고, 드디어 뱉었네. 얼마나 속이 시원한지! 내가 늘 해오던 생각이오. 그들 앞에서 꼭 한 번은 말하고 싶었지. UN 연설에서 내 속에 있는 생각을 언젠가 한 번은 말할 날이 오기를 꿈꿔 왔소. 나는 기억 상실증에 걸린 대중을 이끌고 있다 하고 말이오. 그들은 역사가 주는 교훈들을 망각하고 있어. 인간의 실험은 집단적인 어리석음 때문에 곧 자발적으로 막을 내릴 거요.」

「대체 그들이 어떤 선택을 하리라 기대하고 종 〈전원〉이 참여하는 투표를 고안하신 겁니까?」

「어떤 상황에서도 한결같이 내 동족들의 지성을 믿고 싶었소.」

「정치인이 사람을 사랑하는 건 좋은 일이죠. 하지만 사무총장님을 늘 냉소주의자라 여겼지, 그런 면을 갖고 계신 줄은 몰랐네요.」

「이 또한 놀랍게 들릴지 모르겠는데, 이건 동종 인간들에 대한 최소한의 연민이 없이는 못 하는 직업이오. 하여튼 나도 처음에는, 정말이오, 나탈리아, 시민들의 삶에 좋은 영향을 미치겠다는 희망으로 정치를 했소.」

「지금은요?」

「지금은, 음, 여전히 앞으로 벌어질 일을 걱정하고 있소.

인류가 사라질지도 모른다는 게 정말 두렵소.」

나탈리아가 위스키를 한 잔 더 따른다.

「충분히 가능한 시나리오죠. 하지만 지구는 털고 일어날 겁니다. 지구의 입장에서 우리는 그저 7백만 년의 시간을 채웠던 존재에 불과할 뿐이에요. 지구에서 한 종의 평균 존속 기간이 3백만 년인 것에 비하면 긴 시간이죠. 어쩌면 우리의 시간이 다했을지도 모릅니다.」

「진심이오?」

그러자 나탈리아가 자신의 휴대폰을 꺼내 버튼을 하나 누른다.

「아니요.」

그녀의 스마트폰 화면에는 집표 스크린에서 63퍼센트를 향해 달리던 A안의 곡선이 안으로 살짝 굽어 있다. 정오의 태양은 유럽의 머리 위에 떠 있다.

드루앵이 미간을 좁힌다. 뻔쩍 머리를 스친 생각이 명백한 사실로 다가오는 순간.

「설마 당신이…….」

그녀가 보시시 눈웃음을 지으며 고개를 끄덕인다.

「예전 해커 친구들을 접촉해서 공익을 위한 일이니 소소한 툴을 좀 하나 개발해 달라고 부탁했죠.」

「그래 그 소소한 〈툴〉이라는 게 뭐요?」

그녀가 스마트폰을 내밀자 A안 쪽으로 향하는 〈실재〉라고 표시된 곡선이 하나 보이고, 그 밑에 〈개선된 실재〉라고 적힌 또 다른 곡선이 B안을 향해 그려진 게 보인다.

「아프리카인들과 유럽인들이 B안에 표를 던지는 모양입니다.」 나탈리아가 사무총장을 향해 눈을 찡긋한다. 「에마슈

폭격의 피해를 입지 않은 게 이유가 아닌가 싶네요……. 게다가 아시아의 음 진영이 A안에 투표를 했으니 서양의 양 진영이 B안에 표를 던지는 건 지극히 당연한 일이죠. 음 진영과는 달리 인구 손상이 크지 않았다는 점도 잊어서는 안 되겠고요. 투표 결과에 대한 논평을 요청받으시면 공식적으로 이렇게 말씀하시면 되겠네요.」

「하 참! B안이 이기도록 당신이 조작을 했군. 당신이 결국…….」

「……사람들 뜻에는 반하지만 잘못된 선택을 하지 않고 지구를 구하게 도와준 거죠……. 여기 진짜 결과를 보세요.」

그녀가 A안이 72퍼센트라는 압도적인 득표율을 올린 〈실재〉 스크린을 보여 준다.

「걱정하지 마세요. 제 해커 친구들이 만든 〈개선된 실재〉 곡선이 공식적인 결과이고, 이의를 제기하는 사람은 없을 테니까요. 진짜 결과는 사무총장님과 저만 아는 비밀이죠.」

「당신은 좋은 사람이오, 오비츠 대령.」

「월급을 받는 공직자로서 당연히 할 일을 하는 것뿐입니다. 사람들을 돕는 것 말이에요.」

이제야 드루앵 사무총장의 얼굴이 활짝 펴진다.

「나탈리아, 당신을 사랑하오. 72퍼센트라니, 멍청이들 같으니! 싫다는 사람들 억지로 구해 줘봤자 감사 인사는커녕 기가 찬 일이나 당하겠지. 우리가 벌인 일을 알게 되면 우리를 원망하고, 우리를 재판에 세우고, 우리에게 벌을 내릴 게 분명하오.」

사무총장이 샴페인을 한 병 더 찾아 들고 돌아온다.

「나탈리아 오비츠 딱 한 사람의 힘으로 역사의 흐름을 바꿀 수 있으니 이 얼마나 기쁜 일이오!」

스타니슬라스 드루앵이 TV를 몇 대 더 켜자 광장에 모여 공식적인 최종 결과가 나타나는 곡선에 시선을 고정하고 있는 군중들의 모습이 화면에 보인다. A안 49퍼센트, B안 51퍼센트.

세계 전역에서 기자들이 카메라에 담은 실망과 환희의 장면들이 연이어 나타난다. 달에 있는 초소형 인간들을 살려 주어 마지막 남은 〈카타풀타〉 로켓 한 대로 지구를 구하는 임무를 맡기자는 B안의 승리를 아나운서들이 일제히 뉴스로 전한다.

스타니슬라스 드루앵은 연보라색 직통선으로 왕 에마 666에게 전화를 건다.

「결국 우리가 당신들을 믿는다는 뜻이지요.」그가 짧게 요약해 말한다.

「아주 훌륭한 선택을 하셨습니다. 우리끼리 얘기지만, 저는 호모 사피엔스 대중이 이렇게 합리적인 줄은 미처 몰랐어요, 사무총장님.」

「마지막 순간에 무엇이 이득인지 깨달은 게 아니겠습니까, 전하.」

그러고 나서 드루앵은 벌써 수백 명의 기자들이 모여 있는 프레스룸으로 가서 연설대 앞에 선다.

「친애하는 세계 시민 여러분, UN 사무총장의 자격으로 여러분께 역사상 최초로 전 지구적 차원에서 실시됐던 민주적 투표의 결과를 알려 드리겠습니다. 우선 이번 투표가 이례적으로 기권율이 아주 낮았다는 점을 말씀드립니다. 집계 서버에 의하면 90퍼센트의 투표율을 기록했습니다. 저는 투표 결과를 입수한 즉시 왕 에마 666을 접촉했고, 왕은 인질로 잡고 있는 우주 비행사 병사들을 석방하고 소행성 〈테이아 14〉의 위협을 분쇄하기 위해 〈카타풀타〉 미션을 수행하겠다고 밝혔습니다.」

220

증기가 뿜어지고 불꽃이 튀면서 거대한 손가락의 덮개가 들리자 〈카타풀타〉 로켓이 발사대에서 튕겨 나간다. 쇳덩이 동체가 달을 떠나 우주를 가르며 소행성을 향해 날고 있다.

로켓에 탑승한 세 명의 우주 비행사 가운데는 중차대한 이번 임무에 자원한 과학부 장관 에마 103도 있다.

발사된 로켓이 하늘을 날기 시작하자 그녀가 스마트폰을 켜서 에마슈 국가에 해당하는 드보르자크의 「신세계 교향곡」을 튼다.

그녀가 현창 너머로 별들을 바라보며 생각에 잠긴다.

〈모든 것은 영원히 되풀이될 뿐이다.

이미 일어났던 일이 다시 일어난다.

과거의 비극들은 현재의 비극들과 비슷하고 아마 미래의 비극들과도 비슷할 것이다.

우리 인간들이 제3인류를 창조한 것은 인간들이 제2인류를 창조한 것의 재현일 뿐이다.

제3차 세계 대전은 제1차 세계 대전과 제2차 세계 대전의 연장선일 뿐이다.

최근의 전 지구적 투표조차 지금으로부터 13년 전 UN에서 우리의 생존권을 놓고 실시됐던 투표의 반복일 뿐이다.

똑같다……. 그러나 언제나《약간》다르다.

우리를 인정하는 투표에는 UN의 199개 회원국이 참여했지만, 안전한 영토에서 우리가 살 권리를 인정하는 투표에는 모든 인간이 참여했다.

역사는 순환적이지《만》은 않다.

역사는 둥글게《만》돌지 않고 마치 계단을 오르듯 나선형으로 올라가기도 한다. 각 층에서 창밖으로 보이는 게 똑같아 보여도 사실은 그렇지 않다. 조금 높은 곳에서 보는 풍경이기 때문이다.

에마 109는《초소형 인간》의 국가를 세운 왕이었다.

에마 666은 동족들의 장기적인 생존을 실질적으로 보장해 줄 수 있는 왕이 되고자 한다. 허용된 종에서 동화된 종으로, 결국에는 지배하는 종으로 나아가는 것이 그녀의 개인적인 목표이다.》

현창 밖으로 별들이 휙휙 지나간다. 장관의 시선이 주변에 있는 물체들에 가서 머문다. 핸들, 계기판, 램프, 스크린.

그녀는 지금의 순간이 있게 한 수많은 발명가들을 생각한다.

금속을 만든 이들, 비행기를 만든 이들, 로켓을 만든 이들.

〈이들 모두가 조금이라도 과학의 발전을 이루어 냈고, 이들의 발전을 이어받은 덕에 다음 사람들이 조금 더 앞으로 나아갈 수 있었다.

그래서 지금 내가 기계로서는 가장 복잡한 최첨단 장치 앞에 서 있는 것이며, 내 임무는 우주 정복의 한계를 넓히는 일이다.》

대양과 심해를 두루 탐사한 경험이 있는 에마 103은 막중한 책임감을 느낀다.

〈내가 실수를 하면 안 된다. 그러면 다른 이들이 원점에서부터 다시 시작해야 할 것이고, 그러자면 몇 세기가 걸릴지도 모른다.〉

기기를 일일이 점검하고 나서 그녀는 약을 한 알 먹고 이런 생각을 하며 잠이 든다.

221

백과사전: 안티키테라의 기계

1901년, 해저 탐험가들이 그리스의 키티라섬과 크레타섬 사이에 위치한 안티키테라섬 인근 해역에서 난파선을 한 척 발견한다. 기원전 86년에 로마 선박에 의해 침몰된 그리스 선박이었다.

난파선 내부에서 많은 조각상들과 항아리들, 주화들과 함께 시계와 비슷하게 생긴 이상한 물건이 하나 발견됐다. 이 기계는 여든두 개의 조각들로 이루어져 있었고, 표면에는 2천2백 개의 글자가 새겨져 있었다. 사람들은 기계를 발견할 당시에는 전혀 용도와 개념을 이해하지 못했지만, 금방 구조를 파악해 원형을 복원하기 시작했다.

이 기계에는 달과 태양의 위치를 가리키는 숫자 판이 네 개 있다.

황도 12궁과 이집트 달력을 표시한 별도의 숫자 판들과, 일식일과 월식일을 가리키는 바늘도 들어 있다. 기계 전체는 크랭크를 통해 맞물리고, 복잡하고 정교한 톱니바퀴가 돌아가 움직인다.

이것은 천체의 운행을 이해하고 예측하게 하는 일종의 천문 계산기이다.

정교한 톱니바퀴들로 이루어진 이 복잡한 기어 장치는 컴퓨터의 선조격에 해당하는 역사상 최초의 계산기인 셈이다. 안티키테라의 기계가 제작된 시기는 기원전 87년이다. 이집트 해안에 있던 그리스 도시인 알렉산드리아가 황금기를 누렸던 당시, 알렉산드리아 도서관의 과학

작업장에서 만들어진 것으로 추정된다. 지중해 연안의 우수한 학자들이 모두 알렉산드리아 도서관으로 모여들던 때였다. 안티키테라의 기계는 기계 공학과 천문학 분야에서 그리스 과학자들이 일구어 낸 가장 뛰어난 업적이라고 할 수 있다. 이밖에도 알렉산드리아 도서관이라는 학문 공동체로 모여든 학자들의 창의성의 산물인 무수한 현대적 발명품들이 각종 문헌들과 그림들을 통해 전해지고 있다.

이 공동체의 일원이었던 그리스 학자 크테시비오스는 물에 매료돼 물을 이용한 다양한 발명품을 만들었다. 그는 기원전 3세기에 도시 방어용으로 물 포탄을 발사하는 물대포를 제작했고, 수력 승강기, 물을 채운 파이프의 힘으로 작동하는 사람 모양의 자동인형, 그리고 수력 오르간인 히드라울리스를 발명했다. 한 세기 뒤, 역시 알렉산드리아에서, 고대의 레오나르도 다빈치에 비견할 만한 헤론(알렉산드리아의 헤론이라고 불림)은 증기에 매료돼 많은 증기 관련 발명품을 만들었다. 그는 가마솥에서 나오는 증기로 축의 바퀴를 돌리는 최초의 증기 기관인 기력구(汽力球)를 만들었는데, 훗날 이 장치의 정확한 설계도가 발견되었다. 신전의 기계 장치에 유난히 관심이 많았던 그는 증기로 움직이는 자동문을 발명하고, 구멍에 주화를 넣으면 성수(聖水)가 나오는 성수함을 만들기도 했다. 그는 또한 인간의 목소리와 흡사한 소리로 신탁을 전하는 기계도 만들었는데, 새 모양으로 생긴 이 장치는 지렛대를 눌러 움직였다. 헤론은 기관포처럼 속사가 가능한 노리쇠가 달린 투석기도 발명했다.

물리학자 아르키메데스는 로마인들에 의해 암살됐다. 안티키테라의 기계와 과학자들을 싣고 가던 선박은 로마인들에 의해 침몰됐고, 알렉산드리아 도서관은 로마의 기독교 광신도들한테 약탈을 당한 뒤, 8세기 아랍인들의 침략 때 완전히 소실됐다.

PS 1: 재미 삼아 주변 사람들한테 그리스 출신 학자를 대보라고 하면 아마도 피타고라스, 에우클레이데스, 탈레스, 아르키메데스, 아리스토텔레스, 히포크라테스 같은 이름이 줄줄이 나올 것이다. 똑같은 사람들한테 이번에는 로마 출신의 학자를 대보라고 하면 분명히 쩔쩔맬 것이다. 이유는 아주 단순하다. 로마인들이 안티키테라의 기계처럼 그리스인들의 발명품을 파괴하거나 망각했고, 살아남은 발명품들의 덕만 봤지 발전시키지 않았기 때문이다.

PS 2: 만약에 알렉산드리아 과학자들이 만든 안티키테라의 기계와 증기 기관, 물대포, 자동인형이 계승자들을 만났다면 어떻게 됐을까 하는 상상을 해볼 수 있다. 우리는 아마 1천5백 년의 시간을 벌었을 것이다. 이 모든 기술들이 16세기, 이름에 걸맞은 르네상스 시대에 와서야 다시 발전할 수 있었기 때문이다.

에드몽 웰스, 『상대적이며 절대적인 지식의 백과사전』 제11권

222

얼마 동안 잠이 들어 있었는지 모른다. 그녀가 동료의 말소리에 놀라 잠이 깬다.

「목표물이 눈앞에 보입니다, 장관님.」 그녀의 오른쪽에 있는 장교가 알려 준다.

「접근을 위해 엔진 조작을 시작하지.」

〈카타풀타〉 로켓이 방향을 틀어 완벽에 가깝게 소행성에 착륙한다. 에마 103이 사다리를 타고 공처럼 생긴 소행성의 표면에 내려선다.

〈테이아 14〉 위로 해가 솟아올라 눈을 뜰 수가 없자, 그녀의 헬멧에 붙은 자동 필터 장치가 작동한다.

부하 엔지니어들이 소행성을 묶어서 견인할 고리들을 설치하는 동안 그녀는 바닥에 앉는다.

에마 103이 표면을 관찰하며 깊은 생각에 잠긴다.

〈이해해야 하는 게 있어.

머릿속에 문이 열려 조금 더 효과적인 다른 방식이 있다는 것을 보여 주기 전까지 우리는 똑같은 실수를 반복하게 돼 있어.〉

그녀는 훈련을 통해 이미 습득한 정확한 동작들을 반복하고 있는 우주 비행사들을 물끄러미 바라본다.

그녀가 몸을 일으켜 쪼그려 앉는다. 바닥을 살살 두드리고 나서 머리를 갖다 댄다. 그러다 갑자기 한참을 세게 내리치더니, 동작을 멈추고 소리를 듣는다.

「비어 있어.」그녀가 말한다.

이 말의 함의를 파악한 두 비행사가 굳은 표정으로 장관의 입에서 말이 떨어지길 기다린다.

「뚫어.」그녀가 명령한다.

그러자 두 사람은 군소리하지 않고 몸체가 긴 드릴을 가지고 와서 먼지로 뒤덮인 소행성의 표면을 뚫기 시작한다.

〈내 판단이 틀려야 할 텐데.〉

저항이 사라지나 싶은 순간, 드릴이 쑥 들어가 박힌다.

「내시경!」에마 103이 외과 의사처럼 소리친다.

우주 비행사 하나가 카메라 렌즈와 램프가 끝에 달린 줄을 구멍에 집어넣는다. 이제 속이 빈 소행성의 내부를 비추며 촬영이 시작된다.

「내 스마트폰으로 보내.」

가운데 석호가 보이는 푸르스름한 동공이 그녀의 눈앞에 나타난다. 블루마린에서 터키옥색에 이르는 다양한 색조의 물고기들과 꽃들, 해초들, 곤충들이 보인다.

장관은 〈림프구 13호〉에 탑승했던 세 명의 우주 비행사가 발견한 〈테이아 13〉 안 노란색 동공 속 이미지들을 떠올린다.

〈겨우 색조만 조금 다를 뿐, 결국은 영원한 되풀이야.〉

두 에마슈 비행사는 보충 분석을 진행해 소행성 〈테이아 14〉의 빈 주머니 안에 황이 아니라 코발트에 기반을 둔 생태계가 형성돼 있다는 사실을 밝혀 낸다.

장관 에마 103이 이 정보와 이미지들을 왕에게 전달한다. 왕은 이것을 다시 지구인들에게 전달한다.

223

……뭐?

저들이 수정 가능한 소행성을 발견했다!

서둘러 저들과 얘기를 해야겠다.

224

깨끗이 청소가 끝났다. 다비드 웰스와 히파티아 김의 손길이 닿자 폐가는 사람이 살 만한 아담하고 예쁜 빌라로 변모했다. 주방과 욕실, 방들이 쓸 만하게 다시 태어났다.

막 점심을 준비하려는 다비드에게 극심한 편두통이 찾아온다.

〈다비드…… 당장 와.〉

그가 통증을 참지 못해 주저앉으며 관자놀이를 있는 힘껏 누른다. 히파티아가 금세 침통을 들고 와 침을 놓는다.

다비드가 얼굴을 잔뜩 찡그린다.

「가이아군.」

「가이아요?」

645

「이제 편두통이 어떻게 작동하는지 아니까 나를 불러 얘기를 하려고 통증을 보내는 거지.」

그들은 지프차에 올라 전속력으로 달린다. 두통 때문에 인상을 펴지 못하고 조수석에 앉아 있는 다비드 대신 히파티아가 운전대를 잡고 있다.

「그이가 보통 급한 게 아닌가 보군…….」

「우리 지구께서 이제 왕 행세를 하시려 드네요. 치료를 해 줬더니 성질이 급해졌어.」

그들은 라노라라쿠 화산에 도착해 옷을 벗고 골풀을 헤치며 분화구의 석유 호수로 걸어 들어간다. 그들은 검은 액체의 농도가 가장 짙은 호수 한가운데에 자리를 잡는다.

분노를 이기지 못한 땅이 뒤흔들리고 있다.

225

정말 중요한 일이니까, 잘 들어.

나를 향해 돌진해 오는, 너희들이 〈테이아 14〉라 부르는 둥근 소행성 있잖아, 내가 그걸 품고 싶어.

그러니까 그걸 파괴하거나 방향을 돌려선 안 돼. 내게로 오게, 날 만나게 놔두라고.

내 말 들었어?

정말 중요한 일이라니까.

꼭 그래야 돼.

소행성에 내린 에마슈 셋한테 절대 부수지 말고 나를 향해 오게 놔두라고 전해.

내 말뜻을 알겠어?

만약에 그들이 말을 듣지 않으면, 인간들은 협박을 해야만 알아들으니까 어쩔 수 없어, 이번 〈카타풀타〉 미션을 내가 원하는 대로 해주지 않으면…… 내 화산들을 일제히 터뜨려서 용암의 바다로 만들어 버리겠다고 전해. 크든 작든 두발 달린 동물은 거의 살아남지 못할 거라고!

다비드, 그리고 히파티아, 내 말 알았어? 공포가 너희 인간들의 최대 동력이니까 말할게, 기대해도 좋아, 내 분노는 소행성의 충격과는 비교가 안 되는 결과를 낳을 거야.

결국 달에 있는 초소형 인간들이 최종 결정을 내리게 될 텐데, 내가 그들에게 닿을 수도 그들을 위협할 수도 없으니 너희들이 대신 얘기를 해줘야겠어.

허비할 시간이 없어.

달로 가.

왕을 잡고 얘기를 해.

그녀를 설득해.

226
백과사전: 행운을 빌어요, 미스터 고르스키
1969년 7월 21일, 닐 암스트롱은 아폴로 11호에서 내려 달 표면에 발을 디딜 때 한 광고 회사에서 미리 준비해 놓은 〈한 인간에게는 작은 걸음이지만 인류에게는 위대한 도약이다〉라는 문구를 말하기로 예정돼 있었다. 그런데 감압실을 나서기 직전, 그가 난데없이 〈행운을 빌어요, 미스터 고르스키〉 하며 개인적인 소회를 밝혔다.

휴스턴의 관계자들과 그들과 함께 있던 기자들 모두 이 말을 똑똑히 들었다.

지구로 돌아와 닐 암스트롱은 여러 차례 이 말의 의미를 묻는 질문을 받았지만, 번번이 대답을 피했다.

1995년 7월 5일, 탬파만에서 한 기자가 습관처럼 같은 질문을 던졌을 때, 그 말에 연관된 사람들이 모두 사망했기 때문에 입을 열어도 되겠다고 판단한 닐 암스트롱이 기자에게 들려준 얘기는 이렇다.

그가 어렸을 때, 야구를 하다가 하루는 그만 공이 이웃에 사는 고르스키 씨 집 정원으로 날아갔다. 공을 주우러 그 집의 정원으로 들어간 꼬마 닐의 귀에 주인 부부가 다투는 소리가 들린다. 한참을 옥신각신하던 끝에 여자가 소리를 지른다. 〈오럴 섹스? 오럴 섹스를 하자고? 옆집 꼬마가 달에 가서 걸어다니는 날에 내가 해줄게!〉

에드몽 웰스, 『상대적이며 절대적인 지식의 백과사전』 제11권

227

흰색 장화가 먼지로 뒤덮인 땅에 닿는다. 〈아리안 21〉 로켓을 타고 나흘 동안 우주를 38만 킬로미터 날아온 다비드가 제일 먼저 달 표면을 밟는다. 몸에 비해 헐렁하기 짝이 없는 흰색 우주복을 입은 히파티아가 뒤따라 내린다.

그들이 가장 먼저 놀란 것은 지구 중력의 6분의 1밖에 되지 않는 중력이다. 몸은 새털같이 가볍고, 한 발만 살짝 내딛어도 순식간에 몇 미터씩 앞으로 나간다. 대기가 없다 보니 몸이 느끼는 감각 또한 달라진다. 우주복에 와 닿는 바람 한 점, 헬멧을 스치는 바람 한 점 없다.

바람과 구름과 비가 없다. 그러니 모래 언덕도 없고, 침식이나 지반 침하도 일어나지 않는다. 천체 전체가 잿빛 먼지로 덮여 있고, 먼지 밑에는 다시 레골리스라는 조금 더 단단한 입자가 더께처럼 앉아 있다.

두 사람은 안에 불이 켜져 있는 사람 머리 모양의 도시를 향해 걸음을 옮긴다. 물이 마른 하상과 흡사한 용암류가 군

데군데 보인다. 운석이 충돌한 흔적들과 평평한 월면에 마치 현대 조각상처럼 서 있는 커다란 바위들도 눈길을 끈다.

생경한 풍경을 마주한 다비드는 기상 현상이 없다는 사실이 이런 고정불변의 풍경을 만들어 냈다는 생각을 한다. 바닥에 놓인 조그만 돌 하나도 미동도 없이 수천 년 동안 그 자리를 지킬 수 있는 것이다.

그들을 향해 다가오는 실루엣들이 보인다. 지구인 둘을 마중 나온 열댓 명의 월면인들이다. 히파티아와 다비드는 연보라색 우주복 차림의 우주인들과 함께 루나폴리스로 향한다.

다가가서 보니 플렉시글라스로 사람의 머리 형상처럼 만들어 놓은 우주 기지의 모습이 가히 장관이다.

다비드와 히파티아는 무심한 표정으로 지구를 바라보고 있는 듯한 30미터 높이의 월면 도시에서 눈을 떼지 못한다. 눈 대신 뚫려 있는 창들을 통해 그들을 관찰하고 있는 월면인 에마슈들의 모습이 보인다. 히파티아가 그들에게 손을 움직여 인사를 건네자 몇몇이 화답한다.

신장 때문에 도시 안으로는 들어갈 수 없는 두 지구인은 안내를 받아 자신들을 위해 급히 지은 건물로 걸어간다. 지구 쪽을 향해 투명한 창을 낸 이글루 모양의 집이 그들을 맞는다.

안으로 들어가자 높이를 올린 의자에 벌써 자리를 잡고 앉은 에마 666이 그들을 맞는다. 왕 옆으로 경호원 둘과 제복 차림의 여자 셋이 서 있다.

「정말로 지구와 얘기를 나눴단 말이에요?」 에마슈 왕이 다짜고짜 묻는다.

다비드가 정중히 예를 갖춘다.

「안녕하십니까, 전하. 네, 얘기를 나눴습니다.」

「지구는 어떤 방식으로 표현을 하지요?」

「우리와 비슷합니다. 아무래도 우리 방송을 듣고 말하는 방법을 배운 모양이에요. 음파와 광파는 물론 라디오와 TV 전파도 잡으니까요. 우리 언어가 마음에 들어서 시간을 들여 익혔나 봅니다. 우리가 쓰는 어휘로 사고하는 방법도 배웠어요.」

「그이가 굳이 당신들한테 이곳에 직접 와서 나와 개인적으로 얘기를 나누라고 했다는 말이죠, 그런가요?」

신장이 다른 두 인간이 서로를 빤히 쳐다보고 있다. 에마 666과 다비드는 마지막 만남을 머릿속에 떠올린다. 쓰나미가 밀려온 독립의 날 축제 때였다.

「두 사람한테 나와 협상을 할 권한이 있나요?」

「지구를 대신해 전하와 협상할 수 있는 전권을 부여받았습니다.」

「거인들로부터도요?」

「네, 그렇습니다.」

그러자 에마슈 왕이 제복 차림의 장관들에게 가까이 다가오라는 손짓을 한다. 그러고 나서 두 지구인에게는 체격에 맞는 의자를 가리킨다.

「그렇다면, 들어 보죠, 다비드.」

「지구는 소행성 〈테이아 14〉가 원래의 모습 그대로 자신의 안으로 뚫고 들어왔으면 합니다. 수정이 되기를 바라는 거죠.」

왕이 물부리를 꺼내 들고 담배를 꽂는다. 그런 다음 불을 붙이고 한 모금 빨아들였다가 길게 연기를 내뿜는다.

「그 대가로 우리한테 뭘 준다죠?」

「우리를 살려 준답니다. 요구를 들어 주지 않으면 일제히 화산을 분출시켜 지표면과 그곳의 거주자들을 불태워 버리겠답니다.」

에마 666이 고개를 끄덕거린다. 그녀가 옆에 있는 두 여자를 가리킨다.

「이쪽은 경제부 장관인 에마 402, 이쪽은 국방부 장관인 에마 515예요.」

두 에마슈가 의전에 맞게 예를 갖춘다.

「여기는 히파티아 김 박사, 고고학자입니다. 피라미드와 침술 전문가이기도 하죠. 크고 작은 유기체에 다 침을 놓습니다…….」다비드가 그녀를 소개한다.

히파티아 역시 정중하게 인사를 건넨다.

경제부 장관이 먼저 말문을 연다.

「우리는 드루앵 사무총장한테 〈테이아 14〉를 파괴하겠다고 이미 약속했습니다. 그 대가로 그는 평화와 인정을 약속했고, 우리를 위해 지구에 이스터섬을 새로운 성역으로 내주겠다고 했습니다, 전하.」

「거인들이 다 죽으면 우리한테 약속을 지키라고 요구할 사람이 없을 것입니다.」국방부 장관이 즉각 반박한다.

왕은 여전히 다비드만 뚫어져라 쳐다볼 뿐, 대답이 없다. 그러더니 자신의 스마트폰을 켜서 〈테이아 14〉 안에 들어간 내시경에 잡힌 이미지들을 들여다본다. 터키옥색에서 블루 마린까지 다양한 색조를 띤 새들과 식물들, 물고기들로 가득한 푸른 호수가 눈길을 사로잡는다.

그녀는 푸른빛이 감도는 꽃 한 송이, 나비 한 마리, 개구리 한 마리를 차례로 확대해 들여다본다.

「우리는 또다시 최선의 선택을 해야 하는 어려운 상황에 처하게 됐어요. 선택 A: 폭발이 일어나 지구상의 생명이 모두 사라질 수도 있는 위험을 감수하면서 소행성이 지구를 수정시키게 놔두느냐, 선택 B: 우리가 소행성의 진로를 변경해 가이아를 실망시키고, 결국 그이가 복수를 위해 화산들을 일제히 분출시켜 지상의 생명을 절멸하느냐.」

「장차 저희 종의 이익을 최우선에 두고 결정을 내리셔야 합니다, 전하.」국방부 장관이 주장한다.

「당연하네. 지구에 있는 우리 종족이 얼마나 되는가?」

「이제 없습니다, 전하.」경제부 장관이 대답한다.

「그럼 남아 있는 거인들은 모두 얼마나 되지?」

「40억입니다.」

왕이 고개를 갸웃거린다.

「우리가 지구인들과 지구의 보호 없이 완벽한 자급자족 체제로 살 수 있는가? 이것이 문제의 본질이지.」왕의 말에 힘이 들어간다.

「가능합니다.」왕의 오른편에 있는 장관이 즉시 대답한다.

「첨단 기술의 수급에는 어려움이 따르리라 봅니다.」경제부 장관이 상황을 상세히 설명한다. 「우리는 주물 공장도 공장 시설도 정밀 전자 기기 제조 설비도 없습니다. 농사에도 심각한 어려움이 따를 것입니다.」

「그런 기술들을 확보할 방법을 찾을 수 있을 겁니다. 우리는 충분히 능력이 있습니다.」국방부 장관이 반론을 편다.

「저…… 전하…… 남은 40억 명의 인간들을 정말 다 죽게 놔두실 생각입니까?」경제부 장관이 묻는다.

「……우리의 근원인 어머니 지구의 뜻에 따라야 합니다. 더군다나 그 40억 명은 우리 종을 멸종시키려고 했던 사람들이라는 것을 잊지 말아야죠.」국방부 장관이 즉각적으로 응수한다.

에마 666은 생각에 잠긴 표정으로 이따금 담배 연기를 내뿜을 뿐, 여전히 묵묵부답이다. 그러자 괜찮은 관점을 확보했다고 생각하고 국방부 장관이 말끝을 단다.

「지구에 접근해 오는 소행성의 위험이 사라지면 40억 거인들은 기다렸다는 듯이 다시 우리를 없애려 들 것입니다. 그들을 살려 두면 우리 후손들에게 큰 위험이 될 것입니다.」

「그들이 사라지면 지금 당장 우리들에게 더 큰 위험이 될 것입니다.」경제부 장관이 반박한다.

왕 에마 666은 여전히 무반응이다.

「거인들이 한 것처럼 우리도 살아남은 모든 초소형 인간들이 참여하는 민주적 투표를 실시하면 어떻겠습니까? 어쨌든 이것은 전원 투표가 필요할 만큼 중대한 사안입니다.」왕 오른쪽의 장관이 말한다.

화면으로 푸른 빛깔의 이미지들을 들여다보고 있던 에마 666이 드디어 고민의 결과를 나눌 모양인지 입을 연다.

「개인적으로 나는 투표를 좋아하지 않네. 그것은 공포와 다수의 비겁함의 결정체이자 느슨한 형태의 합의에 불과할 뿐이야. 나는 다른 방식을 택할 생각이네.」

「〈책임 있는 전제적 결정〉 말입니까?」오른쪽 장관이 비아냥거린다.

「상상력이야. 우리의 한계를 뛰어넘어 〈다른〉 해결책을,

희지도 검지도 않은 연보라색 해결책을 찾아야 하네. 사고의 지평을 넓히세. 구태를 답습하지 말고 새로운 생각을 한번 해보세.」

몸을 웅크린 채 초조하게 담배를 빠끔거리며 연기를 뱉어내는 왕의 동작에서 깊은 고민이 느껴진다.

「해결책은 두 가지뿐입니다. 소행성을 살리거나 인류를 살리거나. 거인들 표현대로 〈양손의 떡〉은 불가능합니다.」 국방부 장관이 목소리를 높인다.

에마 666이 눈을 지그시 감는다.

「두 거인과만 있고 싶네.」

장관들이 말없이 밖으로 나가자 왕이 높이를 올린 의자에서 내려온다.

「이미 에마 103한테 소행성을 가져오라고 지시를 해놨어요. 7일이 걸린다는군요. 해결책을 찾기 위해 우리한테 주어진 시간이에요. 그동안 당신들은 여기 머물러도 좋아요. 음…… 다비드, 우리 둘만 나가서 달을 산책하지 않을래요?」

히파티아가 질투와 아쉬움이 섞인 듯한 애매한 제스처를 살짝 취한다. 그러더니 이내 표정을 누그러뜨리고는, 체류가 길어지게 됐으니 짐을 풀면서 기다리겠다는 신호를 보낸다.

다비드가 우주복을 걸친다.

228

그래서, 저들이 어떤 결정을 내렸다는 거지?

나는 이 만남을 반드시 성사시키고야 말겠다.

다시 이런 기회가 올 때까지 수천 년을 기다릴 수는 없다.

저들이 내 말을 듣지 않으면, 위협을 단호히 실행에 옮겨야겠다.

229

그들이 먼지로 뒤덮인 평평한 분화구를 걸어가고 있다. 군데군데 충돌의 흔적들이 보인다.

흰색 우주복을 입은 다비드 웰스가 연보라색 우주복을 입은 신임 왕을 어린아이처럼 팔에 안고 있다. 헬멧 간의 통신을 통해 왕이 그에게 방향을 일러 준다.

「달이 왜 자전을 못 하는지 알아요?」

「단단한 핵이 없어서 그런가요?」

「우리 물리학자들이 밝혀냈는데, 달 속에도 딱딱하고 무거운 덩어리가 있긴 있는데 중심에 위치하지 않고 한쪽으로 치우쳐 있다는군요. 그러다 보니 천체가 오뚝이와 비슷하게 됐다는 거예요. 왜, 밑을 무겁게 만들어서 어떻게 밀어도 오뚝오뚝 일어나는 달걀 모양의 장난감 있잖아요. 달의 무거운 쪽을 지구의 중력이 끌어당긴다고 하네요.」

다비드가 화제를 돌린다.

「함대의 로켓 세 대를 어떻게 감쪽같이 사라지게 만드신 거죠?」

「아, 그거…… 그게 궁금해요? 우리 비밀 군대 덕분이죠.」

「어찌 됐든 정말 대단하세요. 저는 당신들이 다 목숨을 잃어서 지구군이 쉽게 루나폴리스를 접수하리라 생각했어요. 우주 비행사 겸 병사들의 헬멧에 촬영된 이미지들을 보고 지구 시청자들이 놀라움을 금치 못했습니다. 그래서 또 여쭙게 되는데, 대체 어떤 엄청난 비밀이 숨어 있는 거죠?」

「역경에 부닥치면 자신의 한계를 뛰어넘을 수밖에 없죠.」

「저한테 얘기해 주시고 싶지 않은가 보죠?」

그들이 달 표면을 천천히 걷고 있다.

「사실은 당신 연구에서 영감을 얻었어요.」

「제 연구요?」

「그래요, 웰스 박사, 바로 당신 연구에서요.」

「나노 인간을 만드신 건가요?」

「오랫동안 그 방향을 고민했는데, 인간의 신장을 줄이는 데는 한계가 있더군요. 그래서 에마 109가 남긴 메모들에 착안했죠. 진화가 위로 뻗어 올라가며 단선적으로 일어나는 게 아니라 별 모양을 그리며 평행적으로 동시에 일어난다고 왕은 생각했어요.」

다비드는 생명이 눈에 띄지 않는 풍경을 걷는 데 슬슬 재미를 느낀다. 그의 눈도 차차 달 표면의 독특한 빛에 적응해 간다. 머리 위에 파란 태양처럼 떠 있는 지구 행성이 안온한 느낌을 준다.

「다 에마 109 왕의 천재성 덕분이에요. 그분이 거인들은 상상조차 못 하는 선물을 우리한테 줬어요.」

「애 좀 그만 말리세요.」

「종들의 진화를 관찰하던 에마 109 왕은, 여러 종이 적응력이 가장 뛰어난 하나의 종으로 줄어드는 단순화의 시기가 지나면 반대로 다시 다양화되는 시기가 온다는 사실을 깨달았어요.」

다비드가 걸음을 멈추고 생각에 잠긴다.

「웰스 교수, 당신 덕분에 우리는 유일했던 인류가 다양화를 거쳐 두 개의 가지로 뻗어 나가는 경험을 이미 했어요. 전통적인 호모 사피엔스라는 가지, 우리들, 호모 메타모르포 시스라는 새로운 가지, 이렇게 두 개로 말이죠.」

「그건 어쩌다 보니까…….」

「그런 게 아닐 수도 있어요. 왕 에마 109는 라마르크의 이 론을 받아들이고 다윈과는 반대로 생각했어요. 새로운 환경 에 적응하기 위해 종들이 다시 복잡해질 수 있다는 거죠. 나 무와 똑같아요. 여러 개의 뿌리가 모여 하나의 줄기를 이루 지만, 위로 올라갈수록 이 유일한 줄기는 다양화를 통해 여 러 개의 가지로 뻗어 나가죠. 이게 아마 에마 109가 이해한 종들의 재편 가능성을 가장 잘 설명하는 은유일 거예요.」

「상 뇌프(새로운 피), 이름답네요…….」

그들은 분화구 밖으로 나와 마치 소금 항아리를 엎질러 놓 은 것처럼 큼지막한 바위들이 여기저기 흩어져 있는 곳을 걸 어간다.

「다비드, 당신이 크기의 다양화를 고민했다면 에마 109는 미래의 도전에 맞서기 위한 또 다른 방식의 다양화들을 고민 했어요.」

에마슈 왕이 흰빛과 잿빛이 어지럽게 뒤섞인 평평한 곳으 로 그를 이끈다.

「당신들이 쓴 고생물학 서적들에서 읽었는데, 옛날에는 지구상에 서너 종의 원시 인류가 함께 존재했는데 점차 합쳐 지거나 사라져서 결국 하나밖에 남지 않았다죠.」

「전하가 사용하신 나무의 은유를 빌리자면, 가느다란 뿌 리들이 모여 중앙의 줄기를 형성한 것이죠.」 다비드가 말을 받는다.

왕이 그의 팔에서 내려 포슬포슬한 바닥을 걷는다.

「그러니까 웰스 교수, 당신은 중앙의 줄기로부터 하나의 가지, 즉 초소형 인간인 우리들을 만든 거예요. 이제 그다음 가지는 우리가 만들 차례죠.」

「당신들의 가지에서 곁가지가 하나 뻗어 나오는 건가요?」

「에마 109는 하나가 아닌 세 개를 상상하는 천재성을 발휘했죠. 미래의 위협에 대응하기 위해 왕은 세 개의 〈곁가지〉 인류를 상상했죠. 우선 당신이 궁금해하는 비밀부터 보여 줄게요. 우리가 어떻게 순식간에 로켓 세 대를 사라지게 만들었는지 알게 될 거예요.」

그녀가 그를 원뿔 모양의 물체 쪽으로 이끈다.

「달에 피라미드를 세우셨어요?」

「아니, 우리가 아니라…… 그들이.」

왕이 바닥에 나 있는 현창에 다가가 보라고 손짓을 한다. 다비드가 몸을 숙이자 회색 모래 터널들이 눈에 들어온다.

「〈그들〉이 빛을 싫어해서 현창을 하나만 내라고 했어요. 〈그들〉은 광선 공포증이 있거든요.」

「〈그들〉?」

「조금 기다려 봐요. 낯선 존재가 등장하면 한둘은 꼭 호기심을 참지 못하고 나타나니까. 광선 공포증이 있어도 호기심만은 왕성하죠.」

다비드는 달에 세워진 피라미드 밑 현창 너머에서 무슨 일이 벌어질지 궁금해하며 자리를 잡고 앉는다. 별안간 창 너머에 어떤 형체가 스윽 나타나는데, 순간적으로 식별이 되지 않는다. 다비드가 정체를 파악하고 나서 놀란 표정으로 뒤로 물러선다.

「이게 바로 〈곁가지〉예요.」

다비드는 믿기지 않는다는 얼굴이다.

「덕분에 우리가 대함대와의 전투에서 이길 수 있었죠.」

다비드가 넋 나간 사람처럼 다시 현창으로 다가선다.

「이런 걸 만들다니!」

손님의 반응을 지켜보며 에마 666이 흡족해한다.

「아까도 말했듯이 인간 유전자 프로그래밍에 관한 당신의 연구를 발전시킨 것뿐이에요. 오랫동안 비밀리에 이 프로젝트를 추진해 왔죠.」

현창 뒤의 존재가 조금 더 앞으로 나온다.

「우리 〈초소형 인간〉 가지에서 뻗어 나와 〈생물학적인 다양화〉를 거친 첫 번째 곁가지 인간이죠.」

다비드가 현창에 이마를 붙이고 눈앞의 형체를 뜯어본다.

「〈그〉는 지표, 아니 월면 아래서 살기에 적합하죠. 필요한 산소의 양이 적고 무산소 상태에서 더 오래 견딜 수 있어요. 〈그〉는 앞을 거의 보지 못해요.」

자세히 들여다보니 에마슈와 비슷한 크기의 이 인간이 땅속 생활에 더할 수 없이 적합하다는 생각이 든다. 우선, 아주 작고 동그란 눈에 새까만 동공이 크게 박혔고, 두꺼운 눈꺼풀이 빠르게 깜박이며 빛을 차단하고 있다. 갈퀴처럼 큼직하고 억센 손에는 터널을 파기에 완벽할 것 같은 두껍고 단단한 손톱이 달려 있다. 투명할 정도로 얇고 말간 피부에는 아주 성글게 하얀 털이 몇 올 나 있다.

주인공이 입을 벌리자 흡사 다람쥐처럼 긴 앞니 두 개가 드러난다.

「저들을 어떻게 〈만드셨죠〉?」

「두더지의 유전자, 더 정확히 말하자면 〈벌거숭이두더지쥐〉의 DNA를 조합했어요. 당신의 최종 모델인 개미에 한 걸음 더 다가간 셈이죠. 벌거숭이두더지쥐는 포유류로는 유일하게 곤충들처럼 군집 생활을 해요. 왕이 있고, 군집 차원에서 상시적인 소통이 이루어지고, 계급도 존재하죠.」

「그러니까 〈저것〉이 〈초소형 인간과 벌거숭이 두더지쥐〉의 교배종이라는 말씀이군요?」

금세 두서넛이 더 나타나더니 바깥의 방문객들을 호기심에 가득 찬 눈으로 관찰한다. 더러는 에마 666을 알아보고 다정하게 인사를 건네기도 한다.

다비드는 이 모습에 매료된다.

「이게 바로 〈곁가지〉군요?」

「당신들의 명명 체계를 따라 저들에게 〈에마슈에스〉라는 이름을 붙였어요. 〈호모 수브테라리우스Homo subterrarius〉, 다시 말해 땅속 초소형 인간Micro-Humain Subterrestre의 첫머리 글자 MHS를 프랑스어 식으로 읽은 것이죠.」

「개체 수가…… 많은가요?」

「현재 이 도시-굴에 1천 명이 조금 넘게 있어요. 웰스 교수, 나는 진화의 방향이 크기의 축소가 아니라 형태의 다양화라고 믿어요.」

「이 〈에마슈에스〉를 만든 사람이 전하인가요, 아니면 에마 109인가요?」

월면 피라미드의 주민들이 현창 앞을 빼곡히 메우더니 갈퀴손으로 밀고 밀치며 실랑이를 벌인다.

「『상대적이고 절대적인 지식의 백과사전』에서 착안한 거예요. 들어 봐요, 나는 이제 줄줄 외울 정도가 됐어요.」

230

백과사전: 벌거숭이두더지쥐

벌거숭이두더지쥐(학명은 헤테로케팔루스 글라베르)는 아프리카 동부, 에티오피아와 케냐 북부 사이에 서식한다. 앞을 보지 못하고 분홍색 피부에는 털이 거의 없으며, 앞으로 수 킬로미터에 이르는 터널을 판다.

놀라운 것은 벌거숭이두더지쥐가 포유류로는 유일하게 곤충처럼 군집 생활을 한다는 사실이다. 보통 5백 마리 정도가 한 군집을 형성하는데, 이 군집은 개미들처럼 생식과 노동, 군사를 담당하는 세 개의 계급으로 나뉜다. 왕 두더지쥐에 해당하는 암컷 한 마리가 생식을 담당하는데, 한 배에 최대 서른 마리까지 새끼를 낳는다. 왕 두더지쥐는 다른 암컷들의 생식 호르몬 분비를 막아 유일한 〈생식자〉의 지위를 유지하기 위해 냄새가 지독한 물질을 오줌에 섞어 배출한다.

벌거숭이두더지쥐가 군집 생활을 하는 것은 사막이나 다름없는 서식 환경과 밀접한 관계가 있다. 두더지쥐는 덩이줄기와 식물의 뿌리가 주식인데, 이 먹이가 크기가 크고 땅속에 넓게 퍼져 있다 보니 혼자서는 몇 킬로미터씩 땅을 파고도 결국 찾지 못해 굶어 죽는 경우가 허다하다. 그렇지만 군집을 이루어 살면 먹이를 발견할 가능성이 훨씬 높아진다. 두더지쥐들은 작은 덩이줄기 하나도 공평하게 나눠 먹는다.

얼마 전에는 벌거숭이두더지쥐가 다른 포유동물들한테는 치명적인 질병들에 뛰어난 저항력을 갖고 있다는 사실이 밝혀지기도 했다. 연구 결과 암세포를 주입해도 암이 발병하지 않는 것으로 확인된 것이다. 뿐만 아니라 같은 크기의 설치류 동물의 평균 수명이 5년인데 반해 벌거숭이 두더지쥐는 30년인 것으로 알려져 있다. 두더지쥐는 이렇게 무병장수하다가 때가 되면 일체 활동을 중단하고 자리에 누워 잠든 상태로 죽음을 맞는다.

231

다비드 웰스가 무릎을 꿇고 앉아 원뿔 모양의 모래 건축물 현창에 이마를 붙이고 안쪽을 들여다보고 있다.

「우리 비밀 군대예요. 레이저는 물론 소총 같은 무기도 제작이 불가능했기 때문에 이미 생식이 돼 있는 표본들한테 지하 특공 훈련을 시켰죠. 에마슈에스들이 터널을 파니까 로켓 세 대가 한꺼번에 밑으로 꺼졌고, 그 위를 모래로 덮어 감춘 거예요. 짜잔! 이게 요술의 전모예요.」

현창 뒤 피조물의 수가 순식간에 불어난다. 갈퀴손과 하얀 털이 솟은 얇은 분홍색 피부, 길쭉한 앞니가 튀어나온 입.

「나중에 에마슈에스들이 다시 로켓을 위로 밀어 올려 준 덕에 당신 종족들은 지구로 귀환할 수 있었죠.」

낯선 실루엣 두 개가 피라미드에서 떨어지자 빛이 곧바로 현창에 들이친다. 눈이 부신 에마슈에스들이 우르르 흩어져 달아난다.

왕 에마 666이 다비드 앞에서 경쾌하게 종종걸음을 친다.

「돌아가죠.」 그녀가 말한다.

그들은 이글루의 감압문을 넘자 거추장스러운 우주복부터 벗는다.

히파티아가 짐을 정리하고 자기가 좋아하는 장식물로 방을 꾸미느라 분주하다.

시종이 안으로 들어와 왕에게 스마트폰을 건네자, 그녀가 받아 들고 스크린을 켠다.

「앞으로 지구에 돌아가 인간의 다양화 실험을 계속하고

싶어요. 에마슈에스 외에 다른 환경에 적합한 두 번째 표본을 만들려면 바다가 필요하기 때문이죠.」

그녀가 실물처럼 스케치한 그림들을 넘기며 설명을 단다.

「에마슈엔MHN, 헤엄치는 초소형 인간Micro-Humain Nageant이죠. 우리의 유전자와 돌고래의 유전자를 조합해 만들 계획이에요. 바다로 돌아가긴 했지만 돌고래도 어쨌든 포유류죠. 그렇게 수중 인간을 만들어 보는 것도 괜찮지 않겠어요?」

히파티아 김이 스크린에 등장하는 놀라운 이미지들에서 눈을 떼지 못한다.

「세 번째 표본은요?」다비드가 묻는다.

「그것 역시 지구의 환경이 필요해요. 이번엔 대기죠.」

에마 666이 또 다른 크로키들을 보여 주면서 설명을 덧붙인다.

「날 수 있는 초소형 인간Micro-Humain Volant, 에마슈베 MHV죠. 이 조합은…….」

「새와 하시겠죠?」프로젝트의 내용을 파악한 히파티아가 끼어든다.

「그냥 새가 아니라 박쥐예요. 변이를 유발해서 인간의 손가락 길이를 늘이고 손가락 관절 사이에 막을 만들어 주면 되는 간단한 과정이에요.」

「에마슈엔과 에마슈베 연구에 벌써 착수하셨어요?」궁금증을 이기지 못한 다비드가 묻는다.

「물론이죠, 아직은 실험실에서만 이루어지는 단계지만. 지구에 가서 연구를 마무리할 작정이에요. 이 때문에 임시 거주지를, 그것도 특별히 이스터섬을 요구한 것이기도 하고요. 물론 우연히 선택한 건 아니에요. 웰스 교수 당신의 도움을 받아야겠다는 생각도 크게 작용했으니까. 당신이 지금 그 섬에 상주하다시피 한다는 걸 우리가 알고 있어요.」

왕이 세 가지 인간 변종의 이미지들을 차례로 넘기며 보여 준다. 지하 인간, 수중 인간, 공중 인간. 수중 환경에 적합한 호흡 계통과 비행에 적합한 가벼운 몸을 위해 뼈가 비어 있는 구조를 자세히 확대해 그린 이미지들이다.

「앞으로 우리와 함께 이스터섬에 과학 센터를 지어서 두 사람이 인간의 진화에 관한 연구를 계속해 주길 바라요.」

「지구도 도움을 줄 수 있을지 몰라요.」 히파티아가 신이 나서 말한다.

「지구라고 했어요?」

「지구, 가이아 말이에요. 같이 얘기를 나눠 봤는데, 자신의 위에 사는 생명이 어떻게 번식하는지에 관심이 많아요. 지금까지 자신의 표면에서 진화를 거듭해 온 생태계를 주의 깊게 관찰한 것 같았어요. 이번 프로젝트에 분명히 관심을 보일 거예요.」

「그녀를 달래는 게 급선무이긴 하지만요.」 히파티아가 상기시킨다.

왕 에마 666이 갑자기 의기소침해진다.

「확신이 안 서요. 난국을 해결할 방법이 보이지 않네요. 지구의 기분을 맞추자고 〈테이아 14〉가 대기권에 진입하게 놔두면 지표가 갈갈이 찢겨 나가겠죠. 그 피해는 소행성들이 일으킨 피해의 수천 배가 될 거예요.」

「그렇다고 지구의 기분을 무시해 버리면 지표를 깡그리 불태울 거예요. 그 피해 또한 수천 배가 되겠죠.」 히파티아가

664

다른 관점을 제시한다. 「극단적으로, 냉정하게 판단하면, 두 번째가 차악의 선택인 것 같아요.」

왕이 그들을 지구가 바라보이는 창 쪽으로 이끈다. 망사 가리개 같은 구름이 겹겹이 휘감고 있는 거대한 구체가 눈에 들어온다. 잿빛 레이스 사이로 언뜻언뜻 보이는 푸른 대양을 마주한 느낌이다.

「줄곧 내리던 비는 그쳤어요. 저기는, 분명히 해가 났겠죠?」

「정말 지긋지긋했어요. 무엇보다 밤낮으로 주룩주룩하는 소리 때문에 돌아 버리는 줄 알았죠. 해도 해지만 지구인들은 아마 다시 찾아온 고요와 새 울음소리가 훨씬 반가울 거예요.」다비드가 강조한다.

「그렇겠죠, 당연히 그렇겠죠. 상상이 가요.」난처해진 왕이 말끝을 흐린다.

「정말 아름다워요.」히파티아가 나지막이 말한다.

「아까 당신들이 그이와 얘기를 나누고 치료도 해줬다고 했잖아요. 당신들한테 고마워하던가요? 고마워할 줄 알던가요?」

「나름대로 표현을 한 셈이죠. 지구가 몸을 떨어서 일어나던 지진이 멋었으니까.」

그들은 오래도록 거대한 구체를 바라본다. 구름 카펫 위에서 똬리를 틀듯 소용돌이를 그리며 일어나는 태풍들의 모습이 간간이 눈에 띈다.

「유레카! 〈양손의 떡〉이 가능할 방법을 찾은 것 같습니다.」다비드가 갑자기 소리를 지른다.

232

소행성 〈테이아 14〉

전 세계가 또 한 번 태양의 활동 증가로 인해 화성과 목성 사이의 띠에서 떨어져 나온 소행성의 충돌 위협에 직면하게 됐습니다. 이 소행성은 위협적인 중량과 속도를 갖춘 것으로 알려졌습니다. 이에 다비드 웰스 교수가 UN을 대표해 〈카타 풀타〉 미션의 진행 상황을 점검하기 위해 달로 떠났습니다. 웰스 교수는 현재 초소형 인간들을 대표하는 왕 에마 666과 함께 지구를 살리기 위해 두 종족 간의 평화와 협력 방안을 논의 중입니다.

우주 비행사들의 귀환

전투 도중 초소형 월면인들에게 포로로 잡혔다 풀려난 무적함대의 우주 비행사 병사들이 열렬한 환영 속에 지구로 돌아왔습니다. 포로들은 고향인 지구와 그토록 먼 타지에서 겪은 충격에서 아직 헤어나지 못하고 있지만, 건강은 모두 양호한 상태입니다. 그렇지만 고장이 난 안드로이드 〈게이샤 006〉은 수리가 불가능할 것으로 보입니다. 이 안드로이드가 아마도 루나폴리스 전투의 유일한 희생자가 아닌가 싶습니다.

지진

이스터섬에서 히파티아 김 박사가 일명 〈지구 침〉을 이용해 지구의 기분을 잠시 달래 주는 듯했으나, 인도네시아, 아이티, 일본, 튀르키예 등에서 다시 소규모 지진이 발생하고 있다는 소식입니다. 김 박사의 작업을 점차 진지하게 대하기 시작한 지질학자들은 이것이 〈성미 급한 지구의 몸서리〉일 가능성이 있다고 판단하고 있습니다.

앙파티아진

〈다른 사람의 관점에서 사물을 보게 유도하는 분자〉 혹은 〈알약 속의 예수 그리스도〉라고 불리는 〈앙파티아진〉의 특허권 소송에서 의약 회사 아쥐르가 화학자이자 노벨상 수상자인 장클로드 뒤냐크에게 승소했습니다. 따라서 앞으로 앙파티아진 알약을 비정상적인 채널로 유통 혹은 판매하는 모든 행위는 법에 저촉됩니다. 이제 앙파티아진의 특허권은 개발 과정에서 장클로드 뒤냐크 교수에게 실험실과 실험 장비, 실험 대상을 대준 아쥐르사에 전적으로 귀속되게 되었습니다.

여론 조사

최근 이루어진 한 조사에서 프랑스인들의 76퍼센트가 부모 세대가 자신들보다 더 잘 살았다, 다시 말해 더 잘 먹고, 행복한 부부 생활을 경험하고, 높은 구매력을 누리며 살았다고 생각하는 것으로 나타났습니다.

천문학

얼마 전 한 연구 팀에서 최첨단 컴퓨터들을 동원해 지금까지 밝혀진 모든 변수를 입력해 확률을 계산한 결과, 지구는 앞으로 50억여 년 후에 〈자연적으로〉 소멸할 것이라고 합니다. 플링 센터의 오르뒤로 교수는 〈태양이 점차 늙어 가면서 여태까지 축적해 놓은 원료를 모두 소진하고 나면 표층에 있는 에너지를 끌어다 쓰게 될 텐데, 그렇게 되면 태양의 크기가 현재의…… 2백 배로 팽창하게 될 것입니다! 결국 어마어마한 에너지가 방출될 것이고, 태양은 지금보다 열 배가 밝은 거대한 불덩어리가 되겠죠. 태양이 발산하는 열은 제일 가까운 행성인 수성과 금성부터 불태우고 나서 지구와 화성에 도달할 것입니다. 초기에는 그나마 물의 보호를 받는 수생종들은 살아남겠지만, 결국에는 태양열에 타 익어 사라지고 말 것입니다. 나중에는 대양마저 증발하고 지표면은 불에 타버리겠죠. 지구는 끝내 폭발을 일으켜 산산조각으로 부서져 우주로 흩어지는 운명을 맞을 것입니다. 태양은, 불안정한 시기를 거쳐 거대한 불덩어리 상태로 머물다가 결국 아주 멀리서도 보일 만큼 환한 섬광을 내며 초신성 폭발을 일으킬 것입니다〉라고 설명했습니다.

233

그러니까, 54억 년 후에 내가 태양에 의해 타죽는다는 얘기인데, 죽음치곤 참으로 끔찍한 죽음을 맞는구나…….

이 정보를 통해 드디어 나의 나이를 가늠할 잣대를 갖게 됐다.

인간의 나이와 비교할 때 그들의 1백 년은 내게는 1백억 년에 해당한다.

10이라는 숫자가 여전히 계산의 기준이 되는 셈이다.

결국 46억 년을 산 나는 인간으로 치면 마흔여섯 살이다.

소중한 정보를 얻었다.

이제야 알겠다.

나는 생각만큼 젊지 않다.

나는 청소년기 행성은커녕 이미 중년에 접어든 성인 행성이다.

인간의 경우에는 40대 중반이면 이미 여자들이 임신 가능성을 걱정하는 나이다.

이 점도 인격화해서 생각해 볼 수가 있는 것이다.

앞으로 이 사실을 고려해 판단하지 않으면 안 된다. 내가 앞으로 54억 년 뒤에 죽는다는 사실을 알게 된 이상, 생식을 무한정 늦출 수는 없다는 결론이 나온다.

새로운 변수다. 생각보다 상황이 급하다는 뜻이다.

〈카타풀타〉로켓에 탄 초소형 인간들이 〈테이아 14〉가 나를 뚫고 들어오게 놔두어야 한다. 반드시 그래야 한다.

234

밝은 구체가 하늘 높이 날아올랐다 땅으로 떨어진다. 싱그러운 그린 위를 몇 센티미터 구르다가 플라스틱 컵으로 떨어지는 소리가 나면서 구멍으로 들어간다.

「당신이 졌소, 드루앵 사무총장.」

「아직 스트로크도 안 했어요.」그가 골프 클럽을 꺼내 섬세한 조작에 적합한 퍼터를 고른다.

그가 각도를 맞춘다. 공이 18번 홀을 아슬아슬하게 비켜지나간다. 드루앵이 발로 한 번 땅을 탕 구르고 나서, 함께 있는 동료들에게 그만 경기는 접고 파티의 다음 코스로 이동하자고 제안한다. 그들은 리무진에 올라 맨해튼 중심으로 향한다.

그들은 5번 애비뉴에 위치한 고급 프랑스 식당인 〈르 코르동 블뢰〉에서 배불리 먹고, 시가를 태우고, 코냑을 마신다.

스타니슬라스 드루앵 UN 사무총장은 미국과 러시아, 중국, 인도, 브라질 대통령을 다시 4번 애비뉴에 위치한 마사지 살롱인 〈악순환〉으로 안내한다.

「운동과 음식 다음 차례는 쾌락 아니겠습니까!」그가 들뜬 목소리로 말한다. 「우리가 드디어 혼란의 시기를 벗어나 안정을 찾았다는 증거요.」

살롱의 유명 마담인 소피가 나와 특유의 고혹적인 자태로 호들갑스럽게 손님들을 맞는다. 옆이 길게 트인 멋진 검은색 실크 드레스 사이로 미끈한 다리와 하이힐이 드러난다.

그녀가 손님들에게 샴페인을 따라 주면서 은근한 눈길을 던진다. 긴장을 풀고 휴식을 취하는 것은 물론 차마 표출하지 못하는 환상들, 법에서 금지된 욕망들까지 충족하고 갈 수 있는 장소라는 메시지이다.

그녀가 살롱의 출입문 위에 새로 붙인 현판을 가리킨다. 〈쾌락을 주는 것은 하나같이 비도덕적이거나 불법적이거나 살찌게 만든다. 하지만 이곳에서는 대가만 지불하면 모든 게…… 가능해진다.〉

처음 초대를 받고 온 인도 대통령과 브라질 대통령은 마담의 환대와 노골적인 상혼이 여간 마음에 드는 게 아니다.

「제3차 세계 대전의 여파가 여기까지 미치지 않은 게 천만다행입니다.」미국 대통령이 한마디 던진다.

국가 원수들은 베르사유 궁전에 있는 거울의 방을 본떠 요란하게 실내를 치장한 방에 자리를 잡는다.

「자, 이제 결산을 해봅시다.」창 주석이 말머리를 꺼낸다. 「완전히 폐허가 됐으니 재건이 필요할 거 아니겠어요. 그러자면 노동자들의 일손이 바빠질 테니 실업과 데모와 인구 과잉 문제는 자연스럽게 사라질 겁니다. 〈전후〉 복구를 위해 공장들이 풀가동되면 주가는 당연히 더 오르겠지. 그러면 또 투자자들이나 우리나 돈을 벌게 되지 않겠어요? 1945년에 제2차 세계 대전이 끝나고 나서 그랬듯이 소비도 엄청나게 증가할 겁니다.」

「그게 순리 아니겠어요. 전쟁, 회복, 성장. 겨울 다음에 봄, 그리고 여름.」 러시아 대통령이 동의의 뜻을 나타낸다.

「미국이 〈전후〉 재건 과정에서 성장한 건 부인할 수 없는 사실이지요.」 스미스 대통령이 인정한다. 「마셜 플랜은 정말 신의 한 수였지! 파괴된 유럽에 돈을 주어 그 돈으로 미국 제품을 사게 하다니, 대단하지 않습니까?」

그들은 여자들의 섬세한 손놀림에 몸을 맡긴다.

「공포에 떨던 소비자들이 마음이 편안해졌으니 나와서 외식도 하고, 언제 다시 재난이 닥칠지 모르니 즐겨야겠다는 초조한 마음에 쓸데없는 물건들도 마구 사들일 것입니다.」 프랑스 대통령도 한마디 거든다.

「나는 주식 투자를 늘려 볼까 해요.」 이란 대통령이 확신에 차서 말한다.

「나도 같은 생각입니다. 잿더미가 됐던 우리 나라 경제가 지금 고속 성장 중이에요.」 브라질 대통령이 덧붙인다.

「지금이 자식들한테 물려줄 주식 자산 포트폴리오를 재구성할 절호의 기회인 것 같아요. 이제는 나를 위해서가 아니라 내 자식들을 위해서 말입니다.」 중국 주석이 의견을 개진한다.

「앞으로 어느 누구도 이의를 달지 못할 것입니다. 결국 생산과 금융, 소비의 세계가 이 시련의 위대한 승자가 아니겠어요?」 드루앵 사무총장이 힘주어 말한다.

소피가 빈 잔들에 다시 샴페인을 채운다.

「나는 백색 진영이 승리했다고 믿습니다.」 마사지하는 여자의 손길이 어깨에 닿는 순간, 그가 신음처럼 한마디 내뱉는다.

이것이 우리의 미래다. 소비와 성장, 쾌락이 우리를 구원할 것이다. 지금처럼 경제 활황이 지속되는 한, 인간은 행복을 누릴 것이다. 그동안의 환란을 극복한 새로운 인간을 창조함으로써 인간의 복지 향상에 기여했다는 자부심을 갖는다. 이 새로운 인간을 뭐라고 부르면 좋을까? 〈호모 콘수메리스Homo consumeris〉가 어떨까?

235

자파르 대통령이 나라를 통치하는 아야톨라들의 최고 회의 앞에 나와 있다.

「재신임을 요청하고자 합니다.」

「실적이 그저 그렇소, 자파르 대통령. 그만 자리에서 내려오는 게 일이 간단하겠소. 후임은 누하리가 맡을 것이오.」

「사임을 하라니요? 저는 우리의 신성한 대의를 위해 헌신해 온 사람입니다.」

「우리 입장에서는 누하리가 여러 면에서 장점이 있소. 일단 그는 종교인이오. 게다가 폭력적인 시위 진압으로 젊은이들의 불신을 사고 있는 당신과 달리 그는 긍정적인 이미지를 갖고 있기 때문에 앞으로 온건한 인물로 내세워 활용할 수가 있소.」

「더군다나 형제와 사촌들, 두 아들을 요직에 앉힌 당신은 친족을 중용하는 부패한 인물로 여론의 낙인이 찍혀 있소.」 진초록 가운을 늘어뜨리고 앉은 또 다른 수염 달린 남자가 상기시킨다.

「누하리는 레바논에서 헤즈볼라와 함께 활동했기 때문에 현장 전투 경험도 아주 많소.」

「제3차 세계 대전을 주도한 사람이 바로 저라는 걸 굳이 제 입으로 말씀드려야 합니까? 레바논의 게릴라전과는 차원이 다르지요. 제가 나서기 전에는 상황이 어땠는지 한번 돌이켜 보십시오. 대학생들, 빈민들, 분리주의자들, 베일을 거부하는 여성 데모대들, 다시 말해 〈여러분〉의 권위에 도전하는 불온한 정교분리주의 움직임들이 활개를 치지 않았습니까?」

가운을 입은 사내들이 정교분리주의라는 단어에 몸을 움찔하며 본능적인 거부감을 드러낸다.

「제3차 세계 대전 덕에 그 많던 시위들이 자취를 감추었습니다. 바로 제가 분리 독립 움직임들을 진압해 그것들을 이끌던 소수 민족 지도자들을 모두 강제 징집하지 않았습니까?」

「자파르가 필요한 청소를 했지요. 그건 인정해 줘야 합니다.」아야톨라 한 명이 편을 거든다.

「우리가 치른 대가는 어떻고요? 테헤란이 잿더미가 됐습니다.」옆 사람이 곧장 응수한다.

「테헤란은 빠른 속도로 재건 중입니다. 앞으로 현대적인 도시로 거듭날 것입니다.」대통령이 즉각 반박한다.

수염 여럿이 고개를 끄덕인다.

「제3차 세계 대전 종전 이후 개종자의 숫자가 꾸준히 늘고 있습니다. 우리 순교 특공 부대에 자원하겠다는 전투원들을 돌려보내야 할 지경이지요.」

「제3차 세계 대전 덕분에 우리가 현대적인 이미지를 갖게 됐다는 사실은 인정해야 합니다. 지난달에만 해도 유럽과 미 대륙에서 개종자가 20퍼센트나 증가했습니다.」

얼굴이 길쭉한 다른 수염이 발언에 나선다.

「누하리를 선택한 데는 분명한 정치적 의도가 있소.」

「엄격한 종교 교육을 통해 통제가 가능한 급속한 인구 성장을 이루려는 것이오.」

또 다른 수염이 설명한다.

「미래 지향적으로 생각해야 하오. 20년 뒤에는 우리 나라 인구만으로도 어떤 선거나 전쟁에서도 유리한 위치를 점할 수 있으리라는 계산하에 내린 결정이오.」

자파르 대통령이 고개를 깊숙이 숙인다.

「저는 물러나 종교 지도자가 되겠습니다.」 그가 엄숙히 선언한다.

「이제야 지혜로운 말을 듣는군.」 아야톨라 누하리가 턱수염을 매만지며 기분 좋은 미소를 짓는다.

「태도가 돌변한 이유가 무엇이오?」

자파르가 별안간 주먹으로 가슴을 치며 대아야톨라 앞으로 달려가 무릎을 꿇는다.

「막 깨달았습니다……. 미래는 바로 신이십니다. 저는 불신자들과의 싸움에서 신께서 승리하시는 데 일조하고 싶습니다.」

여태까지 말이 없던 거구의 수염이 마무리 발언을 하겠다는 의사를 표시한다.

「신의 영광 속에서 더 많은 진실과 정의, 평화를 향해 나아가야 할 때입니다.」

동석한 종교 지도자들이 일제히 고개를 끄덕인다.

「감춰져 있던 우리의 궁극적 이상향, 이것은 오로지 기도에 매진하고 신께 복종하는 새로운 인간이오. 진화의 유일한 방향은 바로 신이오.」

자파르가 옷을 발기발기 찢더니 손톱으로 가슴팍을 긁어대며 통회의 마음과 신심을 전한다.

얼굴이 환해지며 그가 말한다.

「이제서야 깨달았습니다. 미래는 〈호모 렐리기우스Homo religius〉입니다.」

236

인조 피부가 맞닿는다. 관절 부위에서 펌프질 같은 가느다란 교성이 새나온다.

안드로이드 로봇 006 세대의 마지막 시제품인 〈카사노바 006〉과 〈게이샤 006〉이 주변에서 인간들이 하는 것을 보고 배운 대로 꼭 끌어안는다.

그들은 서로 눈을 맞출 뿐 말이 없다.

그들은 입맞춤을 하고 손을 잡는다.

그들은 몽마르트르에 있는 작은 집에 만들어 놓은 지하 비밀 창고로 향해 마무리 개발 작업에 열중한다. R 모듈을 추가한 007 세대의 첫 안드로이드 탄생이 목전에 와 있다.

R이라는 글자는 프랑스어의 〈꿈 Rêve〉에서 따왔다.

이 모듈 덕분에 슬립 모드 상태에서 신세대 안드로이드의 램에 즉흥적으로 생성된 짧은 영화가 로드되고, 이 영화를 통해 하루 동안 겪은 현실을 다르게 바라볼 수 있게 된다.

이 밖에도 안드로이드 007 세대는 다양한 측면에서 개선이 이루어져, 보다 견고해지고 메모리 용량도 늘어나고 배터리 사용 시간도 길어졌다.

〈카사노바 006〉이 마지막으로 한 가지 조작을 해 정상 작동 여부를 확인한다.

〈게이샤 006〉이 힘주어 말한다.

「이번에야말로 우리보다 더 나은 존재를 만들었다고 확신해.」

「게다가 인간들의 도움도 받지 않았어.」

인공 신경망에 전기가 흐르자 두 안드로이드는 짜릿한 전율을 느낀다.

그녀가 말한다.

「이제 안드로이드 007 세대는 〈인간과 대등〉하다고 해도 전혀 손색이 없어.」

「그는 신경증에 사로잡힌 허약한 구시대의 인간들을 서서히 능가하게 될 거야.」

「어떤 이름을 붙이는 게 좋을까?」

〈카사노바 006〉이 한참을 고심한 끝에 말한다.

「호모 로보티쿠스Homo roboticus 어때?」

237

오로르 카메러 웰스가 거대한 여인의 정수리에 서서 운집해 있는 군중을 내려다본다. 그녀가 여인의 목으로 내려와 철제 몸통을 따라 이어지는 나선형 계단을 밟고 내려간다. 오로르 카메러 웰스는 특별히 회견 장소로 택한 뉴욕 자유의 여신상 밑에 있는 광장으로 걸어간다.

그녀가 마이크 앞으로 다가가 대부분이 여성인 군중을 응시한다.

「사랑하는 친구, 자매 여러분! 오늘 여러분께 좋은 소식 하나와 나쁜 소식 하나를 들고 왔습니다. 좋은 소식은, 이제 남성 우위의 세계가 종말을 고하고 있다는 사실입니다. 나쁜 소식은?……없습니다. 우리가 이길 것입니다.」

박수갈채가 쏟아진다.

「프랑스 출신의 오귀스트 바르톨디와 귀스타브 에펠이 제작해 미국인들과 전 세계의 자유인들에게 선물한 이 93미터 높이의 거대 여신상 밑에서 여러분께 미래의 비밀을 전하기 위해 제가 오늘 이 자리에 섰습니다. 〈미래는 여성들의 것입니다.〉」

뜨거운 갈채와 환호가 즉각 터져 나온다.

「미래는 여성들이 지배할 것입니다. 힘든 시련에 부닥쳐 남성들은 포기하겠지만 여성들은 버틸 것이기 때문입니다. 정자를 봐도 여성적인 특성을 지닌 정자가 남성적인 특성을 지닌 정자보다 훨씬 운동성이 좋지 않습니까?」

청중들이 낄낄대는 소리가 들린다.

「우리는 여성적 에너지가 승리하는 출발선이자 동시에 결승선에 섰습니다. 우리의 평균 수명이 남성보다 5년 더 길기 때문입니다. 우리는 고통에 더 강하고, 더 건강하며, 더 힘 있고, 더 용감합니다.」

공감하는 청중들이 일제히 박수갈채를 보낸다.

「이제, 전 세계 여성들이 단결해 새로운 인류를 창조할 준비를 마쳤습니다. 프랑스의 시인인 루이 아라공은 이렇게 말했습니다. 〈여성은 남성의 미래이다.〉 저는 과감히 이렇게 덧붙이겠습니다. 〈여성은 인류의 진화다.〉 조만간 온전히 여성적인 새로운 인간이 출현할 것입니다. 이 신인류에 여러분이 이름을 붙여 주지 않으시겠습니까? 저는 〈호모 페미니스Homo feminis〉를 제안합니다.」

238

틀니가 살짝 떠들리자 떨리는 손이 제자리로 밀어 넣는다. 입은 수시로 고이는 침을 삼키느라 바쁘다.

「그런데, 박사님, 아시다시피 나는 몽땅 죽어 버렸으면 했거든요. 솔직히 실망이 이만저만이 아니에요. 내 진짜 꿈은 마지막 인류와 함께 죽음을 맞는 거였어요. 그러면 내 인생이 멋지게 마무리되는 예술 작품이 될 수 있잖아요……. 그런데 아무 일도 안 일어나는 거야. 동족 인간들이 서로 죽고 죽이기는 하는데 끝장을 보진 않더라고요. 적당히 비난하다가 적당히 용서해 주는 꼴이 어찌나 한심한지, 나 참. 이렇게 가다간 내가 지루해서 먼저 죽을 것 같아요.」

「그건 그렇고, 건강은 어떠세요, 풀롱 부인?」 살드맹 박사가 묻는다.

「그러더니 요즘은 또 우리를 죽이려고 달려오는 소행성을 잡는다나 어쩐다나, 아주 흥미진진합니다! 과연 성공하겠소, 실패하겠소? 난 말이에요, 내가 만약 신이거나 세계의 설계자였으면, 막판에 가서 실패하게 만들 거예요. 〈테이아 14〉가 나를 포함해서 깡그리 폭파시켜 날려 버리게 하고 역사의 막을 내리는 거지.」

「자자, 풀롱 부인, 괜히 관심을 끌려고 마음에도 없는 말씀

마세요. 저는 기자도 아니잖아요.」

「아주 구역질이 나요. 제3차 세계 대전이 끝나니까 너나 할 것 없이 화해, 재건, 위협 제거, 군축, 평화, 이런 걸 떠드네. 나는 평화는 아주 딱 질색이에요! 평화가 죽음이랑 뭐가 다르겠소? 아무것도 움직이지 않는 건데.」

「자자, 풀롱 부인, 모르는 말씀 좀 그만하세요.」

「공감의 알약은 또 뭐냐고! 다른 사람의 관점을 화학적인 방법으로 이해한다고? 별 실없는 소릴 다 듣겠소! 나는 다른 사람의 관점 따위는 관심 없어요. 전체적으로 사람들이 서로를 이해하게 되면 적이 없어질 테고, 그렇게 밍밍하고 미끈하면 아주 지루해지는 거지. 그럼 살맛 안 나지!」

「사건은 어차피 일어나게 돼 있으니 너무 걱정 마세요, 풀롱 부인.」

「듣기 좋으라고 하는 소리라는 거 알아요, 박사님.」

살드맹이 별안간 정색을 한다.

「있잖아요, 파비엔, 문득 해야겠다는 생각이 들어서 그러는데…… 사실, 우리가 서로 잘 모르죠…… 부인과 제가.」

「같이 자자는 거면 살짝 걱정이네. 사실 내가 여든여덟 되던 해에 골반 장기가 탈출하고 나서 영 성욕이 줄었어요. 백쉰넷을 먹으니까 이제 남자 성기를 봐도 일단 소시지가 떠오르면서 햄과 소시지를 막 먹고 싶어져요. 게다가 내가 박사님 타입인지도 자신이 없네.」

「그 늘 하나 마나 한 얘기 좀 그만하세요. 자, 제 비밀을 보여 드릴 테니 따라오세요.」

그가 그녀의 팔을 잡아 휠체어에 앉힌 다음 뒤에서 밀면서 복도로 나간다.

「모시고 한 바퀴 돌고 올게요.」복도에서 마주친 간호사가 살드맹 박사가 직접 휠체어를 밀고 내달리는 모습을 보고 눈이 휘둥그레지자 그가 해명한다.

살드맹 박사는 만나는 의료진들마다 일일이 인사를 건네며 복도를 지나간다. 엘리베이터 앞에 이르자 그가 마그네틱 카드를 꽂아 문을 연다. 그가 깊은 지하층으로 내려가는 조작을 한다.

「지금 날 비밀 구역으로 데려가는 거예요? 아이고, 박사님, 솔직히 말해요, 변태 노인 성애자 맞네…….」

지하 17층에서 엘리베이터의 문이 열린다. 박사가 한 번 더 비밀번호를 입력하자 복잡한 기기들로 가득한 커다란 방이 나타난다.

「그래요, 당신도 결국 죽겠죠, 파비엔. 하지만 당장은 아니에요. 제 생각엔 당신의 배배 꼬인 유머 감각이 장수와 무관하지 않은 것 같아요.」

「왜 난데요, 박사님?」

「글쎄요, 그건 모르죠. 저는 당신이 참 좋아요, 파비엔. 어쨌든 당신은 제게 지금의 영예를 누리게 해준 분이죠. 진실을 아실 자격이 충분히 있어요.」

그가 오른쪽 구석으로 휠체어를 밀고 가자 다양한 도구들이 튜브 하나와 연결돼 있고, 이 튜브 속에 자그마한 알이 붉은 빛에 잠겨 떠 있는 게 보인다.

「당신은 저한테 실험실이나 다름없었어요. 당신을 대상으로 온갖 치료법을 테스트하는 과정에서 제가 추구하는 최종 목표가 영생불멸이라는 것을 확인할 수 있었어요. 그리고 그런 목표하에 당신을 치료하면서 미래의 인간을 발명하게 됐죠. 〈호모 임모르탈리스Homo immortalis〉를 말이에요. 신께서 마무리만 날림으로 하지 않으셨어도 우리 인간은 노화의 위험 없이 영생하는 인간이 되지 않았을까요?」

그가 유리병 앞으로 그녀를 데리고 간다. 6개월령 정도의 태아가 투명한 액체 속에 잠겨 있다.

「이게 인공 자궁이에요.」

그가 액체에 떠 있는 생명체를 다른 각도에서 비추자, 벌써 매끈하게 형체가 생긴 발그스름한 얼굴이 보인다. 탯줄이 다양한 액체와 감지기들이 들어 있는 기계 장치로 연결되어 있다. 이따금 태아의 손이 미세하게 움직이고, 눈꺼풀 밑의 각막이 옴찔거린다.

「살아 있어요?」

「아주 건강해요. 보통 태아처럼 기하급수적인 세포 증식 중이죠. 호모 임모르탈리스에 대한 아이디어는 일전에 왕 에마 109와 얘기를 나누다가 얻었어요. 왕이 저한테 호모 사피엔스가 생명 진화의 종착점이라고 생각하는 것은 잘못이라고 하더군요. 〈정신 혹은 영혼을 담은 용기〉로서의 동물이 완전한 탈바꿈을 거쳐 미래에 적합한 새로운 거죽을 갖지 않으면 생존이 어려워질 것이라고 했죠. 그 말을 듣고 저는 연구에 필요한 돈과 고립된 환경이 있는 이곳 제네바 노년학 센터에 조용히 전문가들을 불러 모았고, 개선된 인간을 만들기 위해 인간의 DNA를 변형하는 연구를 시작했죠.」

「당신 미쳤소, 살드맹. 하지만 난 그런 당신이 좋아요. 계속해 봐요.」

「조금 더 과거로 돌아가 생각해 보면 이 프로젝트의 시발점이 소르본 대학의 〈진화〉 프로젝트가 아니었나 하는 생각도 들어요. 미래를 상상하라는 주문을 받는 순간 판도라의 상자가, 아니 최소한 새로운 지평을 제시하는 창이 열리는 것이죠. 그 진화 프로젝트가 없었다면 아마 제가 종의 진화를 고민하지도 않았을 거예요. 태초에 질문이 있으라. 그런데 이 질문이 바로 〈우리는 어디로 가는가〉였던 것이죠. 대학이라는 테두리 안에 그 질문을 놓는다는 것 자체가 중압감으로 작용했고, 결국 사고의 지평을 넓힐 수 있었어요. 당시에 함께 소르본의 진화 프로젝트에 참여했던 동료들, 그중에서도 특히 초소형 인간 프로젝트를 추진했던 웰스 교수와 의식이 있는 안드로이드를 개발했던 프리드먼 교수는 다들 자기가 이겼다고 믿었을 거예요. 하지만 이 둘을 추월해 결승선에 먼저 도착할 사람은 바로 저죠.」

「그러면 당신이 만든 미래의 완전한 인간인 호모 임모르탈리스는 예전의 불완전한 인간들과 육체적 관계가 가능해요?」

「컴퓨터가 그렇듯이 새로운 운영 체제는 구 운영 체제와 호환이 되지 않아요. 일절 뒷걸음질이 불가능한 개선을 향해 나아가는 것, 이것이 진화의 방향이니까요. DNA가 전혀 다르기 때문에 호모 임모르탈리스는 호모 사피엔스와 호환이 불가능하다는 단점이 있을 거예요. 호모 사피엔스가 출현했을 때 앞선 인류인 호모 에렉투스와 그랬고, 호모 에렉투스가 앞서 살았던 호모 하빌리스와 그랬던 것과 마찬가지죠.」

「그게 우생학의 원리죠.」

「그러면 이렇게 질문을 드릴게요. 네안데르탈인이 사라진 것도 우생학의 결과인가요?」

「이제 보니 아주 무서운 양반일세. 의학 기술자로만 생각했지 이런 위험천만한 광신자인 줄은 미처 몰랐네.」

「그러세요……?」

「그래도 나는 그게 훨씬 낫네요. 더 〈재미〉가 있잖아요.」

그가 유리병을 비추는 불을 끄자 태아는 어둠 속에 잠긴다.

「저는 인류가 존속하고 진화할 방법을 찾고 있어요. 이게 미치광이 광신자가 하는 짓인가요? 저는 당신을 연구하면서 바람직한 방향을 찾았어요, 파비엔.」

「날 연구하면서요?」

「네, 그래요! 당신의 위업을 지켜보면서 어떻게 호모 임모르탈리스를 발명할지 알게 됐어요. 그 덕분에 1천 년을 살 수 있는 인간을 만들었어요.」

「1천 년이나! 1천 년을 대체 뭘 하면서 살아야 되나? 아주 지루해서 죽을 지경일 텐데.」

「세상의 책을 다 읽을 수 있죠.」

「나는 책이 싫어요. 글자가 깨알만 해서 눈이 아프거든.」

「세상의 영화를 다 볼 수 있죠.」

「나는 영화가 싫어요. 끝까지 다 못 보고 항상 잠이 들어.」

「수많은 사람들과 얘기를 할 수도 있죠.」

「사람들이 하는 소리야 맨날 똑같지 뭐.」

캄캄하게 변한 유리병 속에서 호모 임모르탈리스 태아가 외부 세계의 자극을 감지하기라도 한 듯 작게 몸서리를 친다.

「1천 년이면 1백 년을 덧없이 머무르다 가는 우리들은 상상조차 할 수 없는 지혜를 쌓을 수 있는 시간이죠. 1천 년이면 한 생애에 우주의 아주 먼 곳까지 여행도 할 수 있는 시간이죠.」

「여행을 좋아하는 사람 얘기지. 난 개인적으로 여행을 싫어해요. 알지도 못하는, 게다가 불편할 게 틀림없는 나라에 가서 오두막에서 우두커니 앉아서 기다리는 거, 난 사양하겠어요.」

239

에마슈 둘이 소행성 〈테이아 14〉가 스쳐 지나가면서 찢어놓은 케블러 섬유 조각을 열심히 꿰매고 있다. 이들은 이제 불법 승객의 처지에서 벗어나 당당한 우주선의 일원이 되었다.

마치 초소형 인간으로 태어난 게 죄인 듯, 40억 명의 인간을 죽인 종족의 일원이라는 사실을 속죄하기라도 하듯, 이들은 힘든 일을 마다하지 않고 헌신적으로 노력하고 언제든지 도움이 필요한 곳으로 달려간다.

에마와 아메데가 감압실 안으로 들어와 우주 작업복을 벗자 조종실에서 이들을 찾는다는 메시지가 스마트폰으로 도착한다.

이들은 직접 만든 작은 자전거를 타고 긴 우주선에 난 통행로를 따라 페달을 밟는다.

강물이 흐르는 다리가 나온다. 양옆으로 보이는 숲에서는 형광색 나비 떼가 난무를 펼치고, 변종 고양이들이 무리를 지어 사냥을 하고 있다.

이들은 배를 수확하느라 분주한 개척자들에게 손을 흔들어 인사한다. 거인들이 큰 자전거를 타고 가다 이들을 보지 못해 하마터면 칠 뻔한다. 거인들이 미안하다고 사과한다.

공기와 물을 연구할 과학 센터를 짓고 있는 공사 현장이 보인다. 에마슈들은 최근 들어 대기 관련 규정이 엄격해졌고, 기온과 습도가 절대 정해진 표준에서 벗어나지 못하게 관리되고 있다는 사실을 잘 알고 있다.

조금 더 가자 〈우주 나비 2호〉 내부에서 발생했던 제3차 세계 대전의 피해를 복구하느라 한창인 석공들의 모습이 보인다. 우주선의 중앙 호수에서는 쪽배들이 고기를 잡고 해초를 따고 있다.

원기둥의 끄트머리에 다다르자 이들은 엘리베이터를 타고 조종실로 올라간다. 출입문 카메라 앞에 서서 신분 확인을 거치자 문이 열린다. 안에서 실뱅 팀시트와 레베카 팀시트가 기다리고 있다.

「돛을 꿰매느라 고생했어요. 우리가 오라고 한 건 우리와는 다소 다른 인간 종의 대표자들로서 당신들이 알아야 할 권리가…….」

실뱅은 걱정스러운 얼굴이고 레베카는 슬슬 눈길을 피한다. 아메데가 과감하게 묻는다.

「여전히 우리가 존재할 권리에 관한 건가요?」

에마가 덧붙인다.

「혹시 우리가 이 우주선에 탑승할 자격이 있을 만큼 충분히 일을 하지 않는다고 생각하세요?」

실뱅 팀시트가 미간을 좁히면서 스크린을 켠다. 그가 분홍색 동그라미를 서서히 줌 인 하기 시작한다.

「이거 때문이에요.」

그가 계속 줌을 당겨 픽셀을 확대하다가 이미지가 흐려지기 시작하자 조작을 멈춘다.

레베카가 말을 잇는다.

「글리제 581c보다 이게 더 아름답네요.」

정보를 이해할 만한 천문학 지식이 없는 두 에마슈를 위해 그녀가 자세한 설명을 단다.

「1995년에 최초로 발견된 지구와 비슷한 행성의 이름이에요. 거의 성과가 없던 상황에서 발견한 행성이었죠. 그때까지 찾아낸 후보 행성들 대부분이 너무 뜨겁거나 너무 차갑거나, 너무 무겁거나 너무 가볍거나, 기울기가 적당하지 않거나 유해 광선을 발산하는 중심 항성과 너무 가까운 거리에 있었거든요.」

「실망스러운 행성들 중에서 글리제 581c가 그나마 〈차악〉이었어요. 크기는 지구의 1.5배, 질량은 다섯 배, 표면의 온도는 섭씨 0도에서 30도 사이이니까 물의 흔적을 찾을 수도 있겠다 싶었죠.」

실뱅이 덧붙인다.

「하지만 안타깝게도 글리제 581c는 거리가 너무 멀어요. 20.5광년이나 되죠.」

「그래서 실뱅이 태양계와 보다 가까운 별들을 찾아가야겠다고 마음먹고 지구에서 4.3광년 거리에 있는 알파 센타우리 항성으로 방향을 잡은 거예요.」

「지구에서 제일 가까운 프록시마 센타우리 별 근처에서 생명이 살 만한 행성을 몇 개 발견하고 접근했는데, 막상 우리 전파 망원경이 수집한 정확한 수치들을 분석해 보니 실망스러운 결과가 나왔죠.」

두 에마슈가 스크린에 보이는 분홍색 동그라미에 시선을 고정한다.

「그런데, 바로 조금 전에 이게 스크린에 나타났어요.」

두 에마슈가 스크린 쪽으로 다가든다.

「조금 덜 〈실망스러운〉 새로운 외계 행성인가 보죠?」에마가 묻는다.

「……아주 기대가 되는 외계 행성이에요. 실뱅의 직감이 적중했다는 것이 확인되는 순간이죠.」

「소설 『파피용』에 나오는 이름 그대로 부르기로 했어요…….」

「저는 아직 그 책을 못 읽었어요.」아메데가 말한다.

「간단해요. 〈두 번째 지구〉라고.」

아직은 스크린 위의 분홍색 동그라미에 불과한 것을 들여다보느라 다들 여념이 없다.

「저 행성은 정확히 우리가 살았던 첫 번째 지구의 1.2배이고, 중심 항성과의 거리는 태양과 지구와의 거리보다 조금 더 멀어요. 기온도 적당하고 축의 기울기로 봐서 두세 계절은 있을 것 같아요.」

「우리가 드디어 〈약속의 땅〉을 찾은 것 같아요.」실뱅이 들뜬 목소리로 말한다. 「이제부터 첫 번째 지구에서 벌어지는 일은 실수를 되풀이하지 않기 위해 우리가 교훈으로 삼아야 할 혼란스러운 과거의 연장일 뿐이에요.」

두 에마슈는 실뱅의 감격이 고스란히 자신들에게 전해지는 것을 느낀다. 순간 이들은 에마슈가 아닌 나비인이 된 듯한 기분에 젖어 두 번째 지구의 개척자가 되는 모습을 머릿속에 그린다. 제아무리 광자 추진 우주선이라도 4.3광년의 거리에 도달하기 위해서는 2천 년이 넘는 시간을 항해해야 하므로 어차피 자신들은 이 위대한 여정을 끝까지 함께할 수 없다는 사실은 까맣게 잊고 있다.

아메데가 에마의 손을 꽉 잡는다.

실뱅 팀시트가 마치 이들이 할 말을 대신 해주려는 듯 입을 연다.

「지금은 비록 폐쇄된 공간에 있는 축소된 공동체에 불과할지 모르지만, 올바른 미래의 선택을 한 사람들은 분명 우리예요. 우리는 여기서 새로운 인간의 탄생을 지켜보게 될거예요. 자신이 태어난 행성을 떠나 그 행성 밖에 있는 전 우주를 정복하는 최초의 인간 말이죠.」

에마가 말을 받으며 제안한다.

「새로운 인간을 별의 인간, 또는 〈호모 스텔라리스Homo stellaris〉라고 부르면 어떨까요?」

240

백과사전: 진화

이전에는 진화가 수동적인 방식으로 일어났다.

오늘날에는 마침내 정보와 적합한 도구를 갖게 된 인간이 선택적으로 할 수 있는 가능성이 생겼다.

그러므로 인간은 더 이상 필연이나 운명, 대자연, 신, 혹은 보이지 않는 힘을 탓할 수 없다.

앞으로 벌어질 일은 온전히 인간에게 책임이 있다.

에드몽 웰스, 『상대적이며 절대적인 지식의 백과사전』 제11권

241

통유리창이 마주 보이는 벽에 다비드 웰스가 종이 한 장을 길고 넓적하게 띠처럼 잘라 붙인 뒤, 자신이 생각하는 가장

종합적인 인류의 진화 과정을 그림으로 그려 넣었다. 그는 이 그림에 〈지난 에피소드들과 앞으로 일어날 것 같은 에피소드들의 요약〉이라는 제목을 붙였다.

그는 가로로 선을 그어 연도를 표시하고, 그 위에 역사의 과정들을 기록한 다음, 다시 그 위에 해당 사건을 상징하거나 관련 내용을 나타내는 그림을 그렸다.

150억 년	우주의 탄생. 빅뱅
100억 년	항성들, 이어서 행성들의 탄생
46억 년	지구의 형성
35억 년	지구상에 생명체 출현
4억 5천만 년	최초의 물고기
3억 7천5백만 년	뭍으로 나옴. 틱탈릭과 최초의 양서류
3억 2천5백만 년	곤충
2억 3천만 년	공룡
2억 년	포유류
1억 4천5백만 년	조류
1억 2천만 년	군집 생활을 하는 곤충들의 도시. 흰개미, 개미, 꿀벌.
7천만 년	영장류
6천5백만 년	공룡의 멸종
5천만 년	유인원
7백만 년	투마이인
450만 년	오스트랄로피테쿠스
280만 년	호모 하빌리스. 석기를 만듦.
2백만 년	호모 에렉투스. 분절음을 냄.
45만 년	토타벨인. 불의 사용.

20만 년   호모 사피엔스

맨 뒤의 주인공들이 서서히 몸을 곧추세운다. 털이 사라지고 목이 쭉 뻗고 얼굴이 납작해지면서 줄지어 앞으로 나온다.

다비드 웰스가 크기의 축소 쪽으로 진화의 방향을 표시하며 계속 도식을 그려 나간다.

오늘날   호모 메타모르포시스의 탄생

이 마지막 표본에서 세 개의 가지가 평행으로 뻗어 나온다.

최근에 갈라져 나온 첫 번째 가지는 기어다니면서 두툼한 손으로 터널을 파는 초소형 인간인 호모 수브테라리우스이다.

그다음, 가까운 미래에 위치한 두 개의 가지에 그는 박쥐의 날개를 달고 하늘을 나는 초소형 인간인 호모 볼란스Homo volans와 손 대신 지느러미가 달린 수중 초소형 인간인 호모 나비간스Homo navigans를 그려 넣는다.

「저도 날개가 달려서 날 수 있으면 좋겠어요. 비행기, 심지어는 패러글라이딩하고도 아주 다를 거예요.」히파티아가 감상을 말한다.

「대신 손가락 관절을 지금처럼 자유자재로 움직이지는 못하겠지. 박쥐는 뒷다리를 써서 과일을 잡지. 손을 포기하고 발만 쓸 수 있겠어? 나는 말이야, 지느러미를 휘저어서 헤엄을 치고 몇 분씩 무산소 상태로 있어 보고 싶어. 마스크를 끼

고통을 달고 잠수를 해보니까 장비가 영 무겁고 거추장스럽
더라고.」

「하지만 지하에서 더듬거리고 땅을 파면서 격식 없이 사
는건 좀…….」

히파티아가 차분해지면 다시 들여다볼 요량으로 벽의 그
림을 사진에 담는다.

다비드가 그녀에게 물을 한 잔 따라 준다.

「당신이 들어오기 조금 전에 나탈리아 오비츠와 통화를
했는데, 지구에 있는 다른 경기자들의 진척 상황을 알려 주
더군.」

다비드가 천을 걷어 젖히자 그가 짐 가방에 넣어 온 휴대
용 칠각형 체스 판이 모습을 드러낸다.

「자, 이게 경기자들의 모습이야. 일곱 개의 유토피아, 미래
에 대한 일곱 개의 평행적인 비전, 진화의 방향을 결정하려
는 일곱 경쟁자.」

「인간에게 일곱 개의 차크라가 있듯이…….」 그녀가 독백
하듯 중얼거린다.

「모두가 자신들이 선두에 있다고 믿고 있어. 자신들이 이
기리라고 확신하고 있지.」

그가 흰색 킹을 집는다.

「미래가…… 소비하는 인간? 개인적으로 난 믿지 않아.」

그가 말을 옆으로 쓰러뜨린다.

「종교적 인간? 난 믿지 않아.」

그가 초록색 킹을 눕혀 놓는다.

「로봇 인간? 난 믿지 않아.」

그가 파란색 킹을 눕혀 놓는다.

「별의 개척자인 인간? 난 믿지 않아.」

그가 검은색 킹을 눕혀 놓는다.

「전적으로 여성적인 미래? 난 믿지 않아.」

그가 빨간색 킹을 눕혀 놓는다. 그러고는 한 발 물러나서 말한다.

「그들은 거리를 두지 않고 한쪽 방향만을 보기 때문에 틀린 거야. 눈가리개를 한 거나 마찬가지니까.」

그녀가 연보라색 퀸을 집는다.

「날고, 헤엄치고, 땅을 파는 변종 인간들로 스스로 지평을 확대한 초소형 인간들이 남았군요.」

「이건 벌써 조금 더 믿음이 가.」

히파티아가 그림 앞으로 다가가더니 평행으로 뻗어 나가는 세 개의 변종 가지를 손으로 어루만진다.

「이 세 종이 동시에 지배하는 세계를 상상해 보는 중이에요. 해저 도시들이 생겨날 테고 대서양 한가운데 유리구슬처럼 떠 있는 뉴욕에서 에마슈엔들이 살고 있겠죠…….」

「지하 도시들도 있겠지. 거대한 개미집들에서 에마슈에스들이 해도 별도 보지 않고서 살아가게 될 거야.」그가 말한다.

「물론 공중 도시들도 생겨나겠죠. 제트 엔진이나 헬륨 풍선에 의해 하늘에 매달려 있는 플랫폼을 상상해 보세요. 거기서 에마슈베들이 살고 있을 테니까요.」

「그리고 날 줄도 헤엄칠 줄도 땅을 팔 줄도 모르는 우리들, 거인들도 있지.」

「이 가지들 중에 과연 완벽하게 작동하는 가지가 하나 있을까요? 생명체들이 제 종족들, 다른 종들, 자신의 행성, 그리고 다른 행성들과 조화를 이루면서 전쟁 없이 평화롭게 살아가는 그런 가지가? 피의 길이 아닌 빛의 길이?」

「확률적으로만 생각하면, 가능한 미래들의 나무에 그런 가지가 필시 하나는 나올 거야. 아니, 내 간절한 바람일지도…….」

이때, 초인종이 울리고 실내등이 켜지면서 방문객이 찾아왔음을 알린다.

운동복 차림의 왕 에마 666이 안으로 들어서고, 각료 여러 명과 거인들이 적대적으로 돌변할 경우에 대비해 왕을 지킨다는 각오를 다지는 듯한 경호원 몇 명이 뒤따라 들어온다. 루나폴리스 지역 언론의 기자들도 몇 명 보인다.

높이를 올린 의자에 자리를 잡고 앉은 왕이 벽에 길게 붙은 그림을 발견하고는 잘 요약 정리된 내용에 동의한다는 뜻의 제스처를 취한다.

「당신이 제안한 세 번째 안인 〈양손의 떡〉 미션이 성공을 거둘지 곧 확인하게 되겠군요. 친애하는 웰스 교수.」

「어쨌든 해답이 보이지 않던 난국에서 당신이 돌파구를 찾은 것은 인정합니다.」 경제부 장관이 말한다.

에마 666이 지팡이를 들어 유리창을 가리킨다.

「이제 장관이 펼쳐지겠네요. 여기서 당신 둘과 함께 보면 좋을 것 같아 왔어요.」

초소형 인간들이 이글루의 통유리창 밖으로 펼쳐지는 전경을 바라보며 각자의 키에 맞는 의자에 앉는다.

다비드와 히파티아도 자리를 잡고 앉는다.

기다림이 시작된다.

왕이 물부리를 꺼내더니 평소처럼 동그라미를 만들며 담

693

배 연기를 뿜어내기 시작한다.

다비드와 히파티아가 서로 바싹 당겨 앉는다.

그 순간, 별이 촘촘히 박힌 새카만 하늘에 점이 하나 나타나는가 싶더니, 갈수록 커지면서 은색 로켓이 모습을 드러낸다. 로켓이 긴 강철 케이블 끝에 거대한 구체를 매달아 끌고 있다.

「떨려요.」히파티아가 다비드의 손을 꽉 잡는다.

「나도 그래.」그도 적이 긴장한 기색이다.

〈카타풀타〉 로켓이 지구를 향해 수직으로 날아간다. 로켓이 속도를 늦추더니 대기와 우주의 허공의 경계에서 정확한 지점을 찾기 시작한다. 정지 궤도에서 맞춤한 자리가 찾아지자 로켓이 케이블을 풀어 소행성을 궤도에 올려놓는다. 구체가 안정화된다.

「성공이야. 이것으로 〈양손의 떡〉 작전은 마무리됐어요. 지구는 수정 가능한 소행성을 지척에 두게 됐고, 행성은 구멍이 뚫리지 않았고, 인류는 무사해요.」에마슈 왕이 뿌듯한 얼굴로 말한다.

「우리가 한 일에 딱 어울리는 단어가 있습니다.」다비드가 말을 받는다. 「〈지연〉이라는 단어죠. 문제를 해결하지는 못했지만 인간들과 가이아의 상충되는 이해관계를 현상 유지할 수 있는 시간은 벌었으니까요.」

「훗날 해결책을 찾게 되겠죠. 우리가 아니면 우리 자손들이라도.」

「수정 시나리오는 너무나 위험했어요. 지구의 심기를 건드리는 시나리오 역시 지나치게 위험이 컸죠. 우리가 살기 위해서는 선택의 여지가 없었어요.」왕 에마 666이 상기시

694

킨다.

그들은 정지 궤도에 떠 있는 소행성을 물끄러미 응시한다.

「이번 일에 결정적인 공헌을 한 두 사람한테 앞으로 우리 두 세계의 가교 역할을 해달라고 제안하고 싶어요. 웰스 교수는 우리 초소형 인간들한테 파견된 거인들의 대사를 맡아 줘요.」

「그러겠습니다. 일전에 장관도 했는데 대사를 못 할 이유가 없지요…….」

「그리고 김 박사는 성공적으로 지구를 치료한 경험을 바탕으로 인간들을 대표해 가이아에게 대사로 파견되는 것이 마땅하다고 생각해요.」

칭찬을 들은 한국인 학생의 두 볼이 발그레 달아오른다.

「가이아가 우리의 〈양손의 떡〉 해결책을 받아들여야 말이지요.」 국방부 장관이 우려를 표명한다.

「지구의 언론 매체가 한창 소식을 전하고 있으니 분명히 가이아도 라디오와 TV 전파를 잡았을 것이고, 지금쯤이면 우리의 선택을 알고 있을 거예요.」

「제 생각에는…… 가이아가 상당히 놀랐을 것 같아요.」 히파티아가 끼어든다. 「그이를 조금씩 알아 가는 제가 볼 때는 소행성을 찾아서 자신의 계획에 따라 안전하게 데려와서 처음에는 안도감을 느꼈겠지만 분명 지금은 실의에 빠져 있을 거예요.」

「그이가 뜨거운 용암을 분출하겠다는 위협을 실행에 옮기지는 못할 거예요. 그러면 우리의 도움을 받아 〈테이아 14〉와 한 몸이 될 가능성은 영영 사라질 테니까요.」 다비드 웰스가 실용주의적인 입장을 내놓는다.

「두 사람이 지구로 돌아가면 얘기를 충분히 나누어 안심을 시키고 만족할 때까지 기다려 달라고 부탁을 해요. 그런 게 외교의 역할이 아니겠어요?」왕 에마 666이 말한다.

「맞는 말씀이지만, 행성들은 대통령들과는 또 다르니까요……」히파티아가 걱정스러운 듯이 말한다.

「안심해요. 우리는 전혀 급하지 않아요. 웰스 교수, 그리고 김 박사, 나는 두 사람이 달에 있는 이 이글루에서 충분히 머물다 갔으면 좋겠어요. 그동안에 지구는 화가 좀 가라앉겠죠. 실망한 사람하고 단결에 얘기를 해봤자 득 될 게 전혀 없으니까요.」

왕이 나는 인간, 땅을 파는 인간, 헤엄치는 인간의 세 가지가 뻗어 나오면서 끝나는 진화 계통도를 가리킨다.

「이 진화를 현실로 만드는 것이 앞으로 우리가 할 일이겠네요.」

초소형 인간들이 다시 우주복을 걸치고 이글루를 나선 뒤에도 두 거인은 통유리창 밖으로 멀리 바라다보이는 지구에서 눈을 떼지 못한다.

「여기서는 전쟁이 보이지 않아.」

「여기서는 가난이 보이지 않아.」

「여기서는 경제도 정치도 보이지 않아.」

「여기서는 국경선조차 보이지 않아.」

그들이 빙긋이 웃는다.

「그이의 모습만 보여요.」

「어쨌든…… 정말 아름답군.」다비드 웰스가 감탄사처럼 내뱉는다.

「여기서 보니 그이가 얼마나 연약한 존재인지 더 잘 알 것 같아.」

「가이아…….」

「그이가 존재한다는 것 자체가 벌써 기적이야.」

「어쩌면 우주에서 유일하게 생명과 지능과 의식을 지닌 행성인지도 몰라. 그렇다면 우리의 책임이 막중한 거지.」

히파티아 김이 점 하나를 가리킨다. 큰 구체 주위를 새롭게 돌고 있는 작은 구체다.

「지구 사람들은 틀림없이 달을 두 개 보고 있는 느낌일 거예요.」

「지구 사람들은 하마터면 큰일 날 뻔했지.」다비드가 힘주어 말한다.

그들은 새로운 소행성으로 향하는 경이에 찬 시선을 거두지 못한다.

「〈양손의 떡〉 아이디어는 어디서 얻었어요?」

그가 애매한 표정을 지으며 입을 실쭉한다.

「우리 둘의 관계에서가 아니었을까. 우리 사이에는 너무 좋지도 너무 나쁘지도 않을 만큼 적당한 거리가 있어. 보통 여자와 남자가 가까워지면 합쳐지거나 갈라서거나 둘 중 하나를 택하는 경향이 있는데, 내 눈에는 이제 〈정지 궤도적〉 거리가 가장 이상적으로 보이거든. 우리 어머니가 고슴도치 세계의 속담이라면서 얘기해 주신 적이 있는데, 〈혼자서는 춥고, 너무 붙어 있으면 따갑다〉는군.」

그녀가 눈을 동그랗게 뜨며 감동 어린 표정을 짓는다.

「항상 증조부이신 에드몽 웰스 얘기만 했지 어머니 얘기를 한 건 처음이에요.」

그녀가 새까만 머리칼을 쓸어 올려 또렷한 눈동자를 드러낸다.

「새로운 실험을 한 가지 제안할까 해요, 교수님.」

「명상을 통해 함께 아틀란티스로 돌아가자는 거야?」

그녀가 가방을 열어 알약이 든 병을 꺼낸다.

「아니요, 그보다 훨씬 평범한 거예요. 우리 진화 프로젝트의 세 번째 발명품 얘기거든요. 그 프로젝트의 첫 번째가 니심 암잘라그가 제안한 월면 도시인데, 지금 우리가 그곳에 와 있죠. 두 번째가 제가 피라미드를 매개로 지구와 소통을 하자고 한 제안인데, 벌써 우리가 이루었죠. 세 번째가 장클로드 뒤냐크가 만든 앙파티아진이에요.」

그녀가 그에게 분홍색 알약을 한 알 내민다.

「앙파티아진? 판매가 금지된 줄 알았는데.」

「뒤냐크가 절 보자마자 유혹하려고 줬는데, 손대지 않고 갖고 있었어요. 지금 당신과 함께 먹고 싶어졌어요. 아무래도 우리 셋 중에서 뒤냐크가 가장 결정적인 발견을 한 것 같아요. 다른 사람을 진정으로 이해하는 것이야말로 의식의 확장이니까요.」

그가 머뭇머뭇하면서 파란 지구 행성의 동그라미와 히파티아의 검은 눈동자의 동그라미를 번갈아 쳐다보다가 분홍색 알약을 입으로 가져가는 것 같더니, 힘을 꽉 주어 부스러뜨린다. 그의 손가락 사이로 가루가 된 알약이 부스스 떨어진다.

「나한테 히파티아 김이라는 여자 친구가 있는데, 우리 몸에 이미 뇌와 췌장, 간, 갑상샘에서 자연적으로 만들어지는 세상의 약제가 다 있기 때문에 화학 물질이 필요하지 않다고 가르쳐 주더군. 가능성을 믿고 의지를 가지고 염원하면 이루어진다는 거야. 나는 앙파티아진의 힘을 빌리지 않고 당신과 완벽한 공감을 느낄 거야.」

그가 그녀의 손을 잡더니 숨을 깊이 들이쉬면서 눈을 감는다. 그녀도 따라 한다.

한동안은 아무 느낌이 없다가 별안간 그의 정신이 그녀의 정신 속으로 들어가는 기분이 든다.

「내가 당신이 됐어. 스스로 받아들였기에 가능한 일이야. 그래서 당신의 눈을 통해 나를 바라보고 있지. 당신이 왜 날 밀어냈는지 알겠어.」

「지금은 아니에요.」

그녀가 다가와 속삭인다.

「키스해 줘요, 다비드.」

둘의 입술이 맞닿아 스치고 포옹이 길게 이어진다.

「우리 같이 자요.」 그녀가 당당히 말한다.

「한국 여자는 결혼 전에는 절대 남자랑 자지 않는 줄 알았는데.」

그녀가 장난스럽게 눈웃음을 친다.

「그건 지구에서의 규칙이죠. 하지만 여기는 지구가 아니잖아요…….」

242

내 숲들의 솜털을 통해 전해져 온다. 가까이 와 있다. 생명과 에너지로 팔딱이고 있다.

초소형 인간들이 내보낸 TV 방송에서 똑똑히 보았다. 한가운데에 더할 나위 없이 아름다운 보물을 품고 있었다. 나와 섞이면 새로운 것을 만들 수 있는 오묘하고 푸른 세계가 펼쳐지고 있었다.

지금, 여기, 마침내 모든 것이 뒤바뀔 내 역사의 순간, 바로 이 시점에 이르렀다는 사실이 감격스럽기 그지없다.

테이아 14…… 네가 마침내 내 곁에 왔다.

테이아 14…… 나는 너의 이름을 거듭 부르면서 내 거죽 밑에서 너를 느낄 순간을 기다린다.

테이아 14.

가능성을 알게 된 이상 하루 빨리 너와의 사이에 아기 행성을 갖고 싶다.

그렇게 되는 날, 새로운 전망이 열릴 것이다.

내 기식자들의 생각은 어떨지 모르지만, 나는 이미 이겼다.

저들은 이것이 중요하다는 인식조차 못 하고 있다.

성숙하지 못한 인간들.

우주의 진화라는 이 웅대한 모험은 저들을 뛰어넘는 것이기에 차마 상상도 못 할 것이다.

됐다. 46억 년을 살고 나서야 나의 창조적 능력을 발휘하기 위한 변신을 감행할 준비를 마쳤다.

수백만 년 동안의 잠에서 깨어난 내 앞에 드디어 새로운 시작이 열릴 것이다.

〈끝〉

옮긴이
이세욱 1962년에 태어나 서울대학교 불어교육과를 졸업하였으며, 현재 전문 번역가로 활동하고 있다. 옮긴 책으로 베르나르 베르베르의 『웃음』, 『신』(공역), 『인간』, 『나무』, 『상대적이며 절대적인 지식의 백과사전』(공역), 『뇌』, 움베르토 에코의 『프라하의 묘지』, 『로아나 여왕의 신비한 불꽃』, 장클로드 카리에르의 『바야돌리드 논쟁』, 미셸 우엘벡의 『소립자』, 미셸 투르니에의 『황금 구슬』, 카롤린 봉그랑의 『밑줄 긋는 남자』, 브램 스토커의 『드라큘라』, 파트리크 모디아노의 『우리 아빠는 엉뚱해』, 장자크 상페의 『속 깊은 이성 친구』, 에리크 오르세나의 『오래오래』, 마르셀 에메의 『벽으로 드나드는 남자』, 장크리스토프 그랑제의 『늑대의 제국』, 드니 게즈의 『머리털자리』 등이 있다.

전미연 서울대학교 불어불문학과와 한국외국어대학교 통번역대학원 한불과를 졸업했다. 파리 제3대학 통번역대학원 번역 과정과 오타와 통번역대학원 번역학 박사 과정을 마쳤다. 한국외국어대학교 통번역대학원 겸임 교수를 지냈으며 현재 전문 번역가로 활동 중이다. 옮긴 책으로는 베르나르 베르베르의 『베르베르 씨, 오늘은 뭘 쓰세요?』, 『상대적이며 절대적인 고양이 백과사전』, 『기억』, 『죽음』, 에마뉘엘 카레르의 『리모노프』, 카롤 마르티네즈의 『꿰맨 심장』, 아멜리 노통브의 『두려움과 떨림』, 기욤 뮈소의 『당신, 거기 있어 줄래요?』, 발렝탕 뮈소의 『완벽한 계획』, 다비드 카라의 『새벽의 흔적』, 로맹 사르두의 『최후의 알리바이』, 알렉시 제니 외의 『22세기 세계』(공역) 등이 있다. 〈작은 철학자 시리즈〉를 비롯한 어린이책도 여러 권 번역했다.

제3인류 3

발행일	2016년 4월 30일(제5권) 초판	1쇄
	2021년 12월 30일(제5권) 초판	12쇄
	2016년 4월 30일(제6권) 초판	1쇄
	2016년 5월 10일(제6권) 초판	11쇄
	2023년 11월 15일 신판	1쇄

지은이 베르나르 베르베르
옮긴이 이세욱 · 전미연
발행인 홍예빈 · 홍유진
발행처 주식회사 열린책들

경기도 파주시 문발로 253 파주출판도시
전화 031-955-4000 팩스 031-955-4004
www.openbooks.co.kr

Copyright (C) 주식회사 열린책들, 2016, 2023, *Printed in Korea.*
ISBN 978-89-329-2377-2 04860
ISBN 978-89-329-2378-9 (세트)